KB120636

내가 읽은 가난한 아름다움

시작비평선 0024 고형진 평론집 **내가 읽은 가난한 아름다움**

1판 1쇄 펴낸날 2024년 2월 16일
지은이 고형진
펴낸이 이재무
기획위원 김춘식, 유성호, 이형권, 임지연, 차성환, 홍용희
책임편집 박예솔
편집디자인 민성돈
펴낸곳 (주)천년의시작
등록번호 제301-2012-033호
등록일자 2006년 1월 10일
주소 03132 서울시 종로구 삼일대로32길 36 운현신화타워 502호
전화 02-723-8668
팩스 02-723-8630
블로그 blog.naver.com/poemsijak
이메일 poemsijak@hanmail.net

ISBN 978-89-6021-751-5 04810
978-89-6021-122-3 04810(세트)

값 30,000원

내가 읽은 가난한 아름다움

머리말

그동안 쓴 글들을 묶는다. 주로 시와 시인에 대해 쓴 글이지만, 소설과 수필에 관해 쓴 글과 비평을 다룬 글도 있다. 소설과 수필, 그리고 비평에 관한 글은 시에 대한 애정의 연장선상에서 쓴 것이다. 이 책에서 살펴본 소설과 수필들은 시적인 요소를 많이 담고 있으며, 비평도 시 비평에 치중한 글이다. 모든 문학은 시에서 시작되어 다른 장르로 나아가고, 문학의 모든 장르는 시로 귀결된다. 이 책에서 다룬 문학작품과 이를 분석한 나의 글은 이 점을 새삼 상기시켜 줄 것이다.

나는 시 연구자로서 시와 시인에 관한 글들을 꾸준히 써 왔는데, 지금까지는 백석과 박용래 연구서를 펴내는 데 심혈을 기울였다. 백석에 대해 다섯 권, 박용래에 대해 세 권의 책을 간행하며, 두 시인의 작품에 대한 원본과 정본을 확립하고, 작품론과 시인론을 여러 편 썼으며, 백석에 대해서는 시어 사전을 편찬하고, 박용래에 대해서는 평전을 서술했다. 다른 분야도 그렇지만, 문학 분야도 기초 연구가 부실한 게 우리 학계와 비평계의 현실이다. 텍스트의 확정도 안 되고, 기본적인 시어 뜻도 규명이 안 된 채 연구와 비평이랍시고 멋있는 해석에만 몰두해 온 경향이 있었다. 그 결과 문학 연구의 방법론만 무성하고, 정작 작품의 정확한 해석은 제자리를 맴도는 것이 그간의 실정이었다. 내가 오랜 시간 소수의 시인을 특정하여 원본 비평과 역사주의 비평, 그리고 작품론에 집중한 건 문학 연구의 내실을 다지고, 작품 이해에 실질적인 도움을 주기 위함이었다.

그런데 이 일은 너무 많은 시간과 공력이 요구되어 앞으로 또 한 명의 시인을 연구하기 위해서는 또다시 긴 여정을 거쳐야 한다. 긴 호흡이 필요한 이 작업을 예비하면서, 그동안 두 시인의 연구서를 간행하느라 써놓기만 하고 돌아보지 못했던 글들을 정리하여 책으로 펴내게 되었다. 워낙 오랜만에 묶어 내는 비평서라 최근에 쓴 글부터 이십 년 전에 쓴 글까지 시간의 편차가 매우 크다. 오래전에 쓴 글들은 이번에 책에 실으면서 내용을 대폭 수정, 보강하였으며, 다른 글들도 수정한 대목이 많고, 글의 제목도 고친 것이 많다. 그래서 이 책은 기존의 글을 정리한 것이지만, 어느 정도 새로 쓴 저술의 성격도 있다.

앞서 말했듯이, 나는 문학 연구에서 원본 비평과 작품의 정확한 해석을 가장 중요하게 여기기 때문에 시인론을 쓸 때도 개별 작품을 꼼꼼히 해석하는 데 주력하였다. 개별 시인들의 시인론과 작품론을 위한 연구 방법은 각각의 시인들이 지닌 문학관과 시적 기법에 따라 다르게 구안하였지만, 어떤 경우에도 언어의 활용과 문장의 수사를 치밀하게 검토하고 분석하는 걸 기본적인 과제로 삼았다. 시인들은 같은 모국어를 저마다 다르게 사용하며 모국어의 아름다움을 끝없이 빛내고, 그 함의를 한없이 확장하고 있다. 시인들의 그 모국어 마술을 파헤치기 위해 나는 그들의 언어 놀림을 눈을 크게 뜨고 자세히 살펴보고자 했다.

책의 제목인 '가난한 아름다움'은 박용래 시인이 한 말에서 가져온 것이다. 그는 산문에서 "내가 골몰하는 것은 다른 시인들이 다 보고 지나간 자리에 남는 가난한 아름다움에 눈을 주고 그것을 시로 다듬는 일이다"라고 말한 적이 있다. 이 말은 박용래 시인이 다른 시인과 차별되는 자신만의 시의 소재를 언급한 것이지만, 기실 모든 시인은 다 '가난한 아름다움'에 눈길을 보내고 있으며, 시 자체가 '가난한 아름다움'을 지닌 존재이다. 이 세상의 모든 아름다움의 가장 높은 자리에 숨어 있는 그 '가난한 아름다움'을 발견하고 만들어 준 시인들에게 감사하며, 그것을 함께 누리며 지낼 수 있는 내 삶의 운명에 그저 감사할 따름이다.

끝으로 책을 출간해 준 천년의시작의 이재무 시인에게 감사드리며, 표사를 써 준 유성호 평론가에게 감사드린다. 그리고 편집의 수고를 해 준

박예솔 편집장에게도 감사드린다.

이 책이 우리 시의 아름다움을 이해하는 데 조금이라도 보탬이 될 수 있기를 바란다.

2024년 1월 고형진

차 례

제2부 시 의식과 미학의 심화

제3부 시적 산문과 서사의 세계

제1부

모국어의 세공과 형식의 개척

소월 시의 운韻과 낭송의 미학

1. 운韻의 개척

소월 시의 매력은 한국인의 마음을 사로잡는 아름답고도 애잔한 가락에서 비롯된다. 소월 시의 뛰어난 가락은 그의 적극적인 노력의 소산이다. 그의 명시 중엔 여러 번의 개작을 통해 탄생한 작품이 많다. 그는 조숙하고 천부적인 재능의 소유자[1]임에도 불구하고, 한 편의 시를 두고 여러 차례의 수정을 가해 작품의 완성도를 최대로 높였다. 그의 명시들은 처음 문예지에 발표한 작품 그리고 그 후 다른 문예지에 재수록한 작품과 시집에 실린 작품 사이에 많은 차이가 있다. 이러한 개작 과정에서 눈에 띄는 것은 운율의 변화다. 그가 개작 때마다 시어를 가다듬고, 다른 시어로 대체하고, 행갈이를 바꾸는 작업을 한 것은 모두 운율의 아름다움을 살려내기 위한 것이었다. 그는 각고의 노력으로 우리의 현대시 역사상 최초로 운율의 아름다움이 있는 시를 창조하였다.

---

1 소월의 조숙성과 천재성에 대해서는 그의 스승인 김억이 「소월의 추억」, 《조선중앙일보》(1935. 1. 14)에서 자세히 밝히고 있다.

소월 시의 운율에 대해 지금까지의 연구자들은 주로 율격의 미학에만 주목해 왔다. 음절이나 소리마디의 수와 행갈이의 변화로 이루어지는 율격에 운율 연구의 초점을 맞춰 왔다. 그에 비해 음성 자질의 변주로 달성되는 운韻의 미학엔 관심의 정도나 연구 성과가 미진했다. 소월은 율격뿐만 아니라 운의 운영에 대해서도 상당한 노력을 기울였다. 그의 시 「서로미듬」에는 '압운'이란 단서가 붙어 있어 운의 형식에 대한 의지를 엿볼 수 있다. 그의 시의 호소력은 율격의 아름다움뿐 아니라 음성 자질의 변주가 빚어내는 운의 미묘한 아름다움을 통해서도 발산된다. 그의 시에 구사된 운의 묘미를 밝혀야만 그의 시의 진정한 아름다움이 정확히 이해될 수 있다.

우리의 전통 시가에서는 운의 미학을 찾아보기가 쉽지 않다. 기본적으로 우리의 전통 시가엔 운율 장치가 느슨하게 작동하였다. 대체로 3음절이나 4음절의 반복, 또는 3음보나 4음보의 반복이 율격의 기본적인 구조를 이루고 있지만, 형식적 제한이 엄격하지 않았다. 운은 더 느슨해서 시 형식의 구속력을 거의 갖지 못했다.

우리의 전통 시가에서 운이 발달하지 못한 이유로 국어의 특질을 꼽는다. 우리말은 교착어로서 어기에 접사가 붙어 문법의 기능과 양상과 느낌이 나타난다. 이때 어말에 붙는 접사의 활용이 제한되어 있어서 말 음절의 다양성이 용인되는 서구의 굴절어에 비해 각운의 효과를 내기 어렵다는 점이 지적된다.[2] 또 전통 시가의 문장에서는 대부분 서술어가 문장의 끝에 오고, 그 서술어는 접사(서술형 어미)를 동반하게 되는데, 이 접사가 동일한 운을 지니는 것은 동일한 형태소를 지닐 때뿐이어서, 음소상의 동일성을 이루기 전에 형태상의 동일성을 지니게 되어 진정한 의미의 각운이 이루어지지 못한다는 점이 지적되기도 한다.[3] 이 밖에 우리의 전통 시가가 서구처럼 낭송을 위주로 발달하지 못하고 가창 위주로 전개되어 온 점이 운의 발

2 성기옥, 「시, 음악, 음악성」, 『현대시』, 1995. 3, 67쪽.
3 김대행, 「압운론」, 『운율』, 문학과지성사, 37쪽.

달을 저해한 요인으로 꼽기도 한다. 시가 낭송 위주일 때는 텍스트의 음성 패턴이 두드러지지만, 가창 위주가 되면 선율이 두드러져 음성 패턴이 약해진다는 것이다.[4]

소월은 이처럼 운의 발달을 저해하는 여러 가지 요인을 안고서 현대시를 써 나갔다. 그는 가창 위주에서 낭송 위주로 전환된 현대시 역사의 선봉에 섰던 시인이다. 그는 운명적으로 현대시의 운율을 창조해 내야만 했고, 이를 위해 부단히 노력했다. 그는 율격뿐 아니라 운의 형식도 시도하였다. 그는 운에 대한 전통 부재와 운의 운영에 대한 국어의 한계를 극복하며 운의 패턴을 창조해 나갔다. 그는 어떠한 방식으로 우리 시의 운을 개척하였는가? 운의 미학은 그의 시 이해에 어떤 의미와 역할을 지니는가?

2. 각운의 모색

1925년 7월 21일 《동아일보》엔 소월 시 「서로미듬」이 실려 있는데, 제목 옆에 '압운押韻'이라고 표기되어 있다. 이 시가 압운을 겨냥한 작품임을 명시한 것이다. 그가 이 시에서 어떻게 압운을 구사했는지 살펴보자.

당신한테무러볼가 내생각은
이물과저물이모두흘넌
무엇을뜻함이잇느냐고?
죽은드시고요한골짝이엔
써림측한괴롭은몹쓸쑴만
빗검은물이되여흐르지요

---

4 김대행, 위의 책, 38쪽.

품안아올려누힌나의당신

눈업시어릅쓰는이손길은

시로 내가슴에서 치우세요

—「서로미듬」(압운押韻) 부분[5]

매 행의 말미가 'ㄴ'과 'ㅗ(ㅛ)'의 음소로 끝나고 있음을 확인할 수 있다. 좀 더 구체적으로 보면 이 시엔 'ㄴ－ㄴ－ㅗ(ㅛ)'의 각운이 규칙적으로 세 번 이루어지고 있다. 우리의 전통 시가에서 거의 찾아보기 어려운 각운의 실현은 적절한 행갈이를 통해 이룩된 것이다. 소월은 'ㄴ'으로 끝나는 음절에서 행갈이를 하여 매 행을 같은 음소로 맞추었다. 그는 현대의 자유시가 지닌 형태적인 자유로움을 최대로 활용하였고, 이를 통해 각운 조성이 어려운 우리말의 한계를 극복하면서 이를 실현했다.

우리의 현대시에서 시도된 최초의 각운 형식으로 보이는 위의 시는, 그러나 많은 한계를 지닌다. 우선 첫 아홉 차례의 시행에서 실행된 각운의 종류가 'ㄴ'과 'ㅗ'의 음소 두 가지뿐이다. 아홉 개의 어휘가 구사되면서도 단지 두 종류의 운만이 반복되어 운의 묘미가 살아나고 있지는 못하다. 또 1행과 8행은 '은'이라는 동일한 접사만 반복되고, 'ㅗ' 운의 경우에는 동일한 서술형 종결어미가 반복되고 있을 뿐이다. 또 'ㄴ' 운을 맞추기 위해 억지로 행갈이를 하여 문장의 흐름도 자연스럽지 못하다. 소월도 이 점을 의식했는지 이 시를 시집 『진달래꽃』에 실을 때에는 제목을 「실제失題」로 바꾸며 수정을 많이 하고 각운 형식도 깨트렸다. 시집에 실린 작품은 다음과 같다.

이가람과져가람이 모두쳐흘너

그무엇을 뜻하는고?

5 시의 인용은 오하근 편저, 『원본 김소월 전집』(집문당, 1995)과 『정본 김소월 전집』(집문당, 1995)을 바탕으로 하며 부분 한자는 현대어로 표기한다.

미덥음을모르는 당신의맘

죽은드시 어둡은깁픈골의
쌔림측한괴롭은 몹쓸꿈의
퍼르죽죽한불길은 흐르지만
더듬기에짓치운 두손길은
부러가는바람에 식키셔요

—「실제失題」 부분

각운 형식을 없애면서 문장이 자연스럽고 문맥도 잘 연결되고 있다. 그렇다고 그가 각운(압운) 형식을 완전히 포기한 건 아니다. 그는 이 시가 실린 시집『진달래꽃』을 간행하고 그 이듬해인 1926년 6월『조선문단』에 다음과 같은 시를 발표했다.

물이되랴둥근해
둥근해는네우슴
불이되랴둥근해
둥근해는네마음

그는매일것는다
끗티업는하눌을
너의맘은헴친다
생명이란바다을,

밝은그볏아래선
푸른풀이자란다
너의우슴압페선

내머리(頭髮)가자란다

—「둥근해」 3, 5, 6연

「둥근해」의 3연과 5연과 6연이다. 이 시 전체에서 각운 형식이 잘 갖추어진 연을 발췌한 것이다. 3연의 1, 3행에서 '해'의 각운이 2, 4행에서 'ㅁ'의 각운이 실행되고 있으며, 5연에선 '다'와 '을', 6연에선 '선'과 '다'의 각운이 실행되고 있다. 그런데 '해'의 각운은 동일한 음소가 아니라 어휘의 반복이며, 나머지 각운도 사실 같은 음절이 반복된 것이므로 엄밀한 의미에서 보면 '우슴'과 '마음' 두 어휘의 '슴'과 '음'에서만 실현되고 있다고 봐야 할 것이다.[6] 그래도 이 정도의 각운을 성공시킬 수 있었던 건 체언형 문장의 구사 덕분이다. 이 시가 처음 발표될 때는 다음과 같았다.

둥근해! 물과도갓고불과도가튼
그네의우슴도또한이가터라

둥근해는밤빗예숨겨잇다
그네의우슴은사랑의안에숨겨잇다

둥근해아릐서는동산의푸른닙들이자라난다

6 각운은 행의 끝에 놓여서 첫 자음은 다르지만, 중간의 모음과 마지막 자음은 동일한 두 음절 사이의 연결 관계로 존재한다(Rhyme is the linkage in poetry of two syllables at line end which have identical vowels and final consonants but differ in initial consonant., Alex Preminger and T.V.F. Brogan, Princeton Encyclopedia of Poetry and Poetics, Princeton University Press, 1993, p.103). 조창환은 이 시에서처럼 소월 시의 각운은 그 자체로는 시의 리듬감을 위해서는 큰 도움이 되지 못한다고 설명하였는데, 각운 형식의 경직성을 지적한 것이라고 할 수 있다(조창환, 「김소월 시의 운율론적 연구」, 서울대학교 대학원, 1986, 83~84쪽).

그네의우슴아페는검은내머리채이자라난다.

—「둥군히」3, 4, 5연

처음 발표된 시는 전체가 서술문으로 되어 있다. 여기서도 4연과 5연에서 '숨겨잇다'와 '자라난다'는 서술어가 반복되어 있다. 이 시는《동아일보》 1921년 6월 8일에 발표된 작품이다. 그가 시 창작 초창기부터 각운을 시도하고자 했음을 엿볼 수 있다. 하지만 이런 식의 동일어 반복으로는 각운의 효과가 없음을 깨닫고, 개작을 통해 다시 한번 의미 있는 각운을 시도하였는데 그때 그는 서술문을 체언문으로 바꾼 것이다. 그는 이렇게 문장의 형태와 구조를 변형하며 보다 적극적으로 각운을 시도하여 다양하고 의미 있는 각운을 실현한다.

실 비끼듯 건너 맨 땅끝 아래로
바죽이 떠오르는 주홍의 저녁
큰 두던 작은 두던 어울만이오
물결은 힐끔하다 곳은 개구력

—「저녁」1연

인용한 대목에선 1행과 3행에서 'ㅗ'의 각운이, 2행과 4행에서 'ㄱ'의 각운이 실행되고 있다. 1, 3행에서 실행되고 있는 'ㅗ'의 각운은 '아래로'라는 부사와 '어울만이오'라는 동사 사이에서 이루어지고 있다. 서로 다른 품사에다 '로'와 '오'라는 이질적인 음절 사이에 같은 음소가 실행되어 운의 묘미가 살고 있다. 2, 4행에서 실행된 'ㄱ' 각운은 '저녁'과 '개구력'이란 매우 이질적인 어휘에 '녁'과 '력'이란 서로 다른 음절 사이에서 발생하여 역시 운의 묘미가 잘 전해진다. 이렇게 각운을 정확히 실행하며 운의 묘미를 살려낸 건 문장을 명사로 끝내는 체언문의 구사 때문이다. 또 이와 함께 도치 문장의 구사가 큰 역할을 했다. 4행은 도치문으로 진술하여 '저녁'과 '개구력'의 각운이 실현된 것이다.

체언문과 도치문의 구사를 비롯한 여러 문장 형태의 구사와 다양한 어휘의 조합으로 이룩한 각운 형식은 소월이 현대시에서 최초로 이룩한 성과라고 할 수 있다. 이러한 진술 방식은 그 후 현대시인들에게 이어졌고 특히 오늘날 여러 장르의 텍스트에서 시도되며 다양하게 각운을 만들어 내고 있다. 그런데 소월은 당시 이 방식을 더 확대하지는 못했다. 현대시의 초창기라 주제의 범위가 넓지 못해 어휘 선택의 폭이 제한적이었고, 접사를 동반하여 음상의 변화가 다양하지 않은 국어의 특질을 극복하지 못한 이유도 있을 것이다.

3. 중간 운, 두운의 구사

(1) 동사의 어미 활용

소월은 각운의 시도에는 한계를 느꼈지만 중간 운과 두운의 구사에서는 성과를 냈다. 그는 두 종류의 운을 통해 시의 정서와 의미를 효과적으로 드러냈다. 그가 두 종류의 운을 성공적으로 구사한 데에는 우리말의 특징에 대한 남다른 관찰과 활용이 작용했다.

앞서 우리 시에서 운이 발달하지 못한 이유의 하나로 우리말이 어기에 접사(조사나 어미)가 달라붙는 교착어이며, 이때 접사의 활용이 제한되어 있어서 말 음절의 다양성이 보장되지 못한다는 점을 든 바 있다. 그런데 접사 가운데 명사나 대명사에 달라붙는 조사는 '은/는' '이/가' '을/를' 등으로 제한되어 있지만, 동사의 어미는 그렇지 않다. 우리말은 영어와 달리 동사의 어미가 다양하게 분화되어 있다. 영어는 동사의 위치를 바꾸거나, 보조동사를 내세워 문장의 서법을 만듦으로 동사의 형태는 거의 변하지 않는다. 반면 우리말은 동사의 어미를 활용하여 그것을 만듦으로 서법에 따라 동사의 어미가 다양하게 변한다. 우리말은 문어체와 구어체에 따라서도 서로 다른 종결어미를 지니며 또 존대 방식도 동사의 종결형 어미의 활용에 의존한다. 가령 '하다'라는 동사를 보자. 이 동사의 연결형은 '하고' '해서' '하니' '하니까' '해도' '할지라도' 등으로 다양하며, 종결형은 '합니다' '하니' '해요' '하리' '하렴' '하노' '하지요' '하노라' '하소서' '하옵소서' '하시는구료' 등으로 헤아릴 수 없이 다양하게 분화되어 있다.

우리말은 이렇듯 서법과 화법과 존대법에 따라 동사의 형태가 변하고, 동사의 활용어미가 매우 다양한 만큼 동사의 활용형에서 음상의 변화가 다양하다. 영어가 명사에서 음상의 변화가 다채롭다면, 우리말은 동사에서 음상의 변화가 다채로운 것이다. 소월은 바로 이 점에 착안하여 동사의 어미를 활용해 중간 운을 조성한다. 다음 시를 보자.

> 앞 강물, 뒷 강물
> 흐르는 물은
> 어서 따라오라고 따라가자고
> 흘러도 연달아 흐릅디다려.
>
> —「가는 길」 부분

이 시에는 전체적으로 'ㄹ' 음의 중간 운이 구사되어 있다. 'ㄹ' 운의 조성을 위해 소월은 'ㄹ' 음이 들어간 여러 단어를 선택해 배치하였다. 그중 '흐르는' '흘러도' '흐릅디다려'는 '흐르다'라는 동사의 다양한 활용형을 사용해 'ㄹ' 운을 조성한 것이다. 여기서 '흐릅디다려'의 사용이 특히 주목된다. 이 시어는 '흘러도' '연달아' 등과 어울리며 마지막 행에 'ㄹ'과 'ㄷ'의 중간 운을 조성한다. 그리고 마지막 음절 '려'가 유음과 모음으로 구성되어 강물이 막히거나 끊기지 않고 유장하게 흘러가는 모습을 잘 드러낸다. 소월은 '흐릅니다'에서 파생한 활용어미인 '디다'와 '구려'를 선택하고, 다시 이를 줄여 '디다려'라는 종결어미로 만들어 이 말을 운의 조성으로 사용한 것이다. 그가 이처럼 동사의 다양한 어미를 활용해서 중간 운을 조성한 예는 그의 시 도처에서 발견할 수 있다.

①

산에도 가시나무 가시덤불은
덤불덤불 산마루도 벋어 올랐소

—「가시나무」 부분

②

내 고향을 도로 가자 내 고향을 내 못 가네

—「삼수갑산」 부분

③

가시는 걸음걸음
놓인 그 꽃을
사뿐히 즈려밟고 가시옵소서

—「진달래꽃」 부분

①에서는 '산에도' '가시나무' '가시덤불' '산마루' 등에서 'ㅅ' 운이 조성되고 있으며, 이를 위해 '벋어 올랐소'라는 '소'로 끝나는 종결어미를 사용하고 있다. ②에서는 '내'의 반복에서 'ㄴ' 운이 조성되고 있으며, 이를 위해 '못 가네'라는 '네'로 끝나는 종결어미를 사용하고 있다. ③에서는 '가시는' '사뿐히'에서 'ㅅ' 운이 조성되고 있으며, 이를 위해 '가시옵소서'라는 '시옵소서'로 끝나는 종결어미를 사용하고 있다. 시인은 운의 조성을 위해 'ㅅ' 음이 반복적으로 들어가는 극존칭의 종결어미를 사용하였다. ③의 예에서 그가 우리말의 종결어미가 지닌 다양한 음상의 변화를 얼마나 중시하며 시의 운을 구사했는지를 극명히 확인할 수 있다.

또한 소월은 동사의 다양한 활용형을 이용하여 두운을 시도하였다. 그는 동사의 활용에서 어근은 변하지 않고 어미만 다양하게 나타나는 점에 착안하여 동사의 활용형을 다양하게 구사하여 동일한 어근을 반복시켜 두운을 조성하였다. 다음 시를 보자.

비가 온다
오누나
오는 비는 올지라도 한 닷새 왔으면 좋지

—「왕십리」 부분

이 시에는 '온다'. '오누나' '오는' '올지라도' '왔으면'이라는 어휘에서 'ㅗ'의 두운이 발생한다. 'ㅗ'의 두운을 발생시킨 어휘들은 모두 '온다'라는 동사의 활용형들이다. '오누나'는 '온다'의 감탄형, '오는'은 관형형, '올지라도'는 양보형, '왔으면'은 조건형 활용이다. 동사의 활용에 따라 어미가 변하는데 어근은 그대로 살아 있어 여러 활용형이 구사됨에 따라 시어의 첫소리가 반복되는 두운이 발생한 것이다. 이처럼 동사의 여러 활용형을 구사하여 두운을 조성한 것은 그의 시 도처에서 확인된다.

①
그립다
말을 할까
하니 그리워

그래도
그냥 갈까
다시 또 한 번

—「가는 길」 부분

②

산새도 오리나무
위에서 운다
산새는 왜 우노, 시메산골
영 넘어 갈라고 그래서 울지

—「산」 부분

③

그립기도 그리운 참말 그리운

—「맘 속의 사랑」 부분

④

가도 아주 가지는 않노라시던
그러한 약속이 있었겠지요

—「개여울」 부분

⑤

가시는 걸음걸음
놓은 그 꽃을
사뿐히 즈려밟고 가시옵소서

—「진달래꽃」 부분

①에서는 '그립다'와 '그리워'라는 어휘에서, ②에서는 '운다' '우노' '울지' 등의 어휘에서, ③에서는 '그립기도' '그리운' 등의 어휘에서, ④에서는 '가도' '가지는' 등의 어휘에서, ⑤에서는 '가시는' '가시옵소서' 등의 어휘에서 동사의 활용형이 여러 차례 다양하게 구사되며, 이를 통해 각각 두운이 조성되고 있다.

(2) 방언, 한자어, 반복 음성어의 구사

소월은 운의 구사를 위해 우리말의 사용 폭을 크게 넓힌다. 그는 순우리말 외에 한자어, 방언, 그리고 특별한 음성 조직을 지닌 우리말을 탐색한다. 그는 천부적인 언어 감각과 우리말의 구성 요소에 대한 천착을 바탕으로 운을 조성하는 시어들을 선택하여 적절한 문맥에 배치한다. 먼저 한자어를 보자.

산새도 오리나무
위에서 운다
산새는 왜 우노, 시메산골
嶺 넘어 갈라고 그래서 울지

—「산」 부분

이 시에는 'ㅅ' 운과 'ㅇ' 운이 조성되고 있다. 'ㅅ' 운은 '산새' '시메산골' '그래서' 등의 어휘에서 발생하며, 'ㅇ' 운은 '오리나무' '운다' '우노' '영 넘어' '울지' 등의 어휘에서 발생한다. 이 중 '嶺 넘어'의 '영'은 한자어로서, '영 넘어'는 일상에선 잘 안 쓰는 말이다. 소월은 'ㅇ' 운의 조성을 위해 한자어를 끌어 쓴 것이다. 이 한자어는 'ㅇ' 운이 들어간 인접 언어와 어울리며 아름다운 소리를 낸다. 그래서 일상어에서는 어색한 이 말이 시 안에선 아름다운 시어로 거듭난다.

둘째는 방언이다. 위의 시에서 '시메산골'은 '두메산골'의 방언이다. '산새' '그래서' 등의 어휘와 어울리며 'ㅅ' 운을 조성하기 위해 '두메산골' 대신 '시메산골'이란 방언을 구사한 것이다. 소월이 운의 조성을 위해 방언을 사용한 예는 그의 대표 시 「진달래꽃」에서도 볼 수 있다.

가시는 걸음걸음

놓인 그 꽃을

사뿐히 즈려밟고 가시옵소서

—「진달래꽃」 부분

이 시엔 '가시는' '사뿐히' '가시옵소서'에서 'ㅅ' 운이 조성되고 있고, '걸음걸음'과 '즈려밟고'에서 'ㄹ' 운이 조성되고 있다. 이 중 '즈려'는 '짓이겨'라는 말의 평안 방언이다. '즈려'라는 방언을 사용해 '걸음걸음'이라는 어휘 사이에 'ㄹ' 운을 조성하고 있다. 두 시어는 모두 임의 발걸음을 묘사하는 표현으로 호응 관계에 놓여 있는데, 'ㄹ' 운의 조성을 통해 떠나는 임의 발걸음을 소리 감각으로 잘 전달하고 있다.

셋째는 동일음이 들어 있는 단어의 구사이다. 한 단어에 같은 음이 두 번 이상 들어 있으면 그 자체로 운이 조성되고, 같거나 비슷한 음성의 다른 단어와 호응해 운의 효과가 고조된다. 그래서 소월은 의도적으로 이런 음성 조직을 지닌 단어들을 선택한다. '산새' '가마귀' '기러기' '시메산골' '역겨워' '서산' '산수갑산' '내일 날' '드리우리다' '흘리우리다' '뿌리우리다' '가시옵소서' 등이 그런 시어들이다.

음성 반복이 있는 말들의 선호는 자연히 그의 시어의 의미 폭을 제한시킨다. 그래서 그의 시 제재의 주종을 이루는 자연물의 경우, 새와 꽃과 나무와 산과 강 등의 세부명이 다채롭게 구사되지 않는다. 새 중에 '기러기'와 '가마귀'가 많이 등장하는 건 이 조류명에 같은 음이 반복되어 있기 때문이다. 나무 중에 '실버들' 같은 시어를 자주 구사한 것도 같은 맥락이다. 그의 시는 다양한 어휘의 발굴보다 아름다운 우리말 소리의 발견을 겨냥한다.

4. 어색한 구문과 낭송의 아름다움

소월 시는 소리 반복을 통한 운의 조성을 위해 시어를 선택, 배치하고 문장을 운영하기 때문에 산문의 관점에서 어색하고 모호한 문장이 많다. 운을 조성하기 위해 동사의 활용형을 여러 번 반복하다 보면 문장은 부정확해지고 의미 전달은 자연히 약해진다.

비가 온다
오누나
오는 비는
올지라도 한 닷새 왔으면 좋지

—「왕십리」 부분

운의 조성을 위해 '온다'의 활용형을 지나치게 많이 구사한 결과, 불필요한 말들이 반복되어 문장이 부자연스러우며, 그래서 의미 전달이 약하다. 그런데 이 구절을 낭송하면 말소리의 아름다움을 느끼게 되며, 그런 말소리의 즐거움이 문장과 의미의 모호성을 상쇄시킨다. 이것은 비단 동사의 활용형에 대한 되풀이 구사에서뿐 아니라, 소월 시 전반에서 볼 수 있는 그의 특징적인 문장 구사이고 시적 효과이다.

그립다
말을 할까
하니 그리워

그냥 갈까
그래도
다시 더 한 번……

저 산山에도 가마귀, 들에 가마귀
서산西山에는 해 진다고

지저귑니다.

앞강물, 뒷강물,
흐르는 물은
어서 따라오라고 따라가자고
흘러도 연달아 흐릅디다려.

—「가는 길」 전문

이 시의 3연은 '가마귀'란 말이 두 번 반복된다. 이 구절은 산과 들에 가마귀가 지저귀고 있음을 나타낸 말인데 "저산에도 가마귀, 들에 가마귀"라고 말을 불필요하게 늘어트리고 있다. 이 부자연스러운 진술은 전적으로 '가마귀'란 말의 반복과 '저 산'과 '서산' 사이에서 일어나는 'ㅅ' 음의 반복을 위한 것이다. 3연은 그래도 부정확한 표현은 아니지만, 4연은 어폐가 있는 문장이다. 시인은 '흘러가는 강물'을 "앞강물, 뒷강물, 흐르는 물"이라고 진술한다. 강물을 '앞강물'과 '뒷강물'로 나눈 것도 어색하고, 강물과 흐르는 물을 별개로 언급한 것도 어색하다. 강물은 한 몸으로 흘러가며, 그 자체로 흐르는 물이다. 소월은 이러한 어색함과 부정확함을 무릅쓰고 강물이란 소리의 반복을 위해 강물을 '앞강물'과 '뒷강물'로 나누어 표현했고, 강물의 소리 조직에 내장된 'ㅇ' 'ㅁ' 'ㄹ'의 유성자음을 반복하기 위해 '흐르는'이란 말을 첨가하여 '흐르는 물'이란 말을 한 번 더 구사한 것이다. "따라오라고 따라가자고"란 표현도 마찬가지이다. 불필요한 말의 반복이고 어색한 문장 구사이다. 전적으로 소리 반복을 일으키기 위해 쓰인 것이다.

3연에서 "해 진다고/ 지저귑니다"라는 진술은 까마귀의 울음소리에 대한 묘사인데 실제 감각과 거리가 있는 표현이다. '지저귀다'는 말은 보통 참새나 종달새같이 몸짓이 작은 새의 울음소리를 나타낼 때 쓴다. 까마귀와 까치의 울음소리는 '지저귄다'보다 '짖다'라는 표현이 더 어울린다. 소월이 이 말을 쓴 것은 '지저귀다' 바로 앞에 구사된 '해 진다고'란 말의 음성을 고려하여 'ㅈ' 음의 반복을 두드러지게 하려고 한 것이다. '짖다'란 말엔 'ㅈ' 음이 하나만 들어 있지만, '지저귄다'란 말엔 두 개가 들어 있다. 소월은 시어를 선택하고 배치할 때 뜻과 이미지의 정확함보다 인접 시어 사이에서 발생하는 소리 반복의 유무를 더 중요하게 여겼다.

이 시는 이렇게 문장의 어색함을 무릅쓰고 선택한 말들이 인접한 말들과 어울리며 여러 음색의 소리 반복을 일으켜 음악과 같은 아름다운 소리를 낸다. 그리고 그렇게 조성된 아름다운 소리가 궁극적으로 시의 의미를 상승시킨다. 이 시의 4연은 불필요한 말들의 반복과 어색한 문장으로 쓰였지만, 그런 말들이 유성자음의 화음을 조성하여 부드럽고 은은한 느낌을 전함으로써 유장하게 흘러가는 물의 모습을 청각적으로 호소한다.

나 보기가 역겨워
가실 때에는
말없이 고이 보내 드리우리다

영변寧邊에 약산藥山
진달래꽃
아름 따다 가실 길에 뿌리우리다

가시는 걸음걸음
놓인 그 꽃을
사뿐히 즈려밟고 가시옵소서

나 보기가 역겨워
가실 때에는
죽어도 아니 눈물 흘리우리다

—「진달래꽃」 전문

널리 알려진 이 시는 이별의 아픔을 노래한 것이다. 고려가요에 뿌리를 둔 이 시의 전언은 매우 익숙한 것이다. 시인은 낡은 주제를 음성 조직을 잘 살린 말들의 선택과 배치로 소리 반복을 조성하여 음악적인 아름다움과 즐거움이 있는 시로 승화시켜 놓았다.

이 시는 여러 음색의 반복이 화음을 이루며 진행된다. 1연 서두부터 '보기가' '역겨워' '가실' '고이' 등에서 'ㄱ' 음의 반복이, '나' '말없이' '보내' '드리우리다'에서 유성자음의 반복이 일어난다. 그리고 이보다는 약하지만 '가실' '말없이'에서 'ㅅ' 음의 반복이 일어난다. 2연에서는 '뿌리우리다'가 1연의 '드리우리다'와 호응하여 부드러운 유음이 깔리고 '약산'과 '가실'에서 'ㅅ' 음의 반복이 일어난다. 1연에서 약하게 진행된 'ㅅ' 음의 반복이 2연에서 전면에 떠오르게 된다. 3연에서는 '가시는' '걸음걸음'과 '사뿐히' '가시옵소서' 등에서 그동안 진행된 'ㄱ' 음과 'ㅅ' 음의 반복이 되풀이되어 두 음이 고조되는 가운데 'ㅅ' 음이 강력히 부상한다. '가시는'과 '가시옵소서'는 'ㄱ'과 'ㅅ' 음을 공유하고 'ㅅ' 음의 반복이 강화된 말이어서 두 말의 구사가 이 연에서 특히 큰 힘을 발휘한다. 마지막 4연에서는 3연에서 고조된 'ㅅ' 음이 희미해지고 1연에서 시도된 'ㄱ' 음과 유성자음의 반복이 되풀이되어 음악의 처음과 끝을 맞두되, '죽어도'와 '흐리우리다'에서 'ㅈ' 음과 'ㅎ' 음을 새로 선보여 약간의 소리 변화를 주면서 시의 음악을 끝맺는다.

이러한 소리 흐름을 정리하면 'ㄱ' 음과 유성자음의 강한 반복과 'ㅅ' 음의 약한 반복으로 시작되어 'ㅅ' 음을 고조시킨 다음 마지막에 다시 'ㄱ' 음과 유성자음을 되풀이하고 'ㅈ' 음과 'ㅎ' 음으로 약간의 변화를 주면서 끝난다. 이 시에서 주음인 'ㄱ' 음과 유성자음과 'ㅅ' 음은 절묘한 화음을 이룬다. 이 시의 전반적인 흐름을 지배하는 유성자음은 이 시의 소리를 부드럽고 은은하게 만들고, 1 · 2연에서 서서히 시작하여 3연에서 고조된 'ㅅ' 음은 이 시의 소리를 스산하고 애잔하게 만든다. 두 소리의 분위기는 여인의 마음씨와 임을 상실한 여인의 내면을 전해 주는 것만 같다.

그의 명작들은 대체로 의미를 따져 들기 이전에 음성 자질의 아름다움이 먼저 전해진다. 뜻보다 소리가 압도하는 그의 시는 낭송할 때 진가가 드러난다. 그의 시는 눈과 머리로 읽는 시가 아니라 낭송하면서 가슴으로 느끼는 시이다. 그의 시를 낭송하면 아름다운 한 편의 음악을 듣는 것만 같다. 일부러 감정을 이입해서 낭송하면 오히려 그의 시의 음악성이 훼손된다. 그의 시는 텍스트 안에 소리의 아름다움이 담겨 있는 것이다. 그는 낭송의 관습이 없던 우리의 시가 전통에서 처음으로 낭송의 쾌감을 주는 시의 모델을 창조해 냈다. 현대시의 형식과 수용 방식을 모색하고 정립하던 1920년대에 낭송의 미적 효과를 지닌 시를 처음으로 창작해 냈다는 점에 그의 시의 현대성이 놓여 있다. 이것은 우리말에 대한 그의 남다른 재능과 천착에서 비롯된 것이다. 운율 형식이 느슨한 우리 시의 전통을 극복하고 운의 형식을 개척하며 우리말 음성 조직의 아름다움을 시에 실어 낸 것은 소월이 우리에게 준 값진 선물이다.

지용 시의 '물' 이미지와 모성 의식

1. 지용 시와 언어의 신비

우리의 현대시에 최초의 호흡과 맥박을 불어넣은 것으로 평가되는 정지용 시인에 대해서는 그동안 수많은 연구가 진행되어 왔다. 그의 생애부터 운율과 이미지를 비롯한 시의 형식과 구조, 시의 주제, 현실 인식, 정신세계, 영향 관계 등 문학을 둘러싼 거의 모든 연구 방법이 그의 시 이해를 위해 동원되었고, 그에 대한 사전까지 편찬되었다.[1] 현대시의 역사에서 가장 중요한 시인에 합당한 만큼의 연구가 지금껏 이루어져 왔다. 그렇지만 골 깊은 산과 같은 그의 시 이해의 모든 길을 찾아 들어간 것은 아니며, 그의 시의 특성이 다 밝혀진 것은 더욱 아니다.

여전히 많은 연구의 손길을 기다리는 그의 시에서 좀 더 자세히 살펴보아야 할 영역은 이미지 표현이다. 그의 시의 현대성은 모국어의 뛰어난 활용에 있다. 그는 시가 언어예술임을 자각하고 천명한 최초의 시인이었다. 그

1 최동호, 『정지용 사전』, 고려대학교 출판부, 2003.

는 시의 신비는 언어의 신비라고 단언하였다.[2] 그는 뛰어난 시론가이자 시 감식자였는데 시에 대한 심판자 역할만 하지는 않았다. 그는 시에 대한 예술적 신념을 작품으로 입증하였다. 그는 우리말의 사용 용적을 획기적으로 늘렸다. 그는 대상을 정확히 표현하기 위해 토착어와 고어들을 광범위하게 활용하였다. 그는 우리말의 언어 자원을 최대로 발굴하고, 방치되었던 모국어를 조탁하여 빛나는 언어의 보석으로 세공하였다.

그렇다고 그의 시의 성취가 색다른 시어의 구사만으로 달성된 것은 아니다. 그가 쓴 광범위한 시어들은 주로 고향 말이었는데, 그 말들은 해당 지역에선 일상어들이었다. 그는 특별한 언어로 시를 쓴 게 아니라 일상의 언어를 특별한 방식으로 구사하여 모국어를 특별하게 만든 것이다. 그는 "언어는 시인을 만나서 비로소 혈행血行과 호흡과 체온을 얻어서 생활한다"[3]고 말하였다. 그의 말대로 그의 시 속에서 모국어는 새로운 생명을 얻는다. 잠자고 있던 모국어가 그의 시 안에서 생동하고 광채를 띠기 시작한다. 이것은 이미지를 표현하는 그의 남다른 기술과 능력에서 기인한 것이다. 그는 어떤 방식으로 이미지를 구사하였기에 모국어가 그의 시에서 그토록 생기를 띠는가? 그의 뛰어난 이미지 표현에는 어떤 원리가 작동하고 있는가? 이 글은 이러한 궁금증을 풀기 위해 쓰인다.

2. 시의 제재와 물

이미지 표현이란 시의 대상을 감각적으로 표현하는 것이므로 지용 시의 이미지를 살펴보기 위해서는 먼저 그가 다룬 시의 대상을 검토해야 할 것이다. 시의 대상은 시인의 의미 있는 경험이나 관심사와 관련된 것이고, 보

2 정지용, 「시와 언어」, 『정지용 전집 2, 산문』, 민음사, 1994, 253쪽.

3 정지용, 같은 곳.

통은 다양하게 포진해 있는데 지용의 경우엔 특정한 사물이 창작 기간 내내 지속해서 나타나 주목된다. 그것은 '물'이다. 그는 초기부터 후기까지 '물'과 관련한 사물에 지속적인 관심을 보인다. '물'은 그의 시에서 가장 많이 다루어지고, 지속해서 등장하는 제재이다.[4]

지용 시에서 물은 여러 사물의 모습으로 나타난다. 가장 많이 다뤄진 것은 '바다'다. 지용은 '바다'를 제목으로 한 연작시를 아홉 편 발표했다. 이 외에 그는 「갑판 위」「선취船醉 1」[5]「선취船醉 2」「갈매기」「해협海峽」「다시 해협海峽」「갈릴레이 바다」「풍랑몽風浪夢 1」「겨울」 등에서 바다를 제재로 작품을 썼다. '바다' 다음으로 많이 다룬 '물'은 '호수'다. 그는 「호면湖面」「호수湖水 1」「아침」 등에서 호수를 제재로 작품을 썼다.

지용 시의 제재를 처음으로 살펴본 오탁번은 그의 시의 제재가 초기엔 바다에서 후기엔 산으로 옮겨 갔다고 말한 바 있다.[6] 지용은 『정지용 시집』과 『백록담』 두 권의 시집을 간행하였는데, 전자엔 바다 시편이, 후자엔 산 시편이 많은 것이 사실이다. 그런데 주목되는 것은 '산'을 제재로 한 후기 시에서도 '물'이 많이 등장한다는 점이다. '산'의 시편에서 '물'은 '비'와 '폭포'로 변주되어 나타난다. 그는 시 「비」에서 산속의 비 내리는 풍경을 그리고 있고, 「폭포」라는 시에서는 산속 폭포의 형상을 그리고 있다. 그는 금강산 기행 시편인 「온정溫井」에서 산속의 '온천물'을 중심 제재로 삼고 있다. '산'

---

4 지용 시의 변모 과정을 '물'의 심상에 초점을 맞춰 연구한 논문으로 이창민의 「정지용 시 연구-물 이미지의 변모 양상을 중심으로」(고려대 석사학위 논문, 1992)가 있다.

5 이 논문의 텍스트와 작품 제목은 『정지용 전집 1, 시』(민음사 1994)로 하며, 필자가 여기에 한글을 병기하였다. 지용 시엔 '선취船醉'라는 제목의 작품이 두 편 있다. 하나는 『학조』 2호(1927. 6)(『시문학』 1호(1930. 3)에 재수록)에 발표한 것으로 『정지용 시집』에 실려 있고, 또 하나는 『백록담白鹿潭』에 실려 있다. 이 밖에 「바다 1」「바다 2」라는 제목의 작품이 각각 세 편씩 있고, 「비로봉毘盧峯」이라는 제목의 작품도 두 편 있다. 민음사판 『정지용 전집』에는 동일한 제목의 작품에 일련번호를 붙여 구분했다. 이 논문은 편의상 여기에 따른다.

6 오탁번, 「정지용의 제재」, 『현대문학산고』, 고려대 출판부, 1971, 121쪽.

의 시편에서 '물'이 중심 제재가 아닐 때도 대체로 비가 내리고 개울물이 흐르는 풍경이 나타난다.

'산'의 시편 외에도 그의 시엔 비가 내리는 장면들이 많다. '프란스'라는 도쿄의 카페를 배경으로 식민지 지식인의 설움과 자조를 표출한 「카페 프란스」라는 작품에서 화자를 포함한 세 명의 유학생이 카페를 향하여 걸어가는 배경엔 '비'가 내리고 있다. 이 시절에 쓴 「압천」이란 시는 교토를 가로지르며 흐르는 '압천'이란 강을 배경으로 쓴 작품이다. 그의 후기 시를 대표하는 시 「백록담白鹿潭」은 한라산 정상의 '백록담', 즉 산 정상의 '물'을 향한 등정기이며, 정상의 물에 대한 묘사로 끝난다. '물'이라는 사물을 향한 시인의 집요함을 우리는 시 「비로봉毘盧奉 1」에서 극명하게 확인할 수 있다.

백화白樺 수풀 앙당한 속에
계절季節이 쪼그리고 있다.

이곳은 육체肉體 없는 요적寥寂한 향연장饗宴場
이마에 시며드는 향료香料로운 자양滋養!

해발오천海拔五千 피이트 권운층卷雲層 우에
그싯는 성냥불!

동해東海는 푸른 삽화揷畵처럼 옴직 않고
누뤼 알이 참벌처럼 옮겨 간다.

—「비로봉毘盧奉 1」 부분

이 시는 '비로봉'을 소재로 한 작품이다. 시인은 초반 두 연에서 산속의 나무와 관련한 풍경을 묘사하곤, 이내 비 내리는 풍경으로 시선을 옮긴다. "해발오천海拔五千 피이트 권운층卷雲層 우에/ 그싯는 성냥불!"은 번개 치는 모습을 묘사한 것이다. 그는 비로봉 정상에서 먹구름이 끼고 번개가 치는 풍경에 집중한다. 그리고 4연에서 우박이 내리는 풍경을 그린다. 이 시에서 또 하나 주목되는 것은 산 정상으로부터 아주 멀리 떨어져 있는 바다에 눈길을 보낸 점이다. 높은 산 정상에서도 그는 바다에 시선을 보낸다. 그 바다는 산에서 너무 멀리 떨어져 있어 '푸른 삽화'처럼 정지된 그림처럼 보인다. 이 시의 뛰어난 비유들, 번개에 대한 비유인 성냥불, 우박에 대한 비유인 참벌, 먼바다에 대한 비유인 푸른 삽화 등은 모두 물과 관련되어 있다. 그는 물에 집중적인 시선을 보내고, 그의 시의 뛰어난 표현들은 물과 관련된 대상들에서 나온다.

3. 비유의 구성 원리와 물

지용은 '물'을 시의 대상으로만 사용하지 않는다. 그는 어떤 대상을 비유적으로 드러낼 때도 '물'을 자주 사용한다. 그는 '물'이 아닌 대상을 이미지로 드러낼 때도 '물'을 자주 사용한 것이다. 그에게 물은 시의 중요한 제재면서, 동시에 이미지 표현의 중요한 수단이다. 그에게 물은 비유의 원관념이면서 보조관념이다. 다음의 예들을 보자.

①

전설 바다에 춤추는 밤물결 같은 어린 누이의 귀밑머리

—「향수鄕愁」 부분

②

바람은 음악의 호수

—「바람」 부분

③

선뜻! 뜨인 눈에 하나 차는 영창
달이 이제 밀물처럼 밀려오다
…(중략)…
한밤에 홀로 보는 나의 마당은
호수같이 둥글게 차고 넘치노나

—「달」 부분

④

먼 해안海岸 쪽
길옆 나무에 느러 슨
전등電燈. 전등電燈.
헤엄쳐 나온 듯이 깜박어리고 빛나노나

—「슬픈 인상화印象畵」 전문

⑤

지리교실전용지도地理敎室專用地圖는
다시 돌아와 보는 미려美麗한 칠월七月의 정원庭園
천도열도千島列島 부근附近 가장 짙푸른 곳은 진실眞實한 바다보다 깊다.
한가운데 검푸른 점點으로 뛰여들기가 얼마나 황홀恍惚한 해학諧謔이냐!
의자椅子 우에서 따이빙 자세姿勢를 취取할 수 있는 순간瞬間
교원실敎員室의 칠월七月은 진실眞實한 바다보담 적막寂寞하다.

—「지도地圖」 전문

「향수鄕愁」에서 누이의 머리카락 모양은 '전설 바다의 춤추는 밤물결'로 비유되어 있다. 까만 머리카락의 굴곡진 모양이 '밤바다의 밤물결'에 빗대진 것이다. 그냥 '밤바다'라고 하지 않고 '전설 바다'로 표현한 것은 누이가 앉아 있는 방 안의 조명과 관련된 것으로 보인다. 시의 마지막 연에 "흐릿한 불빛에 돌아앉아 도란도란거리는 곳"이라는 구절이 나오므로 시의 화자가 바라본 누이의 머리카락은 흐릿한 불빛에 비친 것이다. '초라한 지붕'의 허름한 집 안에서 흐릿한 불빛으로 인해 희미하게 비친 누이의 머리카락이 실제가 아닌 아득한 전설 속의 세계처럼 비쳐 그렇게 표현한 것으로 보인다. 시 「바람」에서는 '바람'이 '음악의 호수'에 비유되어 있다. 이 표현은 바람의 은은하고 부드러운 소리가 음악에 비유되고, 고요하고 잔잔하고 부드러운 선율을 나타내기 위해 '음악의 호수'라는 은유를 구사하고 있다. 그러니까 바람과 음악이 모두 '물'이라는 이미지의 변주로 감각된 것이다. 시 「달」에서는 달빛이 은은하게 뜰에 밀려오는 모습을 '밀물'에 비유하고, 그 연장선 위에서 '마당'은 '호수'에 비유되어 있다. 시 「슬픈 인상화印象畵」에서는 전등빛이 퍼져 나가는 모습을 헤엄쳐 나가는 것 같다고 표현하고 있다. 빛의 흐름을 물의 흐름에 비유한 것이다.

시 「지도地圖」에서 물에 대한 비유는 각별하다. 시인은 지리 전용 교실에 걸려 있는 총천연색 지도를 '칠월의 정원'에 비유하고, 그 지도 가운데서 '천도 열도' 부근의 바다에 시선을 집중한다. 지도 안의 여러 지점 중 유독 바다에 시선을 모으는 데서 '물'에 대한 그의 특별한 관심을 확인하게 된다. 시인은 지도 안의 바다에 시선을 집중하며 그 안으로 뛰어들 것 같은 느낌을 받는다. 시인이 바라보고 있는 지도는 지리 교실의 전용 지도이므로 크기가 매우 클 것이다. 벽에 걸린 커다란 천연색 지도 안에 새파랗게 그려진 바다를 한참 바라다보면 그 사물은 점점 커져서 지도의 바다가 교원실 전체를 에워싸는 느낌을 받을 것이다. 이것은 한 대상에 집중할 때 자신을 몰각하고 대상이 무한히 커지는 현상이 반영된 것이다.[7] 바다가 교원실 전체를

7 김달진의 시 「샘물」에도 이와 유사한 시적 경험이 나타난다. 이 시에서 시인은 숲속의 샘물을 오래 들여다보며 조그만 샘물이 바다같이 넓어지고, 시인은 동그란 지구의 섬 위에 앉아 있는 것처럼 느낀다.

에워싸는 느낌을 받는 순간 의자 위에 앉아 있던 시인은 마치 바다를 향해 뛰어 들어가는 것 같은 느낌을 받는다. '의자 위에 서서 다이빙 자세를 취할 수 있는 순간'이라는 표현은 이러한 시적 체험을 표현한 것이다. 교원실이 바다로 전이되어 그 안으로 뛰어 들어가는 상상에 빠지는 것은 '황홀恍惚'하고도 '해학諧謔'적인 경험이다. 이러한 몰입과 전이의 경지는 주변에 사람이 없고 매우 조용할 때 가능할 것이다. 시의 마지막 행은 이러한 공간을 암시하며 끝맺는다. 시인이 지도를 바라보던 교원실은 '칠월七月'의 '적막'한 공간이었다. 1학기 수업이 모두 끝나고 여름방학에 들어간 교원실의 풍경이었던 것 같다. 이 시는 물에 대한 그의 특별한 관심과 대상을 물 이미지로 형상화하는 그의 이미지 표현 방식을 잘 보여 준 작품이다.

4. 모성 의식과 물

지용은 왜 이렇게 시에서 '물'을 많이 사용할까? 문학은 체험의 기록이므로 지용 시에 물이 많이 등장하는 것은 그의 체험과 관련된 일일 것이다. 그가 어린 시절을 보낸 충북 옥천의 고향 집 앞엔 실개천이 흐른다. 그는 시 「향수」에서 이 장면을 그렸다. 또 그가 교토의 도지샤 대학(同志社 大學)에 유학할 때 그가 머물던 곳엔 '압천'이란 개천이 있었다. 그는 이곳을 배경으로 시를 썼다. 그는 일본으로 유학을 떠나면서 거대한 바다를 체험했다. 교통수단이 열악했던 당시에 조그만 배를 타고 장시간 현해탄을 건넌 일은 매우 강렬한 바다 체험이었을 것이다. 이때의 체험이 그에게 바다 시편을 촉진했다. 산 시편에서 물이 많이 나온 것도 산속의 비와 개울을 그린 것이다.

그렇더라도 그의 시에 물이 많이 등장한 것이 이러한 체험에서만 비롯된 것으로 보긴 어렵다. 바다 체험을 제외하면 고향과 교토 시절의 냇가 체험은 일반적이고 보편적이다. 이 정도의 물가 체험은 누구에게나 있는 일이다. 산 시편을 그린 시인들이 모두 비와 개울을 그리지는 않는다. 그렇지 않은 시가 훨씬 더 많다. 게다가 비유의 원리로 동원된 것은 이러한 체험으로는 설명되지 않는다. 그의 물 지향은 심층 의식과 관련된 것으로 볼 수 있다. 이와 관련하여 그의 시에 본능적인 모성 의식을 드러내는 시들이 자주 발견되는 점에 주목할 필요가 있다. 물은 모성 의식과 깊은 연관을 지닌다. 바슐라르는 '물'이 모성 상징 가운데 가장 크고 불변한 것이라고 말하였다.[8] 동양의 중국에서도 물은 용이 살고 있는 특수한 거처로 인식되는데, 그 이유는 모든 생명이 물에서 태어난다고 생각하였기 때문이고, 인도의 베다에서도 물은 가장 원초적인 모성을 상징하고 있다.[9]

> 삼동내— 얼었다 나온 나를
> 종달새 지리 지리 지리리……
>
> 웨저리 놀려 대누.
>
> 어머니 없이 자란 나를
> 종달새 지리 지리 지리리……
>
> 웨저리 놀려 대누.
>
> 해바른 봄날 한종일 두고
> 모래톱에서 나홀로 놀자
>
> —「종달새」 전문

동시풍의 이 시에서 지용은 종달새의 울음소리를 어머니 없이 자란 나를 놀리는 소리로 느낀다. 햇빛이 좋은 봄날이지만 시인은 상실감과 고독감을

---

8 바쉴라르, 이가람 역, 『물과 꿈』, 문예출판사, 1980, 8쪽.
9 이승훈 편저, 『문학상징사전』, 고려원, 1995, 175쪽.

느끼는데 그것은 엄마의 부재에서 온 것이다. 이 시에 나타난 시인의 모성 상실은 실제 삶과는 무관하다. 지용은 어린 시절 어머니를 일찍 여의지 않았고, 어머니와 떨어져 살지도 않았지만, 이 시에서 어머니 없이 자랐다고 진술한다.[10] 이것은 본능적인 모친 상실 공포증의 반영이다. 이것은 보통의 사람들이 어린 시절에 겪는 일반적인 불안의식인데 지용에게는 그 의식이 크고 강하게 자리 잡고 있었던 것으로 보인다. 이 점은 「말 1」이란 시에서 확연하게 드러난다.

말아, 다락 같은 말아
너는 즘잔도 하다마는
너는 웨그리 슬퍼 뵈니?
말아, 사람 편인 말아,
검정콩 푸렁 콩을 주마.

이 말은 누가 난 줄도 모르고
밤이면 먼 데 달을 보며 잔다.

—「말 1」 전문

동시풍의 인용 시에서 시인은 '말'을 보면서 왜 그렇게 슬퍼 보이냐고 반문한다. 소년 화자에게 '말'은 다락처럼 커다랗게 보인다. '다락'은 전통 한옥에 일반적으로 갖춰져 있는 공간이다. 다락은 커다랗고 컴컴하며, 잡동

10 정의홍은 이 시에서 어머니 없이 자란 나의 실제적인 경험의 실체는 어머니가 아니라 어린 시절 오래 떨어져 살았던 아버지라고 말한다. 그런데 이 시에서 어머니라고 말한 것은 아버지 없이 자란 아픔의 경험을 감소시키기 위해 경험의 대상을 어머니로 바꾸어 표현함으로써 자아 평형을 획득하고자 하는 일종의 투사 현상이라고 말한다. 정의홍, 『정지용 시 연구』, 형설출판사, 1995, 67쪽.

사니 물건이나 냉장이 요구되는 음식이 보관되기도 했던 곳이기에 아이들에게 호기심과 동경의 공간이었다. 말을 '다락'에 비유한 것은 유년 화자에게 '말'이 커다랗고 친근하게 느껴졌기 때문이다. 사람 편인 말은 유년 화자 곁에 있는 동물이다. '다락'처럼 크고 컴컴하게 생긴 말은 늘 점잖다. 그런데 유년 화자는 그 말이 슬프게 보인다. 왜 그렇게 느끼는 것일까? 다음 연에서 그 이유가 진술된다. 말이 '밤마다 누가 난 줄도 모르고 먼 데 달을 보며' 자기 때문이다. 유년 화자는 사람 곁에서 지내는 말을 보며 그가 밤마다 엄마를 그리워하며 슬픔에 잠겨 있을 거라 상상한 것이다. 자기 종족과 떨어져 지내는 말에게 이런 슬픔을 느끼는 것은 유년 화자의 모친 상실 콤플렉스가 말에게 투영된 것이다.[11] 이 시에 드리워져 있는 지용의 심리는 시 「종달새」와 거의 동일한 맥락에 놓여 있는 것이다. 이러한 본능적인 모성 의식은 시 「백록담白鹿潭」에서도 나타난다.

5

바야흐로 해발海拔 육천척六千呎 우에서 마소가 사람을 대수롭게 아니 녀기고 산다. 말이 말끼리 소가 소끼리, 망아지가 어미 소를 송아지가 어미 말을 따르다가 이내 헤여진다.

6

첫 새끼를 낳느라고 암소가 몹시 혼이 났다. 얼결에 산길 백 리를 돌아 서귀포로 달아났다. 물도 마르기 전에 어미를 여흰 송아지는 움매- 움매- 울었다. 말을 보고도 등산객을 보고도 마구 매어달렸다. 우리 새끼들도 모색毛色이 다른 어미한테 맡길 것을 나는 울었다.

—「백록담白鹿潭」 부분

---

11 이 시의 모친 상실 공포증에 대해서는 유종호가 상세히 설명한 바 있다. 유종호, 『시란 무엇인가』, 민음사, 110~115쪽.

시인은 '백록담' 정상 부근에서 말과 소가 같은 종족끼리 모여 살고 서로 어울리며, 또 사람들과도 공존하는 장면을 인상 깊게 바라본다. 시 「말 1」에서 말이 자기 종족과 떨어져 사람과 함께 지내며 밤마다 알지도 못하는 부모를 그리워하는 것에 슬픔을 느꼈던 시인은 마소가 자기 종족과 함께 지내고 사람과도 어울리는 모습에서 충만한 행복을 느낀다. 그런데 그중에 암소가 첫 새끼를 낳느라고 혼이 나 얼떨결에 서귀포로 달아나서 어미를 잃은 송아지가 울면서 말이나 등산객한테 매달리는 것을 보고 슬퍼한다. 그리고 시인은 그러한 동물의 이산離散을 보며 자기 자식이 남의 어미한테 맡겨질 것을 생각하며 슬픔에 잠긴다.[12] 「말 1」은 1927년 『조선지광』에 발표된 작품이고, 「종달새」는 1935년 『정지용 시집』에 실린 작품이며, 「백록담」은 1939년 『문장』에 발표된 작품이다. 지용은 시 창작 초기와 중기와 후기에 걸쳐, 그리고 동시풍의 유년 화자의 심정을 드러낸 시부터 성인 화자의 고된 등정을 그린 시에 이르기까지 모성 의식을 드러내고 있어, 그의 시 의식의 심층에 모성 의식이 뚜렷이 내재해 있음을 확인할 수 있다.

5. '물' 이미지의 모성 의식과 동영상의 감각

지용의 내면에 깊이 잠재된 모성 의식은 그의 물 이미지 표현에 깊이 관여하고, 그 의식이 그의 시의 이미지를 다른 시인과 차별된 빛나는 감각의 세계로 이끈다.

①

포탄砲彈으로 뚫은 듯 동그란 선창船窓으로

12 유종호는 이 시에 소생들을 고아로 남겨 놓을지 모른다는 기아棄兒 공포증이 깔려 있다고 설명하였다. 유종호, 앞의 책, 115쪽.

눈섭까지 부풀어 오른 수평水平이 엿보고

하늘이 함폭 나려앉아
큰악한 암탉처럼 품고 있다.

—「해협海峽」 부분

②
옴으라쳤던 잎새. 잎새. 잎새
방울방울 수은水銀을 바쳤다.
아아 유방乳房처럼 솟아오른 수면水面
바람이 굴고 게우가 미끄러지고 하늘이 돈다.

—「아츰」 부분

시「해협海峽」은 선실 안에서 원형 창문을 통해 내다본 바다의 풍경을 그리고 있다. "눈섭까지 부풀어 오른 수평水平"이라는 구절로 미루어 보아, 시인은 수면 아래에 있는 선실에서 창문을 통해 바다를 내다보고 있다. 시인은 물에 어느 정도 잠겨 있고, 바다 끝은 하늘에 맞닿아 있다. 시인은 이러한 풍경을 "하늘이 함폭 나려앉아/ 큰악한 암탉처럼 품고 있다"고 묘사한다. 바다 끝에 맞닿아 있어 마치 바다를 덮고 있는 것으로 보이는 하늘을 암탉에 견주고 바다를 알이나 새끼에 견준 이 뛰어난 비유는 모성 의식 속에서 탄생한 것이다. 미당 서정주의 시「행진곡」에 "멀리 서 있는 바닷물에선/ 난타하여 떨어지는 나의 종소리"(「행진곡行進曲」) 란 구절이 있다. 이 표현도 바다의 수평선 끝이 하늘과 맞닿아 있는 풍경을 묘사한 것이다. 미당은 같은 바다 풍경을 보고 '서 있다'라는 수직적인 인식을 하는데, 지용은 모성 의식이 개입하여 하늘이 바다를 에워싸는 원형적인 인식에다 암탉이 알을 품은 것으로 인식한 것이다.

시「아츰」에서는 호수가 '유방乳房'에 비유되어 있다. 그다음 구절에 "바람이 굴고"라는 표현이 나오는 것으로 보아, 바람에 의해 호수가 일렁여서 표면이 돌출되는 모양을 유방처럼 솟는 것으로 표현한 것이다. 호수가 유방이라는 모성 이미지로 빚어져 바람은 부는 것이 아니라 굴러가는 것으로, '게우'는 미끄러지는 것으로 묘사되어 바위와 거위와 하늘의 모습이 생기 있게 그려지고, 그들의 모습이 부드럽고 따뜻하게 전해진다.

지용 시의 이미지 표현의 작동 원리인 모성 의식은 생명 의식으로 나아간다. 모성 의식엔 기본적으로 생명에 대한 보호 본능이 담겨 있으므로 두 의식은 서로 연관된 것이다. 모성 의식을 강하게 지닌 시인이 생명 의식을 지니는 것은 자연스러운 일이다. '물'의 이미지 표현에 모성 의식이 작용한 데 이어 생명 의식이 작용한다. 시인은 '물'이란 사물을 생명 있는 것으로 간주하여 생기 있고 뛰어난 이미지로 표현한다. 대표적인 작품의 하나로 「비」를 들 수 있다.

돌에
그늘이 차고,

따로 몰리는
소소리 바람.

앞섰거니 하야
꼬리 치날리여 세우고,

종종 다리 깟칠한
산山새 걸음거리.

여울지여
수척한 흰 물살,

갈갈히

손가락 펴고.

멎은 듯

새삼 돋는 비ㅅ 낯

붉은 닢 닢

소란히 밟고 간다.

—「비」 전문

이 시는 산속의 비 내리는 풍경을 그리고 있다. 1연과 2연에서는 산속에 비가 내리기 직전의 상황을 묘사한다. 돌에 그늘이 찬 것은 구름이 몰려 날씨가 흐려지고 있음을 암시한다. 2연은 산속에 바람이 부는 모습에 대한 묘사이다. 소소리바람(회오리바람)은 그 형상이 뚜렷이 나타나는 바람이다. "따로 몰리는/ 소소리 바람"이라는 표현엔 산골의 한쪽으로 회오리바람이 부는 형상이 선명하게 포착된다. 구름이 몰려 돌에 그늘이 지고, 소소리바람이 몰아쳐 비가 내릴 조짐이 강하게 보인다. 마침내 3연에서 비가 내린다. 시인은 그 모습을 '산새'의 이미지로 표현한다.[13] 전체 문맥으로 보아 이 시에서 내리는 비는 가늘고 적다. 날씨가 흐리고 바람이 불다가 가는 비가 내리치기 시작하며 점차로 비 내리는 영역이 앞으로 확대해 나가는 모양이 "앞섰거니 하야"라는 표현 속에 섬세하게 포착되어 있다. 이 같은 정황을 떠올리며 그다음 구절을 읽으면 "꼬리 치날리여 세우고"란 표현은 빗발이 바

13 장경렬은 이 시의 산새를 '비'로, 최동호와 권영민은 그냥 '산새'로 해석한다. 장경렬, 「이미지즘의 원리와 시화詩畫」, 『신비의 거울을 찾아서』, 문학수첩, 2004; 최동호, 「정지용의 산수시와 은일의 정신」, 『민족문화연구』 19집, 1986. 1; 권영민, 『정지용 시 126편 다시 읽기』, 민음사, 2004.

람을 받으며 위쪽으로 날리는 형상을 그린 것임을 알 수 있다. 그리고 "종종다리 깟칠한/ 산새 걸음거리"에서 '종종 다리'는 가는 빗발들 하나하나가 모여 앞으로 흩날려 나가는 모양을 산새가 종종걸음을 치는 모양에 빗댄 것이고, '깟칠한'은 가늘고 수척한 느낌의 가을비의 빗발을 '깟칠한' 산새 다리에 빗댄 것임을 알 수 있다. 5연과 6연은 산속의 개울물에 대한 묘사이다. 비 내리는 모습에 보낸 시선은 자연스럽게 비가 내린 이후 더욱 생기를 띠는 개울물로 이동한다. "여울지여/ 수척한 흰 물살"은 여울진 물길에 대한 묘사이다. 이 표현에서는 '여울지여'라는 말에 주의해야 한다. 물살이 수척해진 것은 '여울지여' 나타난 현상이다. 여울물은 여울이 진 곳에서는 좁은 길을 통과하느라 물살은 세지지만 물길은 가늘고 얕아진다. 그러한 물길의 모양을 "수척한 흰 물살"이라는 의인법으로 표현한 것이다. '갈갈이 손가락 펴고'는 물길이 여울을 통과할 때의 과정을 섬세한 관찰로 표현한 것이다. 여울목에서 좁혀졌던 물길이 여울목을 빠져 다시 큰 물길로 나갈 때는 속력을 내며 부챗살 모양으로 퍼져 나간다. 이런 모습을 주먹 쥐었다 손가락을 펴는 동작에 빗대 생동감 있게 드러낸 것이다. 7연과 8연은 다시 비 내리는 모습에 대한 묘사이다. "멎은 듯/ 새삼 돋는 비ㅅ낯"은 멎은 것 같았던 비가 다시 내린다는 것이다. "붉은 닢 닢/ 소란히 밟고 간다"는 빗방울이 붉은 잎 여기저기에 떨어지는 모양을 묘사한 것이다. 3연에서는 빗발이 허공에 흩날리는 모양을 묘사하였고, 여기서는 그 빗방울이 나뭇잎에 떨어지는 모양을 묘사하고 있다. 빗방울이 나뭇잎에 떨어진다는 것을 '밟고 간다'고 활유로 표현할 수 있는 것은 그 앞에서 '비'의 형상을 '새'에 비유했기에 가능한 것이다. 만약 '밟고 간다'는 '활유'가 '나뭇잎'을 밟고 가는 '사람'에 견준 의인법이라면 지용의 예리한 언어 감각에 전혀 어울리지 않는 표현이다.

이 시는 제목에 명시된 것처럼 산속에 '비' 내리는 정경을 시간적인 진행에 따라서 섬세한 관찰과 뛰어난 언어 감각으로 형상화하고 있다. 이 시는 한 폭의 산수화지만, 정물화가 아니라 동적인 그림이다. 이 생동하는 그림은 오히려 영상에 가깝다. 지용의 이미지 표현이 생동감을 불러일으키는 것은 사물을 생명이 있는 것으로 간주하면서 생기와 활력을 불어넣고 있기 때문이다. 그리고 그 대상은 상당 부분이 '물'과 관련된 사물이다. 이러한 특징은 그의 시의 이미지 표현 곳곳에서 발견되는 현상이다.

①

동해東海는 푸른 삽화揷畫처럼 옴직 않고
누뤼 알이 참벌처럼 옴겨 간다.

—「비로봉毘盧奉 1」 부분

②

밤비는 뱀 눈처럼 가는데

—「카페 프란스」 부분

③

바다는 뿔뿔이
달아 날려고 했다

푸른 도마뱀 떼같이
재재 발렸다

꼬리가 이루
잡히지 않았다

—「바다」 부분

④

유리琉璃에 차고 슬픈 것이 어린거린다.
열없이 붙어서서 입김을 흐리우니

길들은 양 언날개를 파다거린다.

—「유리창琉璃窓 1」 부분

⑤

전설傳說바다에 춤추는 밤물결 같은

검은 귀밑머리 날리는 어린 누의와

—「향수鄕愁」 부분

시 「비로봉毘盧奉 1」의 인용 대목은 해발 오천 피트의 권운층 높이에서 내려다본 바다의 모습과 누뤼(우박)가 내리는 모습에 대한 묘사이다. 산 정상에서 아득하게 멀리 내다보이는 바다는 움직이지 않는 그림같이 느껴진다. 그 정적인 그림에 우박이 내리는 모습이 포개진다. 우박이 내리는 모습은 참벌이 옮겨 가는 것으로 묘사된다. 주목되는 것은 멀리 보이는 바다를 '삽화'라고 표현한 점이다. 이 시는 '바다'라는 삽화를 배경으로 그 위에 참벌로 묘사된 우박이 내리는 모습을 그린 것이다. 움직이지 않는 바다와 그 위를 옮겨 다니는 참벌의 동적인 모습의 대비를 통해 비 내리는 모양은 한층 생기를 띠며 생동감 있게 환기된다. 시 「카페 프란스」의 인용 대목은 '밤비'가 전등에 비쳐 가늘고 하얀 모양을 드러내는 모습을 묘사한 것이다. 시각적인 모습을 표현한 것인데 지용은 '뱀 눈'이라는 생명체의 기관에 비유하여 섬뜩할 정도의 사실성과 생동감을 불러일으킨다. 시 「바다」에서는 바다 물결의 움직임을 푸른 도마뱀 떼의 움직임에 비유한다. "꼬리가 이루/ 잡히지 않았다"는 표현은 도마뱀 떼의 빠른 움직임에서 파생된 비유로 물결의 역동성에 대한 뛰어난 묘사이다. 시 「유리창琉璃窓 1」에서는 유리에 어린 시인의 '입김'을 '새의 날개'에 비유하고 있다. '물'의 최소 단위로서 유리에 번지듯 새겨지는 '입김'의 얇고 섬세한 모양을 '새'라는 연약한 생명체에 비유한다. 여기에다 '파닥거린다'는 날갯짓까지 덧붙여 새의 운동성을 드러내는데, 입김이 유리에 번지다가 희미해져 가는 움직임을 섬세하게 그린 것이다. '입김-새'의 비유적 관계는 시의 마지막 연에 표출된 "고흔 폐혈관이 찢어진 채로/아아, 늬는 산새처럼 날러갔구나!"라는 구절과 유기적인 연관을 맺으면서, '입김'의 이미지는 '어린 생명'의 의미로 나아간다. 그의 '물' 이미지 표현에서 모성 의식과 생명 의식이 개입되어 있음을 뚜렷이 확인할 수 있다. 지용 시의 '물' 이미지 표현에 두 의식이 작용하여 생동감을 드러내는 것은 「향수鄕愁」의 인용한 구절에서 다시 한번 확인된다. 앞서 살펴보았듯이 이 구절은 흐릿한 불빛에 희미하게 비친 누이의 굴곡진 머리 스타일을 전설의 세계에서 볼 수 있는 듯한 바다 물결에 비유한 것이다. 머리의 굴곡진 모양과 바다의 물결은 시각적인 유사성을 보인다. 지용은 여기에 머물지 않고, '물결' 위에 '춤추는'이라는 수사를 덧붙여서 이를 의인화한다. '물결'에 다시 생명을 불어넣는 의인화적 표현으로 누이의 머리카락 모양은 더욱 실감 나게 환기된다.

6. 모성 의식의 보편성과 남다른 시적 구사

지용 시에서 가장 빈번하고 지속해서 나타나는 제재는 '물'이다. 그의 시에서 물은 바다, 호수, 비, 폭포, 개울물, 온천물 등으로 나타난다. 물이 중심 제재가 아닌 시에도 물 이미지가 자주 나타난다. 그는 물이 아닌 시의 대상을 이미지로 표현할 때도 물을 자주 사용한다. 지용 시에서 물은 시의 주요 대상이면서 이미지 표현의 중요한 수단이다.

그의 시에 물이 자주 등장하고 이미지 표현의 주된 원리로 작용하는 것은 그의 심층에 내재한 모성 의식과 깊은 관련을 갖는다. 그가 동시풍의 시나 성인 화자의 고된 등정을 다룬 시에 이르기까지 모성 상실 의식을 드러낸 시들을 지속해서 발표했다는 점에서 일반인보다 더 깊은 모성 의식의 소유자이며, 특히 시 창작에 이 의식이 강하게 작용한 것을 확인할 수 있다. 이러한 모성 의식과 그와 연관한 생명 의식이 그의 물 이미지를 빚어내는

데 작용하면서 그의 시의 이미지 표현은 빛나는 성취를 거두게 된다. 모성 의식과 생명 의식으로 빚어진 그의 시의 이미지 표현은 정적 그림이 아니라 동영상으로 전해져 독자들에게 강렬한 인상을 남긴다.

모성 의식과 생명 의식은 인간이 지닌 가장 기본적이고 보편적인 심리이다. 그 의식은 시인이 인간과 세상을 보고 그 안의 진실을 그려 내는 문학의 근본적인 동력일 것이다. 다만, 지용은 시의 이미지를 빚어내는 데 그 의식을 누구보다 강렬하고 효과적으로 사용하여 자기만의 개성을 확보하며 빛나는 시적 성취를 거둔 것이다.

신석정 시의 유니크한 자연과 역사적 현실

1. '시문학파' 시인의 긴 시적 여정

신석정은 1907년 전북 부안에서 태어나 1924년 11월 24일 《조선일보》에 시 「기우는 해」[1]를 발표하면서 작품 활동을 시작했는데, 시단에 자신의 이름을 뚜렷이 새기며 본격적인 시인의 길로 들어선 것은 1931년 『시문학』 3호에 시 「선물」을 발표하면서부터다. 그는 그 후 1939년에 시집 『촛불』을 간행하여 현대시가 만개하던 1930년대 우리 시단의 말미를 화려하게 장식했다. 그는 광복 후에도 지속적인 작품 활동을 펼쳤다. 1947년에 『슬픈 목가』, 1956년에 『빙하』, 1967년에 『산의 서곡』, 1970년에 『대바람 소리』를 간행하였으며, 4년 뒤인 1974년에 타개하였다. 그는 1930년대 우리 시의 현대화를 이끈 〈시문학〉 동인 가운데 유일하게 오랜 기간 지속적인 작품 활

1 '소적蘇笛'이란 필명으로 발표했다. 일부 저서의 연보나 문학사에 4월 19일에 발표된 것으로 기술되어 있는데, 이는 작품 말미에 붙은 4월 19일이라는 창작 시점을 발표 시점으로 착오하여 빚은 오류이다.

동을 한 시인이다.[2]

기나긴 시적 여정을 거친 시인들의 시 세계는 변화하기 마련이다. 신석정은 초기에 자연의 세계에 몰두하다가 점차로 현실의 구체적인 생활에 눈을 돌린다. 그는 산문에서 구체적인 생활에 밀착된 시의 가치에 대해 반복해서 언급하였으며, 그러한 시적 태도를 드러낸 후기 시에 강한 애착을 보였다. 하지만 이런 경향의 시가 시인이 생각한 만큼의 시적 완성도를 수반하였는지는 따져 볼 일이다.

한편, 그는 구체적인 현실을 다루면서도 자연의 세계에 대한 시선을 거두지 않았다. 현실의 구체적인 생활에 눈을 돌린 이후에도 양적인 측면에선 순수한 자연의 공간을 무대로 쓴 시들이 더 많다. 자연은 그에게서 영원히 지울 수 없는 시의 고향 같은 곳이다. 이런 이유로 그에게는 '자연시인' '전원시인' '목가시인'이란 호칭이 따라붙는다. 그런데 이러한 시편도 변화의 과정을 거친다. 초기에 보인 자연에 대한 시적 태도와 기법은 시간이 흐르면서 변모한다. 그 변화는 구체적인 현실 생활을 다루는 시적 태도와 맞물려 있다. 자연에서 현실 생활로 이동하는 시인의 시선이 자연에 대한 시적 반응에도 투영된 것이다.

자연에 대한 시적 태도와 기법의 변화는 자연에서 현실 생활로 이동한 시적 공간의 변화보다 훨씬 의미 있어 보인다. 작품의 순도를 일정하게 유지하는 가운데 이루어지고 있는 이 변화는 독자들에게 자연이라는 대상이 시의 구조 안에 육화되어 가는 여러 시적 공정을 흥미 있게 보여 준다. 우리는 그의 자연 시편들의 변화 과정을 통해 한 시인의 시적 전개 과정을 극명하게 확인할 수 있을 뿐만 아니라, 시적 육화 과정의 여러 방법을 감상하는 즐거

2 김용직 교수는 시문학파의 문학사를 서술하는 자리에서 신석정이 〈시문학〉 동인인 김영랑, 정지용, 박용철, 이하윤 등과 비교해서 가장 오랜 시적 생명을 구가했을 뿐만 아니라 오랜 기간 가장 많은 시집을 간행한 시인이었다고 기술한다. 김용직, 『한국 현대시사』, 한국문연, 1996, 158쪽.

움도 맛보게 된다. 이 점에서 우리는 그의 시의 변화 과정 가운데서도 자연 소재의 처리 과정에 대한 변화에 좀 더 세심한 주의를 기울일 필요가 있다.

총 다섯 권의 시집을 간행한 그는 각각의 시집마다 미세한 시적 변화를 보이는데, 크게 보면 광복을 기점으로 나뉜다. 그의 시는 광복을 기점으로 전기와 후기로 구분할 수 있다. 『촛불』과 『슬픈 목가』[3]가 전기에 해당하며, 『빙하』『산의 서곡』『대바람 소리』가 후기에 해당한다. 시기별로 그의 시가 어떻게 전개되어 가는지 살펴보자.

2. 신비한 자연, 생활 속의 자연

1939년에 간행된 『촛불』은 매우 주목되는 시집이다. 그의 초기 시의 특징이 집약된 이 시집은 그가 펴낸 다섯 권의 시집 가운데서 가장 인상적이며, 우리 시의 역사에서도 매우 중요한 가치를 지닌 시집이다. 그는 이 시집을 통해 '전원시인' '목가시인'이라는 이름을 얻는다. 이 시집은 온통 자연의 세계로 가득 차 있다. 가을날 노랗게 물든 은행잎이 휘날리는 풍경으로 시작되는 첫 작품을 열고 들어서면 자연의 세계가 시집이 끝날 때까지 끊이지 않고 펼쳐진다.

그가 그린 자연의 세계엔 생활의 흔적과 체취는 거의 나타나지 않는다. 그의 시에서 자연은 하늘과 바다와 언덕과 숲을 배경으로 새가 날아다니고 노루 새끼와 염소와 양들이 노닐고 있을 뿐 사람은 거의 보이지 않는다. 전원을 그린 재래의 서정시에선 자연과 생활이 결부되어 나타나는 경우가 많다. 전원생활에서 촉발된 감개를 드러내는 것이 전통적 전원시의 주조음이

---

3 『슬픈 목가』는 광복 이후인 1947년에 간행되었지만, 작품 말미에 표기된 창작 시기에 따를 때 이 시집 안의 작품들은 광복 전에 쓴 것들이다(단, 이 작품들의 실제 창작 시기에 대해서는 별도의 검토가 요청된다).

었다.[4] 하지만 신석정의 전원시는 이와 다르다. 그의 시에서 자연은 생활 현장과 분리되어 저 건너편에 아득하게 놓여 있다. 그의 시에서 자연을 말할 땐 대체로 '저'와 '먼'이라는 관형사가 따라붙는다. '저 하늘' '저 숲' '저 바다' '저 강' '저 들' '먼 하늘' '먼바다' '먼 숲' '먼 못물' 등이 바로 그런 예들이다. '저'라는 말은 화자에게서 멀리 떨어져 있는 대상을 가리키는 지시관형사이다. 하늘처럼 멀리 떨어져 있는 자연물뿐만 아니라 강이나 숲이나 못물처럼 생활 현장 근처에 있는 자연물도 시인에겐 저 멀리 있는 것으로 인식된다. '저'나 '먼'이라는 관형사 하나론 부족해 "저 아득한 먼 숲"처럼 '저'와 '먼'이라는 두 관형사에다 '아득한'이란 말까지 덧붙여 자연과의 거리감을 분명히 드러내기도 한다. 시인에게 자연은 아득히 '먼 나라'이며, '아무도 살지 않는 곳'이다. 사람이 살지 않는 아득히 먼 곳이란 공간 설정은 그곳이 신비한 장소라는 느낌을 준다. 신비한 자연 세계는 우리 시의 전통에서 경험해 보지 못한 새로운 자연 공간이고 이색적인 자연 체험이다.

또한 우리는 신석정이 창조한 신비한 자연 공간을 거닐면서 시종일관 평온하고 평화로운 느낌을 받는데 이것도 이채로운 경험이다. 자연은 자체적인 운영 원리에 따라 여러 얼굴과 표정을 갖는다. 하지만 이 시집 속의 자연에서 우리는 언제나 안온한 정서만을 느끼게 된다. 그것은 '저 멀리 있는 자연'을 그려 내는 시인의 독특한 시선에서 기인하는 것이다. 시인은 '저 멀리 있는 자연 풍경'의 세부를 하나하나 묘사해 나가는데 특별한 대상 포착과 배치와 채색을 시도한다.

---

4 동양의 전통을 비롯해 우리 시에서 자연과 전원은 대체로 생활과 결부되어 있다. 서양의 전원시도 전원의 풍경과 함께 전원생활을 담고 있다. 사실 논과 밭이라는 뜻의 '전원田園'이라는 말에는 생활의 정서가 묻어 있는 것으로 보아야 할 것이다. '목가시'라는 규정도 마찬가지이다. 신석정 시에 양 치는 사람이 등장하긴 하나, 그렇다고 그의 시가 농부의 생활을 다루고 있는 것은 아니다. 이 점에서 신석정의 '전원시'나 '목가시'는 다른 시인들의 그것과 차별된다.

파란 하늘에 흰구름 가벼이 떠가고
가뜬한 남풍이 무엇을 찾아내일 듯이
강 너머 푸른 언덕을 더듬어 갑니다

언뜻언뜻 숲 새로 먼 못물이 희고
푸른빛 연기처럼 떠도는 저 들에서는
종달새가 오늘도 푸른 하늘의 먼 여행을 떠나겠습니다.

—「봄의 유혹」 부분

인용 시에서 봄날의 풍경을 이루고 있는 장면은 하늘과 구름과 강과 언덕과 못물과 들과 새이다. 이 장면들은 구체적이고 특수한 것이 아니라 아주 일반적이고 보편적인 자연 풍경이다. 그만큼 우리 모두에게 익숙한 풍경들이다. 또 이 장면들은 아주 단순한 풍경들이다. 익숙하고 단순한 자연 풍경들은 우리를 편안하게 한다. 시인은 단순한 자연 풍경을 흰색과 파란색으로만 채색한다. 그는 다른 시에서는 노란색과 빨간색의 색상 이미지를 자주 사용한다. 그의 색상 이미지는 모두 원색이다. 원색의 단순한 풍경화는 어린아이들의 그림처럼 순수하고 평화로운 느낌을 준다.

단순한 자연 풍경들의 세부는 가벼운 것들로 구성되어 있다. 구름과 남풍, 연기와 새들이 그러하다. 자연의 가벼운 존재들은 모두 은밀하고 고요하게 움직이고 있다. 그것도 우리를 한없이 편안하고 평화롭게 만든다. 그 마음은 마치 흔들리는 요람에서 잠드는 아이나 그네를 가볍게 타고 있는 자가 느끼는 마음의 평화와 안정과도 같은 것이다.

단순한 자연 풍경들의 세부는 아주 느리게 움직인다. 인용 시에서 푸른 언덕에 부는 바람은 더듬는 것으로 묘사된다. 더듬는 것은 무언가를 찾아내는 동작과 관련된 것이고, 그 행위는 아주 느리다. 시 「그 먼 나라를 알으십니까」에서 화자는 과수원의 임금나무에 매달린 '임금'을 "또옥 똑" 따자고 말한다. 나무에 매달릴 열매를 따는 행위나 그 열매가 떨어지는 순간조차도 시인은 천천히 인식한다. 그의 시에서 자연물들은 모두 단순하고 가벼우며 조용하고 천천히 움직여서 읽는 이를 한없이 편안하고 평화로운 세계로 인도한다.

시인이 바라보는 자연 풍경은 어디까지나 자연 현상의 일부에 해당하는 것들이다. 자연은 변화무쌍한 존재이다. 바람은 부드럽게만 불지 않는다. 때론 매섭게 몰아친다. 깃털처럼 희고 가벼운 구름은 시커먼 먹구름으로 변하며, 파란 하늘은 천둥 번개 치는 검은 하늘로 바뀐다. 봄도 인용 시처럼 편안하고 평화로운 정서만을 유발하는 것은 아니다. 어떤 봄날은 겨울보다도 사람을 더 움츠리게 한다. 하지만 시인의 시선은 자연 풍경 가운데서도 이런 편안하고 평화로운 장면들에 집중된다. 그리하여 그의 시는 사계절 가운데서 주로 봄과 가을에 집중된다.[5] 아무래도 두 계절이 역동적이고 막막한 여름이나 차갑고 굳어 있는 겨울보다는 단순하고 가벼운 자연물들의 느린 움직임을 감지하기가 쉽기 때문일 것이다. 이처럼 자연은 그의 시선에 의해 선택되고 재구성된다. 그는 자연 현상의 질서를 일깨워 주는 것이 아니라 특정의 자연 풍경을 포착하여 아름답고 평화로운 세계로 우리를 인도하기 때문에 시 안에 여러 자연 풍경의 조각들이 조합되는 경우가 많다. 심지어 하나의 연에 단편적인 자연 풍경의 조각들이 조합되기도 한다.

오월 하늘에 비둘기 멀리 날고
오늘처럼 촐촐히 비가 나리면
꿩소리도 유난히 한가롭게 들리리다
서리가마귀 높이 날아 산국화 더욱 곱고
노란 은행잎이 한들한들 푸른 하늘에 날리는
가을이면 어머니! 그 나라에서

5 김용직, 앞의 책, 173쪽.

양지밭 과수원에 꿀벌이 잉잉거릴 때

나와 함께 고 새빨간 임금林禽을 또옥똑 따지 않으렵니까?

—「그 먼 나라를 알으십니까」 부분

인용 시는 하나의 연 안에 오월과 가을이 공존한다. 맑은 "오월 하늘"에 갑자기 비가 내렸다가 느닷없이 가을로 건너뛰더니 어느새 낙엽이 지고 과수원에서 임금을 딴다. 이 자연 풍경의 조각들은 하나같이 단순하고 가벼우며 조용히 움직이고 있다. 시인은 사계절 가운데 그런 자연의 풍경들만을 선택해 조합해 놓은 것이다. 멀리 떨어져 있는 신비한 자연 공간의 설정 위에 단순화된 자연의 세부들이 일으키는 가벼운 움직임을 원색으로 채색하여 마치 유토피아의 세계에 들어온 듯 평온하고 평화로운 느낌을 불러일으키는 것이 바로 시집 『촛불』의 미학이라고 할 수 있다. 전원 생활을 그리거나, 자연의 이치를 일깨우는 등의 전통적인 자연시가 아니라 창조적인 유토피아 공간으로서의 자연 풍경을 그려 낸 점에서 그는 '모던한 자연시'를 개척했다고 말할 수 있다.

한편 그의 신비하고 환상적인 자연의 풍경화에는 '음악'이 은은히 흐른다. 『촛불』 안의 그림 같은 시들은 낭송할 때 시의 매력이 더욱 살아난다. 이 시는 장중하고 경건한 문체로 이루어져 있다. 이 문체의 특징은 독특한 서술형 어미의 구사에서 비롯하는 바가 크다. 그는 열여덟의 문학청년 시절 주요한의 「봄달맞이」라는 시를 접했을 때 "달은 물을 건너 가고요"의 "가고요"라는 구절에서 커다란 매력을 느껴 자신의 첫 작품인 「해는 기울고요」에서 이 어미를 채용했다고 말한 적이 있다.[6] 3연으로 되어 있는 이 시에서 "해는 기울고요"라는 구절은 매 연마다 반복된다. 시인이 이 서술형 어미에 큰 매력을 느꼈고, 이것으로 시의 운율을 조성하려 했다는 것을 확인할 수

6 신석정, 『난초잎에 어둠이 내리면』, 지식산업사, 1974, 290쪽.

있다. 서술형 어미의 활용은 이후 그의 첫 시집의 시적 구성에서 매우 중요한 언어적 요소로 작용한다. 장중하면서 경건한 서술형 어미로 되어 있는 그의 시적 구문들은 고요하고 느리게 움직이는 자연의 움직임을 드러내는 데 적절하게 기여한다.

그런가 하면 그의 시의 구문은 말소리의 아름다움도 유발한다. 그는 "알으십니까", "말으셔요"처럼 ㄹ 변칙 용언의 ㄹ 탈락 현상을 의도적으로 왜곡시켜 유음을 살리고 보강한다. 그리하여 시의 어감을 느리고 부드럽고 조용하게 만든다. 서술형 어미의 소리 자질이 지닌 특징을 활용한 이런 어감의 조성은 '어머니'라는 호칭의 활용으로 보강된다. '어머니'라는 말은 소월이 즐겨 사용한 '엄마'라는 말보다 느리고 장중하며 부드럽고 은은하다. 그 소리 자질은 시인이 지향한 가벼운 존재의 느린 운동성을 적절히 환기한다. 우리말의 서술형 어미가 지닌 미묘한 특질을 활용하여 어조의 미학을 추구했다는 점에서 그의 시는 만해 시의 미학을 계승하고 있으며, 말소리의 미감으로 시의 운율을 조성했다는 점에서 그의 시는 소월 시를 계승하고 있기도 하다. 독특한 자연 시를 개척하여 그를 모더니스트로 규정할 수 있지만, 우리말의 질감을 활용하여 시의 운율을 추구했다는 점에서 그는 만해와 소월을 계승한 서정시인이기도 하다.

두 번째 시집인『슬픈 목가牧歌』에서 그의 시 세계는 은밀하게 변화한다.[7] 가장 눈에 띄는 변화는 감정의 분출이다. 저 멀리 있는 자연을 차분하게 그려 내며 견지했던 침착한 태도는 점차 사라지고 시인의 감정과 의지가 시의 표면 위에 분출된다. 시인의 정서는 주로 자연물에 깊이 투사되거나 자연

7『슬픈 목가』에 실린 작품의 말미에 표기된 창작 시점은 1935년에서 1940년에 걸쳐 있다. 첫 번째 시집인『촛불』이 간행된 1939년 이전에 쓴 것으로 표기된 것들도 많다. 이 창작 시점을 따른다면 첫 시집인『촛불』과 두 번째 시집인『슬픈 목가』는 시기적으로 겹치는 셈이다. 이 글에서 두 번째 시집에서 시 세계의 변화를 보인다는 것은 시기적 순서에 따른 것이 아니라 시집 발간의 차이에 따른 것이다. 비록 비슷한 시기에 쓴 작품이지만, 두 번째 시집은 첫 시집과 구별되는 작품들로 엮어져 있다.

물 위에 표백된다. 저 멀리서 스스로 일렁이고 흘러가며 더없이 평화로운 풍경을 보여 주었던 자연은 시인으로부터 투여받은 감정의 세례로 크게 얼룩진다. '슬픈 목가'라는 시집 제목에 이런 시적 태도가 압축되어 있다. 시집 안에는 시집 제목의 연장선에 놓인 '애가哀歌'라는 제목의 시들이 여러 편 있다. 이제 시인에게 '자연'은 저 멀리 놓여 있는 '그림 같은 풍경'이 아니라 '슬픈 노래'의 장이다. 시인이 그리는 자연에 감정이 얼룩지면서 시의 구문도 변화를 보인다. 아름답고 평화로운 자연 공간을 조성하는 데 기여했던 장중하고 경건한 문체의 어조는 사라지고, '~하도다' '~하리라' '~하드뇨' 등과 같이 시인의 의지와 감정이 묻어나는 직설적인 어조가 나타난다. 이런 시적 태도와 표현의 변화들은 이제 자연이 저 먼 곳에서 생활 근처로 내려오고 있음을 의미하는 것이기도 하다. 두 번째 시집에선 자연 앞에 붙은 '저'와 '먼'이란 관형사가 현저하게 줄고 있다.

그런데 그가 노래하는 자연 현상은 여전히 단순성을 지향하고 있다. 그의 자연은 하늘, 바다, 숲, 새 등과 같은 일반적이고 보편적인 자연의 모습을 벗어나지 않고 있다. 여기에 '별'과 '밤'과 같은 자연물들이 새로 추가된다. 역시 단순성을 지닌 이 자연물들은 '슬픈 목가'를 위해 동원된 새로운 자연물들이다. 시인의 의지와 감정이 투영된 단순한 자연물들은 종종 상징적인 의미로 승화한다. 꽃과 나무와 새, 별과 밤 등은 진공 상태의 순수한 자연물이 아니라 사회적, 역사적 의미를 담은 상징적인 언어로 거듭난다.

하지만 이런 시적 화법은 낯익은 것이다. 우리에게 익숙한 단순한 자연물들이 낯익은 상징 언어로 치환되었을 때, 우리는 지난 시절의 시를 감상하는 느낌을 받게 된다. 여기에 의고적인 어조가 첨가되었을 때 시적 친숙함은 더해진다. 그는 두 번째 시집에서 자연을 노래하며 현실의 아픔과 어둠을 드러내고자 했지만, 그에 상응하는 새로운 시의 문법까지 마련하지는 못했다. 그의 시적 성공은 현실적 감각이 순수한 자연 공간의 테두리 안에서 이루어졌을 때 나타나고 있다. 「작은 짐승」과 같은 시가 바로 그에 상응하는 작품이다. 이 작품은 첫 시집과 마찬가지로 순수한 자연 공간을 응시하고 있다. 다만, 그 자연은 저 멀리 신비한 곳에 있는 것이 아니라 시인의 생활 공간 안에 있다. 그에 맞춰서 자연물도 구체성을 띠게 되며, 그에 따라 자연의 세부도 다양해지고 있다.

란이와 나는
산에서 바다를 바라다보는 것이 좋았다
밤나무
소나무
참나무
느티나무
다문 다문 선 사이사이로 바다는 하늘보다 푸르렀다

란이와 나는
작은 짐승처럼 앉아서 바다를 바라다보는 것이 좋았다
짐승같이 말없이 앉아서
바다같이 말없이 앉아서
바다를 바라다보는 것은 기쁜 일이었다

란이와 내가
푸른 바다를 향하고 구름이 자꾸만 놓아 가는
붉은 산호와 흰 대리석 층층계를 거닐며
물오리처럼 떠다니는 청자기빛 섬을 어루만질 때
떨리는 심장같이 자지러지게 흩날리는 느티나무 잎새가
란이의 머리칼에 매달리는 것을 나는 보았다

란이와 나는
역시 느티나무 아래에 말없이 앉아서
바다를 바라보는 순하디순한 작은 짐승이었다

—「작은 짐승」 전문

이 시의 무대는 자연이지만, 그곳은 시인과 '란이'가 숨 쉬고 있는 구체적인 삶의 공간이다. 시에 명시되어 있진 않지만, 우리는 이 시가 시인이 사는 곳의 뒷동산 어디에서 '란이'와 나란히 앉아 산 밑으로 펼쳐져 있는 바다를 보며 느꼈을 아름답고 사랑스러운 체험 위에서 쓰인 것임을 느끼게 된다.

1 · 2연은 시인과 '란이'가 앉아 있는 동산의 풍경과 그 속에서 조용히 바다를 응시하고 있는 두 사람의 표정과 내면을, 3 · 4연은 바다에 펼쳐져 있는 섬과 하늘과 구름을 응시하고, 또 '란이'의 머리 위에 떨어져 내리는 나뭇잎을 바라보며 놀라는 시인의 마음을 그리고 있다. 구체적인 생활 공간 위에서의 자연 응시는 시인과 자연 사이의 내면 교류를 자연스럽고 생생하게 환기한다. 시인은 3연에서 저 멀리 펼쳐져 있는 바다를 한없이 응시하며 자연의 아름다움이 주는 환상 속으로 빠진다. 하늘과 바다가 겹치면서 하늘에 떠 있는 구름은 바닷속의 산호를 향한 층층계로 변한다. 시인은 바닷속으로 빠져들면서 하늘 위를 걸어가는 것 같은 느낌을 받는다. 시인은 바다에 몰입되어 무아지경에 있는 것이다. 그때 시인 옆에 앉아 있는 '란이'의 머리칼 위에 나뭇잎이 떨어지며, 이를 계기로 시인은 바닷속의 환상 세계에서 현실로 돌아온다. 머리 위에 떨어지는 나뭇잎의 사소한 움직임을 보고 "자지러지게" 놀랐다고 말하는 것은, 화자가 그만큼 자연 속에 깊이 몰입되어 있음을 말해 주는 것이면서, 동시에 화자가 지금 현실의 세계로 돌아왔음을 뚜렷이 보여 주는 것이다. 생활 속의 자연 공간에서 자연을 향해 일어나는 섬세한 정서 변화를 통해, 더없이 순수하고 아름다운 마음의 소유자인 시인과 란이가 나란히 앉아 자연을 바라보면서 느끼는 행복한 충일감을 이 시는 생생히 보여 준다.

이 시의 언어와 형식은 이런 시적 정서 환기에 능동적으로 참여한다. 단순성을 지향했던 자연물들은 이 시에서 열거하는 갖가지 나무 이름들처럼 구체적인 자연물로 바뀌면서 소리 반복이 주는 운율감을 조성한다. '다문다문' '사이사이' 같은 평명하면서 아름다운 형용사의 활용이 이 운율감의 조성에 동참하고 있다. 행갈이를 통한 여백의 조성과 속도의 조절은 자연 풍경과 시인의 마음을 생생히 드러내는 데 적절히 기여하고 있다. 저 멀리만 있던 자연은 이 시에서 생활 공간으로 내려오고, 자연물의 언어도 구체화하며, 언어의 운용과 형식도 다양해지면서 자연에 몰입되고 동화되어 가는 인간의 아름답고 투명한 마음이 생생히 환기된다. 자연 공간의 현실 이동과 언어 활용의 구체성을 통해 자연과의 교감이 유발하는 순수하고 아름다운 마음의 움직임을 매우 생기 있게 전해 주는 것이다.

3. 현실 인식, 방언, 자연 체험

광복 이후에 그의 시 세계는 크게 변한다. 광복 이후에 펴낸 시집들인 『빙하』『산의 서곡』『대바람 소리』 등의 시편들은 그전과는 다른 언어와 세계를 보여 준다. 1956년에 간행된 시집 『빙하』에서 가장 눈에 띄는 것은 지인과 가족에게 보내는 편지 형식의 시들이 자주 등장한다는 점이다. 이런 유형의 시들은 시집 『슬픈 목가』에도 간간이 보였는데, 『빙하』에선 아주 빈번하게 구사되어 이 시집의 주조음을 이룬다. 시인은 지인이나 가족의 이름을 부제로 붙이고 자신의 처지와 근황과 안부를 편지 쓰듯 솔직 담백하게 쓰고 있다. 시인의 시선이 급격하게 일상의 구체적인 생활로 쏠리고 있음을 알 수 있다. 1952년에 쓴 작품들이 반수 가까이 차지하고 있는 이 시집에는 전후의 황폐한 현실에서 기아에 허덕이는 민중들의 궁핍한 생활을 매우 사실적으로 진술하고 있는 작품도 있어 눈길을 끈다.

> 1
>
> 껌도 양과자도 쌀밥도 모르고 살아가는 마을 아이들은 날만 새면 띠뿌리와 칡뿌리랑 직씬직씬 깨물어서 이빨이 사뭇 누렇고 몸에 젖인 띠뿌리랑 칡뿌리 냄새를 물씬 풍기면서 쏘다니는 것이 퍽은 귀엽고도 안쓰러워 죽겠읍데다.

…(중략)…

4

술회사 앞에는 마을 아낙네들이 수대며 자배기를 들고 나와서 쇠자라기와 술찌겅이를 얻어가야 하기에 부세부세한 얼굴들을 서로 쳐다보면서 차표 사듯 늘어서서 꼭 잠겨 있는 술회사 문이 열리기를 천당같이 기두리고 있읍데다.

5

흔전만전한 생선이 듬뿍 쌓여 있고 쌀가게에는 옥같이 하얀 쌀이 모대기 모대기 있는데도 어찌 어머니와 할머니들은 쌀겨와 쑤시겨 전을 찌웃찌웃 굽어보며 개미같이 옹개옹개 모여 서야 하는 것입니까?

쌀겨에는 쑥을 넣은 게 제일 좋다고 수군수군 주고받는 이야기가 목놓아 우는 소리보다 더 가엾게 들리드구만요.

—「귀향시초」 부분

광복 이전『촛불』과『슬픈 목가』를 쓴 서정시인이 쓴 작품이라고 믿기 어려울 정도로 궁핍한 현실 생활을 핍진하게 그려 내고 있다. 여기서 주목되는 것은 산문체의 이야기로 진술되고 있는 시 형식이다. 어둡고 궁핍한 현실 생활이 산문시 형식으로 형상화되어 끈적끈적한 생활의 체취를 느끼게 한다. 산문시에 필요한 운율의 조성은 여기서도 감각적인 형용사의 도움을 받고 있는데 언어 구사가 훨씬 다양하다. '직씬 직씬' '부세부세' '모대기 모대기' '찌웃찌웃' '흔전만전' '옹개옹개' 등과 같은 다채로운 감각적 형용사가 산문에 운율감을 부여한다. 우리말의 묘미가 물씬 묻어나는 이 감각적인 형용사의 구사에는 '찌웃찌웃'과 같은 전라도 방언도 들어 있다. 이 시에는 '수대'나 '쑤시겨'와 같은 일상의 사물명에 관련된 방언의 구사도 엿보인다. 광복 이후 그의 시에서 가장 눈에 띄는 변화의 하나는 바로 방언의 등장이다. '다냥한' '나토롬한' '폭삭한' '놋날같은' '잔조로운'……과 같은 아름답고 감칠맛 나는 방언이 적잖이 구사된다. 나무를 뜻하는 방언인 '낭기'라는 말이 광복 이후의 시에 새롭게 등장하고 있는 것에서 방언 구사를 향한 시인의 의도를 극명히 보게 된다. 토박이말의 발굴을 통한 시어 확장의 의미를 갖는 방언의 구사는 그의 시적 전개가 기본적으로 언어 미학의 심화에 놓여 있음을 보여 준다.

인용 시는 방언의 활용을 포함하여 아름다운 우리말의 구사만으로도 시의 이름값을 충분히 하고 있다. 생기 넘치는 새로운 시어의 구사는 민중들의 표정과 애환을 생생히 드러내는 데 능동적으로 기여하고 있다. 다만 새로운 언어로 현실 세계를 생생히 그려 내는 이 시가 좀 더 깊은 현실 인식과 치열한 정신을 갖지 못한 것은 아쉬운 점이다. 이 시는 나물과 술 찌꺼기(모주)로 끼니를 때우는 전후의 궁핍한 생활을 사실적으로 그리고만 있을 뿐, 그런 현실을 투시하는 사회, 역사적 인식을 보여 주진 못한다. 또 시적 정황이 막연하고 이야기의 구조가 다소 산만한 것도 이 시의 아쉬움으로 지적될 수 있다.

이런 아쉬움을 남긴 채 그의 시는 다시 자연의 세계로 미끄러져 들어간다. 전후의 어두운 현실로 가득 찬 이 시집에서도 시인은 한편으로 자연의 세계를 노래한다. 그만큼 그는 생래적으로 서정시인이다. 이때의 자연 시편은 '슬픈 목가'에서 보인 시적 태도를 크게 벗어나지 못한다. 시인의 감정은 범람하고, 그 감정을 부여받은 자연물들은 상징적인 자연으로 거듭난다. 다만 '대'나 '산'과 같은 자연물들이 눈에 띄게 빈번히 구사되는데, 그것은 그 자연물들이 어두운 역사적 현실에 대한 울분으로 가득 차 있던 당시의 심정을 대변할 수 있는 적절한 시적 상관물이었기 때문일 것이다.

자연을 향한 그의 시선은 네 번째 시집인 『산의 서곡』에 와서 비로소 새로운 시적 언어와 문법을 획득한다. 시인은 자신의 산문집에서 "이 시집을 내 인생의 오버튜어로 삼고 싶다"[8]고 말할 정도로 이 시집에 강한 애착을 보인다. 이 시집은 시인의 말대로 그의 후기 시의 '오버튜어'이면서 '피날레'라고 할 수 있다. 광복 후의 그의 시는 이 시집에서 새로운 전기를 맞아 절정을 이루며, 그것으로 그의 시적 생애는 거의 마감된다고 해도 과언이 아니다. 시집『빙하』에서와 마찬가지로 여기서도 그는 역사적 현실과 자연을 오가고 있지만 시의 무게와 완성도는 현저하게 자연에 놓인다. 이 시집의 첫머리에 놓여 있는「지리산」이란 시는 그중에서도 '산의 서곡'을 알리는 대표적인 작품으로 꼽을 만하다. 이 시에는 자연을 대하는 그의 후기 시의 시적 태도가 고스란히 담겨 있다.

1

유월에 꽃이 한창 피었다는 진달래 석남 떼 지어 사는 골짝. 그 간드러운 가지 바람에 구길 때마다 새포름한 물결 사운대는 숲바달 헤쳐 나오면, 물푸레 가래 전나무 아름드리 벅차도록 밋밋한 능선에 담상담상 서 있는 자작나무 그 하이얀 자작나무 초록빛 그늘에, 사간射干나리 모두들 철 그른 꽃을 달고 갸웃 고갤 들었다.

2

씩씩거리며 올라채는 가파른 단애斷崖. 다리가 휘청휘청 떨리도록 아슬한 산골에 산나비 나는 싸늘한 그늘 길경桔梗이 서럽도록 푸르고 선뜻 돌 타고 굴러 오는 돌돌 굴러오는 물소리 새소리 갓 나온 매미 소리 온 산을 뒤덮어 우람한 바닷속에 잠긴 듯하여라.

3

더덕 으름 칡 서리고 얽힌 넌출 휘휘 감긴 바위서리, 그저 얼씬만

8 신석정, 앞의 책, 281쪽.

스쳐도 물씬 풍기는 향기, 키보담 높게 솟은 고사리 고비 관중 군락群落에 마타리 끼워 어깰 겨누는 덤불, 짐승들 쉬어 간 폭삭한 자릴 지날 때마다 무심코 나도 뒹굴고 싶은 산골에 헐벗고 굶주린 자취가 없다.

…(중략)…

7

불 피워 닦은 자리 아랫목보담 정겨운 산정. 텐트 자락 살포시 젖히고 고갤 내밀면, 부딪칠 듯 떨어지는 잦은 유성도 골짝을 찾아 묻히는 밤.

어서 보내야 할 얼룩진 오늘과, 탄생하는 내일의 생명을 구가할 꿈을 의논하는 꽃보라처럼 난만한 노숙, 벌써 쌔근쌔근 산새처럼 잠이 든 벗도 있다.

—「지리산」 부분

이 시는 지용의 「백록담」을 연상시킨다. 지용 시 「백록담」이 한라산 등정기라면 이 시는 지리산 등정기이다. 「백록담」과 마찬가지로 이 시의 매 연은 등정의 단계를 차례로 보여 준다. 지용이 「백록담」에서 한라산 정상인 백록담을 향해 올라가듯, 석정은 이 시에서 지리산 정상을 향해 올라간다. 1연부터 지리산을 오르기 시작한 시인은 4연에서 숨이 가쁘기 시작하고, 5연에서 정상 부근에 도달하며, 6연에서 마침내 정상에 당도하고, 마지막 7연에서 그 정상 위에 텐트 치고 불을 지피며 쉰다. 각 연은 지리산 등정 도정에서 관찰되는 수목들을 자세히 보여 준다. 지리산 등정의 고개마다 펼쳐져 있는 수목들의 묘사는 놀랄 정도의 구체성과 사실성을 지니고 있다. 지리산 수목에 대한 시인의 집요한 채집으로 이 시는 지리산 식물도감을 방불케 한다. 수목명의 끝없는 나열은 울창한 지리산의 풍경을 생생히 전해 주며, 모음과 자음의 순열 조합을 한없이 조성해 내는 각양각색의 수목명은 지리산 속의 다채로운 풍광과 시원한 대기를 감각적으로 전해 준다. 그리고 산문의 형식은 길고 고단하게 이어지는 끈적끈적한 등정 길을 생생히 전한다.

이 시에서 우리는 자연이 생활 속으로 깊숙이 들어와 있음을 느끼게 된다. 저 멀리서 그림 같은 풍경으로 존재했던 자연은 생활 속으로 들어와 구체적인 체험의 대상이 된다. 자연은 감상의 대상이 아니라 체험의 대상이다. 시인은 이 시에서 숨 가쁘게 산을 오르고, 산골짝에서 비를 맞으면서 정상을 향하고, 그 위에서 '노숙露宿'을 한다. 시인은 자연과 부딪치면서 자연에 동화된다. 이 시에 무수히 등장하는 수목들의 구체적인 이름들은 자연 경험의 구체성을 생생히 드러내 주는 것이기도 하다. 시인은 돋보기를 들고 자연의 세부를 관찰한다. 이러한 자연 경험의 구체성으로 시인은 산의 정기를 독자들에게 촉촉이 적셔 준다.

4. 현실 감각과 유니크한 자연시

신석정은 모더니스트이자 서정시인으로 출발하였지만, 곧바로 역사적 현실에 시선을 보냈으며, 그런 시적 관심은 광복 이후 시의 표면을 뚫고 나와 전후의 궁핍한 생활상을 생생히 묘사하는 작품을 썼고, 4 · 19 직후에는 김수영의 시를 이어받는 격렬한 현실 비판 시를 쓰기도 했다. 순수시인들의 모임인 〈시문학파〉 동인 가운데 가장 오랜 시적 여정을 밟으며 우리 현대사의 굴곡을 헤쳐 온 그는 순수한 자연시에서 현실 참여시까지 폭넓은 시의 진폭을 보여 주었다. 그는 우리의 현대시사에서 시적 영역의 양쪽 극단을 동시에 밟은 드문 시인이다. 그는 유일한 산문집인 『난초잎에 어둠이 내리면』에서 생활이 담긴 시의 중요성을 역설하고 시의 현실 참여에 대해 목소리를 높였다. 하지만 실제로 그의 시 창작의 상당 부분은 순수한 자연 공간 안에서 이루어져 왔고, 시적 방법의 모색도 자연 시편들에서 더 다양하고 치열하게 이루어져 왔다. 그만큼 그는 생래적인 서정시인이었다.

현실에 대한 그의 지속적인 관심은 타고난 그의 서정성을 유연하고 탄력적으로 만들었다. 서정시인이었던 그는 역사적 현실에 더 깊은 시적 투신을 하지 못했지만, 그의 현실 감각은 신비한 자연에서 생활 속의 자연에 이르기까지 자연 공간의 상상력을 크게 넓히는 데 기여하였다. 초기에 그는 신비하고 환상적인 유토피아 공간으로서의 자연 세계를 창조하여 자연시의 새로운 지평을 펼쳐 보였으며, 이후 자연에 현실 감각을 부여하면서 자연 시편의 또 다른 경지를 개척해 나갔다. 자연 공간에 투영된 그의 현실 감각이 좀 더 높은 경지의 정신세계를 담아내는 데까지 미쳤으면 하는 욕심이 있긴 하지만, 자연과 현실과의 거리를 조절하며 자연의 질감과 표정과 가치와 의미를 생기 있게 전해 준 그의 시는 우리 현대시사에서 소중한 자산으로 남아 있다. 그는 우리 현대시사에서 가장 이색적이고 창조적인 자연시인으로 기록될 것이다.

미당 시의 이야기 수용과 시 형식의 변화

1. 미당 시와 이야기 수용

미당은 시에 이야기를 적극적으로 수용한 시인이었다. 미당 이전에 소월도 시에 이야기를 수용한 바 있다. 소월 시 「접동새」는 평북 지방에서 구전되던 '접동새 설화'를 바탕으로 한 작품이고, 「초혼」에도 '망부석 설화'가 배경에 깔려 있다. 서정시인들에게 이야기는 시의 중요한 모티브가 되곤 한다. 그런데 미당은 다른 서정 시인들보다 이야기 수용에 더 적극적이었고, 다양한 방식으로 이를 시에 활용하였으며, 그러한 시적 태도를 작품 활동 내내 밀고 나갔다. 이야기는 미당 시를 관통하는 중요한 미적 장치의 하나이다.

미당 시의 이야기 수용은 시간의 경과에 따라 일정하게 변화되어 간다. 시집 『화사집』과 『귀촉도』와 『신라초』까지 미당은 이야기를 서정시의 형식적 틀 안에 수용하는 양상을 보인다. 이야기, 특히 옛 설화가 시 창작의 중요한 모티브나 미적 요소로 작용하고, 그 설화는 철저하게 서정시의 형식 안에 육화된다. 그는 시에 이야기를 수용하면서 일인칭 화자의 내면 독백이라는 서정 양식의 기본 태도를 잘 지키고 운율과 이미지가 유기적으로 짜인 형식을 정교하게 만드는 데 흐트러짐이 없다. 그는 이야기를 수용하면서도 규범적인 서정시의 형식을 철저하게 지킨다.

그런데 시집『동천』에 접어들어 미당 시의 이야기 수용 양상은 크게 전환된다. 이야기를 서정시 형식 안에 육화하기보다 이야기를 만들어 나가는 형식을 취하기 시작하고 그러한 태도는 점점 심화된다. 이야기가 전면으로 부각하면서 운율과 이미지의 정교한 교직에 균열이 생기기 시작한다. 무엇보다 운율 형식이 느슨해진다. 대신에 이미지가 상대적으로 더 중요한 시적 요소로 부각된다.

이야기 만들기와 그에 따른 서정시 형식의 균열은 시집『질마재 신화』에서 급격하게 심화된다. 이 시집에서 미당의 이야기 만들기는 매우 과감하게 시도된다. 그는 생활 현장 속에서 직접 이야기를 수집하여 다양한 방식으로 진술해 나간다. 그는 시적 진술에서 운율 형식은 거의 무시하고 이미지만을 시의 미적 자질로 삼는다.

그의 시에서 이야기가 어떻게 활용되었고, 이야기의 활용 양상에 따라 시의 형식이 어떻게 변화되어 나갔는지 구체적인 작품 분석을 통해 살펴보기로 한다.

2. 이야기의 활용과 규범적인 서정시 형식

진정한 의미에서 이야기를 수용하여 쓴 최초의 시로「귀촉도」를 꼽을 수 있다. 첫 시집인『화사집』의 표제시「화사」에도 뱀에 관련된 창세기 설화가 깔려 있긴 하나, 이 일반적인 이야기가 시의 이미지를 심화시키는 데 특별한 역할을 하고 있진 않다. 그에 반해 시「귀촉도」는 '귀촉도 설화'가 시상 전개에 중요한 역할을 하며, 특히 화자의 심정이 절정을 이룬 마지막 대목에서 중요한 이미지로 기능한다. 이 시에서 '이야기'가 어떻게 수용되고, 형식화되는지 살펴보자.

눈물 아롱아롱
피리 불고 가신 님의 밟으신 길은
진달래 꽃비 오는 서역西域 삼만 리.
흰 옷깃 여며 여며 가옵신 님의
다시 오진 못하는 파촉巴蜀 삼만 리.

신이나 삼어 줄걸 슬픈 사연의
올올이 아로새긴 육날 메투리
은장도 푸른 날로 이냥 베혀서
부질없는 이 머리털 엮어 드릴걸.

초롱에 불빛, 지친 밤하늘
굽이굽이 은핫물 목이 젖은 새
차마 아니 솟는 가락 눈이 감겨서
제 피에 취한 새가 귀촉도 운다.
그대 하늘 끝 호올로 가신 님아

—「귀촉도歸蜀道」 전문[1]

이 시는 임과의 사별에 대한 한을 그리고 있다. 1연에서 시인은 저승길로 떠난 임의 모습을 그린다. '파촉'과 '서역'은 임의 저승길을 가리키며, '진달래 꽃비'는 그 길의 아름다움을 드러내는 이미지이다. 2연은 임과 사별한 후 가슴속에 사무치는 화자의 회한을 뛰어난 이미지로 그린다. '머리카락'은 여인의 외모에 대한 신체적 상징이며, 은장도는 정절을 상징한다. 은장도로 머리털을 바로 베어 버리겠다는 것은 임을 향한 일편단심에 대한 강한

1 시 인용은 서정주, 이남호 외 편저 『미당 서정주 전집』(은행나무, 2015)으로 한다.

의지의 표출이고, 그것으로 저승길을 가는 임의 신발을 만들어 주겠다는 것은 임에 대한 헌신적 사랑 행위이다. 3연은 그토록 애절하게 사랑하는 임을 다시 볼 수 없게 된 한을 귀촉도의 울음소리로 나타내는데, 그 새의 울음소리에 배경 설화가 깔려 있다. '귀촉도 설화'가 그것이다. 망제라는 촉나라 왕이 어느 날 물에 빠져 죽은 별령이라는 사람을 구해 주었는데, 별령이 나중에 망제를 배신하고 왕위를 찬탈한 후 그를 나라 밖으로 쫓아내었고, 끝내 자기 나라로 돌아가지 못한 망제는 죽은 후 귀촉도라는 새가 되어 한 맺힌 울음을 운다는 것이 '귀촉도 설화'의 기본 내용이다.[2]

이 설화에서 고국으로 돌아가지 못하는 귀촉도의 한 맺힌 울음은 사별한 임을 다시 보지 못하는 화자의 설움에 대한 뛰어난 비유이다. 왕이 선하게 살았음에도 불구하고 자신의 모든 것을 빼앗기고 쫓겨나 귀국도 하지 못하고 죽는 상황보다 더 한 맺히는 일도 없을 것이다. 귀촉도의 울음은 그 한이 죽어서도 계속되고 있음을 알려 주는 애절한 소리이다. 3연에서 표출되는 귀촉도의 피 맺힌 울음소리는 사별의 한을 안은 화자의 심정을 크게 공명시킨다. 화자의 한은 귀촉도 설화에 빗대면서 우주적 공간으로 확산하여 온 천지에 울려 퍼진다. 배경 설화가 정서적 울림을 무한히 확장하고 있다.

이 시에서 '귀촉도 설화'는 귀촉도라는 새의 이미지에 내재되어 있고, 운율 형식 안에 육화되어 있다. 이 시는 1연부터 귀촉도 설화가 담겨 있는 3연까지 3음보와 4음보의 율격에 각운을 포함한 소릿결이 두드러진다. 또 시종일관 일인칭 화자의 내면 독백으로 화자의 감정을 드러내고 있다. 미당은 배경 설화를 서정시의 형식 안에 완벽히 육화하고 있다.

시 「귀촉도」에서는 이야기의 활용이 3연에만 집중되어 있는데, 시 「추천사」에서는 시상 전개 전체에 걸쳐 이루어지고 있다. 「추천사」는 『춘향전』이란 소설에서 시적 모티브를 가져온 작품이다. 사랑의 기쁨과 슬픔을 지닌

2 박순철, 「두견새 전설과 문학적 수용 및 의상 고찰」, 『한국사상과 문화』 41, 한국사상문화학회, 2008.

춘향이와 그의 충실한 하인인 향단이란 소설 속 인물을 그대로 차용하고 있으며, 소설 서두의 배경이자 춘향이와 이도령의 만남을 가져온 춘향의 그네 타기 상황도 시의 정황으로 고스란히 가져오고 있다. 소설의 인물과 배경과 소도구들뿐 아니라, 그것들의 성격까지도 빌려서 시의 형상화에 이용하고 있다. 미당은 『춘향전』의 여러 서사 장치들을 적극적으로 수용하고, 변용하여 새로운 시를 창조해 내고 있다.

향단아 그넷줄을 밀어라
머언 바다로
배를 내어 밀듯이,
향단아,

이 다수굿이 흔들리는 수양버들 나무와
벼갯모에 뇌이듯한 풀꽃데미로부터,
자잘한 나비 새끼 꾀꼬리들로부터
아조 내어 밀듯이, 향단아.

—「추천사鞦韆詞－춘향의 말 1」 부분

소설 『춘향전』에서 춘향의 그네 타기는 춘향에게 봄날의 즐거운 놀이였다. 또 그것은 이도령의 시선을 빼앗아 서로에게 사랑을 싹트게 만든 축복의 시간이었다. 하지만, 이 시에선 지상에서 벗어나려는 괴로운 몸짓이다. 춘향은 그네를 이용해 지상을 떠나서 하늘 위로 올라가고 싶어 한다. 그리고 봄날의 흥취를 자아냈던 산천초목들도 춘향에게는 지상의 번뇌로 인식되고 있다. 『춘향전』의 인물과 배경과 소도구들을 그대로 가져왔지만, 그 의미가 역전되는 것이 이 시의 묘미이다. 이 의미의 역전에서 여러 겹의 의미가 발생한다. 인용한 대목만 놓고 볼 때 작품 내의 의미는 '사랑의 번뇌로부터의 탈출'[3]이 되겠지만, 소설『춘향전』과 겹쳐 읽으면 또 다른 의미가 생성된다. 독자들은 이 대목을 읽으며『춘향전』에서 춘향의 행복한 그네 타기를 떠올리게 될 것이고, 그 연상 속에서 사랑이란 행복한 일이지만, 동시에 괴로움을 동반한다는 사실을 새삼 생각하게 될 것이다. 이렇게 볼 때 이 시는 소설『춘향전』의 적극적인 변용으로 사랑에 대한 근원적인 성찰을 담은 시로 승화된다.

이 시에서『춘향전』의 주제적 변용은 철저하게 서정시의 형식을 통해 이루어지고 있다. 일인칭 화자인 춘향의 독백으로 이루어진 이 시는 춘향의 그네 타기와 그 안에 실린 춘향의 마음이 뛰어난 비유와 운율의 교직으로 이루어져 있다. 하늘은 바다에, 그네는 배에 빗대어져 있고, 그네와 배가 하늘(허공)과 바다와 접촉하면서 서서히 나아갈 때의 느낌은 부드러운 유성자음으로 짜여 있다. 그리고 그네를 타고 멀리 하늘로 떠나고 싶은 마음은 바다 멀리 떠나는 배에 빗대어져 있는데, 그 비유는 춘향의 이탈 심정을 선명한 이미지로 전해 준다. 미당은『춘향전』의 부인물인 '향단'이란 인물조차도 운율 조성에 활용한다. 이 시에는 '향단'이란 호명이 네 번 나온다. 시의 시작과 끝도 '향단'이란 이름으로 장식되어 있다. 이 편안하고 친숙한 이름은 각 연의 음성 조직에 알맞게 배치되어 있다. '향단'이란 이름이 갖는 소릿결이 인접한 시어들과 음성 반복과 호응을 일으켜 시의 운율을 아름답게 만든다.「추천사」는『춘향전』의 서사 장치를 철저하게 서정시 형식으로 육화하며 새로운 시로 탄생시킨 것이다.

기존 이야기를 정교한 서정시 형식의 틀로 활용, 변용시키는 미당의 시 쓰기는 점점 확대되어 간다. 수용하는 이야기의 폭도 커지고, 이야기를 활용하는 방식도 깊어지며, 이야기 수용의 시적 장치도 세련되어 간다. 시집

---

3 미당의 시「추천사」에 대한 해석은 김종길과 이남호의 글이 참조할 만하다. 김종길, 「시의 요소」,『시에 대하여』, 민음사, 1986, 84~89쪽; 이남호,「열 다섯 편의 시 읽기」,『문학의 위족 1. 시론』, 민음사, 1990, 54~59쪽.

『신라초』에서 이러한 시적 태도는 절정을 이루는데, 그 가운데서도 「꽃밭의 독백-사소단장」이라는 작품은 절창으로 꼽힌다. 이 시는 『삼국유사』의 설화를 바탕으로 쓴 작품이다. 이야기에 대한 미당의 관심이 점점 더 흥미롭고 초월적인 서사의 세계로 이동하고 있음을 확인할 수 있다.

노래가 낫기는 그중 나아도
구름까지 갔다간 되돌아오고,
네 발굽을 쳐 달려간 말은
바닷가에 가 멎어 버렸다.
활로 잡은 산돼지, 매(鷹)로 잡은 산새들에도
이제는 벌써 입맛을 잃었다.
꽃아, 아침마다 개벽하는 꽃아.
네가 좋기는 제일 좋아도,
물낯바닥에 얼굴이나 비취는
헤엄도 모르는 아이와 같이
나는 네 닫힌 문에 기대섰을 뿐이다.
문 열어라 꽃아. 문 열어라 꽃아.
벼락과 해일만이 길일지라도
문 열어라 꽃아. 문 열어라 꽃아.

· 사소는 신라 시조 박혁거세의 어머니. 처녀로 잉태하여, 산으로 신선 수행을 간 일이 있는데, 이 글은 그가 떠나기 전, 그의 집 꽃밭에서의 독백.

—「꽃밭의 독백-사소단장」 전문

『삼국유사』 5권의 '7. 감통편'에는 사소에 대한 설화가 기술되어 있다. 그 설화에는 신모로서 신령스럽고 기이한 행적을 남긴 사소의 일화가 여럿 언급되어 있다. 그녀가 낳은 신성한 아들이 박혁거세란 것도 이 대목에서 나온다. 사소가 신선이 되어 신술을 부린 것은 솔개를 따라가다가 멈추는 곳에 집을 지으라는 아버지의 말을 듣고 솔개가 멈춘 선도산에 집을 지어 산 이후부터이다.[4] 이 시의 말미에 붙은 주석은 이와 관련된 언급이다. 그러니까 이 시는 바로 신모가 되기 위해 산을 떠나기 전의 사소의 심정을 노래한 것이다.

사소의 설화는 매우 진기한 것이다. 특히 인간이 신선이 되는 것은 특별한 일이고, 그 변신의 순간은 신비로운 일이다. 미당은 특별한 이야기 속의 특별한 주인공을 시의 인물로 내세워 그의 심정을 노래한다. 서정시는 일반적으로 시간의 경과를 허락하지 않고, 한순간의 시 속 인물의 감정을 노래하는데 이 시는 바로 그런 규범을 그대로 따른다. 그리고 서정시의 감정 촉발이 이루어지는 '그 순간'을 사소의 신선 수행 직전으로 삼아 상상력을 무한히 자극한다. 미당은 상상의 폭발력을 강하게 지닌 그 특별한 지점에서 운율과 이미지의 교직으로 사소의 특별한 심정을 노래한다. 사소란 인물의 발화에 실려 있는 이미지와 운율을 들여다보자.

사소가 염원하는 꽃의 개문은 신선의 길로 들어서는 일일 것이며, 따라서 그곳은 영원으로 가는 길이기도 할 것이다. 그 개문은 좀처럼 허락되지 않으며, 그리하여 사소는 그 길을 찾는다. 아름다운 노랫소리나 달리는 말들이 그곳에 닿을 듯도 하지만, 그 문턱에서 돌아오거나 멈추고 만다. 시인은 그곳에 이르는 길이 '벼락'과 '해일'로만 가능하다고 말한다. 벼락은 천상과 지상을 잇는 사물이며, 해일은 바다의 일렁임으로써 역시 천상과 지상을 잇고 있는 사물이다.[5] 그러나 그 두 사물은 온순하게 양쪽을 연결하지 않는

---

4 삼국유사의 '사소설화'에 대해서는 박성규 역, 『삼국유사』, 서정시학, 2009, 410~414쪽 참조.

5 미당 시에 '서 있는 바다'란 구절이 자주 등장한다. 바닷가에서 바다를 바라보면 수평선은 하늘과 맞닿아 있다. '서 있는 바다'는 그러한 풍경 속에서 나타난 표현일 것이다.

다. 그것은 심한 요동을 치며 그 안에 들어간 존재를 집어삼키고 만다. 그것은 지상과 천상을 연결하여 주되 죽음, 또는 죽음의 공포라는 혹독한 대가를 지불하게 한다. 그럼에도 불구하고 사소는 그 안에 들어가는 길을 열망한다. 그것은 오로지 사소만이 할 수 있는 일이다. 사소는 그 열망을 간절하게, 그러면서 엄숙하고 비장한 어조로 토로한다. 이 시의 반복 어법은 바로 이에 대한 뛰어난 운율 장치이다. 미당은 특별한 이야기 속 인물의 특별한 순간을 시의 정황으로 삼아 그의 심정을 운율과 이미지의 교직으로 토로하여 전형적인 서정시의 형식으로 구현해 내고 있다. 미당의 시적 전개에서 이야기의 서정적 수용은 이 작품에서 미학적 절정을 이룬다고 할 수 있다.

3. 이야기의 창조와 서정시 형식의 변화

미당 시에서 이야기의 수용은 점차로 변화를 맞는다. 이야기를 서정시의 형식 안에 육화하는 방식에서 벗어나 느슨한 산문의 형태로 진술하는 방식으로 전환된다. 정교한 운율 장치가 무뎌지고, 논평적 성격의 작가적 서술이 첨가되기도 한다.

"붉은 바윗가에
잡은 손의 암소 놓고,
나-ㄹ 아니 부끄리시면
꽃을 꺾어 드리리다"

이것은 어떤 신라의 늙은이가

해일은 그러한 바다의 일렁임이므로 해일 또한 지상과 천상을 잇는 사물이다.

젊은 여인네한테 건네인 수작이다

"붉은 바윗가에
잡은 손의 암소 놓고,
나-ㄹ 아니 부끄리시면
꽃을 꺾어 드리리다"

햇빛이 포근한 날 —그러니까 봄날,
진달래꽃 고운 낭떠러지 아래서
그의 암소를 데리고 서 있던 머리 흰 늙은이가
문득 그의 앞을 지나는 어떤 남의 안사람보고
한바탕 건네인 수작이다

자기의 흰 수염도 나이도
다아 잊어버렸던 것일까?

물론
다아 잊어버렸었다.

남의 아내인 것도 무엇도
다아 잊어버렸던 것일까?

물론
다아 잊어버렸다.

—「노인헌화가」 부분

이 시는 삼국유사의 '수로부인' 설화를 수용한 작품이다. 미당은 『삼국유사』에 기술되어 있는 '수로부인' 설화와 「노인헌화가」를 그대로 옮겨 오고 있다. 「노인헌화가」는 그대로 인용하고 있고, 배경 설화인 '수로부인' 이야기도 별다른 변용 없이 기술하고 있다. 산문으로 된 이야기를 축약된 언어로 바꿔 놓은 정도이다. 미당은 이 「삼국유사」 안의 작품과 그 배경 설화 위에 자신의 생각을 덧붙여 한 편의 시를 만든다. 미당은 설화 속 노인이 벼랑 끝의 꽃을 꺾어 준 것은 수로부인에게 반했기 때문이고, 그 순간 노인은 자신의 나이와 수로부인이 남의 아내란 사실과 꽃이 벼랑 끝에 있어 꽃을 꺾으려다 죽을 수도 있다는 사실을 모두 잊어버렸다고 해석한다. 그것은 사랑이란 세속의 나이와 질서를 초월하게 만든다는 것일 것이다. 미당은 수로부인 설화에서 사랑의 본질을 읽고 있다.

이 시에서 설화의 수용 방식은 독특하다. 시 작품의 인용은 그 자체가 서정시 형식의 재현이라고 할 수 있다. 특히 작품 인용을 반복하여 운율 효과를 내고 있다. 배경 설화의 축약 인용도 단어와 구절과 문장의 반복으로 율격을 조성하고 있다. 다만 이 시에서 시어의 소릿결을 활용한 흔적은 거의 눈에 띄지 않는다. 이 시는 시의 인용과 율격 조성으로 서정시 형식을 유지하려고 하지만, 서정시의 발화 형식인 화자의 독백이 아니라, 서사 양식의 발화 형식인 작가의 서술이 작품을 이끌고 있다. 시의 인용도 작가의 서술을 위한 수단에 불과한 것이다. 미당은 이야기를 서정시의 형식 안에 육화하는 대신에 이야기의 뼈대에 주석을 달면서 이야기를 만들어 나가는 데에 초점을 맞추고 있다. 다만, 그 안에 시를 인용하여 최소한의 서정시 형식을 유지하려는 노력을 보인 것이다.

미당의 이야기 만들기는 이제 더 적극적으로 나아가, 이야기에 이야기를 보태는 단계를 넘어 직접 이야기를 만들어 나가는 방식을 시도한다. 그렇게 해서 쓰인 대표적인 절창이 「동천」이란 작품이다.

내 마음속 우리 님의 고운 눈섭을
즈믄 밤의 꿈으로 맑게 씻어서

하늘에다 옮기어 심어 놨더니
동지섣달 날으는 매서운 새가
그걸 알고 시늉하며 비끼어 가네

—「동천冬天」 전문

이 시에는 화자인 '나'와 '새'가 등장하고, 소도구로 '눈썹'이 등장한다. '눈썹'은 '동천'이란 시의 제목과 연관 지어 볼 때 '초승달'을 가리킬 것이다. 이렇게 보면 이 시의 대상은 '달'과 '새'이며, 그것을 바라보는 화자의 심정이 이 시의 정황이라고 할 수 있다. 이러한 시적 상황에서 가장 일반적인 서정시의 문법은 달과 새에 화자의 감정을 의탁해서 노래하는 방식일 것이다. 하지만, 미당은 이 시에서 '나'와 '새'를 인물로 설정하고 그들이 '눈썹(달)'을 두고 서로 대치하고 이해하는 행동을 서술하고 있다. 비록 갈등이 있는 사건 서술로까지 나아간 것은 아니나 감정 표백의 수준을 넘어 짤막한 이야기 하나를 만들어 내고 있다. 하늘의 달을 두고 화자인 내가 임의 눈썹을 맑게 씻어서 가장 높은 하늘에 옮겨 놓은 것이라는 서술, 그리고 곧이어 벌어진 그 눈썹을 해칠지도 모르는 한겨울 매서운 새의 등장은 극적 긴장을 조성하기에 충분하며, 이어 그 '매서운 새'가 화자의 마음을 알아차리고 그 눈썹을 비켜 가는 행동은 화해의 결말을 잘 나타낸다. 이 시는 임을 향한 지극하고 지고지순한 사랑을 한 편의 동화처럼 전해 준다.

이 동화 같은 이야기는 산문적으로 진술되어 있다. 이 시는 단형의 서정시이긴 하나, 운율 장치가 거의 설치되어 있지 않다. 표면적으로 보면 3음보와 4음보의 율격으로 되어 있는 것 같지만, 그것은 우리말의 문법구조 속에서 자연스럽게 나타난 현상일 뿐이다. 인용 시는 평범한 산문을 적당히 행갈이한 것에 불과하다. 그리고 서정시의 중요한 언어 요소인 소릿결은 전혀 나타나 있지 않다. 이 시에서 작동하고 있는 시적 요소가 있다면, 그것은 풍부한 비유와 이미지이다.

이 시의 이미지는 좀 각별하다. 우리는 이 시의 제목인 '동천'에 주목할 필요가 있다. 시의 제목이 왜 하필 '겨울 하늘'일까? 한국의 겨울 하늘은 매우 맑고 투명하다. 한국의 겨울은 강수량이 매우 적어 대기가 청정하며, 그래서 겨울에 뜨는 달은 유난히 선명하다. 겨울의 초승달은 곱고 유려한 곡선의 자태가 선명하게 새겨져 보는 이를 황홀경에 빠뜨린다. 이 시는 산문적으로 진술된 이야기의 흥미와 함께 동천의 초승달 풍경이 주는 매혹적인 이미지가 중요한 미적 자질을 형성하고 있다. 미당 시가 이야기 만들기로 나아가면서 운율은 점점 멀어지고, 대신 그 자리에 이미지가 언어적 요소로서 중요한 비중을 차지하게 된다. 이러한 시적 태도와 시 형식은 시집 『질마재 신화』에 와서 더욱 심화된다.

4. 이야기의 채록·창조와 이미지의 내장

시집 『질마재 신화』에서 미당 시의 이야기 수용은 가장 깊고 높은 경지에 이른다. 이 시집에서 미당은 이야기를 서정시 형식 안에 육화하는 방식에서 벗어나 이야기를 만들어 나가는 방식으로 전환한 이후 시도한 시의 형식을 모두 동원하면서, 다시 한번 새로운 형태의 '이야기 시'로 나아간다.

지금까지 미당이 시에 활용한 '이야기'들이 허구의 세계였다면, 시집 『질마재 신화』에선 실재하는 세계이다. 그는 고향 사람들의 현실적인 생활에 시선을 보낸다. 신화와 민담에서 현실 세계 속의 이야기로 이행되는 미당 시의 이야기 활용 과정은 신화와 민담에서 근대소설로 이어지는 소설의 발달 과정과 흡사하여 흥미롭다.

그는 근대의 소설처럼 구체적인 생활 현장에서 이야기의 소재를 찾는다. 그것은 당연히 이야기의 현실성과 박진감을 더 많이 얻기 위해서이다. 그런데 미당은 소설처럼 반복과 갈등으로 얼룩진 현실 세계와 그러한 세계 속의 인물들을 성찰하는 데 몰두하지 않는다. 그는 현실 속에서 현실 너머의 세계를 찾는다. 이러한 시적 태도는 시집 제목에 고스란히 담겨 있다. '질마재'는 현실 세계이고, '신화'는 현실 너머의 세계이다. 제목에 현실과 현실 너머의 이중 세계가 복합되어 있다. 그 이중성은 '질마재'란 말의 어감에도 내재되어 있다. '질마재'는 미당의 고향 마을 이름이다. 고향 마을의 동쪽에 '질마재'라는 산이 있어 마을에도 그 이름이 붙게 된 것이라고 한다.[6] '질마재'란 단어는 친숙하면서도 낯선 소릿결을 지닌다. 시골에 있는 고개 가운데에는 '말재'란 이름이 많다. 마지막 고개라는 뜻으로 붙인 이름일 것이다. '질마재'의 '재'자도 '말재'처럼 고개를 가리킬 것이다. '질마재'는 친숙한 이름의 '말재'를 연상시키면서도 참신하다. 그 어감은 토속적이고 정감어리며 신비한 느낌을 준다. 아주 오래된 현실 저편의 공간 같은 분위기도 풍긴다. 그런 정서가 '신화'라는 시어와 잘 호응한다. 그래서 '질마재 신화' 란 시집 제목은 현실 공간이면서 신비한 일이 벌어지는 곳이라는 함축을 갖는다. 『질마재 신화』 안의 시편들은 제목의 함축 그대로 현실과 현실의 저편을 오가는 특별한 이야기의 세계를 전해 준다.

> 대수풀이 바람에 서걱이는 소리를 듣고 있으면, 우리들 귀에 –'비밀입니까. 비밀이라니요. 나에게 무슨 비밀이 있겠습니까. (…) 나의 비밀은 떨리는 가슴을 거쳐서 당신의 촉각으로 들어갔습니다.' 한용운 스님의 「비밀」이라는 시구절을 소곤거리고 있는 것같이만 들리는데, 신라 사람들 귀엔 그런 추상일 필요까지는 없는 순 실토로 "우리 임금님 귀는 당나귀 귀……"니 하는, 숨긴 사실을 막 집어내서 폭로하고 있는 소리로만 들렸습지요. 신라 경문왕은 마누라가 너무나 밉게 생겨서, 밤엔 뱀각시들을 가슴 위에 널어놓아 핥게 하고 지내다가설라문 쭈뼛쭈뼛한 짐승 업보로 긴 당나귀 귀가 되어 복두로 거길 가려 숨기고 지냈는데, 이걸 혼자만 알고 있는 복두쟁이 놈이 끝까지 가만 있

---

6 서정주, 「질마재 신화 서문」, 이남호 외 편저, 『미당 서정주 전집』, 은행나무, 2015.

지를 못하고, 죽을 때 대수풀로 가서 "우리 임금님 귀는 당나귀 귀다" 한마디 소근거려 놓았기 때문에 대수풀이 그 다음부터는 그렇게 소근거린다든지 그런 실담實談 의 폭로 소리였습죠.

일이 이리 어찌 되어 내려오다가 창을 대쪽으로 엮어 매는 습관은 생긴 겁니다. '비밀입니까. 비밀이라니요. 나에게 무슨 비밀이 있겠습니까. 한용운 선생님이 맞았어요. 결국 고려초롬 주장하기 위해서지요.

방 안의 주장을 위해서뿐이 아니라, 밖에서 느물고 오던 호랑이라든지 그런 것들의 침략의 비밀도 민감하디민감한 여기 울리어선 다 모조리 탄로 나지 않을 수는 없는 것이니…… 탄로 나는 것이사 호랑이라고 해서 겁 안 내고 견딜 수만도 없는 것이니……

—「죽창竹窓」 전문

이 시의 대상은 질마재 마을 가옥의 대쪽 창이다. 질마재 마을에선 창을 대쪽으로 엮어 매는 습관을 이어 오고 있다. 특정 식물로만 엮어 매는 전통 가옥의 창을 두고 미당은 하나의 이야기를 짠다. 이야기 생성에서 그는 한용운의 「비밀」이란 시와 '임금님 귀는 당나귀 귀'로 잘 알려진 신라 경문왕에 대한 설화를 동원한다. 후자의 설화는 『삼국유사』에 나오는 것이다. 이 시는 「노인헌화가」에서 시도한 이야기 수용 방식, 즉 시와 배경 설화의 수용을 다시 한번 시도한다. 차이가 있다면 현대시로 활용하고, 시기적으로 멀리 떨어져 있는 서로 다른 두 문학작품을 인용한 점이다. 신라 시대의 시와 그 배경 설화를 인용하며 쓴 시와 현대시와 신라 시대의 설화를 조합하여 쓴 시 사이에는 정서의 참신함과 전달력에서 차이를 보인다. 낯선 조합은 정서적 충격이 크기 마련이다. 이 시는 장르의 조합이 흥미롭다.

경문왕 설화의 수용은 '대숲'에서 연상된 것이다. 시인은 질마재 마을 가옥 대쪽 창에서 경문왕 설화의 대숲을 연상하고, 그 설화에서 비밀의 탄로라는 의미를 가져온다. 그리고 그 의미를 다시 만해 시 「비밀」과 결합한다. 설화와 시의 인용을 통해 시인은 질마재 마을 가옥의 창을 대쪽으로 만든 것은 비밀이 모두 밝혀지기를 바라는 마음이 담긴 것이라고 전한다. 집안 비밀의 탄로는 가족들의 진실하고 투명한 생활에 대한 바람뿐만 아니라, 무서운 외부 침입자의 탄로로 자신의 집을 보호하려는 희망까지 담긴 것임을 시인은 이 시의 마지막 대목에서 말한다. 이 흥미로운 이야기는 삶의 지혜를 담고 있어 의미 있는 이야기로 승화되고 있다.

이 이야기의 진술에서 리듬은 거의 존재하지 않는다. 이 시는 완전히 산문으로 이루어져 있다. 그런데 리듬이 없는 이 산문에서 우리는 시적인 정서를 느끼게 된다. 그것은 바람의 이미지 때문이다. 이 시의 경문왕 설화는 이야기의 흥미와 함께 '임금님 귀는 당나귀 귀'라는 바람 소리를 전해 준다. 또 만해 시 「비밀」의 인용으로 '비밀입니까 비밀이라니요~'라는 바람 소리도 전해 준다. 이 구절들은 비록 산문적으로 진술되어 있지만, 그것이 바람 소리에 빗대어 표출됨으로써 파동 치는 소리로 전해진다. 그 소리가 심정적으로 리듬의 연속 언어로 들리는 것이다. 이 청각적 이미지가 이 시에 중요한 미적 자질을 부여한다. 우리는 이 시를 읽으며 이야기의 흥미에 빠지고, 대숲 창의 유래와 그 안에 담긴 삶의 지혜를 깨달으며, 동시에 바람의 이미지를 느낀다.

이 시는 질마재 마을 사람들의 생활살이를 전하면서 설화와 기존의 시를 활용하고 있지만, 「침향」이란 시는 기존의 이야기나 시에 기대지 않고 마을 사람들의 현실적 생활 풍속만을 그대로 전하면서 이야기를 만든다.

> 침향을 만들려는 이들은, 산골 물이 바다를 만나러 흘러내려 가다가 바로 따악 그 바닷물과 만나는 언저리에 굵직굵직한 참나무 토막들을 잠거 넣어 둡니다. 침향은, 물론 꽤 오랜 세월이 지난 뒤에, 이 잠근 참나무 토막들을 다시 건져 말려서 빠개어 쓰는 겁니다만, 아무리 짧아도 이삼백 년은 수저에 가라앉아 있은 것이라야 향내가 제대로 나기 비롯한다 합니다. 천 년쯤씩 잠긴 것은 냄새가 더 좋굽시요.
>
> 그러니, 질마재 사람들이 침향을 만들려고 참나무 토막들을 하나

씩 하나씩 들어내다가 육수陸水와 조류潮流가 합수치는 속에 집어넣고 있는 것은 자기들이나 자기들 아들딸이나 손자 손녀들이 건져서 쓰려는 게 아니고, 훨씬 더 먼 미래의 누군지 눈에 보이지도 않는 후대들을 위해섭니다.

그래서 이것을 넣은 이와 꺼내 쓰는 사람 사이의 수백 수천 년은 이 침향 내음새 꼬옥 그대로 바짝 가까이 그리운 것일 뿐, 따뿐할 것도, 아득할 것도, 너절할 것도, 허전할 것도 없습니다.

—「침향沈香」 전문

이 시는 질마재 마을 사람들의 침향 만드는 풍속에 대한 이야기이다. 침향은 참나무 토막을 육지의 냇물과 바닷물이 만나는 합수 지점에 아득히 오랜 시간 동안 담가 놓아 만든다는 것이 이야기의 골자이다. 미당은 고향 마을에서 보고 들은 침향 제조 이야기에 자신의 생각을 담아 한 편의 시를 만든다. 기존의 이야기에 자신의 논평을 보태서 한 편의 시를 완성하는 것은 미당이 그동안 시도했던 이야기 수용 시의 형상화 방식과 같다. 그런데 이 시는 온전하게 그 이야기를 현실 세계에서 수집했으면서도, 그 이야기 자체에 상당한 시적 요소가 내장되어 있고, 산문으로 진술된 시인의 논평도 시적이라는 점에서 차별된다. 현실에서 수집한 이야기와 시인이 덧붙인 이야기 자체가 시적이라는 것이다.

육수와 조류가 만나는 지점이 침향의 수저라는 것은 상징적이다. 그것은 침향 생성의 장소가 육지와 바다를 모두 아울러 지구의 기운을 온전하게 다 받는 곳이어야 한다는 것이다. 침향의 수저 지점이 공간의 아득한 확장을 가리킨다면, 수백, 수천의 시간을 그 안에 있어야 하는 침전 시간은 시간의 아득한 확장을 가리킨다. 이 실재하는 이야기 속에는 침향 생성의 우주적 필요 조건이 내재되어 있는 것이다. 가장 깊은 향은 그렇게 지난한 공간과 시간 속에서 얻을 수 있음을 이 이야기는 함축한다. 여기서 '향'은 세속 인간 너머의 지고지순한 영혼의 상징으로 볼 수도 있을 것이다.

이 침향 풍속에 대한 시인의 논평은 직설적으로 언급되어 있는데, 이 설명어가 시적인 함축을 간직한다. 따분하고, 아득하고, 너절하고, 허전한 것은 모두 세속적인 감정이다. 그것은 모두 욕심에서 비롯된 감정이다. 그런데 침향은 수백, 수천 년이 지나야 생성되고 얻을 수 있는 것이니, 거기에는 아예 욕심이 끼어들 여지가 없다. 지고지순한 향, 또는 맑고 순수한 영혼은 그렇게 욕심 너머의 경지에서 얻을 수 있는 것이며, 또 그런 세속 욕망 너머에 존재하는 것이라는 것을 다시 한번 상기시켜 주는 것이다. 시인은 수백 수천 년의 거리를 둔 사람들이 오직 향에 대한 그리움만은 바짝 가까이 있다고 진술하는데, 그것은 그 순수한 향과 영혼은 시간을 초월하고, 또 시간을 넘어 영원히 유지되고 기려진다는 것을 의미할 것이다.

이 시의 이야기는 이렇게 많은 함축을 지닌 이미지를 간직하고 있다. 이 시에서 침향의 이미지는 시각적이면서 후각적이다. 오랜 기간 수저에 담겨 있는 침향은 시각적인 이미지를 발산하고, 그것이 향을 발산하면서부터는 후각적 이미지를 발산한다. 이 공감각 이미지는 침향의 인상과 느낌을 독자들에게 강렬하게 전해 준다. 미당은 이야기를 수집하고, 그 위에 자신의 생각을 덧붙여 한 편의 짤막한 이야기를 전하지만, 그 안에는 이렇게 강렬한 이미지가 내장되어 있다. 그리하여 그 이야기는 그 어떤 노래보다도 강렬한 정서적 충격을 주면서 시로 승화되고 있다.

5. 설화에서 시적인 현실 이야기로 이행

미당은 오랜 기간 이야기를 활용해 시를 썼다. 이야기의 활용 양상에 따라 그의 시의 미학과 형식은 변화하였다. 초기에는 이야기를 서정시의 형식 안에 정교하게 육화하면서 서정시의 울림을 확장했고, 다음 단계에서는 이야기에 이야기를 보태거나, 이야기를 직접 만들면서 이야기의 흥미에 시의 초점을 맞춰 나갔다. 이야기를 창조하는 단계로 접어들면서 그의 시엔 운율이 약해지고 이미지가 중요한 시적 요소로 떠올랐다. 시집『질마재 신화』에 접어들어 미당 시의 이야기 수용은 절정을 이룬다. 이 시집에서 미당은 현실 세계에 시선을 돌리면서 운율을 버리고 과감하게 이야기를 만들어 나간다. 그가 현실에서 채록하고 만들기도 한 그 이야기에는 풍부한 이미지가 내장되어 있다. 그래서 이 시집은 이야기의 흥미와 지혜를 전해 주면서 한편으로 강렬한 시적 여운을 준다.

이야기의 시적 활용을 시도한 미당은 초기부터 우리의 전통 설화에 많은 관심을 가졌고, 그것을 다양한 방식으로 자신의 시에 접목했다. 설화는 기이하고 비약적인 사건 전개가 많아 시적 상상력을 펼칠 여지가 커서 시의 소재로 유용하다. 미당은 초기에는 이런 설화를 자주 활용하다가 시집『질마재 신화』에 가서는 현실 세계에서 신화 같은 소재를 찾아 시를 썼다. 설화의 세계에서 사실의 세계로 내려와 현실 세계의 리얼리티와 박진감을 추구했지만, 그는 갈등하는 현실 세계를 통찰하기보다 현실 너머의 세계를 상상하고 보다 근원적인 마음의 세계를 천착하는 이야기를 수집하고 만들어 그 어떤 노래보다도 시적인 '이야기 시'를 독자들에게 선사하였다.

조지훈의 「완화삼」과 박목월의 「나그네」의 상호텍스트성

1. 화답시의 원조 작품

조지훈의 「완화삼」[1]과 박목월의 「나그네」는 한국 현대시의 수많은 명편 중에서 각별하게 조명해야 할 작품이다. 두 작품은 청록파를 대변하는 두 시인의 초기 시를 대표하는 것일 뿐만 아니라, 보통의 작품과는 다른 특이한 창작 배경을 지니고 있다. 조지훈의 「완화삼」은 제목에 붙은 '목월에게'라는 부제에서 알 수 있듯 시인이 박목월에게 건네는 형식으로 쓴 작품이다. 그리고 박목월의 「나그네」는 여기에 화답하여 쓴 작품이다. 이 시에도 '술 익는 강 마을의 저녁노을이여-지훈'이라는 부제가 붙어 있다. 조지훈의 「완화삼」은 박목월과의 연관 속에서 탄생한 것이고, 박목월의 「나그네」는 지훈의 「완화삼」과의 연관 속에서 탄생한 것이다. 조지훈의 「완화삼」처럼 문우나 지인에게 보내는 형식의 작품은 이전에도 있었지만, 작품을 받고 이에

1 「완화삼」의 원제는 「완화삼-목월에게」이며, 「나그네」의 원제는 「나그네-술 익는 강 마을의 저녁노을이여-지훈」인데, 작품 인용에서만 원제를 쓰고, 본문에선 편의상 부제를 빼고 주 제목만 쓰도록 한다.

화답하여 쓴 작품은 박목월의 「나그네」가 처음이다. 「나그네」는 한국 현대 화답시의 원조 작품이자, 한국의 화답시 형성에 큰 영향을 끼친 작품이다.

「완화삼」은 특정인에게 보내는 형식을 취하고 있을 뿐만 아니라 특정인과 함께 나눈 체험이 시의 바탕을 이루고 있어 이 유형의 다른 작품들과 차별된다. 특정인에게 보내는 형식을 지닌 기존 작품의 경우, 대개 상대방에게 자신의 근황을 전하거나, 그를 기리는 내용으로 짜인 것이 일반적이다. 하지만 「완화삼」은 지훈이 목월과 함께 나눈 특별한 체험을 바탕으로 하고 있다. 조지훈의 「완화삼」엔 박목월의 흔적이 깊게 드리워져 있다.

이처럼 두 시인의 두 작품이 밀접히 관련되어 각각의 작품이 탄생한 것은 종전의 우리 시사에선 유래를 찾기 어려울 만큼 특이한 일이다. 게다가 서로 간에 그토록 깊은 영향을 주고받으면서도 각각 자기 개성과 정체성을 뚜렷이 드러내며 뛰어난 시적 성취를 거둬 두 작품의 연관성과 독창성에 대해 비상한 관심을 불러일으킨다.

두 작품의 특수한 관계에도 불구하고 실제 작품의 이해 과정에선 각각을 별개의 작품으로 간주해 살펴본 것이 그간의 연구 관행이었다. 지훈의 「완화삼」에 '목월에게'라는 부제가 붙어 있고, 목월의 「나그네」가 이에 대한 화답시라는 것을 지적하면서도, 막상 작품 이해의 단계에선 두 작품을 분리해 다루곤 하였다. 심지어 작품의 부제를 빼고 작품을 인용하거나, 그런 작품을 사화집에 수록하기도 했다. 두 작품의 연관 관계를 살피면서 작품을 이해하는 글들이 더러 있긴 하나 그 경우도 단편적인 언급에 머물고 있을 뿐이다.[2] 두 작품 사이의 긴밀한 상관관계만큼 작품 이해의 과정에서도 그런 상호텍스트의 관점이 전면적으로 적용되어야 작품의 의미가 정확하게 밝혀질 것이다. 이런 시각의 적용은 두 작품의 창작 과정까지 엿보게 해 한층 생동

---

2 지훈의 「완화삼」과 목월의 「나그네」를 비교해 살펴본, 주목되는 최초의 연구자는 정한모인데, 간략하고 단편적인 언급에 그치고 있다. 정한모, 『현대시론』, 민중서관, 1974, 300-302쪽.

감 있게 작품을 이해하게 해 준다. 또 두 시인 간에 벌어진 영향 관계의 파악은 두 시인의 특징을 단적으로 확인시켜 준다. 창작 과정상 서로 주고받고 배제하는 시적 행위 속에서 두 시인이 추구하는 시적 태도와 세계가 뚜렷이 드러나게 되는 것이다. 두 작품의 상호텍스트적 관점에 입각한 작품 분석은 두 시인이 간직하고 있는 시적 특징의 전반을 일목요연하게 파악하게 해 주는 성과까지 얻게 될 것이다.

2. 지훈의 「완화삼」과 목월

(1) 지훈 시의 개성, 한국의 멋과 선비의 풍류

조지훈의 「완화삼」은 1946년 4월 『상아탑』 5호에 발표되었고, 그 후 시집 『청록집』(1946년, 6월)에 수록되었는데, 실제 이 작품이 쓰인 것은 해방 이전의 일제 말기였다. 지훈은 1939년 4월 『문장』에 「고풍의상」이, 그해 12월에 「승무」가, 그 이듬해인 1940년 2월에 「봉황수」가 추천되면서 시단에 나왔다. 「완화삼」은 지훈이 등단 이태 후인 1942년 봄 무렵에 쓴 작품인데, 이 시기는 일제 말기로서 우리말로 된 작품을 발표할 기회가 거의 상실된 때였다. 그래서 이 작품은 그의 품에 간직되어 있다가 해방 직후 우리말을 되찾으며 도서 출판이 활발하게 이루어지던 1946년에 잡지와 시집을 통해 발표된 것이다.

지훈의 초기 시인 이 작품엔 그의 정체성과 개성이 물씬 배어 있다. 이 시엔 그의 등단작인 「승무」「고풍의상」「봉황수」 등에 담겨 있는 한국적인 멋과 아름다움, 그리고 선비 정신과 기질이 깊게 나타나 있으며, 특유의 고아한 언어들이 유려한 문체에 실려 격조 있게 구사되고 있다. 여기에다 이 시는 이러한 시적 특성들이 시인 화자의 목소리에 실려 전해져 자기 정체성을 강렬히 드러내고 있다. 이 시엔 일인칭 화자가 시의 표면에 명시되어 있지 않으나, '완화삼-목월에게'라는 부제가 붙은 제목을 통해 나그네 화자가 시인 자신임을 뚜렷이 전하고 있다. 그리하여 이 시는 지훈 초기 시의 미학과 정신을 스스로 천명하는 그의 '시론 시'로 읽히기도 한다. 이 시에 나타난 지훈 시의 미적 특성과 정신세계를 구체적으로 알아보자.

차운산 바위 우에 하늘은 멀어
산새가 구슬피 울음 운다.

구름 흘러 가는
물길은 칠백 리七百里

나그네 긴 소매 꽃잎에 젖어
술 익는 강 마을의 저녁노을이여

이 밤 자면 저 마을에
꽃은 지리라.

다정하고 한 많음도 병인 양하여
달빛 아래 고요히 흔들리며 가노니……

—「완화삼玩花衫—목월木月에게」 전문[3]

1연은 자연 풍경에 대한 묘사이다. 시의 배경을 이루는 자연의 모습을 묘사하는 것으로 작품이 시작되는데, 여기서 자연 풍경의 정취와 묘사의 기법은 전통 시가에 접맥되어 있다. '차운산'을 뜻하는 '찬산'은 한시에 '한산寒

3 박목월 · 조지훈 · 박두진, 『청록집』, 을유문화사, 1946.

山'이란 말로 자주 구사되는 이미지이고[4], '바위' '먼 하늘' '구슬피 우는 산새'는 시조에서 흔히 구사되는 이미지이다. 그것은 가깝게는 소월의 시「산」에서 "산새도 오리나무/ 위에서 운다/ 산새는 왜 우노, 시메산골/ 영 넘어 갈라고 그래서 울지"라는 시구절에 맞닿아 있다. 2연에서도 풍경 묘사가 이어진다. '구름'과 '물길'은 그다음 연부터 본격적으로 등장하는 '나그네'의 이미지를 함축하는데, 이러한 수사는 전통 서정시에서 흔히 구사되던 것이다. 정처 없이 떠다니는 나그네의 모습을 구름과 물길에 빗대는 건 한시, 시조, 서정시에서 구사되던 일종의 수사 패턴이다.

그런데 이 시에서 그 풍경은 '구름이 비친 물길의 흐름'으로 그려짐으로써 풍경의 세부가 사뭇 달라지고, 이미지도 보다 깊어진다. 구름이 물길에 비쳐 구름과 물길이 함께 흘러감으로써 그 형상은 한가하고 평온하고 고요한 느낌을 준다. 게다가 구름이 비치는 형상은 아련한 모습을 띠면서 은은한 미감을 창출한다. 물체가 비치는 형상은 이어지는 3연에서 나그네 적삼에 꽃잎이 젖는 모습과 호응한다. 이 역시 물체가 비치는 형상의 표현이다. 전자는 물길에 구름이 비치는 것이고, 후자는 적삼에 꽃잎이 비치는 것이다. 시의 표면에 적삼의 종류와 빛깔이 나와 있진 않지만, 꽃잎이 옷에 젖는 느낌이 들려면 그 적삼은 흰빛이어야 할 것이다. 시에 나타난 정황과 정

4 이 점은 정끝별이 지적한 바 있고, 그에 앞서 정민은 이 시의 첫 행이 두목杜牧의「산행山行」1구, "원상한산석경사遠上寒山石經斜"(차운산 기운 돌길 위로 멀리 오르는데)를 떠올리게 한다고 말한 바 있다. 정끝별,『시심전심』, 문학동네, 2011, 171쪽; 정민,「목월시의 의경과 한시적 미감」,『한국언어문화』36권, 한국언어문화학회, 2008, 139쪽. 한편 이 시와 한시와의 관련성은 김종길이 최초로 지적한 바 있다. 김종길은 이 시가 한시로 발상된 것으로 이 시의 일부가 지훈 시의 "태봉노석한산우苔封路石寒山雨/ 주숙강촌난석휘酒熟江村暖夕暉"와 연관된다고 말한 바 있다. 이 한시의 제목은「여회旅懷」로서 지훈의 한시집인『유수집流水集』에 수록되어 있다. 김종균은 이 시가 1944년 작으로「완화삼」(1942) 이후에 쓰인 것으로 보고 있다. 김종길,『진실과 언어』, 일지사, 1974, 148쪽; 김종균,「조지훈 한시 연구: "유수집"을 중심으로」,『한국외국어대학교 논문집』17권, 1984, 110쪽.

서상 나그네가 입은 적삼의 이미지는 무명옷이다. 물결이나 무명옷이나 모두 수수하고 소박하면서 부드러운 느낌을 준다. 무명옷은 물결과 달리 투박한 촉감을 지니지만 그 질박함이 한편으로 부드러운 느낌을 유발한다. 이렇게 볼 때 2, 3연의 풍경은 흰빛, 또는 무색의 소박하고 부드러운 물질에 구름과 꽃잎이 비치는 형상을 묘사한 것이다. 이 모습은 전통 한옥의 창문을 장식하고 있는 하얀 창호지에 달빛과 꽃잎이 비쳐 은은한 아름다움을 뿜어내는 것과 같은 한국의 멋과 아름다움을 전해 준다.

한편 꽃잎에 젖은 상태는 아름다운 자연의 흥취에 빠진 나그네의 내면을 환기한다. 이 시의 표면에 꽃의 종류와 빛깔이 나와 있는 것은 아니지만, 옷에 꽃잎이 젖는 느낌이라면 그 꽃은 짙은 색깔이어야 할 것이다. 꽃에 젖어 있는 나그네 화자가 서 있는 곳은 '술 익는 강 마을'이다. 술과 어울리는 꽃의 빛깔이라면 아무래도 붉은빛일 것이다. 이 시에서 꽃과 술은 다 같이 붉은 빛을 띠며 나그네의 흥취를 한껏 돋워 주는 이미지로 환기된다. 여기에 '강 마을'이란 장소는 나그네의 흥취를 드러내기에 적절한 시의 배경이 되고 있다. '꽃'과 '술'은 '강물'과 어우러지며 도락의 순간을 극대화한다. 물가에서 배를 타고 꽃을 즐기며 술을 마시는 것은 옛 선비들이 즐기던 풍류의 하나였다. 이 시에서 시인이 물가에서 배를 타고 있는 것은 아니지만 강 마을이 지닌 물의 이미지는 꽃과 술이 환기하는 풍류의 정취를 확실히 고조시킨다. 그런가 하면 '강 마을'은 한시에서 '강촌江村'이란 시어로 자주 나오는 이미지로서[5] 특유의 한가하고 여유로운 풍경을 보여 준다. 그 느낌 역시 나그네의 풍류를 고조시킨다.

물과 꽃과 술이 어우러져 빚어내는 나그네의 흥취는 '저녁노을'의 이미지에서 절정을 이룬다. 저녁노을도 꽃, 술과 함께 붉은빛을 띤다. 천상에 뿌려진 붉은 노을빛은 꽃과 술이 뿜어내는 붉은 도취의 기운이 하늘로 올라가

---

5 '강촌江村'은 두보의 시 「강촌江村」과 지훈도 한역했던 임규의 「강촌야흥江村夜興」을 위시해 한시에서 구사된 이미지다.

빚어진 것이다. 꽃잎과 술에 이어서 그려진 저녁노을은 천상에 깔린 꽃잎이며, 하늘 위에서 감도는 술기운이다. 여기서 나그네의 흥취는 절정에 이른다. '저녁노을이여'라는 감탄의 서술 어미는 도취의 절정에 이른 나그네 화자의 마음을 여실히 보여 주는 언어 형식이다.

꽃의 아름다움과 술의 도취는 절정의 순간을 지나면 조락의 길을 걷는다. 꽃과 술기운과 저녁노을은 가장 아름답고 달콤한 순간이 곧 저물기 시작하는 시점이다. 그것은 지상에 존재하는 모든 생명체의 운명이다. 4연은 그러한 존재의 운명을 전하는 것이고, 마지막 5연은 그런 세상 이치에 대한 나그네 화자의 심경 토로이며, 그런 마음을 안고 길을 걸어가는 나그네의 초상이다.

이 시의 시상을 요약하며 끝을 맺는 마지막 대목은 우리의 옛 시조 두 수에 접맥되어 있다. 하나는 이조년의 시조이고, 또 하나는 월산대군의 시조이다. "다정하고 한 많음도 병인 양하여"가 이조년의 시조 '다정가' 종장의 인유라는 것은 널리 알려진 사실이다.[6] 이조년의 이 대목이 한밤의 배꽃과 달빛과 소쩍새 울음소리에 취해 터져 나온 것이듯이, 지훈의 이 대목 역시 꽃에 취한 나그네 화자가 달빛 속에서 토해 내는 육성이다. 그 나그네 화자의 초상을 서정적으로 그리고 있는 시의 마지막 행은 월산대군의 시조 종장인 "무심한 달빛만 싣고 빈 배 저어 가노라"에 접맥되어 있다. 이 시조는 추강의 낚시에 고기는 못 낚고 빈 배에 달빛만 잔뜩 싣고 돌아간다는 것이고, 「완화삼」은 다정다한의 심정으로 달빛 속을 걸어간다는 것이므로 시의 전언과 정서는 서로 다르다. 하지만 화자가 감상感傷에 젖어 달빛을 맞으며 나아가는 장면을 그리고 있으며, 그 장면이 화자의 정서를 매우 서정적으로 물들인다는 점에서 이미지의 유사성을 갖는다. 「완화삼」의 마지막 시행은 깊은 감상에 젖어 있는 나그네 화자의 슬프고도 아름다운 모습을 운치

---

6 이 시와 한시, 시조와의 관련성은 양왕용의 글이 주목된다. 양왕용, 「조지훈의 시」, 김종길 외, 『조지훈 연구』, 고려대학교출판부, 1978.

있게 보여 준다. 우리는 이 풍경 속의 나그네에게서 옛 선비의 풍모를 자연스럽게 떠올리게 된다.

이 시는 길게 늘어지는 진술을 보이고, 또 화자의 감정이 노출되는 서술어미를 구사하는데, 이것은 선비의 풍류와 멋을 그대로 드러내기 위한 언어 장치이다.[7] 이 시는 나그네 화자의 선비적 풍모를 짙게 드러내며, 그런 인물을 '완화삼'이란 이미지로 그리고, 그 아래에 '목월에게'라는 부제를 붙여 그가 바로 지훈 자신임을 명시하고 있다. 이 시는 지훈이 자신의 정체성을 뚜렷이 드러내며 나그네의 심정을 밝히고, 그런 마음을 목월에게 전하고 있는 작품이다.

(2) 목월과 경주 체험

1942년 봄에 쓰인 「완화삼」은 지훈이 당시 경주에 있는 목월을 만나 그와 함께 보낸 체험을 바탕으로 쓴 작품이다. 이 시가 쓰인 정황은 지훈의 다음 글에서 자세히 확인할 수 있다. 「완화삼」의 창작 배경을 알려 주는 이 글은 이 시에 드리워진 목월의 흔적을 짐작하게 한다. 이 창작 배경을 토대로 「완화삼」을 목월과의 관련 속에서 읽어 보도록 하자.

> 내가 목월을 처음 만난 것은 1942년 이른 봄이었다. 그 전해 가을에 나는 절간에서 일본의 진주만 공습을 들었고 『문장』 폐간호를 받았다. 그해 겨울 과음한 탓으로 빈사의 몸이 되어 서울로 와서 소위 『국민문학』이 발간된 것을 보았고 몇 달을 누워 있다가 이듬해 봄에 '조선어학회'의 『큰사전』 편찬을 돕고 있을 때였다. 일본서 돌아오는 초면의 시

---

7 정한모는 지훈의 「완화삼」과 목월의 「나그네」를 간명하게 비교하는 자리에서, 지훈 시는 풍류적이고 유려하며, 장식적인 미감의 표출이 눈에 띈다고 설명한 바 있다. 정한모, 앞의 책, 299쪽.

인이 하나 화동에 있는 조선어학회를 찾아와서 오는 길에 목월을 만나고 왔다는 말을 전했었다. 그때까지 경주를 못 보았을 뿐만 아니라 겸하여 목월도 만나고 싶고 해서 나는 그 이튿날 목월에게 편지를 썼다. …(중략)… 철에 이른 봄옷을 갈아입고 표연히 경주에 내린 것은 저녁 어스름-분분한 눈송이와 함께 봄비가 뿌릴 때였다. 목월은 초면의 서울 나그네를 맞으려 '박목월'이란 깃대를 들고 건천乾川까지 마중을 나왔었다는 것이다. 그 밤 여사旅舍에서 목월이 나에게 보여 준 시는 「밭을 갈아 콩을 심고」란 시였다. "장독 앞에 모란 심고 장독뒤에 더덕심고"의 구절과 "꾹 구구구 비둘기야"라는 후렴구는 아직도 기억에 남아 있다. 외롭고 슬픈 내 노래의 마음을 세상에 알아주는 이가 목월이라는 처음 보는 눈이 크고 맑은 시인밖에 없는 성싶어 미덥고 서럽던 생각! 목월이 출장 다닐 때 걸어가는 길가에서 들은 비둘기 울음, 혹은 살살 날리는 어스름과 산그늘도 그의 소개로 나는 듣고 보았다. 석굴암 가던 날은 대숲에 복사꽃이 피고 진눈깨비가 뿌리는 희한한 날씨였다. 불국사 나무 그늘에서 나는 찬술에 취하여 떨리는 봄옷을 외투로 덮어 주던 목월의 체온도 새로이 생각난다. 그리하여 나는 보름 동안을 경주에서 머물었고 옥산서원의 독락당에 눕기도 하였으며 「완화삼」이란 졸시를 목월에게 보내기도 하였다. 목월의 시 「나그네」는 이 「완화삼」에 화답하여 보내 준 시이다.[8]

이 자서에 의하면 지훈은 먼저 경주에 있는 목월에게 편지를 띄우고 그의 반가운 회신에 따라 경주역에서 초면의 목월을 만나 그와 함께 경주의 이곳저곳을 둘러보았으며, 이곳에서 보름 정도 지냈고, 여기서 「완화삼」이란 시를 써 목월에게 건네준 것이다. 이렇게 볼 때, 「완화삼」의 중심 이미

---

8 조지훈, 「박목월 시집 『산도화』 발문」, 박목월, 『산도화』, 영웅출판사, 1995, 113-115쪽.

지인 나그네는 지훈이 목월을 만나러 경주로 떠나 나그네의 처지가 된 상황에서 촉발된 것이다. 지훈의 경주 나들이와 목월과의 만남이 「완화삼」의 나그네 이미지를 낳은 것이다. 물론 '나그네'는 예부터 전해 오던 문학의 보편적인 이미지이긴 하다. 하지만 '목월에게'라는 부제에서 확인되듯 이 시는 지훈이 서울을 떠나 경주로 목월을 만나러 가는 여정 속에서 탄생한 것이므로, 이 시의 나그네 이미지는 특별히 목월과의 경주 체험에서 비롯된 것이다. 그리하여 이 시에 나타난 구체적인 정황 등은 상당 부분 경주 체험과 긴밀히 연관된다.

이 시의 자연 배경을 이루는 '칠백 리의 물길'은 낙동강 길이의 수치와 일치한다. 조명희의 소설 「낙동강」에 "낙동강 칠백 리"라는 어구가 나오고, 또 당시 유행하던 민요 중 "낙동강 칠백 리 공굴 놓고 하이칼라 잡놈이 손찔한다"[9]는 것이 있다. '칠백 리의 물길'은 바로 이러한 작품들의 구절과 겹쳐 읽힌다.[10] 낙동강은 경상북도를 남북으로 관통하는 이 지역의 대표적인 강이다. 낙동강은 경주를 찾아가는 나그네 화자의 여정에서 가장 인상 깊은 그 지역 인근의 강물이며, 그 지역에 접어든 화자의 여정에서 가장 길게 뻗어 있는 강물이다. 목월을 만나러 가는 경주 여행이 '나그네'와 '칠백 리'의 이미지를 낳은 동인이라고 할 수 있다.

지훈이 「완화삼」을 쓴 정확한 시점에 대해서는 당사자들의 회고가 다소 엇갈려 정확히 단정하기 어려운데,[11] 위에 인용한 지훈 자서의 문맥에 따라

9 유종호, 『시란 무엇인가』, 민음사, 1997, 159쪽.

10 정민도 '칠백 리 물길'이 아마도 낙동강 7백리를 염두에 둔 듯하다고 말한 바 있다. 정민, 앞의 글, 139쪽.

11 목월은 「처음과 마지막: 지훈에의 회상」(『사상계』 통권 183호, 1968. 7)에서 경주역서 지훈을 만난 날 밤 지훈이 자신에게 「완화삼」을 보여 주었다고 적고 있다. 목월의 회상에 의하면 「완화삼」은 지훈이 서울서 써 간 것이 된다. 목월의 회상기엔 몇몇 착오가 눈에 띈다. 지훈이 경주로 자신을 찾아온 것이 1940년(지훈은 1942년이라고 함)이라고 한 점, 또 이때 그의 나이가 31세(실제론 23세이며, 목월이 회상한 1940년을 기점으로 하면 21세임)라고 한 것 등이 그것이다. 또 목월은 지훈이 경주에 일주일쯤 머물렀다

이 시가 경주에 머물러 쓴 것이라고 본다면, 이 시에는 경주 체험이 더 드리워져 있는 것으로 볼 수 있다. 가령 '강 마을'은 경주에 있는 하천인 '건천'과 겹쳐 읽히며,[12] '구슬피 우는 산새'는 지훈이 목월과 경주에서 인상 깊게 보고 들었던 비둘기 울음소리와 겹쳐 읽히고, '적삼에 젖은 꽃'은 지훈이 목월과 함께 석굴암으로 가는 길의 대숲에서 보았던 복사꽃과 겹쳐 읽힌다.[13] 강 마을과 산새 울음과 꽃은 전통적인 심상이지만, 그것이 경주 체험을 통해 구체적인 시적 이미지로 거듭난 것으로 볼 수 있다.[14]

이 시엔 이렇듯 목월과 경주 체험이 작품 곳곳에 스며있는데, 지훈은 이 체험을 한국의 멋과 아름다움이 물씬 묻어나는 시적 이미지로 승화시켰고, 이를 통해 자신의 개성과 정체성이 뚜렷이 드러나는 작품으로 만들어 냈다.

(3) 제목 '완화삼-목월에게'의 의미

이 시의 제목은 지금까지 살펴본 시 「완화삼」의 성격을 압축해 보여 준다. 먼저 '완화삼'이란 주 제목은 시인 자신을 가리키며, 부제인 '목월에게'는 말 그대로 목월에게 전한다는 뜻이다. 그러니까 이 시의 제목은 '지훈이 목월에게', 즉 '내가 목월에게'라는 뜻이다. 또한 '완화삼'이라는 말로 자신을 가리킴으로써, 시의 제목에 풍류와 멋을 아는 선비 이미지가 부각된다. '완화삼玩花衫'이란 한자어는 '완화玩花'와 '삼衫'을 띄어서 어석해야 시의 정

고 적고 있는데, 지훈은 위의 자서에서 보름 동안 머물렀다고 적고 있다.

12 지훈은 위의 자서에서 확인되듯 목월이 '건천'으로 자신을 마중 나온 것에 대해 각별한 기억을 갖고 있다. 여기서 건천은 경주에 있는 '건천역'을 가리킨다. '건천읍'이란 마을이 있으며, '건천'은 그 인근에 있는 하천이다. 하천 주변으론 마을이 형성되어 있다.

13 「완화삼」의 꽃잎과 지훈이 경주에서 본 복사꽃과의 관련성은 정끝별이 말한 바 있다. 정끝별, 앞의 책, 171쪽.

14 목월의 회상에 의한다면 「완화삼」과 목월과의 관련성은 '나그네'와 '칠백 리' 이미지에만 한정될 것이다.

확한 의미와 부합된다. '완화玩花'는 말뜻 그대로 꽃을 완상한다는 것이며, '삼衫'은 무명옷을 함축한다. 여기서 전자는 풍류를, 후자는 선비를 함축한다. 제목의 표면에서 선비는 풍류의 멋만을 즐기는 자이지만, '삼衫'이란 말이 뒤에 나옴으로써 선비의 이미지가 따로 부각된다. 선비가 즐기는 풍류와 풍류를 즐기는 선비와는 뉘앙스에 차이가 있다. 전자는 풍류에, 후자는 선비에 의미의 무게가 놓인다. '삼'이란 기표가 지닌 입이 닫히며 말소리가 끝나는 발음은 모종의 단호함을 전해 주고, 그 느낌은 고상한 한자 조어와 함께 선비의 위엄을 환기한다. 이 말은 뒤에 살펴볼 목월의 '나그네'라는 제목과 여러모로 대조된다. '나그네'라는 말은 순우리말로서 은은한 소릿결을 지니며, 부드러운 모음에 뒤가 열려 있는 발음을 지니고 있다. '완화삼'이란 주 제목엔 이 시의 바탕과 얼개와 정신에 한국 전통 시가의 멋과 아름다움, 그리고 선비적 기질이 담겨 있음을 보여 주는 것이다.

'목월에게'라는 부제는 주 제목 '완화삼'이 지훈 자신을 가리키므로 지훈이 목월에게 전하는 안부나 감사의 표시가 된다. 지훈은 처음 목월에게 편지로 경주 여행을 타진했고, 여행을 마치며 목월에게 다시 시로써 감사 표시를 한 셈이다. 목월에게 전하는 두 번째 글인데, 편지가 아닌 시로써 감사 표시를 했으니 시인으로서 할 수 있는 최상의 예의를 갖추고, 스스로 품격 있는 행동을 취한 것이다.

박목월이란 성명에서 성을 빼고 목월이란 이름만 쓴 것은 우리말의 호칭 관행상 친근함의 표시이다. 초면의 사람과 단 보름을 같이 지내고 나서 이름만을 부른다는 것은 그만큼 둘 사이에 깊은 마음의 교류가 있었음을 고백하는 것이고, 그런 문우에게 정겹고 따뜻한 마음을 전하는 것이라고 할 수 있다. 이름 뒤에 '에게'라는 조사를 붙인 언어 형식은 이 호칭을 한결 다정하게 만든다. 게다가 '목월'이란 기표가 지닌 음성의 조합은 부드럽고 온화한 느낌을 불러일으켜 '목월에게'라는 호명 형식이 불러일으키는 다정한 느낌을 한결 따뜻하게 만든다. 시의 감정이 전면에 묻어 있는 이 시의 특성은 제목에서부터 나타나 있다.

3. 목월의 「나그네」와 지훈의 「완화삼」

(1) 「완화삼」의 시어와 이미지들

박목월의 「나그네」는 1946년 4월 『상아탑』 5호에 조지훈의 「완화삼」과 함께 발표되었고,[15] 그 후 시집 『청록집』(1946년, 6월)에 수록되었는데, 이 시도 실제 쓰인 시기는 앞서 살펴본 지훈의 글에서 확인되듯 해방 이전이다. 목월이 지훈으로부터 「완화삼」을 건네받은 이후 그리 길지 않은 시점에 「나그네」라는 화답시가 씌어졌을 것으로 짐작된다. 지훈이 경주에서 목월과 함께 보내며 돈독한 우정을 쌓은 일을 바탕으로 「완화삼」을 쓴 것인 만큼, 그에 대한 목월의 화답시 역시 그 시를 바탕으로 두고 쓰여지게 된다. 사실 모든 화답시가 자신에게 보낸 시를 바탕으로 쓰는 것이겠지만, 지훈의 시가 목월과의 각별한 체험 공유를 바탕으로 한 것이기 때문에 목월의 화답시가 지닌 지훈 시와의 친근성은 더욱 크게 나타날 수밖에 없다. 그리하여 목월의 「나그네」엔 지훈의 「완화삼」에 쓰인 시어와 이미지들이 많이 구사된다. 목월의 「나그네」는 부제부터 지훈 시의 한 구절을 달고 있다. '술 익는 강 마을의 저녁노을이여'란 부제의 한 구절은 「완화삼」의 3연 2행을 그대로 따온 것이다. 이런 맥락에서 보면, '나그네'란 주 제목도 「완화삼」에서 수용한 시어이자 이미지라고 할 수 있다. 「완화삼」에서 '나그네'는 시의 중심 이미지이고, '술 익는 강 마을의 저녁노을이여'는 그 나그네의 내면을 드러내는 구

15 박목월의 「나그네」의 발표 시점과 발표지에 대해서는 유성호가 자세히 조사한 바 있다. 그는 「나그네」의 초벌 성격을 지닌 「남도 삼백 리」란 작품이 『건국공론』 1946년 2-2, 3 합본호에 처음 실렸고, 이 작품이 개작을 거쳐 『상아탑』에 실리면서 분명한 화답시의 형태를 갖추었고, 일부 연 조정을 거쳐 『청록집』에 실린 것이라고 「나그네」의 연혁을 추적하였다. 유성호, 「조지훈의 '완화삼'과 박목월의 '나그네'」, 『서정시학』, 2020년 3월, 230~236쪽.
이 글의 대상과 작품 인용은 「나그네」의 최종본인 『청록집』 수록본을 바탕으로 한다.

절로 역시 이 시의 핵심 이미지이다. 이 점에서 목월 시「나그네」의 착상은 「완화삼」이라는 작품의 내용에서 비롯된 것으로 볼 수 있다.「나그네」와「완화삼」과의 친근성은 시의 본문에도 계속된다.「나그네」에 나타난「완화삼」의 시어와 이미지들을 더 구체적으로 살펴보자.

강江나루 건너서
밀밭 길을

구름에 달 가듯이
가는 나그네

길은 외줄기
남도南道 삼백리三百里

술 익는 마을마다
타는 저녁놀

구름에 달 가듯이
가는 나그네

—「나그네-술 익는 강 마을의 저녁노을이여-지훈」 전문[16]

먼저 시의 주 제목에 쓰인 '나그네'란 시어는 시의 본문에도 나온다. 또 부제에 쓰인「완화삼」의 한 구절 중 '술'과 '저녁놀'이란 말도 시의 본문에 그대로 나온다. '저녁노을'이 '저녁놀'로 줄어들어 운율 효과가 다르긴 하나 이미지는 같은 것이다. '구름'이란 말도「완화삼」에서 구사된 말이다. 이것들

16 박목월 · 조지훈 · 박두진,『청록집』, 을유문화사, 1946.

은 모두 명사이고, 동사도 같은 말이 있다. 「나그네」에 구사된 동사 가운데 '가다'와 '익다'가 「완화삼」에서 구사된 말이다.

이 외에 「나그네」엔 「완화삼」의 시어를 약간 변형한 것들이 여럿 쓰인다. '강나루' '길' '달' '삼백 리' 등이 그것들이다. 이들은 각각 「완화삼」의 '강 마을' '물길' '달빛'. '칠백 리'의 변형 어휘들이다. 「나그네」는 매우 정제된 형태의 짧은 시로서 구사된 시어도 몇 개 되지 않은데, 그중 5개의 시어가, 그것도 핵심적인 시어들이 「완화삼」의 시어와 겹치며, 또 4개의 시어가 부분적으로 겹친다. 동사의 경우 「나그네」에 쓰인 3개의 동사 가운에 2개가 「완화삼」에서 구사된 것들이다. 「나그네」와 「완화삼」과의 이런 시어 유사성이 시인이 실제로 의도한 것인지, 아니면 우연의 일치인지 알 길은 없다. 하지만, 시인의 의도 여부와는 별개로, 「나그네」의 시어들과 「완화삼」에 구사된 시어들이 상당 부분 겹치고 있는 것이 엄연한 사실이다.

「나그네」의 시적 정황도 「완화삼」의 그것과 유사하다. 「나그네」도 「완화삼」과 마찬가지로 길 떠나는 나그네의 모습을 그리고 있으며, 그 길을 둘러싼 배경도 유사하다. 두 작품 모두 길 주변엔 강물이 흐르고, 술 익는 마을이 있으며, 하늘엔 저녁노을이 펼쳐져 있다. 「나그네」도 「완화삼」과 마찬가지로 아름답고 낭만적인 농촌 마을을 배경으로 나그네의 길 떠나는 모습을 그리고 있다. 그런데 「나그네」에서 환기되는 시의 정서와 의미는 「완화삼」과 사뭇 다르다. 같거나 유사한 시어가 많고 시의 얼개가 비슷함에도 불구하고 시의 느낌이 크게 다르고 시의 전언도 크게 다르다. 농촌 마을의 정경이 유사하긴 하나 그 안에서 환기되는 정서가 다르고, 나그네 화자가 길을 떠나는 것이 유사하긴 하나, 그 모습과 내면 정서가 다른 것이다. 이것은 어디서 연유하는 것인가?

(2) 목월 시의 개성, 감정의 절제와 정제된 운율미

「나그네」엔 「완화삼」의 시어와 이미지들이 많이 수용되고 있지만, 「나그네」로 옮겨 오지 않은 시어들이 있다. 그중 대표적인 것이 '꽃'이다. 이 밖에 '차운산' '바위' '하늘' 등이 빠져 있고, 또 '다정함' '한' '병' 등이 빠져 있다. 대신에 '밀밭' '남도' '외줄기'란 시어가 새로 들어갔다. 이처럼 빠지고 새로 들어간 시어, 그리고 변형된 시어들에서 「나그네」의 독창성이 발휘된다.

'꽃'은 「완화삼」이란 시제를 이룰 만큼 「완화삼」의 핵심 이미지이다. 「완화삼」을 이끄는 대표적 이미지가 '나그네'라면 그 나그네를 구체화하는 핵심 이미지가 '꽃'이다. 「완화삼」의 나그네 화자는 꽃잎의 짙은 빛깔에 젖어 자연의 아름다움에 흠뻑 빠져 있고, 또 한편으로 꽃의 조락에서 존재의 숙명적 소멸을 깨닫고 애상에 젖는다. 마지막 연에서 나그네 화자가 다정하고 한 많음이 병이라고 토로하며 달빛을 정처 없이 걸어가는 것은 꽃에서 촉발된 이러한 두 갈래의 심정을 요약해 진술한 것이다.

이처럼 「완화삼」의 핵심 정서를 이루는 '꽃'이 「나그네」에선 구사되지 않으며, 그런 맥락에서 그 꽃의 이미지를 뒷받침하는 '다정함' '한' '병' 등의 시어들도 「나그네」에선 잇따라 제외되고, 같은 정서의 연장선 위에 있는 '구슬피 우는 새'도 빠져 있다. 이러한 시어들의 배제로 화자의 정서가 시의 전면에 노출되는 「완화삼」의 특징이 「나그네」에선 현저히 사라지게 된다. 그런가 하면 '꽃' '차운산' '바위' '하늘' 등은 모두 한시와 시조에 접맥된 고전적인 이미지들이며, 그런 이미지의 구사가 「완화삼」의 중요한 개성을 이루고 있는데, 그것이 「나그네」에서 사라지게 된다. 이로써 「완화삼」의 정체성이 「나그네」에서 희미해지게 된다. 이제 그 빈자리에 목월의 발명 시어와 변형 시어들이 새로운 시의 조형에 가담하면서 「나그네」는 독창적인 시로 거듭난다. 목월의 새로운 시어들은 「나그네」라는 시의 건물을 설계하는 데 어떤 역할을 할까?

먼저 '밀밭'이란 시어를 보자. 이 말은 시 「나그네」에서 소릿결의 아름다움을 조성하는 데 적극 가담한다. 이 시의 1, 2, 5연은 'ㄱ' 음의 반복이 두

드러지고, 또 'ㄴ' 'ㄹ' 'ㅁ'의 유성자음과 모음의 반복이 두드러진다.[17] 이러한 소리는 은은하고 부드러운 음가를 지니고 있으며, 그런 소릿결은 유유히 흘러가는 나그네의 모습을 생생히 환기한다. 이런 언어 환경에서 '밀밭'이라는 말은 소리 효과를 최대치로 끌어올린다. '밀밭'이란 말은 이 시 소릿결의 바탕인 'ㅁ'과 'ㄹ'의 유성자음을 보유하고 있다. 게다가 '밀밭'이란 단어의 첫음절 '밀'은 그 소리가 말의 원래 뜻이나 이미지와는 별개로[18] 부드러운 감촉을 전해 주면서 앞으로 밀듯이 나아가는 동작을 연상시킨다. 시의 서두에 쓰인 이 말은 마치 스케이터가 출발선상에서 미끄러지며 앞으로 나아가듯 유유히 출발하는 나그네의 동작과 감촉을 느끼게 한다. 이 시에 새롭게 추가된 유일한 동사 '건너서'도 이러한 소릿결의 조성과 긴밀히 연관된다. '건너서'라는 동사엔 'ㄴ' 음 두 개와 'ㄱ' 음 하나가 들어 있다. 이 말이 지닌 이러한 자음의 조합은 '나그네'란 말의 그것과 정확히 일치한다. '나그네'는 'ㄴ' 음 두 개와 'ㄱ' 음 하나를 보유한 말이다. '건너서'는 '나그네'와 함께 배치되어 절묘한 소리 반복을 일으키는 것이다. '건너서'와 '나그네'에서 발생하는 'ㄱ'과 'ㄴ' 음의 반복은 '강나루'에서도 일어난다. '강나루'도 'ㄱ'과 'ㄴ' 음을 보유한 말이다. '강나루'는 「완화삼」의 '강 마을'과 유사한 말이며, '강 마을'도 '강나루'와 함께 다수의 유성자음이 조합된 말이지만, '나그네' '건너서'와의 관계 속에선 '강나루'에서 소리 반복이 훨씬 크게 나타나므로 이 말이 더 적절한 시어가 된다.

그런가 하면 또 하나의 새로운 시어 '남도'는, 그 위 시행인 '길은'의 두 음절과 율격 호응을 이룬다. '길은'에서 '길'은 「완화삼」의 '물길'의 변형 어휘인

---

17 이 시는 의미 구조보다 음성 구조가 더 상위에 놓인 작품이며, 이 시에 유성자음이 많이 구사된다는 것은 이승원이 앞서 지적한 바 있다. 이승원, 「환상의 지도에서 존재의 탐색까지」, 박현수 편, 『박목월』, 새미, 2002, 97쪽.

18 '밀밭'은 푸른빛을 내는 풀밭의 형상을 지닌다. 이 시에서 '밀밭'은 이러한 형상이 지닌 이미지를 내뿜기도 하나, 그 이전에 인접한 시어들과의 관계 속에서 소릿결의 효과가 훨씬 두드러지게 나타난다.

데, 두 음절이 한 음절로 줄어든 형태를 띠고 있다. 「완화삼」의 변형 어휘들인 '강나루' '길' '달' '삼백 리' 등의 시어들은 '강나루'를 제외하면 모두 말 수와 의미가 준 형태를 띤다. '물길'이 '길'로, '달빛'이 '달'로 변형된 것은 음절의 축소이고, '칠백 리'가 '삼백 리'로 변형된 것은 의미의 축소이다. 목월은 「나그네」를 쓰면서 말을 축약하고, 의미를 단출하게 만들고 있는데, 이러한 시적 태도가 변형 어휘에 그대로 나타난다. 목월은 '물길'에서 '길'로 말을 줄이고, 여기에 조사 '은'이 붙어 생성된 '길은'이란 2음절의 말과 율격을 맞추기 위해 '남도'란 2음절의 말을 쓴 것이다. 또 다른 목월의 새로운 시어 '외줄기'는 '칠백 리'의 변형 어휘인 '삼백 리'와 각운을 형성한다. 의미 자질이 크게 다른 말이면서도 두 단어의 끝음절에 '기'와 '리'의 각운이 조성되어 운율 효과가 크다. 우리말의 특성상 좀처럼 나타나지 않는 각운의 효과가 목월의 발명 시어를 통해 발휘되고 있다.

이렇게 볼 때, '밀밭' '가다' '외줄기' '길은' '강나루' '남도' 등 목월이 「나그네」에 새로 추가하거나 변형한 어휘들은 모두 시의 운율 조성에 큰 역할을 하고 있음을 알 수 있다. 이러한 언어 활용으로 「나그네」는 정제된 형식에 유려한 운율이 작동하는 시로 거듭나고 있으며, 이러한 운율의 미감으로 유유히 떠나가는 나그네의 모습이 더없이 감각적으로 전해지고 있다.

「나그네」의 독창성은 이러한 정제된 운율미에다 독자적 의미의 생성이 보태짐으로써 비로소 완결된다. 1연 첫 구절의 '강나루'는 '강 마을'의 변형어로서 '건너서'란 말과 함께 배치되어 소릿결이 반복되는 효과를 나타낸다고 했는데, 이러한 말의 변형은 동시에 의미의 변화를 수반한다. '강 마을'이 '강나루'로 바뀌면서 '강촌江村'에서 연상되는 한시풍이 탈색되며, 강 마을에서 연상되는 한가하고 여유로운 정서가 풍기지 않는다. 시 첫 구절에 나타난 이런 변화는 이 시를 절제된 감정의 담백한 시로 출발시킨다. 이 시에서 '나그네'는 「완화삼」의 나그네 화자처럼 어떤 정서에 함몰하지 않고, 처음부터 지극히 고요한 상태에서 유유히 길을 걸어가는 모습을 띤다. 그리고 그런 나그네의 모습은 바로 이어지는 2연의 시적 비유에서 감각적으로 환기된다. 이 시에서 두 번 반복되는 "구름에 달 가듯이/ 가는 나그네"라는 구절은 이 시의 핵심을 이루는 표현이다. 이 비유적 표현에 구사된 개별 어휘들은 모두 「완화삼」에서 온 것이지만, 목월의 독창적인 사물 인식과 감각으로 인해 완전히 다른 의미와 느낌으로 전환된다. '강물'이 제외되면서 강물에 비친 구름 대신에 하늘 위에 떠 있는 구름이 지목되고, 땅 위를 비추는 달빛 대신에 역시 하늘 위에 떠 있는 달이 시의 대상으로 선택된다. 강물과 달빛이 빠지면서 서정적인 정조가 탈색되고 물길에 비치는 형상이 사라지면서 은근한 한국의 멋도 사라진다. 대신에 하늘 위에 떠다니는 구름과 달의 모습만이 부각하고, 그 둘의 운행이 결합하면서 천상의 물체가 이동하는 감각만이 생생히 전해진다. 그것은 무중력 상태에서의 물체의 이동을 연상시켜 유유자적하게 길을 떠나가는 나그네의 모습에 대한 최적의 비유가 되고 있다.

3연에 나타난 '외줄기'와 '삼백 리'라는 목월의 또 다른 독창적 시어는 그런 나그네의 내면에 일렁이는 마음의 무늬를 전해 준다. '외줄기'와 '삼백 리'는 길의 모습이지만, 이 시에서 나그네는 길 위에 서 있는 존재이므로 길의 정서는 곧 화자의 정서를 대변한다. '외줄기'라는 말은 말뜻 그대로 외로움과 단출함과 호젓함을 불러일으킨다. '삼백 리'에서도 이와 비슷한 정서가 환기된다. '삼백 리'에서 '삼'이라는 작은 홀수는 외로움과 단출함을 연상시킨다. 오와 칠은 많고, 일은 삼보다 더 작은 홀수지만, 여기서 '일'은 '일백 리'란 말이 되어서 꽉 찬 느낌을 준다. '삼백 리'는 '칠백 리'의 변형어로서 길이가 줄어든 것인데, 그것은 단지 길이의 축소만이 아니라 '칠백 리'에서 발생하지 않는 나그네의 외로운 정서를 강하게 뿜어내는 것이다.[19]

4연에선 그 외로운 마음의 나그네가 걸어가는 길 주변의 마을에 대한 묘사가 이어진다. 이 대목은 「완화삼」의 한 구절을 그대로 따온 것이지만, 그 과정에서 꽃은 제외되어 있다. 꽃이 빠지면서 이 대목은 「완화삼」과는 전혀

19 '칠백 리'에서 연상되는 '낙동강'이란 지명에 대한 연상도 사라진다.

다른 느낌으로 전환된다. '저녁노을을 배경으로 한 술 익는 마을'은 한 폭의 아름다운 풍경만을 우리에게 보여 준다. 꽃잎에 적삼이 젖은 화자가 등장할 때, 술과 저녁놀은 흥취와 도취의 정서를 뿜어내지만, 꽃과 그 꽃에 젖은 화자가 빠짐으로써 그것은 단순한 풍경화로 바뀐다. '저녁놀'이란 간명한 명사의 시행 종결과 '저녁노을이여'라는 늘어지는 어휘에 서술어까지 첨가된 시행 종결은 객관적 어조의 풍경 묘사와 주관적 정서가 듬뿍 배어나는 풍경 묘사 사이의 차이를 여실히 보여 주는 언어 형식이다. 「나그네」의 풍경에서 「완화삼」과 공유되는 어떤 정서가 풍기고 있다면, 그것은 넉넉하고 평화롭고 낭만적인 정서 정도일 것이다. 목월은 「나그네」에서 「완화삼」의 한 대목을 따오며 그 정도의 시적 교감을 나누고, 나머지는 지훈 시의 몫으로 남겨 놓았다. 그리고 그 자리에 자신만의 나그네 풍경과 정서를 그려 놓은 것이다.

「나그네」에서 시의 정서는 풍경 안으로 스며 있다. 이 시는 매 연이 명사로 종결되어 화자의 감정이 절제되는 언어 형식을 취하고 있을 뿐만 아니라, 화자의 감정을 드러내는 형용사와 부사의 쓰임 자체가 아예 없다. '저녁노을이여' '꽃은 지리라' '흔들리며 가노니……' 등 시종일관 화자의 감정을 노출하는 서술어를 시행 끝에 구사하고, '구슬피' '다정도 병인 양하여' 등, 감정어들을 거침없이 구사하는 「완화삼」과 크게 대조된다. 「나그네」는 감정을 극도로 절제한 채 나그네가 길 떠나는 모습을 풍경으로만 보여 주는데, 그 그림 같은 풍경이 낭만적이고 평화로운 느낌과 호젓하고 외로운 느낌을 품고 있다. 그 느낌은 풍경에 묻어 있는, 또는 그 풍경이 안고 있는 것이기에 독자들은 그것을 고요히 전해 받게 된다. 우리는 이 「나그네」의 풍경에서 나그네의 보편적인 운명을 조용히 음미하게 된다. 은은한 말소리의 화음으로 우주를 유영하듯 고요히 길 떠나는 나그네 화자의 발걸음을 전하고, 그림 같은 풍경화로 낭만적이나 외로운 나그네의 심사를 고요히 전함으로써 이 시는 「완화삼」이 제시한 나그네의 이미지를 새로운 미적 형식으로 재구성하며 보다 보편적인 이미지로 승화시켜 놓았다.

(3) 제목 '나그네-술 익는 강 마을의 저녁노을이여-지훈'의 의미

이 시의 제목 역시 「완화삼」과 마찬가지로 「나그네」라는 작품의 내용과 성격을 압축해 보여 준다. '나그네'란 말은 특정인이 아닌 익명의 인물을 가리킨다. 「완화삼」이 특정한 옷을 입고 특정한 마음의 상태에 젖은 인물을 가리키며, 그 인물이 시인 자신을 지칭하는 것과 달리, '나그네'란 말에는 인물의 특정 성격이 묻어 있지 않다. '나그네'란 말은 순우리말이다. '완화삼'이란 말이 한자어인 것과 대조된다. '나그네'라는 순우리말은 특정 계층과 신분을 연상시키지 않는다. '완화삼'이란 한자어가 지식인을 연상시키고, 그 고상한 조어가 선비를 연상시키는 것과 대조적으로 '나그네'란 순우리말은 그냥 보통의 한국 사람을 연상시킨다.

또 이 말은 특정한 느낌의 소릿결을 갖고 있다. 두 번 반복되는 'ㄴ' 음과 세 음절에 모두 받침이 없는 이 단어의 음성은 부드러운 느낌을 발산한다. 그리고 마지막 음절의 열린 모음은 이 단어를 긴 발성으로 만들며, 그런 음성은 나그네의 긴 여정을 연상시킨다. '나그네'란 말의 소릿결은 서정적인 느낌까지 불러일으켜 여러모로 나그네의 이미지에 잘 부합한다.

부제인 '술 익는 강 마을의 저녁노을이여-지훈'에서 '지훈'이란 인명 앞의 구절은 「완화삼」의 한 대목을 그대로 따온 것이다. 이 구절은 「완화삼」의 절정 부분에 해당한다. 바로 이 대목을 따온 것은 목월의 높은 시적 안목을 보여 주는 것이면서, 이 시가 「완화삼」에 대한 충실한 화답시이며, 이를 통해 지훈에게 시인으로서 진실한 우정을 보낸다는 것을 알리는 것이다. 다소 긴 상대 시의 한 구절을 서술 어미까지 그대로 따오며 부제로 삼은 것은 상대 시에 대한 최대한의 예의 표시라고 할 수 있다. 「나그네」엔 이처럼 화자의 감정이 노출되는 서술어는 구사되지 않는다. 이런 말투는 목월의 시와는 거리가 있는 것이다.[20] 그런 점을 감수하고 부제에서 이런 말투를 그대

---

20 『청록집』(을유문화사, 1946)에 수록될 때 붙어 있던 「나그네」의 부제가 그 후 개인 시

로 쓴 것은 지훈 시에 대한 존중이 그만큼 크다는 것을 보여 주는 것이다.

여기서 또 하나 주목해야 할 것은 '지훈'이란 호칭의 구사이다. 이 호칭은 지훈이 「완화삼」의 부제에서 구사한 호칭인 '목월에게'와 대조된다. '목월에게'란 호칭이 상대를 가리키는 조사를 붙여 다정한 느낌을 자아내는 것과는 달리 '지훈'이란 호칭엔 조사가 생략되어 어떤 느낌도 조성되지 않는다. 목월이 쓴 말엔 부제의 호칭에서부터 감정의 절제가 드러나 있는 것이다. 목월은 상대 시의 핵심 구절을 있는 그대로 수용하되 자기 감정이 표출되는 부분에선 최대한 절제를 한 것이다. 감정을 절제하고 시어와 이미지의 미감에만 충실한 목월의 시적 태도가 제목에서부터 강하게 나타나 있는 것이다.

4. 「완화삼」과 「나그네」의 이상적인 영향 관계

지훈의 「완화삼」은 한시, 시조, 전통 서정시 등 우리 전통 시가의 표현 기법을 수용하면서 이를 새로운 이미지로 승화시켜 한국적인 멋과 풍류를 격조 있게 그려 낸 작품이다. 이 시에서 나그네 화자는 선비의 풍모를 짙게 드러내며, 그런 인물을 완화삼의 이미지로 나타내고, 그 아래에 '목월에게'라는 부제를 붙여 그가 바로 지훈 자신임을 명시하고 있다. 이 시는 지훈이 자신의 개성과 정체성을 뚜렷이 드러내며 나그네의 심정을 밝히고, 그런 마음을 목월에게 전하는 작품이다.

한편 이 시엔 목월과 지훈의 경주 체험이 드리워져 있다. 지훈의 경주 나들이가 바로 이 시의 '나그네'와 '칠백 리'의 이미지를 낳았다. 또 이 시가 지

집 『산도화』(영웅출판사, 1955)에 수록될 때는 빠져 있고, 그 후에 간행된 『박목월 자선집』(삼중당, 1974)엔 다시 붙어 있다. 『산도화』에 부제가 빠져 있는 것이 편집 과정에서 일어난 누락인지 목월의 의도적인 삭제인지는 알 길이 없다. 만약 후자라면 자기 시의 정체성에 맞게 긴 서술의 부제를 뺀 것으로 짐작해 볼 수 있다.

훈의 자서대로 경주에서 쓴 것이라면, '강 마을' '구슬피 우는 산새' '적삼에 젖은 꽃' 등의 이미지들은 각각 경주에서 목월을 통해 보고 들었던 '건천' '비둘기 울음소리' '복사꽃'과 일정한 관련이 있는 것으로 볼 수 있다.

이 시의 의미와 성격은 작품의 부제에 그대로 투영되어 있다. '완화삼'이란 한자어와 뒤가 닫히는 단어의 발음은 이 시의 화자가 선비임을 알리고 그의 위엄을 느끼게 한다. 그리고 '목월에게'라는 호명 형식은 부드럽고 온화한 느낌을 불러일으킨다. 시의 감정이 전면에 묻어 있는 이 시의 특성이 제목에 그대로 나타나 있는 것이다.

목월의 「나그네」엔 지훈의 「완화삼」에 쓰인 시어들이 많이 나온다. '나그네' '술' '저녁놀' '가다' '익다' 등의 시어가 「완화삼」에서 구사된 것들이며, '강나루' '길' '달' '삼백 리' 등의 시어는 「완화삼」의 '강 마을' '물길' '달빛' '칠백 리' 등이 변형된 말들이다. 또 「나그네」의 시적 정황도 「완화삼」과 매우 유사하다. 이처럼 「나그네」는 「완화삼」과 매우 깊은 친연성을 지니지만, 시의 정서와 의미는 크게 다르다.

그것은 「나그네」가 「완화삼」의 시어를 수용하면서 한편으로 제외한 말과 새로운 발명 시어들, 그리고 변형어들의 독특한 시적 활용에 의한 것이다. 「완화삼」의 핵심 시어 중 「나그네」에 나오지 않는 대표적인 시어는 '꽃'이다. 이 말이 빠지면서 나그네 화자의 감정 노출과 풍류가 현저하게 탈색되며, 이와 접맥된 감정어들이 「나그네」에선 모두 제외된다. 그리하여 「나그네」엔 「완화삼」의 정체성이 현저하게 사라지게 되고, 그 자리에 목월의 발명어들이 들어가면서 새로운 시로 거듭난다. 목월의 발명어들은 「나그네」에서 한결같이 운율의 조성에 적극 가담한다. 「나그네」는 여기에 독자적 의미 생성이 보태져서 독창성을 완결시킨다. 「나그네」는 "구름에 달 가듯이/ 가는 나그네"란 비유어를 통해 마치 무중력 상태에서 물체가 이동하듯 유유자적하게 흘러가는 나그네의 모습을 감각적으로 전해 주며, 극도의 감정 절제를 통해 나그네의 길 떠남을 풍경화로 보여 준다. 그리하여 독자들에게 그 풍경에서 촉발되는 나그네의 평화롭고 외로운 마음을 조용히 음미하게 한다.

목월은 지훈의 「완화삼」에서 제시된 나그네의 이미지를 새로운 미적 형식으로 재구성하여 보편적인 이미지로 승화시켜 놓았다.

이러한 이 시의 의미와 성격은 제목에 그대로 함축되어 있다. '나그네'란 말은 익명의 인물을 가리키며, 그 말소리에서 나그네의 여정을 느끼게 해 준다. 또 부제에서 감정 노출이 심함에도 불구하고 지훈 시의 핵심 구절을 그대로 따와 그에 대한 존중을 표시하되, 다정한 느낌을 불러일으키는 호칭의 조사는 생략하여 시어 자체의 미감만을 중시하는 자신의 시적 태도를 드러내고 있다.

지훈의 「완화삼」은 목월과의 만남에서 탄생하였고, 목월의 「나그네」는 지훈의 「완화삼」에서 비롯되었지만, 두 작품은 각각 개성이 물씬 묻어 있는 독자적인 명편으로 빛나고 있다. 두 작품은 한국의 현대시 역사에서 가장 이상적인 영향 관계를 드러낸 시의 전범으로 길이 남을 것이다.

김종삼 시의 생략과 진술의 기교

1. 김종삼의 낯선 시

김종삼은 1953년『신세계』에「원정園丁」을 발표하며 시단에 나온 이후, 시집『십이음계』(1969),『시인학교』(1977),『누군가 나에게 물었다』(1982)를 간행했고, 시선집『북 치는 소년』(1979),『평화롭게』(1984)를 펴냈으며, 김광림, 전봉건과 함께 공동시집『전쟁과 음악과 희망』(1957)을, 김광림·문덕수와 공동시집『본적지』(1969)를 펴냈다.

그는 전후 황폐한 시대에 등장하여 우리의 현대시가 새롭게 전개되어 가던 60~70년대 기간 동안 가장 특이하고 개성적인 서정시를 선보인 시인이다. 이상 시의 계보에 속하는 모더니즘이나 포스트모더니즘 시인을 제외한 서정시인 가운데 그만큼 독특하고 파격적인 시를 쓴 시인은 없을 것이다. 정통적인 통사법을 파괴하고 구문을 생략한 특이한 어법과 암시와 비약으로 모호하게 쓰인 그의 독특한 표현은 일찍이 독자들에게 시 문체의 낯선 경험을 제공하였다. 또 삶의 구체적 세목을 누락시키고 한순간의 미묘한 영상이나 마음의 무늬를 짧은 텍스트 안에 새겨 놓음으로써 시 세계의 새로운 경지를 독자들에게 보여 주었다. 이런 그의 시를 두고 미학주의의 극치

이자, 순수주의의 극단적인 표본이라고 말하기도 하였다.[1]

한편 그는 이와는 정반대로 어떠한 시적 기교나 수사 없이 일상의 언어로 자기 생각을 담백하게 진술하는 시를 쓰기도 했다. 어린이의 일기처럼 자기가 겪은 일과 느낌을 가감 없이 서술하거나, 지인에게 자기 마음을 솔직하게 토로하는 고백적 언술의 시를 쓰기도 했다.

> 내용 없는 아름다움처럼
>
> 가난한 아희에게 온
> 서양 나라에서 온
> 아름다운 크리스마스카드처럼
>
> 어린 양洋들의 등성이에 반짝이는
> 진눈깨비처럼
>
> —「북 치는 소년」 전문

> 내가 재벌이라면
> 메마른
> 양로원 뜰마다
> 고아원 뜰마다 푸르게 하리니
> 참담한 나날을 사는 그 사람들을
> 눈물 지우는 어린것들을
> 이끌어 주리니
> 슬기로움을 안겨 주리니

---

1 황동규, 「잔상의 미학」, 『북 치는 소년(해설)』, 민음사, 1979, 15-29쪽.

기쁨 주리니

—「내가 재벌이라면」 전문

이 두 편의 작품은 어느 한 곳에 얽매이지 않는 그의 개성적인 시적 태도를 그대로 보여 준다. 전자는 말을 생략하고 있고, 후자는 일상의 대화처럼 평범하게 자기 생각을 있는 그대로 진술하고 있다. 또 전자는 대상과 거리를 두고 대상을 묘사하고 있으며, 후자는 시인의 내면 독백이다. 두 작품은 표현 기법과 발화 방식이 정반대이다. 이 중 자기 독백을 드러낸 「내가 재벌이라면」은 길이가 짧은데, 같은 계열의 작품 중 「5학년 1반」 같은 시는 길이도 꽤 길다. 그는 고정된 틀로 시를 쓰지 않는다. 위의 두 작품은 성향도 크게 다를 뿐 아니라, 각각의 작품이 지닌 고유의 개성도 강하다. 생략은 시의 한 요소로서 다른 시인들의 시에서도 흔히 목격된다. 그런데 전자의 시처럼 주어와 서술어를 모두 생략하고 비유의 보조관념만을 진술한 경우는 다른 시인들의 시에서는 찾아볼 수 없는 것이다. 후자의 고백체 시는 다른 방식으로 독특하다. 이런 부류의 고백적 시들은 많지만, 이렇게 평이한 일상 어법으로 자기 생각을 고백하듯 말하는 시는 흔하지 않다. 그는 관습적 틀을 거부하고, 익숙한 화법을 지양하며, 언제나 '낯선 시'들을 우리에게 선보인다.

위의 예에서 확인하듯 그의 시의 낯선 형상은 과격한 모더니즘 시인처럼 언어 대신 숫자나 그림으로 시의 텍스트를 짜거나, 도형적으로 시의 형태를 꾸미는 등의 외형적인 변화로 이루어지지 않는다는 점에서 주목된다. 그는 서정시의 재래적 형식을 견고하게 유지하면서 진술 방식의 조절을 통해 낯선 시를 빚어낸다. 그의 시의 미학을 좌우하는 독특한 진술 방식은 여러 갈래로 나타나는데 그중 가장 눈에 띄는 것이 생략 어법이다. 그는 다른 시인들과 차별되는 독특한 생략 어법을 구사한다. 그의 다양한 진술 방식은 생략 어법과 결합하여 생략 어법을 극대화하는 데 이바지한다. 그리하여 그의 시의 생략 어법을 살펴보는 일은 그의 시의 낯선 미학을 종합적으로 살펴보는 작업이 될 것이다.

2. 가시적 생략과 여백의 공간

그의 시에서 생략 어법은 크게 두 갈래로 나타난다. 하나는 말을 도중에 끊거나, 축약하여 진술하는 방식이고, 또 하나는 정상적인 문장을 구사하면서 말을 생략하는 방식이다. 전자는 보통의 시인들이 흔히 사용하는 생략 어법이다. 구문의 생략으로 여백의 미를 조성하는 이런 생략 어법은 시의 규범적인 요소이기도 하다. 그런데 김종삼은 매우 독특한 진술 방식으로 말을 생략하고, 이를 통해 의미 있는 시적 효과를 창출한다. 널리 알려진 다음 시를 보자.

물 먹는 소 목덜미에
할머니 손이 얹혀졌다.
이 하루도
함께 지났다고,
서로 발잔등이 부었다고,
서로 적막하다고.

—「묵화墨畵」 전문

시인은 첫 두 행에서 물 먹는 소의 등을 어루만지는 할머니 손의 모습을 묘사한다. 시인은 '얹혀졌다'는 피동문으로 진술하여 소와 할머니를 일심동체로 만든다. 할머니가 소를 위로하는 것이 아니라, 둘이 서로의 마음을 알고 동시에 위로하고 있음을 이 피동문은 함축한다. 이어서 소와 할머니의 내면을 전하는 목소리가 진술되는데 말이 도중에 생략된다. 생략된 부분은 서술어이다. 주어가 모호한 상태에서 서술어가 생략됨으로써 내면의 목소리는 이 풍경을 바라보는 시인의 목소리도 되고, 소의 목소리도 되고, 할머니의 목소리도 된다. 생략 어법으로 대상과 대상을 바라보는 사람 모두의 목소리가 울리는 것이다. 이 중 대상을 바라보는 목소리로 들을 때 이 시는 풍경화가 된다. 제목처럼 '묵화'가 되는 것이다. 저물어 가는 날을 배경으로 발잔등이 부은 소와 할머니가 전면에 그려진 이 묵화는 적막감과 안쓰러움을 불러일으킨다. 그 위에서 소와 할머니 목소리를 들을 때 그것은 묵화에 그려진 두 인물의 육성이 된다. 말을 줄임으로써 생긴 여백은 침묵 안에 담긴 내면의 목소리를 울려 퍼지게 한다. 이 시에서 시인은 생략 어법으로 세 겹의 목소리를 생성하며, 인물이 생생하게 살아 있고, 그 인물의 육성까지 들려주는 시의 풍경화를 그려 내고 있다. 그리고 이런 그림의 완성에는 시점의 교차와 피동문의 구사가 개입되어 있다.

시 「북 치는 소년」에서 생략 어법은 이 시보다 더 강력하게 구사된다. 「묵화」에선 서술어만 생략되어 있지만, 「북 치는 소년」에선 주어와 서술어가 모두 생략되어 있다. 그래서 이 시에선 시의 여백이 매우 크다. 더욱 주목되는 건 생략하지 않고 노출한 구절이 문법의 파괴로 이루어진 것이란 점이다. 시 「묵화」가 대상에 대한 시점의 변화로 여백의 효과를 극대화하고 있다면, 「북 치는 소년」은 문법의 파괴로 여백의 효과를 극대화한다. 이 시의 생략 어법과 문법 파괴를 자세히 살펴보자.

내용 없는 아름다움처럼

가난한 아희에게 온
서양 나라에서 온
아름다운 크리스마스카드처럼

어린 양洋들의 등성이에 반짝이는
진눈깨비처럼

—「북 치는 소년」 전문

3연으로 구성된 이 시는 매 연마다 주어와 서술어가 모두 생략되어 있다. 이 시는 비유의 보조관념만 진술되어 있다, 비유의 원관념, 즉 비유의 대상이 없으며, 비유에 대한 평가어도 없다. 그래서 이 문장을 이해하기 위해서는 우선 세 개의 연에 걸쳐 이루어진 비유적 표현의 대상을 찾는 게 급선무다. 이 시의 대상은 무엇인가?

시의 제목과 내용을 연관해 볼 때, 비유의 대상은 전면에 북 치는 소년이 있고, 배경으로 어린 양들의 등에 반짝이는 진눈깨비가 그려진 크리스마스 카드로 짐작된다. 그 카드는 가난한 아이가 서양의 누군가로부터 받은 것으로 보인다. 시인은 가난한 아이가 서양의 누군가로부터 크리스마스 카드를 받은 것을 보고, 그에 대한 감상을 적은 것 같다.

그런데 특이한 건 이국적인 크리스마스카드와 그 카드를 받은 이의 정황과 그에 대한 평가(감상)가 모두 비유의 보조관념으로 구사된 점이다. 제목과 3연은 시의 대상이고, 2연은 정황이고, 1연은 그에 대한 시인의 평가(감상)이다. 1연은 주제에 해당하는 셈이다. 비유의 원관념으로 구사해야 할 게 모두 보조관념으로 구사되고, 비유에 대한 평가어도 보조관념으로 구사된 것이다. 원관념과 보조관념의 역진술과 비유의 평가어의 보조관념 진술이 이 시의 특이점이다. 시인은 이렇게 비유의 문법을 뒤집은 다음, 비유의 원관념과 평가어를 생략하여 여백으로 만든 것이다. 이렇게 비유의 문법 구조를 전복시킨 이유는 무엇일까? 이런 문법 파괴로 어떤 시적 효과가 나타난 것일까?

이 시는 비유의 대상과 정황과 평가어가 시적이다. 비유의 평가어인 '내용 없는 아름다움'은 매우 함축적이다. 그것은 실체 없는 아름다움, 내게 아무 의미가 없는 아름다움, 내가 잡을 수 없는 아름다움 등의 의미를 함축한다. 비유의 정황인 가난한 아이가 서양의 누군가로부터 아름다운 크리스마스카드를 받은 정황과 어린 양들의 등성이에 반짝이는 진눈깨비가 그려진 풍경, 그리고 북 치는 소년의 모습이 불러일으키는 감상도 이와 비슷하다. 모두 아름답지만 내게 멀리 있고, 가난한 아이에겐 실질적으로 소용없는 것들이다. 모두가 시적인 함축을 지닌 정황과 풍경이다. 그래서 이들을 모두 시의 전면에 내세운 것이다.

시인은 시의 대상과 정황과 그에 대한 평가에서 시적인 정서를 조성한 다음, 다시 그것들을 비유의 보조관념으로 삼고, 그 비유의 원관념과 평가어는 공백으로 남겨 두었다. 그러니 이 시의 공백은 "내용 없는 아름다움" "가난한 아희에게 온/ 서양 나라에서 온/ 크리마스카드" "어린 양들의 등성이에 반짝이는/ 진눈깨비" 같은 느낌을 불러일으키는 대상이 되고, 그것들로부터 발생하는 평가어가 된다. 그것들을 여백으로 남겨 두었으니 여러 대상으로 채워질 것이다. 어떠한 것이 있을까? 무지개, 파랑새, 초원의 집 같은 것이 떠오른다. 이런저런 사정으로 북극 여행이 불가능한 사람들에겐 오로라도 여기에 해당할 것이다. 모두가 아름답지만, 실체는 없고, 내게 멀리 있으며, 잡을 수 없는 것들이다. 그런 대상들은 여백만큼 무한히 넓혀질 것이다. 생략된 서술어는 '공허하다' '쓸쓸하다' 정도가 될 것이다. 그런 감정어는 여백으로 될 때 전달력과 호소력이 더 크다.

그는 단순히 말을 줄이고 여백을 남기는 게 아니라, 생략 어법에다 통상 어법을 역전시킨 문장이 보태져 여백 효과를 극대화하고 시의 의미를 확장한다. 시 「민간인」에선 생략 어법에 또 다른 시적 기교가 발휘된다. 이 시에선 생략 어법과 정상 어법과 문법이 뒤틀린 어법이 모두 동원된다. 이를 통해 여백의 효과는 더 극대화하고, 시의 의미도 더 절실하게 환기된다.

1947년年 봄
심야深夜
황해도黃海道 해주海州의 바다
이남以南과 이북以北의 경계선境界線 용당포浦

사공은 조심조심 노를 저어 가고 있었다
울음을 터뜨린 영아嬰兒를 삼킨 곳
스무 몇 해나 지나서도 누구나 그 수심水深을 모른다

—「민간인民間人」 전문

1연은 말이 극대로 절제되어 있고, 2연은 정상적으로 진술된다. 이런 상반된 진술은 서로 보완 관계를 이루며 시의 의미 창출에 효과적으로 이바지한다.

1연은 시간적, 공간적 배경의 제시인데, 공지 사항 전하듯 필요한 시간과 공간만 적시한다. 그것도 최대한 짧은 단어로 전한다. 첫 행의 '봄'이란 말은 한 음절이고 받침이 'ㅁ'이어서 발음이 닫힌다. 그 발성은 단호한 느낌을 준다. 사계절을 가리키는 말 가운데 가장 짧고 발음이 닫히는 말을 지닌 계절은 '봄'이 유일하다. 이 시의 내용 전개에서 봄이란 시점이 의미가 없진 않으나 그보다는 봄이란 말이 불러일으키는 음성 효과가 더 크다. 그 말은 서두부터 이 시에 긴장감을 조성한다. 그런 분위기의 연장선상에서 '심야'가 제시되고, 이어서 남북의 분단선인 3 · 8선이 제시된다. 군더더기를 모두 뺀 짧고 단호한 단어의 제시와 그에 따른 커다란 여백은 이곳에 서린 팽팽한 긴장감과 쥐 죽은 듯한 고요함과 망망한 대해를 연상시킨다. 이 시의 여백은 시의 우측 공간을 지나 1, 2연 사이의 공간까지 이어지며 넓고 길게 펼쳐진다.

그렇게 오래 이어진 극도의 긴장과 고요 이후, 2연에서 배를 타고 바다의 3 · 8선을 월경하는 사람들이 나타나는데, 시인은 뱃사공의 노 젓는 행동을 '조심조심'이란 부사어로 표현한다. 시간과 공간을 명사로만 적시하고, 긴 침묵을 거친 이후 사람의 행동을 나타내는 부사어가 사용되어 이 말에 용수철 같은 탄력과 천 근 같은 무게가 놓인다. 평범한 부사어가 월경의 성공을 바라는 이의 간절한 마음을 여실히 전하는 것이다. 그 절체절명의 순간 배에 동승한 영아가 울음을 터트리자 일행은 그를 곧바로 바다에 던져 버린다. 시인은 그것을 3 · 8선상의 용당포가 영아를 삼켰다고 피동문으로 진술한다. 앞서 「묵화」에서 구사한 피동문이 여기서도 사용된다. 이 피동문은 월경하는 일행의 행동이 경황없이 순식간에 이루어졌으며 불가항력이었음을 함축한다. 그리고 그런 비극적인 일이 벌어지게 만든 분단선에 초점을 맞추게 한다. 월경인들은 그런 비극을 안은 채 남하에 성공하여 이십여 년

이 지났다. 시의 마지막 행은 그동안에 있었던 그들의 삶의 내면을 그린다. 그런데 이 대목이 명백한 비문으로 쓰였다. '누구나 수심을 모른다'는 '누구나 수심을 안다' 또는 '누구도 수심을 모른다'로 써야 올바른 문장이다. 그들이 이곳의 수심을 모를 리 없으니, 전자가 이 자리에 더 맞는 문장일 것이다. 그런데 시인은 왜 이렇게 썼을까?

그것은 '안다'와 '모른다'의 의미를 동시에 전하고자 한 것이라고 할 수 있다. 그들은 용당포의 수심이 매우 깊고, 그곳에 영아를 던지면 죽는다는 걸 알지만, 마치 모르는 것처럼, 또는 알면서도 내색하지 않고 이십여 년을 살아왔음을 전하려는 것이다. 그것은 영아를 죽이고 월남에 성공하여 잘 지내고 있는 이들의 내면에 멍울진 자책과 회한을 생생히 전하는 말이다. 문법적으로 뒤틀린 문장으로 인해 용당포의 수심水深은, 월남에 성공한 이들의 시름에 찬 '수심愁心'을 말해 주고, 짐승 같은 짓을 저질러야 했던 그들의 수심獸心[2]까지 전해 주게 된다. 이들도 결국 전쟁과 분단의 피해자이자 희생자들인데, 모두가 '민간인'들이다. 그리고 민간인 중에서도 전혀 힘을 쓸 수 없는 가장 어린 약자인 영아가 가장 큰 희생을 당했다. 제목의 '민간인'은 전쟁과 분단과 이데올로기의 가장 큰 비극을 묵직하게 함축한다. 이러한 심중한 의미의 출발은 생략 어법에서 비롯된 것이고, 여기에 정상 어법과 문법의 비틀린 구사가 보태져 완성된 것이다.

3. 비가시적 생략과 의미의 공간

김종삼은 문장을 온전하게 기술하면서 생략 어법을 구사하고, 이를 통해 의미를 창출하기도 한다. 주어와 서술어와 목적어 등 문장 성분이 모두 구

2 남진우, 『미적 근대성과 순간의 시학』, 소명출판, 2001, 194~195쪽.

사되기에 텍스트상의 여백이 발생하지 않는다. 온전한 문장 기술과 문자로 텍스트가 꽉 차 있지만, 문맥상 의미의 공백이 생기고, 그것이 시의 의미로 승화되는 것이다. 가시적으로 문장 성분의 생략이 없기에 비가시적 생략 어법이라고 할 수 있다.

> 누군가 나에게 물었다. 시가 뭐냐고
> 나는 시인이 못 됨으로 잘 모른다고 대답하였다.
> 무교동과 종로와 명동과 남산과
> 서울역 앞을 걸었다.
> 저녁녘 남대문 시장 안에서
> 빈대떡을 먹을 때 생각나고 있었다.
> 그런 사람들이
> 엄청난 고생 되어도
> 순하고 명랑하고 맘 좋고 인정이
> 있으므로 슬기롭게 사는 사람들이
> 그런 사람들이
> 이 세상에서 알파이고
> 고귀한 인류이고
> 영원한 광명이고
> 다름 아닌 시인이라고.
>
> ―「누군가 나에게 물었다」 전문

이 시는 정상적인 어법으로 시인의 생각을 그대로 전하고 있다. 이 시는 서론에서 말한 김종삼 시의 두 가지 진술 방식 가운데 후자인 「내가 재벌이라면」이란 시처럼 일상어로 시에 대한 자기 생각을 독백체로 온전하게 있는 그대로 토로하고 있다. 그런데 시의 문맥을 따라 끝까지 읽고 나면 생략된 대목이 있음을 깨닫는다. 이 시에서 생략된 구절은 무엇인가?

시인은 서두에 시란 무엇인가라는 질문을 던진다. 이에 대해 나는 시인이 못 되어 모른다고 답변한다. 모든 이가 궁금할 중요한 질문에 대한 답변을 미룬 채, 시인은 서울 거리를 걷는다. 무교동, 종로, 명동, 남산, 서울역은 당시 서울의 중심지이다. 무교동, 종로, 명동, 서울역은 사람들이 운집해 있는 서울 도심이고, 남산은 도심 속 자연이다. 이어서 시인은 그곳과 연결된 남대문 시장으로 들어가고, 그 시장통에서 상인들이 고생을 많이 하면서도 순하고 맘 좋고 인정이 많아 슬기롭게 사는 걸 보고, 그렇게 살아가는 사람들이 고귀한 인류라고 상찬하며, 그들이 바로 시인이라면서 시를 끝낸다. 이 시는 시가 무엇인가라는 질문으로 시작되어 시의 정의가 시의 중심 내용이 될 걸로 예상했지만, 정작 시인이 이 시에서 가장 비중 있게 말한 것은 지혜로운 삶에 대해서다. 시인은 그러한 깨달음을 도심 한복판이나 자연이 아닌 시장통의 상인에게서 발견했음을 길게 적고 있다. 시인이 마지막에 그런 삶을 영위하는 사람들이 시인이라 말했지만, 이것은 '시인'에 대한 정의라기보다는 지혜로운 삶을 영위하는 고귀한 인류를 빛내기 위한 수사라고 할 수 있다. 이 수사로 시의 서두에서 나는 시인이 못 된다는 의미가 밝혀진다. 그 말은 시인 자신이 시장통 사람처럼 엄청나게 고생해도 순하고 맘 좋고 인정 있게 사는 슬기를 지닌 사람이 못 된다는 고백이다.

그래도 이 시에서 '시인'에 대해선 간접적으로나마 언급한 셈이다. 이 시에서 끝내 말하지 않은 것은 "시란 무엇인가"란 질문에 대한 답변이다. 이 시는 질문에 대한 답변이 생략되어 있다. 엄밀히 말하면 답변의 회피라고 할 수 있다. 계속 말을 돌리다가 끝내 질문에 대해 답변하지 않은 채 시를 끝맺는다. 왜 그랬을까? 그리고 이것은 무엇을 의미하는 것일까? 이것은 시가 한두 마디로 정의할 수 있는 게 아니라는 것, 시는 시인에 따라 다양한 형식을 지닌 양식이라는 것, 또 시는 늘 변화해 나가는 양식이라는 것을 함축한다. 이 시에서 시의 정의에 대한 답변의 회피 내지 생략은 시의 정의에 대한 불가능성을 말하고자 한 것이라고 할 수 있다. 결국 이 시는 시의 정의에 대해 질문만 던지고 있는데, 그것이 바로 이 시에서 시인이 말하고자 한 것이다. 시란 무엇인가 하고 끊임없이 질문하는 것이 바로 시의 정의란 것이다. 이 점에서 "누군가 나에게 물었다"라는 시의 제목이 의미심장하게 떠오른다. 그것은 바로 시의 정의와 본질을 정확히 가리키고 있는 말이다.

말을 온전하게 다 하면서 문맥상 말을 생략하고 그렇게 의미의 빈자리로 중요한 의미를 전하는 시의 전략은 「새 한 마리」에서 또 다른 방식으로 구사된다.

새 한 마린 날마다 그맘때
한 나무에서만 지저귀고 있었다

어제처럼
세 개의 가시덤불이 찬연하다
하나는
어머니의 무덤
하나는 아우의 무덤

새 한 마린 날마다 그맘때
한 나무에서만 지저귀고 있었다

—「한 마리의 새」 전문

이 시도 생략한 구문은 없다. 그래서 텍스트의 여백이 그렇게 눈에 띄게 형성되어 있지 않다. 시인은 2연에서 "세 개의 가시덤불이 찬연하다"라고 써 놓고 바로 이어 하나는 어머니의 무덤, 하나는 아우의 무덤이라고 쓰고 끝낸다. 그래서 세 번째 무덤에 대한 문장이 생략된 것처럼 보인다. 그런데 '세 개'를 구성하고 있는 것은 무덤이 아니라, 가시덤불이다. 가시덤불은 가시가 많은 덤불, 즉 가시가 많은 풀이나 나무들이 헝클어져 얕게 깔린 것을 말한다. 그것이 세 개가 있다는 것이다. 이어서 엄마의 무덤과 아우의 무덤을 언급했으니, 두 무덤은 가시덤불로 덮인 무덤이라고 할 수 있다. 나머지 하나의 가시덤불은 말 그대로 가시덤불만이 땅 위에 형성되어 있는 것이다. 그러니까 무덤 하나를 생략한 것이 아니라, 무덤은 원래 없었고 그래서 말하지 않았을 뿐이다. 있는 무덤에 대한 언급을 생략하고자 했다면, 그래서 여백으로 그 무덤의 존재를 전하고자 했다면, "하나는 아우의 무덤"에서 '하나는' 다음에 행갈이를 해서 여백을 조성했을 것이다. 이 시의 2연과 3연 사이엔 의도적인 여백이 있지 않다. 그러면 이 시엔 생략된 게 전혀 없을까?

이 시엔 발생하지 않은 무덤이 존재한다. 그것은 현재 없지만 앞으로 반드시 발생할 무덤이다. 가시덤불만 형성되어 있는 곳이 바로 장차 무덤이 생길 자리이다. 그 가시덤불 옆에 가시덤불이 덮인 엄마와 아우의 무덤이 있으니, 가시덤불만 있는 자리에 생길 무덤은 시인의 무덤이 될 것이다. 시인은 '미구에 생길 자신의 무덤'을 직접 말하지 않으면서 말하고 있다. 다시 말해 '앞으로 생길 나의 무덤'이라고 적시하지 않으면서 그런 의미를 창출하고 있는 것이다. 이것은 고도의 생략 어법이라고 할 수 있다. 이 시는 특이한 생략 어법으로 미구에 닥칠 나의 무덤을 암묵적으로 전해 줄 뿐만 아니라, 현세적 삶의 황폐함과 험난함도 전해 준다. 가시덤불이 헝클어진 자리가 그런 의미를 함축한다. 그러고 보면 이 시는 엄마와 아우와 시인, 즉 시인 가족 모두의 삶과 죽음 이후에 드리워진 삶의 피폐함과 황량함을 환기하고 있다. 이런 깊고 다양한 시적 의미의 창출은 모두 가시덤불에 덮인 무덤을 가시덤불과 무덤으로 분리해 서술함으로써 비롯한 것이다. 우리는 대상을 서술하는 그의 뛰어난 기술을 이 시에서 다시 한번 뚜렷이 확인하게 된다.

4. 여백의 미학과 시의 기교

김종삼은 여러모로 낯선 진술의 시를 선보였는데 그중에서 눈에 띄는 건 생략의 어법이다. 그는 보통의 다른 시인들보다 더 특이하고 과감하게 시의 진술을 생략했으며, 이를 통해 시의 정서와 의미를 깊이 있게 환기했다. 그의 시에서 생략 어법은 시적 진술의 여러 기교가 동원되는 가운데 구사된다. 단순히 중간에 말을 끊거나 축약하여 형태의 여백을 조성함으로써 시의 의미를 암시하는 건 그의 시 스타일에 어울리는 방식이 아니다. 그의 시에서 생략 어법은 시적 진술의 문체, 양태, 시점, 그리고 행과 연의 시 형태 등의 조절을 받으며 다양하게 구사됨으로써 생략의 효과를 극대화하고, 정상 어법으로 불가능한 심중한 의미를 창출해 낸다. 그의 시에서 생략 어법은 정상 어법과의 긴밀한 조직 속에서 효과가 극대화되며, 정상 어법의 통사 파괴와 어울리며 그 효과는 더욱 커진다.

그는 처음부터 끝까지 생략한 문장을 구사하지 않고서도 말을 생략하는 진술을 보인다. 문장의 일부 구문이 생략되지 않았기에 시 형태의 여백이 발생하지도 않는다. 그는 여백이 없는 생략 어법을 구사한 셈이다. 이런 부류의 시들은 대체로 평이한 언어로 대상을 서술한 게 많다. 그래서 독자들은 시의 문맥 안에 말이 생략된 것을 놓치기 쉽다. 그는 평이한 진술을 시도하는 가운데 문맥상 의미의 공백을 만들고 그 안에 시의 전언을 함축해 놓는다. 그는 쉽게 말하면서 말하지 않은 걸 남겨 놓고, 이를 통해 많은 말을 전한 것이다.

그의 시에서 생략의 기법은 다채롭게 펼쳐지고, 생략이 시의 의미에 이바지하는 방식도 다양하게 이루어진다. 그는 생략이 시에서 얼마나 중요한 요소이며, 그것이 시의 의미를 창출하는 데 얼마나 큰 힘을 발휘하는지를 여실히 보여 주었다. 그리고 그런 성과는 시의 진술과 형태, 그리고 시의 형식을 기술적으로 활용하는 그의 뛰어난 시적 기교에서 비롯한 것이다.

박재삼 시의 구문과 모호성의 미학

1. 박재삼 시의 독특한 구문

박재삼은 1955년 『현대문학』에 시 「정적靜寂」이 추천되어 시단에 나온 이후 1998년에 세상을 떠나기까지 40여 년 동안 15권의 시집을 간행하며 우리 시단에 지울 수 없는 자취를 남긴 시인이다. 그는 타계하기 한 해 전인 1996년도에도 시집을 낼 정도로 일생에 걸쳐 치열하고 지속적인 작품 활동을 펼쳤는데, 그의 시가 가장 빛나는 성취를 거둔 시기는 50년대부터 70년대 초반까지라고 할 수 있다. 그의 초기 시에 해당하는 이 기간의 시들은 작품성도 뛰어나고 시사적으로도 중요한 의미를 지닌다. 그는 전후 50년대의 황량한 시단에 서정시의 아름다운 선율을 들려주었고, 그 깊고 고운 음색은 60년대와 70년대 초반의 변화된 시단에까지 크게 울려 퍼졌다. 내면의식의 탐구와 다양한 이미지의 천착으로 현대시의 모더니티를 추구하던 60년대와 리얼리즘 시가 성행하던 70년대 시단에서 박재삼의 시는 전통적인 서정시의 아름다움과 가치를 새롭게 일깨워 주었다.

박재삼은 재래의 서정시 형식에 현대적인 언어 감각을 불어넣었다. 그는 춘향전이나 흥부전 등 우리 내면에 깊숙이 자리 잡은 문학적 전통에서 시의 소재를 구했으며, 한이나 서러움 같은 우리 민족의 전통적인 정서를 시로 승화시켜 나갔지만, 그러한 서정의 세계를 현대적인 시의 언어로 엮어 냈다. 그는 결 고운 서정의 언어에 안주하지 않고, 다양하고 풍부한 언어 활용으로 시의 세계를 깊고 풍요롭게 펼쳐 나갔다. 그의 시에는 시조나 판소리에 접맥된 전통적인 가락이 유연하게 흐르고 있으면서 동시에 선명한 회화적 이미지가 펼쳐지고 있다.[1]

운율과 심상이 유기적으로 짜여 튼튼한 현대시의 구조를 지닌 그의 시에서 주목되는 점은 구문의 독특함이다. 그의 시는 보통의 언어생활에서 이탈한 구문으로 진술된 경우가 많다. 문장이 모호하고 불완전한 경우도 많다. 특히 초기 시 가운데서 명작으로 꼽히는 작품들일수록 이런 현상을 자주 발견하게 된다. 애매한 문맥 속에서 부정확하게 사용된 독특한 구문은 그의 시에서 일정한 역할을 한다. 그의 시의 구조를 떠받치는 운율과 심상은 독특한 구문의 구사로 보다 깊고 풍부한 시의 정서를 획득한다. 그의 시의 개성적 구문은 그의 시의 미학을 완성하는 중요한 언어적 요소이다.[2]

지금까지 그의 시를 특징짓는 개성적인 시의 구문에 대해서는 주로 종결어미에 연구의 초점을 맞춰 왔다.[3] 구어체의 화법을 바탕으로 다양하게 구사되는 종결어미의 변화가 가져오는 시의 의미와 효과에 대한 논의가 주류

---

1 박재삼 시의 이미지에 대해서는 이상섭의 「천년의 가능성」『심상』(1976, 1)에서 구체적으로 언급되었다.

2 박재삼은 「문학한다는 것」이라는 글에서 "훌륭한 시인이란 자기의 말법을 갖는 것이고, 그런 말법 안에 독자들을 가두어 놓는 것은 쉽지 않은 것"이라고 말한 적이 있다. 이 말은 자기 시의 독자를 갖는 일의 어려움을 드러낸 것이고, 동시에 자신의 개성적인 시적 어법의 특징을 내비친 것이다.

3 이에 대한 대표적인 글로 김주연의 '「한과 그 이후」, 박재삼, 『천년의 바람』(민음사, 1975, 1)'와 이광호의 '「박재삼 시 연구-초기 시의 어조와 운율 분석」(고대석사논문, 1988)'을 들 수 있다. 전자는 박재삼 시의 다양한 종결어미가 지닌 시적 효과를 지적하고 있으며, 후자는 어조의 시각에서 박재삼 시의 다양한 종결어미와 운율의 특징을 살피고 있다.

를 이루어 왔다. 창조적인 종결어미의 구사는 그의 시의 개성적인 구문을 구성하는 중요한 요소지만, 그의 시의 독특한 구문은 종결어미의 영역에만 국한하지 않고 문장 전체에 걸쳐 구사되고 있으며, 그에 따른 효과도 여러 가지로 나타나고 있다. 이 글은 박재삼 시의 중요한 개성이자, 그의 시의 미학을 완결시키는 독특한 시적 구문의 여러 양상과 효과들을 폭넓게 살펴보기 위해 쓰인다.

2. 모호한 문맥과 중의적 의미

박재삼 시의 초기 명작 가운데에는 단어와 문장, 문장과 문장의 결합으로 형성되는 문맥이 모호하게 진술되는 경우가 많다. 산문에선 단어의 선택과 문장의 구사와 문맥의 흐름이 모호한 것은 부정확한 언어 구사로서 회피의 대상이다. 시에서도 기본적으론 정확한 문장 사용이 요구된다. 하지만 부정확한 문장 사용이 오히려 여러 겹의 의미를 내포하여 시의 의미를 풍부하게 하는 경우는 허락될 수 있다. 이것은 짧고 응축된 문장으로 의미를 깊이 있게 드러내는 시 장르의 특성에서 비롯된 시적 허용이라고 할 수 있다. 박재삼 시에서 모호한 문장의 사용은 여러 겹의 의미를 드러내는 역할을 한다.

> 마음도 한자리 못 앉아 있는 마음일 때
> 친구의 서러운 사랑 이야기를
> 가을 햇볕으로나 동무 삼아 따라가면
> 어느새 등성이에 이르러 눈물 나고나
>
> ―「울음이 타는 가을 강」 부분

시 「울음이 타는 가을 강」의 1연이다. 시인이 처한 현재의 정황과 심정을 드러내고 있어 시 이해의 중요한 열쇠를 쥐고 있는 곳이다. 흔히 이 대목에 대해 화자가 친구의 서러운 사랑 이야기를 들으며 산등성이에 오르고 있는 것으로 이해하지만,[4] 문맥을 조금만 꼼꼼히 들여다보면, 이 구절이 이렇게 단순하게 해석될 수 있는 것이 아니란 걸 알게 된다. 2, 3행의 문장에 주목해 보면, 화자가 따라가고 있는 것은 "친구의 서러운 사랑 이야기"이다. '산등성이로 오르는 길'을 따라가고 있는 것이 아니라, 친구의 서러운 사랑 이야기의 전개를 따라가는 것이다. 이런 의미의 연장선에서 그다음 4행의 구절을 읽으면 '등성이'는 한 연구자가 예리하게 지적한 것처럼 '산등성이'가 아니라 '이야기의 등성이', 즉 '이야기의 절정'이 된다.[5] 화자는 지금 친구의 서러운 사랑 이야기를 따라가며 그 슬픈 사랑 이야기의 절정에서 눈물을 흘리고 있다.

그러면 그 친구는 지금 화자와 동행하고 있는가? 이 역시 2, 3행의 문장을 주목해 보면 그렇지 않다는 것을 알 수 있다.[6] 화자가 동무 삼아 따라가는 것은 친구가 아니라 '가을 햇볕' 이다. '가을 햇볕' 뒤에 '나'라는 접사가 붙어 있는 것을 주의해 보면, 화자는 오히려 동행할 친구가 곁에 없으며, 그래서 어쩔 수 없이 '가을 햇볕'으로 동무를 삼으며 위안받고자 한다는 것을 알 수 있다. 가을 햇볕만이 유일한 친구인 화자의 처지는 그의 마음을 더욱 쓸쓸하게 만든다. 그런데 화자의 친구가 되어 준 '가을 햇볕'조차 가을이 주는 조락의 이미지로 쓸쓸하고 적적한 느낌을 발산한다. 쓸쓸한 가을날 친구 없이 혼자 놓여 있는 화자의 처지는 친구의 서러운 사랑 이야기에서 솟구치는 슬픔을 더욱 고조시키는 역할을 한다.

---

4 박재삼의 초기 시 연구에 대한 대표적인 논문으로 꼽을 수 있는 이상숙의 '「박재삼 시의 이미지 연구」, 고대대학원 석사논문, 1993, 32쪽'과 장만호의 '「박재삼 시의 공간 상상력 연구-초기 시를 중심으로」, 고대 석사논문, 2000, 67쪽' 등을 비롯해 여러 논문에서 대체로 이렇게 이해하고 있다.

5 이희중, 「〈등성이〉, 이야기의 절정」, 『기억의 풍경』, 월인, 2003, 152-155쪽.

6 많은 연구자가 이 시가 친구와 동행하며 이야기를 나누는 것으로 해석한다.

그러면 1연은 이러한 하나의 해석만이 가능할까? 2, 3행의 문장만을 염두에 두면 그렇지만, 첫째 문장까지 포함하여 전체 문맥 속에서 보면 또 다른 해석의 여지가 발생한다. 1연의 첫 행은 화자가 자리에서 일어났음을 일러 준다. 첫 구절인 '마음도'에서 '도'라는 접사는 이 시에서 비상한 위력을 발휘하며, 시인이 지금 도저히 한자리에 앉아 있지 못해 일어나 어디론가 떠나가기 직전의 상황에 놓여 있음을 암시한다. 이런 정황의 연장선에서 그다음 구절을 읽으면 '따라가면'은 '길'을 '따라가는' 것으로 읽힐 수 있다. 그리고 그다음에 이어지는 '등성이'라는 말을 염두에 두면, '따라가면'은 '따라 올라가면'의 뜻으로 읽힐 가능성이 커진다. 즉, 화자는 마음을 들썩이게 하는 가을날 도저히 자리에 앉아 있지 못하고 일어났으며, 그때 가을처럼 쓸쓸한 친구의 서러운 사랑 이야기를 떠올리며 올라가다 보니 어느새 등성이까지 이르렀다는 것으로 읽힐 수 있다.

그러니까 이 시의 1연을 문면 그대로 읽으면 '따라가는 것'은 이야기를 따라가는 것이고, '등성이'는 이야기의 등성이가 되며, 화자가 놓인 정황을 고려해서 문장의 속뜻을 헤아리며 읽으면 '따라가는 것'은 길을 따라 올라가는 것이 되고, '등성이'는 산등성이가 된다. 이런 두 가지의 독해가 발생하는 것은 '따라가면'과 '등성이'라는 단어의 구사를 포함해 여러 해석을 일으키는 모호한 문장에서 비롯된 것이다. 그런데 이 시는 바로 이러한 문장 구사로 두 가지의 의미가 발생하는 효과를 거두고 있다. 즉, 화자가 자리에서 일어나 길을 '따라' 친구의 서러운 사랑 이야기를 따라가는 것이며, 산등성이에 올랐을 때 이야기의 절정에 이른 것이라는 의미가 발생한 것이다. 이러한 두 겹의 의미를 통해 비로소 산등성이에서 솟구치는 화자의 눈물이 절실히 환기된다. 만약 화자가 길만을 따라가는 것이라면 산등성이에 올랐을 때 눈물이 난다는 것은 설득력이 떨어진다. 화자가 산등성이에 올랐을 때, 때마침 서러운 사랑 이야기의 등성이에 도달했기 때문에 마침내 슬픔의 눈물을 흘리게 되는 것이다.

진주 장터 생어물전에는
바닷밑이 깔리는 해 다 진 어스름을,

울 엄매의 장사 끝에 남은 고기 몇 마리의
빛 발發하는 눈깔들이 속절없이
은전銀錢만큼 손 안 닿는 한恨이던가
울 엄매야 울 엄매.

별밭은 또 그리 멀리
우리 오누이의 머리 맞댄 골방 안 되어
손 시리게 떨던가 손 시리게 떨던가.

전주 남강 맑다 해도
오명 가명
신새벽이나 밤빛에 보는 것을,
울 엄매의 마음은 어떠했을꼬,
달빛 받은 옹기전의 옹기들같이
말없이 글썽이고 반짝이던 것인가.

—「추억에서」 전문

박재삼 초기 시 중 또 하나의 명작으로 꼽히는 이 시는 3연의 문장 구조가 불투명하다. 2행의 '되어'와 3행의 "손 시리게 떨던가"는 주어가 모호하여 여러 의미를 발생시킨다. 3연 2행의 "우리 오누이의 머리 맞댄 골방 안 되어"에서 과연 무엇이 '되었다'는 것인가? 문면상으로 보면 '되어'의 주어는 그 앞 1행의 '별밭'이 될 것이다. 하지만, '별밭이 우리 오누이의 골방 안이 되었다'는 것은 의미가 어색한 문장이다. 그래서 이 구절은 흔히 주어의 실체는 생략하고, '되어'는 어떤 상태에 이르렀다는 사전적 의미를 적용하여 우리 오누이가 서로 머리를 맞댈 정도로 작은 골방 안에 지내는 상태에 놓여 있다는 뜻으로 이해한다. 그리고 그 연장선 위에서 다음에 이어지는 "손시리게 떨던가"의 주어도 우리 오누이로 이해한다. 요컨대 3연의 행위를 이끄는 주체를 오누이로 보는 것이다.

그런데 이 모호한 문장 구조는 또 다른 의미를 발생시킨다. 서술어를 받는 주체가 모호하여 서술어의 주체가 여러 갈래로 열려 있다. 그 가운데 하나로 어머니를 들 수 있다. 이 시의 화자는 유년의 '나'인데, 그 유년 화자가 그리워하는 것은 어머니이다. 이 시는 진주 장터의 어물전에서 장사하며 고생하시는 유년 화자 어머니의 삶을 그리고 있는 작품이다. 첫 연은 해가 질 무렵 진주 장터의 파장을 묘사하고 있으며, 둘째 연은 파장 후의 어물전에 대한 묘사를 통해 가난한 어머니의 한스러운 마음을 드러내고 있다. 마지막 넷째 연은 신새벽에 나가 밤이나 돼서야 돌아오시는 어머니의 고단한 생활을 그리고 있다. 그렇다면 셋째 연은 파장 후 어머니의 귀가를 그리는 것으로 보는 것이 시상 전개에 적절한 상황이라고 할 수 있다.

이렇게 볼 때 3연의 서술의 주체는 어머니가 된다. 3연 1행은 어머니가 귀가 도중에 보는 밤하늘의 별밭을 가리키는 것이라고 할 수 있다. 그 '별밭'은 4연에서 어머니가 보는 '밤빛'에 호응한다. 장터에서 집으로 돌아가는 컴컴한 밤, 어머니는 밤하늘의 별들을 보며 아름다운 별들이 너무 멀리 있음을 안타까워한다. 그 마음은 어머니가 바라는 아름답고 행복한 세계가 저 멀리 있다는 안타까움과 상통한다. 3연 2행에서 마침내 어머니는 우리 오누이가 머리 맞대고 있는 골방 안에 당도한다. 2행의 서술어인 '되어'는 바로 '도달하여'의 의미로 해석된다. 즉, 어머니가 파장 이후 집으로 향하다 마침내 우리 오누이가 머리 맞댄 골방 안으로 도달했다는 것이다. 이어 3행에서 골방 안에 도착한 어머니는 손이 시려 떨고 있다. 어머니는 장터에서 집으로 오는 도중에도 손이 시려 떨었을 것이며, 집으로 돌아와서도 차가운 골방 안이라 손이 시려 떠는 것이다.

주어가 정확히 명시되지 않은 모호한 문장 구조로 인해 3연의 서술 주체는 유년 화자를 포함해 오누이도 되고, 또 어머니도 된다. 그리하여 어머니의 마음은 그 자식들인 오누이의 마음과 등가를 이루며 그들은 한 식구가 된다. 그들은 함께 멀리 있는 별밭을 그리워하고, 다 같이 골방 안에서 손 시리게 떠는 것이다. 모호한 문장 구조로 서술 주체를 다양하게 발생시킴으로써 이 시는 어머니와 자식 간의 마음속 교류를 환기한다. 시의 표면에 명시하지 않으면서 그들이 마음의 교류를 나누고, 같은 방에 있다는 것을 환기함으로써 그들의 따뜻한 가족애는 터 크고 강력한 호소력을 갖는다.

3. 생략의 구문과 시적 긴장

박재삼의 시에 나타난 또 하나의 모호한 구문의 특징은 생략이다. 일관된 문맥 속에서 정확하게 문장이 구사되다 중간에 말이 끊어지며 종결되는 구문들이 박재삼 시에서 자주 발견된다. 이러한 생략은 주로 서술어에 집중된다. 정상적인 문장의 흐름에서 서술어가 생략된 채 느닷없이 말이 종결됨으로써 갑자기 불완전한 구문으로 바뀐다. 이때 그 미완의 문장은 특별한 시적 효과를 불러일으킨다.

우리 마음을 비추는
한낮은 뒷숲에서 매미가 우네.

그 소리도 가지가지의 매미 울음
머언 어린 날은 구름을 보아 마음대로 꽃이 되기도 하고 잎이 되기도 하고 친한 이웃 아이 얼굴이 되기도 하던 것을.

오늘은 귀를 뜨고 마음을 뜨고, 아, 임의 말소리, 미더운 발소리, 또는 대님 푸는 소리로까지 어여삐 어여삐 기뻐 그려 낼 수 있는 명명明明한 명명明明한 매미가 우네.

—「매미 울음에」 전문

1연에 명시되듯 시인에게 매미 울음은 우리 마음을 비춰 주는 대상이다. 시인은 매미 울음에 자신을 포함한 우리 모두의 마음이 투영된다고 생각한다. 2연과 3연에선 그런 마음이 구체적으로 진술된다. 2연에선 매미 울음에서 어린 시절의 순수하고 꿈 같은 상상을 회상하고, 3연에선 매미 울음에서 임에 대한 애틋한 그리움을 연상해 낸다.

매미 울음의 이미지에 대한 시적 형상화는 생략의 어법으로 한층 호소력을 갖는다. 1, 3연은 '우네'라는 서술어로 종결되는데, 2연은 '것을'이라는 목적어로 종결된다. 2연에서 명사 형태의 목적어로 종결된 미완의 문장은 1, 3연의 완결된 문장과 대비되면서 시적 긴장을 불러일으킨다. 여기서 생략된 서술어는 '기억한다'나 '회상한다'가 될 것이다. 그런데 서술어가 생략되고 '것을'이라는 축약된 형태의 명사로 문장이 끝남으로써 이 종결어는 그 앞 첫 행의 종결어인 '매미 울음'이라는 명사와 호응 관계를 이루게 된다. 그것은 '것을' 앞에 길게 진술된 어린 시절의 추억들 하나하나를 '매미 울음'과 밀접하게 결부시키는 효과를 낸다. 만약 '회상한다'나 '기억한다'는 서술어가 나오면 지난 일을 회상한다는 의미만이 강하게 부각되었을 것이다. 하지만, 그 말이 생략됨으로써 '회상한다'는 뜻보다는 그 앞에 구체적으로 진술된 추억의 상상적 체험들 하나하나가 강력하게 부각되고, 그러한 체험들은 바로 매미 울음의 이미지와 호응 관계를 이루게 되는 것이다. 생략 어법으로 행과 행 사이의 호응 관계를 유도하면서 이미지를 돌출시키는 효과를 낸다고 할 수 있다.

한편 2연에서 구사된 생략 어법은 3연의 완결된 문장과 대비되면서, 이 시의 절정을 이루는 마지막 3연의 의미를 극대화한다. 2연에서 구사된 생략 어법은 호흡을 잠시 멈추게 만든다. 3연에서 화자는 감탄사를 토해 내며 임을 향한 그리움을 강렬하게 드러내고 있는데, 2연에서 멈칫한 호흡은

3연의 강렬한 진술에 가속도를 부여한다. 그렇게 강렬하고 급박하게 진행된 진술은 마지막에 표출된 매미의 울음소리를 한층 절실하게 공명시킨다. 매미의 울음소리에 대한 한자 조어인 '명명明明한'이라는 말은 '맴맴'이라는 매미 소리의 일반적 음상을 더욱 환하게 만들면서, 동시에 밝다는 뜻까지 첨가하고 있다.[7] 이 눈에 띄는 이미지는 생략을 통한 종결어미의 변화를 통해 속도감을 부여받음으로써 보다 절실하게 살아나는 것이다. 그의 시에서 개성적인 구문의 사용은 이미지에 풍부하고 깊은 정서를 부여하고 있다.

이 시에서 보인 것과 같은 생략의 구문은 「추억에서」라는 작품에도 나타난다.

> 진주 장터 생어물전에는
> 바닷밑이 깔리는 해 다 진 어스름을,
>
> 울 엄매의 장사 끝에 남은 고기 몇 마리의
> 빛 발發하는 눈깔들이 속절없이
> 은전銀錢만큼 손 안 닿는 한恨이던가
> 울 엄매야 울 엄매.
>
> 별밭은 또 그리 멀리
> 우리 오누이의 머리 맞댄 골방 안 되어
> 손 시리게 떨던가 손 시리게 떨던가.
>
> 전주 남강 맑다 해도

7 이 '명명明明한'이라는 시어의 의미에 대해서는 이광호가 지적한 바 있다. 그는 이 시어가 음성적 유사성과 의미론적 상관성의 긴밀한 결합에 의해 짜여 있다고 설명하였다. 이광호, 앞의 논문, 17쪽.

오명 가명
신새벽이나 밤빛에 보는 것을,
울 엄매의 마음은 어떠했을꼬,
달빛 받은 옹기전의 옹기들같이
말없이 글썽이고 반짝이던 것인가.

—「추억에서」 전문

이 시의 1연은 앞서 살펴본 「매미 울음에」의 2연에서와 마찬가지로 서술어가 생략된 채 목적어로 종결되고 있다. 첫 연부터 종결 형태가 생략되어 시적 긴장을 조성하고 있다. "해 다 진 어스름을" 다음에 생략된 서술어는 무엇일까? 이 구절에선 그것을 찾아내기가 쉽지 않다. 이 문장구조에서 마지막에 붙은 목적격 조사 '을'은 애매한 언어 구사로서 그다음에 오는 서술어를 불투명하게 한다. 그렇다면 시인은 왜 '을'이라는 조사를 붙였을까? 여기서 '을'이라는 조사가 빠지면 이 구절은 '어스름'에서 끝나는데, 이 명사는 단순히 광도光度의 상태만을 나타낸다. 게다가 이 단어는 발음이 단호하게 닫히는 소리 자질을 지니고 있어 한순간의 어두운 상태만을 환기한다. 그런데 여기에 '을'이라는 목적격조사가 붙으면 어두운 상태에 대한 화자의 반응이 포함된다. 그 반응을 드러낼 생략된 서술어의 정체가 불투명한데, 그 불투명함은 오히려 어스름에 따른 여러 가지의 다양한 반응을 연상하게 만든다. 또 '을'이라는 조사의 받침에 붙어 있는 'ㄹ' 음은 부드럽고 길게 늘어지는 소리 자질을 지녀서 어스름이 넓고 짙게 깔려 나가는 느낌을 불러일으킨다. 그 느낌은 장터가 서서히 파장해 가는 느낌, 또는 가난하고 고단한 어머니의 시름이 점점 깊어 가는 느낌을 연상시킨다.

'어스름'과 '을'이 결합해 조성해 내는 슬프고 서러운 느낌은 그다음 2연의 첫 구절인 "울 엄매"와 절묘하게 호응한다. '울 엄매'는 '우리 엄마'의 준말이다. 그 말은 유년 화자의 말투에 어울리며, 엄마를 향한 유년 화자의 지극한 사랑을 전한다. 또 '울음' 또는 '울먹임' 등의 의미도 연상시켜 가난하고 힘들게 살아가는 엄마의 슬픔을 짙게 환기한다. '울 엄매'의 소리 자질이 공명시키는 이런 느낌은 바로 그 앞의 어스름이 주는 느낌과 '을'이라는 유음의 배음을 통해 한층 고조된다. '을'과 '울'의 결합으로 형성되는 공명 진자는 4연에서 '것을'과 '울 엄매'의 결합으로 다시 한번 반복된다. 1연에서 생략 어법을 사용하며 '어스름' 다음에 어색하게 '을'이라는 목적격조사를 붙인 것은 2, 4연의 구절과 호응시키기 위한 운율적 배려이기도 한 것이다. 'ㄹ' 음이 주는 슬픔의 공명 효과는 4연의 "오명 가명"의 소리 효과와도 호응한다. '오며 가며'에 'ㅇ' 받침을 부여한 그 구절은 울먹이는 소리를 연상시킨다. 목적격조사 '을'로 별안간 끝을 맺는 1연에서의 생략 어법은 이렇듯 이 작품 전체의 유기적인 구조 안에서 특별히 기획된 시적 구문이다.

한편 박재삼 시에는 시의 첫 행에서 그 앞의 말이 생략되는 구문을 사용하여 특별한 시적 효과를 내기도 한다. 앞서 살펴본 「울음이 타는 가을 강」의 서두가 바로 이에 해당하는 것이다. 이 시의 첫 행인 "마음도 한자리 못 앉아 있는 마음일 때"에서는 처음부터 느닷없이 첨가의 의미를 지닌 보조사 '도'가 구사됨으로써 단박에 시적 긴장을 조성하고 있다.[8] 문장의 처음에 구사된 '도'라는 보조사의 역할로 가을이란 계절을 맞아 시인의 마음이 들썩이게 되는 정황을 절실하게 환기한다.

4. 서술형 어미의 창조적 변주와 시의 깊이

박재삼 시의 독특한 구문 중 하나로 서술형 어미의 다양한 구사를 빼놓을

8 이런 표현은 소월의 「산」이라는 시에도 나온다. "산새도 오리나무 위에서 운다/ 산새는 왜 우노./ 시메산골 영 넘어 갈라고 그래서 울지"에서와 같은 표현이 그것이다. 이 시도 첫 문장에서 '도'라는 접사가 사용되어 새의 울음소리를 한껏 고양하고 있다. 이런 표현에서 박재삼이 소월의 영향을 받았음을 확인할 수 있다.

수 없다. 영어와 달리 우리말은 서술형 어미가 다양하게 변화한다. 우리말은 서술형 어미가 변하면서 서법이 결정되고, 화자의 의지와 생각이 드러난다. 존대법도 서술형 어미의 활용으로 이루어진다. 그래서 객관적 묘사에 치중하기보다 화자의 내면에서 일렁이는 감정의 무늬를 전달하는 서정시에서 서술형 어미의 변화를 많이 활용한다. 소월과 만해와 영랑의 시들이 모두 그러하다. 그런데 박재삼 시의 경우 그 활용 방법과 빈도가 앞의 서정시인들에 비해 월등하다. 그는 서술형 어미의 변화를 다양하게 활용하면서 운율과 심상으로 짜인 시의 조직체에 생기를 불어넣는다. 그는 일상에서 자주 사용하는 평범한 구어체의 말투를 넘어 과감하고 돌발적인 어미의 사용으로 시의 의미를 상승시킨다.

> 집을 치면, 정화수精華水 잔잔한 위에 아침마다 새로 생기는 물방울의 선선한 우물 집이었을레. 또한 윤이 나는 마루의, 그 끝에 평상平床의, 갈앉은 뜨락의, 물 냄새 창창한 그런 집이었을레. 서방님은 바람 갈단들 어느 때고 바람은 어려올 따름, 그 옆에 순순順順한 스러지는 물방울의 찬란한 춘향이 마음이 아니었을레.
>
> 하루에 몇 번쯤 푸른 산 언덕들을 눈 아래 보았을까나. 그러면 그때마다 일렁여 오는 푸른 그리움에 어울려, 흐느껴 물살 짓는 어깨가 얼마쯤 하였을까나. 진실로, 우리가 받들 산신령山神靈은 그 어디 있을까마는, 산과 언덕들의 만 리 같은 물살을 굽어보는, 춘향은 바람에 어울린 수정水晶빛 임자가 아니었을까나.
>
> —「수정가水晶歌」 전문

두 연으로 짜인 이 시에서 1연은 '－ㄹ레'라는 서술형 어미를, 2연은 '－ㄹ까나'라는 서술형 어미를 사용하고 있다. 둘 다 창의적인 어미 사용이다. '－ㄹ까나'는 일상의 구어에서 간혹 사용하기도 하지만, '－레'는 거의 사용하지 않는 어미이다. 이 독특한 어미의 구사는 각 연의 의미와 긴밀히 연관된다.

춘향전의 모티프를 차용하고 있는 이 시는 이도령을 그리워하는 춘향이의 마음을 그린 작품이다. 주목되는 점은 떠나간 이도령과 춘향이 사이의 마음을 섬세한 이미지로 빚어내는 시인의 예리한 촉수이다. 1연에서 제시된 '집'의 이미지는 한곳에 정착해 이도령을 기다리는 춘향이의 처지와 마음을 상징한다. 그에 반해 이도령은 '바람'의 이미지로 그려진다. 정착과 떠남, 기다리는 존재와 손에 잡히지 않는 존재로서의 춘향과 이도령의 삶이 '집'과 '바람'의 이미지로 형상화되고 있다. '집'의 이미지는 다시 '물'의 이미지로 변주된다. '정화수'와 '물방울'은 간절한 마음으로 이도령을 기다리는 춘향이의 맑고 순수하고 잔잔하며 연약한 마음을 상징한다. 물방울은 더없이 영롱하고 투명하지만, 바람 앞에서는 '순순順順히' 스러지고 마는 가녀리고 연약한 존재이다.

물의 이미지로 형상화된 춘향이의 마음은 '-ㄹ레'라는 서술형 종결어미와 긴밀하게 호응한다. 사전적 의미에 따르면 '-ㄹ레'는 추측을 나타내는 종결어미이다.[9] 하지만 말의 실질적인 어감에서는 의미와 정서가 거의 증발해 있다. 그 어미에서 우리는 모종의 의미와 정서가 지속해서 흐르는 것을 느끼지만, 그 실체가 무엇인지는 모호하다. 그 모호한 여백 안으로 물의 이미지가 스며든다. 물의 이미지가 지닌 고요하고 잔잔하고 여린 느낌들이 그 어미의 의미적 여백을 지배하게 되는 것이다. '-ㄹ레'라는 말의 기표가 지닌 음성 자질도 물의 이미지와 호응한다. 부드럽고 유연한 'ㄹ' 음의 연속과 'ㅔ'라는 열린 모음의 음상은 물이 주는 부드러운 느낌을 지속시키고 있다. '-ㄹ레'라는 창의적인 서술 어미의 사용은 이처럼 춘향이의 마음을 반

9 국립국어연구원의 『표준국어대사전』(두산동아, 1999)에 의하면 '-ㄹ레'는 주로 옛 시문에서 '-겠네'의 의미로 쓰인 종결어미이거나 추측을 나타내는 종결어미로 풀이되어 있다.

영하는 '물'의 이미지를 상승시켜 주는 역할을 하는 것이다.

2연에서 시의 의미는 급격한 변화를 보인다. 2연에서 춘향이는 이도령을 향한 억제할 수 없는 그리움을 폭발시킨다. 1연이 춘향이의 마음속에 내재된 맑고 가녀린 마음을 표현한 것이라면, 2연은 이도령을 향한 춘향이의 북받치는 사랑과 그리움을 그린 것이다. 춘향이의 마음을 반영하는 '물'의 이미지는 이제 맑고 가녀린 '물방울'에서 출렁이는 '물살'의 이미지로 변주된다. 이도령을 향한 그리움에 흐느끼는 춘향이의 어깨가 출렁이는 '물살'에 비유되면서 흔들리고 북받치는 춘향이의 자태가 여실히 전해진다. '물살'의 이미지는 산과 언덕들에 대한 비유의 역할도 하는데, 그 이미지는 이도령을 향한 춘향이의 막막하고 아득한 그리움을 표상하는 것이다. 출렁이는 '물살'의 이미지는 이도령을 향한 한없는 그리움에 대한 절실한 시적 표상이다.

폭발할 듯 북받치는 춘향이의 마음은 '-ㄹ까나'라는 종결어미와 적절히 호응한다. '-ㄹ까나'는 '-ㄹ거나'를 양성모음으로 변이시키면서 세게 발음한 표기이다. '-ㄹ거나'는 감탄의 뜻이 담긴 종결어미이다. '-ㄹ거나'가 '-ㄹ까나'로 변이되면서 감탄의 감정은 더욱 상승한다. 그 감탄의 폭발적 감정은 흐느끼며 출렁이는 춘향이의 애틋한 연정을 한껏 불태운다. 섬세한 이미지의 변주로 그려진 이 애틋한 연가는 창의적인 종결어미의 사용으로 미학적 성취가 완결된다.

지금까지 창의적 종결어미의 사용으로 시의 미적 구조를 완결한 작품을 살펴보았는데, 그의 시가 모두 새로운 종결어미를 사용하지는 않는다. 그는 일상의 구어체 어미도 자주 구사한다. 또 평범한 구어체의 서술 어미를 반복해서 구사하기도 한다. 그런데 뛰어난 작품의 경우, 동일한 서술 어미의 반복이 동일한 뜻으로까지 이어지지는 않는 경우를 보게 된다. 그는 구문의 변주로 동일한 형태의 서술형 어미에 여러 가지의 새로운 의미를 부여한다. 같은 형태의 서술형 어미가 새로운 의미로 거듭나면서 시상의 반전을 도모하며 시의 의미는 깊고 풍요로워진다. 초기 대표작 가운데 하나인 「한恨」이라는 작품이 바로 그런 예에 해당한다.

감나무쯤 되랴.
서러운 노을빛으로 익어 가는
내 마음 사랑의 열매가 달린 나무는!

이것이 제대로 벋을 데는 저승밖에 없는 것 같고
그것도 내 생각하던 사람의 등 뒤로 벋어 가서
그 사람의 머리 위에서나 마지막으로 휘드러질까 본데.

그러나 그 사람이
그 사람의 안마당에 심고 싶던
느껴운 열매가 될는지 몰라!
새로 말하면 그 열매 빛깔이
전생前生의 내 전숲 설움이요 전숲 소망인 것을
알라내기는 알아낼는지 몰라!
아니, 그 사람도 이 세상을
설움으로 살았던지 어쨌던지
그것을 몰라, 그것을 몰라!

—「한恨」 전문

이 시는 첫 행부터 서술형 어미가 돌발적이다. '-랴'는 사전적 의미에 의하면 어찌 그러할 것이냐고 반문하는 뜻이거나 상대방의 의향을 묻는 뜻의 서술형 어미이지만, 이 시의 문맥에서는 '될 것이다'[10]라는 의미로 사용되고 있다. 원래 부정의 의미, 또는 의향을 묻는 의미의 서술 어미가 문맥 안에서 긍정의 의미로 사용되고 있다. 서술형 어미의 창의적인 사용으로 이 시

10 여기서 '-랴'라는 종결어미는 '리라'의 축약형으로 쓰인 것으로 보아야 할 것이다.

의 핵심적인 이미지인 '감나무'는 처음부터 강한 탄력을 받는다. 이어 곧바로 감나무에 대한 비유가 진술되면서, '감'에 대한 시상은 깊이를 더한다. 감이 열리는 계절과 빛깔이 "서러운 노을"에 비유되면서, 그 '감'은 시간이 가면서 아픔만 더해 가는 '서러운 사랑'의 표상이 된다.

2연에서는 서러운 사랑의 정서를 더욱 밀도 있게 진술한다. '이루어질 수 없는 서러운 사랑'은 죽고 싶은 감정과 등가를 이루고, 그 치열하고 고통스러운 사랑은 죽어서도 계속될 것만 같다. 시인의 서러운 사랑을 표상하는 감나무가 저승에서 '그 사람'의 등 뒤로 가 가지를 뻗는다는 것은 죽어서도 잊지 못하는 '서러운 사랑'의 극한 상태를 절절히 보여 준다. 그것은 제목이 명시한 '한'의 정서에 대한 절대적인 표현에 해당한다.

그런데 시인은 3연에서 자신에게 서러운 사랑을 안긴 '그 사람'과의 거리를 좁히고 싶은 마음을 드러낸다. '그 사람'도 시인과 마찬가지로 서러운 감나무를 심고자 했을지 모르며, 어쩌면 자신의 '서러운 사랑'을 그 사람이 알아낼지도 모를 것이라는 희망을 피력한다. 심리학적으로 이것은 투사 현상이다. 자신이 타인을 생각한 만큼 타인도 자신을 생각할 것이라는 심리적 방어기제이다. 극한 사랑의 절대적 상황에서 이런 심리적 방어 현상을 보이는 것은 자연스러운 감정의 흐름이다. 그러나 마지막 세 행에서 '아니'라는 부정의 부사와 함께 '그 사람'이 서러움으로 살았는지 그렇지 않았는지 모르겠다며 시를 끝맺는다. 그것은 시인과 '그 사람' 사이에 놓여 있는 커다란 거리감의 재확인이다. 이로써 시인의 '서러운 사랑'은 더욱 깊어지며 그것이 시인의 마음속에 '한'으로 맺혀 있는 것이다.

3연에서 드러나는 시인의 심리적 흐름은 '몰라'라는 서술형 종결어미를 통해 매우 섬세하게 표출된다. 3연은 문장 내내 '몰라'라는 종결어미가 구사되고 있지만 실제로는 다른 의미를 드러낸다. 그것은 구문의 차이 때문이다. 3행과 6행의 '몰라'는 '-ㄹ는지 몰라'라는 구문으로 되어 있고, 마지막 행의 '몰라'는 '-을 몰라'라는 구문으로 되어 있다. 전자는 알지도 모른다는 추측과 희망의 뜻을 지닌 것인데 비해, 후자는 정말로 모른다는 의미가 더

강한 것이다.[11] 시인은 동일한 서술 어미를 사용하면서도 구문의 차이로 그 사람을 향해 사랑을 희망하다가 결국 가망 없는 사랑을 확인하며 좌절하고 마는 심리적 변화를 섬세하게 드러내는 것이다.

여기서 우리말에 대한 시인의 섬세하고 능란한 활용을 확인하게 된다. 시인은 '모른다'는 말이 그 앞의 조사에 따라 다른 의미를 갖는 점을 십분 활용한다. 여기에다 '모른다'는 말의 어미변화가 가져오는 음성 자질의 효과까지 이용한다. '모른다'의 활용형인 '몰라'는 유성자음인 'ㅁ'과 'ㄹ' 음의 연속과 모음의 결합으로 되어 있어 은은하고 부드러운 소리 자질을 갖는다. 시인은 그런 느낌의 유음으로 구성된 '몰라'라는 말을 네 번이나 연속적으로 토로하며 시의 운율을 강하게 조성한다. 그리고 그 선율 위에 변화해 가는 시인의 감정을 실어서 시인의 애타는 감정을 절실하게 토해 낸 것이다. 어쩌면 '그 사람'을 향한 사랑에 다가갈지도 모른다는 희망 어린 소리인 두 번의 '몰라'라는 선율에 이어, 그 사람과의 거리감을 확인하며 좌절하는 마지막 두 번의 외침인 '몰라'라는 선율에 이르러, 우리는 시인의 마음속에 내재된 '한'의 정서가 마침내 폭발하는 절규를 서럽게 듣게 된다.

5. 서정시의 신경지

박재삼 시는 보통의 일상생활에서 이탈한 구문이 많다. 문장이 모호하고 문맥상 부자연스럽게 진술된 문장이 많으며, 정상적인 문장 전개에서 종결어가 갑자기 생략되어 미완의 문장으로 끝나는 경우가 많다. 그의 시엔 독특한 종결어미들이 많이 구사되고, 일상적인 종결어미도 사전적 의미와 반대로 사용되며, 동일한 종결어미를 반복하더라도 구문의 변주로 서로 다

11 국립국어연구원, 『표준국어대사전』(두산동아, 1999) 참조.

른 뜻을 드러내기도 한다. 이러한 독특한 구문들은 시의 다른 구절과 호응하며 시의 형식에 참여한다. 그는 개성적인 구문의 구사로 시의 의미를 깊고 풍부하게 환기한다. 특이한 시적 구문은 박재삼 시의 미학을 결정짓는 중요한 요소이다.

모호한 구문으로 여러 겹의 의미를 발생시킨다는 점에서 박재삼은 현대시의 '애매성'을 선구적으로 구현한 시인이다. 그의 시의 모호한 구문은 소월 시의 애매모호한 문장과 다른 효과를 낸다. 소월은 운율 효과를 극대화하기 위해 어쩔 수 없이 모호한 문장을 구사했지만, 박재삼은 여러 겹의 의미를 효과적으로 담기 위해 의도적으로 모호한 문장을 구사했다. 소월은 말의 뜻보다 말소리의 효과를 지향했고, 박재삼은 말소리 외에 말의 의미를 다중적으로 드러내고자 했으며, 이를 위해 특이한 시적 구문을 구사한 것이다. 이 점에서 박재삼은 재래의 전통적인 서정시를 답습한 시인이 아니다. 그는 춘향전과 흥부가 등 우리의 고전에서 문학적 소재를 구하고, 소월에서 만해와 미당으로 이어진 전통적인 서정시의 가락을 계승했지만, 결고운 서정의 언어로 애절한 노래를 일삼은 것이 아니라 현대적인 시의 구조 안에 독특한 시적 구문을 펼쳐 깊고 풍부한 시적 의미를 담아냄으로써 서정시의 경지를 드높이고 새로운 미학을 개척한 시인이다.

박용래 시의 서정에 깃든 그림의 미학

1. 생래적 서정과 그림 선호

박용래는 1946년 정훈, 박희선과 함께 『동백』지를 간행하여 시 「6월 노래」 「새벽」을 발표하였고, 해방 후 1955년 『현대문학』에 시 「가을의 노래」, 1956년에 「황토길」 「땅」 등이 추천되어 시단에 나왔다. 이후 1980년에 타개할 때까지 『싸락눈』(삼애사, 1969), 『강아지풀』(민음사, 1975), 『백발의 꽃대궁』(1979) 등의 시집을 펴냈다.

그는 우리의 현대시가 여러모로 변모되어 가던 1950~70년대에 문단의 흐름에 아랑곳하지 않고 전통적인 서정의 세계를 자기만의 개성적인 방식으로 밀고 나간 시인이다. 그는 도시적 감수성의 시와 사회적 상상력의 시들이 시단을 지배하던 때도 일관되게 고향과 자연의 세계를 그려 나갔다. 그는 생래적으로 서정시인이었다. 그는 1925년 충남 논산 강경읍에서 태어나 강경상업학교를 졸업하고 조선은행에 입행하여 경성 본점에서 사회생활을 시작했는데, 이곳 일이 맞지 않다는 것을 절감했다. 그는 은행 일이 싫었고, 서울의 도시 생활에 거부감을 느꼈다. 때마침 대전에 지점이 생기자 고향 근처라는 생각으로 자원하여 그곳에서 근무하며 대전천의 자연에서 삶의 위안을 얻고, 틈만 나면 가까운 유성으로 나가 전원의 향기를 느끼며 비로소 삶의 충만함을 느꼈다.[1] 고향의 전원은 그의 삶의 뿌리이고, 정서적 원형질이 되어 시 창작의 원천이 된 것이다.

하지만 그는 관습적이고 재래적인 전통 서정의 세계를 답습하지 않았다. 그는 전통 서정시가 즐겨 다룬 고향과 자연을 그려 나갔지만, 형상화 방법은 기존의 서정시와 크게 달랐다. 그는 모더니즘과 이미지즘 시의 핵심인 회화적인 기법을 즐겨 사용했다. 그의 시의 회화 지향성은 그의 그림 선호와 밀접하게 연관되어 있다. 그는 어렸을 때부터 그림 그리기를 좋아하여 강경상업학교 시절 미술반의 반장을 하기도 했다. 그가 1963년부터 1980년 타계할 때까지 17년간 기거하며 숱한 명작을 발표한 대전시의 오류동 자택, 청시사靑柹舍 서재 앞엔 고흐의 〈자화상〉과 피카소의 〈마담 피카소〉, 일본의 판화인 우키요에를 놓아두고 있었다고 한다.[2] 그가 등단 후 처음으로 쓴 산문이자 그의 예술관이 잘 나타난 「단상」이란 수필은 고흐의 삶과 그림에 대한 소회를 담은 작품이다. 그는 습작 시절 고흐의 삶을 다룬 시 「고흐」를 썼고, 훗날 이를 수정해서 발표했으며, 이 작품을 개작하여 「액자 없는 그림」이란 제목으로 발표하였다. 그는 대전에 정착해 지내면서 그곳의 화가들과 가깝게 지냈다. 그의 그림 사랑은 시에 반영되어 그의 작품 중 명작으로 꼽히는 시 「점묘」는 카미유 피사로의 그림 〈서리가 내리는 들판〉의 이미지가, 시 「버드나무」엔 박수근의 그림 〈나무와 두 여인〉의 이미지가 담겨 있기도 하다.

그의 그림 사랑은 시 창작에서 이미지의 구현을 중시하고 여러 회화성의 실험을 촉진하는 방식으로 발현되었다. 그는 소월이나 영랑처럼 우리말의 소리를 중시하며 시의 음악성을 추구하기보다는 이장희나 정지용처럼 시의 대상을 회화적으로 형상화하는 데 치중하였고, 연과 행으로 이루어진 시의 형태에 심혈을 기울였으며, 급진적 모더니즘 시처럼 시 형태를 도형적

1 그의 생애에 대해서는 고형진, 『박용래 평전』(문학동네, 2022) 참조.

2 고형진, 같은 책.

으로 꾸미기도 하였다. 그런데 이런 시의 기법들은 서정성을 토대로 이루어졌고, 또 서정성의 깊이를 위해 추진되었다. 서정성을 심화시킨 그의 시의 회화적인 기법은 무엇인가? 또한 그 회화적 기법은 구체적으로 어떻게 구사되었기에 그토록 서정적 울림이 깊이 우러날까? 이 글은 이에 대한 의문을 풀기 위해 쓰인다.

2. 불빛의 번짐

박용래가 시의 대상으로 삼은 것은 주로 고향의 집과 마을과 자연이다. 그는 고향 사람의 생활을 전하거나, 그곳 사람들의 애환을 노래하기보다는 그곳의 풍경을 그리는 데 몰두한다. 그가 그린 고향이나 자연 풍경에는 사람들이 잘 등장하지 않는다. 사람이 등장하더라도 가족이나 노인이나 아이에 국한되고, 그것도 한 명 정도가 풍경의 소도구로 나타날 뿐이다. 그의 시는 풍경화를 지향하고, 그 그림은 '정물화'에 가깝다. 그가 그린 정물화를 지배하는 기법과 미학은 '빛'이다. 특히 '빛' 중에서도 '불빛'이 그의 시적 그림에서 핵심 역할을 한다. 「삼동三冬」 같은 시에선 불빛이 시의 소재이면서 기법이 되고 있다.

어두컴컴한 부엌에서 새어 나는 불빛이여 늦은 저녁
상床 치우는 달그락 소리여 비우고 씻는 그릇 소리여
어디선가 가랑잎 지는 소리여 밤이여 섧은 잔盞이여

어두컴컴한 부엌에서 새어 나는 아슴한 불빛이여

—「삼동三冬」 전문[3]

---

3 이 글에서 작품의 인용은 고형진 편, 『박용래 시 전집』(문학동네, 2022)으로 한다.

이 시는 어두컴컴한 밤 시골집 부엌의 불빛에서 시작해 그 불빛에 대한 묘사로 끝난다. 부엌에서 새어 나오는 '희미한 불빛'의 번짐, 그것이 이 시의 풍경이다. 이 풍경에서 사람은 등장하지 않는다. 그렇다고 이 시가 부엌의 외관을 그린 정물화는 아니다. 시인은 1연 2, 3행에서 부엌일 소리와 낙엽 소리를 묘사한다. 그런데 그것은 청각 심상으로만 묘사될 뿐, 구체적 외관은 어둠에 가려서 보이지 않는다. 시인이 그린 화폭에는 부엌의 불빛만이 번지고 있을 뿐이다. 부엌 안팎에서 들리는 아낙의 노동 소리와 뜰에서의 낙엽 소리는 화폭에 번지는 불빛 속에 녹아들어 모종의 여운을 지닌 정서를 발산한다. 실체는 가려진 채 불빛으로만 번지는 형상은 여러 겹의 정서를 환기한다. 가난한 집 아낙의 한겨울 추운 날씨 속의 가사 노동과 뜰 앞의 한겨울 낙엽을 배면에 깔고 있는 희미한 불빛에서 우리는 안쓰러움과 아름다움, 서글픔과 충만함, 조락과 평안의 양가적 감정을 느낀다.

이 시는 불빛이 시의 중심 소재이자 시의 정서를 물들이는 시적 기법인데, 박용래의 많은 시에서는 불빛이 시의 그림을 완성하는 채색 기법으로 사용된다. 그리고 불빛의 채색을 통해 풍경의 아련한 정서가 한껏 승화된다.

탱자울에 스치는 새떼
기왓골에 마른 풀
놋대야의 진눈깨비
일찍 횃대에 오른 레그혼
이웃집 아이 불러들이는 소리
해 지기 전 불 켠 울안.

—「울안」 전문

이 시는 고향 마을의 여느 집 울타리 안 풍경을 그린다. 시인은 울타리 안에 놓인 풍경의 세목만을 짧게 제시한다. 이렇게 풍경의 소도구만을 나열하는 것을 시인은 '점묘'의 방식이라고 명명한다.[4] 그것은 풍경의 세목들이 환기하는 이미지의 조합으로 시의 정서를 환기하려는 의도에서 쓰인 것이다. 이 시의 세목들은 소박한 자연물과 가축과 세간이다. 여기에 "이웃집 아이 불러들이는 소리"가 울려 퍼진다. 시간적 배경으로 보아 그것은 저녁이 되었으니 집으로 들어오라는 엄마의 사랑이 담긴 목소리일 것이다. 이러한 시골집 안 풍경에 울안의 불빛이 켜진다. 그 불빛은 울안을 비추는 조명의 역할을 한다. 그 불빛은 방 안에 사람이 있음을 알리는 신호이다. 그래서 그 불빛은 인간의 따스한 온기를 전한다. 인간의 체온이 담긴 불빛이 번짐으로써 사물과 동식물과 모성이 공존하는 풍경에 따뜻하고 정겨운 정서가 부여된다.

뭣하러 나왔을까
멍멍이,
망초 비낀 논둑길
꼴 베는 아이
뱁새
돌아갔는데
뭣하러 나왔을까
누굴 기다리는 것일까,
솔밭에 번지는
상가喪家의
불빛

—「물기 머금 풍경 1」 전문

4 박용래, 「나의 시의 불만은 무엇인가」, 고형진 편, 『박용래 산문 전집』, 문학동네, 2022, 145쪽.

이 시도 소도구들만이 나열된, 점묘의 방식으로 그린 풍경화이다. 망초가 비낀 논둑길에 나와 있는 멍멍이와 꼴 베는 아이가 이 시에 배치된 소도구이다. 멍멍이와 아이는 이곳에서 특별히 할 일이 없다. 아이의 친구인 뱁새는 돌아갔고, 멍멍이 역시 논둑길에서 외톨이이다. 여지없이 쓸쓸하고 처연한 풍경이다. 이런 풍경을 정서적으로 깊게 물들이는 것이 시의 마지막을 장식하는 '상가의 불빛'이다. 그 불빛은 솔밭에 번지는 빛이지만, 풍경 전체를 조명하며 그곳의 정서를 물들인다. '불빛'이란 시어가 시의 마지막 행에 행갈이를 통해 단독으로 쓰여 강조되면서 시 전체를 아우르고 있다. 시의 제목에서 '물기'는 눈물을 가리킬 것이다. 물기 어린 눈물은 시의 화폭에 번져 있는 '상가의 불빛'을 통해 아련히 우러난다.

내리는 사람만 있고
오르는 이 하나 없는
보름 장날 막버스
차창 밖 꽂히는 기러기떼.
기러기 뗄 보아라
아 어느 강 마을
잔광殘光 부신 그곳에
떨어지는가.

—「막버스」 전문

이 시에서 강 마을은 시인의 고향인 강경을 가리킨다. 이 시는 고향의 막버스 안에서 차창 밖으로 바라본 풍경을 그린 것이다. 막차라 오르는 사람은 없고 내리는 사람만 있다. 사람들이 하나둘 떠나고 사라져 가는 석양 무렵의 차 안 풍경은 쓸쓸하고 허전한 느낌을 준다. 그때 차창 밖 강 마을을 배경으로 기러기 떼가 날아가는데 시인은 그 풍경을 "차창 밖 꽂히는 기러기떼"로 묘사한다. 이 표현은 창밖의 기러기 떼의 움직임을 정지시켜 액자 속의 그림으로 전환하는 진술이다. 시인은 차창 밖의 풍경을 액자 안에 걸린 한 폭의 '풍경화'로 만든 것이다. 그리고 이 풍경화의 마지막 채색에 '잔광'이 동원된다. 잔광은 해 질 무렵의 약한 빛인데, 시인은 그 빛이 부시다고 말한다. 사라져 가는 석양빛이 기러기 떼 떨어지는 강 마을의 풍경을 눈부시게 비추면서 이 풍경화는 서럽고도 아름다운 정서를 머금게 된다.

이 시의 '잔광'은 앞서 살펴본 시들의 불빛과 유사한 명도와 채도를 지닌다. '잔광'도 창문으로 새어 나거나 한밤의 약한 백열등 불빛처럼 풍경 전체에 아련히 번진다. 그리고 둘 다 저녁 빛이어서 허전하고 쓸쓸하면서 동시에 한적하고 안온한 느낌을 주며, 그러한 정서는 두 불빛이 공유한 주황빛의 색채 이미지와 잘 호응한다. '잔광'과 '불빛'은 그의 시적 그림을 완성하는 채색 기법이고, 그의 풍경화를 정서적으로 물들이는 미적 요소이다. 그의 시 중 가장 절창으로 꼽히는 「월훈」은 이 빛을 좀 더 구체화하고 다양하게 구사하여 시적 성취를 거두고 있다.

> 첩첩 산중山中에도 없는 마을이 여긴 있습니다. 잎 진 사잇길 저 모랫둑, 그 너머 강江기슭에서도 보이진 않습니다. 허방다리 들어내면 보이는 마을.
>
> 갱坑 속 같은 마을, 꼴깍, 해가, 노루꼬리 해가 지면 집집마다 봉당에 불을 켜지요. 콩깍지, 콩깍지처럼 후미진 외딴집, 외딴집에서도 불빛은 앉아 이슥토록 창문은 모과木瓜빛입니다.
>
> …(중략)…
>
> 어느덧 밖에는 눈발이라도 치는지, 펄펄 함박눈이라도 흩날리는지, 창호지 문살에 돋는 월훈月暈.
>
> —「월훈月暈」 부분

시인은 아주 깊숙한 산골 마을을 갱 속의 마을로 묘사하고, 그곳에 석양빛을 내리쪼인다. 그런데 이 시의 석양은 시 「막버스」처럼 풍경을 오래 물들이지 않는다. 이 시의 석양은 지평선 넘어 사라지고 있다. 그래서 여광을 갱 속 마을에 희미하게 비추고 있다. 그렇게 사라져 가는 빛의 여운 위에 봉당의 불빛이 집집이 켜진다. 집집의 봉당에 켜진 불빛은 마을 전체로 번져 나간다. 이어서 집 안에 불빛이 켜지고 그 빛은 창문에 여과되어 모과빛으로 새어 나온다. 창문으로 새어 나오는 시골집 백열등이 이 시에서 처음으로 모과빛이란 구체적인 색상 이미지로 그려진다. 불빛의 색이 과일 색에 빗대져 인공의 빛이 자연의 빛으로 전환된다. 이 불빛 이미지로 이 마을은 아름답고 포근한 자연과 하나가 된다. 자연에 포갠 마을에 가장 순결한 자연물의 하나인 눈이 내린다. 눈 내리는 풍경은 직접적으로 묘사되지 않고 방 안의 창호지와 문살에 어른거리는 실루엣으로 그려진다. 시인은 그 모습을 "문살에 돋는 월훈"이라고 묘사한다. 이것은 눈이 창호지와 문살에 비쳐 희미하게 번진 모습에 대한 표현이고, 그 모습을 달무리에 빗댄 것이다. 달무리가 인간이 기거하는 방 안의 창문에 번지는 풍경은 지상과 천상, 인간과 자연을 완전히 동화시키면서 인간의 따스한 숨결에 자연의 아름다움과 신비함을 불어넣는 정겹고도 황홀한 정서를 환기한다. 빛의 번짐으로 시의 풍경을 이미지화하는 그의 시적 기법은 이 시에서 절정의 기량을 뿜어낸다.

3. 꽃의 채색

박용래의 그림 같은 시에서 또 하나의 중요한 미적 요소이자 기법은 '꽃'이다. 그는 풍경에 불빛을 비춰 시의 그림을 완성하고, 또 한편으로 풍경에 꽃을 장식하여 시의 그림을 승화시킨다. 불빛은 그 빛이 번지는 방식으로 풍경을 채색하고 있다면, 꽃은 빛을 선명하게 내뿜는 방식으로 풍경을 채색하고 있다. 불빛이 색상 이미지보다는 은은하게 새어 나거나 아련히 깔리는 빛의 감각으로 은밀한 정서를 환기시킨다면, 꽃은 개별 식물이 지닌 고유의 색상 이미지로 강렬한 정서를 환기한다. 꽃은 특히 점묘의 기법으로 풍경의 소도구만이 건조하게 나열된 그의 그림에 선명한 색상을 부여하고 특별한 정서를 환기한다.

맘 천 근 시름겨울 때
천 근 맘 시름겨울 때
마른논에 고인 물
보러 가자.
고인 물에 얼비치는
쑥부쟁이
염소 한 마리
몇 점의 구름
홍안紅顔의 소년少年같이
보러 가자

함지박 아낙네 지나가고
아지러이 메까치 우짖는 버드나무
길

마른논에 고인 물.

—「버드나무 길」 전문

바다로 가는 하얀 길
소금 실은 화물자동차가 사람도 싣고
이따금 먼지를 피우며 간다
여기는 당진唐津 송악면松岳面 가학리佳鶴里

가치이 아산만牙山彎이 빛나 보인다

발밑에 싸리꽃은 지천으로 지고,

—「가학리佳鶴里」 전문

두 작품 모두 박용래 특유의 점묘의 기법으로 풍경의 소도구들을 건조하게 제시하고 있다. 놀랄 만한 자연경관 없이 덤덤하고 소박한 향토의 들녘과 마을 풍경에서 인상적으로 떠오르는 소도구가 바로 '꽃'이다. 「버드나무 길」에서는 '쑥부쟁이', 「가학리」에서는 '싸리꽃'이 그것들이다.

「버드나무 길」의 풍경은 마른논에 고인 물, 염소 한 마리, 몇 점의 구름, 함지박 지고 가는 아낙네, 우짖는 메까치, 버드나무 길로 이루어져 있다. 전형적인 시골 들녘의 단출하고 수수한 풍경이다. 이 풍경의 세목들은 모두 흑백이다. 구름과 염소뿐 아니라 아낙네의 옷차림과 함지박의 색상도 그렇고, 버드나무의 색상도 이 범주에서 크게 벗어나지 않는다. 이 무채색 풍경에 쑥부쟁이의 연보라색이 도드라진다. 그 빛은 논물에 비쳐 은은한 색감으로 이 시를 물들인다. 쑥부쟁이의 연보라색으로 무채색 일색에 묻혀 가려져 있던 버드나무 길의 황토도 돌연 색감을 내뿜는다. 꽃 색이 다른 사물의 색감까지 살린 것이다. 그리하여 이 시는 연보라색과 황토색으로 풍경을 물들이며 시골 들녘의 정겨운 정서를 독자의 가슴에 사무치게 한다.

시 「가학리」의 풍경도 건조하고 메마르다. 이 풍경의 세목은 향토 길과 그 길을 지나는 소금 실은 화물자동차와 근처의 아산만이란 지명 제시가 전부다. 이 무덤덤한 풍경은 모두 흰빛을 띠고 있다. 길은 하얗고, 그 길을 지나는 화물자동차에 실린 소금도 하얗고, 차가 지난 후의 비포장 길에 날리는 먼지도 하얗고, 근처에 있는 아산만의 바다도 하얗다. 한자로 표기된 '아산만牙山彎'의 지명이 가리키는 어금니도 하얗다. 시인은 "아산만이 빛나 보인다"고 진술하여 빛의 반사를 강조한다. 이 표현으로 이 시의 그림은 인상파의 그림처럼 화사한 모습을 띤다. 여기에 '지천으로 지고 있는 싸리꽃'이 장식되어 이 풍경을 곱고 아름다운 그림으로 승화시킨다. 흰빛이 화사하게 빛나는 풍경에 흰빛의 싸리꽃[5]이 넓게 퍼져 있어 흰빛의 눈부신 아름다움을 강렬하게 전해 주는 것이다.

앞의 두 작품에서는 꽃이 풍경의 세부를 이루면서 풍경을 채색하고 풍경의 정서를 물들이는 역할을 하고 있지만, 또 다른 시에는 꽃이 없는 풍경이 꽃 이미지로 그려지기도 한다. 꽃이 풍경의 소도구이면서 풍경의 포인트가 되어 풍경을 채색하며 정서를 환기하기도 하고, 또 어떤 풍경을 그려 내는 이미지 역할을 하며 그 풍경의 정서를 환기하기도 하는 것이다.

손톱 발톱
하나만
깎고
연지 곤지
하나만
찍고
할매
안개 같은
울 할매
보리잠자리
밀잠자리 날개
옷 입고
풀 줄기에
말려
늪가에

5 이 시의 싸리꽃은 조팝나무를 가리키는 것으로 보인다. 박용래의 첫째 자제 박노아는 집에 심어져 있던 조팝나무 꽃을 박용래가 싸리꽃으로 불렀다고 전한다. 이에 대해서는 고형진, 위의 책, 187쪽 참조.

앉은

꽃의

그림자

같은 메꽃

—「할매」 전문

이 시는 할매의 인상을 그린 작품이다. 시인은 할매의 모습을 안개에, 그가 걸쳐 입은 옷을 잠자리에 빗대 한없이 가녀리고 가벼운 할머니의 외모를 묘사한 다음, 그런 할머니의 모습을 메꽃에 비유하며 시를 끝맺는다. '메꽃'이란 시어가 시의 제일 마지막에 한 행으로 처리되어 있어 할머니의 인상을 지배하고 있다. 메꽃의 연한 홍색은 할머니의 가녀린 인상과 경량감에 대한 적절한 색채 이미지이다. 붉은색이 거의 바래 연분홍에 가까운 빛을 발산하는 메꽃의 색조는 늙어 핏기 없고 한없이 가벼운 할머니의 인상을 잘 나타낸다. 그리고 시인은 메꽃을 다시 '꽃의 그림자'에 빗대는데 이 비유는 나이 들어 뒤쪽으로 물러나 있는 할머니의 처지를 잘 드러낸다. 시인은 대상을 꽃의 이미지로 그리고, 꽃을 또다시 다른 이미지로 그림으로써 대상의 인상을 깊이 드러내면서 꽃의 이미지까지 드러내는 이중의 효과를 겨냥한다. 시인은 이 시에서 대상도 그리고 꽃도 그린 것이다. '꽃'의 이미지에 각별한 애정을 지닌 시인은 이제 '꽃' 자체를 시의 대상으로 삼아 이를 회화적으로 그려 나간다. 널리 알려진 그의 명시 구절초가 바로 그런 작품이다.

누이야 가을이 오는 길목 구절초 매디매디 나부끼는 사랑아

내 고장 부소산 기슭에 지천으로 피는 사랑아

뿌리를 데려서 약으로도 먹던 기억

여학생이 부르면 마아가렛

여름 모자 차양이 숨었는 꽃

단춧구멍에 달아도 머리핀 대신 꽂아도 좋을 사랑아

여우가 우는 추분秋分 도깨비불이 스러진 자리에 피는 사랑아
누이야 가을이 오는 길목 매디매디 눈물 비친 사랑아

—「구절초」 전문

'부소산'은 부여의 진산이다. 부여는 시인의 부모와 형제자매들이 태어난 곳이다. 부여에서 그리 멀지 않은 강경에서 태어난 시인은 이곳을 고향처럼 여기며 자주 방문했다. 이 시는 가을날 시인의 고향 산에 지천으로 피어난 구절초를 그린 작품인데 구절초가 군락을 이룬 산자락의 풍경보다는 개별적인 구절초의 꽃 이미지에 초점을 맞추고 있다. 이 시에서 구절초에 연계된 표현들은 표면적인 의미와는 별개로 모두 구절초의 이미지를 드러내는 역할을 한다. 여름 모자 차양, 머리핀, 도깨비불 등은 구절초의 외양과 빛깔에 대한 시각 이미지이다. '마아가렛'은 '구절초'와 다른 수종이지만 모양이 거의 똑같아 그렇게 부르기도 하는데, 이 시에서 "여학생이 부르면 마아가렛"이란 구절은 이러한 수종의 차이나 이해의 촉구를 위한 것이라기보다 여학생과 마아가렛이란 말이 지닌 이미지의 효과를 겨냥한 것으로 보아야 할 것이다. '여학생'은 구절초의 순박하고 청초한 이미지를, '마아가렛'은 구절초의 세련되고 우아한 이미지를 환기한다. 구절초에 대한 이 시의 여러 이미지 가운데 흥미로운 것은 '사랑아'라는 구절이다. 시인은 '구절초'란 말이 들어갈 자리에서 계속해서 '사랑아'라고 외친다. 여기서 '사랑아'는 '사랑하는 임의 얼굴'과 '사랑한다, 사랑스럽다'의 두 가지 뜻을 함께 지닌다고 할 수 있다. 전자는 구절초에 대한 회화적 이미지 표현이고, 후자는 구절초에 대한 직접적인 애정 토로이다. 시인은 구절초를 '사랑이란 추상명사에 빗대어 구절초의 외양과 그에 대한 자기 감정을 동시에 전해 구절초의 풍경에 서정적 울림을 부여한다.

4. 시 형태의 도안적 시각

박용래는 시의 형태를 매우 중시했다. 이것은 그의 그림 선호가 반영된 것이다. 시는 소설과 달리 시의 형태를 조절하며, 그렇게 만든 형태가 작품의 의미에 중요한 역할을 하는 장르이다. 시는 행과 연으로 텍스트의 모양을 조절하며, 그와 연동해 여백의 미가 발생한다. 이 점에서 시는 미술과 상통하는 점이 있다. 그는 시 형태에 관여하는 모든 요소를 적극적으로 활용하여 모종의 효과를 노렸다. 그는 1971년 9월부터 『현대시학』과 『문학사상』을 통해 17회에 걸쳐 「호박잎에 모이는 빗소리」란 산문을 연재했는데, 이 글에서도 시처럼 행갈이를 조절하며 진술하여 보통의 산문과는 다른 양식을 선보였다. 그는 기본적으로 작품의 형태미를 문학의 중요한 요소로 생각한 것이다. 시 형태에 대한 그의 각별한 배려는 시의 개작 과정에서 뚜렷이 확인된다. 그는 발표한 시를 다른 지면에 재수록하거나, 시집과 그 후의 시선집 등에 수록할 때 여러 군데를 수정했는데, 그때마다 시의 형태를 바꿨다. 작품의 완성도를 높이는 과정에서 반드시 시의 형태에 손을 댄 것이다.

①

노을 낀 우시장牛市場 마당엔
비인 고리만 남아 있었다
이른 제비 떼 귀밑으로 빠져
목교木橋를 오내리는 좁은 거리.
버들잎은 모여 들자락을 쓸고.
그 고향인 문화원文化院에서
임任강빈은 시화전을 열고 있었다.

—「공주公州에서」 전문(《대전일보》, 1970. 8. 6)

②

미나리밭
건너
우시장牛市場마당
말뚝에
고리만
남아 있었다.
이른 제비 떼
발밑으로
빠져
목교木橋를
오내리는
좁은 거리.
버들잎은
모여
들자락을
쓸고
그의 고향
문화원文化院에서
임강빈任剛彬은
시화전詩畵展을
열고 있었다.

—「공주公州에서」 전문(『현대시학』, 1970. 11)

③

미나리 강江
건너

우시장牛市場 마당
말목에
고리만
남아 있었다.
이른 제비 떼
발밑으로
빠져
목교木橋를
오내리는
좁은 거리.
버들잎은
피어
길을
쓸고
그의 고향
문화원文化院에서
강빈剛彬은
시화전詩畵展을
열고 있었다.

—「공주公州에서」 전문(『강아지풀』, 1975. 5)

「공주에서」라는 시인데 ①은 《대전일보》(1970. 8. 6)에 처음 발표한 작품이고, ②는 그 후 『현대시학』(1970. 11)에 발표한 작품이며, ③은 시선집 『강아지풀』(1975. 5)에 실은 작품이다. 처음 발표 때는 7행으로 된 작품이 두 번째 발표 때는 행갈이를 통해 21행의 작품으로 바뀌었다. 두 번째 작품에서 일부 시어가 교체되고 첨가되었지만, 내용이 크게 변한 건 아니고 시의 정서만이 다소 바뀌었을 뿐이다. 개작 과정에서 시인이 심혈을 기울인 건 형태이다. 시인은 행갈이를 통해 각각의 행마다 의미 전달이 가능한 최소한의 시어만 배치하였다. 그 결과 이 시는 전체적으로 가늘고 긴 시 형태를 보인다. 세 번째 작품은 두 번째 작품과 형태가 똑같은 것 같지만 엄밀하게 보면 다르다. 세 번째 작품에선 두 번째 작품의 '미나리밭'이 '미나리 강'으로, '말뚝'이 '말목'으로, '모여'가 '피어'로, ' '들자락을'이 '길을'로, '임강빈'이 '강빈'으로 바뀌었다. 거의 유사한 이미지들의 미세한 수정에서 주목되는 건 '길을', '강빈'이란 시어들이다. 수정한 두 시어의 공통점은 말수가 줄어든 점이다. 말수의 축소로 세 번째 시에선 형태가 좀 더 단출하고 가늘어졌다. 이러한 시 형태는 "목교를 오내리는 좁은 거리"의 협소한 길 형태를 반영하고, 공주의 한적한 분위기를 드러내며, 공주 출신으로 그곳에서 시화전을 열고 있는 시인의 문우 임강빈의 소박하고 강직하며 절제된 인품을 드러내기도 한다.

그는 시 형태를 중시한 만큼 새로운 시의 형태를 다양하게 시도하였다. 특히 그는 단형의 시들을 다채롭게 선보였다. '2행 1연'의 형태와 '2행 1연+1행 1연'의 형태, 그리고 '1행 1연'의 형태를 많이 시도했는데, 그중에서 주목되는 건 두 번째와 세 번째이다. '2행 1연'의 시 형태는 정지용이 시도했었다.[6] 1920년대에 개척한 한국의 자유시는 대체로 한 연을 3행 정도로 짠 시 형태를 기본으로 삼았다. 지용은 이러한 기본 형태에서 1행을 뺀 '1연 2행'의 시 형태를 시도하여 여백의 미를 활용하였다. 박용래는 지용이 시도한 형태를 계승하고, 그 위에 두 연에 걸쳐 1행을 더 뺀 '2행 1연+1행 1연', 그리고 아예 매 연마다 1행을 더 뺀 '1행 1연'의 시 형태를 시도했다. 시 형태를 유지하기 위해선 최소 한 연에 1행은 필요하므로 '1행 1연'의 형태는 시 형태의 축소를 극단으로 밀고 나간 것이라고 할 수 있다. 이 중에서 '2행 1연+1행 1연'의 형태를 지닌 시 한 편을 보자.

6 유종호, 『문학이란 무엇인가-유종호 전집 4』, 민음사, 1995, 332쪽.

상칫단
아욱단 씻는

개구리 울음 오리 안팎에

보릿짚
호밀짚 씹는

일락서산에 개구리 울음

—「서산西山」 전문

이렇게 2행 1연 다음에 1행 1연의 구절이 배치되면 연과 연 사이의 여백이 커진다. 물리적으론 2행 1연으로 된 형태와 동일한 면적의 여백을 차지하지만, 시각적, 심리적으론 1행 1연일 때 앞뒤 사이에서 더 큰 여백을 느끼게 된다. 시인은 이를 잘 살리기 위해 1연과 3연에서 말수를 최대로 줄였다. 1, 3연의 첫 행에 '상칫단'과 '보릿집'이란 단 한 단어만 배치하여 우측의 여백을 크게 늘림으로써 그다음 연의 1연 1행 형태에서 발생하는 여백 효과를 극대화한 것이다.

이 시는 이렇게 말을 최대로 줄이고 형태를 단출하게 하여 여러 의미를 효과적으로 전한다. '상칫단'과 '보릿짚'이 한 행에 한 단어로만 배치되어 이 향토 음식물에 시선이 집중되고 의미에 무게가 놓인다. 그리고 이와 유사한 의미의 단어가 그다음 행 첫 구절에 곧바로 이어져 의미의 초점이 그 단어까지 이어진다. 말의 반복은 흥미를 유발하고 기억을 촉진해서 상칫단과 아욱단, 보릿집과 호밀짚이 한 묶음으로 독자의 기억 회로에 각인된다. 이어 '씻는'과 '씹는' 다음에 말을 생략하여 여백이 생기고 그곳은 독자의 상상 속 공간이 된다. 이 여백은 독자들에게 음식을 씻고 여물을 씹는 소리와 동작을 떠올리게 하고, 그런 행위의 주체들, 즉 엄마나 누님, 그리고 마소들의 모습을 떠올리게 한다. 이런 소리와 모습은 구체적으로 표현되는 것보다 독자들이 각자 상상의 세계로 그릴 때 훨씬 애틋하게 환기된다. 이 시의 시간대는 해가 저무는 저녁 무렵이다. 일과가 끝나는 이 시간에 아낙이 저녁을 준비하고, 마소가 저녁 여물을 먹는 모습은 시골 생활의 가장 평화롭고 한가하며 넉넉한 모습이다. 이 시의 큰 여백은 이러한 분위기를 드러내는 적절한 시의 형태인 것이다.

앞서 언급했듯이 박용래는 한 연이 한 행으로만 쓰인 '1행 1연'의 시 형태를 많이 구사했고, 이 형태에서 연의 수는 시마다 다르고 그중 4연으로 짜인 '1행 4연'의 시들이 주목된다. 「저녁 눈」이나 「그 봄비」 같은 그의 명작들이 이런 형태를 지닌다.

> 늦은 저녁때 오는 눈발은 말집 호롱불 밑에 붐비다
>
> 늦은 저녁때 오는 눈발은 조랑말 발굽 밑에 붐비다
>
> 늦은 저녁때 오는 눈발은 여물 써는 소리에 붐비다
>
> 늦은 저녁때 오는 눈발은 변두리 빈터만 다니며 붐비다.
>
> —「저녁눈」 전문

전통적인 서정시의 형태는 보통 4연을 기준으로 짜여 있다. 또 김영랑은 일찍이 4행시의 형태를 선보인 바 있다. 그래서 4연으로 이루어진 이 시는 형태적 안정감과 익숙함을 주면서, 동시에 한 연이 한 행으로만 짜여 참신한 느낌을 준다. 이 시는 앞서 살펴본 시 「서산」과는 달리 한 행의 길이가 짧지 않으며 말을 생략하지도 않았다. 그래서 이 시의 여백은 시 형태의 우측 공간에서는 발생하지 않는다. 이 시의 여백은 1연 1행의 시 형태로 인해 연과 연 사이의 가로로 긴 공간에서만 발생한다. 여기서 주목되는 것은 한 연의 행이 옆으로 길고, 각 행(연)의 길이가 거의 비슷하여 전체적으로 가로 직사각형의 형태[7]를 보인 점이다. 이 시는 가로 직사각형에 가로로 가늘고 긴 3개의 여백이 있고 그 여백은 앞뒤의 가로 벽 사이에 놓여 있는 형태를 보인다. 이렇게 도안한 형태는 이 시의 의미와 어떤 연관을 지닐까?

이 시는 늦은 저녁 말집의 호롱불 밑과 조랑말 발굽과 변두리 빈터에 내리는 눈을 묘사한 것이다. 이 시에서 눈을 맞이하는 공간은 모두 작고 좁다. 눈은 비처럼 수직으로 내리지 않고 눈발이 허공에 섞이면서 내린다. 시인은 그 모습을 '붐비다'라는 말로 묘사한다. 가로 직사각형의 가로막힌 내부 벽의 협소한 여백은 작고 좁은 공간에 눈발들이 붐비는 형상을 적절히 반영한다. 또 그러한 도형의 여백은 말집에서 들려오는 여물 써는 소리를 가늘고 길게 공명시켜 애잔하고 운치 있게 만들기도 한다. 이렇듯 이 시에서 시 형태는 풍경의 세부를 세밀하게 그려 내고, 그곳에서 배어나는 아름답고 연민 어린 정서를 깊게 환기하는 데 큰 역할을 한다. 시 형태에 대한 그의 도형 의식은 더욱 확대하여 서정시에선 유래를 찾아보기 어려운 형태시의 시도로 이어진다.

감나무 밑 풋보
리 이삭이 비
치는 물병 점點
심心 광주리 밭
매러 간 고무신
둘레를 다지는
쑥국새 잦은 목
반지름에 돋는

7 이 시가 처음 발표된 『현대시학』(1969. 11)지는 세로쓰기 방식이어서 이 시가 지면 상단에 세로 직사각형의 형태로 쓰였다.

물집 썩은 뿌
리 뒤지면 흰
내리는 흰개
미의 취락聚落 달
팽이 꽁무니에
팽팽한 낮 이슬.

—「취락聚落」 전문

이 시는 세로 직사각형의 형태[8]를 보인다. 오로지 직사각형의 형태에 맞게끔 행갈이를 하여 의미 전달이 원활하지 않다. 시인은 의사소통을 희생하면서까지 의도적으로 시의 형태를 도안하였다. 시인은 이러한 도형으로 어떤 의미를 전달하려고 한 것일까?

직사각형 안의 진술들은 시골 밭에서 일하는 농부들의 점심 식사 현장 주변의 풍경들이다. 그것들의 세부는 이렇다. 농부들이 모여 앉아 점심을 먹었을 감나무가 있고, 그 아래에 물병과 점심을 담은 광주리와 농부들의 신발이 놓여 있다. 둘레에선 쑥국새(산비둘기)가 울고, 주변에 있는 식물의 썩은 뿌리 안에 흰개미들이 잔뜩 모여 있으며, 근처에 달팽이가 기어가고, 그의 꽁무니에 이슬이 맺혀 있다. 시인의 시선이 머문 곳은 하나같이 시골 밭의 작고 초라하고 외진 것들이다. 그런데 이들은 하나같이 소중하고 가치 있는 것들이다. 물병과 광주리는 농부의 생명을 지켜 주는 물과 밥을 담아내는 용기이고, 고무신은 농부의 신체를 보호하고 노동의 수고를 온몸으로 받아 내는 의류이며, 쑥국새 울음은 농부의 마음을 위무하는 노래이며, 개미와 달팽이는 생태계의 하층부를 이루는 생명체이다. 그래서 이들은 비천하지만 소중하고 아름다운 것들이다.

8 이 시가 처음 발표된 『풀과 별』(1972. 8)지는 세로쓰기 방식이어서 이 시가 지면 상단에 가로 직사각형의 형태로 쓰였다.

박용래는 "다른 시인들이 다 보고 지나간 자리에 남는 가난한 아름다움에 눈을 주고 그것을 시로 다듬는"[9]다고 말한 적이 있다. 「취락」은 소재 면에서 이러한 시인의 의도가 집약된 시라고 할 수 있다. 그의 표현을 빌리면 이 시는 시인이 눈길을 준 "가난한 아름다움"의 대상을 직사각형의 형태로 다듬은 것이라고 할 수 있다. "가난한 아름다움"을 잘 드러내기 위해 시도한 이 시의 도형은 시골 밭의 모양을 표현한 것 같기도 하고, 길고 넓적한 옛 고무신을 표현한 것 같기도 하고, 내부의 밀집된 글자에 주목하면 썩은 뿌리 안에 운집한 개미의 군집을 표현한 것 같기도 하다. 또 이렇게 가난하고 아름다운 것들이 사각의 울타리 안에 촘촘히 모여 시골의 '취락'을 형성하고 있음을 알리는 것 같기도 하다. 하나의 도형으로 여러 겹의 의미를 생성시킨다는 점에서 이 시의 그림은 입체파 그림의 성격을 지닌다고 말해 볼 수도 있다. 그의 시의 그림 지향은 도형적인 형태시에서 절정을 이루고 있다.

5. 서정과 모더니티

박용래는 일관되게 향토의 들녘과 마을과 그곳의 산천, 그리고 꽃을 그려 나갔다. 그는 자신이 태어난 충남의 강경과 부모, 형제자매들의 출생지인 부여를 모두 고향으로 여기며 늘 그곳을 그리워하였고, 대전의 자택을 꽃밭으로 가꾸고, 근교의 유성을 자주 오가며 자연에 묻혀 지냈다. 그는 생래적으로 서정시인이었다.

한편 그는 어렸을 때부터 그림을 좋아했고, 성인이 되어 시 습작을 본격화한 1950년대부터 여러 화가의 삶과 예술을 탐미했으며, 1962년 대전에 정

9 박용래, 「작가의 일일」, 고형진 편, 앞의 책, 138쪽.

착해 지낸 이후엔 그곳의 화가들과 친밀하게 지냈다. 그의 그림 선호는 시 창작에 큰 영향을 미쳤다. 그림의 장르적 속성과 기법이 고향과 자연에 대한 뿌리 깊은 그리움을 시로 형상화하는 데 여러 갈래로 작용하였다. 그는 주로 향토의 풍경을 회화적으로 표현하였다. 그는 시로 향토의 풍경을 그리면서 불빛과 꽃을 중요한 채색 기법으로 삼았다. 풍경에 낮은 조도의 백열등이나 석양이나 서광이나 기타 빛을 번지게 하여 향토의 정서를 깊고 아련하게 우려냈으며, 또 한편으론 풍경에 꽃을 장식하여 꽃의 색 이미지와 정서로 향토와 자연의 속살을 선명하게 보여 주었다. 그의 시에서 풍경의 채색 도구인 '꽃'은 풍경의 하나일 때도 있고, 풍경의 이미지를 그려 내는 도구로만 기능할 때도 있다. 또 어떤 시에서는 전적으로 꽃만을 대상으로 꽃의 색상과 외양과 정서의 이미지를 그려 내었다. 그의 시에는 50여 종이 넘는 꽃이 등장한다. 그는 꽃의 시인이라고 불릴 정도로 꽃을 사랑하였고, 그토록 많은 꽃을 다양한 회화의 기법으로 활용하였다.

그의 그림 사랑은 시의 형태에 영향을 미쳤다. 그는 시의 형태를 중요한 시의 요소로 간주하였다. 그는 '2행 1연' '2행 1연+1행 1연' '1행 1연'의 여러 단형시의 형태를 시도하였고, 가로 직사각형이나 세로 직사각형의 형태시도 보여 주었다. 그는 시의 형태를 도안의 관점으로 접근하여 다양한 시의 형태를 설계하고, 도형의 특성을 시의 정서와 의미를 깊이 드러내는 데 적극적으로 활용하였다.

그는 전통적인 서정의 세계를 여러 회화적인 기법으로 형상화하여 서정시의 울림을 더 깊고 강렬하게 전해 주었다. 그가 선보인 개성적이고 현대적인 서정시는 방법적인 측면에서 유니크한 모더니즘 시이기도 하다.

제2부

시 의식과 미학의 심화

우리 동네의 언어와 이야기

—오탁번 시집『우리 동네』

1. 모국어

최근에 간행된 오탁번의 시집『우리 동네』의 제목은 시인의 고향 마을인 충북 제천시 백운면 애련리를 가리킬 것이다. 시인은 자신이 다녔던 백운초등학교 분교를 원서문학관(원서헌)으로 고쳐 그곳의 주인장으로 지내고 있다. 시인은 자기의 뿌리를 찾아 들어가 유년의 나와 마주 앉아 황토 흙냄새 가득한 고향의 순정한 세계를 시로 옮기고 있다. 시인이 자기 동네에서 길어 올리고 있는 시의 우물물 가운데 가장 신선한 맛을 주는 것은 감칠맛 도는 모국어이다. 이 시집은 모국어, 그 가운데서도 토착어들로 성찬을 이룬다. 시집의 첫머리에 놓여 있는「두레반」으로부터 시작해 읽는 시마다 새로 맛보는 토박이말들이 한 상 가득 차려져 있다. 신선한 토박이말을 한 번도 맛보지 않고 그냥 넘어가는 시는 거의 없다. 한 편의 시를 읽고 새로운 모국어 하나만 맛보아도 흐뭇한 일인데 그 즐거움을 시집을 읽는 내내 느끼게 되니 언어의 황홀경에 빠지지 않을 수 없다.

겨우내

앙당그리고 서 있는
동백나무는
1 · 4 후퇴 피란길에
찰가난한 어머니가
무명 포대기에 싸서 업고 가던
눈깔이 화등잔만 한
연약한 내 어린 몸 같았다

…(중략)…
눈에 띌락 말락 좁쌀만 하던
동백나무 꽃망울이
어느새 강낭콩만큼 자라서
길둥근 동백잎 사이로
거망빛 볼을 반짝 쳐들고 있다
목숨 부지한 동백나무여
호되고 하전한 생애를 견디는 것이
이토록 찬란하다

—「동백冬柏 2」 부분

'앙당그리고' '찰가난한' '화등잔만 한' '길둥근' '거망빛' '하전한' 등은 이 시를 통해 새롭게 얻게 되는 말들이다. 애련리의 원서문학관에 새로 심어진 따뜻한 남쪽 지방 어린 동백의 생장 과정이 신선한 토착어들의 활용으로 예리한 실감을 얻고, 동백에서 느끼는 시인의 애틋함과 경이로움이 그대로 우리의 가슴에 이입된다.

이 토착어들은 모두 국어사전에 등재된 말들이다. 하지만 그동안 우리가 잘 안 써서 묻히고 방치되어 있던 말들이다. 시인은 사전에서 잠자고 있는 주옥같은 우리말들을 캐내 빛나는 언어의 보석으로 세공시킨다. 한 나라의 말에는 그 민족의 혼과 육체가 반영되어 있고, 해당 언어권의 풍속과 인정이 담겨 있다. 시인이 발굴하고 세공하여 시의 진열대에 보기 좋게 배치한 토착어에는 자연히 우리 고유의 생활 풍습과 마음씨가 물씬 묻어 있다.

오요요
부르면
쪼르르 달려오다가
뒷다리 하나 들고
오줌 싸는
쌀강아지

—「봄나들이」 부분

따로따로따따로
옳지 옳지
정윤아
섬마섬마

—「섬마섬마」 부분

강아지를 부를 때 내는 소리를 가리키는 감탄사인 '오요요', 어린애가 따로 서는 법을 익힐 때 어른이 붙들었던 손을 떼면서 내는 소리를 뜻하는 '따로따로따따로'와 '섬마섬마' 등은 시인이 만든 의성어나 의태어가 아니다. 단어와 뜻이 그대로 사전에 올라 있는 엄연한 표준어들이다. 『표준국어대사전』에 뚜렷이 등재된 이 순수 우리말에는 우리 겨레의 마음씨와 숨결과 호흡이 그대로 배어 있다. 시인의 토착어 발굴은 잊히고 사라져 가는 아름답고 정겨운 우리 겨레의 혼을 되살린다. 요즘 아이를 키우는 젊은 부모들, 심지어 아이를 돌봐 주는 할머니와 할아버지들조차 이 순수 우리말을 아는 사람이 많지 않을 것이다. 이 점에서 오탁번의 시들은 훌륭한 모국어 교본의 역할을 하고 있기도 하다.

그의 토착어 발굴과 겨레 정서의 환기는 토착어들의 비유적 구사를 통해 더욱 심화, 확대된다. 시적 대상의 질감과 속뜻을 드러내기 위한 중요한 수사인 비유의 사용에서 시인은 비유의 수단으로 일관되게 토착어로 명명된 우리 고유의 사물들을 끌어들인다.

왕겨빛 가을 햇볕 아래

—「추석」 부분

뙤약볕이 놋요강처럼 따가워지면 …(중략)… 대덕산 그림자가 더덕빛 강물에 사늘하게 비쳤다

—「낚시」 부분

코뚜레 같은 굽잇길을 한참 감돌아 …(중략)…

가래로 번호판을 가린 자동차들이 둠벙 물방개처럼 엎드려 있는 러브호텔에서

—「고추잠자리」 부분

바늘밥만 한 사랑도 아끼는 이 사람

—「주문呪文」 부분

고구려 사람들의 조우관鳥羽冠 깃털같이
못자리에서 쑥쑥 자라는 모

—「안행雁行」 부분

살별처럼 흘러간
옛사랑

—「별다방」 부분

왕겨빛에 빗댄 가을, 놋요강에 빗댄 뙤약볕, 더덕빛에 빗댄 강물, 코뚜

레에 빗댄 굽잇길 등은 시적 대상의 질감을 선명하고 풍부하게 해주고 생활의 체취도 전해 준다. 가령, "왕겨빛 가을 햇볕"은 가을 햇볕의 연한 황금빛과 부드럽고 따사한 느낌뿐만 아니라, 가을의 풍요로움까지 전해 준다. '벼'는 우리 생활에 가장 밀착된 식물이며, 가을의 풍성함을 가장 절실히 전해주는 물질이다. "왕겨빛 가을 햇볕"이라는 수사에는 우리 겨레만이 느낄 수 있는 생활 정서가 깊이 배어 있는 것이다. 같은 맥락에서 놋요강 같은 뙤약볕에는 가난하지만 순박했던 지난 시절의 원초적인 생활 체취가, 더덕빛 강물에는 우리 강산의 흙 향기가, 코뚜레 같은 굽잇길에는 우직한 일소와 함께하는 농사의 체취가 풍긴다. 우리 겨레의 땀과 숨결이 묻어 있는 토착어를 비유의 수단으로 삼음으로써 그의 시는 토착어의 보고를 이루고 있고, 겨레 정서의 심해를 형성하고 있다.

한편, 그의 시에는 한자어의 사용도 눈에 띈다. 안행雁行, 거풍擧風, 설미雪眉, 두절杜絕 같은 말들은 시의 제목으로 쓰인 인상적인 한자어들이다. 이러한 한자어들은 시의 의미를 경제적으로 요약하는 시어의 역할을 하고, 어의가 시적 이미지의 역할을 한다. 뜻글자이자 상형 글자인 한자어의 장점을 잘 살려 시 형식 안에 적절히 활용하는 것이다. 한자어도 엄연히 우리말이다. 우리말의 60퍼센트는 한자어로 이루어져 있다. 시인은 의미가 집약되어 있고 비유가 녹아 있는 한자어들을 시의 이미지로 잘 활용하면서 우리말의 용적을 늘리고 있다.

2. 해학

시인이 '우리 동네'에서 길어 올리고 있는 또 하나의 신선한 우물물은 '해학'이다. '해학'은 우리의 전통문학에서 빼놓을 수 없는 중요한 미의식 가운데 하나지만, 현대시로 넘어오면서 점차로 희미해져 가고 있는 미적 자질이다. 엄숙하고 근엄하거나, 아니면 직설적이고 유희적인 태도를 보이는 것이 현대시의 커다란 경향이라는 점을 부인하기 어렵다. 전통 미학에서 '해학'은 유희적이되 지적이다. '해학'은 해맑은 마음의 눈으로 세상을 볼 때 나올 수 있는 문학적 자질이다. 슬픔과 분노도 웃음으로 되받아치는 해학은 예리한 지적 행위면서, 한없이 너그러운 삶의 태도이며, 성숙한 문학적 시선이다. 우리의 소중한 미적 유산인 '해학'이 그의 시에서 현대적으로 거듭나고 있다.

이럴 때면 나는
마냥 달콤한 생각에
푹 빠진다
—나랑 사랑이 하고 싶은 걸까

헤어질 때
또 팔짱을 꼭 꼈다
나는 살짝 속삭였다
—나랑 동침同寢이 하고 싶지?

속삭이는 내 말을 듣고
그 여자는
눈을 동그랗게 떴다
—동치미 먹고 싶으세요?
허허, 나는 꼭 이렇다니까!

—「동치미」 부분

꽃 피는 어느 날 시인이 거주하는 '원서헌'으로 근처의 감곡에 사는 여자들이 놀러 와 점심을 먹고 사진을 찍는다. 감곡 여자들이 시인의 팔짱을 끼고 사진을 찍을 때, 시인은 사랑을 떠올리며 동침하고 싶은 거냐고 속삭이자, 그들은 동치미 먹고 싶냐고 되받아친다. 꽃 피는 계절의 문학관, 점심 시간, 팔짱 끼고 사진 찍기라는 상황 속에서 시 속의 인물들이 벌이는 어긋난 대화가 진정성을 지닌 흥미를 유발한다. 능청과 순수, 진담과 농담이 뒤섞이는 중층의 언어유희가 이 대화 속에 있으며, 반전의 극적 구조가 그 안에 담겨 있다. 그의 시에서 해학은 문학적 수사 위에서 이루어지고 있으며, 넉넉하고 순박한 삶의 시선 속에서 탄생하고 있다.

그의 시에서 '해학'은 많은 경우 우리 시대의 구비설화에서 나온다. 위의 시도 그런 경우로 짐작되거니와, 또 다른 시 「해피 버스데이」도 항간에 널리 퍼져 있는 유머에서 시적 착상을 가져온 것이다. 경상도 사투리를 쓰는 노인과 영어를 쓰는 외국인 사이의 희극적 의사소통을 다룬 이 시대의 구비설화가 시인의 손에 포착된 것은, 그 안에 모국어에 대한 애정과 인간에 대한 연민이 깔려 있기 때문이다. 이 구비설화에 시인이 영어로 '해피 버스데이'란 제목을 붙여 시로 완성한 것은 이러한 시인 의식의 역설적 표현이라고 보아야 할 것이다.

이전 시집인 『손님』의 시편인 「폭설」 「굴비」 등도 모두 이러한 맥락 위에서 쓰인 작품들이다. 특히 「굴비」는 구비설화 특유의 외설적 재담에 불과한 것을 시의 그릇에 담으면서 아름답고 싱그러운 사랑으로 전환하는 시적 변용을 보여 준다. 다른 시와 마찬가지로 언어유희와 반전의 서사로 유발되는 이 시의 '해학'은 외설을 숭고한 사랑으로, 슬픔을 웃음으로 승화시킨다는 점에서 시인이 추구한 해학적 미의식의 절정을 보여 준다. 시인이 동시대의 구비설화에 자주 귀를 기울이는 것은 우리 삶의 저변에 떠도는 이야기 안에 면면히 이어져 온 우리 겨레의 밑바닥 정서가 깔려 있다고 보기 때문일 것이다. 시인은 「탑」이란 시에선 원서헌에서 딸과 동네 이장과 시인, 이렇게 셋이서 나눈 대화를 그대로 적어 내고 있다. 시인이 원서헌의 연못가 옆에 삼 층 석탑을 새로 구입하여 세워 놓은 것을 딸이 찾아와 보곤, 어디서 났냐고 묻자, 시인이 어느 날 천둥 번개가 치고 무지개가 솟더니 하늘에서 그냥 뚝 떨어졌다고 말한다. 그 말을 들은 딸이 황당한 표정을 짓자,

옆에 있던 동네 이장이 우리 동네에서는 그런 일이 흔하다고 한술 더 뜬다. 불교와 탑에는 예부터 설화가 많이 전해진다. 시인은 그런 전통에 빗대어 원서헌의 삼 층 석탑을 석가탑 못지않은 전설로 만들고 싶었을 것이다. 부녀간의 정겨운 대화를 위해 그런 농담을 시도한 점도 있을 것이다. 그런데 시인이 사는 동네의 장삼이사는 이러한 시인의 상상력을 훨씬 능가하는 것이다. 시인에게 시적 소재는 도처에 널려 있다. 우리가 주변에서 흔히 듣게 되는 이야기가 시인의 손에 잡히면 놀라운 시적 상상력을 지닌 시가 되어 다시 전설적인 이야기로 거듭난다. 시인은 겨레의 이야기를 채집해 겨레의 체취와 혼이 담긴 겨레의 시로 승화시키고 있다.

해학과 구비설화가 깔려 있는 오탁번의 시적 특징에 이미 포함된 것이지만, 이야기와 서사성은 그의 시의 중요한 형식을 이룬다. 앞서 살펴본 해학적 시편들에는 모두 복수의 인물들이 주고받는 대화가 나오며, 중간에 시인의 서술이 개입되어 있고, 상황의 반전이 있다. 전통적인 서정시에서 보게 되는 일인칭 화자의 내면 독백과는 거리가 있다. 물론 그의 시 중 내면을 조용히 응시하거나, 자연과 내밀하게 교감하며 우주적 상상을 펼치는 서정적 시편들도 적지 않다. 하지만, 오탁번 시인의 개성이 뚜렷이 드러나는 시편들은 재래적 시 형식을 넘어서는 서사적 담화와 서사적 상상력이 시의 구조를 지탱하고 있다. 다채로운 토박이말은 다정하고 걸쭉하고 살가운 어투의 문장에 녹아들면서 구어체 입담의 매력을 한껏 발산하게 된다. 입말의 묘미와 상황의 흥미로운 반전은 그의 시의 매력 포인트라고 할 수 있는데, 이러한 시적 담화와 상상은 모두 서사적 형식을 시 안에 끌어들였기 때문에 가능한 것이었다. 이러한 특징으로 인해 그의 시는 소설을 읽을 때 느끼게 되는 끈적끈적한 점액질의 문학적 감동을 선사한다.

한편 시인이 동시대의 구비설화를 시적으로 변용한 것은 한국 고전문학의 '야담'과 '패관문학'의 양식을 현대시에 수용한 것이기도 하다. 그의 시 창작 의식에는 한국 고전문학의 양식과 서사 형식을 시에 활용하려는 태도가 강하게 담겨 있다.

3. 서사적 상상

오탁번 시의 특징을 규정하는 '서사적 상상력'은 그의 초기 시에서 단초를 엿볼 수 있다. 우리 시사에 뚜렷이 새겨진 명시이자, 그에게 '순은의 시인'이란 별칭을 안겨 준 데뷔작 「순은이 빛나는 이 아침에」는 그의 시를 지탱하는 두 가지 요소, 즉 이미지와 서사적 상상이 절묘하게 결합되어 있다.

> 눈을 밟으면 귀가 맑게 트인다.
> 나뭇가지마다 순은의 손끝으로 빛나는
> 눈 내린 숲길에 멈추어 선
> 겨울 아침의 행인들.
>
> 원시림이 매몰될 때 땅이 꺼지는 소리,
> 천 년 동안 땅에 묻혀
> 딴딴한 석탄으로 변모하는 소리,
> 캄캄한 시간 바깥에 숨어 있다가
> 발굴되어 건강한 탄부의 손으로
> 화차에 던져지는,
> 원시림 아아 원시림
> 그 아득한 세계의 운반 소리.
>
> —「순은이 빛나는 이 아침에」 부분

이 시를 여는 첫 행인 "눈을 밟으면 귀가 맑게 트인다"는 하얀 눈을 밟을 때, 그 흰 눈의 감각이 전신에 감돌며 온몸이 밝고 환해지는 느낌을 실감 나게 드러낸다. 하얀 눈이 우리 몸에 부여하는 청신함과 생명감을 이렇게 한마디로 뛰어나게 표현한 것을 또다시 경험하기는 쉽지 않을 것이다. 시인은 이 작품이 발표되고 40년이 훨씬 지난 어느 날 이 구절을 다시 한번 자신의 시에 소환한다.

김남조 선생의 시집『귀중한 오늘』
뒤에 실린 산문의 맨 끝 행은 이렇다
—빗소리 아직 들린다. 빗소리 들으니 참 좋다.

1967년《중앙일보》신춘문예에 당선된
오탁번의「순은이 빛나는 이 아침에」첫 행은 이렇다
—눈을 밟으면 귀가 맑게 트인다

올 첫눈은 12월 19일(월) 밤 여덟 시 반에 왔다
40년이 지난 오늘 나는 이렇게 쓴다
—첫눈이 온다. 눈 오는 것 보니 참 좋다

—「방남조의倣南祚意」전문

시인은 김남조의 시집『귀중한 오늘』의 뒤에 붙어 있는 그의 산문을 읽다가 말미에 쓰인 "빗소리 아직 들린다. 빗소리 들으니 참 좋다"는 구절을 접하곤 "눈을 밟으면 귀가 맑게 트인다"고 썼던 자신의 옛 구절을 떠올리고, 이어서 40년이 지난 오늘은 "첫눈이 온다. 눈 오는 것 보니 참 좋다"고 쓴다면서 시를 끝맺고 있다. 이 시는 김남조 시인에 대한 헌시의 성격이 강한 작품이지만, 2연에서 자신의 이름과 시 제목과 구절을 그대로 명시함으로써 이 구절에 대한 시인의 남다른 애정을 뚜렷이 보여 준다. 이 구절은 많은 시 애호가들뿐 아니라 시인의 마음속에도 깊이 남아 있으면서, '눈'이 자기 마음을 비추고 자기 존재를 증명하는 중요한 상징임을 확인시킨다. 그리하여 시집『우리 동네』에도 '눈'이 많이 내린다. 우리말의 보고인 이 시집에서 눈은 잣눈, 숫눈, 도둑눈, 함박눈 등으로 다채롭게 구사되면서 눈의 부피와 질감을 생기 있게 전해 준다.

다시 시 「순은이 빛나는 이 아침에」를 보자. 여기서 '눈'의 청신함은 '순은' '손끝' '숲' '겨울 아침' 등 쉴 새 없이 이어지는 이미지의 연쇄로 더없이 예리한 감각을 형성한다. 그 '눈'은 다시 3연에서 '은빛 날개의 새'로 그려진다. 하늘에서 내리는 하얀 눈을 은빛 날개를 파닥거리며 날아가는 새로 포착한 것이다. 그러한 이미지의 연장선에서 겨울 아침 나뭇가지에 내린 하얀 눈은 순백의 알에서 처음 눈을 뜬 새로 묘사된다. 감각적인 이미지들이 유기적으로 직조되며 현란하게 이어지고 있다. 여기까지만 보면, 이 시는 회화적인 이미지즘의 시로 읽히지만, 2연부터 전개되는 시적 상상은 이러한 예상을 뒤집는다. 시인은 2연에서 갑자기 천 년 전으로 시간을 거슬러 올라간다. 천 년 전 원시림이 매몰되는 순간을 떠올리고, 그 원시림이 오랜 시간의 풍화작용을 거쳐 석탄으로 변모하는 소리를 상상한다. 그리고 그 석탄을 캐는 인부의 손을 생각하고, 그 석탄이 난로의 연료가 되며, 그렇게 지펴진 불이 연기를 내뿜고 연통을 통해 하늘로 올라가 구름을 형성하였다가 추운 겨울 눈의 결정체가 되어 지상으로 내려오는 상상을 한다. 시인은 시공을 넘나들며 '눈'이라는 사물의 역사적 일대기를 추적하고 있다. 이 장대하고 광활한 상상 속에서 강설은 청신한 느낌을 불러일으키는 자연현상이면서, 동시에 '아득한 세계가 운반되는' 장엄한 순간이 된다. 여기서 우리는 '눈'이라는 사물을 새롭게 보게 되며, 세상에 존재하는 사물의 근원을 다시 돌아보게 된다. 오탁번 시인의 서사적 상상은 이처럼 시공을 넘나드는 광활한 상상력과 결부된다. 그리하여 그의 시에는 꼭 서사적 상상과 구조를 지닌 작품이 아니라도 특유의 원시적遠視的이고 장대한 상상을 보이는 이미지들이 자주 구사된다.

대단히 추운 겨울날 아침 태평로를 지나가다 그를 만났다.
나는 걸음을 멈추고 그를 바라보았다.
그는 인파 속으로 뚜벅뚜벅 걸어갔다.
그가 지고 가는 커다란 지구의地球儀,

아시아와 태평양이 운반되는 것을 보았다.

—「인부人夫」 부분

추운 겨울 노역을 하는 인부의 걸음걸이가 '지구의地球儀'를 지고 걸어가는 것으로 묘사된다. 우리가 땅을 디디며 걷는 것은 실은 지구 위를 걷는 것이다. 지구는 둥그니까 우리는 지구 위를 걸으면서 지구를 안고 걷거나, 또는 지고 걷는 것이기도 하다. 그런데 이런 감각은 아주 먼 거리에서 걷고 있는 사람을 보았을 때 나타나는 것이다. 그 거리감을 극단적으로 확대하면 사람은 아주 작아지고 지구는 '지구의'로 인식될 것이다. 그리고 그 연장선에서 지구를 걷는 사람은 아시아와 태평양을 운반하고 있는 이가 된다. 이 시에서 지구 중 특별히 태평양이 등장하는 것은 인부가 걷고 있는 길이 태평로이기 때문이다. 인부의 행보에서 지구의地球儀의 짊어짐을, 태평로에서 태평양을 연상하는 것은 감각적이고 구조적인 이미지의 직조이며, 이런 시적 형상화는 원시적遠視的이고 광활한 상상력에서 잉태된 것이다.

토착어에 바탕을 둔 모국어의 채굴과 탁마, 겨레 정서의 탐색, 서사적이고 광활한 상상력 등이 모두 모여 유기적으로 작용할 때 그의 시의 지평은 크게 솟구친다. 그런 시들 가운데 가장 주목되는 작품이 「白頭山 天池」이다.

이 시는 백두산 등정 과정이 커다란 골격을 이룬다. 1연은 지상에서 백두산 정상을 향해 올라가는 과정을, 2연은 백두산 정상에 올라선 것을, 3연은 백두산 정상에서 천지를 굽어보며 떠오른 생각을 다룬다. 시의 주인공이 시간을 두고 이동하면서 보고 듣고 떠오른 것을 다루는 것은 그의 시에서 자주 볼 수 있는 시적 구조이다. 그의 초기 시의 또 다른 명편 가운데 하나인 「굴뚝 소제부」는 시의 주인공이 아침에 집을 나서 학교에서 강의를 듣고 오후에 커피집에서 커피를 마시고 저녁에 귀가하는 과정을 다룬다. 이처럼 주인공의 이동 경로를 중심으로 시를 전개하는 것은 인물이 펼치는 행위를 중심으로 사건을 전개하는 소설의 형상화 방식과 흡사한 면이 많다. 그런데 시적 진술 방식으로 넘어오면 시인은 철저하게 모던한 시의 표현 방식을 따른다.

시 「白頭山 天池」는 시작부터 모국어의 축제가 벌어진다. 백두산 자생식물들의 이름과 모습이 풋풋하고 정겨운 토착어로 표현되면서 백두산의 원시적原始的 풍광과 정서가 그대로 살아난다. 이 시는 끝날 때까지 집요하게 토착어들을 구사함으로써 백두산 천지가 뿜어내는 우리 겨레의 원형 심상을 구현시킨다. 그렇게 시종일관 순수 토박이말을 구사하면서 시인은 딱 한군데 제목에서만 '白頭山 天池'란 한자어를 한자 표기 그대로 제시한다. 그것은 이 한자어가 지닌 비유적 의미를 살려내기 위함이다. 이러한 모국어의 능란한 활용 위에 오탁번 시인 특유의 서사적 상상력이 작동한다. 시인의 서사적 상상력이 광활한 상상력으로 나아가는 것은 백두산 정상에서 천지를 바라보며 떠오른 느낌을 표명한 3연에서이다.

> 하늘과 땅 사이는 애초부터 없었다는 듯 천지가 그대로 하늘이 되고 구름결이 되어 백두산 산허리마다 까마득하게 푸른 하늘 구름바다 거느린다 화산암 돌가루가 하늘 아래로 자꾸만 부스러져 내리는 백두산 천지의 낭떠러지 위에서 나도 자잘한 꽃잎이 되어 아스라한 하늘 속으로 흩어져 날아간다 아기집에서 갓 태어난 아기처럼 혼자 울지도 젖을 빨지도 못한다 온가람 즈믄 뫼 비롯하는 백두산 그 하늘에 올라 마침내 바로 서지도 못하고 젖배 곯아 젖니도 제때 나지 못할 내 운명이 새삼 두려워 백두산 흰 멧부리 우러르며 얼음빛 푸른 천지 앞에 숨결도 잊은 채 무릎 꿇는다
>
> —「白頭山 天池」 부분

시인은 백두산 정상에서 말뜻 그대로 하늘 같은 천지를 굽어본다. 그때 시인의 주변에 있는 화산암 돌가루들이 아래로 부스러져 내려간다. 정상에 있는 돌가루들의 하강은 시인이 정상 위에 올라서 있음을 일깨우는 신호이다. 그때 시인도 돌가루와 함께 꽃잎처럼 천지 속으로 날아 들어간다. 그러고 나서 그는 갓 태어난 아기로 환생한다. 하늘 연못인 천지가 단군 어머니

의 아기집으로 비유되고, 그 안에서 시인은 우리 겨레의 원형 심상을 지닌 태초의 인간으로 재탄생하는 것이다. 수천 년의 시간을 넘나들고 이승과 저승을 오가며 환생하여 태초의 우리 겨레의 원형적 인간으로 재탄생하는 과정은 장대한 드라마를 연상시킨다. 시인은 그러한 광활한 서사를 아주 섬세한 언어와 압축된 시 형식 안에 녹여 냄으로써 서사의 웅장함과 시의 오밀조밀한 맛을 동시에 안겨 주고 있다.

오탁번의 시는 언어예술이라는 시의 기본 가치를 충실히 지키면서 이야기의 흥미가 있는 새로운 시 형식을 만들어 내고, 그 안에 우리 겨레의 숨결과 체취를 담아내고 있다. 시인이 전하는 우리 동네 이야기는 시인이 사는 애련리의 이야기이면서 우리 겨레가 사는 이 땅의 이야기이다.

문학적 동행과 상이한 시선

—오세영 시집 『봄은 전쟁처럼』

—유안진 시집 『다보탑을 줍다』

—신달자 시집 『오래 말하는 사이』

1. 전통 문법의 시와 상이한 개성

오세영, 유안진, 신달자는 외양적으로 볼 때 닮은 점이 많은 시인이다. 세 시인은 40년대 초반 출생으로 비슷한 연배이고, 『현대문학』을 통해 등단하여 특정한 유파나 이념을 표방하는 문학 동인을 형성하지 않고 전통적인 문학의 길을 걸어왔으며, 교수 시인으로 상아탑의 학문적인 분위기와 흔적을 시 속에 드리우고 있다. 그리고 무엇보다도 세 시인은 등단 이래 지금까지 쉬지 않고 창작에 매진하여 우리 시의 부피를 크게 늘려 왔고, 이제는 시단의 맨 앞줄을 든든하게 채우며 여전히 시의 긴장을 늦추지 않고 있는 현역 시인들이다. 세 시인은 공통점이 많아 문학 동인 같은 느낌을 주기도 한다.

하지만, 세 시인의 시집을 자세히 읽어 보면 문학적인 개성이 너무 다르다는 것을 알게 된다. 최근에 약간의 시차를 두고 나란히 간행한 오세영의 『봄은 전쟁처럼』과 유안진의 『다보탑을 줍다』와 신달자의 『오래 말하는 사이』는 외양적으로 비치는 문학적인 친족관계가 무색하게도 매우 다른 시 세계를 보인다. 세 시집은 시의 소재가 다르고, 사물을 보는 눈과 감각이 다르며, 시 형식도 다르다. 그리고 무엇보다도 시를 빚어내는 형상화의 방법에서 크게 다르다. 세 시인은 전통적인 시의 문법에 충실하면서도 사물을 보는 눈과 형상화의 방법이 달라 각자 개성적인 방식으로 우리 시의 폭과 깊이를 넓히면서 시 읽기의 다양한 흥미를 제공한다. 이번 시집에 나타난 세 시인의 서로 다른 시의 색채는 어떠한가?

2. 서정시의 단형미와 선명한 이미지—오세영의 시집 『봄은 전쟁처럼』

오세영은 전통적인 시의 문법에 충실한 시인이다. 그의 시는 간명한 진술에 가지런한 시행과 정제된 형태를 갖추고 있다. 그는 분절 의식도 철저해서 연을 구분해서 써야 할 경우와 시편 전체를 통련으로 처리해서 써야 할지를 분명하게 의식하며 시를 쓴다. 시상 전개와 시의 형식을 엄격히 맞추는 것이다. 그는 시에 대해 종교와도 같은 엄격한 장르 의식을 지니고 있다. 그는 시의 존재 가치는 소설이나 희곡이나 수필 같은 산문 양식과는 뚜렷이 구분되는 시 양식 특유의 정체성을 지킬 때 빛을 발휘할 수 있다고 믿는다. 그래서 그는 체험을 상세히 서술하는 시적 태도를 경계하고, 사물이나 인간 존재에 대해 순간의 칼날 같은 상상력을 발휘하는 데 심혈을 기울인다. 그는 그러한 시적 상상력을 정제된 시형 속에 육화하기 위해 대조와 비교의 방법을 자주 사용한다. 그의 시 읽기의 묘미는 상당 부분 날카로운 상상력으로 빚은 이미지들이 절묘한 대조를 통해 전개되는 데 있다. 「새로운 신」이라는 시를 보자.

야훼, 제우스, 알라.
예부터 신들은 모두
하늘에서 침묵으로 말씀하셨다.
뜻을 받들기 위해
높이 쌓아 올린 탑

그러나 오늘의 우리들은 첨탑 대신
날카로운 안테나를 세운다.
안테나에 매달려
매일매일 듣는 하늘의 말씀
전파는 새로운 하느님이다.
아무도 거역할 수 없다.
하늘에서 떨어지는 그 명령
옛 신의 믿기지 않은 침묵 대신
그것은 얼마나 확실한 신앙이던가.

—「새로운 신」 부분

오늘의 삶을 지배하고 있는 전파매체의 절대적인 영향력을 비판하고 있는 작품이다. 이것은 널리 알려진 인식이지만, "전파는 새로운 하느님"이라는 번뜩이는 시적 비유로 그 위용을 새삼 절감한다. 그 이미지는, 옛날의 '첨탑'과 오늘의 '안테나', 침묵으로 말씀하시는 옛 신의 뜻과 구체적인 언어로 드러나는 전파의 말이라는 이미지의 대비로 그 의미가 더욱 또렷이 드러난다.

「도시의 사내」라는 시에서 시인은 매일 아침 송곳니를 양치질하는 것을 상대의 폐부에 말의 칼을 꽂기 위해 칼을 가는 것에 빗댄다. 이러한 비유를 통해 시인은 도시 남자들의 삶 속에 드리워져 있는 경쟁의식을 일깨운다. 이어서 시인은 '송곳니'와 '빠져 버린 사랑니'와의 대조를 통해 사랑을 잃고 경쟁의 칼날만을 갈면서 살아가는 도시 남자들의 비정한 삶을 전한다.

시인은 이번 시집에서 일련의 연작시를 통해 '휴대폰'을 '개 띠' '수용소 번호' '애완 기계' '허리에 차는 말의 칼' 등에 비유하고 '휴대폰 벨소리'와 '휘파람 소리'와의 비교를 통해 도시 문명의 비인간화를 선명하게 전한다. 그는 컴퓨터, 인터넷, 이메일, 그리고 휴대폰과 문자메시지와 같은 문명의 도구 속에서 살아가는 오늘의 삶의 풍경에 시선을 집중하고 이를 비판적으로 사유한다. 이러한 시적 태도는 문명의 이기 속에서 사라져 가는 인간미와 사랑에 대한 희구의 반영이다.

그의 시는 궁극적으로 근원적인 인간성의 회복을 지향한다. 비교와 대조를 일삼는 그의 시적 상상력이 주로 옛날과 오늘, 도시와 자연 사이에서 이루어지는 것은 인간의 본성이 훼손되기 이전의 시간과 공간에 대한 그리움을 반영하기 때문이다. 따라서 시인은 도시 문명에 대한 비판적 사유의 시를 쓰면서도 자연의 세계를 자주 노래한다. 그는 이러한 세계를 그린 시들에서는 비교와 대조의 이미지 전개보다 자연의 질서와 아름다움을 드러내는 이미지의 창출에 집중하게 된다. 그의 상상력이 빚은 날카로운 이미지의 구사는 시인의 희망이 닿아 있는 자연의 시편들에서 한층 광채를 띠게 된다. 표제시인 「봄은 전쟁처럼」을 비롯해서 「서울은 불바다」 연작 시편 등에서 전장에 비유된 꽃 피는 봄기운과 풍경에 대한 묘사는 서정시인의 상상력이 빚어낸 이미지 표출의 백미이다.

3. 다변의 재미와 상상력의 다채로움—유안진의 『다보탑을 줍다』

유안진의 시는 여러모로 오세영의 시와 대조된다. 오세영의 시가 규범적이라면 유안진의 시는 자유분방하다. 그녀는 몇 가지로 나누기 어려울 정도로 다양한 분야와 영역에 걸쳐 시적 관심을 기울이고 있으며, 시의 형식도 한 편의 시 안에서 어느 연은 간명하게, 또 다른 연은 길게 늘어지는 산문의 형식을 취하는 등 자유분방한 형태를 지향하고 있다. 시적 상상력과 형상화도 어떤 틀에 얽매이지 않고 자유자재로 구사하고 있다.

이 중에서 가장 주목되는 것은 시적 형상화의 자유자재함이다. 「33」이라는 시는 '33'이라는 숫자의 모양에서 시적 상상력을 펼친다. 백지 위에 3월 3일을 뜻하는 '33'이라는 날짜를 기록한 시인은 숫자의 모양에서 새 한 쌍이 날아가는 느낌을 받고, 그 위에서 사랑하는 연인의 이미지를 건져 낸다. 이 이미지는 강남 제비도 돌아온다는 삼짇날 초봄의 포근한 정취와 포개지며 시의 의미를 단단히 만든다.

시인은 언어에 대한 탐색으로 시의 의미를 건져 내는 방법을 자주 쓴다. 「나이가 수상하다」라는 시에서는 '나이'라는 말을 탐색하여 나이에 해당하는 한자어인 '연령年齡'에 '이'를 뜻하는 '치齒' 자가 있어, '나이'는 '이'와 상관있다고 생각한다. 그러한 생각은 우리말의 어원에 대한 탐색으로 나아가 '임금'이란 말이 '잇금'(이의 금)에서 나와 '이사금'이 발전한 말로서 '임금'이란 결국 '이'가 좋아야만 된다고 생각하기에 이른다. 그리고 이러한 학문적인 실증 위에 '나이'라는 말이 '나의 이'가 아니냐는 재치 있는 언어유희로 시적 형상을 마감한다. 「히프의 길」이라는 흥미로운 제목의 시에서는 젊은 아가씨와 아줌마, 할머니의 히프를 '방芳뎅이' '응뎅이' '궁窮뎅이' 등 한자어에 대한 동음이의의 언어유희를 통해 유쾌하게 그려 낸다. 이 외에도 「허수아비」「부석사는 건축되지 못했다, 그래서」「야호」 등을 비롯해 많은 시편들에서 시인은 말에 대한 탐색과 유희에서 시의 상상력을 개시한다.

입가에 웃음을 머금게 하는 유쾌한 언어 탐색의 시들은 단순한 말장난을 넘어 삶의 이치와 지혜를 담고 있다. 「나이가 수상하다」는 우리 삶에서 이의 중요성을 새삼 일깨우며, 「히프의 길」에서의 재미있는 말장난은 우리는 모두 늙어 가는 것이며, 할머니의 '궁뎅이'가 발과 다리 몫을 대신하는 것에서 결국 궁窮하면 부업을 할 수밖에 없다는 삶의 이치를 일깨우고 있다. 말의 탐색을 시적 상상의 출발로 삼는다는 것은, 그만큼 언어를 다루고 부리는 데 남다른 애착과 솜씨를 갖고 있다는 것이기도 하다. 대체로 수다스러운 경향을 띠는 그의 시는 능숙하게 운용되는 말재간에 의해 시의 의미를 살려 내는 시들이 적지 않다. 가령 다음과 같은 시를 보자.

> 점과 점 사이의 최단 거리를 마다하고
> 점과 점 사이를 최장 거리로 살으리랏다

옆길로는 옆걸음질, 뒷길로는 뒷걸음질, 오르막엔 솟구치고, 내리막선 내리꽂히며, 제자리선 비틀거리며, 오른켠으로 오그라들고, 왼켠으로 외돌다가, 기슭에선 휘돌고, 소여울에선 소용돌이치고, 절벽에선 꼬꾸라지며, 검은 세상 어디든 신호를 보내는 반딧불이처럼, 어설프게 미안해하며, 객쩍게 혼자 웃을란다

예측 불허의 방향에 스스로도 가슴 죄며, 마음 가는 대로 방향은 틀어져, 걷다가 뛰고 뛰다가도 걸으며, 정할 곳 없는 정방위가 향방이라, 무당 손의 신장대같이, 서낭신의 마음 꼴대로 살으리살으리랏다

—「곡선으로 살으리랏다」 전문

시인은 첫 연에서 점과 점 사이를 잇는 최단 거리를 마다하고 최장 거리로 살겠다고 선언한 뒤, 이어지는 두 개의 연을 통해 최장 거리로 사는 삶의 구체적인 방식과 행적을 길게 나열하고 있다. 이 시의 매력은 2연과 3연에 걸쳐 길게 표출되는 구체적인 삶의 방식에 대한 걸쭉한 입담에 있으며, 시의 의미도 바로 여기에서 솟아난다. 소리 내어 읽으면 절로 흥이 나서 직선이 아닌 곡선으로 사는 것이 얼마나 즐거운 것인지를 직접 느끼게 만든다. 이 반복과 나열의 구어체 서술은 판소리를 비롯한 전통적인 서사 가락인 '엮음'의 표출 방식과도 매우 흡사하여, 그의 시가 전통적인 시의 가락을 현대시에 창조적으로 수용하고 있음을 엿보게 한다.

한편 시인은 이와는 완전히 다른 시작 방식을 시도하기도 한다. 어쩌면 현대시의 가장 일반적인 시작 방식으로서 하나의 조그만 사물에 대한 시적 사유를 통해 진실한 삶의 의미를 건져 내는 것이다. 시인은 가는 빗소리가 크게 들리는 것에서 젊음과 사랑과 기회와 같은 삶의 소중한 가치들이 눈앞에 있을 때는 모르다가 사라질 때 비로소 깨닫고 아쉬워하는 우리 삶의 어리석음을 일깨우며, 또 평생 하나의 옷으로만 치장한 채 손과 발도 없이 입하나로만 연명하는 물고기의 이미지에서 진실한 삶의 의미를 건져내며, 가

시나무와 장미꽃과의 관계를 딸과 며느리와의 관계에 대응시키면서 이 땅에서 딸로 태어나 살아가는 것의 슬픈 운명을 새삼 일깨우고 있다. 사물을 보는 시인의 눈과 상상력은 늘 참신하고, 거기서 길어 올리는 시의 의미는 언제나 우리에게 잔잔한 감동을 준다.

시인은 여러 가지의 시작 방식을 통해 삶과 죽음, 탄생과 소멸, 추억과 미래, 딸과 아들과 어머니와 가족, 사랑과 결혼, 그리고 자아에 대한 성찰 등 우리 삶의 거의 모든 국면에 걸쳐 시적 성찰을 시도하면서 진정한 삶의 의미를 음미한다. 활달하고 자유분방한 시작 방식과 깊고 다양한 시적 전언은 이번 시집을 읽는 가장 큰 즐거움이다.

4. 침묵의 성찰과 모성의 의미—신달자의 『오래 말하는 사이』

신달자의 시는 유안진의 시와 크게 대조된다. 유안진의 시가 활달하고 다변이라면 신달자의 시는 차분하고 말수가 적다. 언어유희는 찾아볼 수 없으며, 경건하고 종교적인 이미지를 표출하기도 한다. 이번 시집에서 가장 커다란 비중과 무게를 지닌 작품은 '침묵'을 주제로 한 것들이다. '침묵'의 경지를 경건하게 체험해 보고, 침묵이 지닌 여러 의미를 조용히 성찰하는 것이 이번 시집의 주조음이다. '침묵'은 주로 겨울 산과 강, 그리고 겨울나무의 이미지를 통해 시적 의미를 드러낸다.

> 영하 20도
> 오대산 입구에서 월정사까지는
> 소리가 없다
> 바람은 아예 성대를 잘랐다
> 계곡 옆 억새들 꼿꼿이 선 채
> 단호히 얼어 무겁다

들수록 좁아지는 길도
더 단단히 고체가 되어
입 다물다
천 년 넘은 수도원 같다
나는 오대산 국립공원 팻말 앞에
말과 소리를 벗어 놓고 걸었다
한 걸음에 벗고
두 걸음에 다시 벗었을 때
드디어 자신보다 큰 결의 하나
시선 주는 쪽으로 스며 섞인다
…(중략)…
날 저물고 오대산의 고요가
섬광처럼 번뜩이며 깊어지고
깊을수록 스르르 안이 넓다
경배드리고 싶다

—「침묵피정 1」 부분

카톨릭 신자들의 정신 수행인 '피정'을 겨울 산에서 감행하며, 겨울 산의 갖가지 이미지를 통해 시의 의미를 길어 올리는 것이 '피정침묵' 연작시의 특징이다. 영하 20도의 추운 겨울, 우리나라에서 가장 깊고 울창한 숲길의 하나인 오대산 입구에서 월정사까지의 길목에는 모든 것이 꽁꽁 얼어붙은 채 무거운 고요만이 흐른다. "바람은 아예 성대를 갈랐다" "꼿꼿이 선 채/단호히 얼어" 무거운 억새 "고체가 되어 입" 다문 길 등의 이미지는 겨울 산의 결빙과 고요를 감각적으로 드러낸다. 시인은 그 안에서 자신도 말과 소리를 벗어 버린다. 그 동화의 순간 시인은 겨울 산의 고요가 주는 깊고 넓은 신경지를 경험한다.

침묵은 새 생명의 잉태와 탄생, 극기의 과정에 대한 의미심장한 표시이기도 하다. 자고 나면 베란다에 꽃 한 송이가 피어 있다. 그렇게 신비하고 아름다운 개화는 깊은 밤의 침묵 속에서 아무도 모르게 이루어진다(「소리 없는 말씀」). 또, 세찬 강풍을 맞으며 버티는 겨울나무의 침묵과 극기는 그 뿌리 아래서 조용히 준비하고 있는 봄의 예비를 위한 것이다(「겨울나무 속으로」). 또 '침묵'은 지킬 것은 반드시 지켜 내는 지조와 저항과 고집의 표시이기도 하다. 「경기도 양평군 공세리」에서는 이러한 침묵의 의미가 양평에 있는 겨울 강의 이미지를 통해 시적 실감을 얻는다. 서울 근교의 '양평'은 지형적 특성으로 겨울이면 다른 어떤 지역보다도 매서운 추위를 떨친다. 그곳의 강은 겨울이면 꽁꽁 얼어붙는다. 시인은 겨울 강의 단단한 결빙을 "20년 원한 같은 두께" "쇠붙이" 등과 같이 강렬하고 저돌적인 이미지로 묘사하면서 결빙의 억센 침묵이 지닌 단호한 고집과 늠름한 자태를 읽는다.

세속 인간이 지조와 절개, 극기와 인내를 지닌 침묵의 삶을 사는 것은 어려운 일이다. 진정한 침묵의 태도는 종교인의 수도적 경지에서만 달성될 수 있다. 신달자의 시는 종교적인 구도의 경지로 나아가는 것이 아니라 세속적 삶 속에서의 침묵의 의미를 성찰하고 있어 시적 공감을 얻는다. 시인은 '침묵피정 3' 시에서 세속 욕망으로 침묵의 인내를 끝내 극복하지 못하는 인간적인 모습을 보여 주며, 「소나무 아래서」에서는 지조와 절개의 상징인 소나무의 '솔방울'을 '화가 나서 내미는 주먹', 그리고 "울화 주머니"라는 참신한 이미지로 표현하면서, 침묵하는 삶의 어려움을 생생히 공명시킨다. 그의 침묵 시편들은 말과 소리가 넘쳐 나고 왜곡되며, 변절과 아부가 난무하는 오늘의 어지러운 세상에서 각별한 느낌을 불러일으킨다.

한편 이번 시집에는 이와는 뚜렷이 구분되는 또 하나의 시 세계가 놓여 있다. 일상의 자잘한 삶 속에서 진정한 자아를 되돌아보는 세계가 그것이다. 특히 시인은 여성으로서의 자기 인식과 모성에 대한 성찰에 주력한다. 이러한 시적 인식의 근저에는 문학의 영원한 주제인 '사랑'이 깊게 자리 잡고 있다. 그의 사랑은 젊은 날의 풋풋하고 뜨거운 사랑을 넘어 한없이 너그럽고 깊이 숙성된 원숙미를 간직하고 있다. 동맥도 자를 수 있는 날카로운 면도날에서 거뭇거뭇한 사내의 발언을 밀어주는 푸른 순수를 읽고, '메주'에서 '집단의 정으로 유입되는 저 혼신의 정 덩어리' 를 묘사해 내는 시인의 눈은 원숙한 사랑의 소유자만이 가질 수 있는 것이다. 오늘날 인간성을 훼손하는 주범으로 지목받으며 가장 많은 비판의 대상이 된 '휴대폰'도 그에게는 멀리 떨어진 이들에게 손을 잡고 걸어가는 동행의 안도감을 주는 사랑의 도구가 된다. 침묵의 깊고 무거운 성찰과 따뜻하고 너그러운 사랑의 시선이 교차하는 그의 시집을 읽으면서 독자들은 삶의 올바른 눈과 사랑하는 마음을 크게 키우게 될 것이다.

동양의 정신주의와 시인의 소명 의식

—최동호의 시

1.

최동호는 오랜 기간 시인과 시론가의 길을 병행해 왔다. 강단 시인 중에 창작과 연구를 병행한 이들은 많이 있지만 그만큼 양쪽 모두에 걸쳐 오랜 기간 문학 활동을 펼쳐 나간 문인은 드물다. 창작과 연구는 지적인 활동 영역이 달라 시간이 지나면서 둘 중 한쪽으로 기우는 경우가 많은데, 그는 양쪽 모두 균형 있게 활동하면서 많은 업적을 이뤄 냈다. 그에게 시 창작과 연구는 선순환 과정을 보인다. 시 창작이 연구의 현장성을 강화하고, 시 연구가 창작의 깊이를 더해 주고 있다.

그는 동서양을 넘나들며 다양한 시론들을 천착하였는데, 그중에서 괄목할 만한 성과를 낸 분야는 동양사상에 바탕을 둔 시론이다. 그는 유학, 불교, 선학의 동양사상을 탐구하여 독자적인 시론을 개척하였다. 그는 우리 시사에 정신주의 시론을 입론하였고, '극서정시'의 개념을 제시하였다. 그의 시론은 만해와 월하와 지용의 시 연구에서 빛나는 성과를 냈다. 그는 동양 시론으로 세 시인의 시에 대한 해석의 지평을 넓혔고, 동시에 세 시인의 시를 통해 동양 시학을 체계적으로 정립하였다. 그는 자신의 시론을 시 창작에 이식하여 전통적인 서정시의 계보를 이어 나갔다. 그의 시는 시사적으로 볼 때 만해와 후기 지용 시와 월하 시를 계승하면서 동양 시학의 새로운 경지를 보인다.

먼저 「명검」이란 시를 보자.

> 검의 집에서 일단 검을 뽑으면 검이 아니라 칼이다. 낡은 제 집을 지키고 있는 검이야말로 천하의 명검이다. 무딘 쇠의 날을 세우고, 세상을 향해 칼을 휘두르면 검이 지니고 있던 정신은 녹이 슬고, 검은 피 묻은 쇳조각에 지나지 않는 것이 되고 만다.
>
> 검은 살생을 위해 존재하는 것이 아니다. 검은 살생을 막고 세상의 혼돈을 진정시키기 위해 존재하는 것이므로 섣불리 검의 날을 세우고 나면 반드시 그 날카로움에 사람이 다치게 된다.
>
> 제 집을 지키고 있는 검이 사람의 마음을 움직이고 세상을 움직이며 끝내 태산을 울게 하는 이치를 터득한 사람만이 검을 뽑지 않아도 검을 사용할 줄 아는 사람이다. 그 사람에게는 검이 필요 없다. 그래도 검을 앞에 놓고 부드러운 덕을 쌓으며 세상을 살아야 하는 것은 함부로 검을 뽑지 않기 위함이다.
>
> —「명검-설악산 노스승의 말씀」 부분

시인은 '검'과 '명검'의 차이에 대해 말한다. 검을 칼집에서 뽑으면 그냥 칼이자, 피 묻은 쇳조각에 불과한 것이고, 검이 칼집에 있으면서 검의 위력을 발휘할 때 진정한 명검이 되는 것이라 말한다. 칼을 뽑고 안 뽑고는 사람이 하는 일이다. 검과 명검은 사람이 만든다. 검집에서 검을 안 뽑아도 검의 위력이 발휘되는 일은 그냥 이루어지지 않으며, 아무나 할 수 있는 것도 아니다. 시인은 이런 일이 가능하기 위해선 검을 지닌 자가 덕을 쌓아야 한다고 한다. 결국 시인은 '수덕修德'이 사람과 세상을 움직이는 근본적인 힘이라 말하는 것이다. 시인은 이 메시지를 "설악산 노스승의 말씀"으로 전해 시적 공감력을 갖춘다. 이런 전언이 시인의 목소리에 실려 직접 나왔다면 도덕적 경구의 메아리 없는 외침에 불과했을 것이다. 탈속적 인물인 설악산 노스승이 수덕의 중요성을 검이란 세속적 사물을 통해 전하기에 익숙한 경구가 서늘한 가르침으로 다가온다.

시 「히말라야 독수리들」에서는 동양의 정신세계가 새로운 이미지를 통해 생기 있게 환기된다.

설산에 사는 히말라야 독수리들은
먹이를 찢는 부리가 약해지면
설산의 높은 절벽에 머리를 부딪쳐

낡은 부리를 부숴 버리고
다시 하늘로 솟구쳐 오르는
생명의 힘을 얻는다

백지의 눈보라를 뚫고 나아가지 못하는
지상의 언어가
펜촉 끝 절벽에 걸렸을 때

낡은 부리를 떨쳐 버리고
설산의 절벽을 타고 오르는
히말라야 독수리 두개골이 눈앞에 떠오른다

—「히말라야의 독수리들」 전문

'히말라야'는 '눈의 집'이란 뜻을 지닌 말이다. '히말라야'는 어감도 눈처럼 하얗고 얼음같이 차가우며 매끄럽다. '히말라야 독수리'는 매섭고 강인한 육체와 예리하고 냉철한 정신을 지닌 동물의 이미지를 환기한다. '히말라야 독수리'는 '명검'의 연장선상에 놓여 있는 이미지이다. 시, 「명검」에선 명검의 정신이 수덕을 통해 달성된다는 점을 전하는데, 이 시에선 히말라야 독수리의 정신이 신체의 고행을 통해 이루어진다는 점을 말한다. 시인은 이 전언을 히말라야 독수리의 생태를 통해 생동감 있게 그린다. 이어서 시인은 '히말라야의 설산'을 '흰 원고지'에, '독수리의 부리'를 '날카로운 펜촉'에 대응시켜 '히말라야 독수리'의 고행을 통한 정신 수련을 시 쓰기 과정에 빗댄다. 이 비유는 시 쓰기의 고행과 정신 작용을 잘 보여 주고, 동시에 그가 추구하는 '정신주의 시'의 본질을 감각적으로 전해 준다. 동양의 정신세계와 동양의 시학이 결합하고, 그런 시학이 시 작품으로 형상된 이 시는 시 창작과 시론을 오랜 기간 병행한 그의 성실한 문학 활동 속에서 잉태된 것이다.

2.

시 「제왕나비」는 불가사의한 자연의 섭리를 보여 준다는 점에서 만해의 시 「알 수 없어요」를 연상시킨다. 만해는 이 시에서 낙엽, 나무 향, 강물, 저녁노을 등 우리가 일상적으로 접하는 자연 현상의 불가해성과 오묘한 질서를 아름다운 이미지로 그렸는데, 최동호는 '제왕나비'라고 하는 특정 곤충의 생태를 통해 이국의 곤충이 보여 주는 특이하고 신비한 생태를 광활한 상상력으로 그려 낸다.

> 광활한 대지를 움켜쥐고
> 수천만 호랑 무늬 파도가 생명의 빛을 찾아
> 남쪽 나라로 날아가고 있다
> 한 번의 짧은 생으로는 다 가지 못하는

대양 너머 저 멀리 먼 산언덕에서는
들꽃 무리들이
피었다 또 지면서 비바람 헤치고
마침내 찾아올 나비를 기다리고 있을 때

사막의 하늘에서 숨을 멈추는 나비들에게
태고의 영웅들이 잠든
장엄한 산맥의 메아리는
산봉우리에 깃든 바람의 혼을 실어 주고

구름 뒤의 달은 나뭇잎에서 쪽잠 자는
작은 고치에서 다시
생명의 빛을 부활시킬
호랑 무늬 황금빛 날개를 지켜보고 있다

—「제왕나비」 전문

제왕나비는 캐나다와 미 북동부에서 서식하는 곤충인데, 생활양식이 매우 특이하다. 이 나비의 군집은 10~11월에 남쪽으로 5,000킬로미터를 이동하여 멕시코의 고산지대에서 겨울을 지낸다. 그들은 누대에 걸쳐 왕복 이동을 하는데 멕시코에 들어오는 시기는 보통 10월 말에서 11월 초이다. 이 시기는 멕시코 최대의 기념 축제일인 "망자의 날" 기간과 겹친다. 멕시코인들은 죽은 영혼이 1년에 한 번 집에 머문다고 생각하여 여러 축제를 벌이는데, 바로 그 시기에 멕시코 고산지대에선 제왕나비가 날아들기 때문에 그 지역인들은 조상이 나비와 함께 날아드는 것으로 생각한다고 한다.

독특하고 신비한 제왕나비의 생태에서 시인이 주목하는 것은 누대에 걸쳐 이루어지는 광대하고 장엄한 비행이다. 처음 이 시가 시집에 수록되었을 땐 이보다 단출하였는데, 그 후 1연과 3연이 보강되었다. 최초 시집 수록작에선 '제왕나비'의 날갯짓을 그리는 데 머물렀지만, 개작에서 수천만 마리가 군집을 이루며 장대하게 비상하는 제왕나비의 모습을 그리고 있다. 신비하고 오묘한 자연의 섭리를 아름다운 이미지로 그려 내고자 한 것이다. 또 개작에서 추가한 3연에선 5,000킬로미터의 장대한 비행 도중 사막에서 죽음을 맞이하고, 다시 새 생명으로 부활을 예비하는 제왕나비의 특별한 생태가 그려진다. 시인은 제왕나비의 죽음과 부활에 태고의 영웅들이 잠든 장엄한 산맥의 메아리와 그곳의 바람의 혼이 깃들어 있다고 상상한다. 생명체와 비생명체, 산 자와 죽은 자가 유기적으로 얽히며 순환하는 자연의 신비한 질서를 우주적 상상력으로 그려 낸 것이다. 제왕나비의 부활은 4연에서 달빛의 기운을 통해 비로소 완성된다. 여기엔 '달'의 운행을 중심으로 우주의 질서를 가늠하는 동양사상이 스며 있다. 이 시는 제왕나비라는 이국적 소재와 동양 시학의 전통을 접맥시켜 자연의 오묘하고 신비한 질서를 새로운 차원에서 그려 낸 작품이다. 「가랑잎 부처」라는 시도 기본적으론 자연현상을 그린 것인데, 시의 무대가 크게 이동하고, 불교적 색채가 가미되고 있다는 점에서 특별히 눈길을 끄는 작품이다.

탁발 나가 빈 절에 밤새 천둥 치고 비바람 불었다
성난 물살이 산간 계곡 바윗돌들 다 쓸어 갔는데
댓돌 아래 흙 묻은 흰 고무신에 담긴 맑은 물살
비바람에 문 두드리다 떠 있는 황금 가랑잎 부처

—「가랑잎 부처」 전문

이 시의 공간은 산사이다. 고즈넉하고 탈속한 느낌을 주는 그곳은 우리의 전통 서정시가 빈번하게 머물렀던 장소이다. 그런데 시인은 산사 특유의 정취를 다루었던 재래의 서정시와는 다르게 그곳에서 일어나는 기상 상태와 그에 따른 산사 주변의 자연 상태를 그리고 있다. 스님들이 모두 탁발 나가 텅 빈 산사에 악천후가 일어나고 산사 주변의 계곡은 사납고 황폐한 모습을 띠게 된다. 그런데 산사 경내의 전각 앞 댓돌 위에 놓인 흰 고무신엔 맑은 물이 고여 있고, 그 위에 밤새 비바람에 문 두드리던 나뭇잎이 얌전하게 포개져 있다. 자연의 기상은 그렇게 변화무쌍하고 그런 오묘한 변화는 인간 너머의 절대자만이 알 수 있는 일이다. 시인은 그 절대자를 부처로 상상하고, 그 모습을 전각 앞에 놓인 고무신 위의 가랑잎에서 발견한다. 그 가랑잎은 거친 날씨를 온몸으로 겪으며 큰 희생을 치렀으면서도 맑은 자태를 간직하고 있다. 자연계 안에서 공격성이 제거된 식물계, 그중에서도 가장 연약하면서 어디에서나 볼 수 있는 가랑잎이 고행 속에서 아름다운 모습을 드러내는 것에서 부처를 발견하는 시인의 상상은 많은 공감력을 불러일으킬 만한 것이다. 만해가 자연의 변화를 주시하며 그 신비한 질서를 주재하는 불교적 절대자가 있음을 상상하였다면, 최동호 시인은 자연의 오묘한 변화와 질서 안에서 부처의 존재를 발견하고자 함으로써 불교적 상상의 서정시를 새롭게 이어 나가고 있다.

3.

최동호의 신작 세 편, 「경이로운 빛 속으로」「침묵의 방」「시인은 위대한 전사이다」는 「가랑잎 부처」에서 보인 불교적 상상력을 더욱 밀도 있게 펼쳐 나간 시편들이다. 「경이로운 빛 속으로」는 부처의 삶에 대해, 「침묵의 방」은 묵언수행의 과정에 대해, 「시인은 위대한 전사이다」는 불교적 시간관에서 벌어지는 시인의 삶에 대해 말하고 있다. 그가 최근작에서 불교 세계에 깊이 침윤되어 있음을 확인할 수 있다.

「경이로운 빛 속으로」에서 시인은 석가의 깨달음은 책에서 나온 것이 아니라 거듭된 사유를 통해 영혼의 비밀을 찾아낸 것이라고 말한다. 석가는 고행을 통해 해탈을 이루고자 했으나 실패하고 보리수 아래서 깊은 사색에 정진하여 비로소 깨달음을 얻은 것으로 알려져 있다. 시인은 이러한 석가의 일생을 바탕으로 석가의 깨달음의 본질을 강조한 것이다. 그런데 이 시의 전언은 석가의 삶에만 한정된 것은 아니라고 할 수 있다. 이 시는 경전 안의 고답적인 진리보다 깊은 사색의 과정을 통해 스스로 깨달음을 얻는 것이 중요하며, 그렇게 얻은 진리가 본인을 구원하고 영원한 세상의 빛이 된다는 것을 강조하는 것이라고 할 수 있다.

「침묵의 방」은 실제 시인의 불교적 수행 체험을 적은 작품이다. 석가의 깨달음의 과정을 시로 옮긴 그는 스스로 수행자가 되어 그 체험을 시로 적고 있다. 그가 강조한 대로 깨달음이 경전이 아닌 사색을 통해 이루어진다는 것을 실현한 것이다.

> 아무도 없는 침묵의 방에 홀로 떠서
> 둥근 바다가 멀리서 얇은 졸음의 주름살을 타고
> 잔잔하게 밀려오는 시간
> 화장실 물 내려가는 소리가 벽에서 멈추어 선다
>
> 메아리처럼 들려오는 어디선가 재채기 소리
> 직각의 벽에 얇게 퍼져 가는
> 은빛의 파도 무늬가 허공의 벽지에
> 낯익은 종소리를 희미한 얼룩에 남기고 간다
>
> —「침묵의 방」 부분

'침묵의 방'은 사찰에 있는 방을 가리킬 것이다. 실제 성북동의 길상사에는 '침묵의 방'이란 이름의 명상 공간이 있다. '침묵'이란 시어는 만해의 '님의 침묵' 란 멋진 시제 이래 부처의 존재를 떠올리는 이미지로 우리 시사에 새겨져 있다. 그래서 '침묵의 방'이란 시제만으로도 이 시는 강한 인상을 남긴다. '침묵의 방'은 묵언수행의 공간이다. 시인은 그곳에서 묵언을 통해 세속의 때를 씻는 수행을 시도하며, 그 체험에서 떠오른 느낌을 시로 형상화하고 있다. 시인은 침묵의 방에서 이루어진 면벽참선에서 세속으로부터의 일탈을 경험한다. 가장 비근한 실내 공간의 세속 소음인 근처의 화장실 물 내리는 소리가 벽 속에 정지되고, 인근 사람의 재채기 소리는 낮익은 종소리로 들리는 가운데, 시인은 바다 위에 둥둥 떠 있는 것 같고, 파도가 방 안의 벽들을 감싸 안는 것같이 느낀다. 김달진은 「샘물」이란 시에서 산속의 샘물을 들여다보는 시인이 동그란 지구의 섬 위에 앉아 있는 것 같다고 노래한 바 있다. 사물에 대한 고도의 집중으로 사물이 무한히 확대되면서 현실이탈을 체험하는 순간을 날카롭게 드러낸 작품이다. 최동호의 시 「침묵의 방」은 이러한 한국 시의 정신주의 맥락 속에 놓여 있는 것인데 특별히 참선체험을 형상화하고 있다는 점에서 신선한 주제의 작품이라고 할 수 있다.

불교에서 선적인 세계는 말로 설명할 수 없는 언어도단의 경지라고 생각하여 일상 언어로 해독 불가능한 '선시'란 장르를 탄생시켰다. 그런데 최동호는 묵언수행의 과정에서 떠오른 감상을 선명한 시적 이미지로 그리고 있다. 묵언수행을 언어로 그리는 것은 묵언수행의 자기모순이지만, 그것은 역설적으로 시의 존재 이유를 강하게 드러내는 것이기도 하다. 최동호는 불교 사상과 시 쓰기 사이의 긴장 관계를 유지하며 세속 안에서 대중들과 소통하는 방식의 시 쓰기에 전념하고 있다.

이 점에서 시인이 삶에 대해 전하는 「시인은 위대한 전사이다」라는 시의 탄생은 최동호에게 자연스러운 시의 경로로 보인다. 그는 이 시에서 먼저 이승의 시간을 돌아본다. 이승이 눈 한 번 깜박할 시간이라는 시인의 인식은 불교적 시간관의 표출이다. 불교에선 이승이 영겁의 세월에 비할 때 찰나에 불과한 것이라고 여긴다. 그렇게 짧은 이승의 세월을 이길 자는 아무도 없을 것이라고 그는 말한다. 그런데 이어서 시인이란 자는 그런 순간의 시간에 도전하는 사람이니 위대한 전사가 아니냐고 반문한다. 시인은 짧은 순간과 싸워 영원히 남을 시를 쓰는 자이므로 시간에 도전하여 시간과 싸우는 전사라고 하지 않을 수 없다.

이 시는 최동호의 시인으로서의 자의식과 소명 의식이 그대로 반영된 작품이라고 할 수 있다. 이승이 찰나라는 것을 몸으로 절감할 나이임에도 시에 전심전력하는 그의 투지 넘치는 시 창작 열정이 이 시에서 생생히 느껴진다. 앞으로 시간은 더 짧게 느껴지겠지만, 그럴수록 그는 더 치열하게 시를 쓸 것이고, 그의 정신주의 시는 더 깊어질 것이다.

동심의 상상과 경건한 서정

—이준관의 시

1. 동시와 서정시

이준관은 1974년 시단에 데뷔한 이래 지금까지 순수한 서정시를 견지해 온 시인이다. 그는 전통적인 방식으로 자연과 인간을 노래해 규범적이고 고전적인 서정시의 세계를 추구하였지만, 그의 시는 다른 시인들에게서 찾을 수 없는 새로운 색상과 무늬를 띠고 있다. 그의 서정시가 지닌 참신한 개성은 아동문학적 상상력에서 비롯된 것이다. 그의 시에 흐르는 맑고 여린 감각과 천진하고 따뜻한 시선은 동시나 동화를 읽으면서 받는 느낌과 흡사하다.

그의 시에 동시나 동화적인 감각이 묻어 있는 것은 그의 문학적 이력과 관련되어 있다. 그는 1971년 신춘문예에 동시가 당선됐고, 『크레파스화』라는 동시집을 출간했으며, 제1회 대한민국 아동문학상을 수상하였다. 그는 곧바로 동시의 영역을 벗어나 자유롭고 커다란 세계를 담은 시들을 써 나갔는데 그 후에도 동시와 동화적 감각이 그의 시적 상상력에 큰 영향을 미치고 있다. 특히 그의 뛰어난 시편들에서 이 점이 두드러지게 나타난다.

동시로 출발해서 시의 영역을 확장해 나간 것은 시인들에게서 자주 발견되는 현상이다. 윤동주, 정지용, 박목월 같은 우리 문학사의 큰 별들이 모두 이런 시의 창작 과정을 밟았다. 동시로 출발했다는 것은 시의 생래적 감성이 바탕에 깔려 있다는 것이고, 시의 전통과 기본 문법에 충실하면서 시를 쓰기 시작했음을 의미하는 것이기도 하다. 그런데 '동시'에서 '시'로의 영역 확장을 위해서는 시 세계의 성숙한 변화가 수반되어야 하며, 이에 따라 시의 언어와 형식도 변화를 겪지 않을 수 없다. 그래서 그들의 시적 여정에는 시간이 갈수록 초기의 동시 흔적이 사라져 가는데, 이준관 시인에겐 동시적 상상이 시의 여정에 지속해서 관여하면서 오히려 그의 시를 세련시키고 깊이를 더하는 데 작용한다.

동시집인 『크레파스화』 이후 그가 시의 영역을 확장하면서 펴낸 시집은 『황야』(1983), 『가을 떡갈나무 숲』(1991), 『열 손가락에 달을 달고』(1992), 『부엌의 불빛』(2005) 등이다. 시집의 제목이 함축하듯 그의 시는 자연과 인간의 순수한 풍경에서 인간의 온기와 체취가 담긴 생활 세계로 나가고 있다. 그의 시 세계의 변화는 2, 30대의 젊음에서 40대의 장년으로 그리고 50대의 중년으로 이어지는 삶의 이행 과정에 대응된다. 그의 시는 연륜의 변화에 따라 움직이며, 그런 만큼 그의 시에는 시인의 진솔한 내면이 반영되어 있다. 그리고 그러한 내면세계에는 동심의 감각과 상상이 개입되어 있어 독자들에게 꾸밈없는 시적 진실을 전해 준다. 그가 그려 낸 진솔한 서정시의 풍경을 구체적으로 감상해 보자.

2. 비극적 풍경과 동심의 공간

그의 첫 시집 『황야』에는 20대 젊은 시인의 초상과 자의식이 다른 시인들보다 뚜렷하게 드러나 있다. 시인의 목소리는 크고 때로는 투박하게 들리는데, 힘차고 일관된 외침에서 시인의 진실한 마음을 읽을 수 있다. 이 시집은 비극적인 시선과 목소리로 가득 차 있다. 시인의 시선은 대부분 가을과 겨울에 머물러 있고, 저녁과 밤 풍경을 향하고 있으며, 안개 속에 들어와 있다. 스산하고 불투명한 공간 속에서 시인에게 포착된 것은 떨어지고 기울어지는 사물들뿐이다. 나뭇잎은 늘 떨어지고, 가을의 기러기는 처량하게 울며, 풀들은 엎드려 있거나 얼어 있고, 마을들은 잠들어 있다. 새들은 '서쪽'으로 날아가며, 바람도 '서쪽'으로 불고, 굴뚝 위의 연기도 '서쪽'으로 흐르고, 나무들의 가지도 '서쪽'을 향하고 있다. '서쪽'과 '안개'는 첫 시집의 우울하고 불투명한 정조를 드러내는 상징적인 이미지이다. 시인에게 자연 속 사물들은 온통 비극적인 풍경으로 비친다.

비가 온다
풀잎에 부딪히는 상처
맨땅에 부딪히는 상처
계집년같이 허약한 마음에 부딪히는 상처
상처는 꺾어진 꽃대를 울게 하고
상처는 썩은 웅덩이를 울게 하고
강으로 간다.
보아라. 보아라.
햇빛 거미줄이 눈썹에 걸리는 맑은 날에도
바람이 불면
강물 위로 무수히 번지는
비들의 상처를

—「가을비 2」 전문

시인은 풀잎과 맨땅에 부딪히는 비에서 상처를 느끼며, 꽃과 웅덩이에 떨어지는 빗소리에서 울음을 연상한다. 맑은 날 바람에 나부끼는 강물조차 비의 상처로 느낀다. 시인은 미세한 사물들의 접촉에서 슬픔과 상처를 느끼며 아파한다. 인용 시는 가을비의 풍경을 묘사하고 있지만, 가을비의 우울하고 축축한 풍경에서 감지되는 낭만적 우수 같은 정서는 전혀 없다.

첫 시집을 완강하게 지배하고 있는 비극적 세계 인식은 다분히 의도적이다. 그것은 시인에게 일종의 시적 사명감 같은 것이다. 시인은 「흙탕물 소리」라는 시에서 논둑길에 앉아 다리 밑으로 흘러가는 '흙탕물 소리'를 들으며 자신의 삶을 되돌아본다. 시인은 산발한 채 하염없이 흘러가는 흙탕물과 시에서 잠시 멀어진 자신을 비교하며 깊이 자책한다. 흙탕물 소리는 편안하게 주저앉아 있는 자신을 각성시키며 시인에게 '괴로운 벌판'과 '깜깜하게 깨어진 산'으로 나갈 것을 촉구한다. 이것은 시 쓰기의 험난한 과정에 대한 비유면서, '괴롭고 깜깜한 세계'로 다가가는 것이 시인의 사명이라는 전언이다. 그것은 20대의 젊은 시인이 흔히 갖는 시인 의식이기도 하다.

시인으로서의 사명감이 시적으로 더욱 잘 형상화된 작품이 표제시인 「황야」이다. 황야의 끝까지 걸어가 목마름과 배고픔을 만나고, 까마귀들이 쪼아 먹는 붉은 심장의 해와 만나고, 독수리들이 골짜기에 남긴 버림받은 인간의 뼈를 만나며, 길을 잃고 헤매다가 문득 천 길 낭떠러지와 마주치며, 아무도 없는 황야에서 울부짖는 소리를 나 혼자 처절하게 듣겠다는 기백 넘친 외침은, 젊은 시인의 순수한 시적 사명을 절절하게 드러내는 절창이다.

이처럼 시인은 불모의 '황야'에서 고난을 감수하며 처절한 외침을 시도하지만, 그러나 그의 내면에는 본능적으로 맑고 투명하며 천진하고 낭만적인 동심이 깔려 있다. 이러한 본능적인 시심으로 인해 그의 시는 '버림받은 인간의 뼈' 같은 처절한 현실 공간보다는 현실 너머의 아름답고 동화적인 공간 속에 머물 때 더 자연스럽고 빛을 낸다.

> 하늘로 올라가면 눈이 되리라
> 크레용 빛깔의 눈이 되리라
> 아이들이 하늘의 초인종을 누르면
> 대답하며 내려오리라
> …(중략)…
> 하늘까지 닿은 나무

그 기다란 종鍾 줄을 잡아당기며
댕그렁 댕그렁 내려오리라

—「하늘로 올라가면」 부분

하늘로 올라가서 눈이 되고, 아이들이 하늘의 초인종을 누르면 대답하며 내려오겠다는 것은 현실 너머의 세계이다. 나무가 하늘까지 닿아 있어서 그 '종鍾 줄'을 잡아당기며 내려오겠다는 것도 마찬가지다. 그런데 동심의 눈과 마음으로 보면 사정은 달라진다. 어린아이의 눈에 키가 큰 나무는 하늘까지 닿아 있는 것으로 보이고, 하늘 위에서부터 높은 나무 위로 떨어져 내리는 눈은 나무의 '종鍾 줄'을 타고 내리는 것으로 보이며, 신나게 내리는 눈은 아름다운 종소리로 들린다. 나무를 통해 아이는 하늘 끝까지 이어져 있고, 이렇게 보면 아이가 하늘의 초인종을 누르는 것도 가능하다. 동심의 눈과 꿈으로 보면 이 시는 진실한 감동을 전달해 주는 것이다.

이렇듯 그의 시심에는 동심이 가득 차 있고, 동심으로 시를 빚을 때 경험의 구체성을 획득하면서 생생한 시적 감동을 전달한다. 그리고 그의 시적 감수성도 동심의 지원을 받을 때 한층 빛을 낸다. 가령 「가랑비」와 같은 작품이 대표적인 예에 해당한다. 그의 첫 시집에서 언제나 상처와 슬픔을 드러내었던 비의 정서와 달리, 이 시에서 시인은 '가랑비'에 대한 회화적인 이미지 표현에 주력한다. 그 이미지 표현은 동심의 상상을 통해 빛나는 감각을 획득한다. 소리 없이 흩날리는 가랑비를 혀가 짧아 말을 못 하는 벙어리에 빗대면서 하늘과 꽃의 문전에서 쫓겨나 손짓발짓을 하며 여기저기 떠도는 것으로 표현한 것은 동심의 시선으로 포착한 뛰어난 이미지 묘사이다.

3. 자연 교감과 서정시의 혁신

두 번째 시집인 『가을 떡갈나무 숲』과 세 번째 시집인 『열 손가락에 달을 달고』는 일 년 간격으로 간행되었다. 두 시집은 시기적으로 근접해 있고, 내용상으로도 하나의 단위로 묶을 수 있을 만큼 친연성이 강하다. 두 시집은 첫 시집과는 여러모로 눈에 띄는 차이를 드러낸다. 첫 시집에서 집요하게 추구했던 비극적인 세계 인식은 완전히 떨어져 나가고, 처음부터 그의 시 내면에 면면히 흐르던 동심의 상상력이 서정시 형식 안에 세련되게 펼쳐진다.

이 시집에서도 시인은 자연을 노래하고, 조락의 계절인 가을과 겨울의 풍경에 자주 머물지만, 비극적 시선은 따뜻한 시선으로 바뀌고, 어둡고 처량한 목소리는 밝고 그리운 목소리로 전환된다. 시의 제목에서부터 이 점이 나타난다. 첫 시집에서 「더 암담한 가을」이나 「가을 문둥병」 등으로 붙여진 처절한 시의 제목은 두 번째 시집에 오면 「햇빛 맑은 가을날」 「그리운 가을」 같이 밝고 그리운 제목으로 바뀐다. 시인은 밝고 따뜻한 세계를 찾아간다.

그런데 이러한 시 세계의 변화보다 더욱 눈에 띄는 것은 시 형식의 갱신이다. 간명하고 정제된 형식에 서정적인 외침을 표출했던 첫 시집과 달리 두 번째 시집에서는 긴 서술체의 진술에 대화체의 화법을 구사한다. 이야기체의 서술은 행갈이의 적절한 운용을 통해 시의 형식미를 갖추고, 시의 의미를 절묘하게 드러낸다. 이러한 새로운 시도가 가장 성공적으로 구현된 작품이 「가을 떡갈나무 숲」이다.

떡갈나무 숲을 걷는다. 떡갈나무 잎은 떨어져
너구리나 오소리의 따뜻한 털이 되었다. 아니면,
쐐기 집이거나, 지난여름 풀 아래 자지러지게
울어 대던 벌레들의 알의 집이 되었다.

이 숲에 그득했던 풍뎅이들의 혼례,
그 눈부신 날갯짓 소리 들릴 듯한데,
텃새만 남아

산 아래 콩밭에 뿌려 둔 노래를 쪼아
아름다운 목청 밑에 갈무리한다.

나는 떡갈나무 잎에서 노루 발자국을 찾아본다.
그러나 벌써 노루는 더 깊은 골짜기를 찾아,
겨울에도 얼지 않는 파릇한 산울림이 떠내려오는
골짜기를 찾아 떠나갔다.

나는 등걸에 앉아 하늘을 본다. 하늘이 깊이 숨을 들이켜
나를 들이마신다. 나는 가볍게, 오늘 밤엔
이 떡갈나무 숲을 온통 차지해 버리는 별이 될 것 같다.

떡갈나무 숲에 남아 있는 열매 하나.
어느 산짐승이 혀로 핥아 보다가, 뒤에 오는
제 새끼를 위해 남겨 놓았을까? 그 순한 산짐승의
젖꼭지처럼 까맣다.

나는 떡갈나무에게 외롭다고 쓸쓸하다고
중얼거린다.
그러자 떡갈나무는 슬픔으로 부은 내 발등에
잎을 떨군다. 내 마지막 손이야. 뺨에 대 봐,
조금 따뜻해질 거야, 잎을 떨군다.

—「가을 떡갈나무 숲」 전문

한 편의 '가을 동화'를 읽듯 긴 서술체로 진술된 이 시에서 눈에 띄는 것은, 이야기체의 긴 서술이 뚜렷한 분절의 형식을 갖추고, 각 연의 행도 일정하게 구분된 점이다. 각 연의 행갈이는 무질서해 보이지만, 유심히 따라

가 보면 치밀하게 기획된 것임을 알 수 있다. 1연의 첫 행에서 첫 문장의 마침표 뒤에 오는 두 번째 문장을 일반적인 관행처럼 두 번째 행으로 처리하지 않고, 첫 행의 첫 문장 다음에 붙여 놓고 있다. 이것은 첫 문장의 의미와 두 번째 문장의 의미가 단절되지 않고 그대로 연결되는 효과를 준다. 또 문장의 의미가 한 덩어리가 되는 효과도 발생한다. 그래서 시인이 떡갈나무 숲을 걷는 도중에 떡갈나무 잎이 떨어지고, 시인과 떡갈나무가 하나로 동화되는 풍경을 보여 준다.

이러한 행갈이의 운영은 그다음 행에서도 똑같이 이어진다. "떡갈나무 잎은 떨어져/ 너구리나 오소리의 따뜻한 털이 되었다"는 문장과 그다음에 이어지는 "아니면,/ 쐐기 집이거나, 지난여름 풀 아래 자지러지게/ 울어 대던 벌레들의 알의 집이 되었다"는 문장이 하나로 연결되는 가운데, 두 번째의 문장은 마침표 다음에 행갈이를 하지 않고 그다음 구절을 붙이고 있다. 그래서 땅에 떨어진 떡갈나무 잎이 너구리나 오소리의 따뜻한 털이 되거나, 쐐기 집이 되거나 벌레들의 알이 되는 등, 어떤 경우에도 무용지물이 되지 않고 지상의 동물을 위해 유용하게 쓰인다는 것을 보여 준다.

두 행 걸침 행갈이는 4연에서 다시 절묘하게 구사된다. "등걸에 앉아 하늘을 본다"는 문장과 "하늘이 깊이 숨을 들이켜"라는 구절이 한 행에 연결되어 시인이 청명한 가을 하늘 속에 빠지면서, 하늘과 일체감을 이루는 느낌을 환기하고, 이어서 하늘이 "나를 들이마신다"는 문장과 "나는 가볍게"라는 문장이 한 행으로 연결되어 청명한 가을 하늘 속으로 빠져들면서 그 속으로 날아갈 듯 가벼워지는 느낌을 생생히 드러내며, 다시 그 문장에 이어 "별이 될 것 같다"는 문장이 한 행으로 연결되어, 시인이 가볍게 날아가 하늘 속으로 빠지면서 마침내 별이 되는 것 같은 느낌을 생동감 있게 전해 준다. 시인과 자연, 자연과 자연 사이의 교감은 마지막 연에 이르러서 시인과 떡갈나무가 서로 대화를 주고받는 단계까지 나아간다. 동화의 한 장면처럼 시인과 떡갈나무가 주고받는 따뜻한 사랑의 대화는 줄곧 진행되어 온 두 행 걸침 행갈이 덕분에 자연스럽게 시적 진실로 전해진다.

한편 인용 시의 5연에서 시인은 떡갈나무 잎에 남아 있는 열매 하나를 보고 어느 산짐승이 핥아 보다가 제 새끼를 위해 남겨 놓은 게 아닐까 하는 동화적인 상상을 펼친다. 이러한 동화적 상상은 자연 사이의 교감과 사랑을 드러낸 것인데 그러한 시적 전언은 떡갈나무 열매가 짐승의 젖꼭지에 비유되면서 시적 밀도를 더한다. 젖꼭지는 모성의 상징이고 모양과 색깔이 떡갈나무의 열매와 비슷하다는 점에서 적절한 비유라고 할 수 있다.

자연끼리의 교감이나 인간과 자연 사이의 교감을 같은 영역 안의 자연물에 빗대어 생기 있게 드러내는 것은 그의 시가 지닌 비유의 특징이다. 이러한 예는 그의 작품에서 수없이 발견되는데 다음의 두 경우만 보자.

> 양의 뿔은 고사리처럼 도르르 말려
> 산봉우리와 놀고,
> 아이들은 파란 연못의 눈을 가진
> 잠자리를 잡으러 가서 안 보인다.
>
> —「엉겅퀴꽃 핀 마을」 부분

> 어머니의 맨발은 황토 흙이다
> …(중략)…
> 어머니의 열 개 발가락은 모두
> 밭고랑이 될 것이다.
> 밭고랑이 되어 우리들의 씨를
> 품어 줄 것이다.
>
> —「어머니의 맨발」 부분

시 「엉겅퀴꽃 핀 마을」에서 양의 뿔은 돌돌 말린 고사리에, 잠자리의 겹눈은 연못에 비유된다. 비유의 보조관념이 모두 자연물이면서 적절한 시각적 연상을 지닌 것이다. '양'과 '잠자리'라는 동물이 각각 '고사리'라는 식물과 '연못'이라는 자연에 비유되면서 자연 속에서 평화롭게 살아가는 양의 모습이 생기 있게 환기되고, 연못이 주는 자연의 아름다움과 평화로운 잠자리의 모습이 잘 드러난다. 시 「어머니의 맨발」에서는 어머니의 맨발이 '황토흙'에, 어머니의 발가락이 '밭고랑'에 비유된다. 어머니의 신체가 자연물에 대한 시각적 유추로 표현되면서 대지에 묻혀 생활하는 어머니의 삶을 생기 있게 환기하고 모성을 일깨워 준다. 자연물 사이의 유추로 비유를 빚어내는 데 이준관만큼 뛰어난 성취를 보인 시인도 드물 것이다. 자연 동화라는 익숙한 주제가 그의 시에서 신선한 느낌을 불러일으키는 것은 자연물 사이의 뛰어난 유추 능력에서 힘입는 바가 크다. 이러한 비유는 시 「마당가에 앉아」에서 의미심장하게 구사된다.

마당가에 앉아 한평생
병아리에 모이를 주며 살고 싶다.
마당가 풀을 뽑다가,
구름을 보다가,
구름빛에 졸다 깨다가,
병아리가 배가 고파 찾아오면
낟알을 뿌려 주리라.
그 낟알이 자라고 커서
뽀오얀 알이 되겠지.
갓 낳은 알을 손에 쥐면
내 삶은 따뜻해지리라.
그 알은 다시
개나리 꽃송이 같은 병아리를 까고,
한평생 내 손에 쥐어 있는 모이 한 줌,
그 충만한 행복!

—「마당가에 앉아」 전문

이 시는 자연과 인간, 자연과 자연 사이의 교감에서 비롯되는 아름답고 따뜻한 삶의 풍경을 그리는 단계에서 자연의 생태학적 질서를 형상화하는 단계로 나아간다. 자연과의 교감이 감각의 차원에서 성찰의 차원으로 이행된 것이다.

시인은 마당가에 앉아 병아리에게 모이를 주고, 모이를 먹은 병아리는 커서 알을 낳고, 그 알에서 다시 병아리가 나온다. 지상의 식물에서 출발하여 동물의 번식으로 이어지는 자연의 순환 과정은 자연의 생태적 질서에 해당하는 것이다. 이러한 시적 성찰에서 생태계의 질서 유지에 중요한 역할을 하는 병아리라는 생명체는 개나리꽃이라는 식물에 비유되어 있는데, 그러한 비유에는 시각과 촉각의 유사함뿐만 아니라, 식물에서 동물로 이어지는 자연의 생태적 순환과 질서의 의미가 함축되어 있다. 자연의 세계는 서로 닮았고 유기적으로 얽혀 있음을 시인은 감각적으로 꿰뚫은 것이다. 자연 교감의 아름답고 따뜻한 시선에서 자연의 생태적 질서에 대한 성찰로 나아가고, 그러한 상상력의 구조에 자연물의 뛰어난 비유가 작용하는 것이 그의 시가 지닌 남다른 특징이다.

4. 생활의 반추와 경건한 서정

네 번째 시집인『부엌의 불빛』에선 오랫동안 자연을 향했던 시인의 시선이 생활 현장으로 바뀐다. 나무와 꽃, 비와 눈, 하늘과 별, 그리고 자연 속의 동물들에 집중되었던 시선은 생활의 체취가 물씬 묻어나는 삶의 현장으로 옮겨 온다. 그가 관심을 보이는 생활 현장은 '오늘의 삶'보다는 '추억 속의 삶의 공간'이다. 그는 오십 줄에 들어서서 앨범 속의 옛 사진처럼 마음속에 인화된 어린 시절의 공간으로 미끄러져 들어간다. 그는 어린 시절 생활 현장에서 느꼈던 애틋한 추억들을 하나하나 반추하면서 삶의 의미를 되새긴다. 어린 시절에 겪었던 추억의 반추는 동심의 시선으로 이루어지지만,

거기서 길어 올리는 삶의 의미는 중년의 성숙한 눈으로 이루어진다. 네 번째 시집에선 그의 시작의 근원을 이루는 동심의 상상력이 완숙한 경지의 서정시로 빚어지고 있다.

어머니는 내 옷을 만들고 남은 천 조각을
반짇고리에 모아 두었습니다.

내가 칼로 손가락을 베었을 때
칭칭 동여매 주던 천 조각.
그 천 조각에 불빛처럼 빨갛게 번지던
따뜻한 인간의 피.

아버지 무릎이 닳고 해졌을 때
어머니는 천 조각을 대고 무릎을 기워 주었지요.
어머니 무릎처럼 다정하게

잔병치레로 골골거리는 나 같은
자투리 천 조각들을 꿰매고 잇대어서
어머니는
저녁 밥상을 덮을 아름다운 밥상보를 만들었지요.

지금도 어디
그 천 조각 없을까요?
사람과 사람을 따스하게 이어 주는.
반짇고리 속에 아껴 모아 두고 싶은.

—「천조각」 전문

이 시의 소재는 지난날의 추억 속에 생생히 새겨져 있는 경험들이다. 어머니는 손수 어린 자식들의 옷을 만드시고, 남은 천 조각을 반짇고리에 모아 두었다가 칼에 손가락이 베였을 때 칭칭 동여매 피를 막아 주고, 아버지의 해진 바지 무릎을 기우고, 이것들을 잇대어서 밥상보로 사용한다. 어린 시절 생활 속에서 요긴하게 쓰이던 알록달록한 천 조각이 가득 담겨 있는 반짇고리는 보물 상자보다 더 신기하고 귀중한 물건이었다. 시인은 동심의 추억을 반추하면서 소박한 생활 속에 깃들어 있는 정겹고 애틋한 사랑을 일깨우고 있다.

시, 「조그만 마을의 이발사」에서는 어린 시절에 느꼈던 이발소 풍경이 빛나는 감각으로 묘사된다. 난로 위의 주전자에서 뿜어져 나오는 수증기가 조그맣고 허름한 이발소 안을 훈훈하게 감싸고, 뽀얀 수증기가 하얀 유리창을 감싸 순백의 운치를 자아내며, 때마침 밖에서 흰 눈이 내릴 때, 순백의 세상은 포근하고 성스러운 느낌을 주기까지 한다. 시인은 동심에 깃든 순백의 풍경을 '자작나무'에 비유된 '성탄절의 눈'으로 묘사함으로써 잊힌 추억을 아름답게 되살리고 있다.

시인은 이토록 아름다운 추억에서 삶의 의미를 건지는데, 이 역시 풍경의 생생한 경험 속에서 이루어진다. 이발소 안에는 어디든 거창한 풍경화가 걸려 있고, 인생에 대한 잠언시들이 허름한 액자 속에 크고 뚜렷한 글씨로 새겨져 있다. 그래서 어린 시절 이발소 안에 들어가 보면, 갑자기 성인의 세계에 들어온 것 같은 느낌을 받고 앞으로 성장해서 살아가야 할 성인들의 세상은 어린이들의 세상보다 훨씬 어려운 것이고, 그래서 벽에 걸린 시구절처럼 인생에 대해 뭔가 생각을 정립해야만 할 것 같은 느낌을 받는다. 시인은 이러한 경험을 바탕으로 이발소 액자에 걸려 있는 푸시킨의 시, '삶이 그대를 속일지라도 슬퍼하거나 노여워하지 말라'로 시작하는 '삶'이라는 시를 떠올리면서 삶을 돌아본다. 시인이 꿈꾸는 삶은 가난한 사람들의 머리와 턱수염을 깎아 주는, 꿈 많은 어린 시절에 겪었던 조그만 마을의 이발사같이 소박하지만 따뜻하고 사랑이 넘치는 삶이다.

그가 반추해 내는 어린 시절의 추억들은 물질적 풍요와 주거 생활의 변화로 오늘날 사라져 가는 것들이다. '천 조각'이 그렇고, '이발소 풍경'이 그렇고, 시 「낯선 골목집의 문패를 보면」에서 반추되는 골목집의 풍경이 그렇다. 재개발과 '전 국토의 아파트화'로 골목길들은 하나하나 사라지고 있으며, 골목길 안에 어깨를 맞대고 옹기종기 붙어 있는 정겨운 가옥들의 풍경도 사라지고, 그 이웃들의 따뜻한 정도 사라지고, 대문 옆에 달린 서로 비슷해서 모두가 같은 핏줄임을 느끼게 해 주는 그 정겨운 이름들이 아로새겨진 문패들도 사라지고 있다. 시인은 그렇게 사라지는 아름답고 정겨운 풍경들을 반추하면서 그 안에 깃든 소중한 삶의 의미를 성찰한다. 시, 「바느질」에서는 어린 시절 불빛 아래서 밤늦게까지 바느질하며 식구들의 옷가지들을 기워 주던 어머니의 모습을 반추한다. 어린 시절 희미한 전등 아래서 한 땀 한 땀 바느질을 해 가며 해진 옷가지들을 일일이 기워 주실 때, 우리는 얼마나 행복하고 따뜻한 사랑을 느꼈는가? 어머니의 땀과 정성이 듬뿍 묻어 있는 그 바느질은 우리의 상처 난 마음을 기워 주시는 것 같았다. 시인은 어린 시절 느꼈던 어머니의 바느질 추억에서 세상의 상처를 기워 주는 바느질의 사랑을 상상한다. 외과의사가 수술 없는 시간에 상처를 꿰매기 위해 끊임없이 바느질을 연습하는 행위와 땅에 난 상처를 풀잎들이 꿰매고 기우면서 바느질하는 모습 등이 그것이다.

바느질로 상징된 사랑은 말로만 하거나 마음으로만 하는 사랑이 아니다. 그것은 땀과 정성과 구체적 실천이 있는 사랑이다. 그것은 생활에 충실하고, 노동의 숭고함을 알고, 삶을 진지하고 경건하게 살아갈 때 실현되는 사랑이다. 시인은 그러한 사랑의 의미를 되새기면서, 스스로 그러한 사랑의 삶을 실천하고 있는지 자문하고 성찰한다. 그러한 삶의 태도는 보는 이를 숙연하게 만들어 경건한 느낌을 준다. 생활 현장을 찬찬히 반추하면서 사랑하고 일하며 산다는 것의 진실한 의미와 신성한 가치를 전해 주는 그의 시는 종교적 느낌을 자아낸다.

삶의 복판에서 울리는 서정의 목소리

—이재무 시집 『슬픔은 어깨로 운다』

1. 서정시의 드넓은 스펙트럼

이재무의 시집 「슬픔은 어깨로 운다」는 한국 서정시의 무늬를 다채롭게 보여 준다. 시집의 첫 장을 열면 시인의 머리말에 이어 「기도」란 제목의 시가 나온다. 한 문장으로 된 아주 짤막한 진술이 지면 위에 배치되어 있어 아래의 긴 여백이 시야를 지배하고 그런 형태가 '기도'의 의미를 숙연하게 전해 준다. 시와 삶에 대한 자기 다짐을 내면의 목소리로 전하는 이 시는 서정시의 원형에 가까운 작품이다. 이 시의 색깔과 작품의 배치는 윤동주 시집의 「서시」를 연상시킨다. 그다음 장을 펼치면 「기도」와는 다른 성격의 시가 나온다. 빗소리에 전신이 물드는 감각의 상태를 보여 주는 이 시는 내면 성찰과는 거리가 먼 작품이다. 이 시는 자연과의 교감을 감각적으로 전해 준다. 시의 형태도 첫 번째 시보다는 조금 긴 진술의 산문시로 되어 있다. 그것은 시인의 전신을 감싸는 빗소리의 느낌을 전해 주기에 적합한 시의 형태이다. 세 번째엔 소의 눈에 비친 자연의 모습을 묘사한 시가 나온다. 시인은 앞의 두 시와는 다르게 대상과 거리를 유지한 채 그것의 묘사에만 집중하고 있다. 시의 형태도 산문시가 아닌 일반적인 자유시로 되어 있다. 행과 행 사이를 넓게 배치하여 여백을 만들고, 그 빈 공간 안에 소의 느릿느릿한 움직임과 호수와 구름의 넓고 하얀 모습을 담아낸다. 이렇듯 첫 시에서부터 세 번째 시까지 모두 전통 서정시의 형식을 유지하면서도 그 방식과 형태는 모두 다르다. 이런 변화무쌍한 시 창작 방식은 시집 내내 계속 이어지면서 더욱 깊어진다. 시집을 더 읽어 내려가면 이번에는 다음과 같은 '이야기 시'가 등장한다.

> 아주 오래전의 일입니다. 6학년 학기 초 담임 선생님이 부르셔서 갔더니 내일부터 매일 당신에게 계란을 갖다 바치라는 거였습니다. 앞이 캄캄했습니다. 당시는 계란이 참 귀물이어서 물물교환으로 사용이 가능했었습니다. 어느 안전인데 선생님 말씀을 어길 수 있었겠어요? 울며 겨자 먹는 심정으로 식구들 몰래 계란을 훔쳐 선생님께 드렸습니다. 암탉들이 알 낳는 곳을 염탐했기에 가능했습니다. 이러구러 시간이 흘러 2학기 말 무렵이었습니다. 열 마리였던 닭들이 그새 하나둘 제사용으로 손님용으로 잡아먹히게 되어 한 마리도 남아 있지 않게 되었습니다. 계란을 빠뜨리는 날이 늘어나자 선생님이 부르셨습니다. 울먹이면서 사정을 말씀드렸더니, 선생님께서 가늘게 떠는 어깨를 감싸 안아 주셨습니다. 괜찮다. 이제 그만 가져오너라. 그러고는 책상 서랍을 열어 봉투 하나를 꺼내 주었습니다. 통장이었습니다. 그동안 네가 가져온 계란값이다. 나도 좀 보탰다. 그거면 중학교에 갈 수 있을 게다. 그렇게 해서 그녀는 중학교에 갈 수 있었고 어찌어찌해서 고등학교까지 마칠 수 있게 되었습니다.
>
> —「계란과 스승」 전문

구비 전승되는 이야기를 채록한 것으로 보이는 이 시는 '이야기 시'의 전형을 보여 준다. 사건의 핵심을 일인칭 서술 시점으로 진술하여 사실성을 극대화하고, 마지막에 시인의 주석적 시점으로 사건에 대한 논평을 곁들이며 끝내는 이 시는 형식상 완강한 서사성을 지니고 있다. "갖다 바치라"는 뇌물 뉘앙스의 시어 선택으로 반전을 예비하여 이야기의 흥미를 유발하는 것도 서사 진행의 전형적인 수법에 해당한다. 서사 양식의 모든 요소를 구비하고 있는 이 '이야기 시'는 원형적인 서정시의 형식을 보여 주는 「기도」와는 대척점에 놓여 있다. 이재무는 극단의 '서정시'에서 극단의 '이야기 시'까지 나아가고 있다. 이런 '이야기 시'를 읽다가 독자들은 갑자기 다음과 같은 단형의 시를 만나게 된다.

> 입은 말의 항문이다. 배설물이 쏟아지지 않도록 괄약근을 조여라.
>
> —「입」 전문

시인은 단 하나의 비유로 시를 직조하고 있다. 여기에 단호한 어조가 시의 긴장을 높이고 있다. 비유와 어조의 시적 기법을 활용한 응축미가 돋보이는 작품이다. 이 시의 형식과 진술 방식은 「계란과 스승」과는 서로 극단에 놓여 있다. 그렇다고 이 시가 「기도」 같은 내면 독백의 원형적인 서정시는 아니다. 시인은 비유를 중심으로 경구 성격의 개성적인 단형 서정시를 시도한 것이다. 이 시 다음 쪽엔 다시 장문의 산문시가 등장한다. 시인은 자신이 좋아하는 우리의 토속 음식에 대해 길게 진술한다. 그 음식의 맛과 그것이 담긴 그릇의 모양과 그것을 만드는 방식과 먹는 과정 등을 일일이 서술한다. 그리고 자신이 좋아하는 토속 음식의 목록을 하나하나 열거한다. 이 시는 길이로 볼 때 이번 시집에서 가장 긴 산문시에 속한다. 이 시 직전에 「입」이라는 극단의 단형시가 놓여 있어 체감되는 길이감은 더 길다. 이 시는 긴 산문시이지만, 시종일관 일인칭 화자의 독백으로 되어 있어 이야기 시는 아니다. 그러니까 「계란과 스승」과는 다른 형식의 작품이다. 이 시는 전형적인 서정시인데, 매우 긴 산문의 형태로 쓴 것이다. 이 시의 제목은 '애국자'인데 그것은 토속 음식만을 좋아하는 사람이라는 의미로 그렇게 붙였을 것이다. 우리 음식만을 먹으니, 외국 음식을 수입할 필요가 없고, 그래서 외화를 절약하니 애국자라는 뜻으로 볼 수도 있을 것이다. 이렇게 페이지를 넘길 때마다 시종일관 다양한 극단을 오가는 다른 형식의 시를 만나면서 독자들은 긴장과 흥미를 갖고 시집을 단숨에 읽게 된다. 그러다가 시집 마지막에 도달할 때 독자들은 다음과 같은 전형적인 내면 독백의 서정시와 마주하게 된다.

오래전 선생께서 걸어가신 길을 뒤따릅니다

이 길은 평평한 대로가 아니라 좁고 가파른 외길입니다

큰물 만나 끊어지기도 하고 걷다가 쓰러지기도 하는 길입니다

한참을 걸어온 이가 되돌아가기도 하는 길입니다

떠들면서 걷는 길 아니라 골똘히 생각에 잠겨 걷는 길입니다

저 혼자만의 안위보다 가난하고 서러운 이웃 걱정하며 걷는

세상에서 가장 의롭고 정의로운 길입니다

어제도 오늘도 행인 드물어 외롭지만

내일은 많은 이들 함께 걸어가는 길을 꿈꾸는 길입니다

—「길」 전문

시인의 내면 깊숙한 곳에서 솟아오르는 이 진솔한 목소리는 또다시 서정시의 원형을 우리에게 보여 준다. 이 시는 단박에 시집의 첫 번째 작품인

「기도」를 떠올리게 한다. 둘 다 내면 독백의 전형적인 서정시이다. 하지만, 시의 형태는 다르다. 「기도」에선 침묵의 효과를 활용하고 있는 반면, 이 시는 자신이 걸어가고자 하는 삶의 길을 자유시의 형태 안에 상세하게 토로하고 있다. 그것은 시인이 앞으로 뚜벅뚜벅 걸어갈 기나긴 여정의 모습을 잘 보여 주는 시 형태이다.

이재무는 이렇게 원형적인 서정시의 두 가지 형태를 시집의 처음과 끝에 배치하여 자신의 시와 삶의 길을 제시하고, 그 중간에 그동안 축적되어 온 한국 서정시의 각종 형태와 기법과 진술 방식을 모두 활용하여 서정시의 다양한 맛과 멋을 독자들에게 선사한다. 그의 시집은 정통 서정시의 드넓은 스펙트럼을 유감없이 보여 준다.

2. 서정시의 음색과 시적 진정성

이재무는 한국 서정시의 기법을 폭넓게 사용하면서, 또 한편으로 깊이 있게 천착해 들어간다. 그는 서정시의 일인칭 목소리를 새로운 방식으로 유지하여 서정시의 순도를 드높인다. 우리는 그의 시를 읽으며 유난히 강렬하게 들려오는 시인의 음성을 듣게 된다. 그 육성은 주로 가공하지 않은 서술어를 통해 나타난다. 그의 시엔 시인의 감정과 의지가 실린 강렬한 느낌의 서술어가 많이 구사되고, 그 서술어가 시의 정서 환기에 핵심적 역할을 한다. 그는 몇몇 시에서 '서술어'를 제목으로 삼고, 그 서술어를 중심으로 시를 전개하기도 하는데, 그것은 서정시 중에서도 매우 이채로운 시 쓰기 방식에 속한다.

저녁을 먹다가 국그릇을 엎질렀다
…(중략)…

살구꽃 흐드러진 봄날
네게 엎지른 감정,
울음이 붉게 타는 늦가을
나를 엎지른 부끄럼
시간을 엎지르며 나는 살아왔네

—「엎지르다」 부분

'엎지르다'라는 서술어를 중심으로 전개되는 이 시의 1연에선 그 말이 사전적 의미로 사용되지만, 2연에선 그 의미가 확장된다. 시인은 네게 감정을 엎지르고, 자신에게도 엎지르고, 마지막엔 시간도 엎지르며 살아왔다고 고백한다. 엎지르는 것은 액체 같은 것을 그릇 안에 잘 간수하지 못하고 쏟아지게 하여 주변을 더럽힌 것이니, 네게 감정을 엎질렀다는 것은 사랑하는 마음을 잘 간수하여 조절하지 못하고 그냥 쏟아부어서 상황을 그르쳤다는 것을 말하는 것이리라. 자기 자신과 스스로의 시간을 엎질렀다는 것도 자기에게 주어진 삶과 시간을 계획적으로 잘 꾸려 나가지 못했음을 의미할 것이다. 그런데 이 말엔 사전적 의미 이상의 뉘앙스가 묻어 있다. 엎지르는 상황은 흔히 불가항력적이고 순간적으로 일어난다. 국그릇을 일부러 엎지르거나, 천천히 엎지르는 사람은 거의 없다. 그 행위는 어떤 목적성 없이 순식간에 발생하며, 그 일 뒤엔 낭패감이 수반된다. 그런 맥락에서 사랑을 엎질렀다는 고백엔 맹목적 순정이, 자신의 삶과 시간을 엎질렀다는 자책엔 계산적이지 않은 순수와 순박함이 묻어나며, 동시에 시인의 자책성 고백에서 진한 연민을 느끼게 된다. 이 시는 어떤 수사도 없이 가공하지 않은 서술어의 특별한 구사만으로 독자들에게 진한 정서적 감전을 준다. 이제 시인은 이 강렬한 육성에 서정시의 핵심 기법인 비유를 곁들여 서정시의 독특한 매력을 드높인다.

비 다녀간 아침 산길

차돌처럼 단단해진 공기

새들의 음표는 통통 튀고

살 내린 산의 쇄골 또렷하고

골짝 물은 변성기 소년처럼

소리가 괄괄하다

—「아침 산책」 부분

비 온 후 아침 산길의 모습을 그린 작품이다. 팽팽한 기운의 아침 산 공기를 차돌에, 비 내린 후 몸체를 선명하게 가꾼 산세를 사람의 쇄골에, 수량이 많아진 골짝 물소리를 변성기 소년의 목소리에 빗댄 비유들이 신선하다. 그런 비유의 사용으로 비 갠 후 아침 산길의 산뜻하고 청정한 대기와 선명한 풍경이 생생하게 드러난다. 그런데 주목되는 것은 이 풍경 묘사가 대상과 거리를 둔 채 객관적으로만 그려지고 있지 않다는 점이다. 시인은 산길의 공기가 '단단하고', 산의 쇄골이 '또렷하고', 골짝 물소리가 '괄괄하다'고 그 느낌을 하나의 형용사로 직접 표출하기도 한다. 특히 '또렷하고'와 '괄괄하다'라는 말은 서술어로 구사되어 산길에 대한 시인의 느낌이 강렬하게 드러난다. 대개 이런 유형의 풍경 시에선 시행 끝을 명사로 배치하여 시인의 감정을 배제하고 묘사의 힘만으로 대상을 생생하게 드러내는 경우가 많은데 이재무는 풍경을 묘사하면서도 서술어를 시행 끝에 배치하여 일부러 시인의 목소리를 노출시키고 있다. 그래서 이 시는 '또렷하고'와 '괄괄하다'는 서술어가 환기하는 정서가 시의 의미를 지배한다. 즉, 풍경의 재현보다는 경험의 전달에 의미의 무게가 실려 시인이 산길을 걸으면서 느끼는 산속 체험의 환기가 더 생생히 부각된다. 이 점에서 '아침 산책'이란 제목의 설정은 매우 적절하다. 또 다른 시 한 편을 보자.

울고 싶을 때
소리 내어 크게 울고 싶을 때
폭포를 찾아간다
나신으로 우뚝 서서,
천지 분간을 모르고
낮밤 없이 뛰어내리는
투명한 울음들
사정없이 휘둘러 대는
하얀 회초리
질정 없이 흔들리는 마음
실컷 두들겨 맞기 위해
폭포를 찾아간다
폭포는 산의 감정
폭포가 아니었다면
산도 자주 안색을 바꾸었을는지 모른다

—「폭포」 전문

이 시도 '폭포'라는 풍경을 그리면서 대상의 묘사에만 치중하지 않고 시인의 목소리를 적극적으로 드러낸다. 총 15행으로 된 이 시에서 처음 세 행은 '나'의 내면 감정이, 그다음 여섯 행은 '폭포'에 대한 묘사가, 그다음 세 행은 다시 '나'의 내면 감정이, 그리고 마지막 세 행은 '폭포'에 대한 묘사가 나타나며, 이어 '나'의 생각 표출로 시가 마감된다. '나'의 감정 표출과 폭포에 대한 객관적 묘사가 번갈아 진술되다가 최종적으론 나의 생각으로 시를 맺는 것이다. 이렇게 대상을 묘사하더라도 시인의 감정을 실은 목소리를 유지하고 부각시키는 방식은 그의 시에서 자주 발견된다. "십일월은 의붓자식 같은 달이다"라는 인상적인 은유로 시작하는 「십일월」이란 시에서도 시종일관 소외된 느낌을 주는 십일월에 대한 묘사로 일관하다가 마지막 대목에선 "십일월을 내 영혼의 별실로 삼으리라"라는 시인의 감정 표출로 시를 맺는다. 이재무는 독자의 의표를 찌르는 도발적인 은유와 직유만으로도 시적 효과를 크게 거두고 있는데, 여기에 자신의 목소리를 의도적으로 덧붙여 서정시의 음색을 뚜렷이 드러낸다. 시인의 감정이 물씬 묻어나는 이 서정의 목소리는 그의 시에 진정성을 부여한다. 그의 시가 만들고 꾸민 것이 아니라 경험 현실을 통해 내면에서 솟구쳐 오른 것이라는 시적 신뢰를 독자들에게 주는 것이다. 그는 구어체 화법과 정제되지 않은 세속 언어를 그대로 구사하기도 하는데, 이러한 말투도 서정의 목소리에 실려 그의 시를 더욱 진정성 있게 만들고 있다. 서정시의 화법을 유지하고 있는 이재무의 시는 서정시의 힘을 다시 한번 일깨워 주고 있다.

3. 체험의 진실과 소재의 발견

이재무 시가 서정의 목소리를 유지함으로써 경험 현실에서 길어 올린 진정 어린 것이라는 신뢰를 독자들에게 심어 준다고 했을 때, 우리는 다시 그 경험 현실의 진정성과 가치를 짚어 보지 않을 수 없다. 그가 그린 시 속의 경험 현실이 가공의 픽션이 아닌 실제 경험이라는 신뢰를 줄 때, 그리고 그 경험이 의미 있는 것이라는 공감을 줄 때 비로소 서정의 목소리를 구사한 효과가 달성될 것이다. 앞서 우리는 자연과 사생활의 영역에서 전하는 생생한 경험 현실을 목격한 바 있는데, 이재무는 이제 보다 보편적 공감을 주는 현실적인 경험 현실 속에서 자신의 목소리를 길어 올린다.

> 얼마나 많은 몸뚱어리를 다녀온 면수건인가
> 누군가의 사타구니와 겨드랑이와 등짝과 발바닥을

닦았을 면수건으로 머리를 털고 얼굴을 닦는다
내 사타구니와 겨드랑이와 등짝과 발바닥을
닦은 이 면수건으로 누군가는
지금의 나처럼 언젠가 머리를 털고 얼굴을 닦을 것이다
목욕탕 면수건처럼 사람들의 속살을
구석구석 살갑게 만나는 존재도 없을 것이다
면수건처럼 추억이 많은 존재도 없을 것이다
면수건처럼 평등을 사는 존재도 없을 것이다
닦고 나면 무참하게 버려지는 것들이
함부로 구겨진 채 통에 한가득 쌓여 있다

—「목욕탕 수건」 전문

시인은 목욕탕에서 면수건으로 몸의 구석구석을 닦으며, 그 면수건이 그 전에도 다른 사람들에게 같은 역할을 했을 것을 떠올린다. 면수건은 세탁을 거듭하면서 평생 여러 사람들 몸의 깨끗한 곳과 더러운 곳을 번갈아 스친다. 그러면서 사람 몸의 속살을 구석구석 만난다. 그런 면수건은 제 역할이 끝나면 사람들에게 무참히 버려진다. 시인은 그런 면수건이 평등하고 많은 추억을 간직하고 있으며, 또 살갑고 정 많고 가련한 존재라고 생각한다. "얼마나 많은 몸뚱어리를 다녀온 면수건인가"라는 구절에는 면수건의 고단한 일생에 대한 시인의 연민이 짙게 배어 있다. 이 시는 첫 행부터 마지막 행까지 시종일관 일인칭 화자의 목소리로 진술되어 있다. 시인은 면수건의 일생을 그것의 관점에서 바라보고 있지만, 그 발성은 '면수건'이 아닌 스스로의 목청으로 뽑아내고 있다. 이 일인칭 화자의 목소리는 경험의 사실성을 높여 주는데, 실제로 이 시는 시인의 목욕탕 경험을 바탕으로 했을 것이다. 이 시의 경험이 가공일 것이라고 생각하는 사람은 하나도 없을 것이다. 이 경험은 독자들 모두가 공유하는 것이다. 이 시는 경험의 사실성이 매우 높고 그래서 이 시의 일인칭 화자의 목소리는 설득력을 지닌다. 또

'면수건'의 일생에 대한 시인의 사유도 사실성을 바탕으로 하고 있다. 이 시에서 면수건이 세탁을 거치며 여러 차례에 걸쳐 여러 사람들 몸의 구석구석을 닦는 데 이용되고, 그러다 용도가 다하면 아무렇게나 구겨진 채 통에 버려지는 과정은 매우 사실적이다. 이 시는 시인의 경험과 소재의 형상화가 모두 사실적이다. 시인은 세상살이의 저편 너머에 있는 초월적 세계를 상상하여 그것을 미학적으로 재구성하는 것이 아니라, 생활 현장에서 자신이 직접 겪은 경험 현실을 일인칭 화자의 목소리로 드러내고 있는 것이다. 그래서 시인의 목소리는 독자들에게 진한 공감을 준다.

리어카 바퀴를 보면 숙연해진다
자전거 바퀴를 보면 경쾌해지고
오토바이, 자동차, 기차 바퀴를 보면 어지럽고 섬뜩해진다
세상은 갈수록 빠르게 구르는 바퀴를 선호하지만
나는 리어카 바퀴를 따르고 싶다
힘들이지 않으면 구르지 않는,
사람의 걸음과 보폭이 나란한,
짐의 무게에 민감한,
오르막길엔 끙끙대며 땀을 뻘뻘 흘리다가도
내리막길엔 제법 속도를 낼 줄 아는,
평지에서도 표정이 없는,
추월을 모르는,
새치기하지 않는,
고지식한,
여생을 나는 저 바퀴와 함께하리라

—「리어카 바퀴」 전문

이 시는 처음부터 시인의 직접적인 감정 표출로 시작한다. '숙연하다' '경

쾌하다' '섬뜩하다' 같은 감정 형용사의 사용으로 각종 운송 수단의 바퀴에 대한 시인의 느낌을 바로 전한다. 이어서 그중에 시인이 선호하는 리어카 바퀴의 움직임에 대해 말하는데, 이 대목에 와서 시인은 그것을 묘사로 진술한다. 6행에서 14행까지 진행되는 이 세밀한 묘사가 이 시의 백미인데, 그 묘사에서 시인과 대상인 '리어카'와의 거리는 매우 밀착되어 있다. 여기서 '리어카'의 움직임은 시인과 거의 하나가 되어 있다. '리어카'의 움직임과 모습에 대한 묘사가, 시인이 현재 리어카를 직접 몰고 가면서 그 모습을 전하는 것 같은 느낌을 준다. 경험의 사실성에다 묘사의 사실성까지 더해지고 있는 것이다. 그리하여 마지막 행에서 시인이 "여생을 나는 저 바퀴와 함께 하리라"라고 선언할 때, 그 육성은 진정한 자기 감정으로 전해진다. 아울러 시의 초반에 나타난 감정의 직접적 표출 역시 호소력 있는 진술로 울려 퍼진다. 일인칭 화자의 목소리를 유지하는 이재무 시의 호소력은 이렇게 경험의 현장성과 사실성에서 나온다.

> 귀는 주장하지 않는다 귀는 우리 몸의 가장 겸손한 기관 귀는 거절을 모른다 차별이 없다 분별이 없다 눈과 코와 입이 저마다 신체의 욕망과 감정을 경쟁하듯 내색하고 드러낼 때 귀는 몸 외곽 외따로 다소곳하게 서서 바깥의 소리만을 경청하며 운반하느라 여념이 없다 입구가 출구이고 출구가 입구인 눈 코 입과는 달리 입구의 운명만이 허용된 귀 오늘도 어제처럼 고저장단의 소리를 소리 없이 실어 나르고 있다.
>
> —「귀」 전문

귀에 대한 이런저런 느낌과 생각을 말하고 있는 인용 시에서 우리는 시인이 꾸미거나 덧붙였다고 생각되는 대목을 찾아볼 수 없다. 시인은 귀의 위치, 기능, 역할을 그대로 전할 뿐이다. 이 시에서 시인이 한 일이 있다면, 그것은 '귀'를 의인화한 것뿐이다. 시인은 귀에 인격을 부여한 다음, 차분하게 '귀'의 입장에서 그것이 하는 일에 대해 생각해 본다. 이 시는 어느 면에서 극사실주의 시라고 할 수 있다. 그러니 '귀'에 대한 시인의 생각과 논평에 대해 우리는 조금도 이의를 달 수가 없다. 이 시는 시인의 전언이 고스란히 독자들의 가슴속에 시적 진실로 전해진다. 겸손하고, 경청하고, 차별하지 말고, 거절하지 않고, 경쟁하지 말 것을 이렇게 거부감 없이 독자들의 마음속에 새겨 넣기는 쉽지 않을 것이다. 경험과 소재의 진실성으로 일인칭 화자의 목소리는 육중한 무게를 지니며 진정한 언어로 전해진다.

이재무의 시는 시와 삶의 일치가 어떻게 이루어지는지 잘 보여 준다. 그리고 삶 속에서 길어 올린 시가 얼마나 큰 울림을 주는지도 잘 일깨워 준다. 그렇다고 삶의 복판에서 얻은 진실한 체험만으로 시가 만들어지지는 않을 것이다. '귀'는 우리 모두가 동일하게 간직하고 있는 신체의 일부로서 굳이 특별한 체험을 시도할 필요도 없는 대상이다. 매일 보고 사용하는 그 흔하디흔한 신체의 일부에서 이렇게 심중한 의미를 건져 낼 수 있는 것은 그것이 시의 소재가 될 수 있음을 알아보는 시적 안목 덕분이다. 결국 의미 있는 시적 소재는 시인에 의해 '발견'되는 것이다. '리어카'와 '면수건' 같은 일상의 보편적 체험 역시, 시인에 의해 의미 있는 소재로 '발견'된 것이다. 그리고 그러한 시적 발견은 시인이 무엇보다도 한없이 낮은 데로 임해 그러한 생각 속에서 삶을 영위하기 때문에 가능할 것이다. 이재무의 시는 삶 속에서 나오고, 그의 삶은 진정한 시를 위해 영위되고 있음을 우리는 이번 시집을 통해 분명히 확인하게 된다.

온몸으로 밀고 나간 묵직한 서정
—이재무 시집『즐거운 소란』

1.

이재무는 자연을 시의 소재로 빈번하게 사용하고, 묘사적 이미지를 시의 중심 기법으로 구사하며, 일인칭 화자의 독백을 일삼는다는 점에서 보수적인 서정시를 추구한다고 할 수 있지만, 그의 시는 기존의 서정시와는 완연히 다른 톤과 색깔을 드러낸다. 서정시가 가지고 있는 일반적인 특징들, 부드럽고 완곡하며, 애상적이고 낭만적인 정서와 어법을 이재무의 시에서는 조금도 찾아볼 수 없다. 그는 나무와 꽃, 강과 호수, 강우와 강설과 계절의 변화 등 서정시의 마을에서 수천 년간 이어진 소재들을 얌전하게 따르고 있는데, 그가 이 동네에서 관습적인 재료들로 제조한 예술품은 강인하고 우렁차며, 활기차고 현실 지향적인 특징을 지니고 있다. 그는 서정시를 보수적으로 답습하면서 서정시에 대한 재래의 관념을 완전히 전복시켜 놓는다. 그래서 독자들은 그의 시를 기존의 독법으로 편안하게 읽으면서 새로운 감동을 만끽하게 된다. 그가 서정시의 오랜 부락에서 개척해 낸 영토는 무엇보다도 자연이라는 소재와 현실적인 삶의 가치들을 자연스럽게 연결한 점에 있다. 그는 그것을 시적인 묘사를 통해 감쪽같이 이루어 내고 있다.

6월의 나뭇가지에

가득 열린 푸른 물고기들

바람이 불 때마다

지느러미 흔들며

공중을 헤엄치고 있다

나무들마다 만선이다

—「만선」 전문

6월의 나무에 달린 무성한 이파리들이 물고기로 묘사되고, 바람에 흔들리는 나뭇잎은 물고기들이 바다를 유영하는 것으로 그려진다. 이 비유에서 허공은 자연스럽게 바다에 빗대진다. 여기까지는 서정시에서 익히 보아 온 나무에 대한 낯익은 묘사라고 할 수 있다. 그런데 이재무는 여기에 새로운 비유 하나를 덧붙이며, 그것이 이 시의 독창적인 '시안' 역할을 한다. 바로 '만선'이란 이미지이다. 이 한 단어로 이 시는 푸른 나무의 생명력뿐 아니라, 나무의 생장에 담긴 고투와 성취의 희열을 전하게 된다. 그리고 그 순간 나무의 삶은 고스란히 인간의 삶에 대한 비유로 전환된다. 나무에 대한 묘사가 어부들 삶의 신산함과 노동의 숭고함에 대한 환기로 이어지고 있는 것이다.

호수에 오리 가족이 노닐고 있다

오리들은 호수의 치마를 다리는 다리미인가?

오리들 지나고 난 뒤

수면의 겹주름이 팽팽하게 당겨져 있다

—「오리와 호수」 전문

이 시는 정지용의 시 「호수」와 겹쳐 읽힌다. 그만큼 익숙한 소재이고 낯익은 풍경화이다. 정지용도 그렇지만, 호수를 그린 수많은 서정시는 잔잔한 풍경을 감각적으로 묘사하고, 아름답고 평온한 경치를 눈에 보이지 않는 소중한 것들, 예컨대 마음, 사랑, 영원 등과 같이 추상적이면서 아늑한 존재들에 비유해 오곤 하였다. 그런데 이재무는 호수 위의 오리의 유영을 치마를 다림질하는 행위에 빗대고 있다. 오리의 움직임을 놀랍게도 매우 현실적인 일상의 노동 행위에 견준 것이다. 오리와 다리미는 흥미롭게도 시각적 유사성이 있는데, 이 시의 비유는 둘 사이의 외양에 머무는 것이 아니라, 오리의 행위, 즉 그의 노동에 초점이 맞추어져 있다. 시인은 오리와 호수의 정태적 자태와 풍경이 아닌 오리가 유영하며 변화시키는 호수의 아름다움에 시선을 보내고 있으며, 그 아름다움은 바로 오리의 행위, 즉 그의 노동에서 비롯된 것임을 환기시키고 있는 것이다. 우리는 이 시를 읽으며 오리와 호수가 만들어 내는 풍경의 역동적 아름다움을 새롭게 감상하면서, 동시에 옷을 다림질하는 노동의 아름다움과 숭고함을 새삼 돌아보게 된다. 이번엔 이재무가 서정시의 아주 오래된 소재인 '꽃'을 어떻게 다루는지 살펴보자.

여의도 벚꽃들은 해마다 봄 한철 노점상들을 먹여 살리느라 애를 썼는데 구청장도 못 하는 그 일이 은근 자부이기도 해서 여기저기 꽃들을 자랑처럼 마구 펑펑 터뜨렸는데 갑자기 찾아온 팬데믹으로 작년과 올해는 하는 일 없이 시간을 보내는 게 괜스레 죄짓는 일 같다고 바람도 없는데 공들인 화장을 지우고 있는 것이었다.

—「벚꽃들」 전문

개화와 낙화만큼 서정시에서 자주 다룬 소재도 드물 것이다. 그중에서도 화사한 빛으로 단번에 피어올라 이 세상을 꿈속같이 만들었다가 한순간에 자신을 깨끗이 비우는 벚꽃은 개화와 낙화의 속성을 가장 극적으로 드러내는 꽃이기에 서정시인들이 애용하는 소재이다. 이 시는 벚꽃의 개화와 낙화를 함께 그리고 있다. 그런데 이재무는 벚꽃이 피고 지는 자연현상을 보며, 그 꽃에 대한 미감이나 존재의 숙명보다는 지극히 현실적인 생활 문제를 떠올린다. 여의도 벚꽃의 개화가 구청장도 해결 못 하는 노점상 생계를 돕는 일이라는 것은 기존의 서정시에선 생각하기 어려운 상상이다. 벚꽃에 관한 한 이것은 의표를 찌르는 시적 성찰이라고 하지 않을 수 없다. 벚꽃에 대한 이재무의 상상은 '아름다움'이란 것이 자태뿐만 아니라 행동에서 나타나는 것임을 전해 준다.

사실 아름다움에 대한 이 전언은 별반 새로울 게 없지만, 그러나 사람들이 평소에 가장 많이 잊고 지내는 일이기도 할 것이다. 이재무는 일상에서 잊고 지내기 일쑤인 그 가치를 일상에서 가장 비근하고 매혹적인 자연물인 벚꽃에 대한 기발한 상상을 통해 전함으로써 독자들의 마음을 흔들어 놓는다. 독자들은 꽃의 화사한 매혹에만 빠져 있던 자신을 돌아보며, 아름다움의 진정한 의미를 마음 깊이 되새기게 될 것이다.

2.

세상의 모든 사물과 현상에 대한 자기 감정과 느낌을 전하는 서정시에서 시적 대상에 대한 감각적인 반응의 전달은 다른 어떤 것보다도 중요한 요소일 것이다. 감각의 예민함과 참신함은 그것을 전달하는 언어능력과 함께 시적 출발의 첫째 조건일 것이다. 시적인 감각에서 가장 많은 비중을 차지하는 것은 시각이다. 시인은 '보는 사람'이며, 상상한다는 것은 곧 마음속에 대상을 그린다는 것이다. 그리하여 시각적인 이미지의 구사가 시적 테크닉의 중심이 되어 왔다. 마음의 무늬를 그려 내는 서정시에서 그 점은 더 중시되어 왔다. 그런데 이재무의 서정시에서 눈에 띄는 감각은 시각이 아니라 청각이다. 그는 청각으로 대상을 감지하는 데 남다른 촉수를 발휘하며, 청각을 통해 사물의 진실에 육박해 간다.

> 베란다 우두커니 서서 내리는 비 하염없이 바라보다가 대책 없이 비에 젖는 것들, 나무 풀 뜰 지붕 옥상 빨랫줄 골목 입간판 가로등 아스팔트 인도 위 고개 숙이고 걷는 사람들 바라보다가 모처럼 맞은 휴일의 하루가 저문다. 비를 맞고 있는 것들은 저마다 제 안쪽에 쟁여 온 비밀한 소리를 꺼내 바깥으로 토해 내고 있다. 나는 저 소리의 내력들이 궁금하다. 소리는 감추지 않고 속이지 않는다. 소리야말로 사물의 실체가 아닌가. 그러나 우리는 지금 보이는 것에 온통 눈이 쏠려서 소리가 전하는 진실을 듣지 못한다. 비가 내리는 동안 모든 살아 있는 것들은 저 혼자만의 존재의 방에 들어앉아 겸손한 얼굴로 골똘히 생각에 잠겨 있다. 이 비 그치면 오늘 나와 마주한 저것들 부쩍 키가 커져 있을 것이다.
>
> —「소리의 내력」 부분

시인은 비 내리는 휴일 집 안의 베란다에서 비에 젖은 바깥 풍경을 바라보는데, 그의 감각은 비에 젖은 사물들의 외양을 향했다가 곧바로 사물이 비를 맞아 튕겨 내는 소리로 이전한다. 그는 사물과 비의 마찰음인 빗소리에 예민한 촉수를 발휘한다. 그는 빗소리야말로 사물의 실체가 아닌가 생각한다. 그 소리는 무방비로 일어나는 것이다. 그 소리는 감추려야 감출 수가 없는 것이다. 그것은 사물들이 내는 솔직한 소리이며, 사물의 내면을 그대로 드러내는 신호이다. 비에 의한 사물의 소리는 소리를 듣는 타자뿐 아니라 소리를 내는 사물 자신도 듣는다. 사물은 겸손하게 내면의 소리를 경청하며 자신을 돌아보게 된다. 이재무는「비에 대한 명상」이란 시에서 이런 현상을 '사물들은 온몸이 귀와 손이 되어 다소곳하게 자신들이 내는 소리를 경청하며 만진다'고 표현한다. 사물은 있는 그대로 내면의 소리를 드러내고, 그러한 자기 소리를 경청하면서 내적으로 성장하게 될 것이다. 풀은 비를 맞은 후에 키가 부쩍 크게 되는데, 그런 자연 현상을 시각이 아닌 청각적으로 감지하며 거기서 존재의 내적 성숙을 성찰하는 것은 기존의 서정시인이 시도하지 않았던 새로운 상상이다.

사물의 소리엔 가식과 위선이 없고, 사물의 본질과 진실이 그대로 드러난다고 생각하는 이재무는 계절 중에서도 특히 여름을 좋아한다. 봄, 가을, 겨울이 시각의 계절이라면 여름은 청각의 계절이다. 여름엔 이상이 산문 「권태」에서 통찰한 대로 초록의 단조로움이 지루하게 지속되는 대신, 무성한 각종 소음들이 사방에서 울려 퍼진다. 산새들이 곳곳에서 짖어 대고, 무논의 개구리들이 단체로 울어 대며, 매미들이 일제히 떼창을 하고, 계곡 물소리가 괄괄하게 흘러내리며, 천둥이 굉음을 낸다. 여름은 소란의 계절이며. 이재무는 그토록 소란한 여름을 즐거워한다.

나는 시끄러운 여름이 좋다
여름은 소음의 어머니
우후죽순 태어나는 소음의 천국
소음은 사물들의 모국어
백가쟁명 하는 소음의 각축장
하늘의 플러그가 땅에 꽂히면
지상은 다산의 불꽃이 번쩍인다
여름은 동사의 계절
뻗고, 자라고, 흐르고, 번지고, 솟는다

—「나는 여름이 좋다」 부분

이재무가 소음을 좋아하는 것은 그것이 "사물들의 모국어"이기 때문이다. 소음은 사물이 어머니로부터 부여받은 언어란 것이다. 소음은 사물의 때 묻지 않은 원시적인 육성이다. 그래서 소음으로 가득 찬 여름은 이 세상이 가장 순수한 자기 모습을 내비치는 계절이다. 여름은 소음뿐 아니라 모든 존재가 자기를 둘러싼 허위의 치장을 벗어 버리는 계절이다. 인간도 여름이면 옷을 벗어 버리고 자기 마음을 그대로 드러낸다. 여름은 태초의 순수성과 야성을 지닌 계절이다. 소음과 소란과 순수 야성이 들끓는 여름은 활기차고 역동적이다. 시인은 그 모습을 "뻗고, 자라고, 흐르고, 번지고, 솟는다"고 표현한다. 여름이란 관점에서 보면 순수함과 역동성은 동전의 양면과 같은 모습이다. 우리는 그것을 어린아이의 모습에서도 찾아볼 수 있을 것이다. 그렇게 허위와 가식을 벗고 순수한 모습으로 활기차고 역동적으로 움직이는 것에 세상의 진실이 있다고 이재무는 생각한다. 그래서 그는 진실은 명사가 아니라 동사로 이루어진다고 말한다.

명사에는 진실이 없다
진실은 동사로 이루어진다
신이나 진리를 명사로 가두지 마라

—「동사를 위하여」 전문

그가 신이나 진리를 명사로 가두지 말라고 했을 때, 그 말은 신이란 존재 그 자체보다 그의 실행이 중요하며 또 아무리 좋은 말도 그것이 실천되었을 때 비로소 의미 있다는 것을 말하는 것이다. 그래서 그가 말하는 '동사'는 다른 말로 풀이하면, 실행, 도전, 극복, 개혁 등과 같은 것을 의미한다고 볼 수 있다. 그는 「물난리」란 시에서 어렸을 때 고향에서 물난리로 고생했던 시절을 회상하면서 가난한 살림의 비애와 이재민의 고충을 토로하는 것이 아니라, 수마와 싸우고 물난리로 파손된 살림들을 복구하던 이재민 처지의 활기찬 모습을 떠올린다. 그러면서 지금은 제방을 쌓아 물난리 걱정을 덜었지만, 그와 함께 생의 활기도 떨어진 것이 아닌지 우려하며, 오히려 수마와의 대결 의지로 생의 의욕이 충만했던 고난의 시절을 더 그리워하고 있다. 이재무는 무엇보다도 정체되어 있는 것, 고여 있는 것, 막혀 있는 것, 편안하고 안정적인 것의 허위와 위험을 염려하고 있으며, 그래서 그는 소란하고 역동적인 사물과 세상이 품고 있는 진실된 가치를 좇고 있는 것이다.

3.

시각보다는 청각, 애상적인 정서보다는 역동적인 정서와 의지를 추구하는 이재무의 시는 자연스럽게 일인칭 화자의 목소리를 적극적으로 드러낸다. 그는 사물과 세상으로부터 거리를 두거나 그들의 뒤편에 물러서서 그것들을 바라보고 생각하기만 하지 않는다. 대상을 객관적으로 그리는 묘사적 이미지를 시의 중심 기법으로 삼고 있긴 하나, 그 이미지에 자신의 생각과 의지와 주장을 적극적으로 피력한다. 현대시는 모더니즘 이후 이미지를 중시하는 시에서 일인칭 화자의 목소리를 축소하거나 배제하는 방향으로 흘러왔지만, 이재무는 그 계열에서 시를 쓰면서 소월과 육사와 청마의 서정시가 추구한 일인칭 화자의 독특한 음색을 시 안에 적극적으로 활용한다. 그의 시가 발산하는 매력의 상당 부분은 시인을 대변하는 일인칭 화자의 목소리가 뿜어내는 힘찬 에너지에서 나온다.

고개 숙여 평생 밥을 먹어 온 나는

우뚝 서서 봄비를 맛있게 먹는

나무를 부러운 듯 오래 바라다본다

밥 앞에서 굴신을 모르는 저 당당한

수직의 생을 누군들 따를 수 있으랴

—「밥」 전문

이 시는 외부의 수분을 영양 삼아 수직으로 생장하는 나무의 생태를, 고개 숙이며 타인에게 굴신하며 지내는 뭇 인간들의 삶에 대한 귀감으로 삼고 있는 작품이다. 이 관습적인 소재의 익숙한 서정시가 새롭게 읽히는 것은 시의 전면에 나선 일인칭 화자 '나'의 진솔하고 우렁차며 강직한 목소리 때문이다. 이재무는 세속 인간들의 비굴한 삶을 타자가 아닌 바로 '나'의 삶으로 치환한다. 인간의 삶과 나무의 생을 객관적인 시선으로 비교하며 묘사하는 것이 아니라, 시인이 자신의 비굴한 삶을 먼저 고백한다. 진솔한 자기 고백만큼 독자들의 공감을 얻는 일도 없을 것이다. 이제 독자들은 그의 목소리에 귀를 기울이며, 그의 감정에 자신들의 감정을 포개기 시작할 것이다. 그리하여 시 속의 '나'가 나무가 부럽다고, 그가 당당하다고 자신의 감정을 여과 없이 노출해도 독자들은 거부감을 갖기보다는 그런 시인의 감정에 자연스럽게 스며들어 간다. 또 마지막 대목에서 나무를 향해 "굴신을 모르는 저 당당한/ 수직의 생을 누군들 따를 수 있으랴"라고 마치 선언문 낭독하듯 직설적으로 외쳐도 그것은 시인의 강직한 목소리로 호소되어 독자들은 그와 함께 목청을 높이게 된다.

여기서 또 하나 주목해야 할 것은 이러한 강력한 일인칭 화자의 목소리가 상대하고 있는 것이 '나무'라는 비인격체라는 점이다. 더 정확히 말하면 그것은 시인이 비유적으로 만든 가상의 상징물이다. 이재무는 가상의 상징물을 향해 그토록 우렁차게 외치고 있는 것인데, 그렇게 상대를 향해 진심을 다한 시인의 강력한 육성이 가상의 상징물을 실재하는 인격체로 여기게끔 만든다. 일인칭 화자의 강력한 목소리가 묘사적 이미지로 시의 전언을 환기시키는 그의 시에 현실적 삶의 리얼리티를 부여하고 있는 것이다. 그런가 하면 그의 시 쓰기 방식이 시인과 의인화된 사물과의 교감을 중심으로 진행된다는 점에서 보면, 그가 동화적 상상력을 발휘하고 있는 것이라고 말해 볼 수도 있을 것이다.

> 나무 속으로 들어가 수로를 따라 걸었다. 푸른 들, 푸른 하늘이 펼쳐지고 푸른 마을과 푸른 언덕과 푸른 우물과 푸른 지붕이 천천히 다가왔다. 푸른 학교가 보여 성큼 들어섰다. 긴 낭하를 따라 풍금 소리가 들려왔다. 음표가 흘러나올 때마다 이파리들 파랗게 몸 뒤집으며 반짝반짝 웃고 있었다. 나무 속으로 강이 흐르고 새들이 날고 푸른 연기가 피어올랐다.
>
> —「나무 속으로」 전문

이 시는 나무의 상쾌한 느낌을 전하는 작품이겠지만, 그것을 형상화하는 방식, 특히 나무에 시인의 감정을 투영시키는 방식이 기존의 서정시의 틀을 벗어난다. 시인이 서사의 주인공이 되어 나무 속으로 들어가 나무 안의 새로운 세상을 경험하는 방식으로 나무의 느낌을 전달하고 있는 것이다. 이 시의 상상은 루이스 캐럴의 동화『이상한 나라의 앨리스』에서 주인공 앨리스가 회중시계를 든 토끼를 따라 토끼 굴 속으로 들어가 그 안에서 환상적인 세상을 경험하는 것을 연상시킨다. 시인은 일인칭 주인공 시점을 견지하며 동화적 상상력을 발휘하여 순간의 정서 환기라는 서정 장르의 본질적 제약을 뛰어넘어 풍부하고 다채로운 시의 정서를 만들어 내고 있다.

그렇다고 시인과 의인화된 비인격체와의 교감으로 진행되는 그의 시가 모두 동화적 상상력을 드러내는 것은 아니다. 동화적 상상력은 일인칭 화자의 목소리를 내려놓지 않는 그가 대상과의 새로운 교섭 방식으로 고안한 하나의 시적 형식일 뿐이다. 그는 대상에 따라, 또 추구하는 시적 전언에 따라 다양한 형식을 시도한다.

> 높고 긴 계단들은 어디로 갔을까
> 계단을 오를 때는 단계를 밟아야 한다

계단에서는 추월이 어렵다
계단을 오를 때 신체는 정직해진다
계단은 나쁜 생각에 인색하다
육체가 비명을 지를 때 밝아지는 정신
계단을 오를 때 시선은 바닥을 응시한다
계단을 오를 때 누구나 혼자가 된다
계단은 리어카 바퀴를 닮았다
도시를 떠난 계단을 산에서 만난다

—「계단」 전문

이 시에는 일인칭 화자 '나'가 시의 문면에 나타나 있지 않지만, 그 어떤 시보다 일인칭 화자의 목소리가 짙게 묻어 있다. 이 시에서 일인칭 화자는 앞선 시에서 시도한 동화적 상상력과는 또 다른 방식으로 활용된다. 이 시에서 일인칭 화자는 시인과 완전히 일치한다. 이 시는 전적으로 시인 이재무의 실제 경험의 소산이다. 시인 이재무가 계단을 오르며 온몸으로 보고, 느끼고, 생각한 것들을 그대로 발산한 것이다. 이렇게 시인의 시적 체험이 실제 체험과 밀착되어 있을 때 그 체험은 독자들에게 그대로 전이된다. 독자들도 시인과 동일한 방식으로 시적 경험을 하게 되는 것이다. 그럴 때 독자들은 시인이 보고, 느끼고, 생각한 것을 몸으로 감득할 것이다. 시적인 전언을 머리나 심장이 아닌 온몸으로 깨닫는 것만큼 절실한 감동으로 다가오는 일도 없을 것이다.

이재무 시의 소재들은 대체로 익명화 내지는 무명화되어 있다. 현대시가 명명화된 소재를 선택하는 방향으로 흘러온 것을 생각해 보면 이재무의 시는 과거로 역류하는 것처럼 보인다. 하지만 그의 시의 역방향은 우리의 찬란한 서정시 유산의 또 다른 창조이다. 소재의 무명화로 시적 성공을 거둔 대표적인 서정시인으로 김소월을 꼽을 수 있다. 소월은 꽃, 새, 산과 같이 구체적으로 이름이 부여되지 않은 자연물로 보편적인 감동을 전해 주는 '국민시'를 만들어 냈다. 이재무 시의 무명화된 소재들은 온몸으로 쓴 그의 시를 독자들에게 그대로 전이시키는 데 효과적이다. 「계단」이란 시에서 시적 경험의 생생한 전달은 소재가 무명화되어 있기 때문이다. 시인이 특정 공간에 설치된 특정한 계단을 밟아 올라가는 것이라면 독자들은 그 체험을 머리로는 이해하지만 몸으로 느끼긴 어려울 것이다.

이재무는 무명화된 소재를 계산된 언어로 표현하기보다는 온몸으로 밀고 나가 독자들에게 시적 체험의 전율을 전해 준다. 그가 다루는 자연물의 소재들도 꽃, 강, 호수, 나무 등으로 대부분 무명화된 것들이다. 자연물 중에는 시 쓰기에 좋은 어감과 비유를 갖춘 특별한 이름들이 많지만, 이재무는 고집스럽게 이름 없는 자연물들을 호명한다. 그는 서정시의 교범을 우직하게 따르면서 말의 기교가 아니라 감정과 체험의 진정성으로 시와 정면 승부하는 시인이다. 부드럽고 유약한 감성으로 세상 저편의 세계를 노래하는 것으로만 여겼던 서정시에서 현실적 삶의 리얼리티를 느끼고 시인의 시적 체험을 고스란히 경험하며 묵직한 감동을 받는 것은 이재무의 시 읽기가 주는 커다란 즐거움의 하나이다.

언어 자원의 무한 활용과 장소의 시학

—상희구 시집 『대구』

1. '고향 시'의 새로운 기획

상희구 시인의 '대구' 연작시가 총 백 편으로 일단락되었다. 고향 집에 대한 추억으로 시작해 고향의 젖줄인 금호강에 대한 장대한 묘사로 끝맺은 연작 장시는 현대시의 역사에서 유래를 찾아볼 수 없는 야심 찬 기획이자 도전적인 시 형식이다. 시인은 고향, 지리, 방언, 연작시라는 우리 시의 미적 자산을 모두 아우르고 뛰어넘는 새로운 시의 미학을 밀고 나가 현대시의 진로에 새로운 이정표를 세웠다.

특정 지역을 무대로 일련의 시들을 연속해 써서 한 권의 시집으로 묶은 대표적인 작품으로 미당의 『질마재 신화』를 들 수 있다. 미당은 고향인 '질마재 마을'에서 보고 들은 갖가지 생활 풍경들을 독특한 형식의 시로 만들어 냈다. 시인은 신화 같은 예스럽고 진기한 풍속을 능숙한 언어로 포착해 시적 이미지가 가득한 이야기로 승화시킴으로써 우리 시단에 획기적인 시의 모델을 선보였다. 상희구는 여기에 또 하나의 색다른 고향 연작시를 개척하여 우리 시의 양식을 크게 넓혔다.

상희구의 '대구' 연작시는 '대구'라는 한 지역의 생활 풍경을 그려 나간 작품이다. '대구'는 시인이 태어나 생의 전반부를 살았던 곳이다. 시인의 고향인 대구의 생활 풍경들을 하나하나 써 나간 이 연작시의 전체를 지배하는 특징은 '현장성과 구체성'이다. 이 시집은 『질마재 신화』와는 달리 '대구'의 지역색을 짙게 드러낸다. '대구'라는 지역색을 최대한도로 드러내고자 하는 것이 시인의 시적 전략이다. 시인은 대구를 중심으로 한 경북 방언들을 노골적으로 구사한다. 이 연작시에 구사된 방언들은 다른 방언 시에서는 찾아볼 수 없을 정도로 완강하다. 시인은 대구의 온갖 지명과 인명들을 상세하게 제시한다. 이 연작시는 특정한 시간적 배경을 뚜렷이 갖고 있다. 이 연작시는 특정한 시기에 특정한 공간에서 벌어진 사실적인 이야기들을 생생한 지역어로 그린 것이다. 시간과 공간과 언어가 이처럼 뚜렷하고 사실적인 시를 여태껏 다른 시인들의 시에서는 본 적이 없다.

짧은 호흡의 간명한 서정시로 장편의 연작시를 쓴 것도 새로운 시도이다. 『질마재 신화』는 매 편이 산문적이다. 고향 이야기는 보통 산문적으로 흐르기 쉬운데, '대구' 연작시는 짧은 호흡으로 한 편의 시를 완성하고, 이를 연작으로 엮어 장편의 고향 이야기를 전한다. 고향의 재현을 주제로 삼고 있음에도 불구하고 여러모로 혁신적인 시의 형식을 지향한 이 연작 장시를 우리는 각별한 눈으로 살펴보지 않을 수 없다.

2. 현대사 속의 '대구'

'대구' 연작시는 '서문'부터 남다르다. 시집의 서문은 대게 압축적이고 상징적으로 쓰는데, 이 서문은 대구에 대한 정보가 장황하게 기술되어 있다. 시인은 대구의 지형, 기후, 학문과 교육, 인물, 세시풍속, 토산물들을 자세히 설명하고, 높은 관직에 올라간 사람과 열녀들도 구체적으로 서술한다. 서문에서 작심하고 고향 자랑을 한 것이다. 그는 고향 예찬을 위해 대구시지를 위시해 『고려사』와 『동국여지승람』을 비롯한 여러 전문 서적을 샅샅이 찾았다. 그래서 서문이 대구에 대한 지리, 역사서를 방불케 한다. 대구에 대한 갖가지 정보 전달로 가득 채워진 서문은 이 연작시가 대구의 모든 것을 보여 줄 것임을 강력하게 알리는 선언서이다.

'대구' 연작시에서 주목할 것은 시간대이다. 시인은 대구의 역사 중 특정 시기에 집중한다. 대구의 모든 것을 보여 주고자 하는 그의 기획은 대구의 특정 기간에 한정된다. 그 시기는 그가 태어나 생의 전반을 살았던, 1942년부터 1970년대 초반까지이다. 이 시기는 일제 말, 해방, 6 · 25 전쟁, 그리고 전후의 황폐와 산업화로 이어지는 우리 현대사의 가장 들끓었던 기간이다. 이 격동의 시기에 우리 민족은 일제 식민지와 조국, 지독한 가난과 보릿고개의 탈피, 농촌과 도시라는 상반된 경험을 하였다. 이때는 옛것이 남아 있는 가운데 새로운 문물과 제도가 들어와 우리의 생활 밑바닥에서부터 '근대'의 싹이 움트던 시기였다. 특히 이 시기의 '대구'는 우리 현대사가 첨예하게 반영된 곳이다. 대구는 6 · 25 전쟁 당시 마지막까지 남은 이 땅의 보루였다. 대구 북방의 칠곡군 다부리는 6 · 25 전쟁 최대의 전투였던 '다부동 전투'가 벌어진 격전지였다. 6 · 25 전쟁 당시 대구는 피난민의 급격한 유입으로 도시의 모습이 크게 변형되었다. 산업화가 시작된 이후에는 대구가 섬유산업의 본향이 되어 인근의 농촌인들이 유입되기 시작해 도시화가 급격히 추진되었다. 대구는 당대 우리 현대사가 집약된 곳이다. 그리하여 시인이 전하는 대구 이야기는 지난 시절의 우리 민족 모두가 겪은 애틋한 이야기로 공명된다. 시인이 대구의 지역색을 대놓고 드러내면 드러낼수록 그것은 더 깊은 우리들의 이야기로 승화되어 메아리친다. 농도 짙은 지역 이야기가 가장 보편적인 이야기로 전해지는 아이러니가 대구 연작시의 묘미이다.

3. 추억의 재생, 기억의 미학

어느덧 40여 년이 지나가 버린 '그 시절'은 아름답고 인정 넘치던, 그렇지만 가난하고 서러웠던, 그러면서 새것이 밀물처럼 밀려와 하루가 다르게 모든 게 변하던 시절이었다. 그 아련한 옛 추억이 시인의 놀라운 회상을 통해 재생된다. 유소년 시절의 경험은 가슴 밑바닥에 저장되어 좀처럼 지워지지 않으며, 나이를 먹을수록 솟아 나와 더욱 가까워지기 마련이지만 시인의 기억력과 경험의 재구력은 남다르다.

> 휴일이라 그런지 한결 느긋하다 아침 느지막이 탕에 들어서서 뜨끈한 물에 몸을 담그니 그야말로 유유자적, 주변은 온통 뽀오얀 김들이 서려서 사람들이 희끄무레하게 보이는데 그 속으로 나 자신을 슬며시 감추어 주는 그 익명성에 은근히 기대어 보는 것이다.
>
> —「조일탕朝日湯-대구 6」 전문

어린 시절의 목욕탕에 대한 추억이 생생히 재현되어 있다. 일본식 호명의 냄새가 물씬 풍기는 '조일탕朝日湯'이라는 옥호는 이곳이 근대식 욕탕임을 알려 준다. 휴일에 느긋한 마음으로 한 주의 피로와 때를 청산하기 위해 목욕탕을 찾던 일은 그 후로도 오래 지속되었던 우리의 생활 양식이었다. 당시 휴일의 욕실은 언제나 만원이어서 사람들이 빼곡하게 들어찼고, 환기 시설의 미비로 김이 잔뜩 서려 있어 앞을 분간하기 어려웠다. 탈의실에서 욕실 문을 열고 안으로 들어가는 것은 안개 자욱한 미지의 세계로 미끄러져 들어가는 것 같았다. 그 김의 장막은 느닷없는 탈의로 맨몸이 된 부끄러움을 감춰 주고, 짧은 시간이나마 자기 일탈과 몰각의 꿈을 안겨 주었다. '익명성'을 누리는 즐거움을 가진 것인데, 가난한 시절이 낳은 의외의 운치이기도 했다. 공감력이 큰 회상은 또 다른 기억을 낳기 마련이다. 이 시를 따라 지난 시절로 미끄러져 들어간 독자들은, 그 후의 목욕탕의 변화에 대한 추억을 떠올리게 된다. 그토록 뿌연 욕탕은 경제 발전에 따라 새롭게 조성된 현대식 건물 안에 들어서면서 환한 공간으로 바뀌고, 갑자기 밝은 조명 아래서 느꼈던 맨몸의 어색함을 상기해 보며 입가에 살포시 웃음을 머금게 된다.

이나 빈대 벼룩을 없애 준다니
고맙기는 하나 썩 내키지는 않았다
생전 처음으로 코쟁이와 맞닥뜨렸는데
허리춤을 느슨하게 하는가 했더니
다짜고짜로 흡사 휴대용 분무기처럼
생긴 것을 사타구니 사이로 쑤셔 넣더니
드르륵 하고 한번 소리를 내자
하얀 횟가루 같은 것이 쏟아져 들어왔다
아, 이 매캐한 내음
난생처음 맡아 보는
서양의 냄새
화학이라는 이름의 냄새

—「디디티DDT-대구 46」 전문

빈대 잡으려다 초가삼간 태운다는 속담은 오십여 년 전까지만 해도 생활 속에서 체감되는 격언이었다. 그만큼 이와 빈대가 많았고, 그토록 불결하고 불편한 환경 속에서 일상을 지냈다. 해방과 6·25 전쟁을 거치며 이 땅에 들어온 미군은 서구의 선진 문물을 우리의 후진적 생활 깊숙이 유입시켰다. 인용 시는 그때의 정황을 사실적으로 보여 준다. 빈대 잡는 약인 '디디티'가 횟가루 같다는 것은 당시의 생활 경험이 그대로 반영된 비유이다. 겉보기에 비슷한 횟가루와 디디티가 지닌 기능의 차이는 당대 우리의 삶과 서구 문명의 격차를 그대로 드러낸다. 그 낯선 화학약품에서 난생처음 서양의 냄새를 맡았다는 시인의 언급은 사실적인 경험의 발로이자 통찰력 있는 시적 표현이다. 그 후 비약적인 경제 발전으로 우리는 오늘날 선진국 문턱에 들어섰지만, 약품은 아직 그들을 따라가지 못하고, 그래서 서양은 여전히 새로운 약 냄새로 인식되는 측면이 있다.

시인의 기억 회로를 통한 당대 생활의 재현은 연작시 곳곳에서 나타난다. 시인은 시적인 윤색이나 가공 처리 없이 당대의 삶을 그대로 투시하여 근대의 경계에 섰던 당시의 생활 속 내면 풍경을 고스란히 인화해 낸다. 지금은 하찮은 화장품인 멘소래담 로션은 한동안 남성 화장품의 대명사였는데, 그것이 이 땅에 처음 들어온 것은 6 · 25 전쟁 당시의 미국 선교사를 통해서라고 알려져 있다. 제약 회사에 뿌리를 둔 멘소래담 로션의 냄새를 어린 시절 난생처음 맡아 본 시인은 곧바로 호주 시드니 항의 하얀 돛단배를 떠올린다. 그것은 당시 미국의 금문교와 함께 달력이나 그림엽서에서만 볼 수 있는 꿈같은 풍경이었다(50, 60년대의 이러한 내면 풍경은 김종삼의 「북 치는 소년」에서 잘 그려진 바 있다). 동시대의 같은 지구에 어떻게 이처럼 멋진 나라가 존재할까 감탄하며 마냥 동경해 마지않던 그 시절의 내면 풍경을 그대로 그린 것이다. '60년대 최고의 인공감미료'인 사카린을 손바닥에 올려놓고 그 '치명적인 당도'에 매료되어 먹고 또 먹던 풍경, 옷에 넣는 좀약인 나프탈렌을 아이들이 사탕으로 알고 먹을까 봐 주의를 주고 또 주던 엄마의 육성과 박하사탕 같은 이국적 향기에 중국의 전설 속 왕국을 떠올리곤 하던 유년의 심정 등도 그 시절의 추억을 고스란히 드러낸 애잔한 영상들이다.

자유당 말기, 주로 행세깨나 하는
졸부들의 상시에 유행하던 패션 감각
이라는 것이 이러했다
구로메가네에다 가짜인지 진짜인지도
모르는 로렉스 시계, 구찌 허리띠에다
루이뷔똥 구두까지 챙겼다. 속옷이 언뜻언뜻
비쳐 보이는 한산 세모시 남방을 걸쳤는데
압권은 윗주머니에 찔러 넣은 살짝
비쳐 보이는 한 갑의 말보로 양담배였다

—「말보로 양담배–대구 29」 부분

삶의 풍경은 인간이 사용하는 언어에 묻어난다. 옛것의 잔존과 새것의 유입이 어색하게 공존하던 그 시절은 일본어와 외래어가 공존하던 시기였다. 자유당 말기의 졸부들의 패션을 그대로 서술하고 있는 인용 시에서 그들이 몸에 걸치고 있는 장신구 이름은 온통 일본어와 서양어 일색이다. 그렇게 외국 브랜드 일색에 속옷만큼은 우리의 한산 세모시 남방을 걸친 옷차림이었으니 옛것과 새것의 잘못된 만남이 주는 희극적인 초상이다. 돌이켜 보면, 그것은 근대의 경계를 살았던 슬프고도 우스웠던 당대의 삶의 풍경으로 입가에 쓴웃음을 자아내게 하지만, 동시에 오늘의 우리는 과연 그로부터 얼마나 나아졌는지 돌이켜 보게 된다. 이렇게 볼 때, 시인이 선보인 기억의 미학은 그와 동시대인에게는 아련한 향수를 불러일으키고, 그렇지 않은 세대에게는 오늘의 삶을 비추는 반성적 거울의 역할을 하고 있다.

4. 지리와 장소의 시학

'대구' 연작시는 대구의 곳곳을 샅샅이 보여 준다. '지리와 장소'의 시적 형상화는 현대시에서 자주 사용되지만, '대구' 연작시만큼 일관되고 집요하게 특정의 지리와 장소를 연속해서 시의 소재로 삼은 경우는 전에 없었고, 앞으로도 없을 것이다. 시인이 출생한 동네인 '칠성동'에서 시작해 대구 최고의 번화가인 동성로와 훌남문시장, 서문시장, 칠성시장, 염매시장, 양키시장, 우시장이 있던 내당동땅굴 등의 대구 장터, 대구의 대표적 공원인 달성공원, 그리고 시인이 자주 다니던 대구의 대표적인 목욕탕, 이발소, 병원, 음식점, 사진관, 극장, 예식장 등이 옥호와 함께 시에 등장하며, 영산못, 용두방천, 안지랭이, 수도산, 팔공산, 반티산, 고산골, 팔조령, 부인사, 거조암 등 대구의 산천과 명승지들이 모두 출현한다. 이 외에도 대구의 동네들이 하나하나 호명되면서 시의 제재로 다뤄진다. 시인의 기억에 저장되어 있는 대구의 지명과 인명이 거의 다 동원된 것으로 보인다. '대구' 연작시는 시로 쓴 대구의 지리서이기도 하다. 이 시집으로 대구시는 大邱市誌(대구시지) 외에 大邱詩誌(대구시지)까지 보유하게 되었고, 이로써 소개 책자가 다른 도시보다 두 배나 많아진 셈이다.

느릿느릿 느림보
구부구부 만장걸치
흐르는 금호강 옆에

푸르러푸르러
푸르렀던 검다이
보리밭 밑에

새벽이 맑았던
배자못 밑에

앞니로 잘근잘근 깨물어
보리피리 만들어 불곤 하던
그런 추억들 우에 우에

대구시 북구 복현동이
있었다네

—「복현동-대구 41」 부분

대구시의 한 동네인 '복현동'이라는 곳의 위치와 주변의 풍광을 시인은 생생히 그린다. 만장에 빗댄 금호강은 느린 유속과 구불구불한 강 선을 지니고 있음을 전해 주며, 보리밭에 대한 상세한 묘사는 동네 주변에 보리밭이 매우 인상적인 풍광으로 펼쳐져 있고, 그곳이 유년의 즐거운 놀이터였음을 알려 준다. 느리고 굽이져 흘러가는 금호강을 옆에 끼고, 푸른 보리밭과 맑은 연못을 아래에 둔 대구시 복현동의 그림 같은 동네 모습이 시인의 회상과 묘사를 통해 눈앞에 생생히 드러난다. 이 시를 읽으며 대구가 고향인 사람은 아련한 추억에 잠기고, 대구가 고향이 아닌 사람도 우리 동네의 원래 모습이 지닌 아름다움을 돌아보고, 향수에 젖으며 마음의 평온을 얻을 것이다.

시인은 지명을 시로 형상화하면서 본문 아래에 지명의 유래와 역사를 부기하였다. 일종의 어석이라고 할 수 있는데, 대구 연작시에선 이것이 작품의 일부로 그 역할을 하고 있다. 대구 연작시에선 시의 본문과 지명의 설명이 합해져서 하나의 작품을 이룬다. 시 「복현동」엔 다음과 같이 지명에 대한 어석이 붙어 있다.

· 금호강: 포항시 죽장면에서 발원. 대구시 동북을 휘돌아 흐르는 강.
· 검다이(檢丹) 보리밭: 대구 남단의 노곡동, 조야동, 동변, 서변에서 시작하여 검다이를 거쳐 복현동, 신기동에 이르기까지 끝없이 푸르른 보리밭이 펼쳐졌는데, 검다이 보리밭은 그 중심에 있었으며 정말 가관이었다.
· 배자못: 복현동과 검단동 사이에 있던 꽤 큰 연못, 지금의 문성초등학교 자리에 있었다.

시에 등장한 지명인 '금호강' '검다이 보리밭' '배자못' 등의 지리적 위치와 풍광이 자세히 기술되어 있다. 시의 본문은 짧은 형식으로 동네의 풍경을 감각적으로 전하고, 그 아래의 부기는 동네의 위치를 상세히 설명하여 전체적으로 동네 모습을 지리적 정보와 함께 입체적으로 전해 준다. '배자못'처럼 사라진 장소에 대한 설명은 독자들에게 또 다른 울림을 준다. 우리는 이런 설명을 들으며 장소의 변천 과정을 알게 되고, 산천의 운명과 그 경개의 사라짐에 안타까움을 느끼며 여러 상념에 잠기게 된다.

이즈음 팔조령에도

평화가 도래하였는지

과객過客들은 이조二助 삼조三助까지도

영嶺을 넘나들곤 한다.

· 대구광역시 달성군 가창면과 청도군 이서면에 걸쳐 있으며 부산에서 한양까지의 관로 중 문경새재 다음으로 높은 재가 팔조령이다. 옛날에는 산세가 너무 험해 산적들이 많이 출몰하였기에 반드시 여덟 명(八助) 이상이 무리를 지어 고개를 넘나들었다고 해서 팔조령八助領이란 이름이 붙여졌다고 한다.

—「팔조령八助嶺-대구 16」 전문

이 시는 '팔조령'에 대한 부기를 읽을 때 비로소 시의 의미도 명확해진다. '팔조령'에 대한 설명을 보지 않고 작품을 먼저 읽으면 시의 의미가 애매하고 막연한데, 그 아래의 부기를 읽으면 전보다 훨씬 개방되고 평화로워진 대구 인근의 삶의 풍경을 말장난과 함축미를 통해 전하는 것임을 알 수 있다. 우리 시에서 명칭의 유래를 설명하고, 이를 활용해 시의 본문을 채운 대표적인 작품으로 이용악의 「오랑캐꽃」을 들 수 있다. 이 시는 서두에 '오랑캐꽃'이란 험한 꽃말의 유래를 제시하고, 그 꽃말에 대해 '오랑캐꽃'이 느꼈을 억울한 감정을 드러내 우리 삶에서 명명이 지닌 의미를 성찰한 작품이다. 상희구는 '팔조령'이란 명명의 유래를 시의 말미에 제시하여 시 읽기의 또 다른 묘미를 제공한다. 독자들은 시를 읽고 장소의 함축적 의미를 막연히 상상하고, 이어 부기를 읽고 시의 의미를 명쾌하게 인지하면서 서사적 읽기의 즐거움도 만끽하게 된다. 대구 연작시는 시의 본문과 부기가 시의 형식에 함께 참여하여 서정과 서사의 문학적 묘미와 효과를 동시에 거두고 있다.

5. 언어 자원의 보고, 방언 활용의 극대치

이 연작시는 방언의 구사에서 개성의 절정을 이룬다. 대구 연작시의 백미는 타의 추종을 불허하는 노골적이고 다채로운 방언의 구사이다. 대구 연작은 방언의 구사로 미학적 완성도를 한껏 높인다. 우리의 현대시사에서 방언 시의 계보는 소월, 영랑, 백석, 목월 등으로 이어지는데, 상희구 시인의 대구 연작은 이러한 방언 시의 전통과 미학을 계승하면서 이 모두를 아우르고 넘어서는 방언 시의 새로운 미학을 선보인다.

용두방천에는 돌삐이가 많고
무태에는 몰개가 많고
쌍디이못에는 물이 많고
깡통골목에는 깡통이 많고
달성공원 앞에는 가짜 약장사가 많고
진골목에는 묵은디 부잣집이 많고
지집아들 짱배기마즁 씨가리랑
깔방이가 억시기 많고
칠성시장에는 장화가 많고
자갈마당에는 자갈은 하나도 안 보인다.

—「대구 풍물–대구 4」 전문

인용 시에서 장소의 시학은 지리보다는 그곳의 풍물을 겨냥한다. 그리고 그 대구 풍물은 방언의 구사로 시적인 미학을 획득한다. 방언은 표준어와 조화를 이루며 적절하게 배치됨으로써 호소력을 배가시킨다. '돌삐이'란 방언은 '돌맹이'란 의미를 연상시키지만, '몰개'는 상대적으로 낯선 느낌을 주고, '짱배기마즁' '씨가리' '깔방이' 등은 전혀 뜻을 알아채기 어렵다. 이해 가능한 말에서 점차 낯선 말로 나아가 방언에 대한 초기 저항을 줄이면서 독자들을 방언의 세계로 끌어들인다. 그러다 마지막 세 단어에서는 아주 강렬한 어감을 주는 낯선 방언을 제시하여 말의 쾌감과 생소화의 효과를 극대화한다. 이어서 "자갈마당에는 자갈은 하나도 안 보인다"는 평범한 말장난이 나오는데 그 앞의 생소한 말의 절정 이후여서 말의 긴장을 풀어 주는 또 다른 시적 효과를 준다.

우리의 현대시에서 방언은 어조에 집중되었다. 소월, 영랑, 목월 등의 시가 모두 그러하다. 각기 평안, 전라, 경상 지역에 기반을 둔 세 시인은 모두 자기 고향의 말투를 시에 적용하여 특별한 시적 효과를 거두었다. 반면 백석은 고향의 말투 대신에 사물의 언어에 고향 말을 써서 낯선 말의 미감을 겨냥하였다. 상희구 시인은 이러한 시적 전통을 모두 받아들여 사물과 어투 모두에 고향의 방언을 구사한다. 상희구 시인의 대구 연작시에는 음운, 어휘, 어법 등 언어의 모든 층위에 걸쳐 경북 방언들이 아주 완고하게 구사된다.

돌다리 건너 소전꺼래
알분다이 할매가 살았다
얼매나 다사시럽었던지 마실에
뉘 집 미느리가 하로에 방구로 및 분
낏는지 다 꿰고 있을 정도였다
한 분은 이 할매
'아이고 방아깐에 청송댁이 손자로
봤는데 글케 알라가 짱배기에 쌍가매로
이고 났다 카더마는, 아모래도 장개로
두 분 갈꺼로' 칸다
이 할매, 얼매나 밉쌍시럽었던지 이부제
할마씨가 초저녁 마실 나온 할매한테
지대바지를 한다

'할매 내 좀 보소, 저게 하늘에 빌이 많제, 그라마
저 빌 중에 첩싸이 빌이 어는 빌인지
그라고 큰오마씨 빌이 어는 빌인지 맞차보소
그만춤 마이 알마'

—「소전꺼래 알분다이 할매-대구 15」 전문

인용 시엔 고향의 할매에 대한 묘사와 할매끼리 나누는 대화는 물론이고, 이들에 대한 시인의 서술까지도 모두 방언으로 구사된다. 시의 대상과 화자의 말이 모두 방언으로 되어 있고, 그것도 모든 언어적 층위에 걸쳐 사용된다. 그리하여 이 시를 읽으면 이 지역의 할머니가 글자 밖으로 바로 튀어나올 것 같은 생동감을 준다. 이 시는 아는 체를 너무 하는 사람을 풍자적으로 그리면서도 사람 사이의 날카로운 대립보다는 순박한 마음과 구수한 인정이 도드라지는데, 그것은 경상도 방언의 발음과 어휘와 억양에서 비롯된 것이다.

경상도 방언은 한글의 원형적 형태가 많이 남아 있는 말이다. 한글의 성조가 경상 방언의 억양으로 남아 있고, 순경음 비읍의 소리도 그대로 남아 있다. 대구 연작시에는 경상 방언의 형태와 소리가 거의 다 구사된다. 우리는 그의 대구 연작에서 한글의 원형적 형태를 느끼며 모국어의 원시적 순수함을 만끽하고 그 안에 담겨 있는 우리 민족의 순박한 정서를 감지하게 된다.

대구 연작시에서 화려하게 전개되는 경상 방언의 시어들은 궁극적으론 모국어를 획기적으로 확장하는 계기가 될 것이다. 시인이 구사한 방언 중에는 '철개이(잠자리)' '매리이(매미)' '마카(전부)'처럼 꽤 알려져 있고, 사전에 등재된 말도 있지만, 그렇지 않은 시어들도 아주 많다. 엉기불통, 자부래미, 물띠미, 덩더꾸이, 유룸하다, 공상거리다, 호무래이, 내미치매…… 등을 비롯한 수많은 시어들은 아름답고 감칠맛 나는 토착어로서 시인이 발굴한 모국어이다. 그런가 하면 '꼬방시다(고소하다)' '수루매(오징어)'처럼 사전에 등재되어 있지 않으나 민간에 널리 알려진 방언들도 많은데 이러한 시어들은 이번에 용례가 분명히 제시됨으로써 우리의 토착어로 사전에 등재될 수 있는 근거가 된다. 또 시인이 구사한 방언 중에는 '지대바지하다' '얼치거이 없다'처럼 사전에 그와 유사한 어휘가 등재된 말이 있다. '지대바지하다'는 사전에 '지대기다(귀찮게 굴다)'라는 말이 있는데, 이 말이 확장된 것 같고, '얼치거이 없다'는 사전에 '얼치다(정신을 잃어버리다)'라는 말이 있는데 이 말이 활용된 것 같다. 시인의 방언 구사는 우리말이 지역어로 나아가면서 어떻게 분화, 확장되는지를 확인시켜 준다.

끝으로 그의 방언 구사는 사전에서 잠자고 있는 아름다운 우리말을 발굴하여 그 쓰임새를 널리 알리는 데 크게 기여한다. 가령, 시인이 방언으로 구사한 '이말무지로'는 '에멜무지로(헛일하는 셈 치고 시험 삼아 하는 모양)'라는 표준어가 음운변화를 거친 것이다. 또 '사부제기'는 표준어 '사부자기(가볍게)'에서 음운변화를 거친 말이며, '딸꾸비(세차게 내리치는 비)'는 '달구비'가 된소리로 발음된 것이다(시인은 '딸꾸비'가 '딸꾹질'에서 온 말로 짐작하는데, 『고려대한국어대사전』은 '달구비'의 형태를 '달구+비'로 기술하고 있다. 즉, '달구비'란 '달구'를 내리치는 것처럼 아주 굵고 세차게 쏟아지는 비라는 뜻이다). 이말무지로, 에멜무지로, 사부제기, 사부자기, 딸꾸비, 달구비 등은 모두 아름답고 감칠맛 나는 우리의 토착어들이다. 시인이 성장 체험에서 획득한 고향 말의 재구는 우리의 토착어 발굴은 물론 사전에서 잠자고 있던 주옥같은 표준말을 발굴하여 그 쓰임새를 알려 주고 있는 것이기도 하다. 상희구 시인의 대구 연작시는 우리의 언어 자원이 얼마나 풍부한지 돌아보게 하고, 그토록 풍요로운 언어 자원의 발굴과 활용의 중요성을 새삼 일깨워 주고 있다.

낯익은 듯 낯선 시의 위엄

—이희중 시집 『나는 나를 간질일 수 없다』

1. 생각의 깊이와 논리의 리듬

「누군가 나에게 물었다」라는 김종삼의 명시에서 시인은 '시가 뭐냐'는 독자의 질문에 시종일관 딴청을 피우다 끝내 대답하지 않은 채 시를 마친 바 있다. 그것은 시란 몇 마디로 정의 내릴 수 있는 것이 아니라는 것, 시에는 정해진 틀이 없다는 것을 함축한 시적 표현일 것이다. 시라는 양식의 공통분모는 있으나, 그 형식은 다양하고 쓰는 방식도 저마다 다르다. 이러한 시의 개방성과 자율성이 시 쓰기의 어려움이자 동시에 즐거움일 것이다. 전에 본 적이 있는 것 같은 낯익은 작품들은 시라는 이름으로 잠시 불리다가 이내 잊히고, 처음 본 듯한 낯선 작품만이 영원한 시의 자리에 남게 된다.

이희중의 시들은 낯익으면서도 낯설다. 잘 쓴 글처럼 분명하고 정확한 문장들로 이루어진 그의 시들은 평범하다는 인상을 준다. 하지만, 그것은 그 시들을 그냥 일반적인 산문으로 읽을 때 받는 느낌이다. 그것이 시라는 것을 자각할 때 그 작품들은 돌연 낯선 것으로 다가온다. 시종일관 그렇게 촘촘하고 논리정연한 사색을 펼치며 분명한 메시지를 담고 있는 시들을 다른 시인들의 작품에서 찾기는 쉽지 않다. 그는 하나의 대상에 대해, 어떤 풍경에 대해, 주변의 일상적 현상에 대해 하나하나 따지고 분석해 나간다. 문학은 딱 생각한 만큼 나오는 것이라고 하지만, 오로지 생각의 전개에 전심전력하며 시를 쓰는 것은 매우 이색적인 것이다. 이희중은 '사색시' 또는 '논리시'라고 불릴 만한 시로 일가를 이루며 독보적인 자기 영역을 구축하고 있다.

시 형식의 핵심 요소인 운율의 운영에서도 이희중의 시는 매우 개성적이다. 그는 시어의 소리 자질에는 큰 관심이 없어 보인다. 음운의 반복으로 어떤 정서와 분위기를 환기하는 '서정시'의 일반적인 방식을 그는 선호하지 않는다. 그렇다고 그의 시에 소리 반복이 나타나지 않는 것은 아니다. 단어와 어구와 문장과 문형의 반복이 매 시편마다 지속적으로 등장한다. 그는 시의 형식으로 운율을 중시하고 있음이 틀림없다. 그런데 그러한 말들의 반복은 정서의 환기가 아니라 생각과 논리의 강화에 이바지한다는 점에서 다른 시인의 시들과 차별된다.

짜장면을 먹으면 몸에 흔적이 남는다
옷에 튄 검은 점들
입 안에 들어가기 전 격렬하게 흔들리는 면발이 문제다
그래서 지혜로운 사람은 짜장색 옷을 입는다
아니면 아예 먹지 않는다

구운 땅콩을 먹으면 낮은 데 흔적이 남는다
낮은 데 흩어진 얇고 질긴 속껍질들
무언가를 지키도록 생긴 것들의 최후가 문제다
그래서 지혜로운 사람은 노천에서 땅콩을 깐다
아니면 아예 그냥 먹는다

—「흔적」 부분

시집의 첫머리에 놓여 있어 시집의 전체 인상을 좌우하는 이 시에는 여러 층위에 걸친 말들의 반복이 시의 형식을 지배한다. 그것을 정리하면 다음과 같다.

· ~하면 ~에 흔적이 남는다
· ~이 문제다
· 그래서 지혜로운 사람은 ~한다
· 아니면 ~한다

이러한 말의 형식은 1연과 2연에서 반복되고, 또 인용에서 생략된 3연에서도 반복된다. 일정한 말의 형식이 3연에 걸쳐 거의 똑같이 반복된다는 점에서 이 시는 정형률에 가깝다. 그러나 우리는 이 시에서 재래의 서정시에서와 같은 음악성을 느끼지 못한다. 왜 그럴까? 그것은 반복되는 말들의 성격 때문이다. 이 시에서 반복되는 시어와 문형들은 어떤 문제에 대한 발견과 그러한 문제의 발생 이유, 그것을 해결하는 방식에 대한 시인의 통찰의 언어들이다. 그리고 그러한 일련의 문제 발견과 해결 과정에 대한 시인의 의식은 매우 논리적이다. 그의 시에서 반복되는 말의 형식은 논리적인 사고 과정의 표출인 것이다. 그래서 연이 거듭될 때마다 이루어지는 말의 반복은 시인이 펼친 논리를 더욱 탄탄하게 하는 역할을 한다. 우리는 이 시에서 시인이 고안한 말의 형식과 그 안에 들어 있는 정연한 논리의 반복을 통해 세상일에는 흔적이 남기 마련이며, 그 흔적을 가리기 위해선 문제를 발견하여 지혜를 발휘하거나, 아니면 그 일 자체를 포기하는 두 가지 길이 있다는 것을 명심하게 된다. 또 다른 시 한 편을 보자.

용산에서 열차 떠날 때
자리 번호 봐 드렸더니
여수 간다시는 옆자리 할머니
오렌지도, 군고구마도 나누어 주신다

할머니들은 먹을 것을 가지고 다니신다

지난 초겨울 부산 작은어머니 돌아가셨을 때
문상 내려간 나를 하룻밤 재워 준,
이제 할머니가 되어 버린 사촌 희야 누나
내 언제 또 니 밥 한 끼 해 주겠노,
장삿날 이른 새벽, 밥을 일부러 지어 주셨다
어릴 때 누나가 지은 끼니를 많이 먹은 나
마흔 몇 해 만에 추억을 먹는 새벽, 나도
살아서 언제 또 누나가 해 주는 밥을 먹겠나 싶었다

할머니들은 먹을 것을 손수 만들어 주신다

—「할머니들이 먹여 살린다」 부분

이 시에선 "할머니들은 먹을 것을 가지고 다니신다"라는 문장이 반복, 변주된다. 연과 연 사이에 특정 구절을 반복시키는 것은 재래의 서정시에서 흔히 보아 온 시 형식이다. 널리 알려진 명시 가운데 정지용의 「향수」가 이런 형식을 취하고 있고, 거슬러 올라가면 그것은 고려가요에 뿌리를 둔다. 이러한 시 형식에서 반복 구절은 모두 말소리의 반복에 의한 음악성 제고에 기여한다. 고려가요에선 그것을 '여음'이라고 부른다. 지용 시에서의 반복 구절인 "그곳이 참하 꿈엔들 잊힐리야"는 '참하'와 '잊힐리야'라는 시어에서 소리 자질에 의한 음악성이 도드라진다. 그것은 '향수'에 대한 시인의 탄식을 극대화한다. 하지만, 인용한 이희중 시에서 반복 구절들은 그러한 음악성을 환기하지 않는다. 이 구절들은 각각 그 앞 연에서 서술, 묘사한 장면들의 의미를 시인이 다시 일목요연하게 설명한 것이다. 특이한 것은 인물의 행위를 간명하게 재현한 장면 묘사에선 운율 구사가 느슨하다가 장면에 대한 시인의 요약 설명에서는 운율을 강력히 시도한 점이다. 행위의 묘사에 운율을 장치시켜 그 장면을 역동적으로 드러내는 것이 일반적인 시작 방식이지만, 시인은 그보다는 그런 행위에 대한 자기 생각을 정리한 대목에서 반복 구절을 통한 운율을 구사하고 있다. 그래서 이 운율은 시인의 생각을 강화하고 극대화하는 데 기여한다. "할머니들은 먹을 것을 가지고 다니신다" "할머니들은 먹을 것을 손수 만들어주신다" "할머니들은 우리가 먹고 사는 무엇임을 잊지 않으신다"라는, 운율로 조성된 문장은 그 반복성으로 '할머니'와 '먹을 것'과의 관련성을 독자들에게 깊이 각인시킨다. 게다가 이 반복, 변주의 문장은 횟수가 거듭되면서 그 자체로 의미가 심화된다. 처음에 할머니들은 단순히 먹을 것을 가지고 다니시는 존재지만, 그 다음번엔 그것을 직접 만들고, 마지막엔 우리가 먹고 사는 존재임을 일깨우는 인물이다. 의미의 점층적 전개는 반복적 변주의 문장을 통해 자연스럽게 이루어지고, 점층적 의미는 한층 설득력 있게 전달된다. 이러한 운율 효과로 우리는 이 시를 읽으며 먹는 것이 결국 인간 삶의 기본이라는 엄연한 사실을 돌아보고, 할머니들이 우리에게 얼마나 소중한 존재인지를 새삼 깨닫게 된다. 운율 조성이 정서 환기나 행위의 재현을 넘어 논리의 강화와 메시지 전달의 수단이 되는 것을 경험하는 것은 이희중 시 읽기의 즐거움 중의 하나다. 생각의 즐거움을 추구하는 그의 '낯선 시'들은 운율 조성에서도 그에 걸맞은 자기만의 독특한 시적 장치를 구축하고 있다.

2. 과학적 상상과 문학적 진실

어떤 사물이나 현상에 대한 느낌보다는 생각에 집중하는 그의 시적 태도는 종종 과학적 상상을 지향한다. 분석적이고 논리적인 사고를 중시하고, 그에 입각한 추론을 즐기는 시인이 과학적 사고를 자주 하는 것은 자연스러운 현상이다. 과학은 느낌의 반대편에 있는 영역으로 치밀하고 합리적인 사고를 요구한다. 과학적 상상은 어떤 문제를 정서적으로 파악하기보다 이

성적으로 풀어내려는 이들에게 가장 이상적인 사고방식이다. 다음 시는 지하철 안의 사람과 사물들의 풍경을 보고 쓴 시이다. 지하철은 오늘날 가장 높은 이용률을 지닌 대중 교통수단이어서 많은 시인들이 그 안의 풍경을 노래하곤 한다. 그들은 대체로 승객들의 표정이나 몸짓을 묘사하면서 그 안에 자신의 생각이나 느낌을 담아내곤 한다. 그런데 이희중은 전혀 다른 방식으로 시를 쓴다.

흔들리는 손잡이를 그 여자가 잡아 주자
손잡이와 그 여자는 함께 흔들린다
마주 서면 그녀의 귀고리는 잘 보이지 않는다

살짝 옆모습을 보여 줄 때
또는 내가 두 걸음 그녀 옆을 돌 때
귀고리의 거죽을 엷게 덮은 금과 은은 각각
제 빛으로 도도히 반짝인다, 고것이
주인의 귀밑에서 주인보다 조금 더 흔들릴 때
살랑거리는 아주 작은 소리
도도한 빛을 좇아 천천히 객차 안 멀리
퍼져 나간다. 가라앉지 않고

앉았던 그 남자가 일어서자 그의 무게는
의자 위에 잠시 더 남았다가 주인을 따른다
빈자리에 그 여자가 앉고 그 여자의 치마는 조금 늦게
의자 위에 펼쳐져 가라앉는다

열차가 다시 움직인다
열차의 쇠바퀴가 쇠길 위에서도 겉돌지 않는 것은 제 무게 때문이다

열차는 아무리 빨리 달려도 이륙할 수 없다

—「중력을 엿보다」 전문

지하철 안의 승객들과 사물들을 바라보며 시인은 중력의 법칙을 생각한다. 시인은 그들의 표정에서 어떤 생각을 읽거나 감정을 느끼는 대신에 그들의 움직임이 작동하는 과학의 법칙을 생각한다. 이 시도 여느 시처럼 지하철 안 승객들의 몸짓을 묘사하긴 하지만, 그것은 중력의 법칙의 시각에서 이루어질 뿐이다. 이 시는 중력의 법칙에 대한 과학적 관찰 내지, 검증 보고서라고 해도 과언이 아니다. 소리가 파동이어서 중력의 법칙을 받지 않는다거나 중력과 양력의 차이까지도 제시한다. 시인은 지하철 안의 풍경과 레일 위를 달리는 지하철을 두고 이런저런 과학적 상상의 즐거움을 구가한다. 지하철 안의 풍경에서 이렇게 과학적 관찰을 시도한 작품을 다른 시인들에게서 찾기는 어렵다. 소재의 진부함에도 불구하고 이 작품은 그만큼 '낯선 시'인 것이다.

이 과학적 상상의 시가 의미하는 것은 무엇일까? 왜 시인은 이토록 지하철의 풍경을 과학적 시각으로만 그리고 있을까? 이 시를 통해 우리는 인간의 행동과 사물의 움직임이 근본적으론 과학적 원리에 의해 지배되고 있음을 새삼 확인하게 된다. 주관적 감정이나 생각에 앞서 존재하는 것이 과학적 사실이다. 과학적 사실은 세상사의 근본 원리이다. 아름다운 소리를 멀리 있는 사람이 같이 듣고, 천장에 매달린 손잡이를 잡으면 안전하며, 지하철이 궤도를 이탈하지 않는 등, 아름다움의 공유와 우리 삶의 안전도 과학적 원리의 지배를 받고 있다. 과학적 사실은 그 어떤 인간의 생각이나 이념이나 감정보다 우월적 지위를 지닌 객관적 진실이다. 그러면 이희중 시인은 '과학적 사실'의 추구에만 전념하고 있는 것일까?

꼭 그래야 할 이유가 없는데도 달은 지구에게 한쪽만 보여 준다. 우리는 평생 달의 한쪽만을 보거나 안 보거나 한다. 지구 어디서나 계수

나무와 토끼, 절구와 공이만 보인다. 토끼는 수억 년 동안 한 동작으로 멎은 채, 지구에서 볼 때 달 동그라미의 한복판을 중심으로 돈다. 그러므로 달은 보물을 뒤춤에 감춘 채 고걸 보려고 덤비는 우리한테 한사코 얼굴만 들이미는 장난꾸러기. 그러하다면 달 뒤편에는 유에프오의 기지가 있고 환하고 뜨거운 문명의 축조물이 있음이 틀림없다.

—「뒤편」 부분

시인은 지구와 달의 자전과 공전주기로 인해 우리가 보고 있는 것은 결국 달의 한쪽뿐임을 상기시킨다. 지구 위에 있는 인간은 단 한 번도 달의 뒤편을 본 적이 없다는 것이다. 이어서 그렇다면, "달 뒤편에는 유에프오의 기지가 있고 환하고 뜨거운 문명의 축조물이 있"을 거라고 시인은 분명한 어조로 말한다. 여기서 전자는 과학적 사실의 언명이고, 후자는 상상적 발언이다. 시인은 과학적 사실의 토대 위에 문학적 상상을 펼치고 있다. 이러한 시인의 문학적 상상에 대해 선뜻 동의하기 어렵지만, 논리적으로 반박하기 어렵다. 과학적 사실이 그 논리의 바탕에 깔려 있기 때문이다. 과학이 시인의 엉뚱하고 흥미로운 주장을 논리적으로 타당하게 받쳐 주고 있다. 시인에게 과학적 사고는 문학적 상상을 펼치는 논리적 기반이 되어 준다. 과학적 사고로 그의 기발한 문학적 상상은 반박할 수 없는 문학적 진실이 된다. 문학적 상상의 발언이 이처럼 확신에 찬 어조로 표명되는 것을 다른 시에서 찾기는 어려울 것이다. 그는 이제 과학적 사고를 기반으로 인간 삶의 본질적인 문제를 성찰해 나간다.

그들은 아직 오지 않았다. 그들이 결국 그 기계를 만들지 못한 것이다. 만들었다면 우리를 벌써 찾아오지 않았겠는가. 내 후손이 없다면 아는 이의 후손이라도 찾아왔어야 하지 않겠는가. 이렇게 살아가는 우리들에게 무어라고 말하고 싶지 않았겠는가.

…(중략)…

마침내 그들은 알게 되었을 것이다. 기계를 만든들 과거를 쫓아간들 아무것도 달라질 것이 없다는 사실을. 우리가 사는 역사는 무한수의 갈래를 이룬 가능한 역사 가운데 한 가닥일 뿐임을. 그들이 이제 돌아와 조상들이 벌인 미련한 짓을 바꾼다 한들 정작 자신들의 세월이 달라질 리 없다는 것을. 바뀐 역사는 이미 자신의 역사가 아니라는 것을.

그러므로 그들의 시간은 그들만의 시간, 우리들의 시간은 우리들만의 시간. 우리와 그들은 서로 다른 무대 위에서 시작한 저마다 다른, 외롭게 닫힌 연극의 배우들일 뿐. 우리는 영원히 미래를, 우리가 선택한 서사의 궁극적 결말을 알지 못한 채 이 외롭고도 무서운 역사의 한 끄트머리인 오늘을 살아갈 뿐.

—「타임머신론」 부분

'타임머신'은 과학이 꿈꾸는 최대의 발명품에 속할 것이다. 시간을 거스르며 과거와 현재와 미래를 마음대로 오갈 수 있는 그것은 과학이 인류의 삶을 완전히 지배할 수 있음을 보여 주는 최후의 기기일 것이다. 시인은 그 꿈의 과학 기기인 타임머신에 대해 생각의 문을 연다. 생각의 첫 단계에서 시인은 아직 미래의 인류가 그 기기를 만들지 못했을 거라 생각한다. 그 기계를 타고 미래의 인류가 오늘의 우리에게 오지 않았기 때문이다. 그들이 그 기기를 만들었다면 오늘을 사는 우리에게 몇 마디의 조언을 하지 않았을 리 없다는 것이다. 그런데 생각의 두 번째 단계에서 그들이 설사 그 기기를 만들었다 하더라도 오늘의 우리에게 오지 않았을 거라는 추론을 한다. 미래의 후손들이 자신들의 생애를 역추적해서 오늘의 우리에게 온들 그들의 삶이 달라지지 않기 때문이다. 그들이 오늘의 우리에게 조언하여 삶의 진로를 바꾼다면 그것은 자신들이 알 수 없는 또 다른 삶이기 때문이다. 결국 인류 과학 최고의 발명품인 타임머신이 발명되어 시간을 마음대로 여행한다 한들 오늘의 우리 삶은 우리 스스로가 책임져야 하는 것이다. 과학이 아무리 발달해도 우리는 내일을 예측할 수 없음을 이 시는 과학적 추론으로 전해 준다. 우리는 막연하게 내일이 오늘과 똑같을 것으로 생각한다. 하지만 오늘과 똑같은 내일은 없다. 오늘은 오늘이 마지막이며, 오늘 우리는 매 순간 스스로 선택하고 책임지며 살아야 한다. 시인의 말대로 오늘 우리는 "외롭고도 무서운 역사의 한 끄트머리"에 있는 것이다. 이 시는 우리 삶에서 하루하루가 얼마나 힘겹고 소중한 것이며, 또 인간의 운명은 스스로 책임져야 한다는 것을 말하고 있는 것인데, 그것이 과학적 추론으로 결론지어짐으로써 한층 서늘하게 전해진다.

아리스토텔레스는 역사와 문학을 비교하며 전자는 '사실'만을 전하지만, 후자는 개연성 있는 허구를 통해 사실 안에 숨어 있는 '진실'까지 파헤친다는 점을 통찰하여 문학의 우월성을 내세운 바 있다. 그 연장선에서 이희중의 시들을 살펴보면, 그는 과학적 사고에 기반한 문학적 상상력의 전개로 과학의 소중함과 과학 너머에 존재하는 문학의 존재 이유를 입증하고 있다고 할 수 있다. 과학과 문학의 협치가 소설 분야가 아닌 시 장르에서 시도되고 있다는 점에서 이희중의 시는 선구적이라고 할 수 있다.

3. '~론시論詩'의 발명

분석적이고 과학적인 사고로 문학적 상상력을 펼치는 이희중의 시적 태도는 자기만의 독특한 시 형식을 창조해 낸다. 이른바 '~론시'의 발명이다. 이번 시집에 이런 형식의 작품은 총 아홉 편 실려 있다. 「상처론」「짜증론」「범론」「간지럼론」「총론」「사랑론」「걱정론」「여행론」「타임머신론」이 그것이다. '논論'은 본래 한문 산문의 양식 가운데 하나이다. 유협은『문심조룡』에서 문학의 양식을 시詩, 소騷, 논論, 설說을 포함해 24개로 나누어 설명한 바 있다. '논'은 주제가 선명하며 사리를 논리적으로 분석해 나가는 글을 가리킨다. 한국에서는 조선시대에 유학이 발달하고 과거가 실시되면서 '논'이 중요한 산문의 양식으로 떠올랐다. 조선 시대 '논' 양식의 대표적인 한문 산

문으로 허균의 「호민론豪民論」 박지원의 「백이론伯夷論」, 정약용의 「오학론五學論」등을 들 수 있다.[1]

현대에 와서 인문학 논문의 제목을 흔히 '~론'으로 삼는 것은 이런 산문 양식에 뿌리를 둔 것이다. 이희중은 논리적으로 사리를 따지는 데 주력하는 한국의 전통적인 한문 산문 양식을 자신이 추구하는 시의 형식으로 수용한 것이다. 현대시 형식에 한문 산문의 양식이 스며든 그의 '~론시'는 예스러운 향기와 혁신적인 멋을 동시에 풍긴다.

그가 '~론시'에서 논하고자 하는 대상은 모든 영역을 아우른다. 「짜증론」「사랑론」「걱정론」은 인간의 감정을, 「여행론」「간지럼론」「타임머신론」은 인간의 행동을, 「총론」「범론」「상처론」은 사물이나 동물을 시의 대상으로 다룬다. 추상적인 것에서 구체적인 사물에 이르기까지 전 영역을 '~론시'의 대상으로 삼고 있다. 그런데 주목되는 것은 대상이 어떠하든, 그는 대상 자체를 논하지 않는다는 점이다. 그보다는 그 대상을 탄생시킨 사람에 대해 논한다. 가령, 「총론」의 경우 총의 성격보다는 총을 만든 사람에 대해 논한다. 총의 성격이 진술되더라도, 그것은 어디까지나 총을 만든 사람의 성격의 결과로 제시될 뿐이다. 시인의 초점은 그 사물에 연관된 사람에 맞춰져 있다.

> 이 묘한 물건은 칼, 창, 도끼 따위를 들고 싸움터에 나가 적의 몸을 손수 베거나 찌르거나 찍을 용기가 없는 겁 많은 놈이 처음 생각해 냈음이 틀림없다. 그놈은 필경 제가 적의 몸을 베거나 찌르거나 찍으려 하는 사이 저쪽이 먼저 제 몸을 베거나 찌르거나 찍을 사태를 무엇보다 염려한 사람이었을 것이다.
>
> —「총론」 부분

시인은 총을 구식 무기와 비교하며 총을 처음 생각하고 만든 사람이 겁

---

1 한문 산문에 대해서는 심경호의 『한문산문미학』(고려대 출판부, 2013) 참조.

많은 사람일 거라고 확신한다. 직접 적과 몸으로 부딪치며 싸울 용기가 없는 사람이 싸움터에 나가 싸우는 대신에 손가락을 건드릴 정도의 힘만으로 적을 죽일 방안을 고안해 냈을 것이라고 생각한다. 총을 처음 만든 사람은 겁 많고, 게으르고, 교활한 사람이란 것이다. 그런 사람이 총을 만들어 종국에는 자기 자신을 포함해 모두가 불안에 떠는 사회를 만들었다고 시인은 논리적으로 추론한다. 시인은 총을 통해 인간 내면을 통찰하고 사회상을 성찰하고 있는 것이다.

그러면 사람의 감정을 논할 때엔 어떠할까? 이 경우에도 시인은 감정 자체에 대해서는 논하지 않는다. 「짜증론」의 경우 짜증의 발생 원인이나 짜증나는 상태가 아닌, 짜증을 누구한테 내느냐에 생각을 집중한다.

> 모름지기 짜증은 아무한테나 내는 것이 아니다 짜증은 아주 만만한 사람한테나 내는 것이다 그러므로 세상에서 짜증을 받아 줄 마지막 사람은 제 엄마다 …(중략)… 짜증이 심한 사람은 엄마만 아니라 다른 식구들한테도 짜증을 낸다 필시 이 사람은 제 식구를 아주 만만하게 생각하는 사람이다 달리 보면 식구를 예사롭지 않게 믿고 사랑하는 사람일지도 모르겠다
>
> —「짜증론」 부분

시인은 짜증이란 감정을 정의할 때부터 그것을 발산하는 상대에 대한 규정으로 한정한다. 그런 다음 엄마와 가족, 타인, 그리고 자기 자신에게 짜증을 내는 사람의 인간 됨됨이와 사정을 성찰한다. 짜증의 발산 상대에 대한 관찰을 통해 사람의 성격과 처지를 살펴보고 있는 것이다. 「걱정론」의 경우엔 아예 걱정이란 감정을 상대를 향한 감정으로 한정해서 규정한다. 걱정은 자기 일에 대해 일어나는 감정일 수도 있지만, 시인은 상대를 향해 일어나는 나의 감정으로 범위를 한정한다. 그래서 나이가 들수록 걱정의 상대가 많아지므로 걱정도 커지고, 또 걱정은 떨어진 거리에 비례하므로 상

대의 걱정을 덜기 위해서는 그와 떨어지지 말아야 한다는 결론에 이른다. 이처럼 그의 '~론시'는 사물과 연관된 사람이나 감정을 표명하는 사람 사이의 관계에 대한 관찰로 인간의 내면을 파헤친다.

어떤 사물에 대한 느낌을 직접 드러내는 대신, 그 사물을 만든 사람의 마음을 성찰하고, 또 어떤 경험에서 촉발된 감정을 직접 드러내는 대신, 어떤 감정이 상대에게 전달되는 양상을 관찰하며 인간의 내면을 성찰함으로써 인간 군상의 됨됨이를 객관적이고 보편적인 진실로 드러낸다. 시인은 주관적인 문학 장르인 시를 소설 같은 객관적인 문학 장르로 전환시키고 있다. 즉, 그의 '~론시'는 시 장르의 혁신을 보여 주고 있는 것이다.

그의 '~론시'가 지닌 객관적이고 보편적인 진실로의 전달은 진술의 형식에서 더욱 확고해진다. 그의 '~론시'는 시인의 생각을 논증해 나가는 형식을 취한다. 논증 방식은 대체로 연역적이다. 널리 통용될 보편적 주장이나 명제를 앞에 제시하고 여러 사례들을 통해 그것을 입증하거나, 또는 그것을 여러 사례에 적용하며 보다 구체적인 주장으로 나아간다. 서두에 제시된 가설 성격의 자기 주장은 하나같이 시적인 통찰들로 이루어져 있다. "모름지기 짜증은 아무한테나 내는 것이 아니다 짜증은 아주 만만한 사람한테나 내는 것이다"(「짜증론」), "철이 들었다는 말은 누군가를 걱정하게 되었다는 뜻이다"(「걱정론」), "세상에 그런 종내기가 하나쯤 있어야지"(「범론」), "사랑은, 사실 번식의 도구"(「사랑론」) 등과 같은 서두의 대전제들은 모두 인간 삶에 대한 깊은 성찰의 소산들이다. 뿐만 아니라 이러한 대전제들을 입증하고 적용해 나가는 사례들도 모두 시적인 관찰과 직관으로 가득 차 있다. "저 자신한테 짜증을 부린다 이 사람은 저 자신을 만만하게 생각하는 사람이다 아니면 저 말고는 아무도 안 믿거나 못 믿는 사람이다 이도 저도 아니라면 이 사람은 필시 세상에서 가장 외로운 사람"이라는 진술은 인간의 심리와 처지에 대한 오랜 관찰과 사색 없이는 나올 수 없는 표현이다. 시인의 논증은 대전제와 그 입증 사례 등이 모두 시적인 성찰로 가득 차 있어 가슴으로 전해지기도 한다. 그의 '~론시'는 이성과 감성의 복합적 언술이라고 할 수 있다. 그래서 그의 '~론시'는 보다 폭넓은 공감을 얻는다.

한편 그의 '~론시'에서 논증은 주로 연역적 방식을 취하지만, 때론 귀납적 방식을 취하기도 한다. 그중에서 대표적인 작품이 「간지럼론」이다. 시인은 '간지럼'이란 말의 의미를 검토하고, 이를 바탕으로 간지럼의 발생 과정과 그 반응을 하나하나 분석한 다음, 그 결과를 토대로 간지럼에 대한 정의와 의미를 제시하며 시를 맺는다. 간지럼은 그 행위와 반응이 매우 독특한 것이어서 그에 대한 논의에선 구체적인 사례의 수집과 검토를 토대로 결론을 맺는 귀납적 방식이 훨씬 효과적이다. 이 시는 아홉 편의 '~론시' 가운데 논증 방식이 가장 치밀하고 흥미로워 특히 주목된다.

간지럼은 간지르다 또는 간질이다라는 말이 가리키는 몸짓에 이어지는 느낌으로, 간지럽다는 말과 이웃이다. 함부로 생각하면 간지럼은 몸에서 일어나는 대수롭지 않은 반응으로 보인다. 우리 살갗 어디를 한동안 아프지 않을 정도로 건드리거나 만지면 이 느낌이 생기는데 이어지는 몸짓은 대개 웃음이다. 이는 빙긋이 짓는 웃음과는 틈이 있을 때가 많아서 훨씬 더 세찬 웃음이라 말해야 옳을 것이다. 또는 모기한테 물렸을 때처럼 낯선 것이 몸속으로 흘러 들어와 몸이 이를 몰아내려고 벌이는 작업 때문에 비슷한 느낌이 인다고 볼 수도 있을 텐데, 따져 보면 이는 웃음을 이끌고 오지 않으며 근지러움이나 가려움에 더 가까워서 서로 같다 할 수 없고 간지럽다가 아닌 근지럽다는 말이 가리키는 모양새와 이웃인 점에서 다르다.

—「간지럼론」 부분

시인은 서두에 '간지럼'이란 말의 의미를 살펴본다. 간지럼이란 "간지르다 또는 간질이다라는 말이 가리키는 몸짓에 이어지는 느낌"이라고 풀이한다. 국어사전엔 간지럼이 "간지러운 느낌"이라고만 풀이되어 있는데, 시인은 간지럼을 단순히 느낌으로만 파악하지 않고, 그런 느낌을 유발한 상대의 몸짓까지 헤아리고 있는 것이다. 시인은 간지럼의 발생 과정 전체를 말하고 있는 것인데, 그것은 간지럼이 두 사람 사이에서 일어난다는 것을 분명히 보여 주기 위한 것이라고 할 수 있다. 이어서 바로 상대의 "몸짓에 이어지는 느낌"에서 비롯되는 몸과 마음의 반응, 그리고 그 둘의 복합적 반응으로서 '웃음'의 성격을 설명하며 간지럼에 대한 본론의 분석을 맺는다. 간지럼의 발생을 둘러싸고 둘 사이에서 이루어지는 느낌의 세부를 하나하나 잘게 나누어 분석하고 있는 이 설명에서 가장 눈에 띄는 것은 '비교'이다. 시인은 간지럼이 남이 나에게 가하는 가벼운 물리적 행동인데, 웃음 유발 여부에 따라 그것이 모기한테 물렸을 때와 다르고, 그 점에서 '간지럼'은 '근지럼'과 다르다고 말한다. 간지럼은 몸의 반응뿐 아니라 마음의 반응까지 동반하는데, 간질이는 남을 보는 나의 친근함 여부에 따라 '폭행'과 다르다고 말한다. 둘 사이의 비교는 간지럼이 물리적 행동의 반응으로서 웃음을 유발한다는 사실을 다시 상기시킨다. 그래서 이제 관건이 되는 그 웃음의 성격을 살펴보는데, 웃음의 지속성 여부에 따라 그것은 쾌감과 고통의 경계에 선 느낌이며, 그 점에서 그 느낌은 성적 자극의 원리와 비슷하다고 말한다.

간지럼과 모기 물린 느낌과의 비교는 간지럼이 사람 사이에서만 나타난다는 것을 부각시키고, 간지럼과 근지럼의 비교는 그 점을 다시 확인시킨다. 간지럼과 폭행과의 비교는, 인간 사이의 물리적 행동 중에서 웃음의 호의를 지니게 되는 특별한 것이 있음을 환기시킨다. 그리고 그때 그 웃음은 쾌감에 가깝지만, 또 한편으론 고통에 닿아 있기도 해서 성적 자극의 원리와 닮았다는 점을 밝힌다. 이에 따라 간지럼이란 것이 친밀한 인간 사이에서 몸과 마음이 작동하여 일어나는 은밀한 그 무엇이라는 사실을 각인시킨다. 이제 간지럼의 발생 과정 전체에 대한 분석을 통해 그것이 두 사람 사이의 특별한 몸짓으로 나타나는 것이고, 또 성적 자극에 견줄 만큼 특별한 느낌을 지니는 것이라는 것이 밝혀졌다. 이제 이를 종합하여 시인은 다음과 같은 결론을 낸다.

간질이는 남의 몸짓과 이어지는 간지럼이라는 나의 느낌과 다시 이어

지는 웃음이라는 나의 몸짓은 남과 나, 둘 사이에 일어나는, 몸보다 마
음의 간여가 두드러지는, 행동과 느낌이 뒤섞이는, 관객을 배려하지
않는, 두 사람이 배우이자 관객인, 매우 복잡하고 아름다운 공연이다.

—「간지럼론」 부분

시인은 그들의 특별한 몸짓을 종합하여 '공연'이라고 결론 낸다. 그것은 그들의 행위가 '예술'임을 함축하는 비유이다. 그 앞에 붙은 "복잡하고 아름다운"이란 말은 직설적인 수식어지만 함축적 의미를 지닌다. 그것은 간지럼의 발생을 둘러싼 두 사람의 몸짓이 고난도의 예술 행위와 같이 높은 가치를 지닌 것임을 함축한다. "관객을 배려하지 않는"이란 수식어도 마찬가지이다. 이 역시 직설적인 말이지만, 그것은 둘의 몸짓이 둘만을 생각하는 더없이 친밀한 행위임을 가리키면서 동시에 그 동작이 좀 기괴하다는 것을 가리킨다. 직설적인 설명어로 함축적 의미를 전달하는 것은 이희중 시의 표현적 특징 가운데 하나이다. 그는 설명적인 언어와 논리적인 형식으로 자신의 생각을 입증해 나가고자 하지만, 이러한 독특한 비유와 함축이 그의 언술을 시적으로 승화시킨다. 간지럼을 둘러싼 인간의 몸짓을 고난도의 공연으로 결론지음으로써 시인은 그것이 인간 사이의 아주 특별한 관계 속에서만 벌어지는 예술 같은 특별한 일임을 확인하였다. 그러고 나서 시인은 마지막에 나 자신이 나를 간질일 수 없음을 다시 확인하면서 나를 간질일 수 있는 사람이 누구인지 반문하며 시를 끝맺는다. 결국 시인이 간지럼을 통해 말하고 싶은 것은 사랑 이상의 특별한 관계의 소중함이며, 그에 대한 갈망인 것이다.

4. 비유, 선택된 사례

이희중 시에서 자주 구사되는 시적 기법의 하나는 비유이다. 그 비유는 설명적이고 논리적인 진술이 주류를 이루는 그의 시에 시적 여운과 기품을

부여하는 중요한 시적 요소가 된다. 사실 비유는 운율과 함께 중요한 시적 원리이다. 시란, 간단하게 말하면 운율과 비유로 이루어진 언어 조직이며, 이 중에서 더 중요한 요소가 비유라고 할 수 있다. 운율이 희박한 시는 있어도 비유가 하나도 구사되지 않는 시는 많지 않다. 특히 서구와 달리 산문적으로 진화되어 온 한국의 현대시에서 비유는 빼놓을 수 없는 시적 요소이다. 오랫동안 이어져 오고, 우리 시에서 특히 중요한 요소로 꼽히는 비유를 중요한 시적 기법으로 삼고 있다는 점에서 이희중 시는 보수적이고 전통적이라고 할 수 있다. 하지만 비유를 구사하는 그의 방식은 그렇게 전통적이지 않다. 그는 일반적 방식을 벗어나, 자기만의 개성적인 방식으로 비유를 구사한다. 그는 비유를 수사로 사용하거나, 비유를 통해 시적 의미를 담아내는 교과서적인 방법을 따르지 않는다. 그보다는 어떤 구체적인 대상에 대한 성찰을 시도하면서, 그 대상이 환유나 상징으로 나아가는 방식을 추구한다.

> 이십 대 어느 가을 나도 이런 타자기를 산 적이 있다 아르바이트로 모은 돈에, 부모님께서 보태 주신 돈을 얹어 내 필생의 타자기를 사 오던 날 이제 만년필을 아끼고 특히 오른쪽 가운뎃손가락 첫 마디 왼쪽을 쉬게 하고 공평하게 열 손가락으로 세상 끝까지 자판을 두드리며 가리라 다짐할 때, 장차 내가 써야 할 긴 글들과 함께 걸어가야 할 길은 또 얼마나 반반했던가 그러나 곧 전기 꽂아 쓰는 바퀴 타자기에 전자 문서 작성기, 개인용 컴퓨터가 이어 나와서 이제 아무도 균등한 힘으로 글쇠를 누르려 애쓰며 타닥타닥 두서 있게, 야무지게 글을 쓰지 않고 전기로, 돈으로 소리 없이 글을 쓰게 되었다
>
> —「타자기 유감」 부분

시인은 생략한 서두에서 버려진 녹슨 타자기의 망가진 모습을 제시한 후, 인용 대목에서 보듯 타자기를 비롯한 각종 필기도구에 대한 경험을 진술한다. 시인은 새로 구입한 타자기를 그전에 사용했던 만년필과 비교하고, 그

후에 등장한 컴퓨터와 비교한다. 일련의 필기도구 사용에 대한 경험에서 시인은 손가락 사용에 주목한다. 만년필을 사용할 땐 가운뎃손가락 첫 마디에 집중적으로 힘이 가해지지만, 타자기를 사용할 땐 공평하게 열 손가락을 다 사용하여 균등한 힘의 분배가 이루어진다. 반면, 그 후에 나온 현대화된 필기도구들은 전기로 움직이며 그것들은 점점 진화하여 이제 전기와 돈으로 글을 쓰는 세상이 되었다고 생각한다. 시인은 일련의 필기도구 사용 경험에서 그것을 작동시키는 힘의 구사에 주목하여 균등한 육체 사용이 사라지고 대신 전기와 돈이 그것을 대체하게 되었음을 역설한다. 그런데 이 시에서 타자기는 타자기란 물건만을 가리키는 것은 아닐 것이다. 그것은 재래식 기계 전체를 가리킬 것이다. 같은 맥락에서 전동식 타자기와 워드프로세서와 컴퓨터는 현대식 기계 전체를 가리킬 것이다. 이 점에서 이 시에 제시된 필기도구들은 모두 환유 내지는 상징으로 사용된 것으로 봐야 할 것이다. 이렇듯 시적 대상이 의미적 확장을 이룸으로써 전기와 돈이 노동을 지배하고 노동의 공평함을 앗아간다는 시인의 주장은 필기도구만의 문제를 넘어 자동화된 기계가 낳은 사회문제에 대한 비판적 성찰로 메아리친다.

차마 맨땅에 내려놓을 수 없어
방 안에서만 신어 보다가
이튿날 아침 집을 나서서도
혼자 딴 나라를 걷지

…(중략)…

언제부터던가,
입성 가운데 맨 아래에서
무른 몸과 날 선 세상이,
마른 몸과 물든 세상이 맞닿지 않게 하는 일이

고작 그것의 쓸모일 뿐임을 다시 용인하게 되는 때는
세상 더러움이 거기 다 뭉쳐 있는 양 이제 손대는 것조차 꺼리지

—「새 신 감각」 부분

이 시에선 새 신발의 구입과 사용에 대한 시인의 구체적인 경험이 진술된다. 처음 새 신발을 살 때는 깨끗함에다 번쩍이는 외양이 보태져 보물처럼 애지중지하다가 시간이 지나 때가 묻어 그것의 보잘것없는 기능만이 남을 때 그 신발의 소유자는 이제 더러워진 그 물건을 외면한다. 여기서도 신발은 신발이란 물건 이상의 의미로 확장된다. 신발은 자연스럽게 사람으로 대체된다. 사람을 대할 때도 우리는 신발의 경우와 마찬가지 아닌가? 처음엔 신선한 외양에 그 사람을 아끼며 지내다 시간이 지나 그 사람의 보잘것없는 쓰임만이 눈에 들 때 가차 없이 버리는 것은 아닌가. 신발은 그렇게 의미적 확장을 통해 상징으로 나아가고, 그래서 시인의 주장은 신발이라는 시적 대상을 넘어 그것과 관련된 여러 대상에 두루 적용되며, 궁극적으로는 사람살이와 사람의 내면에 대한 성찰로 귀결된다.

한편 환유나 상징으로 나아가는 시적 대상은 언제나 구체적이며, 시인은 늘 그것을 경험 사례로 제시하기 때문에, 시 안에 비유와 논평이 공존하는 경우가 많다. 앞서 인용한「새 신 감각」이나「타자기 유감」 모두 대상이 비유적 성격을 지니지만, 그 대상에 대한 시인의 논평이 시의 전면에 제시된다. 그래서 그의 시는 상징적인 이야기를 하는 경우에도 기본 형식은 근본적으로 '~론시'의 그것과 크게 다르지 않다. 즉, 여전히 자기주장을 내세우고, 그것을 입증하는 형식을 견지하고 있는 것이다. 다음 시에서는 그런 형식이 좀 더 노골적으로 나타난다.

사람들이 똥파리라고 부르는
저 금파리의 비행, 완벽하다
산 것은 다 아름답다

방충망 열린 틈으로
뜻하지 않게 사람의 집 낯선 거실로 날아들었으나
당황하지 않는다, 체통을 잃지 않는다
대형 수송기 같은 소리를 내며
…(중략)…
이제 금파리는 닥친 죽음과 싸운다
세심한 경계를 내려놓고
유기체의 긍지를 내려놓고

필생의 모든 것을 내려놓고
오직 죽음하고만 싸운다
눕고 뒹굴고 아무 데로나 몸을 날려
물건들을 툭툭 치며 스스로 물건이 되어 간다

—「죽음하고만 싸운다」 부분

이 시는 방충망을 뚫고 집 안으로 들어온 파리의 비행과 그 죽음을 보며 쓴 작품이다. 이 시에선 개별 묘사가 돋보인다. 집 안에서 소리를 내며 활발하게 날아다니는 파리의 비행을 대형 수송기와 정찰기에 빗대고, 살충제로 죽어 가는 파리를 사물에 견준 것은 시인의 전언을 잘 보여 주는 적절한 비유라고 할 수 있다. 이 점에서 이 시는 일면 교과서적이다. 하지만, 이 시의 비유는 여기서 그치지 않는다. 이 시에서 파리는 생명체 전체를 가리키며, 궁극적으론 사람을 가리킨다. 이 시는 작품 전체가 하나의 상징으로 이루어졌다고 할 수 있다. 그런데 그 상징은 여기서도 예외 없이 구체적인 경험 사례로 제시되고 있으며, 시인은 그 안에서 자기주장을 직설적으로 전한다. 이 시에선 그런 시인의 주장이 '~론시'처럼 가설로 제시되고, 이어 사례를 통해 입증하는 형식을 취한다. 1연에 제시된 "산 것은 다 아름답다"란 문장은 '~론시'의 가설과 같다. 그리고 이어진 묘사를 통한 금파리 비행의 제시는 그에 대한 입증 사례에 해당한다. 그런가 하면 시의 마지막 연에서 사물에 견준 파리의 죽음에 대한 사례는 죽어 가는 모든 생명체에 대한 시인의 주장, 즉 "죽음하고만 싸운다"는 명제의 생생한 입증에 해당한다. 이 명제는 시의 제목으로도 채택되어 있다. 구체적인 사례로 입증된 자기주장에 대해 시인은 그만큼 애착을 갖고 중요하게 생각하는 것이다. 그의 시에서 비유는 어느 면에서 시인의 전언에 대한 압축된 입증 사례라고 할 수 있다. '~론시'에서 여러 사례로 제시한 것을 환유와 상징성을 지닌 하나의 사례를 선택해 사용한 것으로 볼 수 있다.

5. 기억의 재생, 선명한 주제

구체적인 경험 사례에서 시를 시작하고, 또 그것을 통해 결론을 맺는 이희중의 시에서 가장 중요한 시적 자원은 삶의 경험일 것이다. 특히 자신이 직접 겪은 생생한 생활 경험은 시적 성찰을 더 진지하게 자극하는 것이기에 시 쓰기의 유용한 원천이 된다. 시인의 생활 경험은 자신의 생애를 통해 넓게 포진해 있으므로 경험의 수집을 늘리기 위해서는 현재보다 더 넓은 삶의 영역을 지닌 과거로 거슬러 올라가기 마련이다. 과거는 추억으로 남아 있으므로 과거의 경험을 되살리려면 기억에 의존해야만 한다. 과거의 기억은 모두가 공유할 수 있는 보편적인 것일 때 공감력과 설득력이 클 것이다. 추억은 아름답게 물드는 경우가 많으므로 공유된 기억의 경험은 현재의 그것보다 더 애잔하고 아련하게 독자들의 가슴을 울릴 수 있다. 문제는 기억의 재생력이다. 과거의 사건 중 체험의 공유 영역이 넓은 것들을 선택하는 안목과 그것의 생생한 복원 능력이 중요한 관건인데, 이 점에서 이희중은 탁월한 능력을 보인다.

잘나가는 폴 매카트니나 존 레논보다도
그들이 불쌍해 마지않던

음울한 조지 해리슨, 또는 못난 링고 스타를 더 좋아한 사람
해바라기의 보스 이주호보다는
누군가의 마음에 따라 자주 교체되던
그 짝꿍한테 더 눈길이 가던 사람
…(중략)…

김일보다 장영철을 더 좋아한 사람
…(중략)…
홍수환보다는 염동균을 더 좋아한 사람
말년에 그가 오른손을 접고 싸웠다는 사실을
세월이 흘러도 잊지 않는 사람
…(중략)…

안정환보다는 윤정환을 더 좋아한 사람
우리 편이 골 넣었을 때
벤치에 앉은 후보 선수들의 표정을 살피는 사람
…(중략)…

이런 시 읽으면서 동그라미 치며 자신을 감별하고 있는 사람
—「아웃사이더 감별하기」 부분

시인은 비틀스 멤버에서부터 세상을 떠들썩하게 했던 대도大盜에 이르기까지 각 분야에 걸친 대표 선수와 그들의 명성에 가려졌던 후보 및 무명 선수들의 이름들을 하나하나 명시한다. 그들의 상세한 명단 제시가 이 사회의 주류와 비주류를 가르는 시인의 선택지이다. 이 중에서 후보와 무명 선수를 더 기억하는 사람들이 비주류라고 시인은 말한다. 이 시는 기억의 재생이 그대로 시의 의미를 좌우한다. 시인이 복원한 과거 인사들의 면면과 비주류들의 소

소한 에피소드들은 현재로부터 10년 전에서 50년 전까지 널리 포진해 있다. 독자들은 자신의 연령대만큼 이 시의 과거에 동참하며 시인의 전언에 빠져들 것이다. 그리하여 이 시를 읽으며 해당 항목에 동그라미 치고 있는 독자들의 모습은 그대로 리얼리티를 확보하는 시적 진술이 된다. 이 시가 기억의 재생을 통해 독자와 경험의 공유를 달성하고 있다면, 그것은 과거의 생생한 복원뿐 아니라, 의미 있는 과거의 선택이 함께 어우러진 결과이다. 시인은 한 시절을 대표하면서 동시에 공감의 영역이 넓은 분야의 일들에서 명단을 뽑아내는 역사적 안목을 발휘한다. 시인이 명시한 아웃사이더들에 독자들이 공감할 수 있는 것은 그들이 비록 존재감이 희미하더라도 한 시절 당대인들의 관심을 받았던 사건들의 모퉁이에 있는 사람들이기 때문이다. 그리하여 독자들은 시인의 기억으로 되살린 이 아웃사이더들에 공감하면서 동시에 그 시절의 나의 삶까지 돌아보게 된다. 시인이 제공한 아웃사이더들의 선택지에 동그라미 치는 순간은 바로 지난날의 자기 삶을 반추하는 시간이다. 시인이 시도한 기억의 재생은 독자들에게 자기 정체성을 찾아 주는 시간이기도 한 것이다.

시인이 아웃사이더들을 일일이 기억하는 것은 그들에게 그만큼 애정이 많기 때문일 것이다. 또 이 시가 기억의 재생만으로도 의미 있는 시가 된 것은 기억된 과거가 아웃사이더들의 일이기 때문이다. 유명 인사의 나열만으로 기억이 재생되었다면, 그것은 시가 되지 못했을 것이다. 아웃사이더들에 대한 연민이라는 뚜렷한 시인 의식이 이 시를 낳고, 그러한 선명한 주제가 이 시를 진정한 작품으로 승화시키고 있다. 그의 시는 주제가 뚜렷하고, 또 그것이 시의 미덕이 되는 낯선 경험을 독자들에게 제공한다. 시의 주제가 과도하게 노출되면 목적에 치우쳐 작품성이 떨어지는 것이 일반적이지만, 그의 시는 오히려 선명한 주제가 작품성을 끌어 올리고 있다. 그것은 논리적 사유, 과학적 상상, 사례의 입증, 기억의 재생 등과 같은 그만의 시적 설계 방법에서 기인한 것이다. 그는 선명한 주제 도출에 걸맞은 시적 기법을 고안하였고, 그를 통해 시적 의미의 전면 노출이 작품성을 상승시키는 시의 모델을 만들어 내었다. 그리하여 우리는 그의 시 곳곳에서 작품 전면에 드러나 있는 의미 있는 시적 전언들과 마주하게 된다. 그 전언들은 '아웃사이더에 대한 연민'처럼 인간의 내면 깊숙한 곳에 대한 오랜 응시와 성찰 속에서 얻은 것들이다.

> 걱정은 힘없는 사람이 지닌, 무언가를 향한 가없는 사랑의 부산물이다.
>
> —「걱정론」 부분

> 엄마들은 보통 자식의 마음과 제 마음속을 분간 못 하는 불구, 자식들은 엄마에게 어떤 원죄가 있다고 믿는다
>
> —「짜증론」 부분

> 물건을 아끼는 길은 그것이
> 본디 할 일을 제대로 하면서 낡아 가게 놓아두는 것
>
> —「흐르는 시간 속에서」 부분

> 예술은, 먹을 것은 잘 장만하지 못하면서
> 새끼를 많이 낳거나 불러 키우는
> 입만 산 나쁜 부모.
>
> —「젊은 예술가를 위한 노래」 부분

> 본색으로만 들앉는 시간이 없다면
> 이 눈먼 세월을 무슨 수로 감당하리
>
> —「가을, 도원에서」 부분

> 우리는 자주, 다 알고는 멀리한다.
> 다 알고서도 싫증 내지 않을 수 있을까.
>
> —「알면 멀어진다」 부분

우리는 영원히 미래를, 우리가 선택한 서사의 궁극적 결말을 알지
못한 채 이 외롭고도 무서운 역사의 한 끄트머리인 오늘을 살아갈 뿐.
—「타임머신론」 부분

이러한 문장들은 보통 소설의 독서 경험에서 발견하는 것들이다. 그것들은 대체로 인간의 땀과 눈물이 배어 있는 끈적끈적한 서사의 과정에서 나오곤 하는 삶의 기록들이다. 이러한 명문장들에 밑줄을 그으며 잠시 생각에 잠겨 보는 것이 소설 읽기의 즐거움 중 하나인데, 그것을 이희중 시인은 시를 통해 우리들에게 선사한다. 시 읽기에서 이러한 즐거움을 구가하는 것은 다른 시인들의 작품에서는 좀처럼 경험하기 어려운 일이다.

뚜렷한 주제가 오히려 작품성을 드높이는 시적 방법으로 이희중 시인은 이번 시집에서 많은 메시지를 독자들에게 전한다. 공격에 대한 거부, 약자에 대한 연민, 외양의 허구에 대한 폭로, 타인에 대한 배려, 기성세대에 대한 저항, 인간의 숙명적 죽음, 정의의 추구, 자유에 대한 갈망 등의 전언들이 그의 시 전면에서 울려 퍼진다. 이 역시 낯익은 주제들이지만 그러한 묵직한 주제들이 소설에서처럼 작품에 노출되면서 자연스럽게 시적 울림으로 전해지는 것은 낯선 풍경이다. 반듯한 문장과 분명한 진술, 그리고 선명한 주제는 시에서 권장되는 사항은 아니다. 시는 소설과는 달리 얼마간 모호한 표현에 의미를 감추면서 여운을 만드는 것이 미덕으로 간주되는 경향이 있다. 비밀의 매력과 의미의 다중성을 살리기 위해서일 것이다. 하지만, 그것이 그냥 애매한 표현으로만 그치거나, 메아리 없는 중얼거림에 머무는 경우도 많다. 그리고 그것이 오늘날 시를 사소한 소품으로 전락시키는 요인이 되고 있는 것도 사실이다. 그런 저간의 사정에 비추어 볼 때 정확한 문장과 치밀한 논리로 심중한 주제를 뚜렷이 드러내는 그의 시에서 우리는 오랜만에 시의 무게와 위엄을 느끼게 된다.

오래된 서정, 따뜻한 한 그릇의 말
—심재휘 시집 『용서를 배울 만한 시간』

1. 혼자 남은 자의 슬픔

세상이 점점 진화하여 생활에 편리한 것들이 더 많이 나오고, 몸과 마음을 즐겁게 하는 놀이들이 더 많이 등장하여 사람들을 끝없이 만족시켜도 일상에 별다른 도움을 주지 못하는 서정시를 찾아 그것을 읽으며 마음의 안식을 얻으려는 이들이 여전히 적지 않다. 아주 예부터 전해져 오던 그 오래고 낡은 방식의 노래는 너무나 변해 버린 오늘의 삶의 형식과는 어울리지 않지만 그래도 사람들은 그것을 곁에 두고 살아간다. 우리의 문화 가운데 옛 투의 양식이면서도, 벽에 걸어 놓은 장식이 아니라, 여전히 생활 속에서 함께 호흡하고 있는 것은 음식과 서정시 정도일 것이다. 이토록 모든 게 빠르게 진행되는 시대에 그토록 천천히 한 글자 한 글자를 읽어 내려가야 하는 서정시를 아직도 사람들이 찾고 그리워하는 이유는 무엇일까? 그것은 서정시가 세상에서 변하지 않는 것들, 그래서 우리 삶의 근본을 이루는 것들을 다루기 때문일 것이다. 꽃과 나무와 새, 그리고 산과 강은 여전히 자연의 모습 그대로 그 자리를 지키고 있다. 사람의 마음도 마찬가지이다. 과학은 발전하지만 사람의 마음과 생각은 발전하지 않는다. 그것은 되풀이될 뿐이다. 천 년 전의 사랑과 이별, 그리고 병과 죽음을 겪는 인간의 숙명은 오늘 이 시간에도 반복되고 있다. 그러니 자연을 바라보며, 인간의 아득한 내면을 노래하는 서정시는 오늘도 따뜻한 체온을 유지한 채 세상 사람들에게 정다운 친구가 되어 주고 있다.

심재휘의 시에서 우리는 다정하게 손짓하는 오랜 친구를 만나게 된다. 진정한 친구일수록 곁에 있는 사람이 오래 앓고 있는 아픔을 헤아리듯이 심재휘의 시는 인간 모두에게 드리워진 숙명적인 삶의 처지와 감정들을 고요히 돌아보고 따뜻하게 어루만진다. 인간에게 부여된 그 근본적인 물음들은 오랜 기간 지속되어 온 것이기에 그것이 진정한 목소리가 되기 위해서는 무엇보다도 상투적인 시선과 말들로부터 벗어나야 할 것이다. 심재휘는 그 오랜 질문을 새로운 눈으로 읽고 다른 언어로 전해 준다. 시인이 시집 내내 가장 많이, 그리고 깊게 응시하고 있는 것은 지상에 존재하는 것들이 겪는 홀로 됨의 운명이다. 시인은 자연물과 일상에서 혼자 남는 자의 처지와 내면을 조용히 들여다본다.

담배를 문 노인이 구부정한 밀밭가에
몇 그루의 나무가 있어서 너무 너른 들판이었다

밀은 갓 자라 그저 푸릇하기만 하고
나무들은 가 보지 못한 땅 끝을 바라보고 있었다
가지마다 새집을 너무 매달고 있었다

새집들은 둥근데 성글어서 모두 속이 훤했다
새들이 떠난 지 몇 계절이 지난 빈집들이었다

나무들은 어쩔 수 없이 서 있는 검불인 듯
길어진 그림자를 등지고 우듬지만 겨우 환해서

헐거운 자세가 높고 깊었다

그곳에 나무만 혼자 사는 빈집이
여러 채 있었다

—「빈집」 전문

시인은 넓은 들판의 한쪽에 서 있는 몇 그루의 나무를 바라본다. 몇 안 되는 나무들은 넓은 들판을 더 크게 만들고, 나무의 존재감을 더 작고 초라하게 만든다. 들판엔 생명이 약동하고, 그 끝은 한없이 뻗어 있지만, 나무는 땅속에 붙박여 있어 그곳으로 다가갈 수 없다. 외로움은 그렇게 그리움을 낳고, 그리움은 외로움을 가중시킨다. 움직일 수 없는 나무의 외로운 처지를 달래 줄 수 있는 것은 새들이다. 새들은 붙박여 있는 나무에 깃들어 집을 짓고, 외로운 나무는 새들에게 집을 내주면서 그만큼의 외로움을 던다. 하지만, 자유롭게 날아든 새들은 다시 자유롭게 날아가 버리고, 나무는 혼자 남아 새들이 남기고 간 빈집들을 안고 산다. 나무는 외롭게 태어나 자기 몸의 일부를 새들의 집터로 제공하며 외로움을 더는 듯했으나 새들은 떠나가고 결국은 빈집만 안은 채 이전보다 더 외롭고 초라하게 살아가고 있다. "어쩔 수 없이 서 있는 검불"은 외롭게 생명력을 잃어 가는 나무의 처연한 모습을 생생히 드러내는 뛰어난 비유이다.

크고 반듯한 돌이 낯선 땅에 눌러앉은 지가 오래된 폐허다
집을 이고 사람을 지고 신들을 받쳐 들어야 했던 돌
스스로 집이라고 생각하도록 세월이 길었다

마침내 집은 무너지고 기둥마저 넘어지고
구름들조차 흩어진 날에 혼자 남은 돌은 자유를 얻었을까
함부로 우거진 풀들처럼 세월은 자라 수없이 피고 졌는데

혼자 남은 돌은 자유를 너무 오래 감당한 것일까
표정마저 폐허가 된 돌들이 있어서

옛날의 돌로 돌아갈 수 없는 주춧돌 위에 앉아
조금은 오래 앉아 있자고 생각한다.

—「혼자 남은 돌」 전문

유럽의 로마 여행지에서 쓰인 이 시에서도 시인의 시선은 혼자 남은 존재를 향하고 있다. 이 시의 '돌'도 앞선 시의 '나무'와 마찬가지로 같이 있던 것들이 다 사라지고 홀로 제자리에 남아 있다. 나무는 새가 떠나도 자신의 존재까지 지워지지 않으나, 돌은 자기와 함께했던 것들이 모두 떠나자 자신을 지탱하였던 '집' 자체가 없어져 버렸다. 이 점에서 돌의 홀로 됨은 인간 삶의 여러 초상과 겹쳐 읽힌다. 그것은 나이를 먹어 가족이나 친구들이 모두 떠난 이후에도 혼자 남아 소속감을 잃은 채 외로이 지내는 노인의 망연함, 또는 회사의 구성원들이 모두 떠나고 조직은 해체된 채 혼자만 남아 있는 수장의 막막함을 떠올리게 한다. 지금은 폐허가 된 그 옛날의 화려했던 유적지를 돌아보며 남아 있는 돌에 시선을 맞춘 이 시는 혼자 남은 자의 슬픔을 상징적으로 보여 준다.

시인은 혼자 남은 돌에서 외로움과 함께 자유의 의미도 되새겨 본다. 집이 무너지고 사라지는 것은 돌이 그동안 짊어지고 있던 것에서 벗어나는 것이니 그는 마침내 자유의 몸을 얻게 되는 것이리라. 하지만 돌은 자유를 얻은 대신 자신의 역할을 잃고, 자기 몸이기도 한 집을 상실하였다. "표정마저 폐허가 된 돌"이란 표현은 자신의 정체성을 잃은 자유가 지닌 정신적 황폐함을 드러낸다. 그 돌 위에 조금은 오래 앉아 있겠다고 하는 것은 그렇게 홀로 된 돌의 아픔을 위무하려는 시인의 다정한 마음일 것이다. 시인은 혼자 남은 자가 겪는 마음의 상처를 섬세하게 살피고 있다.

자연의 나무와 돌을 바라보며 홀로 됨의 처지와 마음을 헤아리던 시인은 그 시선을 일상의 세계로 옮겨 온다. 그의 서정시는 자연과 일상을 오가고 있으며, 양쪽을 바라보고 유지하는 시선과 마음가짐은 한결같다. 시인은 자연이든 일상이든 주변의 소음과 번잡함을 물리친 이후에 비로소 눈에 들어오는 미약한 존재의 목소리를 엿듣는다. 나무와 돌의 홀로 됨은 여행지에서, 또는 도심에서 떨어져 나와 주위의 소란함을 멀리하고 발견해 낸 것들이다. 시인은 이제 일상에서 고요히 혼자만의 시간을 갖고 주변의 혼자 남은 자들에게 다가가 일상의 소음 속에 가려져 있던 그들의 신음에 귀를 기울인다.

엄동설한 어둠 속에서 산비둘기가 운다
희미하다
아직은 모두들 잠들어 있는 새벽
고층 아파트 단지의 어느 잎 진 나뭇가지에 서서
산비둘기 한 마리가 욱욱거리고 있다

누구나 살다 보면
산을 버린 산비둘기의 내력이 궁금해지는 미명이 있고
조간신문에 실린 왕따 열일곱 살의 유서를 읽으며
산비둘기 소리를 들어야 하는 새벽이 있다

가족들의 방문을 바라보며 서성거리던
불 꺼진 거실의 몇 분이 있었겠다
새벽에 엘리베이터를 타고 올라가
아파트 옥상 철문을 마저 열어야 했던
생전의 마지막 몇 걸음이 있었겠다

신문은 그저 신문이려니 하기에는

흐릿하다가 먹먹하다가 산비둘기가 운다
노래하는 것도 아니고
지저귀는 것도 아니고
산비둘기는 그저 울 뿐
어떤 새벽에는 입을 막고 흐느끼기도 한다

—「산비둘기가 운다」 전문

시인은 새벽에 깨어나 창밖의 새소리를 듣고 조간신문을 읽는다. 모두가 잠들어 있는 새벽은 혼자만의 시간이다. 홀로 된 시간에 홀로 된 자만이 홀로 된 이의 처지를 진정으로 헤아릴 수 있을 것이다. 시인은 그렇게 홀로 되어 산비둘기가 내는 내면의 소리를 듣는다. 산비둘기가 삶의 터전인 산을 버리고 사람 편인 아파트 단지 근처에 기거하며 외로이 울고 있는 소리를 듣는다. 조간신문엔 따돌림을 당해 자살한 열일곱 청춘의 유서가 실려 있다. 시인은 그 기사를 읽으며 그의 자살 직전을 상상한다. 그가 새벽에 자살하기 전 캄캄한 거실에서 잠들어 있는 가족들의 방문을 잠시 쳐다보며 서성거렸을 모습, 또 새벽에 투신하려고 홀로 엘리베이터를 타고 올라가 마지막으로 옥상의 차가운 철문을 열고 들어갔을 모습을 상상한다. 자살 직전 잠들어 있는 가족의 방문 앞을 서성거리던 몇 분, 그리고 자살하려고 새벽에 엘리베이터를 타고 옥상으로 올라가 철문을 열던 몇 걸음은, 그가 이 세상에서 겪었을 가장 외로운 시간이었을 것이다. 주위의 따돌림으로 혼자가 되어 극심한 괴로움을 겪은 그는 마지막 죽기 전에도 혼자가 되어 더없이 막막한 외로움을 겪다가 혼자만의 몸으로 이 세상을 하직한 것이다. 같은 새벽 고층 아파트의 어느 잎 진 가지에서 울부짖는 산 떠난 산비둘기의 외로운 울음은 그 왕따의 슬픔을 고스란히 반영한다. 시인은 자연스럽게 자연 속의 새와 일상 속의 왕따 청춘이 처한 홀로 됨의 아픔을 동시에 전하고 있다. 그것은 시 속 주인공의 감정을 자연물에 의탁시키는 전통적인 서정시의 문법에 잘 부합하는 것이다. 이러한 시적 태도로 그의 시는 감정의 범람을 크게 일으키지 않으면서 홀로 된 이의 슬픔을 잘 드러내고 있다.

그러나 추측과 전달 화법을 섞어 가며 시종일관 담담하게 진술할 뿐인 이 시가 듣는 이의 가슴을 아프게 후벼 파는 것은 왕따의 슬픔을 산비둘기의 울부짖음으로 대치해서만은 아니다. 그 아픔의 전달은 새벽에 깨어난 시인이 새벽에 외로이 죽어 간 왕따의 먹먹했던 최후의 시간 속으로 마음 깊이 다가갔기 때문이다. 혼자 남은 자의 슬픔을 노래한 그의 시가 각별한 것은, 그렇게 그들의 내면과 진정으로 가슴을 맞댔기 때문이다. 심재휘의 시는 규범적인 서정시가 어떻게 '온몸'으로 쓰여질 수 있는지를 잘 보여 준다.

2. 떠나간다는 것

지상의 존재가 겪는 홀로 됨의 운명에 가슴을 맞댄 시인은 그들의 떠나감의 운명에도 시선을 보낸다. '떠나감'은 '홀로 됨'과 짝을 이루는 행위이다. 상대가 떠남으로써 남은 자는 홀로 되고, 본인이 떠나면서 스스로 홀로 되기도 한다. 떠나감은 타자에게 홀로 됨을 안기고, 스스로 홀로 되는 일이기도 한 것이다. 시인이 존재의 떠나감에 시선을 보내는 것은 홀로 됨의 운명을 더 넓은 시야로 포착하려는 시도라고 할 수 있다.

시인은 '떠나감'에 대해서도 그러한 존재의 내면을 '온몸'으로 전한다. 시인은 고향인 강릉을 떠나 서울서 살고 있으며, 그러한 이향 체험이 시적 상상력의 원천을 이룬다. '떠나감'에 대한 시편은 시인의 추억을 인화한 것이다. 자기 경험의 육화는 일인칭 화자의 육성을 기초로 한 서정시 형식에 알맞은 시적 방식이다. 시인은 여기에 특유의 예민하고 섬세한 감각을 덧붙여 떠나감의 운명이 지닌 내면의 목소리를 전한다.

> 강릉의 이월은 늘 떠나는 표정을 하고 있어서
> 어릴 때에는 그 침침하고 마른 번짐이 싫기도 했다

대관령을 넘어 강릉을 떠나던 그해 이월도
이제는 만질 수 없도록 멀어지더니
어느덧 이월의 모든 나무는
바람의 모양으로 서 있다는 것을 알게 되었다
제 잎을 틔우기 전에 어디로인가 바라보는 모습을
제 몸에 새기고 있는 나무들

—「이월 강릉」 부분

시인은 고향인 강릉서 살 때 2월의 느낌이 늘 떠나는 표정을 하고 있었고, 정든 고향을 떠나던 때도 2월이었다고 회상한다. 2월의 그런 느낌은 강릉의 바닷가 바람에서 비롯된 것이고, 그것이 실제 삶의 이력에서 더욱 굳어진 것이다. 바람은, 특히 바닷가의 바람은, 늘 어디론가 떠나는데, 2월의 바람은 그러한 느낌을 고조시킨다. 겨울과 봄의 중간에 낀 2월은 눈이 내리는 것도 나무에 물이 오르는 계절도 아니어서 대기는 빳빳하게 말라 있다. 물기 없는 강릉의 2월은 침침하고 마른 바닷가 바람만이 을씨년스럽게 번져 떠나는 느낌을 가중시킨다. 2월의 나무에 대한 독창적인 묘사는 강릉의 2월에서 체득된 그런 감정이 투영된 것이다. 잎 진 나무의 마른 형상에서 상상 속의 바람을 떠올리고, 잎이 져 앙상하고 길게 뻗은 나뭇가지에서 목을 길게 빼고 먼 곳을 바라보는 모습을 생각하는 것은 떠나가는 것에 대한 불안하고 서글픈 마음의 반영이다.

유년의 고향과 이향 체험에서 감득된 '떠나감'에 대한 각별한 반응은 정서적이고 감각적인 차원을 넘어 보다 깊은 사유의 단계로 나아가고, 시의 대상도 확대된다. 시인은 도심의 외진 동네에서, 사람들이 오가는 터미널 부근의 카페에서, 그리고 고향에서 떠나는 모든 것들을 깊이 응시하며 그 의미를 성찰한다. 시인은 떠나감의 상태와 움직임을 더 구체화하여 떠나는 것과 흩어지는 것과 사라지는 것들을 나누어 관찰하면서 다양한 시적 사유를 펼쳐 나간다.

바람 부는 날
강릉 송정의 해송 숲에 가면
뒤척거리는 평지가 있다 한때 무덤이었던 것들
바닷가 주인 없는 땅의 허물어진 봉분들

…(중략)…

죽어서도 찾아가야 하는 자리가 있다는 듯
바다 쪽으로든 산맥 쪽으로든 몇 줌의 흙
아침저녁으로 바뀌는 바람에 얹혀
기어이 더 흩어지고는
이제는 그냥 봉분이 있던 자리

그래 다들 어디로 갔을까
헤어짐이란 서로 멀어지는 것이 아니라
원래 있던 자리로 돌아가는 것이라고
해송 숲이 심히 흔들리던 날
들어 보면 숲에는 파도 소리만 가득한데
제자리란 원래 없는 것이라고
숲에는 갈 데 없는 파도 소리가 가득한데

—「봉분이 있던 자리」 부분

바닷가에 있는 봉분의 흙이 바람에 흩어져 사라지는 것을 보고, 시인은 헤어짐이란 서로 멀어지는 것이 아니라 원래 있던 자리로 돌아가는 것이라고 말한다. 봉분의 흙은 땅에 있는 흙을 가지고 온 것이니, 바람에 날려 땅으로 흩어진 흙은 원래 자리로 돌아간 것이라는 것이다. 또 해송 숲에서 울리는 파도 소리를 듣고 제자리란 원래 없는 것이라고 말한다. 해송 숲에서

울리는 파도 소리는 파도 소리의 파장이 해송 숲에 부딪혀 일어나는 것이니, 그것은 이미 파도 소리가 아니고 숲 소리이며, 그 소리는 다시 바다로 돌아가 파도 소리가 될 수 없고 오직 숲에서만 울릴 수 있을 뿐이므로 제자리란 원래 없는 것이라고 말하는 것이다. 시인은 이 시에서 떠나고 사라지는 것의 슬픔보다는 그것이 우리 삶에서 어떤 의미를 지니는 것인가를 자연물의 변화를 통해 성찰하고 있다.

떠나감의 가장 비극적 순간은 생명체의 죽음일 것이다. 그것은 떠나감의 마지막 지점이기도 하다. 떠나는 모습의 인접 현상들, 즉 흩어지고 사라지는 것들은 모두 죽음의 자리에서 만난다. 죽음은 모든 생명체가 맞이하고, 누구도 거역할 수 없는 공평한 삶의 운명이다. 떠나감에 대한 본능적인 감성에서 시작해 그것의 여러 의미를 성찰한 시인이 그것의 마지막 단계인 죽음에 대해 깊은 시선을 보내는 것은 자연스러운 일이다. 시인은 여기서 다시 한번 자연의 모습을 관찰하고, 그곳에서 포착한 이미지를 시의 형식 안에서 치밀하게 변주시켜 생명체가 겪는 죽음의 여정을 처연하게 보여 준다. 구체적인 이미지를 일관되게 밀고 나간 이 시에서 그의 서정시는 절정에 이른다.

집 근처 거리에
감 하나가 제가 만든 그늘 속에 떨어져 있다
한때 단단했던 것도 너무 오래 붉으면 무른다
물러서 터진 것이 질척거리는 보도로 흘러나와
오늘은 가랑비 오는 저녁에 닿는다

이별의 몸이 흥건한 땅바닥으로부터
그가 둥둥 떠 있던 허공의 어떤 행복까지
괜히 뒷걸음질 쳐 보고 싶은 저물녘에
나는 와 있는 것이다

뒷걸음으로 가면
주지 말았어야 할 상처들과
들지 말았어야 할 길들을 그냥
지나쳤을 것만 같고
뒷걸음으로 더 멀리 가면
잘 여문 사랑을 다시 찾을 것만 같은데
끝내는 떨어져 온몸으로 가랑비 맞는 감

떨어지고 나서도 마저 익어 가는 감 하나가
오늘은 가랑비 오는 저녁에 닿아서
그 붉은 속살 속으로 걸어 들어가 보는 것인데
뒤뚱거리며 앞으로만 가는 저녁을
이 몸은 벗어날 수가 없다

—「가랑비 오는 저녁에 닿다」 전문

집 근처 거리에 감이 하나 떨어져 있다. 감은 감나무의 꽃이 핀 자리에 작은 열매로 맺혀 굵고 단단한 열매로 성장하여 가지 위에 매달려 있다가 시간이 흐르면서 땅으로 떨어졌을 것이다. 감은 그 이후에도 계속 익어 가다 종내에는 물러 터져서 흐물거리는 자기 몸을 밖으로 드러내 보도를 질척이게 한다. 감은 땅에 떨어져 삶의 터전과 작별하고, 보도 위를 질척이는 물질이 되면서 자신의 몸과도 이별하려고 한다. 감의 낙과와 그 후의 과정에 대한 치밀한 묘사는 하나의 생명체가 죽음에 이르는 과정이 떠나고 버리는 일의 연속이라는 것을 서늘하게 확인시켜 준다. 시인은 감의 생에 대한 사실적 묘사 위에 하나의 생각을 덧붙인다. 생의 마지막 지점에 도달한 감이 자신의 지난 시간을 돌이켜 본다는 것이다. 시인은 떠나감을 응시하면서 그것을 따라가지 않는 추억의 잔존을 생각한다. "둥둥 떠 있던 허공의 어떤 행복"은 감의 추억에 대한 시인의 생각이 빚어낸 눈부신 비유이다. 그 이미지는 생의 행복이란 것이 결국 허공 위에 떠 있는 것이어서 조만간 떨어질 수밖에 없는 운명을 지닌 것이라는 사실을 선명하게 각인시킨다. 감은 자신의 생을 계속 반추하면서 아쉬웠던 지난 일들을 바꿔 보고 싶지만, 지상의 순리는 두 번의 생을 허락하지 않는다. 생은 오직 앞으로만 나아갈 수 있을 뿐이다. 감은 계속해서 익어 가 거의 물이 되고, 그 위에 가랑비가 내리자 빗물에 섞여 자기 존재를 완전히 상실하고 만다. "가랑비 오는 저녁에 닿다"란 제목은 멈출 수 없는 생의 진행으로 결국은 마지막 지점에 도달한 감의 일생을 잘 전해 준다. 저녁은 시간의 마지막 지점을 상징한다. 시인은 감의 소멸을 "저녁에 닿다"라고 말함으로써 시간의 거역할 수 없는 흐름을 감각적으로 드러내고 있다. 이 시는 죽음을 향해 가는 생의 과정을 '낙과'의 이미지를 통해 더없이 처연하고 아름답게 보여 주고 있다.

3. 먼 길의 동행

지금까지 지상의 존재가 겪는 홀로 됨과 떠나감의 처연한 운명을 그리고 있는 심재휘의 시에 대해 살펴보았지만, 그의 시집이 그러한 비가만으로 채워져 있는 것은 아니다. 시인은 떠나가고 홀로 되는 삶의 슬픈 내면을 노래하면서, 또 한편으론 그런 삶의 과정 안에서 그것을 극복하고 넘어서는 삶을 상상한다. 그는 먼저 그런 슬픈 삶의 순간을 잊고 지우는 상태를 꿈꾼다. 떠나가고 홀로 되는 것이 어쩔 수 없는 삶의 운명이라면 그런 조짐이나 흔적을 지우고 잊으면서 잠시 그것에서 벗어나는 것은 나약한 지상의 존재가 할 수 있는 첫 번째 일일 것이다. 인간은 꿈과 상상의 동물이어서 실제의 삶과는 무관하게 마음속으로 삶의 느낌을 조절할 수 있다. 인간은 감정을 지닌 존재이므로 느껴지는 삶은 실제의 그것 못지않게 중요하다. 시인은 내리는 '눈'을 보고 떠나가고 홀로 되는 삶의 흔적을 지우는 상상을 한다.

아주 떠나 버리려는 듯
가다가 다시 돌아와 소리 없이 우는 듯이
눈이 내린다
어깨를 들썩거리다가 뛰어가다가 뒤돌아서서
폭설이 퍼붓는 길이다 그러면 이런 날은
붉은 신호등에도 길을 건너가 버린 그 사랑이
겨우 보이도록 흐릿해져서
이런 날은 도무지 아프지가 않다

부풀어 오른 습설이 거리에 온통 너무 흩날려
이편과 저편의 경계가 지워진 횡단보도는
건너지 않는 자들도 그냥 가슴에 품을 만하다
길 옆 나무가 내게 손을 내미는지
내게서 손을 거두어 가는지 알 필요가 없고
휘청거리는 저녁은 어디쯤에 있는지
이별은 푸른 등을 켰는지
분간할 필요도 없어서

—「폭설, 그 흐릿한 길」 부분

시인은 눈 내리는 날의 풍경을 묘사하며 그것에 감정을 투영시킨다. 이 시의 풍경에서 '신호등' '횡단보도' 등의 소도구들은 떠나가는 것을 상징한다. "붉은 신호등에도 길을 건너가 버린 그 사랑"이란 막을 수 없는, 일방적인 이별의 통보일 것이다. '횡단보도'는 이쪽과 저쪽을 갈라놓는 장치이다. '저녁'은 시간의 떠나감이 마지막에 이른 지점을 가리킨다. '나뭇가지'는 이별 또는 만남의 손길을 가리킨다. '나뭇가지'가 마음의 몸짓에 대한 비유로 사용되는 것 역시 그의 시에서 자주 나타나는 현상이다. 눈은 떠나는 것을 가리키는 모든 존재나 현상들을 흐릿하게 만들어 그 흔적을 지워 준다. 신호등의 색과 횡단보도의 표시를 가리고, 저녁의 노을과 컴컴한 공간도 모두 흰색으로 채색시켜 저녁의 시간대를 순백의 공간으로 채운다. 눈은 떠나간 사랑의 흔적을 흐릿하게 만들기도 한다. 눈은 비와는 달리 자기 스스로도 떠나가지 않는 속성을 지닌다. 시인은 강설降雪을 "아주 떠나 버리려는 듯/ 가다가 다시 돌아와 소리 없이 우는 듯이"라고 묘사하여 그러한 눈의 특성을 감각적으로 전해 주고 있다. 이렇게 눈은 내리면서 떠나지 않고, 내려서도 지상에 머물러 있다. 그리고 그러한 눈의 속성이 이 지상에서 떠나가는 흔적과 떠나가는 시간들을 모두 가리고 지워 준다. 그리하여 시인은 눈이 내리는 날은 도무지 아프지 않다고 말한다.

하지만 눈은 오래가지 않아 녹게 되고, 떠나감은 다시 전면에 떠오르게 될 것이다. 눈은 다만 떠나감의 상태를 잠시 잊게 해 줄 뿐이다. 그리하여 시인은 떠나고 홀로 됨의 운명에 대한 잠시의 망각이 아니라 그러한 현실 안에서 그것을 극복할 수 있는 좀 더 적극적인 방식을 모색한다. 그것은 바로 타자에 대한 위로와 그와의 동행이다.

언듯언듯 라일락 꽃향기가 있어서
사월 한낮의 그 가지 밑을 찾아가 올려다보면
웬걸, 향기는 오히려 사라지고 맑은 하늘뿐이지
다정함을 잃고 나무 그늘 아래를 걸어 나올 때
열없이 열 걸음을 멀어져 갈 때
슬며시 다가와 등을 어루만져 주는 그 꽃의 향기

술에 취해 집으로 드는 봄밤이라면
기댈 데 없이 가난한 제 발자국 소리의
드문드문한 냄새를 맡다가 문득 만나게 되지
곁에서 열 걸음을 함께 걸어가 주는 그 꽃, 향기
놀라서 두리번거리면 숨어서 보고만 있는지

그저 어둠 속 어딘가의 라일락 나무

그리하여 비가 세찬 날
그 나무 아래를 우산도 없이 지나간다면
젖은 걸음을 세워 그 꽃나무 아래에 잠시 머무른다면
오직 한 사람만을 위한 향기를 배우게 되지
젖은 제 온몸으로 더 젖은 마음을
흠뻑 닦아 주는 그 꽃향기
어디로도 흩어지지 않는 이런 게 진짜 위로지

—「위로의 정본」 전문

라일락 꽃향기는 그 꽃나무 아래에 있을 때보다 그곳에서 멀어져 갈 때 더 많은 향기를 전해 준다. 자신의 등 뒤에서 풍기는 라일락 향기는 전해받는 기쁨을 배가시킨다. 보이지 않는 등 뒤는 늘 허전하기 때문이다. 또 라일락은 어느 밤길 외롭게 귀가하는 이에게 꽃향기를 뿌려 준다. 자신의 존재는 숨기고 외로운 발걸음에 고요히 향기를 전해 주는 것이다. 향기의 지속은 열 걸음 정도에 불과해서 그 시간이 지나면 사람들은 다시 외로운 길을 걸어가야 하지만, 그 짧은 향기의 동행으로 외로운 이는 나머지 시간의 외로움을 견딜 수 있을 것이다. 그러다 비 오는 날 온몸이 젖으면 그는 그곳을 지키고 있는 라일락 꽃나무를 찾아가고, 그때 그 나무는 젖은 몸으로 더 젖은 그를 위해 향기를 전해 준다. 실제로 비 오는 날 꽃향기는 더 뭉쳐서 진하게 전해 온다. 시인은 그런 향기의 전파를 젖은 제 온몸으로 닦아 주는 것이라고 말한다.

라일락꽃의 이미지를 통해 전해 준 외로운 이와의 따뜻한 동행을 시인은 일상의 세계에서 다시 한번 뚜렷하게 드러낸다. 자연과 일상을 오가며 양쪽의 시선을 하나의 세계로 통합하여 진술하는 그의 시적 태도가 여기서도 그대로 나타난다. 다만, 이 시에서는 자연과의 교감은 다소 줄이고 사람과 그의 행동을 무대 전면에 등장시킨다. 이 시집의 마지막 페이지를 장식하며 인물의 육성으로 끝나는 이 시는 독자들에게 전하는 시인의 마지막 말이 되어 길게 울려 퍼진다.

시골 버스 정류장 앞에는 볕 잘 드는
국숫집이 있어서 창가 나무 탁자에 앉아서도
먼 길을 가는 사람이 있다
저들은 오늘 버스를 놓친 것일까
정류장이 둘만의 오래된 끼니인 듯
늙은 엄마와 다 큰 아들이 국수를 시켜 놓고
까마득한 행선지 하나를 시켜 놓고

국수가 나와도 탁자를 박자껏 두드리기만 하는 아들의
중증 독방을 앓는 손가락에는 먼 길이 숨어 있어서
몸이 굵은 아들에게 면 가락을 물려 주는 엄마의 젓가락에는
먼 길이 숨어 있어서

떠나간 버스가 아직도 흙먼지를 날리는
국숫집 창가 자리에는
비가 오지 않아도 젖은 길이 있다
놓친 버스를 잡으려 장화 신고 걸어온 세월의 옆얼굴들을
말없이 어루만지는 봄볕

주머니에서 손수건을 빼려다
접어 넣은 먼 길까지 와락 쏟아져 나온다
동서남북이 다 닳은 주머니 안으로
구겨진 것들을 도로 집어넣는 엄마

그녀는 결국 숨겨 놓은 먼 길을 들키고 만 것인데
다만 오래 걸어가야 하는 것뿐이란다 아들아
먼 길을 가려면 아들아 너도
국수를 잘 먹어야지

—「먼 길」 전문

어느 시골의 버스 정류장 옆 국숫집에서 늙은 엄마와 다 큰 아들이 마주 앉아 국수를 먹고 있다. 아들은 중증 지체장애인이다. 떠나가는 버스와 그 버스 뒤로 국숫집을 향해 날려 오는 흙먼지는 이 모자母子가 사회적으로 뒤처지고 있는 인물들임을 가슴 찡하게 전해 준다. 그 모자는 그렇게 낙오된 채 한 끼 식사를 해결하고 있는데, 그 몸짓은 더욱 어설프고 더디다. 늙은 엄마는 거동이 불편한 다 큰 아들을 위해 국수를 먹여 준다. 늙은 엄마의 손길은 라일락꽃이 전하는 향기와 다르지 않다. 다 컸지만 중증 장애를 앓고 있는 아들은 지상에 혼자 남아 있는 자이다. 늙은 엄마는 홀로 된 아들을 위해 따뜻한 동행이 되어 주고 있다. 그 모자를 비추는 창가의 봄볕은 엄마의 사랑의 온기를 반영한다. 아들은 앞으로 '먼 길'을 가야 한다. 그는 느리게 가야 하므로 그에게는 다른 이들보다도 더 '먼 길'이 될 것이다. 그리하여 늙은 엄마는 아들에게 먼 길을 가려면 국수를 잘 먹어야 한다고 말한다. 늙은 엄마는 버스도 놓친 채 아픈 아들에게 조금이라도 국수를 먹이려고 애쓰지만, 중증 장애를 앓고 있는 아들은 몸을 가누지 못하는 터라 음식을 제대로 받아먹지 못하고 먹으려고 하지도 않는다. 늙은 엄마는 그 장애 아들이 정상인과 다른 것이 있다면 그저 더 오래 걸어가는 것뿐이니, 너도 정상인이 매일 하는 일처럼 똑같이 밥을 잘 먹어야 한다고 전하는 것이다. 엄마가 자식에게 밥 잘 먹으라고 하는 말은 자식 사랑의 가장 원초적인 말이지만, 이 시에서는 그 말 속에 장애 아들을 정상인과 똑같이 정의하는 엄마의 숙연한 사랑까지 담겨 있다. 엄마는 몸이 불편한 아들에게 직접 밥을 먹이는 사랑을 보내고, 그 장애 아들에게 최고의 사랑의 말을 전하는 것이다. 장애 아들에겐 이 '말'이 국수보다 더 따뜻한 한 그릇의 밥이 될 것이다.

시인은 어느 날 집을 떠나 멀리 다니던 중 혼자 밥을 먹다 죽음을 앞둔 아버지가 마지막으로 전해 준 말을 떠올리며 울컥한다. 시인의 마음에 아버지의 유언이 된 그 말은 "늦도록 외롭지 않게 살아라"라는 것이다. 시인은 이 말을 아버지가 자신에게 마지막으로 밥 한 그릇을 지어 주신 것으로 비유하곤 시의 제목을 "따뜻한 한 그릇의 말"이라고 붙였다. 이 시집은 어느 면에서 시인이 자신의 아버지가 남긴 말을 시로 승화시킨 것이라고 볼 수 있다. 시인은 이번 시집 내내 홀로 되고 떠나가는 것들과 함께 있다. 그들과 가슴을 맞대고, 그들의 처연한 내면을 위무하고, 그들의 운명이 지닌 의미를 돌아보고, 그들과 따뜻한 동행을 도모하고 있다. 시인의 아버지가 시인에게 남긴 것처럼 시인은 이 세상 사람들에게 모두가 외롭지 말라고 오래된 서정의 형식으로 '따뜻한 한 그릇의 말'을 전하고 있다.

제3부

시적 산문과 서사의 세계

백석의 수필과 시의 연관성

—「가재미, 나귀」「무지개 뻗치듯 만세교」「선우사膳友辭」「나와 나타샤와 흰 당나귀」를 중심으로

1. 백석의 수필과 시

백석은 시 이외에 수필을 여러 편 썼다. 그는 고등학교를 졸업한 해인 1930년 1월《조선일보》현상문예에 소설「그 모母와 아들」이 당선되면서 문단에 나온 직후 일본 유학을 떠나 도쿄의 아오야마학원에서 영문학을 공부하고 1934년 초에 귀국하면서 자신이 속한 장학회의 간행물인『이심회 회보』창간호에「해빈수첩」이란 수필을 발표하였다. 그 후 1935년 7월《조선일보》에「마을의 유화遺話」라는 소설을, 8월 같은 신문에「닭을 채인 이야기」라는 소설을 연재하였다. 그는 세 번째 소설을 발표하고 며칠 후인 1935년 8월 30일《조선일보》에「정주성」이란 시를 발표하였는데, 그 직후인 1935년 11월「마포」라는 수필을 발표하였다. 그리고 이듬해인 1936년 1월에 시집『사슴』을 간행하였는데, 그 직후인 2월에「편지」란 수필을 발표하였다. 그는 시집을 간행한 이후 해방될 때까지 활발하게 시를 쓰며 시인의 길로 나섰는데, 그사이에 수필을 여러 편 발표하였다. 백석은 소설, 수필, 시를 함께 썼으며, 그중에 수필과 시 두 장르는 창작 기간 내내 병행해 나갔다.

백석의 문학적 전개에서 수필과 시는 작품 내적으로 긴밀하게 연결된다. 수필에서 다룬 대상과 주제가 시에 다시 나타나고, 그 반대의 경우도 있는데 전자가 훨씬 많다. 그는 수필의 열린 형식을 이용하여 생각을 자유롭게 써서 발표하고, 이어서 그 사상事象을 가다듬어 응축된 형식의 시로 빚어 발표하였다. 백석이 쓴 수필은 작품마다 특정한 형식을 갖추고 있다. 수필의 가장 큰 특징으로 형식의 자유로움을 꼽는데, 그것은 형식의 부재가 아니라 무한한 가능성을 가리키는 말이다. 백석은 각각의 작품마다 주제를 담아내기에 알맞은 형식을 고안해 냈다. 그의 수필들은 문학적 형상화를 잘 갖추고 있으며 이를 통해 작품의 의미가 깊이 있게 구현된다. 백석의 수필은 형식적 완성도가 높아 그만큼 시로의 전환이 용이할 수 있었다. 그렇더라도 수필의 소재와 주제가 시로 전이될 때는 시의 형식적 특징을 갖춰야만 한다. 이 점에서 백석의 수필과 시를 상호 텍스트적 관점으로 바라보는 것은 수필과 시의 장르적 묘미를 느끼는 일이 될 것이다.

백석의 문학에서 수필과 시의 연관성은 그가 함흥에서 지낼 때 발표한 작품들에서 크게 나타난다. 그중 수필 「가재미, 나귀」「무지개 뻗치듯 만세교」와 시 「선우사膳友辭」「나와 나타샤와 흰 당나귀」는 서로 긴밀하게 연동되어 있다. 그리하여 이 글에서는 네 작품을 상호 텍스트의 관점에서 살펴보고자 한다. 두 수필은 백석이 추구한 삶의 가치관이 압축된 작품이고, 두 시는 백석의 후기 시의 특징이 잘 나타나 있는 작품이다. 백석은 자신의 신변을 적은 일기나 편지 같은 글들을 남긴 적이 없고, 그의 생애를 알 수 있는 기록들도 극히 한정되어 있다. 그래서 백석이 자신의 체험을 기록한 수필은 그의 생애를 살펴보는 데도 유용한 도움을 준다. 이 글은 수필에서 시로 이어진 백석 시의 탄생 과정, 수필과 시의 장르적 특성, 그리고 백석의 생애와 가치관 등을 두루 확인하는 일이 될 것이다.

2. 함흥 생활, 수필 및 시의 다작多作

수필 「가재미, 나귀」 「무지개 뻗치듯 만세교」, 시 「선우사」 「나와 나타샤와 흰 당나귀」는 모두 백석이 함흥에서 발표한 것들이다. 그는 1934년 일본에서 귀국 후 조선일보사에서 근무하다 1936년 중반 함흥으로 건너가 영어교사 생활을 하며 2년 동안 거주했는데, 이곳 생활이 그의 삶과 문학에 많은 영향을 끼쳤다.

함경도의 함흥만에 인접해 있는 함흥은 여러모로 백석이 태어난 정주와는 다른 지역적 특색을 지닌 곳이다. 함흥의 앞바다는 정주의 그곳과 분위기가 크게 다르다. 서해인 정주 앞바다엔 섬들이 옹기종기 놓여 있고 펄이 넓게 조성되어 있지만, 동해인 함흥만은 그렇지 않다. 그래서 정주 앞바다에서 백석이 안온하고 서정적인 느낌을 받았다면, 함흥 앞바다에선 청량하고 웅혼한 느낌을 받았을 것이다. 또 함흥의 한쪽 편엔 드넓은 함흥평야가 있고, 외곽으론 험준한 산들이 고원을 이루고 있다. 함흥은 광활하고 청정한 바다와 무연한 평야, 그리고 험준한 산들을 모두 거느리고 있는 곳이다. 그런 함흥은 서울에서 멀리 떨어져 있고 중간에 산악 지대로 가로막혀 있어 외따로 놓여 있는 오지이다. 백석은 함흥에서 왁자지껄한 세속을 벗어나 청정한 바다와 가파른 산 그리고 평화로운 벌판을 벗 삼아 고요히 자기만의 시간을 갖게 되었을 것이다. 또 함흥은 정주와는 해역海域과 풍토가 크게 달라 정주에서 볼 수 없는 토산물들이 많이 난다. 역사적으로도 그곳은 조선왕조를 세운 이성계와 그의 선조들이 살던 곳으로 그와 관련된 유적들이 많고, 한때 신라가 진출했던 곳이기도 하여, 같은 북방이면서도 정주와는 다른 문화를 갖고 있다.

백석은 지리, 문화, 풍경, 문물, 분위기 등 모든 면에서 고향 정주나 서울과는 크게 다른 함흥에서 문학적 자극을 받으며 작품들을 많이 쓰게 된다. 그는 이곳에 머무는 2년 동안 네 편의 수필과 스물여덟 편의 시를 썼다. 가히 폭발적인 문학 생산이라고 할 수 있다. 더 주목되는 것은 이 기간에 그가 지금까지와는 다른 경향의 작품들을 쓰기 시작한 점이다. 그가 완강한 방언으로 고향의 풍속을 그리던 세계를 벗어나 투명한 언어로 세련된 서정시를 쓰기 시작한 것이 이때부터고, '당나귀'의 이미지를 중심으로 '가난하고 외롭고 높고 쓸쓸한' 삶의 숭고한 가치를 추구하기 시작한 것도 이 시기부터이다.

백석의 문학에 커다란 전환점을 가져온 함흥 생활에서 그가 발표한 첫 번째 문학작품은 「가재미, 나귀」라는 수필이다. 그는 함흥으로 건너가서 얼마 지나지 않은 1936년 9월에 이 수필을 발표하였다. 그리고 이듬해인 1937년 8월에 「무지개 뻗치듯 만세교」라는 수필을 발표하였다. 새로운 삶의 환경에서 문화적 자극을 받으며 쓴 첫 번째와 두 번째 작품이 모두 수필이었다. 두 편은 《조선일보》에 발표되었는데, 백석이 근무했던 신문사의 지인으로부터 근황 타진을 겸한 원고 청탁에 응해 썼을 것으로 보인다. 그가 함흥에 와서 일 년이 지나도록 시는 발표하지 않고 특별히 수필만 두 편을 쓴 것은 장르적 특수성이 작용한 것으로 봐야 할 것이다.

수필은 자기 경험을 형식의 제약 없이 자유롭게 써 나가는 글이므로 아무래도 시에 비해 창작의 숙성 기간이 짧다고 볼 수 있다. 간단한 수필의 경우 함흥의 낯선 경험과 그곳에서 떠오른 생각들을 있는 그대로 서술하면 된다. 형식에 구속받지 않는다면 낯선 체험은 수필 창작의 촉진제가 된다. 백석이 함흥으로 건너간 후 얼마 지나지 않아 곧바로 짤막한 수필 한 편을 발표한 것은 경험과 수필의 긴밀한 연관성과 수필 창작의 민첩성을 잘 보여주는 것이다. 시의 경우 낯선 지리적 환경과 문물에서 시가 될 만한 소재를 발굴하고 그것을 형상화해야 하므로 수필보다 긴 시간이 요청될 수밖에 없다. 이러한 사정으로 인해, 백석은 새로운 경험을 제공해 준 낯선 지역 함흥에서 수필을 연달아 발표하고, 1년이 지난 시점에서부터 시들을 쏟아 내기 시작하였으며, 그 가운데 그의 시를 통틀어 절창으로 꼽히는 작품들을 생산하였던 것인데, 그 시들은 앞서 발표했던 수필과의 연관 속에서 쓰인 것이다. 다음 장부터 이러한 일련의 과정을 통해 생산된 두 편의 수필과 두 편의 시를 상호 연관성의 측면에서 자세히 분석해 보고자 한다.

3. 수필의 세계

(1) 「가재미, 나귀」

「가재미, 나귀」는 백석이 함흥으로 이주한 후 얼마 지나지 않은 시점인 1936년 9월 3일 《조선일보》의 '나의 관심사'란 기획란에 실린 작품이다. 낯선 지역으로 와 짧은 시간 안에 쓴 것이어서 간략히 자신의 근황만을 적고 있다. 짧은 글이지만 변화된 생활 환경에서 체득된 그의 새로운 삶의 가치관이 담겨 있어 그의 생애와 문학적 전개 과정에서 소중한 작품이다.

> 동해東海 가까운 거리로 와서 나는 가재미와 가장 친하다. 광어, 문어, 고등어, 평메, 횟대…… 생선이 많지만 모두 한두 끼에 나를 물리게 하고 만다. 그저 한없이 착하고 정다운 가재미만이 흰밥과 빨간 고치장과 함께 가난하고 쓸쓸한 내 상에 한 끼도 빠지지 않고 오른다. 나는 이 가재미를 처음 십전十錢 하나에 뼘가웃씩 되는 것 여섯 마리를 받아 들고 왔다. 다음부터는 할머니가 두 두름 마흔 개에 이십오 전二十五錢씩에 사 오시는데 큰 가재미보다도 잔 것을 내가 좋아해서 모두 손길만큼 만한 것들이다. 그동안 나는 한 달포 이 고을을 떠났다 와서 오랜만에 내 가재미를 찾아 생선장으로 갔더니 섭섭하게도 이 물선은 보이지 않았다. 음력 팔월八月 초상이 되어서야 이내 친한 것이 온다고 한다. 나는 어서 그때가 와서 우리들 흰밥과 고치장과 다 만나서 아침저녁 기뻐하게 되기만 기다린다. 그때엔 또 25전二十五錢에 두어 두름씩 해서 나와 같이 이 물선을 좋아하는 H한테도 보내어야겠다.
>
> 묘지와 뇌옥牢獄과 교회당과의 사이에서 생명과 죄와 신을 생각하

> 기 좋은 운흥리雲興里를 떠나서 오백 년 오래된 이 고을에서도 다 못한 곳 옛날 이 헐리지 않은 중리中里로 왔다. 예서는 물보다 구름이 더 많이 흐르는 성천강城川江이 가까웁고 또 백모관봉白帽冠峰의 씨허연 눈도 바라보인다. 이곳의 좌우로 긴 회灰담들이 맞물고 늘어선 좁은 골목이 나는 좋다. 이 골목의 공기는 하이야니 밤꽃의 내음새가 난다. 이 골목을 나는 나귀를 타고 일없이 왔다 갔다 하고 싶다. 또 예서 한 오 리 되는 학교까지 나귀를 타고 다니고 싶다. 나귀를 한 마리 사기로 했다. 그래 소장 마장을 가 보나 나귀는 나지 않는다. 촌에서 다니는 아이들이 있어서 수소문해도 나귀를 팔겠다는 데는 없다. 얼마 전엔 어느 아이가 재래종의 조선 말 한 필을 사면 어떠냐고 한다. 값을 물었더니 한 오 원五圓 주면 된다고 한다. 이 좀말로 할까고 머리를 기울여도 보았으나 그래도 나는 그 처량한 당나귀가 좋아서 좀 더 이놈을 구해 보고 있다.
>
> —「가재미, 나귀」 전문[1]

백석은 함흥을 동해 가까운 곳이라 전한다. 그는 그곳에서 생긴 관심사 두 개를 전한다. 하나는 가자미이고, 또 하나는 나귀이다. 각각 음식과 탈 것이어서 생활의 정취를 물씬 풍긴다. 그는 여러 생선을 먹어 봤지만, 가자미만이 질리지 않고 "가난하고 쓸쓸한" 식탁에 매일 오른다면서 자신은 가자미 중에서도 잔 것을 좋아한다고 한다. 그는 조그만 가자미를 흰밥에 고추장과 함께 먹는 소박한 밥상에서 기쁨과 행복을 느낀다. 가자미는 살이 희고 맛이 담백하다. 그래서 질리지 않고 오래 먹을 수 있다. 매일 상에 오르는 흰밥을 우리가 계속 먹을 수 있는 이유도 특별히 자극적인 맛을 내지 않아서일 것이다. '흰밥'과 '가재미'는 같은 성격을 지닌 음식이다. 둘 다

---

1 이 글에서 인용한 백석의 수필은 졸저, 『정본 백석 소설, 수필』(문학동네, 2019)에서 가져온 것이다.

소박하고 담백해서 오래가는 것들이다. 백석은 그런 가자미를 "착하고 정다운" 것이라 부른다. 음식에 인격을 부여하는 흥미로운 문학적 발상이다. 백석과 마찬가지로 가자미를 좋아한다는 H는 평북 용천 출신의 소설가로 백석의 가장 친한 벗인 허준을 가리킨다. 절친한 친구에게 좋아하는 음식을 보내는 것이야말로 정다운 우정의 표시이다. 진정한 우정도 소박하면서 한결같은 마음씨로 유지될 것이다. 백석은 '가재미' '흰밥' '벗' '우정'을 통해 소박하고 한결같으며 한없이 착하고 정다운 존재의 가치를 말하고 있다.

백석의 또 하나의 관심사인 '나귀'도 가자미의 연장선 위에 있다. 백석은 함흥에 와서 '운흥리'에 살다가 '중리'로 이사했다고 전한다. '중리'는 고도인 함흥의 옛 모습이 그대로 남아 있고, 아름다운 산수를 가까이서 볼 수 있는 곳이다. 이 마을이 지닌 장소적 특징도 '가재미' '흰밥'과 다르지 않다. 소박하고 한결같으며 착하고 정다운 무욕의 공간이다. 백석은 그 마을에서도 회담이 맞물고 늘어선 골목이 좋다고 한다. 골목은 옛 모습의 유구한 공간이며, 소박하고 한결같으며 정다운 느낌을 주는 생활 속 공간이다. 그는 골목의 '회담'이 특히 좋다고 한다. 회담의 질감과 분위기는 소박하고 정갈하다. 회담의 흰색은 그런 느낌을 고스란히 반영한다. 백석이 좋아하는 것들은 모두 흰색을 띠고 있다. '가재미' '흰밥' '회담'이 모두 그렇다. 그리고 그 골목의 공기를 적시는 밤꽃도 흰색이다. 그 빈 빛깔은 무욕의 색상이다.

백석은 그토록 마음에 드는 공간에서 나귀를 타며 일없이 왔다 갔다 하고 싶다고 한다. 회담의 골목이 무욕의 공간이라면, 그곳서의 여유 있는 나귀 타기는 무욕의 행동이라고 할 수 있다. 그런데 백석은 탈 수 있는 동물 중에서 왜 꼭 나귀를 고집할까? 나귀는 힘이 세면서도 성격이 세심하고 성질이 매우 온순해 예부터 짐을 나르는 역할을 도맡았다. 이효석의 「메밀꽃 필 무렵」엔 장돌뱅이 포목상 허생원의 짐꾼으로 평생을 주인과 함께 늙어 가는 나귀의 모습이 잘 그려져 있다. 나귀는 평생 사람들에게 헌신하며 사는 동물이다. 이 글의 마지막 대목에서 백석이 나귀에게 '처량한'이란 수식을 붙인 것은 그런 동물에 대한 깊은 연민의 표시이다. 백석은 그런 나귀와 하나가

되고 싶은 것이다. 나귀는 백석이 추구하는 삶의 이상향이라고 할 수 있다.[2]

(2) 「무지개 뻗치듯 만세교」

「무지개 뻗치듯 만세교」는 백석이 함흥에서 두 번째로 발표한 수필이다. 그는 이 작품에서 함흥의 명소들을 자세히 그린다. 두 번째 수필은 첫 수필의 발표 이후 1년이 다 되어 가는 시점에 쓴 것이다. 그동안 그는 함흥의 이곳저곳을 많이 돌아보았고, 여러 가지 경험을 하였다. 두 번째 수필은 함흥서의 세부적 체험의 결과물이다. 이 수필은 함흥의 지리와 역사와 문화에 대한 소개서이자, 그곳에 대한 섬세한 관람기이다. 이 수필은 기행문학의 진수를 보여 준다.

> 함마 천평千坪 넓은 벌이 툭 터진 곳에 동해 좋은 바다가 곁들이고 신흥新興, 장진長津 선선한 바람이 넘나들고…… 함흥咸興은 서느럽게 태어난 고장이다. 아카시아, 백양목의 그늘이 좋고 드높은 하늘에 구름이 깨끗하고 샘물이 차고 달고…… 함흥은 분명히 서느럽게 태어난 고장이다.
>
> —「무지개 뻗치듯 만세교」 부분

수필의 첫 단락에서 그는 함흥 일대의 지형을 소개한다. 무연한 벌판의 한쪽 끝으로 탁 트인 동해가 면해 있고, 그 주변을 험준한 산악 지대가 둘러싸고 있는 천혜의 지역인 함흥의 지형을 서술하며, 그곳을 '서늘하게 태어난 고장'이라고 규정한다. 이 수필에서 '서늘하다'라는 형용사는 여섯 번이나 구사된다. 여기서 '서늘하다'라는 말의 함의는 시원함과 깨끗함을 두루

2 이 수필의 해석은 위의 책에서 시도한 바 있다.

가리킬 것이다. 이 말은 이곳이 혼탁한 세속과 대비되는 공간임을 함축한다. 이어 '서늘한' 느낌을 전해 주는 함흥의 명소들을 차례로 소개한다. 그곳들은 '성천강' '만세교' '반룡산' '구룡리 해수욕장' '서상리 늪' 등이다. 백석은 각각의 명소들을 하나의 공간으로 설정하여 다양한 감각으로 묘사하며, 그것들의 조합으로 한 편의 수필을 완성한다.

'성천강'은 함흥의 서남부 방향으로 흘러내리는 강으로 함경도 지역에서 손꼽히는 매우 드넓은 강이다. 강 주변으론 신흥군의 고원지대가 펼쳐져 있고, 가까이는 정화릉과 만년설의 산들이 놓여 있다. 백석은 이 풍경을 흰색과 푸른색의 이미지로 묘사하여 그 '서늘함'을 시각적으로 환기한다.

'만세교'는 성천강의 동서 방향으로 부설된 당시 우리나라에서 가장 긴 다리이다. 그 장교長橋의 난간에 서면 멀리 함흥평야가 아득하게 조망되고, 장진골의 산바람이 강물을 스치며 불어와 마치 신선이 된 듯한 느낌을 받는데, 그 신선놀음은 날이 저물고 밤이 찾아오면서 더 깊어진다고 한다. 밤하늘의 수많은 별이 청정한 대기 속에서 빛나며 드넓은 성천강과 무연한 벌판 위를 장대하게 뒤덮어 만세교를 지나는 발걸음을 마치 천상을 거니는 느낌으로 만들기 때문이다. 백석은 함흥 사람들이 그곳을 서울의 경복궁과도 바꾸지 않을 것이라고 하는데, 그 말은 왕궁의 거처보다 더 좋다는 말로서 그곳이 지상에선 느낄 수 없는 곳임을 말하는 것이다.

'반룡산'은 함흥의 진산으로 그 정상에 서면 서늘한 산바람이 몰아치면서 주변의 장대한 풍광이 한눈에 들어온다. 백석은 오장육부를 시원하게 만드는 느낌을 '냉미'라고 표현한다. 그 미각 이미지가 환기하는 차가운 쾌감은 다시 함흥 소주의 '냉미'로 이어진다. 반룡산의 서느런 정상에서 마시는 함흥 소주는 몸속으로 냉기와 취기를 동시에 전해 준다. 함흥 소주는 함흥의 서느러움을 도락적이고 낭만적인 정서로 승화시킨다.

'구룡리 해수욕장'은 함흥 아래쪽의 흥남읍에 위치하여 동해의 맑은 물과 탁 트인 시야, 십 리가 넘는 긴 모래사장이 인상적인 곳이다. 백석은 동해 해수욕장의 시원한 풍경을 제시한 다음, 그곳서 감지되는 낭만적인 정서를 감각적으로 드러낸다. 여기서는 촉각이 구사된다. 백석은 발뒤꿈치에 닿는 바닷물 밑의 조개의 감촉과 백사장 세모래 모래찜질의 감촉을 전하는데 그 매끄럽고 훈훈한 느낌은 순수하고 풋풋한 이성과의 사랑의 감촉을 연상시킨다. 이 낭만적 정서는 그 해수욕장에서 만난 '백계로인白系露人'의 어여쁜 처녀에 대한 그리움으로 이어진다.

> 어쩐지 엑조틱한 정서가 해조海藻 내음새같이 떠도는 이 동해 해빈海濱에서 까닭 없이 알짝하니 가슴을 앓는 것은 나쁜이 아닐 터이지만 지난여름 어느 날 백계로인白系露人의 어여쁜 처녀들을 이 해변에서 만난 뒤로 나는 이 구룡九龍을 생각하는 마음이 아주 간절해졌다.
>
> —「무지개 뻗치듯 만세교」 부분

'백계로인白系露人'은 1917년 러시아 혁명 때 혁명에 반대하여 국외로 망명한 러시아인을 가리킨다. 그들은 한반도에도 유입되었다. 특히 연해주 지역에 있던 백계러시아인들이 블라디보스토크를 통해 한반도의 동북쪽으로 들어왔고, 배를 타고 원산항으로 들어오기도 하였다.[3] 그들 중 일부는 다시 타국으로 떠나고, 일부는 한반도에 정착하였다. 백석은 함흥의 '구룡리 해수욕장'에 나타난 러시아 여인에 눈을 빼앗기고, 그녀의 생각으로 그곳이 가슴에 사무친다. 러시아 여인의 숨결 어린 '구룡리 해수욕장'은 이국적인 정서를 풍기고, 그 느낌은 해조 냄새에 빗대진다. 함흥 소주에서 시작된 함흥의 낭만적 정서는 여기서 절정을 이룬다.

함흥 명소들의 매력에 대한 감각적 체험은 '구룡리 해수욕장'에서 절정을 이루곤, 이내 그 장소에 대한 사회적 성찰로 전환된다. '흥남 천기리의 조질계공장'은 조선질소비료주식회사朝鮮窒素肥料株式會社의 흥남 공장을 가리

3 황동하, 「식민지 조선의 백계 러시아인 사회」, 『향토서울』 83호, 서울특별시 시사편찬위원회, 2012, 2. 당시 한반도에 유입된 백계러시아인에 대해서는 이 논문이 주목됨.

킨다. 일제는 당시 함흥평야의 벼 생산을 촉진하기 위해 1927년 흥남 지역에 대규모의 질소비료 공장을 세웠다. 구룡리 해수욕장은 그 공장에서 멀지 않은 곳에 있지만, 바다에 기름이 뜨지 않고 쇠배도 뜨지 않아서 함흥 사람들이 그곳을 좋아한다고 말한다. 또 근처에 있는 서호항 동편으로 서호진 해수욕장이 있는데, 그곳은 규모가 크고 바다 앞에 있는 소진도와 대진도가 파도를 막아 줘 해면이 잔잔하고 간만의 차가 적은 천혜의 해수욕장인데다 교통도 편리하여 사람들이 많이 찾는 유명 관광지이지만, 함흥 사람들은 그곳보다 구룡 해수욕장을 더 좋아한다고 말한다. 여기서 백석의 오염되지 않은 깨끗한 자연에 대한 선호, 위세와 권세에 대한 거부, 고요한 아름다움에 대한 선호를 보게 된다.

함흥에 대한 사회적 성찰은 다시 그곳서의 낭만적 풍류로 전환된다. 이번에는 만세교 난간에서의 낚시와 서상리라는 곳의 늪과 개울과 논에서의 천렵이 주는 즐거움을 소개한다. 낚시와 천렵은 물과 함께 즐기는 놀이라 인간 삶에서 가장 오랜 역사를 지닌 본능적인 즐길 거리인데 보통 여름 한낮엔 내리쬐는 뙤약볕이 문제가 되나 함흥은 서느러운 곳이라서 그것을 마음껏 즐길 수 있으니 이보다 더 살기 좋은 고장은 없노라는 함흥 사람들의 말을 전한다.

백석은 마지막에 함흥 사람들이 '야무진 토박한 사투리'로 함흥 자랑을 한다고 함으로써 서늘한 풍토가 낳은 그곳 사람들의 기질과 언어의 결을 환기하면서 글을 맺고 있다. '토박하다(투박하다)'는 말의 함의는 강한 기운과 인공적 가공을 하지 않은 본연의 순수한 상태를 가리킨다. 그것은 백석의 기질과 정신에도 부합되었던 것이고, 그래서 그는 함흥을 더욱 사랑했을 것이다. 백석은 이 글에서 함흥이란 고장이 지닌 서늘한 맛과 풍류의 멋뿐만 아니라 그곳 사람들의 기질까지 전하고 있으며, 그곳이 원시 상태의 순수한 아름다움을 간직한 곳임을 내비치고 있다. 이 수필은 함흥의 소개 글이

지만, 그 안에는 백석의 꿈과 낭만과 이상이 고스란히 담겨 있다.[4]

4. 수필과 시의 연관성

(1) 「선우사膳友辭」

이 시는 1937년 10월 『조광』지에 발표되었다. 수필 「가재미, 나귀」가 발표된 지 11개월 후 수필 「무지개 뻗치듯 만세교」가 발표되었는데, 이 시는 그로부터 2개월 후에 발표된 작품으로 앞서 쓴 두 수필과 깊은 연관성을 지닌다.

> 낡은 나조반에 흰밥도 가재미도 나도 나와 앉어서
> 쓸쓸한 저녁을 맞는다
>
> 흰밥과 가재미와 나는
> 우리들은 그 무슨 이야기라도 다 할 것 같다
> 우리들은 서로 미덥고 정답고 그리고 서로 좋구나
>
> 우리들은 맑은 물 밑 해정한 모래톱에서 하구 긴 날을 모래알만 헤이며 잔뼈가 굵은 탓이다
> 바람 좋은 한 벌판에서 물닭이 소리를 들으며 단이슬 먹고 나이들은 탓이다
> 외따른 산골에서 소리개 소리 배우며 다람쥐 동무하고 자라난 탓이다

4 이 수필의 해석은 졸저, 앞의 책에서 시도한 바 있다. 전체적으로 비슷한데 일부 내용에서 이 글과 책 사이에 다소 차이가 있다.

우리들은 모두 욕심이 없어 희어졌다
착하디착해서 세괏은 가시 하나 손아귀 하나 없다
너무나 정갈해서 이렇게 파리했다

우리들은 가난해도 서럽지 않다
우리들은 외로워할 까닭도 없다
그리고 누구 하나 부럽지도 않다

흰밥과 가재미와 나는
우리들이 같이 있으면
세상 같은 건 밖에 나도 좋을 것 같다

—「선우사膳友辭」 전문[5]

이 시는 화자인 '나'가 '흰밥'에 '가자미'만을 반찬 삼아 쓸쓸한 저녁 식사를 할 때의 심정을 그린 것인데, 이러한 시의 정황은 수필 「가재미, 나귀」 전반부의 핵심 장면을 재현한 것이다. 그는 수필에서 "가재미만이 흰밥과 빨간 고치장과 함께 가난하고 쓸쓸한 내 상에 한 끼도 빠지지 않고 오른다"고 적었었다. 그는 여기서 '고치장'을 빼 '가재미'와 '흰밥' 두 사물이 지닌 공통적인 이미지를 살려 냈다.

이 시의 2연에서 '나'와 '가재미'와 '흰밥'을 '서로 미덥고 정답고 좋다'고 표현하는데 수필에서 '가재미'를 가리켜 "착하고 정다운" 것이라 말했었다. '착하고'를 '미덥고'로 대치하고 '좋다'란 말을 추가하였다. 이어 4연에서 그 셋을 '모두 욕심이 없는 존재'로 묘사하는데, 이것은 수필의 '가난한 식탁'에 대한 변용이다. 백석 시에서 '가난하다'라는 말은 물질적 궁핍만을 가리키

5 이 글에서 인용한 백석의 시는 고형진 편, 『정본 백석 시집』(문학동네, 2020)에서 가져온 것이다.

지 않고 세속과 거리를 두고 소박하고 깨끗하게 사는 상태를 함축한다. 그는 시에서 그 셋을 친구 사이로 묘사하는데, 음식을 친구로 여기는 독특한 발상도 수필에서 시도된 것이다. 그는 시에서 그것을 '선우사', 즉 '음식 친구'란 멋진 시어로 창조하였다.

이 시의 3연에서 '가재미'가 "세괏은 가시 하나 손아귀 하나 없다" "너무나 정갈해서 이렇게 파리했다" 등으로 묘사된다. 이 표현은 수필에서의 "뼘가웃씩 되는" 아주 조그만 가자미를 구체적으로 묘사한 것이다.

이 시의 2연에선 '흰밥'과 '가재미'와 '나'를 키운 무욕의 공간으로서 자연의 세계를 그린다. 자연의 공간은 '바닷물 밑' '한 벌판' '산골' 등 바다와 벌판과 산을 망라하고 있는데, 그러한 장소는 수필 「무지개 뻗치듯 만세교」에서 가져온 것이다. 모래톱이 있는 바닷물 밑은 수필의 '구룡리 해수욕장'에서, '한 벌판'은 '함마 천 평 넓은 벌'에서, '산골'은 '신흥, 장진'에 포진해 있는 산악 지대에서 가져온 것이다. 이러한 자연 공간은 백석이 함흥에 와서 처음 체득한 것이다. 그는 함흥의 맑고 깨끗하며 신선한 공간 체험을 수필에 적었고, 시에서 구체적인 묘사로 옮겼다.

그는 이 시에서 바닷물 밑의 깨끗함을 '해정한' 이란 말로 나타냈는데, 이 시어는 수필에서 그대로 가져온 것이다. '해정하다'는 백석의 조어이다. 백석이 자신의 문학작품에서 이 '조어'를 처음 구사한 것은 「무지개 뻗치듯 만세교」란 수필에서다. '해정하다'는 '해+정淨하다' 의 형태를 지닌 말로 해처럼 희고 밝으며 맑고 깨끗하다는 뜻을 지닌다. 그는 함흥의 청정한 자연에서 '해정하다'는 아름다운 말을 만들어 수필과 시에 차례로 사용한 것이다.

백석은 이 시를 흰색의 이미지로 물들이는데, 그 이미지는 수필 「가재미, 나귀」에 내장되어 있던 것이다. 이 수필에서 '흰밥' '가재미' '회담' '밤꽃' 등 백석이 좋아했던 것들은 모두 흰빛을 띠는 것들이었다. 백석은 수필에선 '희다'는 형용사를 사용하지는 않았는데, 시에서는 그 말을 명시하여 색채 이미지를 전면에 내세웠다.

(2) 「나와 나타샤와 흰 당나귀」

이 시는 1938년 3월 『여성』지에 발표되었다. 수필 「가재미, 나귀」와 「무지개 뻗치듯 만세교」가 발표된 다음 해에 발표되었고, 시 「선우사」가 발표되고 몇 개월 후에, 해가 바뀐 이후에 발표된 것이다. 이 시는 백석이 함흥에 와서 2년이 거의 다 돼 가는 시점에 발표된 것이라 함흥 생활이 무르익었을 때 쓴 것이라고 할 수 있다. 이 시는 그의 후기 시를 대표하는 절창으로 꼽힌다.

가난한 내가
아름다운 나타샤를 사랑해서
오늘밤은 푹푹 눈이 나린다

나타샤를 사랑은 하고
눈은 푹푹 날리고
나는 혼자 쓸쓸히 앉어 소주燒酒 를 마신다
소주燒酒를 마시며 생각한다
나타샤와 나는
눈이 푹푹 쌓이는 밤 흰 당나귀 타고
산골로 가자 출출이 우는 깊은 산골로 가 마가리에 살자

눈은 푹푹 나리고
나는 나타샤를 생각하고
나타샤가 아니 올 리 없다
언제 벌써 내 속에 고조곤히 와 이야기한다
산골로 가는 것은 세상한테 지는 것이 아니다
세상 같은 건 더러워 버리는 것이다

눈은 푹푹 나리고
아름다운 나타샤는 나를 사랑하고
어데서 흰 당나귀도 오늘밤이 좋아서 응앙응앙 울을 것이다
—「나와 나타샤와 흰 당나귀」 전문

이 시는 화자인 '나'가 눈 오는 날 혼자 소주를 마시며 '나타샤'와 함께 '흰 당나귀'를 타고 산골로 가는 꿈을 그린 것이다. 사랑하는 임을 그리워하는 연시인데, 이성 간의 사랑 노래에 머물지 않고, 삶의 숭고한 가치를 담고 있어 주목되는 작품이다.

이 연시는 '나' '나타샤' '흰 당나귀'의 이미지의 조합으로 이루어져 있는데, 이 이미지들은 모두 수필 「가재미, 나귀」와 「무지개 뻗치듯 만세교」에서 가져온 것이다. 먼저 이 시의 화자인 '나'의 이미지를 살펴보자. '나'는 '가난한' 사람으로 '나타샤'에게 '흰 당나귀'를 타고 깊은 산골로 가자고 제안한다. '나'는 세속의 물욕을 멀리하고 순수한 공간에서 살고 싶어 한다. 이러한 '나'의 마음과 행동은 수필 「가재미, 나귀」 중 중리의 회담 골목을 나귀를 타고 일없이 오가고 싶어 하는 무욕의 화자와 같은 것이다. 백석은 수필에서 드러낸 '나'의 행동과 마음을 시에서 그대로 재현하였다. 차이가 있다면 수필에선 '나' 혼자 나귀를 타지만, 이 시에선 '나타샤'와 함께 타고 있는 점이다.

'흰 당나귀'의 이미지도 그 수필에서 그대로 가져온 것이다. 시에서 '흰 당나귀'는 '나'와 '나타샤'를 태우고 무욕의 공간인 산골로 들어가며, '나'와 '나타샤'의 결합에 축하의 울음을 터트린다. '흰 당나귀'는 '나'와 똑같이 무욕의 삶을 지닌 존재이다. 이러한 '흰 당나귀'의 이미지는 수필에서 백석이 '처량하다'고 말한 '나귀'와 같은 것이다. 백석은 시에선 '나귀'에 흰색을 입혀 무욕의 정서에 색채 이미지를 부여하고 있다.

그럼 '나타샤'는 어디서 연유한 것인가? '나타샤'는 러시아 여성의 이름이다. '나타샤'는 우리 현대시에 나타난 연인의 이름으로서 이채로울 뿐 아니라, 백석 시의 전개 과정에서도 생소한 것이다. 우리의 현대시에서 연인

의 이름은 대체로 '순이'나 '순네'로 불렸으며, 백석의 시에선 '난'이란 이름이 사용되었다.

이 시에 나타난 '나타샤'란 러시아 여인은 수필 「무지개 뻗치듯 만세교」의 '구룡리 해수욕장'에서 백석이 만난 '백계노인白系露人'에 접맥되어 있다. 백석은 그 수필에서 '구룡리 해수욕장'에 나타난 러시아 여인에 눈을 빼앗긴 바 있다. 그는 그녀에 대한 마음으로 그 해수욕장이 더 사무친다고 수필에서 적고 있다. 이 수필은 함흥의 여러 명소에 대한 '서느러운' 느낌이 주조를 이루지만, '구룡리 해수욕장'에서만은 유독 낭만적 정서가 고조되고, 그 절정에 이국적인 러시아 여인이 자리 잡고 있다. 그가 러시아 여인을 함흥의 구룡리 해수욕장에서 처음 본 것은 아닐 것이다. 그들은 1930년대 경성에도 있었으므로 백석이 《조선일보》 기자로 근무할 때 보았거나 일본 유학 시절에 만났을 수도 있다. 하지만 수필에서 드러난 바로 볼 때, 동해의 쪽빛 바다와 맑은 대기, 곱고 하얀 모래가 끝없이 펼쳐진 구룡리 해수욕장을 배경으로 등장한 백색 피부빛의 슬라브 여인은 다른 곳에서와는 달리 특별한 풍경으로 시인의 마음을 사로잡았을 것이다. 순백의 러시아 여인의 이미지는 이 순간에 촉발된 것으로 봐야 할 것이다. 그는 그녀의 이미지에 '나타샤'란 이름을 붙인 것인데, 그것은 이 이름이 한국인들에게 친숙하고, 밝고 부드러운 소릿결을 지니고 있었기 때문이다. 러시아 사람들의 이름은 대체로 길이가 길고 발음이 거친데, '나타샤'란 이름은 한국인의 성명처럼 3음절이어서 부르기 쉽고, 3음절 모두 양성모음으로 이루어져 있어 밝고 환한 느낌을 준다. 또 '나타샤'란 소릿결은 '나'와 '흰 당나귀'란 말과 호응한다. 특히 시의 제목에서 '나타샤'의 첫 음절인 '나'가 그 앞에 놓인 시어인 '나', 그리고 그 뒤에 놓인 시어인 '당나귀'의 '나'와 소리 반복을 일으킨다. 유성음 'ㄴ'과 양성모음 '아'의 결합으로 이루어진 '나'의 반복은 시의 제목에서부터 이 시를 밝고 화사하게 만들어 준다.

이 시에서 '눈'은 '나'와 '나타샤'와의 사랑을 승화시키는 낭만적인 이미지이다. 그리고 '나'와 '나타샤'와 '흰 당나귀'가 지닌 순수하고 욕심 없는 삶을 표상하는 이미지이다. '눈'의 흰색이 지닌 색상 이미지는 수필 「가재미, 나귀」에서 구사된 '가재미' '흰밥' '회담' 등이 지닌 무욕의 삶과 그것을 표상하는 흰색 이미지를 계승한 것이다. 이 시에서 흰색의 사물 가운데 '눈'을 선택한 것은 그것이 춥고 눈이 많이 내리는 러시아의 여인인 '나타샤'의 이미지와 조화를 이루기 때문일 것이다.

이 시에서 무욕의 공간으로 제시된 '산골'은 수필 「무지개 뻗치듯 만세교」에서 백석이 그린 함흥 일대의 신흥, 장진군의 산악 지대에 접맥되어 있다. 그리고 '소주'는 이 수필의 '반룡산'에서 화자가 마신 '함흥 소주'에 닿아 있다. 이 수필이 쓰이기 이전까지 백석의 문학작품에 등장한 주류 중에서 이름이 명시된 술은 '찹쌀탁주'뿐이었다. '소주'는 이 수필에서 처음 등장하였고, 그러고 나서 이 시에 나타났다. 백석이 함흥에서 생활하며 특별히 '함흥 소주' 맛에 매료되었고, 그것이 수필에 쓰였으며, 그다음 시에 영향을 준 것이다.

5. 수필에서 가져오고 빼고 더한 시의 이미지들

백석은 시를 발표하기 이전에 소설과 수필을 먼저 발표하였으며, 시집을 내고 본격적으로 시에 집중하던 기간에도 중간에 수필을 지속해서 발표하였다. 그는 소설과 수필과 시를 함께 썼고, 그 가운데서도 수필과 시 두 장르는 창작 기간 내내 병행했다.

백석의 수필은 독자적인 형식과 미학을 지니고 있고, 시와 깊이 연동되어 있다. 그는 수필을 먼저 쓰고, 이어서 사상事象을 가다듬어 시로 형상화하는 방식을 자주 취했는데, 이러한 창작 방식은 함흥 시절에 발표한 작품들에서 두드러진다. 그는 자신의 고향인 정주나 직장 생활을 하던 서울과는 모든 면에서 다른 함흥에서 색다른 경험을 했고 새로운 삶의 가치관을 형성하게 되었다. 그는 이런 생각을 수필로 썼고, 문학적 상상의 숙성을 거친 후에 이를 시로 재구성하여 발표하였다.

그의 시 「선우사」는 수필 「가재미, 나귀」와 「무지개 뻗치듯 만세교」의 특정 정황을 재현하며 두 수필의 사상事象과 언어들을 가져오면서 일부 말은 빼고 일부 말은 덧붙여 시로 빚었다. '흰밥' '가재미' '친구' '가난하다' '쓸쓸하다' '착하다' '해정하다'라는 사상事象과 말들은 가져오고, '고치장'은 뺐으며, '욕심 없다'는 추가하고, 또 수필에서 구사한 문학적 대상과 공간을 구체적인 묘사로 바꾸었으며, '선우사'란 멋진 제목을 붙였고, 흰색의 이미지로 채색하여 아름다운 시로 형상화하였다.

시 「나와 나타샤와 흰 당나귀」는 수필 「가재미, 나귀」에서 화자인 '나'가 회담 골목에서 나귀 타는 행동을 재연하면서 그 위에 '나타샤'와의 동반을 추가하였고, '나타샤'란 이름은 수필 「무지개 뻗치듯 만세교」에서 백석이 만난 '구룡리 해수욕장'에서의 러시아 여인에다 소릿결을 고려한 이름을 부여해 만들었다. '흰 당나귀'는 수필 「가재미, 나귀」에서 구사한 것을 아름다운 이미지로 승화한 것이고, '산골' '소주'는 수필 「무지개 뻗치듯 만세교」에서 영향받아 시의 공간과 소도구로 사용한 것이다. 그리고 수필에서 사용한 흰색의 소도구들을 계승하면서 '나타샤'와 어울리는 '눈'의 이미지를 덧붙여 아름다운 시로 형상화하였다.

백석 소설의 시적인 서사 구조

—「마을의 유화」와 「닭을 채인 이야기」를 중심으로

1. 백석의 소설

백석이 공적인 매체에 처음 발표한 문학작품은 소설이었다. 그는 고등학교를 졸업한 해인 1930년 1월 《조선일보》 현상문예에 「그 모母와 아들」이란 소설이 당선되면서 문단에 나왔다. 그는 그 직후 일본 유학을 떠나 영문학을 공부하고 귀국한 후 1935년 7월 《조선일보》에 「마을의 유화遺話」라는 소설을 연재했고, 얼마 후 8월에는 같은 신문에 「닭을 채인 이야기」라는 소설을 연재했다. 그는 그 직후인 1930년 8월 30일 《조선일보》에 「정주성」이란 시를 발표하고, 이듬해에 시집 『사슴』을 간행하면서 본격적인 시인의 길로 나섰는데, 1942년 2월 『매신사진순보』에 「사생첩의 삽화」란 소설을 발표했다. 「닭을 채인 이야기」 이후 7년 만에 다시 소설을 발표한 것이다. 백석은 시 이전에 여러 편의 소설을 발표했고, 시를 쓰면서도 소설을 외면하지 않았다. 이렇게 볼 때 백석의 문학에서 소설이 차지하는 비중과 의미를 간과해서는 안 된다.[1]

백석이 남긴 소설 작품은 네 편인데, 이 중에서 특히 눈길을 끄는 것은 「마을의 유화」와 「닭을 채인 이야기」이다. 그의 첫 작품인 「그 모와 아들」도

주목되지만, 두 작품에 비하면 다른 작가와 차별되는 백석 특유의 개성은 상대적으로 약하다. 「사생첩의 삽화」는 기존의 소설 형식으로부터 멀리 벗어나 있다. 이 작품의 발표 지면엔 '단편소설'이란 말이 제목 옆에 명기되어 있는데, 이 작품은 재래적 의미에서 완결된 플롯을 지닌 '소설'은 아니다. 그렇다고 이 작품을 소설이 아닌 수필로 못 박기도 어렵다. 이 작품은 기존의 장르 개념에 얽매이지 않고 자유로운 글쓰기를 시도한 백석의 문학적 태도를 잘 보여 준 것으로 별도의 논의가 필요하다.

백석이 귀국 후에 연달아 발표한 두 편의 소설 「마을의 유화」와 「닭을 채인 이야기」는 그의 첫 작품인 「그 모와 아들」과 크게 다르다. 「그 모와 아들」이 한국 단편소설의 재래적 형식을 답습하고 있는 데 반해, 두 작품은 인물의 성격, 플롯의 전개, 주제의 선정 등 소설의 형식과 미학과 내용의 모든 측면에서 독창적이다. 백석은 첫 작품을 발표한 후 사 년간의 일본 유학을 마치고 난 다음에 발표한 소설에서 데뷔작은 물론 기존의 한국 소설 형식과도 차별되는 새로운 경지의 소설을 발표하였다. 그는 「여우난골족」이나 「고야」 같은 초기 시에 수필처럼 이야기를 서술하거나 여러 가지의 이야기 조각을 조합하는 독특한 형식의 시를 발표하여 주위를 놀라게 하였는데, 소설에서도 기존의 소설 문법을 넘어서는 독창적인 작품들을 발표한 것이다.

「마을의 유화」는 인물의 갈등으로 플롯을 전개하는 기존의 소설 문법을 따르지 않는다. 이 소설엔 노부부 두 명이 등장하는데, 그들은 시종일관 서로 위무하고 협조한다. 주 인물 둘 사이엔 아무런 갈등이 없다. 그러다 보니 이 소설엔 사건 전개도 없다. 이 소설은 노부부 두 명의 행동과 상태만

1 백석의 소설에 대한 연구는 남기택, 「백석 문학 연구: 소설과 시의 공간적 특성을 중심으로」, 충남대학교 석사학위논문, 1997. 7; 송기섭, 「백석의 산문 연구」, 『한국문학이론과 비평』 4집, 한국문학이론과 비평학회, 1999. 2; 한명환, 「백석 소설 연구-소설 내용 및 형식의 특성을 중심으로」, 『국어국문학』 128호, 국어국문학회(2001. 5) 정도가 눈에 띈다. 이 연구들은 대부분 백석 소설의 내용을 개략적으로 검토한 것들이며, 그의 소설 형식을 자세히 분석한 연구는 아직 시도되지 않았다.

을 보여 줄 뿐이다. 대상의 움직임과 상태는 소설의 대상이라기보다는 시적 대상에 가까운 것이다. 그런데 백석은 그것을 소설로 형상화한다. 이를 위해 백석은 사람 이외의 대상들을 의인화하여 소설의 인물로 창조하고, 기존의 갈등 전개 방식 대신 새로운 형식의 갈등 구조로 플롯을 만들어 낸다.

「닭을 채인 이야기」는 「마을의 유화」와 달리 인물의 갈등으로 발생하는 사건의 연쇄를 다룬 작품이다. 이 작품은 시생이와 디평영감 두 명이 주인공으로 등장하며, 그들 사이의 복수를 둘러싼 갈등이 서사의 바탕을 이룬다. 하지만 두 사람 간의 복수로 시작한 갈등이 둘 사이의 대결로 치닫지 않고 다른 인물들 간의 갈등으로 나타나거나, 다른 인물들의 엉뚱한 사건 발생으로 이어진다. 또 사건의 연쇄가 인과적으로 연결되기보다는 각각의 사건들이 독자적으로 발생하고, 그러한 개별 서사들의 연결로 전체 플롯이 짜여 있다. 그리고 인물의 갈등이 사람 사이에서만 일어나는 것이 아니라, 동물, 사물, 자연물들 사이에서 혼재되어 발생한다. 이러한 인물 구성과 서사 방식은 일반적인 소설의 문법을 뛰어넘는 것이다.

두 소설은 새로운 서사 형식으로 더 깊고 광범위한 삶의 의미를 담아냈다. 이 글은 바로 두 작품에 나타난 독특한 서사 형식과 그 안에 담긴 작품 세계를 자세히 분석하기 위해 쓰인다. 그의 남다른 소설 형식에 대한 분석은 소설에서 시의 길로 나아간 그의 문학을 이해하는 데도 큰 도움을 줄 것으로 생각된다.

2. 「마을의 유화」의 서사 구조

(1) 노인, 사물, 추상적 존재의 인물들

「마을의 유화」엔 덕항영감과 저척노파 두 노인이 등장한다. 둘은 부부 사이로 여든여덟의 초고령이다. 소설 후반부에 노부부의 양아들이 그들을 버리고 떠나는데, 그 대목은 사실의 적시로만 기술되어 있을 뿐, 양아들이 소설에 등장하지는 않는다. 그렇게 볼 때 이 소설에 등장하는 사람은 노부부 딱 두 명이다.

그런데 이 작품의 서사를 이끄는 '인물'은 두 노인에만 국한되지 않는다. 노부부가 지내는 공간의 설치물과 사물들이 모두 사건 진행의 인물로 참여한다. 노부부가 기거하는 차가운 냉골의 '구들장', 그 방 안의 '문'과 '벽', 방문 밖에 놓여 있는 '섬돌' 등이 그러하다. 그것들은 모두 의인화되어 소설의 '인물'로서 작품의 서사에 참여한다. 노부부 주변의 자연물들도 마찬가지이다. 노부부가 살고 있는 산골의 물과 바위, 그리고 물속의 가재와 산새와 닭, 개 등의 짐승들과 수풀과 나무들, 또 해와 달과 별들도 모두 의인화되어 소설의 인물로 참여한다. 이뿐이 아니다. 소설 초반의 시간적 배경인 '겨울'과 노부부의 '나이' '죽음' 같은 추상적 존재들도 모두 의인화되어 작품의 인물로 일정한 역할을 한다. 이 인물들은 주로 노부부의 대결 상대로 등장하며 그에게 여러 적대적인 행동들을 하는데, '섬돌' 같은 인물의 경우엔 생각도 드러낸다. '섬돌'은 '영감'을 땅바닥에 메다치면서 지금까지 줄곧 영감이 방 안을 오르내릴 때 도움을 주었지만, 영감이 세상 사람들의 기대와 달리 너무 오래 사는 죄를 지었기 때문에 그에게 벌을 준 것이라 말한다. '섬돌'이란 사물이 자신의 행위에 정당성까지 부여하는 사유를 펼친다.

그런가 하면 소설의 주인공인 영감과 노파는 소설이 진행되면서 여러 인물로 분화된다. 영감이 방문을 열고 나가 섬돌을 딛다 넘어져 상처가 나서 우는 대목에서 상처는 '갓난아이'란 인물로 창조되고, 영감은 '배고픈 영감' '추위에 죽다 살아난 영감' '천대와 부랑을 지지리 받은 영감' '새끼 없는 영감' '늙어 꼬부라져도 죽어지지 않는 영감' 등으로 재창조된다. 노파도 여러 명의 '한 많은 노파'들로 창조된다. '갓난아이'와 '영감'과 '노파'들은 서로 대등한 인물들로서 각자 일정한 역할을 한다.

이 소설의 독특한 인물 설정은 여기서 그치지 않는다. 영감의 상처가 아문 직후 또 하나의 인물이 등장하는데, 그것은 지금까지의 이색적인 인물을 압도하는 개성적인 인물이다. 그것은 바로 '새로운 세상'이란 인물이다. '세상'이란 사전적 의미로 "어떤 개인이나 단체가 마음대로 활동할 수 있는 시간이나 공간"을 가리킨다. 일반적인 소설에서 '세상'은 작품 속 인물이 활동하는 공간을 가리킨다. 그것은 소설의 배경이 되는 것이지 인물이 될 수는 없는 것이다. 그런데 이 작품에선 특이하게도 그런 '세상'도 의인화되어 인물의 역할을 담당한다.

> 영감 노파에게는 이제는 다시 닥치는 새 세상을 떼어 버릴 힘은 없었다. 땅 위의 사람들의 구원을 부르려 하나 소리가 미치지는 않을 것이었다. 울어서 새 세상, 이 구신의 정을 달래 보려 하나 벌써 눈물은 말라 버렸다. 이러한 그들을 새로 세상은 마음껏 밸껏 골리고 볶다 차 버려도 좋고 배를 밟아 죽여도 좋고 코를 꿰어 끌고 다녀도 좋았다. 그러나 그것은 그들을 죽이지는 않았다. 차 버리지도 코를 꿰지도 않았다. 그것은 아침마다 영감에게 바가지 한 짝을 들리어서 삼 리가 넘는 인가 대대한 마을로 보내는 것으로 만족하였다.[2]

인용한 대목에서 '새 세상'은 영감 노파를 골릴 수도 있고, 차 버릴 수도 있고, 죽일 수도 있다. '새 세상'은 영감 노파를 마음껏 다룰 수 있는 무소불위의 존재로 설정되어 있다. 그것을 떼어 버릴 힘이 없는 영감 노파는 그것이 하라는 대로 할 수밖에 없는 존재로 전락했다. '새 세상'이 의인화되어 인물의 역할을 부여받아 영감 노파의 삶을 조정하면서 이 작품의 서사를 이끄는 것이다.

이렇게 볼 때, 이 작품엔 영감 노파 두 사람뿐만 아니라 주변의 여러 사물과 그를 둘러싼 추상적 존재들이 모두 소설의 인물로 등장하면서 작품의

2 이 논문에서 인용한 백석의 소설은 졸저, 『정본 백석 소설, 수필』(문학동네, 2019)에서 가져온 것이다.

서사를 이끄는 것이다. 특히 '겨울'이나 '새로운 세상' 같은 시간적, 공간적 배경조차 소설 속의 인물로 설정된 것은 아주 특이한 것이다. 이런 특별한 인물의 설정과 등장은 기존의 소설들과 다르게 형상화된 이 작품의 독특한 서사 구조에서 비롯된 것이다. 다음 장에서 이 작품의 개성적인 서사 구조에 대해 구체적으로 알아보기로 한다.

(2) 인물의 상태와 동작의 서사화

「마을의 유화」의 줄거리를 정리하면 다음과 같다. 추운 겨울 양아들에 의해 허름한 냉돌방에 방치된 채 누더기나 쥐보다도 못한 취급을 받으며 지내던 여든여덟의 노부부 영감과 노파가 더듬거리며 방문을 열고 나오다 넘어진다. 얼굴에 상처가 난 영감은 울음을 터트리고, 그 상처가 아물 무렵 자식들이 그들을 버리고 도망가 세상에 둘만 남았다는 사실을 알게 된다. 노부부는 밥을 짓기 위해 몸을 움직이고 머지않아 무덤 없는 귀신이 될 그들 주변의 자연물들이 무서워하면서 소설이 끝난다. 이것을 간단히 줄이면 노부부가 추운 겨울 방문을 열고 나오다 넘어져 상처가 나 울고, 상처가 아물 무렵 양아들이 그들을 버리고 도망가고, 노부부가 연명을 위해 몸을 움직인다는 것이다. 여기서 양아들은 소설 전면에 등장하지 않는다. 그가 도주했다는 사실만이 한 문장으로 적시될 뿐이다. 이렇게 보면 이 소설은 노부부가 문을 열고 나오다 넘어져 상처가 나고 양아들이 사라지자 둘만 남은 노부부가 다시 몸을 움직이는 모습을 그리는 것이 전부이다. 이 소설은 노부부 두 사람의 몇 가지 움직임과 상태만을 다룰 뿐이다. 노부부는 작품 내내 조금의 갈등도 드러내지 않는다. 그들은 오히려 시종일관 서로 협조하고 위무한다. 소설에는 딱 두 사람만이 등장하는데, 그 둘이 서로 갈등하지 않으니 이 소설엔 전통적 의미에서의 사건 전개가 존재하지 않는다. 사건 전개 없이 사이좋은 노부부 두 명의 몇 가지 거동과 상태만을 다루는 것은 소설보다는 시의 영역에서 할 일이다. 그런데 백석은 특이하게도 이것을 서사적으로 형상화한다. 백석은 어떤 방식으로 그것을 만드는 것일까?

백석은 노부부의 몇 가지 상태와 행동을 단계별로 구분하여 각각을 하나의 장면으로 만든다. 그리고 각각의 장면에서 서로 대립적인 인물을 설정하여 그들을 대결시킨다. 각각의 장면마다 인물의 대결이 펼쳐지고, 그런 장면의 연결로 사건 전개가 진행되어 플롯이 형성된다. 각각의 장면마다 인물의 설정은 어떻게 이루어지고, 어떤 인물들이 서로 대결하는 것일까? 먼저 이 소설은 큰 틀에서 다음과 같은 여섯 장면으로 나누어진다.

① 노부부가 추운 겨울 허름하고 차가운 냉돌방에 누더기와 쥐보다 못한 몰골로 방치되어 있음.

② 추운 겨울 냉돌방에서도 얼어 죽지 않고 원치 않는 목숨을 연명하여 노파는 한쪽 눈이 멀고 영감은 허리가 망가진 채 여든여덟 살에 이름.

③ 노파가 벽을 더듬거리며 방문을 열려고 함. 영감이 도와줌.

④ 노파와 함께 방문 밖으로 나온 영감이 토방으로 내려오려고 섬돌을 딛다 넘어짐.

⑤ 영감의 얼굴에 상처가 나고 노부부가 함께 울음을 터트림.

⑥ 상처가 아문 직후 노부부의 양아들이 도망가고, 밥을 짓기 위해 상대방보다 먼저 몸을 움직이는데, 곧 죽어 무덤 없는 귀신이 될 그 노부부를 이승의 자연물 모두가 무서워함.

백석은 노부부의 상태와 행동을 여섯 단계로 나누어 각각의 장면마다 인물을 설정하여 갈등 구조를 짠다. 장면 ①에선 일반 소설의 초반과 마찬가지로 작품의 배경과 주 인물에 대한 소개가 이루어지고, 장면 ②에서부터 인물의 갈등 구조가 나타난다. 소설의 배경인 '겨울', 그들이 기거하는 냉돌방의 '구들장', 그들의 '나이' 등이 인물로 설정되어 각각 노부부와 대결한다. 그 대결에서 노부부가 이기는데, 엄밀히 말하면 '겨울' '구들장' '나이'

등이 노부부를 피해서 달아난 것이다. 그러니까 이 대결은 형식적으론 노부부가 이긴 것이지만, 내용상으로는 그들이 따돌림당한 것이다. 곧이어서 '죽음'이 인물로 설정되어 노부부와 겨룬다. '죽음'은 '큰 죽음'과 '작은 죽음' 두 인물로 나뉘어 등장한다. '큰 죽음'은 목숨을 끊게 하는 사람이고 '작은 죽음'은 신체 일부만을 죽게 하는 사람인데, '큰 죽음'은 노부부와 겨루다가 달아나고, '작은 죽음'은 노부부와 겨뤄 이긴다. '작은 죽음'에게 패배한 노파는 한쪽 눈이 멀고, 영감은 허리가 망가진다. 장면 ③에선 '벽'이 버티는 사람, '방문'은 장난꾸러기란 인물로 설정되어 노파와 숨바꼭질하며 놀리고 골탕 먹인다. 옆에 있던 영감은 노파를 돕는다. 장면 ④에선 '섬돌'이 인물로 설정되어 영감을 땅에다 메다친다. 장면 ③에서 장면 ④로 넘어가며 노부부는 상대 인물들로부터 점점 심하게 당한다. 장면 ⑤에선 '상처'가 '입'에 비유되고, 이어서 '갓난아이'란 인물로 설정되어 울음을 터트린다. 그리고 '영감'은 '배고픈 영감' '죽다 살아난 영감' '천대와 부랑을 지지리 받는 영감' '새끼 없는 영감' '늙어 꼬부라져도 죽어지지 않는 영감' 등의 여러 인물로 창조된다. 그들은 영감의 내면을 반영하는 분신들이라고 할 수 있다. 이들이 일제히 울음을 터트리고 이에 갓난아이는 울음을 멈춘다. 그때 옆에 있는 노파가 영감과 함께 더 큰 소리로 운다. 여기서 노파도 여러 명의 '한 많은 노파'들로 분화된다. 그들 역시 노파의 내면을 반영한 분신들이라고 할 수 있다. 여기서 노파의 울음은 영감의 슬픔에 동참하는 위무의 통곡이기도 하다. 그동안 자신들을 둘러싼 온갖 상대로부터 조롱과 타격을 당하다 얼굴에 상처를 입은 노부부가 일제히 통곡하는 이 대목이 이 소설의 절정에 해당한다. 장면 ⑥에선 영감의 상처가 아문 후의 상황 변화 전체가 '새로운 세상'이란 인물로 설정되어 노부부를 조정한다. '새로운 세상'은 이름도 호의적이고, 영감의 상처가 아문 후에 찾아온 인물이라 처음엔 노부부에게 귀인이란 기대를 하게 한다. 하지만 점차 그의 임무가 다시 노부부를 괴롭히는 것이고, 마지막 대목에선 양아들이 노부부를 유기한 것으로 밝혀지면서 기대가 절망으로 바뀌는 극적인 반전을 이룬다. 노부부는 그

'새로운 세상'을 물리칠 힘이 없어 그가 하는 대로 끌려다닌다. 그리하여 이제 이 세상에는 노부부 두 사람만 남게 되고, 그들은 밥을 지어 목숨을 연명하기 위해 불편한 몸을 움직인다. 소설의 끝자락에는 세상의 모든 자연물이 인물이 되어 노부부를 회피하면서 그 둘은 이 세상에서 완전한 외톨이가 된다. 이상과 같은 인물의 갈등으로 전개된 이 작품의 서사를 장면별로 정리하면 다음과 같다.

장면 1: 작품의 배경과 주 인물인 노부부의 소개.

장면 2: 노부부와 겨울, 구들장, 나이의 대결에서 후자가 전자를 피함. 곧이어 노부부와 큰 죽음, 작은 죽음과의 대결에 큰 죽음은 피해서 달아나고 작은 죽음은 이겨 노파는 눈이 멀고, 영감은 허리가 죽음.

장면 3: 노부부와 벽, 문의 대결에서 후자가 전자를 골림. 영감이 노파를 도움.

장면 4: 노부부와 섬돌의 대결에서 후자가 전자를 메다침.

장면 5: 갓난아이의 울음. 여러 영감의 통곡에 갓난아이는 울음을 멈추고, 이어 한 많은 노파들이 영감과 함께 대성통곡함.

장면 6: 노부부와 새 세상의 대결에서 노부부가 져 세상으로부터 완전히 버림받음.

이 장면 정리에서 확인할 수 있듯 노부부는 상대 인물을 바꿔 가며 그들로부터 점점 심한 시련과 압박을 당한다. 처음엔 냉대와 부상을 겪고, 이어 조롱당하고, 그다음엔 물리적 상처를 입으며, 통곡 끝에 다시 찾아온 새로운 세상으로부터 완전한 버림을 받는다. 슬픔의 정점에서 노부부가 기대했던 새로운 세상이 가장 절망적인 세상이란 것이 밝혀지면서 노부부는 이 세상에서 완전히 버림받는 처지로 전락하며 소설이 마감된다. 이렇게 볼 때 이 소설은 아래의 그림과 같이 각각의 장면들이 발단, 전개, 절정, 대단원으로 이어지는 플롯의 형식을 취하고 있다고 볼 수 있다.

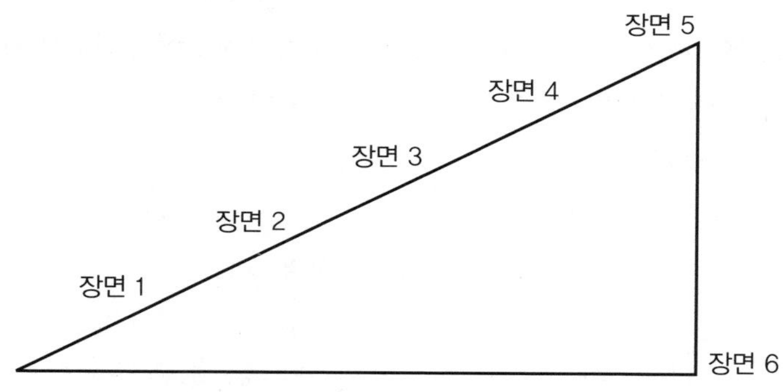

이런 플롯의 구조를 감안하면 이 소설은 큰 틀에선 전통적인 플롯의 형식을 견지하고 있는 셈이다. 하지만 세부적 형식에 있어선 주 인물들의 갈등 상대가 그들 밖에 있고, 그 상대가 매번 바뀌며, 그러한 새로운 대결을 각각의 장면으로 만들어 플롯을 만들었다는 점에서 이 소설의 서사는 독창적이다. 여기서 주 인물인 노부부 두 명의 갈등 상대인, 겨울, 구들장, 나이, 죽음, 문, 벽, 섬돌 등은 주 인물을 둘러싼 주변 사물과 정황들이다. 그것들을 한마디로 말하면 '세상'이 될 것이다. 주 인물은 결국 '세상'으로부터 냉대받고, 그다음의 기대되는 '새로운 세상'으로부터는 완전히 버림받은 것이다.

반면, 주 인물인 노부부 둘 사이는 시종일관 서로 아끼고 위한다. 백석은 주 인물 두 명이 싸우는 재래의 갈등 방식 대신에 주 인물 두 명이 '세상'과 싸우고, 자기들끼리는 서로 사랑하는 새로운 갈등 방식을 고안하였다. 그리고 그러한 갈등 방식을 노부부의 상태와 거동에 적용했다. 즉, 노부부의 상태와 거동을 단계적으로 장면화하여 세상과 싸우는 서사로 만듦으로써 그들의 일거수일투족이 이 세상의 모든 대상과 하나하나 맞서 싸워야 하는 것과도 같은 굉장히 힘겹고 버거운 일이라는 것을, 그리고 그 안에서 이루어지는 노부부의 외롭고 애잔한 위무를 독자들에게 생생히 전해 주었다. 백석은 사람의 상태와 움직임만으로도 서사를 만들 수 있다는 것을 보여 주었고, 그러한 서사를 통해 세상으로부터 버림받으며 지내는 노부부의 힘겨운 삶을 그 어떤 이야기보다 더 절실하게 드러내었다.

(3) 묘사를 통한 서사의 구현

이 소설은 인물의 상태와 거동을 장면화한 것이기 때문에 기존의 소설과는 다른 서술 방식을 갖는다. 주 인물의 갈등으로 전개되는 일련의 사건 전개를 드러내는 보통의 소설에서는 사건을 서술하면 되지만, 이 소설에선 애초에 사건이랄 것이 없고 인물의 상태와 행동만이 존재할 뿐이다. 백석은 그것을 장면으로 만든 것인데, 이때 구사한 진술 방식은 바로 그 인물에 대한 묘사이다. 다시 말해, 백석은 주 인물의 상태와 처지와 외양과 행동에 대한 묘사를 통해 개별 장면들을 만들어 나간다. 인물에 대한 묘사는 본격적으로 서사가 드러나는 장면의 창출에서뿐만 아니라, 인물을 처음 소개하는 첫 장면에서부터 적극적으로 구사된다.

첫 장면에서 백석은 노부부를 '누더기'와 '쥐'에 비유한다. '누더기'는 사전적 의미로 '해지거나 뜯어진 곳에 다른 천을 대어 누덕누덕 기운 헌 옷'을 뜻한다. 누더기의 그런 모습은 검버섯으로 얼룩지고 주름으로 쭈글쭈글해진 노인의 외양을 잘 드러낸다. 또 누더기는 물건이어서 움직임이 없는데, 이 역시 거동이 자유롭지 못한 노인의 모습을 실감 나게 전해 준다. '쥐'는 아주 작은 체구에 땅을 기듯이 움직이는데, 이런 모습과 동작은 살이 다 빠지고 허리가 꼬부라져 작아질 대로 작아진 몸체로 엉금엉금 움직이는 노인의 모습을 환기한다. 그리고 무엇보다도 누더기는 아주 누추한 사물이고, 쥐는 혐오 동물이다. 그것들은 평소 사람 가까이 있으면서 사람들이 가장 기피하는 것들이다. 누더기와 쥐는 인간 근처에 있으면서 인간에게 가장 천대받는 대상들이다. 노부부는 그런 누더기와 쥐에 비유되다가, 나중에는 오히려 그것들을 부러워한다. 누더기는 적어도 춥지 않고, 쥐는 마음대로 이동하며 남의 음식을 훔쳐 먹기라도 할 수 있기 때문이다. 노인들의 몰골이 누더기와 쥐에 빗대지다 종국에는 그들이 그것들을 부러워하기에 이르는 마음은, 이제 그들이 더 이상 사람으로서의 구실조차 하지 못할 정도로 비참하게 지내고 있음을 여실히 드러낸다.

백석은 이처럼 첫 장면에서부터 등장인물을 구체적으로 묘사함으로써 그의 몰골과 처지와 상태를 독자들에게 생생하게 전해 준다. 주제나 인물의 성격과 연관된 배경 묘사가 자세히 이루어지기보다 인물에 대한 묘사가 소설의 시작부터 이렇게 자세히 묘사된 것은 특이한 것이다. 백석은 갈등을 전개하는 등장인물의 성격을 소개하는 데 그치지 않고, 그의 상태와 처지를 생생히 드러내는 데 초점을 맞추는 것이다. 그리고 그 뒤를 이어 인물의 거동을 장면화하는 대목에서부터 묘사는 더 적극적으로 시도된다.

> 저척노파는 바람벽을 문이라고 떠미는 것이었다. 그러나 바람벽은 비켜 주려고는 하지 않았다. 그것은 웃는 얼굴을 짓지도 않았다. 노파의 손길이 오자 그것은 차디찬 발바닥을 들이대는 것 같았다. 노파의 손이 닿는 바람벽은 차고 굳었다. …(중략)… 작은 문 그것은 장난꾸러기였다. 앞 못 보는 노파를 놀려 대어서 울려 놓고 마는 장난꾸러기였다. 그것은 속이 타서 바람벽을 어리쓰는 노파에게 들키지 않으려는 듯이 한켠 쪽에 가만히 숨을 죽이고 쪼그리고 있었다. 그것은 이 철없는 것이 노파와 숨굴막질을 하려 드는 것이었다. 그럴 때면 언제나 영감이 이 장난꾸러기의 손을 꼭 붙들고 노파의 손을 끌어다 대었다. 문은 노파의 말을 잘 듣지는 않았다. 배를 밀어 보아도 잘 나가지 않았다. 허리를 차 보아도 역시 짚이었다. 어깨를 쳐 보나 움직이지 않았다. 어떤 때 노파 혼자 죽을 애를 다 써서 이 장난꾸러기의 몸뚱이를 붙잡게 되면 그는 곧 제 손을 찾는 노파에게 제 발을 내어 밀었다. 배를 어리쓰는 노파에게 가슴을 돌려 대었다.

앞 장에서 살펴본 장면 3의 한 대목이다. 밖으로 나가려고 한쪽 눈이 먼 노파가 벽을 더듬거리며 방문을 열려고 하는 동작이다. 이 동작에서 '벽'은 '버티는 사람'으로 비유되고, 벽 한구석에 나 있는 '작은 문'은 '장난꾸러기'로 비유되어, '벽'은 노파를 골리고, '작은 문'은 숨어서 노파에게 들키지 않으려고 숨바꼭질하듯 몸을 이리저리 피하면서 노파를 골리는 것으로 묘사되어 있다. 노파의 움직임에 대한 묘사는 대상의 의인화를 바탕에 깔고 진행되면서 서사가 있는 장면으로 거듭난다. 노파의 움직임에 대한 묘사가 그대로 인물의 설정과 인물들의 대결이 되어 서사를 낳는 것이다.

> 상처-그것은 한 불행한 갓난아이였다. 그것은 언제 가서 입을 다물게 될지 모르는 울음 끈질긴 아이였다. 그러나 그 아이가 이제는 도리어 영감의 울음을 멈추게 할 때는 왔음직도 하였다. 정말 그런 때는 온 것이다. 덕항영감의 속에 숨었던 많은 영감들이 이제는 모두 튀어나와서 제각각 그 설움을 울게 된 것이었다. 배고픈 영감의 설움 죽다 살아난 영감의 설움 천대와 부랑을 지지리 받은 영감의 설움 새끼없는 영감의 설움 늙어 꼬부라져도 죽어지지 않는 영감의 설움! 그 설움을 우는 많은 영감들의 울음-그것은 상처의 울음을 휘파람으로 여겨도 좋을 정말로 그것은 울음이었다. 어린아이의 울음이 이 섧고 원통한 크나큰 울음 속에서 들릴 수는 없었다. 상처-그것은 눈이 동그래져서 이제는 울음을 그치고 영감의 우는 꼴을 말끄러미 쳐다볼지도 모르나 이제는 이렇게 섧게 우는 이 많은 영감들이 언제 울음을 그칠 것 같지는 않았다.

인용문은 장면 4의 한 대목으로서 섬돌에 넘어진 영감의 얼굴에 상처가 나서 영감이 울음을 터트리고, 옆에 있던 노파도 영감과 함께 통곡하는 장면이다. 위 장면에서 갓난아이와 여러 명의 영감과 여러 명의 한 많은 노파가 등장하는데, 그런 인물들의 창조는 얼굴의 상처와 노부부의 울음에 대한 묘사를 통해 발생한 것이다. 백석은 영감의 얼굴에 난 상처를 '입'에 빗대고 이어서 '갓난아이'가 그 입을 통해 우는 것으로 묘사한다. 상처에서 느낄 고통을 그런 어린아이의 울음소리로 표현한 것이다. 이어서 영감의 통곡 소리는 수많은 영감의 울음소리로 묘사된다. 영감의 울음은 한 가닥의 슬픔만 지닌 것이 아니다. 그의 내면에 오랜 기간 쌓이고 쌓인 온갖 종류의 슬픔이 한꺼번에 터져 나온 것이다. 백석은 그런 영감의 통곡을 하나하나 나누어 개별 영감에 투영시켜 여러 명의 영감이 우는 것으로 표현한 것이다. 그런 여러 겹의 마음속 슬픔에 비하면 얼굴의 피부에 난 상처의 고통은 상대적으로 작은 것이다. 백석은 그것을 어린아이의 울음이 그친 것에 빗댄 것이다. 노파의 울음을 여러 명의 한 많은 노파로 표현한 것도 영감의 내면에 쌓인 여러 겹의 내면 슬픔을 여러 명의 영감의 울음으로 표현한 것과 같은 맥락에서 이루어진 묘사이다. 백석은 영감의 상처와 그 부부의 통곡을 묘사한 것인데 그것을 곧 여러 인물이 통곡하고 지곡하는 서사로 나타낸 것이다.

백석은 이 작품에서 이렇게 각각의 장면마다 인물의 상태와 거동을 자세히 묘사하고, 그런 인물의 묘사를 통해 서사를 시도했다. 사건의 서술보다 인물의 묘사에 치중하고, 묘사로써 서사를 구현하였다는 점에서 이 작품의 형식과 기법은 독특하고 기발하다.

3. 「닭을 채인 이야기」의 서사 구조

(1) 사람, 동물, 사물, 자연물의 인물들

「닭을 채인 이야기」의 주 인물은 시생이와 디펑영감 두 명이다. 이 작품은 닭을 둘러싸고 두 인물이 벌이는 복수극을 해학적으로 그리고 있다. 두 주인공 외에 디펑영감의 부인인 할머니가 잠깐 등장하고, 소설 후반부에 거지 할망구가 등장해서 일정한 역할을 한다. 이 소설엔 주 인물 두 명과 부인물 두 명 등 총 네 사람이 등장한다.

그런데 이 작품에도 「마을의 유화」와 마찬가지로 사람 이외의 것들이 인물의 역할을 맡아 작품의 서사에 참여한다. 우선 여러 마리의 닭들이 의인화되어 주요 인물로 설정된다. 그 닭들은 여러 호칭으로 진술된다. '햇닭' '묵은닭' '묵은 수탉' '늙은 암탉' '늙은 노랑 암탉' '암탉' '늙은 닭' '맏배 암탉' '젊은 암탉' '병아리' '햇병아리' '어미 닭' 등의 지칭이 그것이다. 이들은 모두 닭장의 닭들이다. 그 닭들이 암수로 구분되고, 다시 나이별로 나누어지며, 또 일부 색깔별로 구분된다. 이런 닭의 구분은 그들의 외양 묘사를 위한 것보다 성별과 연령에 따른 역할과 행동을 부여하기 위한 것이다. 백석은 여러 캐릭터의 닭을 만들고 그들을 작품의 서사에 참여시킨다.

이외에 여러 동물이 인물로 설정되어 작품의 서사에 참여한다. '족제비' '여우' '독수리' '부엉이' '개' 등이 그것들이다.

> '족제비란 놈은 아늑한 묵은 샛더미 아래 제집에서 아귀아귀 닭을 먹었을지도 모르지' 그러나 영감장의 생각이 헛생각이 된 것이다. 디평 영감장은 샛더미 아래서도 죽은 닭의 터럭 한 개나마 얻지 못하였다. 이러한 영감장이기는 하나 족제비를 종작 못할 짐승이라고 나무란 것은 어리석었다. 더욱 어리석은 일은 영감장이 성마른 족제비의 집을 까닭이 닿지 않게 들추어 놓은 것이다.
>
> 족제비는 간밤에 제가 한 농간이 있으면 그날 새벽에는 디평영감장의 작시밋대가 제집으로 들어오는 것을 보고도 아무 소리 못 하고 참는다. 하나 족제비는 간밤에 동무 따라서 삼 리가 넘는 아랫마을로 갔다가 뉘 집 털릉 아래서 텃세 자랑하는 그 고장 족제비하고 한판 대판 싸움을 뜨고 온 것이었다. 일이 좀 달랐다. 족제비는 어서 밤이 오기를 기다려서 디평 영감장의 복수를 닭의장에다 대고 할 것이었다.

인용한 대목에선 '족제비'가 인물로 설정되어 디평영감을 상대하며 일정한 역할을 한다. 일반적인 소설에서 동물은 등장인물의 성격이나 행동을 투사하는 작품의 소도구의 역할을 하는데, 이 작품에선 독립적인 인물의 역할을 한다. 인용 대목에서 디평영감은 자신의 닭장 속 닭을 잡아먹은 이가 족제비라고 의심하고, 족제비는 억울한 누명을 씌운 영감에게 복수할 생각을 한다. 그 전에 족제비는 다른 지역의 족제비와 대판 싸웠다. 족제비는 같은 동물끼리 싸우고, 사람인 영감하고도 겨룬다. 동물이 사람과 대등한 관계로 설정된 것이다.

> 거기에 뒷녘 큰 산의 암여우가 오늘밤도 건넌산의 무덤파기로부터 돌아오는 길에 이리를 지나다가 이 희그무레한 덩어리를 보았다. 암여우란 놈, 떡을 본 것은 어디다 조상의 무덤을 쓰고 얻는 복인지 모른다. 어인 호박이 뚝 떨어졌는지 모른다. 그리고 이 여우 굴 위에 살다가 쌈을 하고 건너편 바위로 가 버린 애꾸눈이 독수리가 이 일을 안다면 얼마나 배가 아파할지 모른다.

인용한 대목은 '암여우'와 '독수리'가 싸웠음을 보여 준다. 그런가 하면 '암여우'는 '희그무레한 덩어리', 곧 시생이가 닭장에서 잡아서 버린 닭을 발견하는 횡재를 한다. 앞서 인용한 대목에선 '족제비'가 같은 종족과 싸웠지만, 이 대목에선 '암여우'란 동물이 '독수리'라는 다른 종족과 싸우고, 또 '암여우'의 횡재가 시생이가 한 일의 결과로 이어진다. 동물의 일과 사람의 일이 서로 연관되어서 사건의 진행에 함께 참여하는 것이다. 여기에 '밤' '별' '바람' '나무'와 같은 자연물들도 의인화되어 작품 속에서 인물의 역할을 한다.

> 어둔 밤이 몰라보는 이 희그무레한 덩어리를 하늘의 별들이 수상하니 내려다보았다. 먼 길들을 가는 한밤 바람들이 가슴에 선득한 불길

한 예감을 느끼면서 얼른얼른 이 희그무레한 덩어리 위를 눈 감고 지나갔다. 나무들은 아는 길이 없이 한잠이 들었었다. 오직 늙은 자작나무 하나가 잠이 깨어서 눈을 그느슥히 뜨고 이 수상한 밤의 일을 살피고 있었다.

인용 대목은 앞서 '암여우'가 '희그무레한 덩어리'를 발견하기 직전의 상황을 묘사한 것이다. '암여우'가 그것을 발견하기 전에 '밤'은 그것이 무엇인지 알아차리지 못하고, '별'들은 그것을 수상하게 내려다보기만 하고, '바람'은 밤길에 먼 길을 가며 불길한 느낌이 들어 눈을 감고 그것을 지나쳤으며, '나무'들은 자느라고 보지 못했고, 그중에서 '자작나무'만 이 밤에 무슨 일이 일어나는지를 살피고 있었다는 것이다. 시생이가 디펑영감의 닭장에서 훔쳐 산 밑에 버린 닭을 아무도 발견하지 못하다가 암여우의 눈에 띄어 그의 차지가 되었다는 것인데, 암여우 전에 그 앞을 지나쳐 간 자들 중 사람은 하나도 없고 모두 자연물들뿐이다. 자연물들은 무생물이어서 그 닭을 발견하고 자기 것으로 만들 수 있는 존재는 없지만, 인용 대목에선 사람과 동등한 자격을 가진 인물로 취급된다.

이렇게 보면 이 소설은 사람과 동물과 자연물들이 모두 동등한 자격의 인물로 설정되어 작품의 서사에 참여하는 셈이다. 동물과 동물, 또는 동물과 사람이 대등한 인물로 설정되는 경우는 우화소설을 비롯해 기존의 소설 작품에서 종종 볼 수 있으나, 이렇게 여러 종류의 동물과 사람들이 섞이고, 여기에 자연물까지 대등한 자격으로 인물이 되는 소설 작품은 매우 독특한 것이다. 이 역시 이 작품의 특별한 서사 구조에서 비롯된 것이다. 다음 절에서 이에 대해 구체적으로 알아보도록 한다.

(2) 다원적 인물의 갈등과 독립적 서사 구조

먼저 이 작품의 줄거리를 요약하면 다음과 같다. 어느 시골 마을 시생이네의 닭들이 디평영감의 차조밭으로 들어가 밭을 엉망으로 만들자 디평영감이 그 중 두 마리를 돌로 때려죽인다. 시생이는 그에 대한 앙갚음으로 한밤에 몰래 디평영감 집에 숨어 들어가 닭장 안에 있는 닭 두 마리를 죽인 후 한 마리는 산 밑에 버리고, 또 한 마리는 디평영감의 샛더미 안에 틀어넣는다. 디평영감이 피 서린 채 죽어 있는 자기 집닭을 발견하고 마음 아프게 하려 한 것이다. 그러나 시생이의 의도와는 달리, 산 밑에 버린 닭은 여우가 우연히 발견해 가져가고, 샛더미 안에 틀어넣은 닭은 뒤 개울가에 사는 거지 바발할망구가 근처를 지나다 발견해 가져가서 먹는다. 디평영감은 잃어버린 닭 두 마리의 행방을 알지 못한 채 푸념하며 소설이 끝난다. 이상의 줄거리를 화소별로 구체적으로 정리하면 다음과 같다.

① 시생이네 닭들이 디평영감장네 차조밭을 망가트려 디평영감이 그 중 두 마리를 때려죽임.

② 시생이가 한밤중 디평영감 집에 몰래 들어가 닭장 안의 닭 두 마리를 죽임.

③ 시생이가 죽인 닭 두 마리를 들고나와 집으로 가져갈까 하다가 디평영감이 나중에 잃어버린 닭을 찾아 헤매다 피 서린 채 죽어 있는 자기 집닭을 발견하고 마음 아프게 하려고 한 마리는 산 밑에 버리고, 또 한 마리는 디평영감 집 근처의 샛더미에 틀어넣음.

④ 디평영감이 다음 날 닭 두 마리가 없어진 것을 알고 산으로 찾으러 가나 발견하지 못함.

⑤ 산 밑에 버려진 닭을 한밤중에 여우가 우연히 발견해 가지고 감. 여우는 독수리와 싸우고 자기 굴 근처에서 그 닭을 발견함.

⑥ 디평영감이 샛더미를 들쑤시며 잃어버린 닭을 찾아보나 발견하지 못함.

⑦ 족제비는 한밤중 아랫마을에 갔다가 텃세를 부리는 그 동네 어느 집의 족제비와 대판 싸우다 돌아와 자신이 기거하는 샛더미가 들

쓰셔진 것을 보고 화가 나 디평영감에게 복수하려고 함.

⑧ 새벽에 뒤 개울가에 사는 거지 할망구가 우연히 샛더미 앞을 지나다 그 닭을 발견하고 가져가 먹음.

⑨ 디평영감은 결국 잃어버린 자기 집닭의 행방을 알지 못하고, 닭이 없어진 것이 자신이 죽인 닭의 농간일 거라 여기며, 그때 그 닭이 자신의 밭을 망가트리지만 않았으면 그런 일이 없었을 것이라고 푸념함.

이상에서 알 수 있듯이 이 소설은 「마을의 유화」와는 달리 시간의 흐름에 따라 연속적으로 발생하는 사건들을 서술한 작품이다. 이 점에서 이 작품은 기본적으로 소설의 일반 문법을 따르고 있는데, 인물의 갈등 상대와 사건의 전개 방식이 매우 독특하여 기존의 소설과 크게 차별된다.

우선 갈등이 사람 사이에서만 발생하는 것이 아니고, 사람과 동물 사이에서 뒤섞여 발생한다. 그리고 자연물이 그 갈등에 대한 보조 인물로 출연한다. 닭이 사람의 밭을 공격하자 밭 주인이 닭을 죽이고(①), 죽은 닭의 주인은 자기 닭을 죽인 밭 주인 닭을 공격하여 복수하는데(②, ③), 의외의 동물이 다른 동물과 싸우고 횡재하며(④, ⑤), 밭 주인과 또 다른 동물이 갈등을 일으키고(⑥, ⑦), 엉뚱한 사람이 횡재한다(⑧). 그리고 닭에 대한 사람의 공격과 버려진 닭에 대한 동물의 발견에 자연물이 일조한다(②, ⑤). 사람과 동물과 자연물이 대등한 인물의 자격으로 같은 삶의 공간에서 연쇄적으로 사건을 일으키고 있으며, 이 점에서 이 작품의 세계는 다분히 동화적이다.

그런가 하면 특이하게 구성된 인물들이 벌이는 갈등의 전개 과정도 독특하다. 보통의 소설에선 주 인물 두 명이 갈등의 축이 되어 사건이 전개되는데 이 작품에선 갈등의 축이 장면마다 바뀐다. 화소 ①에서 촉발된 디평영감에 대한 시생이의 복수심이 화소 ②에선 시생이와 디평영감의 닭들 사이의 갈등으로 전개되고, 화소 ③에선 디평영감을 향한 시생이의 복수의 두 번째 행동이 시도되는데, 이는 화소 ④와 ⑤에선 여우와 독수리의 갈등과 그 후 여우의 횡재로 전개되고, 화소 ⑥과 ⑦에선 디펑영감과 족제비와의 갈등으로 나아가며, 화소 ⑧에선 전혀 엉뚱한 할머니의 횡재로 귀결된다. 디펑영감을 향한 시생이의 복수가 둘 사이의 복수극으로 치달으며 절정을 향해 진행되는 것이 아니라 각각의 사건마다 다른 인물들 사이의 대결로 바뀌거나 의외의 사건으로 나아간다. 그리고 각각의 사건마다 매번 새로운 의미들이 발생하고 있다. 화소별로 서사의 진행 과정과 그 의미들을 살펴보면 다음과 같다.

화소 ①에서 디펑영감이 자신의 밭을 엉망으로 만든 시생이의 닭 두 마리를 때려죽인 사건으로 촉발된 시생이의 복수는 화소 ②에서 본격화된다. 화소 ②는 복수의 첫 단계로서 시생이가 디펑영감네 닭 두 마리를 죽이려는 시도이다. 그런데 이 과정이 아주 상세하고 구체적으로 묘사된다. 시생이는 디펑영감네 집의 닭장 안에 있는 닭을 도살하기 위해 한밤중 은밀하게 월담을 시도한다. 그의 접근을 닭장 안의 닭들이 눈치채자 위장한 채 대기하였다가 닭들이 잠든 틈을 타 닭장을 급습해 두 마리를 차례대로 죽인다. 이러한 시생이의 침입에 닭장 안의 묵은닭, 묵은 수탉, 암탉, 젊은 암탉, 병아리들이 암수와 연령대에 따라 각기 다르게 반응한다. 시생이의 첫 번째 급습 도살에 닭장 안의 닭들은 놀라고, 당황하고, 걱정하며, 일부는 무관심하기도 하다가 결국은 자포자기한다. 그런데 시생이의 두 번째 급습 도살이 이루어지자 닭들이 이번에는 가만있지 않는다. 먼저 '묵은 수탉'이 소리지르며 들고 일어나자 '나이 많은 암탉'이 그 뒤를 따르고, '어미 닭'에 이어 '병든 암탉'까지 그 대열에 합류하고, '젊은 수탉'들도 거기에 동참한다. 시생이와 닭장 안의 닭들의 대결은 이 소설에서 절반 정도의 분량을 차지할 정도로 길게 묘사된다. 디펑영감을 향한 시생이의 복수는 닭 두 마리를 죽여 그에게 앙갚음하는 것인데, 간단하게 진행될 도살을 시생이와 닭들 사이의 긴장되고, 박진감 넘치는 대결로 묘사한 것이다. 그래서 사람과 닭들 사이에서 벌어진 이 갈등은 그 자체로 독립적인 우화로 승화된다. 그것은 강력한 외부 침입자의 급습이 있을 때 처음엔 움츠리지만, 계속된 공격엔 집단으로 대항하는 약소 계층의 심리와 반응을 보여 주는 것이다.

화소 ③에서 디평영감을 향한 두 번째 단계의 복수가 실행되는데, 화소 ④, ⑤에서 그러한 시생이의 행위는 엉뚱하게도 여우의 횡재로 이어진다. 여우는 횡재 이전에 독수리와 싸웠는데, 그 후 독수리는 딴 곳으로 떠났고 여우는 자기 자리를 지키다 어느 날 자기 굴로 돌아오는 길에 닭을 발견하는 횡재를 한다. 이 사건은 행운도 자신의 자리를 잘 지키는 자에게 돌아온다는 것을 시사한다. 그런가 하면 여우는 평소 박복한 인상을 지녔다고 부엉이한테 놀림을 받았는데 이번 횡재로 그에게 냉소를 보낼 수 있어 기뻐한다. 여우는 닭을 얻은 횡재보다 그런 놀림에서 벗어날 수 있는 것을 더 기뻐한다. 여우의 횡재는 관상이란 재래적 관습의 극복을 전해 준다.

화소 ⑥에서 디평영감이 집 근처 족제비의 거처인 샛더미를 들쑤시는데, 화소 ⑦에서 그런 시생이의 행동이 디평영감과 족제비와의 갈등으로 번진다. 족제비는 지난밤, 그러니까 시생이가 디평영감의 닭장 안 닭을 죽여 샛더미 안에 틀어넣은 그 시각에 아랫마을로 놀러 갔었다. 그런데 디평영감은 그 족제비가 자신의 닭을 잡아먹은 것으로 생각하고, 그의 거처인 샛더미를 들쑤셔 망가트렸던 것이다. 족제비는 자신에게 누명을 씌운 디평영감에게 복수하려고 한다. 그런데 이 사건에서 드러난 족제비의 행위에는 흥미로운 전언이 담겨 있다. 여기서 족제비의 행동은 화소 ⑤에서의 독수리의 행동과 비슷하고, 여우의 행동과는 반대이다. 족제비 역시 독수리와 마찬가지로 자기 자리를 지키지 않아 행운을 놓친 것이다. 그가 지난밤 밖으로 놀러 가지 않고 자기 자리를 지키고 있었으면 닭은 그의 차지가 되었을 것이다.

화소 ⑧에선 디평영감을 향한 시생이의 복수가 뒤 개울가에 사는 거지 할망구의 횡재로 이어진다. 그녀는 새벽에 샛더미 근처를 지나다 우연히 그 닭을 발견하고 먹게 된다. 그런데 그의 행운도 거저 얻은 것은 아니다. 거지 할망구는 가난하기에 재빨리 걸을 필요가 없어 평소 앞만 보고 걷기보다 천천히 주변을 살피며 걷다가 닭을 발견하게 된 것이다. 횡재도 필연적 행동의 결과임을 위의 사건은 전한다.

시생이가 자신의 닭을 죽인 디펑영감에게 복수하려고 첫 단계로 그의 닭을 죽이고, 두 번째 단계로 그에게 죽은 닭을 보여서 그의 마음을 아프게 하려고 했지만, 첫 단계만 성공했고, 두 번째 단계는 엉뚱한 사건으로 전개된다. 디펑영감은 자신의 닭을 죽인 것이 시생이란 것도 모른 채 끝내 소설이 끝난다.[3] 시생이가 시도한 복수의 첫 단계도 디펑 영감이 모르고 있었으니 사실은 그에게 복수한 것으로 보기도 어렵다. 이 작품은 디펑영감을 향한 시생이의 복수가 갈등의 근간이지만, 전개 과정에선 시생이와 디펑영감네 닭들 사이의 길고 장황한 대결로, 또 여우와 거지 할머니라는 엉뚱한 동물과 사람의 횡재로, 그리고 디펑영감과 족제비의 뜻하지 않은 갈등으로 나타난다. 복수가 그 의도와 달리 다른 이의 횡재나 다른 이들의 갈등으로 전개되는 것은 우연적인 일이므로 그것을 인과적으로 보여 줄 순 없다. 그래서 복수가 우연적인 일로 나아가는 과정을 필연적으로 연결하지 않고, 우연적 사건의 과정과 뜻밖의 인물 사이의 갈등만이 구체적으로 제시되어 있을 뿐이다. 그리고 그러한 각각의 사건들은 저마다 독립적인 성격을 띠고 그 안에서 자체적으로 새로운 의미들을 발생시킨다.

백석은 두 인물 사이에서 벌어지는 갈등의 인과적 연결 대신에 갈등의 과정에서 파생되는 또 다른 인물들의 갈등을 독립적으로 연결하는 방식을 통해 기존의 단편소설의 서사 형식으로는 감당하기 어려운 세상사의 광범위한 이치들을 담아내고 있다. 강자에 대한 약자의 반응, 횡재의 계기, 관상의 허위, 우연의 필연성, 의도한 일의 엉뚱한 결과 등과 같은 삶의 여러 이치를 협소한 단편소설의 형식 안에 모두 담아낸 것이다. 이 점에서 이 작품에서 시도한 독특한 서사 형식은 기존의 우리 단편소설의 용적을 크게 넓힌 것으로 평가할 수 있다.

---

3 한명환은 백석의 소설은 인물 간의 '갈등'이 드러나지 않은 채 화해된다고 말한 바 있다. 한명환, 앞의 논문, 304쪽.

(3) 묘사를 통한 성격 창조와 장면의 극대화

이 소설의 인물들은 사람들로만 구성되어 있지 않고, 동물과 자연물들이 섞여 있는 데다가, 두 사람 간의 복수가 갈등의 근간이지만, 실제 서사의 진행에선 사람과 동물들이 대결을 벌이고, 이에 대한 보조 인물로 등장하는 것들은 대부분 자연물이다. 동물과 자연물을 소설의 인물로 다루려면 그것들을 의인화해야만 한다. 그래서 이 소설에서도 「마을의 유화」와 마찬가지로 비유를 통한 묘사가 다른 소설에 비해 압도적으로 많이 구사된다.

> 그날 밤, 운수 사나운 날 밤 그렇지 않아야 좋았을 일이 모두 그러하였다—디펑영감장은 산꿩을 잡는 꿈을 꾸었다. 귀머거리 할망구는 허리를 앓느라고 밖으로 나와 보지 못했다. 개는 암컷을 따라 집을 비우고 나갔고 썩어진 곱새담은 술이 취한 듯이 반쯤 나가 누웠었다. 또 하나 이날 밤의 모작별은 어느 표독한 사나이의 그림자가 살기에 차서 디펑영감장네 담밑까지 가 멎는 것을 보았다.
>
> 그러면 또 밤바람이 나무랄지 모른다. 너구리, 살기, 족제비들을 따라 영감장네 담구멍을 드나든 그는 이날 밤엔 짐승 아닌 사람의 앞장을 서서 와서 영감장네 담장의 잔등을 툭툭 쳐 보고 간 것이다.

인용 대목은 본격적인 갈등의 시작으로 시생이가 디펑영감네 닭을 죽이려고 밤에 몰래 담을 넘는 장면이다. 디펑영감은 자고 있고, 할머니는 몸이 안 좋아 집 안에 있고, 개는 집을 비우고 밖에 나가 있어 시생이의 침입을 눈치채지 못했다는 것인데, 그러한 장면을 인물들의 행동에 대한 서술로 나타낸다. 그런데 이어지는 시생이의 월담 장면은 묘사로 표현한다. 백석은 시생이가 넘어야 할 담을 "곱새담은 술이 취한 듯이 반쯤 나가 누웠었다"고 표현한다. 담을 의인화하여 그 모습을 묘사한 것인데, 그 표현은 담이 외부인의 침입을 막는 행위를 스스로 포기했음을 가리킨다. 이로써 '곱새담'은 시생이의 행위를 방조한 인물이 된다. 이어서 하늘의 '모작별'이 시생이의 침입을 지켜보고, '바람'이 시생이의 잔등을 툭툭 쳤다는 진술이 뒤따른다. 바람이 불고 하늘의 별이 반짝이는 그날 밤의 자연 배경을 묘사한 것인데, 이를 통해 자연의 상태와 움직임이 인물의 행위로 거듭나고, '모작별'과 '바람'은 시생이의 월담에 대한 목격자가 된다. 이 장면에서 '디펑영감 부부'와 '개'와 '곱새담'은 시생이의 월담에 대한 방조자, '모작별'과 '바람'은 그에 대한 목격자로 나뉜다. 시생이의 월담에 대한 주변 배경의 묘사가 인물의 설정과 캐릭터 창조의 역할을 하고, 그들이 벌이는 서사를 만들어 낸 것이다.

시생이의 월담에서 본격적으로 시작된 디펑영감네 닭들과의 대결에서도 묘사가 매우 중요한 역할을 한다. 갈등의 한 축인 시생이는 '살기'에 비유된다. 살기는 담을 잘 넘고, 발걸음에서 소리가 나지 않는다. 시생이의 월담 행위와 닭장으로의 은밀한 접근은 그가 살기에 비유됨으로써 생동감을 얻는다. 시생이는 닭장 앞에 접근한 후부터는 '족제비'로 비유된다. 시생이가 보다 더 사납고 공격적인 동물에 빗대지는 것이다. 시생이가 살기나 족제비에 비유되면서 시생이와 닭들과의 대결은 마치 동물들끼리의 대결 같은 느낌을 준다. 앞서 밤과 별과 바람이 의인화되어 인물로 설정된 바 있는데, 이어서 사람이 동물에 빗대져 닭과 대결하면서 이 작품의 동화적인 분위기가 고조되고, 이 소설이 우화적 성격을 띠게 될 것임을 예고한다. 시생이가 닭장 안의 닭을 죽이기 위해 위장한 채 대기하였다가 닭장 안의 닭들을 급습해 도살하는 장면에서는 한층 치밀하고 구체적인 묘사를 통해 닭들이 꼼짝없이 당하는 모습을 실감나게 보여 준다.

시생이의 급습에 대항하는 닭들의 모습도 세밀한 묘사로 진행된다. 시생이의 갈등 상대로 등장하는 닭장 안의 닭들은 모두 의인화되어 생각을 말로 표현하고 이에 따라 인물 간의 대화도 자주 구사된다. 그런데 그 인물들은 어디까지나 의인화된 것이기에 닭이란 동물의 특성이 잘 드러나야 그 대화가 실감을 얻을 수 있다. 그래서 동원된 것이 바로 소리 감각이다. 백석은 시생이의 닭장 침입과 도살에 대한 닭장 안 닭들의 여러 반응을 소리 이미지로 드러낸다. 시생이의 닭장 접근에 대한 닭들의 최초 반응은 '꾸둑뚜둑, 쌍쌍, 꼭꼭, 꼬이꼬이'라는 의성어로 표현된다. 그 소리 이미지는 위기 상황에 큰소리는 못 치면서 야단법석을 떠는 닭들의 모습을 잘 드러낸다. 이어서 닭들의 여러 가지 걱정 어린 감정을 다양한 소리 이미지로 나타내다, 닭들이 일제히 저항하는 대목에서 소리 이미지의 구사는 절정을 이룬다. 저항의 선봉에 나선 암탉은 '꼐득', 그에 동조하는 나이 많은 암탉은 '꼬꼬댁', 잠자던 어미 닭들은 '꼴꼴꼴꼴', 병든 암탉은 '꼬댁꼴', 울기 잘하는 암컷은 '꼭꼭 꼬꼬댁', 그리고 일제히 저항하는 닭들의 군상은 '꾸룩룩, 꾹꾹, 썅썅, 삐양삐양' 등의 소리 이미지로 나타낸다. 이러한 다양한 의성어들은 암수와 연령대에 따라 시생이의 침입에 반응하는 닭들의 감정을 생생히 드러낸다.

닭들의 반응이 청각적 이미지로만 표현된 것은 아니다. 닭들의 다양한 표정과 행동에 대한 시각적인 묘사가 그 뒤를 잇는다. "횃대에서 발을 구르는 군, 바람벽을 받는군, 수수깡 바닥을 쪼는군, 깃을 내두르는군, 가슴패기에다가 모가지를 파묻고 비비는군" 등과 같은 표현들이 그것이다. 닭장 안에서 동료가 죽어 나간 후 좁은 공간에서 공포와 저항을 동시에 드러내는 닭들의 다양한 움직임을 치밀하게 묘사한 것이다. 묘사에 동원된 열거법은 닭장 안 닭들의 소란스럽고 부산한 모습을 잘 반영한다. 백석은 이처럼 청각과 시각이 두루 동원된 감각적 묘사로 닭들의 캐릭터와 그 심리를 섬세하게 그려 내고 있다. 백석은 시생이와 닭들 사이에서 벌어지는 갈등과 대결을 그저 사건의 서술로 드러내는 것이 아니라 각각의 인물들의 외양과 행동과 성격에 대한 섬세한 묘사로 진행하여, 대결 장면을 극대화하고 있다.

이 작품은 인물 간의 갈등으로 인한 사건 전개를 다룬 소설이면서도, 사건의 서술보다는 배경이나 인물의 묘사에 더 치중한다. 이 작품 역시 「마을의 유화」와 마찬가지로 배경 묘사로 서사를 짜고, 다채로운 비유와 감각적 이미지를 동원한 인물의 치밀한 묘사로 대결 장면을 극대화하며, 그렇게 조성된 장면 묘사로 소설의 의미를 구현한다는 점에서 일반 소설과 차별되는 독특한 소설 형식을 지니고 있다.

4. 묘사, 서사 형식의 중요한 기법

백석은 네 편의 소설을 발표했는데 이 중에서 「마을의 유화」와 「닭을 채인 이야기」는 기존의 소설 문법과는 변별되는 독특한 서사 형식을 지니고 있어 특별히 주목된다.

「마을의 유화」는 추운 겨울 허름한 냉돌방에 방치된, 거동이 불편한 노부부의 몸 상태와 몇 가지 거동을 다룬 작품이다. 백석은 인물의 상태와 몇 가지 움직임을 단계적으로 장면화하여 각각의 장면마다 인물들의 대결을 조성하고 그러한 장면의 연쇄로 플롯을 만든다. 각 장면에서 조성되는 인물들의 대결은 묘사의 힘으로 이룩된다. 노부부의 상태와 움직임에 관련된 주변 배경과 사물들과 추상적 존재들, 즉, 겨울, 나이, 죽음, 구들장, 벽, 문, 섬돌, 양아들의 노부부 유기 등이 모두 의인화되어 노부부와 대결을 벌이는 모습으로 묘사된다. 노부부의 상태와 움직임에 대한 묘사를 통해 노부부가 세상의 온갖 것들과 맞서 싸워 나가는 서사를 만들어 나간다.

「닭을 채인 이야기」는 시골 마을에 사는 시생이와 디펑영감의 닭을 둘러싸고 벌이는 복수극을 동화적으로 그린 작품이다. 이 작품은 인물 간의 갈등이 사람 사이에서만 이루어지는 것이 아니라, 사람과 동물 사이에서 뒤섞여 발생하고, 자연물들이 보조 인물들로 등장한다. 또 디펑영감을 향한 시생이의 복수가 갈등의 근간이지만, 전개 과정에선 시생이와 디펑영감네 닭들 사이의 길고 장황한 대결로, 또 여우와 거지 할머니라는 엉뚱한 동물과 사람의 횡재로, 그리고 디펑영감과 족제비의 뜻하지 않은 갈등으로 나타난다. 이 작품은 주인공 사이에서 벌어지는 갈등의 인과적 연결 대신에 그 갈등에서 파생되는 또 다른 인물들의 갈등을 독립적으로 연결하고, 개별 서사에서 인물과 장면의 묘사를 중시하는 방식을 통해 협소한 단편소설의 형식 안에 광범위한 삶의 이치를 담아낸다.

두 작품 모두 묘사를 서사 형식의 중요한 기법으로 삼았다는 점에서 공통점을 지닌다. 「마을의 유화」는 인물의 묘사로 서사를 구현하지만, 「닭을 채인 이야기」는 배경 묘사로 서사를 구현하며 인물의 묘사가 중심이 된 장면 묘사가 소설의 구성에서 중요한 역할을 한다. 백석은 비유와 이미지를 통한 대상의 묘사에 치중하며 참신한 단편소설의 형식을 창조하였다.

백석이 두 소설을 발표한 후 곧바로 시인의 길로 나아간 것은 문학 기법에서 묘사를 남달리 중시하고, 묘사에 뛰어난 솜씨를 보인 문학적 태도와 기질에서 비롯된 것이라고 할 수 있다. 이후 백석은 소설에 뿌리를 둔 그의 문학 수련과 묘사 솜씨를 바탕으로 시 장르에서도 '서사 지향적인 시'라는 독창적인 시의 형식을 개척하며 우리 시의 지평을 크게 넓힌다.

정교한 소설 장치와 슬픔의 속살

—이태준의 「밤길」

이태준의 「밤길」은 1940년 『문장』 5월호와 6 · 7월 합병호에 발표된 작품이다. 두 회에 걸쳐 발표된 소설이지만 분량은 보통의 단편소설보다도 짧다. 이 소설은 짧은 소품이지만 단편소설의 기법들이 절묘하게 구사되어 그 어떤 단편소설보다 높은 완성도를 지닌 수작이다. 작품의 주제는 1930~40년대 우리 소설에서 흔히 다루었던 가난이다. 행랑살이하는 가난한 주인공 황 서방이 돈을 벌기 위해 멀리 막일을 나간 사이 아내가 가출하고 아이마저 병으로 죽어 땅속에 묻는 것이 이 소설의 주요 줄거리이다. 내용은 별반 새로운 것이 없고 이야기의 골격도 단출하지만, 가난의 비극과 서러움이 매우 큰 울림으로 전해진다. 이러한 소설적 감동은 인물, 배경, 플롯과 이를 보조하는 소도구들이 정교한 형식으로 짜여 나온 것이다.

인물과 플롯의 구조를 보자. 이 작품엔 주인공 황 서방과 부인물 권 서방이 등장하며, 보조 인물들로 황 서방의 주인 나리 양복쟁이와 병원 의사들이 아주 짧게 나온다. 황 서방의 가난과 슬픔은 그의 생활과 행동에서 비롯되지만, 비극을 심화시키는 것은 황 서방을 둘러싼 부인물과 보조 인물들의 행동이다. 이 작품의 핵심 인물인 황 서방과 권 서방은 여러 가지로 대조적인 캐릭터이다. 황 서방은 행랑살이하는 신세지만 아내와 자식이 있고, 권 서방은 집도 권속도 없는 처지이다. 황 서방은 거처할 공간과 가족이 있고, 권 서방은 둘 다 없는 외톨이 떠돌이이다. 둘은 월미도의 공사판에서 집 짓는 일을 하는 막노동꾼 처지인데 그들의 생활 조건은 크게 다르다. 두 인물의 상이한 생활 조건은 서로 다른 성격을 낳고, 그 상이한 캐릭터가 소설의 사건을 이끌면서 여러 의미를 발생시킨다.

둘 사이의 서로 다른 성격이 본격적인 갈등으로 불거지는 것은 황 서방의 갓난아이가 등장하고부터다. 황 서방과 권 서방이 계속되는 비로 일을 못 하고 빈둥거리고 있는 어느 날 공사판 현장으로 양복쟁이가 황 서방의 갓난아이를 데리고 나타난다. 양복쟁이는 황 서방이 행랑살이하는 집의 주인이다. 황 서방이 월미도로 돈 벌러 나간 사이 아내는 가출하고, 남겨진 두 여식과 갓난아이는 부득불 주인집에 잠시 남겨졌는데 황 서방이 보낸 안부 편지로 소재지를 알게 된 주인이 그를 찾아와 아이들을 물건 떠넘기듯이 건넨 것이다. 갓난아이는 며칠을 굶은 듯 다 죽어 가고 있다. 죽음이 임박한 갓난아이를 눈앞에 두고 황 서방과 권 서방은 매사에 상반된 반응을 보인다. 갓난아이가 거의 죽게 되자 권 서방은 새집에 사람이 들어오기도 전에 죽는 사람이 생기면 안 되니 밖으로 나가자고 한다. 밖엔 비가 세차게 내리는 중인데도 그렇게 말하는 것은 냉정하고 매몰찬 발언이다. 이에 황 서방은 우중에 아이를 데리고 어디로 나가냐고 역정을 낸다. 황 서방에겐 아이 걱정이 우선이다. 자식의 죽음 앞에서 아이보다 더 중요한 것은 없는 것이다. 황 서방과는 판이한 권 서방의 차가운 반응은 아이의 죽음에 직면한 황 서방의 슬픔을 더욱 서럽게 만든다. 자기 자식의 죽음 앞에서 함께 슬퍼하는 사람이 없을 때, 또 그를 살리기 위해 온몸을 던지는 사람이 결국 자기 혼자뿐임을 느끼게 될 때, 그 슬픔은 온전히 자기 혼자 감당해야 하는 몫이 된다. 혼자 견뎌야 하는 슬픔은 더욱 큰 무게로 자신을 짓누르게 된다.

한편, 권 서방의 냉정한 발언은 '인간의 죽음'에 대한 보통 사람들의 본능적 반응을 돌아보게 한다. 갓난아이의 죽음은 황 서방에겐 자기 혈육의 죽음이지만 권 서방에겐 남의 죽음이다. 권 서방 역시 죽음 앞에서 연민을 느끼지 않는 것은 아니나, 그 강도는 판이하다. 죽음이란 일상에서 흔히 일어나는 일일 뿐이다. 죽음은 혈육에겐 하늘이 무너지는 아픔이지만, 타인에겐 그저 놀라운 사건에 불과하다. 하나의 사건에 대한 상반된 반응이 죽음의 슬픔을 더욱 슬프게 만든다.

권 서방의 냉정한 태도는 그의 입장과 처지에선 이지적인 사고의 소산이기도 하다. 아이는 어차피 죽을 운명이고, 일이 이 지경이 된 바에는 주인에게만이라도 폐를 안 끼치는 것이 훨씬 합리적인 태도이다. 권 서방에겐 가혹한 일이나, 주인에겐 예와 도를 차리는 일이다. 그래서 황 서방도 결국은 우중에 아이를 데리고 밖으로 나가게 된다. 문제는 이런 생각을 하게 된 그들의 처지이다. 그들은 집주인, 또는 이 공사의 책임자와는 일종의 주종 관계에 놓여 있는 자들이다. 그들은 주인 앞에서 사회적 약자이다. 비가 세차게 내리는 밤중임에도 아이를 묻으러 굳이 밖으로 나가는 것은 주인에 대한 도리를 뛰어넘어 주인의 눈치를 보는 것이라고 하지 않을 수 없다. 황 서방보다 권 서방이 먼저 그런 제안을 하는 것은 이런 심리를 극명히 보여 준다. 권 서방은 황 서방과 달린 일정한 거처와 딸린 식구가 없는 떠돌이이다. 그는 늘 일자리가 필요하며, 그러기 위해서는 매사에 일터의 주인을 의식해야만 한다. 그래서 떠돌이들은 대체로 눈치가 빠르다. 권 서방은 결국 아이의 죽음에 대한 연민보다 주인에 대한 눈치가 더 앞서는 것이다. 연민은 감정이지만 눈치는 계산이다. 전자는 추상적인 마음이고 후자는 현실적인 돈이다. 권 서방 같은 하층 일꾼들에게 현실적인 돈은 더욱 절실한 것이다. 바로 여기서 하층민의 비애가 발생한다. 갓난아이의 죽음 앞에서 시종일관 냉정하게 행동하는 권 서방의 행동에는 하루하루 근근이 살아가야만 하는 하층민의 비애가 담겨 있는 것이다. 인간에 대한 연민보다 현실적인 타산을 생각할 수밖에 없는, 또는 그런 생각을 낳게 만든 하층민의 삶이 우리를 한없이 슬프게 한다.

권 서방의 냉정한 태도가 가난한 생활 조건에서 잉태된 이기적 행동이라면 양복쟁이와 의사들의 냉정한 태도는 넉넉한 생활 조건에서 나타난 이기적 행동이다. 세 부류 모두 갓난아이의 죽음 앞에서 냉정하고 이기적인 행동을 보이지만, 양복쟁이와 의사의 행동은 권 서방과 달리 넉넉하고 우월적인 지위에서 나온 것이라는 점에서 훨씬 냉혹하고 비정한 짓이다. 아이를 버리고 달아난 엄마는 양복쟁이 주인보다 더 비정한 사람이지만, 부모 없이 버려진 아이를 눈앞에 두고 다 죽게 만든 것은 일말의 측은지심조차 없는 비정한 행동이다. 주인 나리는 인간적인 연민은 없고 오로지 방을 빌려준 대가를 받는 주인으로서만 존재하는 인간이다. 양복쟁이란 도회지의 신사를 가리킨다. 그 주인 나리가 소설 속에서 '양복쟁이'로 호칭된 것은 이기와 계산만 앞서는 도회지의 차가운 삶을 상징적으로 보여 주는 것이라고 할 수 있다. 의사의 행동 역시 이와 같은 맥락에 놓여 있다. 다 죽어 가는 아이를 자기 전문이 아니라고 거절하고, 가망 없다고 매몰차게 몰아낸 것은 의사의 본분을 기능적으로만 수행한 것이다. 그들은 자기 직분엔 충실하나, 인간에 대한 연민은 없다. 의사는 직업적 의료 행위만을 할 뿐, 환자를 돌볼 생각은 없는 것이다. 한 의사는 황 서방을 쳐다보곤 간호사한테만 진찰 결과를 통보해 주고 안으로 들어가는데, 이때 의사가 본 건 황 서방의 초라한 몰골이었을 것이다. 작품의 표면엔 명시되어 있지 않지만, 이 장면은 이해타산을 앞세운 의사와 의료 서비스의 사각지대에 놓인 하층민의 비애를 함축적으로 전해 준다. 양복쟁이와 의사는 권 서방의 캐릭터를 더욱 부정적으로 간직한 인물이며, 그들에 의해 황 서방의 가난과 슬픔은 더욱 비극적으로 드러난다. 그리고 하층민의 비애가 광범위한 사회 조직의 압박 속에서 일어나는 것임을 보여 준다.

권 서방의 가난과 슬픔은 소설의 배경인 '비'와 '밤'을 통해 더욱 극명히 드러난다. '비'는 공사를 멈추게 하고, 황 서방과 권 서방의 일거리를 뺏어 그들을 더욱 빈궁하게 내몬다. 또 갓난아이의 무덤 속을 흥건한 물구덩이로 만들어 제대로 매장하지 못하게 한다. 물구덩이가 된 무덤은 서러운 장례 장면 중에서도 가장 슬픈 장면이다. '밤'도 갓난아이의 매장을 비극적으로 만든다. 아무것도 보이지 않는, 또 아무도 없는 밤에 황 서방과 권 서방 둘이 갓난아이를 매장하는 일은 더없이 비극적이다. 황 서방은 아무것도 보이지 않는 밤에 이 일을 하는 것이 차라리 낫다고 말하는데, 그것은 비극적 현실에 대한 역설적 표현이자, 자괴감과 자학의 극단적 표현이라고 할 수 있다.

비와 밤이 합친 '비 내리는 밤'의 배경은 소설을 더욱 비극적으로 몰고 간다. 비 내리는 밤길은 아이를 매장하러 가는 길을 더욱 힘들고 서럽게 한다. 황 서방과 권 서방은 비 내리는 밤길에 아이를 매장하기 위해 큰길을 지나 산으로 올라간다. 그 중간에 도랑물도 건너고 넓은 밭도 지나는데 비 내리는 밤길은 장사 길을 한층 험난하게 만든다. 황 서방은 오이밭인지 호박밭인지 알 수 없는 밭의 서슬 센 덩굴에 종아리를 베이고, 고무신이 벗겨져 결국 한 짝을 잃어버린다. 이 모두가 비 오는 밤길이기에 생긴 일이다. 비 내리는 밤길은 마치 황 서방이 눈물을 흘리며 암흑 속을 헤치며 걸어가는 것과 같은 느낌을 준다. 비 내리는 밤길은 앞을 알 수 없는, 또는 앞이 콱 막힌 험악하고 막막하고, 또 서러운 삶의 길인 것이다.

이 소설의 또 다른 배경으로 개구리와 맹꽁이와 날짐승 소리가 나온다. 이것들은 아이를 매장하는 산 주변의 동물들 소리로서 자연적 배경이자 소설의 소도구라고 할 수 있다. 이 동물들의 울음소리는 처음 구사될 때는 그곳이 산속임을 알리는 자연의 신호에 머물지만, 소설의 마지막 문장으로 등장할 때는 황 서방의 슬픔을 더욱 비극적으로 만드는 청각 이미지로 기능한다. 황 서방이 비 오는 밤길에 아이를 매장하고 길 위에 철벅 주저앉아 망연자실해할 때 그의 주변으로 개구리와 맹꽁이 소리가 울어 대는 것으로 소설이 끝난다. 아이가 이승에서 사라지고, 그 아버지는 슬픔과 분노로 정신이 혼미할 지경이지만 자연 속의 동물들은 아무 일도 없다는 듯 그저 평소대로 자기 존재를 나타내는 울음소리를 낼 뿐이다. 밤의 적막 속에서 그 동물들의 울음소리는 더욱 크게 들릴 것이다. 이 매정한 세상사와 자연의 이치가 황 서방의 슬픔을 한없이 외롭게 만들고, 그 고독한 슬픔이 그에게 닥친 비극을 더욱 서럽게 만든다. 슬픔은 결국 혼자 견뎌야만 하는 고통이라는 것을 이 냉정한 묘사는 여실히 전해 주는 것이다.

소설「밤길」은 비록 단순한 이야기이지만 정교한 소설 장치와 섬세한 묘사로 가난의 서러움과 아픔의 속살을 예리하게 보여 주는 작품이다.

비유와 상징의 서사와 사랑의 힘

—이효석의 「모밀꽃 필 무렵」

1. 이효석의 시적 소설

이효석의 대표작이자 한국의 단편소설 목록에서 빼놓을 수 없는 작품인 「모밀꽃 필 무렵」[1]에 대해서는 그동안 많은 논의가 있었으며, 이를 통해 작품의 기법과 의미는 소설 연구자뿐만 아니라 일반인에게도 널리 각인되어 있다. 허생원의 분신인 '나귀'를 통해 전개되는 플롯과 이를 통한 인간과 자연의 융화, 허생원과 성 서방네 처녀와의 사랑과 허생원과 동이와의 관계를 병치함으로써 환기되는 사랑과 혈육의 해후, 인연의 신비한 운명 등이 이 소설에 대한 기법과 해석의 중요 내용이다. 그런데 이 작품은 이 정도로 다 설명되지 않는 보다 정교한 미학적 장치를 내장하고 있으며, 작품의 주

1 이 글의 분석 대상인 이효석의 「모밀꽃 필 무렵」의 텍스트는 그의 딸 이나미가 '이효석 문학연구원'을 통해 직접 정리, 간행한 『새롭게 완성한 이효석 전집』(창미사, 2003)을 바탕으로 한다. 이 전집에 수록된 작품은 원전에 충실하면서 오자만을 수정하였다. 따라서 작품의 원전이 주는 향기를 느끼면서 정확한 작품 분석이 가능하다. 「메밀꽃 필 무렵」으로 널리 알려진 이 소설의 원제는 「모밀꽃 필 무렵」이다.

제도 이보다 더 깊고 다양한 것들을 담고 있다. 이 작품의 정교한 미학적 장치엔 '시적 기법'이 깔려 있다. 작가는 소설의 구조를 설계하고 주제를 환기하는데 '시적 기법'을 효과적으로 활용하고 있다.

이효석은 생래적으로 시적인 취향을 가진 소설가였다. 그가 자신의 문학 수업 과정을 상세히 밝힌 「나의 수업시대」라는 수필을 보면, 문학 생활에서 시가 절대적인 지위와 영향력을 가졌음을 알 수 있다. 소설과 시를 두루 섭렵하며 문학 수업을 쌓아 가던 그가 본격적으로 습작하게 된 것이 시였고, 시와 소설을 넘나드는 독서에서 유난히 애착을 가진 장르도 시였다. 시에 대한 남다른 애착은 소설 독서에도 투영되었다. 그는 안톤 체홉이나 뚜르게네프, 싱그와 같이 시적 아름다움과 함축을 지닌 유려한 문체의 작가들을 선호했다. 그는 리얼리즘이라 해도 훌륭한 예술에는 반드시 시적인 낭만과 기풍이 흐른다고 생각하였다.[2] 시에 대한 선호는 본격적으로 소설을 쓰면서 형성된 그의 소설관에도 커다란 영향을 미쳤다. 그는 현대의 사회적 환경 속에는 장편보다는 단편의 감각이 더욱 적합하다고 지적하며 소설의 목표는 진실의 전달에만 있는 것이 아니고, 궁극적으로는 미의식을 환기해 시의 경지에 도달하는 것이라 했다.[3] 이러한 소설관으로 그는 시적인 단편소설들을 많이 창작하였고, 장편소설의 창작은 상대적으로 취약한 면을 드러내었다.[4]

「모밀꽃 필 무렵」은 이러한 그의 소설관이 가장 성공적으로 구현된 작품이다. 1925년에 처음으로 시와 소설을 발표하고 10여 년의 창작 활동을 거친 후인 1936년에 발표된 「모밀꽃 필 무렵」은 삶의 진실을 시의 경지로 끌어

---

2 이효석, 「나의 수업시대」, 『새롭게 완성한 이효석 전집 7』, 창미사, 2003, 154~160쪽.

3 이효석, 「현대적 단편소설의 상모」, 『새롭게 완성한 이효석 전집 6』, 창미사, 2003, 232~234쪽.

4 이에 따라 그에 대해서는 "소설의 형식을 가지고 시를 읊은 작가"(유진오, 「작가 이효석론」, 『새롭게 완성한 이효석 전집 8』, 창미사, 2003, 232~234쪽), "우리의 산문을 시적 아름다움으로 살찌게 한 작가"(정한모, 「효석론」, 위의 책, 157쪽), "산문정신을 배반한 작가"(김동리, 「산문과 반산문」, 위의 책, 105쪽) 등의 평가가 뒤따르고 있다.

올리는 것을 목표로 삼은 그의 소설관이 최고의 미학적 성취를 거둔 작품이다. 이 작품에서 '시적 경지'는 산문을 아름다운 문체로 채색하고, 작품의 분위기와 느낌을 조성하는 것에 그치지 않는다. 이 작품에서 '시적 경지'는 소설의 미적인 구조와 주제 환기에 결정적인 역할을 한다.[5] 그는 소설의 서사 구조를 시적인 기법으로 짜 우리의 소설사에서 보기 드문 소설 양식을 선보였다. 이 글은 그가 짠 시적인 소설 구조를 자세히 분석하고, 이를 통해 환기된 작품의 진정한 주제를 살펴보기 위해 쓰인다.

2. 비유와 상징의 서사 구조

「모밀꽃 필 무렵」은 배경 묘사와 더불어 개별 인물들의 행동과 플롯의 전개가 비유와 상징으로 짜여 있다. 완결된 비유와 상징체계로 된 점에서 이 작품의 구조는 시와 흡사하다. 이 소설의 '시적인 구조'를 떠받치고 있는 '비유와 상징의 구조 체계'는 '나귀'와 '달'로 이루어진다. '나귀'와 '달'은 작품의 소도구이면서, 작품의 중요 인물과 배경과 플롯을 지탱하는 비유와 상징체계로 기능한다. '나귀'와 '달'의 비유와 상징으로 이루어진 이 소설의 서사 구조와 작품의 의미를 살펴보자.

(1) '나귀'에 비유된 인물의 성격과 행동 창조

「모밀꽃 필 무렵」에는 허생원, 동이, 조선달, 그리고 성 서방네 처녀 등이 등장하는데, 이 가운데에 가장 중요한 인물은 허생원이다. 이 소설은 '드

---

5 이상옥은 시적인 소설을 지향하여 수필 같은 소설이 많다는 이효석 소설의 일부 부정적인 시각 속에서도 「메밀꽃 필 무렵」은 예외라고 할 정도로 인물의 구성과 플롯에 있어서 완벽하게 잘 짜인 소설로 평가된다고 말한다. 이상옥, 『이효석의 삶과 문학』, 집문당, 2004, 90~94쪽.

팀전 장돌뱅이'인 허생원의 삶과 사랑을 다룬 이야기이다. 그래서 이 소설의 구조에서는 허생원이란 인물의 성격을 창조하는 것이 가장 기본적이고 중요한 일이다. 허생원의 성격은 우선 작품의 서두에 간략하게 서술된다.

> 얼금뱅이요 왼손잡이인 드팀전의 허생원은 기어코 동업의 조선달을 낚구워 보았다.

허생원은 얼금뱅이(곰보)로 얼굴이 흉하고, 왼손잡이로 신체가 비정상적이다. 지금과 달리 당시엔 왼손잡이가 정상과 다르다는 이유로 눈총의 대상이었고 신체장애로 여기기도 했다. 허생원이 나귀를 귀찮게 구는 장판의 아이들을 내쫓으려고 할 때, 아이들은 "왼손잡이가 사람을 때려"라고 놀리면서 달아나고, 허생원은 "왼손잡이는 아이 하나도 후릴 수 없다"고 자조한다. 한곳에 머물지 않고 여기저기 떠돌아다니는 장돌뱅이라는 직업은 전통적인 농경 사회의 유교적 관념 속에서는 비천한 계층에 속한다. 허생원은 흉측한 외모와 신체적 장애와 비천한 신분을 가진 처량하고 불쌍한 인물이다.

서두에 서술된 허생원의 성격과 행동은 플롯이 본격적으로 전개되면서부터 '나귀'를 통해 간접적으로 제시된다.

> 가스러진 목 뒤 털은 주인의 머리털과도 같이 바스러지고 개진개진 젖은 눈은 주인의 눈과 같이 눈곱을 흘렸다. 몽당비처럼 짧게 슬리운 꼬리는 파리를 쫓으려고 기껏 휘저어 보아야 벌써 다리까지는 닿지 않았다. 닳아 없어진 굽을 몇 번이고 도려내고 새 철을 신겼는지 모른다. 굽은 벌써 더 자라나기는 틀렸고 닳아 버린 철 사이로는 피가 빼짓이 흘렀다.

이처럼 허생원의 외모 묘사가 나귀에 대한 묘사를 통해 이루어진다. 나귀의 모습과 행동은 늙고 볼품없으며 희극적이어서 처량한 느낌을 준다. 나귀는 끝없이 반복되는 여정으로 고달프고, 이제는 노쇠하여 움직일 기력조차 없는 고통의 흔적이 짙게 나타나 있다. 허생원의 삶이 나귀의 모습에 빗대 묘사됨으로써 열등하고 비천한 허생원의 처지는 연민을 불러일으키고, 또 한편으론 운치 있는 시정詩情을 일으킨다. 만약 곰보에다 늙고 볼품없으며 상처투성이인 그의 외모를 직접 묘사했다면 독자들은 허생원이란 인물에서 참혹한 정서를 느꼈을 것이다. 그런데 그 인물이 '나귀'에 빗대어 묘사됨으로써 운치 있는 연민을 일으키고, 그러한 정서는 뒤에 이어지는 그의 사랑 이야기와 조화를 이룬다.

나귀에 비유된 허생원의 성격과 행동은 소설이 진행되면서 더욱 깊어진다. 이 소설에서 최초의 갈등은 허생원과 동이 사이에서 벌어진다. 충주집 여자를 두고 젊은 동이를 향해 허생원이 드러내는 애정의 질투가 그것이다. '얼금뱅이 상판'을 한 허생원에겐 지금껏 정을 준 계집이 하나도 없었고, 그래서 "쓸쓸하고 뒤틀린 반생"을 살아왔다. 열등하고 소외된 늙은 장돌뱅이는 파장 이후 찾아간 술집의 '충주집 여자'에게 애욕을 갖는다. 그의 애욕은 지극히 순박하고 소심하게 표출된다. "충주집을 생각만 하여도 철없이 얼굴이 붉어지고 발밑이 떨리고 그 자리에 소스라친다"는 심리 묘사는 사춘기 소년의 심정과 흡사하다. 그의 애욕이 얼금뱅이 얼굴에 반생 동안 한 번도 여자로부터 정을 받아 본 적이 없는 열등하고 비천한 삶에서 비롯되었음을 생각할 때 깊은 연민을 자아낸다.

반면, 젊은 동이는 충주집과 농탕질을 한다. 화가 난 허생원은 동이의 따귀를 갈기는데 그것은 한 여자를 두고 벌이는 애정 다툼이라기보다는 처량하고 뒤틀린 자기 인생에 대한 분노의 표출에 가까운 것이다. 따라서 허생원은 자기 행동을 곧바로 반성하고 "내 꼴에 계집을 가로채서 어떨 작정이냐"고 자조한다. 허생원의 일방적인 행동으로 진행되는 동이와의 애정 갈등은 허생원의 열등하고 처량한 인생을 더욱 부각하는 역할을 한다. 이러한 허생원의 애욕은 '나귀'의 행동에 비유된다.

암놈을 보고 저 혼자 발광이지.

김첨지 당나귀가 가 버리니까 왼통 흙을 차고 거품을 흘리면서 미친 소같이 날뛰는 걸. 꼴이 우스워 우리는 보고만 있었다우.

늙은 주제에 암새를 내는 셈야, 저놈의 짐승이.

허생원은 모르는 결에 낯이 뜨거워졌다. 뭇시선을 막으려고 그는 짐승의 배 앞을 가리워 서지 않으면 안 되었다.

늙은 허생원의 애욕은 나귀가 '암새를 내는' 것에 비유되면서 조롱과 멸시의 대상이 된다. 인간의 순박한 애욕이 아이들의 놀림감인 동물의 관능으로 전이되면서 '발광' '미친 소같이 날뛰는 꼴' '늙은 주제에 암새를 내는 저놈의 짐승'으로 전락한다. 이 표현에는 모욕과 비하감이 담겨 있다. 허생원의 애욕이 나귀가 암새 내는 것에 비유되어 그의 처지가 더없이 처량하고 가련해진다.

나귀에 비유된 허생원의 성격과 행동은 플롯이 절정을 향해 가면서 더욱 극적으로 표출된다. 나귀를 통해 부여된 이미지 즉, 처량하고 가련하면서도 아름다운 시정이 묻어 있는 허생원은 달밤의 신비하고 육감적인 분위기를 배경으로 장에서 장으로 가는 밤길을 걸어가며, 그때마다 젊은 시절 달밤에 겪었던 성 서방네 처녀와의 우연한 사랑을 되풀이해 이야기한다. 그런데 동행하던 동이가 자신의 깊숙한 삶의 내력을 하나하나 전하면서 동이의 가족과 출생이 지난날의 자기 사랑과 겹치기 시작하고, 마침내 동이가 자식이라 암시된다. 이어서 허생원은 나귀가 새끼를 낳았다는 사실을 기쁘고 들뜬 마음으로 전한다. 동이가 자식이란 암시 이후에 제시되는 나귀의 새끼 출산은, 동이가 자식임을 강력하게 전하는 비유다.

그런데 여기서 정말로 주목해야 하는 것은, 허생원과 동이와의 부자 관계를 전하는 비유인 나귀의 새끼 출산에 대한 표현의 미묘함이다. 그 섬세하고 미묘한 비유적 표현을 통해 작품의 의미는 한층 깊어진다. 허생원의 기쁘고 들뜬 전갈로 제시되는 나귀의 새끼 출산은 다음과 같이 표현된다.

저 꼴에 제법 새끼를 얻었단 말이지. 읍내 강릉집 피마에게 말일세. 귀를 쫑긋 세우고 달랑달랑 뛰는 것이 나귀 새끼같이 귀여운 것이 있을까.

"저 꼴에 제법 새끼를 얻었단 말이지"라는 출산의 전갈에서, '꼴'과 '제법'이라는 어휘는 나귀의 처지와 그 나귀가 새끼를 낳은 사실의 특별함을 일깨운다. 나귀를 지칭하는 비하적인 의미의 '꼴'이란 말은 작품 내내 나귀에게 부여된 소외와 멸시와 조롱의 다른 이름이다. 반면 새끼 출산에 대한 시각이 담긴 '제법'이란 말에는 '꼴'을 일거에 넘어서는 감탄과 자랑스러움과 대견함이 묻어 있다. 비록 비천한 존재이지만 남 못지않은 건강하고 귀여운 새끼를 낳는 능력이 있고, 그 새끼를 바라보는 것보다 행복한 것이 없다는 의미가 위의 대사 속에 담겨 있다. 이 비유적 표현은 허생원에게 동이가 아들이라 짐작되는 순간이 자신의 비천하고 처량한 처지를 다시 한번 되돌아보는 시간이면서, 동시에 열등한 자신의 처지를 극복하고 남들 못지않은 신체적 건강과 능력을 확인하는 순간이며, 또 남들 못지않게 가족의 행복을 가질 수 있다는 기쁨과 희망을 발견하는 순간이라는 것을 일러 준다.

⑵ '달'의 상징과 플롯의 창조

이 작품은 허생원 일행이 파장 이후 술집을 거쳐 다음 장인 대화와 제천을 향해 걸어가는 '여행 구조'[6]를 지닌다. '여행 구조'의 서사는 장에서 장으로 돌아다니는 뜨내기 장돌뱅이의 삶을 상징적으로 보여 준다. 이 서사에서 허생원 일행의 '여행'은 "달이 뜨렷다"라는 문장으로 시작되며, 달이 떠 있는 한밤중을 거쳐 "달이 어지간히 기울어졌다"라는 문장으로 종결된다.

6 송하춘, 『발견으로서의 소설기법』, 현대문학, 1993, 304쪽.

여행의 시작과 중간과 끝이 달이 떠서 지는 것으로 되어 있다. 이 작품의 '여행 구조'를 여닫는 월출月出과 월몰月沒은 여정의 시간대가 한밤중이라는 것을 알려 주기 위한 것만은 아니다. '달'은 이 작품의 서사를 이끌고, 작품의 의미를 생산하는 중요한 상징의 역할을 한다.

작품의 '여행 구조'를 여는 "달이 뜨렷다"라는 문장에서 '뜨렷다'라는 서술어는 미래 상황에 대해 주체의 확신이 담긴 말이다. 이 서술어는 허생원의 여정이 반드시 월출과 함께 진행되는 것임을 전한다. 허생원의 여정과 '달' 사이의 밀접한 관계는 다음 구절에서 다시 한번 강조된다.

> 반평생을 같이 지내온 짐승이었다. 같은 주막에서 잠자고 같은 달빛에 젖으면서 장에서 장으로 걸어다니는 동안에 이십 년의 세월이 사람과 짐승을 함께 늙게 하였다(밑줄 필자, 이하 모든 예문의 밑줄은 설명을 위해 필자가 표시한 것임).

허생원의 떠돌이 삶을 나귀를 통해 묘사하고 있는 위의 구절에서 장에서 장으로 돌아다니는 그의 생활은 특별히 '달빛에 젖으면서' 진행된다.

'달이 뜨렷다'에서 시작해 '달빛에 젖으면서'로 진행될 만큼 허생원의 삶을 절대적으로 지배하는 '달'은 어떤 의미를 갖는가? 왜 뜨내기 허생원의 여정은 반드시 '달'과 함께 진행되는 것일까? 이러한 의문은 '달'에 대한 구체적인 묘사를 통해 드러난다. 허생원의 여정 중간에 '달'에 대한 묘사가 다음과 같이 나타난다.

> 조선달 편을 바라는 보았으나 물론 미안해서가 아니라 달빛에 감동하여서였다. 이지러는 졌으나 보름을 가제 지난 달은 부드러운 빛을 흐붓이 흘리고 있다. 대화까지는 칠십 리의 밤길 고개를 둘이나 넘고 개울을 하나 건너고 벌판과 산길을 걸어야 된다. 길은 지금 긴 산허리에 걸려 있다. 밤중을 지난 무렵인지 죽은 듯이 고요한 속에서 짐승 같

은 달의 숨소리가 손에 잡힐 듯이 들리며 콩 포기와 옥수수 잎새가 한층 달에 푸르게 젖었다. 산허리는 온통 왼통 모밀밭이어서 피기 시작한 꽃이 소금을 뿌리듯이 흐뭇한 달빛에 숨이 막혀 하얗었다. 붉은 대궁이 향기같이 애잔하고 나귀들의 걸음도 시원하다.

「모밀꽃 필 무렵」에서 가장 유명한 이 풍경 묘사에 대해 대부분 소금을 뿌린 듯이 하얀 모밀밭의 아름다운 묘사에만 주목하지만, 세부를 살펴보면 이 장면의 분위기를 이끄는 것은 '달'에 대한 감각과 정서이다. 장면의 공간은 하얀 모밀꽃이 펼쳐져 있는 산길이지만, 그 '모밀꽃 길'을 조명해 인상적인 영상으로 승화시키는 것은 '달빛'이다. 모밀꽃이 펼쳐져 있는 아름다운 산길은 '달'에 대한 특별한 감각을 통해 신비하고 관능적인 풍경으로 거듭난다. 모밀꽃 길을 비추는 부드러운 달빛은 시각적인 조명의 광선이 아니라, 흐붓이 흘러내리고 콩 포기와 옥수수 잎새를 푸르게 젖게 만드는 물질성을 갖는다. 달빛의 조명 감각을 표현하고 있는 동사 '흘린다'와 '젖는다'는 끈적끈적한 액체의 성질을 지닌다. 이러한 달빛은 짐승 같은 달의 숨소리가 환기하는 원시적 육감과 섞이며 관능적인 달의 감각을 전한다. 죽은 듯이 고요한 속에서 은밀하게 울리는 짐승의 소리와 식물을 푸른 물기로 촉촉이 적시는 액체가 어울려 환기하는 '달'의 관능적 감각은 신비감과 공포감을 환기한다. 그것은 관능적 감각에 담긴 신비한 느낌과 최초의 놀라운 경험이 가져오는 두려움을 잘 나타낸다. '달'에 부여된 관능적 감각은 모밀꽃 빛이 달빛에 숨이 막혀 하얗다는 표현에서 절정을 이룬다.

이러한 달밤의 풍경 묘사에 이어 허생원이 젊은 시절 달밤에 물방앗간으로 들어갔다가 우연히 만난 성 서방네 처녀와 뜻밖에 나눈 사랑 이야기를 전한다. 두 장면은 같은 달밤으로 묶이면서 전자의 풍경이 후자의 사건에 대한 비유의 역할을 한다. 허생원이 성 서방네 처녀와 맺은 사랑 행위는 "무섭고도 기막힌 밤이었어"라는 단 하나의 문장 서술만으로 이루어져 있다. 작가는 허생원과 성 서방네 처녀와의 사랑을 극도의 축약된 문장으로 암시하면서, 그 육체적인 사랑의 세부를 '달'의 이미지군으로 점철된 모밀꽃 핀 산길의 풍경 묘사를 통해 드러낸다. 열등한 외모와 비천한 신분의 허생원이 봉평 최고의 일색인 성 서방네 처녀와 사랑을 맺는 그 '무섭고도 기막힌' 순간의 감각을 신비하고 육감적이고 두려운 달빛의 감각으로 그려 낸 것이다. 달밤의 풍경 묘사는 한 편의 시를 방불케 한다.

'모밀꽃이 핀 달밤'은 허생원에게 젊은 날 잊을 수 없는 '무섭고도 기막힌 사랑'에 대한 상징이고, '달'은 성 서방네 처녀에 대한 상징이므로 월출에서 시작해 달빛에 젖으며 진행되는 허생원의 여정은 그녀에 대한 사랑과 그리움으로 이루어져 있다. 따라서 달의 운행과 함께 장에서 장으로 가는 허생원의 여행길은 그에게 늘 '아름다운 강산'이고, '그리운 고향' 같은 곳이다. 그는 고향이 청주라고 자랑스럽게 말하면서도 그곳을 돌보지 않는다. 고향은 장돌뱅이들에겐 돌아가고 싶은 가장 그리운 곳인데 그가 장터로 향하는 길을 그리운 고향이라고 생각하는 것은, 그 '여행길'이 그에겐 가장 애틋한 그리움을 찾는 길이라는 것을 의미한다.

> 옛 처녀나 만나면 같이나 살까, …(중략)… 난 거꾸러질 때까지 이 길 걷고 저 달 볼 테야.

조선달의 힘든 행상 길에 지쳐 그만두겠다는 말에 대한 허생원의 대꾸이다. 이 대사는 '달'과 함께 진행되는 허생원의 행상 여정이 옛사랑의 추억과 그리움을 향한 길이라는 것을 다시 한번 확인시킨다.

허생원과 동행하던 동이의 삶의 내력을 하나하나 들으면서, 동이가 자신이 젊은 시절 맺었던 성 서방네 처녀와의 사랑을 통해 낳은 자식일지 모르며, 자신의 옛사랑으로 짐작되는 그녀의 소재도 윤곽이 드러난다. 그리하여 허생원은 더없이 경쾌한 발걸음을 내디디며 소설을 끝맺는데, 그의 마지막 발걸음에 맞춰 그동안 줄곧 그를 비추었던 '달'이 서서히 사라지게 된다. 그녀의 소재지가 파악되면서 이제 그와 동행하던 '달'도 사라지는 것이다. 이 소설을 닫는 마지막 문장인 "달이 어지간히 기울어졌다"는 월출에서 시작해서 '달'을 보며 걸어가는 그의 여정이 젊은 날의 사랑에 대한 그리움으로 걸어가는 길이라는 것을 다시 한번 일깨우는 상징적인 문장이다.

3. 시적인 언어 조직과 서사 구조

「모밀꽃 필 무렵」의 소설 문장은 운문의 언어를 지향한다. 단문에다 감각적인 표현들이 빈번하게 구사되고, 대구를 이루는 문장도 많아서 운율의 아름다움을 전해 준다. 이 작품을 소리 내서 읽으면 일반적인 소설 문장과는 비교할 수 없는 리듬감을 느낄 수 있다.

그런데 이러한 시적인 문체보다 더욱 주목되는 것은 작품에 구사된 소설어의 배열과 조직이다. 「모밀꽃 필 무렵」에서 소설 문장의 개별 언어들은 산문의 언어처럼 의미의 전달이나 묘사의 효과만을 위해서 쓰이지 않는다. 이 작품에서 소설어는 정밀하게 구사되고 치밀하게 배열되어 소설의 구조 설계에 이바지한다. 정서적 충격이 큰 토박이말을 정교하게 병치하고, 특정 어휘를 반복적으로 구사하여 상징의 차원으로 끌어올려 작품의 의미를 효과적으로 생산한다. 이와 같은 언어의 조직적 구사는 시에서의 언어 구사와 매우 흡사한 것이다. 「모밀꽃 필 무렵」은 시적인 언어 조직을 통해 작품의 구조를 설계하고, 이를 통해 소설의 의미를 구현한다.

(1) 허생원의 성격과 시적인 언어 조직

앞서 언급했듯이 이 소설의 설계에서 가장 중요한 것은 주인공 허생원의 성격과 행동의 창조인데, 여기에 시적인 언어 조직이 이루어지고 있다. 장돌뱅이 허생원의 삶과 사랑을 다루고 있는 이 소설은 파장에서 시작해 다음 장을 향해 길을 걸어가는 '여행 구조'인데, '여정'은 작품의 주인공인 허생원

일행에 앞서 다른 장돌뱅이들로부터 시작된다.

> 축들은 그 어느 쪽으로든지 밤을 새며 육칠십 리 밤길을 타박거리지 않으면 안 된다.

파장 끝물의 부산하고 어수선한 상황에서 다음 장으로 이동해야 하는 처지를 말하고 있는 위의 서술에서 주목되는 말은 '타박거리다'이다. 작가는 '걸어간다'고 말하지 않고 '타박거린다'고 표현하여 독자들의 주의를 끈다. '타박거린다'는 "힘없는 걸음으로 조금 느릿느릿 걸어가다"[7]라는 뜻의 말이다. 이 서술어는 하루 종일 힘들었던 장사를 마친 후 지친 몸을 이끌면서 다음 장으로 이동하는 장돌뱅이들의 고단한 여정을 잘 드러낸다. 토박이말이 지닌 독특한 어감이 힘들고 지친 걸음걸이를 절실하게 환기한다. 그런데 이들과 같은 장에 있던 장돌뱅이인 허생원의 여정은 이와는 다르게 표현된다.

> 반날 동안이나 뚜벅뚜벅 걷고 장터 있는 마을에 거지반 가까웠을 때 거친 나귀가 한바탕 울면……

장에서 장으로 이동하는 허생원의 '여정'은 '뚜벅뚜벅 걷고' 있는 것으로 표현된다. '뚜벅뚜벅'이라는 부사어는 '또박또박'의 큰말로서 '자신 있고 듬직하게 걷는 걸음의 뚜렷한 발걸음 소리, 또는 그 모양'을 나타내는 말이다. 이 말은 '타박거리며' 걷는 다른 장돌뱅이들과 달리 허생원의 발걸음이 뚜렷한 의지와 희망 속에서 이루어지고 있음을 암시한다. 허생원의 '특별한 발걸음'은 그의 떠돌이 삶이 단순한 행상이 아니라 성 서방네 처녀와의 사랑에 대한 그리움으로 점철된 것이라는 작품의 중심 의미와 긴밀히 호응

---

7 이 논문에서 어휘의 뜻풀이는 국립국어연구원에서 간행된 『표준국어대사전』을 참조한다.

하는 것이다.

허생원의 '특별한 발걸음'은 '새우다'와 '패다'라는 말의 대조를 통해 또다시 드러난다. 앞에 인용한 대로 '타박거리며' 걷는 장돌뱅이들이 다음 장을 향해 한숨도 자지 않고 걸어가는 모습은 '새우다'로 표현되어 있다. 그런데 같은 모습의 허생원은 '밤을 패서' 걷는 것으로 표현된다.

> "오늘 밤은 밤을 패서 걸어야 될걸."

허생원 일행의 육성 표출로 화자의 의지가 듬뿍 담긴 이 대사에서 '밤을 패서'라는 말은 일상 언어의 이탈로서 독자의 주의를 당기는 말이다. '밤을 패다'라는 말은 두 가지 풀이가 가능하다. 국립국어연구원의『표준국어대사전』에는 '패다'가 '새우다'의 북한어로 풀이되어 방언임을 알 수 있다. '패다'란 방언은 '새우다'라는 표준어보다 한층 억센 느낌을 준다. '패다'의 두 번째 풀이는 '때리다'라는 뜻으로 보는 것이다. 이 경우 '밤을 패다'는 '밤을 새우다'의 비유적 표현이라고 할 수 있다. 어떻게 풀이하든 '패다'는 '새우다'보다 화자의 의지가 강렬하게 담겨 있는 말이라 할 수 있다. 그리하여 허생원이 걸어갈 '밤길'이 일반적인 행상 길이 아니라 의지와 목적이 뚜렷이 새겨진 특별한 길임을 일러 주며, 그 '길'이 성 서방네 처녀와의 사랑에 대한 그리움으로 이루어지는 길이라는 작품의 의미와 긴밀히 호응한다.

(2) 혈육의 암시와 시적인 언어 조직

「모밀꽃 필 무렵」의 서사 구조에서 가장 극적인 장면은 플롯의 절정에서 드러난 허생원과 동이와의 부자지간 암시이다. 그런데 이 소설의 서사 구조에서 동이가 허생원의 자식이라는 암시는 지나친 우연에 속한다. 허생원과 동이가 다음 장을 향해 걸어가는 길 위에서 각자 자신의 과거를 회상하는 이야기의 삽입만을 연결하여 두 사람을 부자지간으로 암시하는 것은,

사건의 인과적인 필연성을 생명으로 하는 전통적인 소설 문법에 비추어 볼 때 매우 작위적인 구성이다.

그런데 이 작위적인 구성이 소설어의 시적인 언어 조직을 통해 극복된다. 허생원의 행동과 심정, 그리고 동이의 그것을 표현하는 언어들이 문맥 안에서 독자의 주의를 당기며 동일하게 배열되어 있고, 그러한 언어 배치가 반복적으로 이루어져 둘 사이의 관계에 특별히 초점이 모이고, 강한 친밀감을 조성한다. 그리하여 독자들은 두 사람이 어떻게 만났고, 어떻게 여기에 오게 되었는지 하는 만남의 과정에 대한 궁금증을 잊고, 두 사람이 매우 특별한 사이라는 사실에만 주목하게 된다. 그리고 그렇게 두 사람을 묶어 주는 언어의 반복 사용이 상징으로 승화되어 소설의 의미를 환기해 낸다. 두 사람을 묶어 주는 동일한 말의 구사는 다음과 같다.

㈀ 후리다

> ① 그렇지도 않을걸. 축들이 사족을 못 쓰는 것도 사실은 사실이나 아무리 그렇다곤 해두 왜 그 동이 말일세. 깜적같이 충주집을 후린 눈치거든.
>
> ② 왼손잡이는 아이 하나도 후릴 수 없다.

①에서 '후린'은 동이가 충주집과 농탕질한 것을 표현한 것이다. 이 행동을 보고 허생원은 그에게 질투를 하고 그를 나무란다. '후리다'란 강렬한 토박이말은 동이의 행동을 부각하고, 허생원이 그에게 특별한 감정을 갖게 되는 말이다. 그런데 ②에서 허생원은 자신의 신체적 장애를 자조할 때 이 말을 동일하게 사용한다. 이때의 '후리다'는 '내리치다'라는 뜻으로서 ①에서 '유혹하다'의 뜻으로 사용한 것과 다르다. 뜻은 다르지만, 또 뜻이 다름에도 불구하고, 동이의 행동을 극적으로 드러내고 그의 인상을 각인시킨 말을 허생원이 자신의 행위를 드러낼 때 똑같이 사용함으로써 둘 사이에 모

종의 친밀감이 조성된다.

(ㄴ) 탐탁하다

① 장사란 탐탁하게 해야 되지 계집이 다 무어야
② 동이의 탐탁한 등어리가 뼈에 사모쳐 따뜻하다

①은 허생원이 동이에게 장사하는 올바른 태도에 대해 말한 것이다. '탐탁하다'는 '마음에 들어 즐겁고 좋다'는 뜻으로 보통은 사람에 대한 느낌을 말할 때 쓰는 단어인데 ①에서는 장사하는 태도를 나타날 때 씀으로써 관습적인 언어 사용의 이탈에서 촉발되는 각별함이 발생한다. 그런데 ②에서 허생원은 이 말을 자신이 동이의 등에 업혔을 때 받는 느낌을 나타낼 때 그대로 구사한다. 동이의 올바른 삶에 대한 바람을 나타냈을 때 쓴 특별한 감정어를 그와의 신체적 접촉에서 느낀 감정어로 구사함으로써 둘 사이가 심정적으로 매우 특별한 관계임을 느끼게 한다.

(ㄷ) 해깝다

① 동이는 물속에서 어른을 해깝게 업을 수 있었다. 젖었다고는 하여도 여윈 몸이라 장정 등에 오히려 가벼웠다.
② 걸음도 해깝고 방울 소리가 밤 벌판에 청청하게 울렸다.

①은 동이가 물에 빠진 허생원을 등에 업는 상황을 서술한 것이다. '해깝다'라는 말은 '가볍다'의 방언으로 독자의 주의를 끄는 생소한 말이다. ①에서 '해깝다'는 두 가지 의미로 풀이할 수 있다. 하나는 허생원의 몸이 늙고 야위어 가볍게 느껴진다는 뜻이고, 또 하나는 허생원의 몸을 가볍게 업을 수 있을 정도로 그에 대해 깊은 애정이 느껴진다는 의미이다. 이것은 동이

가 허생원과의 신체 접촉에서 받은 최초의 느낌이자 그에게서 촉발된 최초의 애틋한 표현이다. 동이가 허생원과의 신체 접촉에서 받은 각별한 감정어가 ②에서 나귀, 곧 허생원의 발걸음에 대한 느낌을 나타내는 데 동일하게 사용된다. 신체 접촉과 신체 동작에 대한 느낌이 동일하게 구사되어 둘 사이에 특별한 감정 교류가 있고, 그것은 혈육 사이가 아니면 발생할 수 없을 것임을 암시하게 된다.

(ㄹ) 꼴

① 녀석이 제법 난질꾼인데 꼴사납다

② 그 꼴에 우리들과 한몫 보자는 셈이지.

③ 그 사나운 꼴 보문 맘 좋겠다. —냉큼 꼴 치워.

④ 내 꼴에 계집을 가로채서는 어떡헐 작정이었우 하고 어리석은 꼴 딱서니를 모질게 책망하는 마음도 한편에 있었다

⑤ 김첨지 당나귀가 가 버리니까 왼통 흙을 차고 거품을 흘리면서 미친 소같이 날뛰는 걸. 꼴이 우수워 우리는 보고만 있었다우.

⑥ 하나 처녀의 꼴은 꿩 귀 먹은 자리야

⑦ 고의를 벗어 띠로 등에 얽어매고 반 벌거숭이의 우스꽝스런 꼴로 물속에 뛰어들었다

⑧ 옷째 졸짝 젖으니 물에 젖은 개보다도 참혹한 꼴이었다

⑨ 어머니는 말리다가 채이고 맞고 칼부림을 당하곤 하니 집 꼴이 무어겠소

⑩ 나귀야. 나귀 생각하다 실족을 했어, 말 안 했던가. 저 꼴에 제법 새끼를 얻었단 말이지

'후리다' '탐탁하다' '해깝다'의 조직적 배치로 허생원과 동이를 각별한 사이로 조성한 소설은 '꼴'이란 말의 조직적 배치를 통해 허생원, 동이, 성 서

방네 처녀, 나귀를 모두 특별한 관계로 조성하게 된다.

작품의 내용 순서대로 뽑은 인용문에서 ①, ②, ③은 동이, ④는 허생원, ⑤는 나귀, ⑥은 성 서방네 처녀, ⑦, ⑧은 다시 허생원, ⑨는 동이 가족, 그리고 마지막 ⑩은 나귀의 모습을 묘사하고 있다. 허생원과 동이와 나귀, 그리고 성 서방네 처녀까지 모두 '꼴'이라는 지칭어로 묶여 있으며, 마지막에 다시 나귀의 모습이 '꼴'로 지칭되면서 끝난다. 허생원, 나귀, 성 서방 처녀, 동이 가족, 동이가 모두 '꼴'로 지칭되어 이들에게 동류의식을 부여한다. 이들은 모두 처량하고 비천한 삶을 영위하는 자들이다. 성 서방네 처녀도 집안이 망하고, 허생원과의 관계 후 불행한 삶을 영위한다. '꼴'은 이들의 비천하고 불우한 삶에 대한 상징어이고, 또 이들이 하나로 묶여 있음을 알리는 비유어이다. '꼴'의 동류성은 마지막 ⑩에서 나귀의 새끼 출산으로 이들이 모두 가족으로 묶인 사이임을 전한다.

그런데 마지막에서 '꼴'은 비천한 처지로만 묘사되지 않는다. 앞 장에서 살펴보았듯이 나귀는 '꼴'에 새끼를 얻었고, 여기에 '제법'이란 부사어가 구사되어 그의 행위에 감탄과 자랑스러움과 대견함이 묻어 있다. 이 부사어는 허생원이 열등한 자신의 처지를 극복하고 남들과 같은 신체적 능력과 가족의 행복을 찾을 수 있다는 희망을 확인한 말이다.

그리고 바로 이런 이해의 연장선에서 동이의 왼손잡이 확인이 자연스럽게 해석된다. 동이가 자식이라 짐작한 허생원은 갑자기 동이의 왼손잡이가 눈에 들어오며, 그러면서 그는 더욱 들뜨고 행복한 마음으로 발걸음을 옮기며 소설이 끝난다. 왼손잡이는 허생원의 성격을 서술하는 최초의 신체 상징이었고, 멸시와 자조의 신체장애였다. '왼손잡이'는 바로 '꼴'의 구체적인 신체적 부위에 해당하는 것이었다. 동이가 자식이라 짐작한 순간 허생원의 눈에 동이의 왼손잡이가 들어온 것은 신체적 콤플렉스에 대한 자의식이 발동한 것이며, 자신과 똑같이 신체적으로 열등한 자식을 보면서도 기쁘고 들뜬 마음을 갖는 것은 이제 자신도 남들 못지않은 건강한 신체의 소유자이고 가족의 행복을 가질 수 있다는 확인으로 비천한 콤플렉스가 시원

하게 극복되었음을 보여 준 것이다.[8]

4. 시적인 서사 구조와 사랑의 힘

이 작품은 단편소설의 구조에서 가장 중요한 주인공(허생원)의 성격과 행동의 창조가 일관되게 '나귀'에 대한 비유로 전개된다. 그의 외모와 내면과 행동을 모두 '나귀'에 비유하여 열등하고 비천한 신분의 장돌뱅이에게 강한 연민과 아름다운 시정을 동시에 불러일으킨다. 이러한 장치는 뒤에 이어지는 허생원의 사랑 이야기와 조화를 이룬다.

이 작품의 플롯과 배경은 '달'에 대한 상징의 전개로 짜여 있다. 파장 이후 다음 장으로 이동하는 여행 구조의 골격을 달이 뜨고 비치고 지는 달의 운행으로 설계하고, 그 '달'에 신비하고 육감적인 감각을 불어넣어 열등하고 비천한 신분의 떠돌이 삶에 내재된 젊은 날의 사랑을 아름답게 그려 내고 있으며, 힘들고 고단한 떠돌이 삶이 그러한 사랑의 힘과 그리움으로 지탱되고 있음을 보여 준다.

이 작품은 소설임에도 언어가 시처럼 조직적으로 구사되어 구조 설계에 이바지한다. 독자의 주의를 당기는 특별한 토박이말들을 병치하고, 반복적으로 구사하여 허생원과 동이와의 부자지간을 암시하고, 허생원과 나귀와 동이와 성 서방네 처녀를 동일 집단으로 묶으며, 궁극적으로 열등하고 비천한 신분의 떠돌이 행상이 자식을 갖게 되었을 때의 벅찬 순간에 떠오르는 미묘한 감정의 무늬를 섬세하게 드러낸다.

이 소설을 통해 우리는 열등하고 비천한 자에게도 마음속에는 누구보다 아름답고 신비한 사랑이 간직되어 있으며, 그 사랑이 그의 고단한 삶의 여

8 이 점에서 왼손잡이는 유전이 안 된다는 지적과, 그 반대로 동이의 왼손잡이 확인은 허생원과의 혈육관계에 대한 과도한 복선이라는 지적 등은 모두 수정되어야 할 것이다.

정을 지탱하는 것임을 깨닫게 된다. 또 우리의 삶에서 혈육의 의미를 새삼 돌아보게 만든다. 이 소설은 인간 삶의 근원적인 문제를 섬세하고 아름답게 드러내고 있으며, 그것은 이 소설이 추구한 '시적인 구조'를 통해 달성된 것이다.

시적 문장과 치밀한 소설 형식으로 빚은 '아버지의 자리'

—오탁번의 「아버지와 치악산」

오탁번의 「아버지와 치악산」은 완벽하고 절대적인 아버지와 서툴고 부족한 아들 사이에서 벌어지는 부자간의 심층 심리를 날카롭게 그리면서 아버지의 자리가 무엇인지를 진지하게 돌아보는 소설이다. 이 작품은 시간의 흐름에 따라 변화되어 가는 부자간의 심리를 추적하고, 아버지의 권위에 드리워진 삶의 무게를 통찰하는 등, 단편소설에서 감당하기 어려운 스케일의 이야기와 묵직한 주제를 짧은 분량 안에 효과적으로 담아내고 있는데, 그것은 작가가 소설 형식을 정교하게 사용하여 사건과 주제들을 함축시켜 놓았기 때문이다. 이 점에서 이 소설은 단편소설의 미학을 잘 보여 준 작품이다.

이 소설에서 품위와 권능을 모두 갖추고 늘 권위를 유지하는 아버지는 '치악산'에 비유된다. 아버지의 기대를 충족시키지 못하는 미흡한 아들 '나'는 어렸을 적엔 그 산이 무서웠는데, 성장한 지금은 그 산이 오염되고 속화되고 늙었다고 생각한다. 아버지와 산의 비유 관계는 치악산의 변화와 아버지의 생물학적 노화를 바라보는 '나'의 인식 변화를 가리킨다. 같은 맥락에서 성장한 '나'의 직업적 일과는 아버지에 대한 '나'의 대결 심리의 반영이다. 31살의 '나'는 가정을 꾸리고 군청의 산림계장이 되어 토요일마다 치악산으로 자연 보호 운동을 나가는데 그 일은 아버지에 대한 보호 심리의 반영이며, 그 심리는 아버지와의 대결에서 승리하고 싶은 욕망의 표출이다. 아버지와 '나' 사이에서 벌어지는 미묘한 대결 심리의 변화가 비유를 통해 압축적으로 전해진다.

작가가 잘 활용한 또 하나의 소설 형식은 인물의 대화이다. 아버지와 '나' 사이의 심리적 변화는 물론 궁극적으로 이 소설이 담고 있는 가장 큰 이슈인 '아버지의 권위'는 부자간의 대화를 통해 진정한 의미가 예리하게 전해진다. 부자 사이의 대화는 단편소설의 특성상 많지도, 길지도 않다. 짧게 몇 마디의 대화가 오갈 뿐이지만, 그 안에 많은 것들이 함축되어 있다. 그중 핵심 대화를 살펴보면 다음과 같다.

첫 번째는 '괜찮다'이다. 아버지의 골절상을 치료하기 위해 큰 병원으로 가셔야만 한다는 공의의 말과, 그 말을 강조하는 '나'의 눈빛에 아버지는 '괜찮다'는 말로 응수한다. 짧고 단호한 이 한마디는 한 인물의 근엄하고 강직한 성품을 보여 주고, 고령에 다친 몸임에도 여전히 완벽하고 절대적인 권위를 유지하는 아버지의 모습을 전하며, 동시에 모든 아픔과 외로움을 감수하는 자의 절대 고독을 보여 준다. 완벽한 아버지상을 드러내는 이 외마디에 '나'는 부자간의 심한 차단감을 느끼며 아버지와의 대결에서 또다시 완패했다고 여기지만, 얼마 뒤에 '나'는 아버지의 그 말을 그대로 따라 한다. 사고를 당한 아버지의 안부를 묻는 여선생의 말에 "괜찮습니다"라고 답변한 것이다. '나'의 응답은 아들의 보호를 거부하는 절대적인 아버지에 대한 원망으로 내뱉은 말이지만, 그것은 '말'의 부전자전이 되어서 아버지의 유전자가 결국은 '나'의 혈액 속에 흐르고 있음을 암시하게 된다.

두 번째는 '감사해야지'이다. 매주 치악산으로 자연 보호 운동을 나간다는 '나'의 말에 아버지는 "자연을 보호할 생각을 말고 늘 감사해야지. 그러면 자연 풍치가 훼손되는 일도 없다"고 응대한다. 아들을 향해 던지는 아버지의 이 말엔 '아버지상'에 대한 작가의 정의가 함축되어 있다. 아버지는 감사의 대상이라는 것, 그러기 위해서는 죽는 날까지 품위와 책임과 권위를 유지해야만 하는 버거운 운명의 소유자라는 생각이 그것이다.

세 번째는 '혼자다'이다. 다친 아버지를 걱정하는 '나'에게 아버지는 "사람은 누구나 다 혼자다"라고 말한다. 아버지의 이 고독한 육성은 아들이 아버지를 돌봄으로써 부자 사이는 '혼자'가 아니라는 '나'의 생각과 정면으로 배치되는 말이다. 그런데 아버지의 입장에서 아버지는 늘 혼자였다. 부족한 아들은 아버지의 기대에 부응하지 못했고, 기대했던 딸은 결혼 후엔 연락을 끊었다. 부자 사이에서 아버지는 늘 외로운 존재였다. 외로움은 아버지가 감당해야 하는 운명적 정서였던 것이다. 그러던 어느 날 아버지가 근무하는 학교에 화재가 발생한다. 교장인 그는 불길을 뚫고 교장실로 들어가고, 결국 화마에 목숨을 잃는다. 불이 난 학교의 교장실로 뛰어 들어가는 것은 교장 임무를 완벽하게 완수하는 아버지의 최후 모습이다. 결국 아버지는 불길 속에서 '혼자' 저세상으로 떠나갔다. 외로움은 안에서뿐만 아니라 밖에서까지 아버지의 임무를 완수해야 하는 자가 겪는 숙명이다. 그렇게 아버지가 '혼자' 이 세상을 하직할 때 '나'는 혼탁한 세속에 빠져 지내느라 아버지가 죽어가는 것조차 알지 못했다. 아버지 말대로 사람은 누구나 다 '혼자'였던 셈이다. 그러나 아버지의 '혼자'는 아버지됨을 지키기 위한 것이었고, '나'의 '혼자'는 아버지를 외면한 행동의 결과일 뿐이었다. 나도 '혼자'이긴 했지만, 그것은 '혼자'의 진정한 의미를 모르는 채 이루어진, 자기 방기의 행동이었다. "사람은 누구나 다 혼자다"라는 아버지의 점잖고 낮은 독백엔 외로움 속에 천 근 같은 삶의 무게감과 책임감이 깔려 있음을 전하는 것이었다.

이 소설은 결말에서 다시 한번 함축적인 인물의 행동을 보여 주고, 극적인 반전을 도모하여 단편소설의 미학을 완벽하게 마무리한다. 아버지를 죽음으로 몰고 간 화재 현장에선 주변 사람들이 모두 아버지의 죽음에 눈물을 흘리는데, 그 속에서 '나'는 울지 않는다. '나'는 유해를 추리면서도 울지 않고, 그날 오후 혼자 치악산으로 가 유해를 뿌리면서도 울지 않는다. '나'는 아버지의 죽음을 수습하고 아버지의 장사를 치르는 동안에도 울지 않고 있는 것인데, 그러나 그 울음의 깊은 의미는 다르다. 전자가 아버지와의 대결 의식의 잔재로서 울음기가 아예 없는 것이라면, 후자는 아버지의 자리를 온몸으로 체험하며 북받치는 감정의 상태로서 속으로는 울고 있는 것이다. 실제로 '혼자'가 되어 아버지를 저세상으로 보내는 순간이야말로 '혼자' 됨이 지닌 천 근 같은 삶의 무게를 진정으로 깨닫는 시간일 것이다. 그리하여 '나'는 아버지의 유해를 다 뿌리고 산에서 내려오며 마침내 소리 내어 울기 시작한다. 소설의 마지막 문장을 장식하며 길게 이어지는 '나'의 통곡은 아버지가 세상을 떠난 후 비로소 '아버지의 자리'를 이해하게 되는 아들의 슬픈 운명을 절실하게 반영하고 있다.

권력의 속성을 다룬 소설은 많지만, 아버지의 권위를 다룬 소설은 드물다. 시대와 역사적 맥락 속에서 다양한 모습으로 등장하는 아버지의 상을 다룬 소설은 있어도, 아버지와 아들 사이의 근본적인 심층 심리와 보편적인 '아버지 권위'에 대해 성찰한 소설은 찾아보기 어렵다. 우리 소설사에서 희소한 주제를 정교한 단편소설의 형식 안에 완벽하게 육화시켜 놓았다는 점에서 이 소설은 영원히 기억될 작품이다.

오탁번은 시, 소설, 동화 세 장르에 걸쳐 신춘문예에 당선된 이력의 작가이다. 그는 시와 소설을 넘나들 뿐 아니라 두 장르의 형식을 작품 안에 잘 활용하였다. 그는 신춘문예 당선 시인「순은이 빛나는 이 아침에」에서 회화적인 이미지 위에 서사적인 상상력을 결합하여 독특한 구성의 시를 빚어냈다. 그리고 소설「아버지와 치악산」에선 시적인 문장을 소설의 형식 안에 촘촘히 배치하여 여러 겹의 의미를 함축함으로써 단편소설의 미학을 한껏 끌어올렸다. 한 편의 단편소설에서 개별 문장들이 일제히 주제를 향해 유기적으로 얽히면서 살아 움직이는 것을 느끼는 것은 이 소설을 읽으며 얻게 되는 특별한 즐거움의 하나이다.

폐허 위에 가꾼 언어의 정원
—김종문, 구상, 김성한, 전광용, 정완영, 정태용, 권오순, 박홍근

1. 1950~60년대 신세대 작가의 운명

1919년도에 태어나 올해 탄생 100주년을 맞는 주요 문인들은 구상, 김종문, 정완영(이상 시인), 김성한, 전광용(이상 소설가), 권오순, 박홍근(이상 아동문학가), 정태용(평론가) 등이다. 이들은 대체로 일제강점기에 학창 시절을 보내고, 1950년 이후부터 문학 활동을 펼쳤다. 일제강점기와 1940년 전후, 그리고 해방 직후에 등단한 작가들도 있지만, 그들도 본격적으로 작품 활동을 펼친 것은 1950년도부터이다. 이들은 1950~60년대 우리 문학사에 뚜렷한 흔적을 남겨 놓았다.

1919년생인 이들이 서른 살이 넘은 1950년대에 들어와서 문학 활동을 펼치게 된 것은 우리의 어두운 역사와 그들의 삶의 편력에서 기인한 것이다. 이들이 학업을 마치고 사회에 나와 작품 활동을 시작할 무렵인 1940년 전후는 일제강점기 중 가장 엄혹한 시기였고 문화적으로 극도의 암흑기였다. 1940년 8월에 《동아일보》와 《조선일보》가 일제에 의해 강제 폐간되고, 이듬해인 1941년 4월에 『문장』지도 같은 일을 겪어 문인들의 주요 발표 지면이 사라졌다.

이들의 특별한 삶의 이력도 본격적인 문학 활동을 늦추는 요인으로 작용하였다. 이들 중에는 이북에서 태어나 해방 직후와 6 · 25 전쟁 중에 월남한 이들이 많다. 구상, 김종문, 전광용, 권오순, 박홍근[1] 등이 그러하다. 그들은 분단과 이념과 전쟁의 상처를 깊이 입은 채 새로운 삶의 터전에서 문학을 이어 나갔거나, 또는 뒤늦게 시작하였다. 평론가 정태용은 1930년대에 시를 발표하고, 해방 직후에 평론을 발표하였는데, 평론가로 입지를 굳힌 것은 1955년 「김유정론」을 발표한 이후부터이다. 1950년 6 · 25가 그의 뒤늦은 평론 개시를 더욱 늦춘 것이다. 김성한은 일본 동경대학 법대를 중퇴하고 1950년 《서울신문》 신춘문예를 통해 작품 활동을 시작했고, 정완영은 1960년 《국제신보》와 1961년 《조선일보》 신춘문예를 통해 작품 활동을 본격화했다. 정완영은 8명의 문인 중 유일하게 1960년 이후에 등단한 시인이지만, 그 이전부터 작품을 썼고, 그의 등단작엔 이전 연대의 삶의 풍경이 담겨 있어 그도 위의 작가들과 동시대의 문학사군에 묶일 수 있을 것이다.

1950~60년대에 본격적으로 문학 활동을 펼친 이들은 운명적으로 '전후 신세대 작가'의 짐을 짊어지게 되었다. 이들 앞에는 지난 40년대의, 10년간 단절되거나 희미하게 연명하였던 우리 문학을 정비하고 새로운 문학의 질서를 세워야 할 과제가 놓여 있었다. 그런데 이들은 모국어를 빼앗겼던 과거 일제강점기에 문학적 수련을 쌓은 '구세대'들이었다. 그들은 역사적 파란 속에서 뒤늦게 문학 활동을 펼치게 되어 전후 50년대 새로운 문학의 선두에 나서게 된 것이다. 해방 후 모국어 세례를 받은 한글세대는 그다음 연대인 60년대에 등장하게 된다. 구세대의 신분이면서 신세대의 책임을 안아야 했던 50

1 구상은 함경도 원산에서 살다가 1947년에 월남하였고, 김종문은 황해도 은율에서 태어나 1945년 해방 후에 월남하였고, 권오순은 황해도 해주에서 태어나 1948년 11월에 월남하였으며, 박홍근은 함경도 성진에서 태어나 1950년 12월 흥남에서 철수하는 국군을 따라 월남하였고, 전광용은 함경도 북청에서 태어나 서울의 경성경제전문학교에 다니던 중 분단을 맞았고, 그 후 부인과 첫째 딸이 월남하여 남편인 전광용과 함께 지냈다고 첫째 아들인 전호경이 술회하고 있다.

년대의 "구세대적 신세대 작가"들은 자신의 역할을 충실히 수행했다. 그들은 일제강점기부터 시작된 고난의 역사를 문학적 체험으로 승화시키고, 일어가 지배하는 시대를 살아오면서도 모국어를 조탁하며 한국문학의 미적 갱신을 시도하여 전후 50년대의 우리 문학을 개척해 나갔다. 50년대의 황량한 폐허 속에서 그들이 경작한 우리 문학의 새로운 영토를 검토해 보도록 한다.

2. 구상과 김종문, 기어綺語의 경계警戒와 새로운 모더니즘

구상은 1957년 『문학예술』에 발표한 「우리 시의 두 가지 통념」이란 글에서 전통 서정시와 주지적인 모더니즘이 서로 반목과 대립을 보여 온 우리 시의 역사를 돌아보며 시와 시어의 새로운 길을 모색해야 한다[2]고 역설하였다. 1946년 북한의 원산에서 시집 『응향』의 필화 사건을 겪은 후 월남하여 신문사(《연합신문》《영남일보》 등)와 대학(효성여대)에 재직하며 『구상』(1951), 『초토의 시』(1956) 등의 시집을 펴냄으로써 1950년대 문단에 등장한 그는 시와 시 쓰기에 대한 자의식을 누구보다 강하게 드러냈다. 시인들이 대체로 '시론'에 대한 시를 쓰곤 하지만, 그는 「시」「시론」「시어」「시법」「시심」 등 이와 관련된 시들을 유난히 많이 썼고, 「현대시와 난해」「시와 실재인식」「나의 시작 태도」 등 현대시의 오랜 쟁점과 시 쓰기에 대해 입장을 적은 글들을 다른 시인에 비해 월등히 많이 썼다. 그는 이러한 시와 산문에서 이에 대해 에둘러 말하거나 함축적으로 진술하지 않고 분명하고 직설적인 언어로 자기 생각을 나타냈다.

그는 전통 서정시와 주지적 모더니즘의 두 갈래 길을 넘어서기 위해 무엇보다 언어가 지닌 '생명의 동정성童貞性'을 회복해야 한다[3]고 역설하였다. 인

---

2 구상, 「우리 시의 두 가지 통념」, 『구상문학선』, 성바오로 출판사, 1975, 468~471쪽.

3 같은 곳.

간이 감성에 치우치거나 지성에 기대는 것이 모두 인간의 본질은 아니어서 '생명의 충족성'을 회복하는 것이 필요하며, 그래서 시의 언어도 '생명의 동정童貞'을 되찾아야 한다는 것이다. 이에 따라 그는 꾸미고 가꾸는 언어들을 싫어했다. 심지어 비유와 이미지의 구사도 멀리했다. 그는 현대시의 난해성이 기본적으론 예술의 속성 가운데 하나여서 독자의 감상력이 요구되는 것이라고 하면서도 더 근본적으론 애매한 비유의 구사에 문제가 있는 것으로 보았다. 그는 시의 문장도 정확하고 반듯한 것을 선호했다.

그가 이러한 시어관을 갖게 된 것은 그의 시 세계와 밀접히 연관되어 있다. 그는 "시를 쓴다는 것은 필경 인간이나 자연이나 사물의 본래적 모습을 밝혀 놓으려는, 즉 존재에 대한 물음인 것이다"[4]라고 말한다. 그는 시 쓰기 작업을 존재의 물음에 대한 탐구로 규정한 것이다. 그의 시편에선 생활을 노래한 작품들을 거의 발견하기 어렵다. 자연을 노래한 서정 시인들도 생활 현장을 담은 시들을 더러 쓰거나 나이를 먹으면서 일상의 소회를 그린 시들을 쓰기 마련인데 구상은 후기에 가서도 존재의 본질에 대한 탐구에 집중했다. 다만 초기 시집 중 『초토의 시』의 경우 6 · 25의 참상을 다루고 있어 역사 인식을 전면에 드러내고 있는데, 여기서도 시인은 현실의 재현에 몰두하기보다 생명의 본질을 성찰하는 데 더 많은 시적 노력을 기울였다.

한 알의 사과 속에는
구름이 논다

한 알의 사과 속에는
대지가 숨 쉰다

한 알의 사과 속에는
강이 흐른다

---

4 구상, 「시와 실재 인식」, 『구상문학선』, 성바오로 출판사, 1975, 372쪽.

한 알의 사과 속에는
태양이 불탄다

한 알의 사과 속에는
달과 별이 속삭인다

한 알의 사과 속에는
우리 땀과 사랑이 영생永生한다.

—「한 알이 사과 속에는」 전문

구상의 언어관과 그가 추구하는 시 세계를 잘 보여 주는 작품이다. 비유와 이미지는 일절 구사되어 있지 않다. 시의 언어도 단순하고 담백하다. 대상에 대한 묘사도 시도되지 않는다. 사과라는 사물의 본질에 대한 시인의 '사유'만이 나타날 뿐이다. 시의 언어는 오직 사물의 본질 탐구를 위해 봉사해야 하므로 수사修辭도 배제하고 최대한 세속의 때가 묻지 않은 천진한 시어만 구사되고 있다. 그 결과 시 특유의 미묘한 정서와 여운은 증발하고 존재 탐구를 위한 시인의 사유만이 전면에 노출되어 있다. 그의 시는 철학이나 명상적인 언어에 가깝다.

언어의 장식을 모두 제거하고 사유의 명증함을 위해 정확하고 정연한 문장이 구사되어야 하므로 그의 시는 길어지면 설명조의 진술이 되기 쉽다. 반면 그의 시는 짧아질 때 시적 탄력이 생기고 언어의 생명력이 유지된다. 평명하고 건조한 인용 시의 진술들에서 돌연 주의를 집중시키며 긴장을 조성하는 것은 마지막의 '영생永生'이란 구절이다. 이 시어에 많은 것들이 함축되고 시인의 사유가 집약된다. 이 시어가 명상적인 진술을 시로 승화시키고 있다. 이 시는 그의 시 가운데 상대적으로 짧은 편에 속한다. 인용 시에서 '영생'이란 시어에 시적 긴장이 발생할 수 있었던 것도 시의 길이가 짧아 마지막의 이 시어에 무게 중심이 놓이기 때문이다.

> 시인이여, 그대들은 기어綺語의 죄를 범하여
> 저 무간지옥無間地獄에 떨어질까 두려워하라!
>
> ―「시어」 부분

「시어」란 시의 마지막 구절이다. 기어綺語를 경계하라는 시어관의 표출도 그렇지만, 그 생각을 전하는 시적 진술도 이례적으로 분명하고 단호하다. '기어綺語'는 불교의 십대악十代惡 중의 하나로 기어綺語로 진실을 왜곡하는 사람은 무간지옥에 떨어진다고 한다. 구상은 불교 공부를 하며 이 말을 배웠다고 한다. 그는 불교의 금언을 불교의 어법 그대로 시로 옮긴 것이다. 구상은 모태 가톨릭 신자이고, 일본대학에서 종교학을 공부했다. 그는 일본대학의 종교학 시간에 배운 내용 대부분이 불교 경전에 주석을 다는 일이라고 했다. 신자이자 철학자인 그는 시를 쓰면서도 두 직분을 동일하게 보았다. 그는 신자의 일과 철학자의 일과 시인의 일을 다르지 않게 본 것이다. 이 점에서 그는 승려이면서 시를 쓸 때는 시인의 얼굴로 변신한 만해와는 다른 길을 간 시인이다. 구상 특유의 시적 태도는 우리 시 일부에 끼어 있었던 언어의 거품과 분식을 제거하고 시적 언어의 또 다른 길을 열어 주었다. 그리고 시적 사유와 인식이 주는 시의 무게감을 새삼 일깨워 줌으로써 우리 시의 지평을 크게 넓혀 놓았다.

김종문은 1953년에 간행된 두 번째 시집 『불안한 토요일』의 후기에서 "나는 지금껏 모더니티 유파와도 더욱이나 인생파적 유희와도 먼 딴 방위각에서 현대시란 것을 시험해 온 것을 나 스스로 수긍한다"[5]고 언급한 바 있다. 구상이 서정시와 모더니즘을 넘어서는 새로운 시를 모색했다면, 김종문은 인생파 시와 모더니즘을 넘어서는 시를 쓰고자 했다. 김종문은 50년대의 우리 시는 50년대가 겪고 있는 리얼리티나 세계의 불안에 대한 태도를 드러내

---

5 김종문, 『불안한 토요일』, 보문각, 1953, 64쪽.

야 한다고 말했다. 그도 구상과 마찬가지로 50년대 시인으로서의 자의식을 깊게 드러내면서 시를 썼다. 그는 시보다 평론을 먼저 발표하며 등단하였는데(「문학의 문화에 미치는 영향에 대하여」, 『백민』, 1948), 그래서인지 남달리 시론을 앞세우며 시를 써 나가는 경향을 보였다.

〈평화〉는
50년대는 시간에 부조된 대문자
수없는 얼굴은 하나 또 하나
뒤이어 감염되어 가는 순간마다……

수없는 소년들의 피로 물든
적색 〈리뽕〉
평화조인서는 드디어 철綴해졌습니다

최후의 총성이 내뿜는 포연은
회색 비둘기의 공중산포空中散布
4km × 155Mile = X
권내
모오든 계곡을 소요逍遙하는 날……

—「불안한 토요일」 부분

「불안한 토요일」의 일부이다. 이 시는 장시로서 시집 전체가 이 시 한 편으로 짜여 있다. 시집이 간행된 것은 1953년 9월 10일이다. '6 · 25 정전협정'이 조인된 것이 1953년 7월 27일이니까 그 후 한 달 남짓 지난 이후에 나온 시집이다. 인용한 대목의 '평화조인서'는 '6 · 25 정전협정'을 가리킨다. "4km × 155Mile = X"는 휴전선을 가리킬 것이다. 그는 군인 신분으로 이 시를 썼다. 당시에 그는 육군 대령이었다. 이 장시는 남쪽으로 길게 이어지는 피란 행렬을 연상시키는 이미지로 시작한다. 인용한 대목은 정전협정이 맺어지고 평화가 찾아온 상황을 그리고 있지만, 이 시집이 이렇게 풍경의 세목을 얌전하게 묘사하고 있는 것만은 아니다. 시인은 그 앞에서 피란 행렬을 그로테스크하게 묘사한다. 시인은 피란 행렬 중의 공기, 피난민의 면면들, 아이의 시체, 버려진 소와 뱀 등의 동물들을 강렬하고 자극적인 이미지로 그린다. 그 이미지들은 전쟁의 참혹함과 전쟁 통의 혼란하고 불안한 내면을 여실히 보여 준다.[6]

이 시의 기법은 김기림의 이미지즘 시에 닿아 있다. 비약적인 비유와 글자의 시각적인 배열들이 특히 그렇다. '불안한 토요일'이란 제목도 김기림의 시「일요일 행진곡」을 떠오르게 한다. 김기림의 시들은 현대의 풍경을 경쾌하게 그렸는데, 김종문은 어둡고 무겁고 그로테스크하게 그렸다. 또 현실의 재현과 내면 심리가 반영된 묘사를 병행하여 50년대의 불안한 상황을 담아냄으로써 김기림과는 다른 모더니즘 시를 추구하였다. 다만, '50년대의 모더니즘'에 대한 의욕이 지나친 탓인지 현실의 불안을 나타내고자 하는 언어 표현들이 과도하게 시도된 대목이 종종 눈에 띈다. 오렌지색 공기의 질감을 나타낼 때 쓴 '농창濃瘡', 갈라진 땅의 의미로 쓴 '구열龜裂된' 등 사전에 등재되어 있지 않은 이런 말들은 과잉 조어이며, '혓바닥은 유연탄의 연소' '투명된 지구는 〈피타고라스〉의 음계' '자극磁極의 망명설' 등도 과도하게 구사된 비유다.

그의 첫 시집『벽』은 1952년 3월에 간행되었다. 그는 당시에 정훈 장교로 6 · 25 전쟁에 참전 중이었다. 이 첫 시집은 그의 등단작이기도 하다. 그는 군인 신분으로 전쟁에 참여하면서 처음으로 시를 쓰고, 그 후 시인의 길로 나선 드문 예에 속하는 사람이다. 이 시집의 제일 마지막에는 맥아더 장군

---

6 그의 시의 이미지가 자유연상 기법에 따라 전개되고, 그것이 황폐한 상황 속에서 느끼는 불안과 공포를 무엇보다 잘 형상화한다는 견해도 있다. 오윤정,「이미지의 조형성과 공간의 시학-김종문론」, 김학동 외,『김수영, 김종문, 정한모, 박양균, 박태진, 김구용, 박재삼, 한하운, 이경순 작가론』, 예림기획, 2006, 133쪽.

의 인천상륙작전을 구체적으로 그린 시가 놓여 있다. 이 시집은 일종의 '종군 시집'의 성격이 짙고, 기록문학으로서의 가치를 지니고 있다고 할 수 있다. 주목되는 것은 이 시집 1부에 소월이나 윤동주의 시를 연상시키는 순수 서정시들이 배치된 점이다. 그것은 참혹한 전쟁 중에서도 인간 내면에 흐르고 있는 순수한 아름다움에 대한 시인의 믿음이고, 또 시에 대한 그의 열정의 소산으로 읽힌다. 그는 그 후 시에 대한 사랑과 집념을 모더니즘 시의 개척으로 밀고 나갔는데, 여기에는 일본 유학 시절 '아테네 프랑세'에서 받은 서구 문화의 세례가 작용했을 것으로 짐작된다.

3. 김성한과 전광용, 소설 미학의 두 갈래 길

1950년《서울신문》신춘문예에 당선되어 문단에 나온 김성한은 처음부터 기존의 소설 형식에 도전하였다. 데뷔 후 곧바로 쓴 두 번째 소설「김가성론」(1950)에서 그는 논설을 소설의 형식으로 이용했다. 이 소설은 신문 배달부인 '나'가 어릴 적 친구인 명문대 출신의 교수인 '김가성'의 동정을 서술하는 형식으로 짜여 있다. '김가성'은 외국 책을 베껴서 권위자 행세를 하고 출세한 동창만 가까이하며 학문보다 외부 감투에만 신경 쓰면서도 겉으로는 도도한 학자인 체하는 위선적인 속물 교수여서 주변인들은 모두 그를 손가락질 하지만, 무식한 '나'는 그를 높이 평가한다. 세상 물정에 어둡고 지적 수준이 낮은 인물이 교활한 상대의 위선적인 행동을 알아채지 못하고 칭찬으로 일관하여 대상을 조롱하고 있다는 점에서 이 소설은 채만식의 풍자 소설의 형식에 닿아 있다.

그런데 작가는 그 위에 새로운 서술 방식을 입힌다. 이 소설을 끌고 나가는 것은 인물 사이의 갈등이 아니다. '나'는 언제나 '김가성'을 상찬하고, 그의 주변 인물은 그를 싫어하지만 수군거리기만 할 뿐이다. 이 소설은 시종일관 '나'가 그의 행색을 서술하는 방식을 취하고 있다. 이 소설에서 인물 사이의 '대화'는 그의 위선적인 행동을 고발하는 증거 자료일 뿐이다. '김가성'이란 인물에 대한 '나'의 일방적인 서술에 크게 의존하고 있다는 점에서 이 소설은 '소설'보다 '논설'에 더 가깝다. 작가는 소설 서두에 신문이나 잡지에 많이 쓰이는 '론'을 쓰겠다고 선언했고, 작품 제목도 '김가성론'이라고 붙여놓았다. 정통 소설에서 터부시되는 '논설'의 형식을 소설의 '형식'으로 사용함으로써 그는 소설 형식을 전복시켰다. 무식한 '나'가 '논'을 쓰는 것은 희극적이다. 그것은 지식인의 허위에 대한 냉소다. 이 소설은 전복된 형식 안에 주제가 강렬하게 내장되어 있다.

김성한 소설의 형식적 갱신은 50년대 중, 후반에 접어들어 더욱 과감해진다. 그는 리얼리즘 소설을 탈피하고 사람 대신 동물을 내세워 인간 세계를 풍자하는 '우화소설'을 시도한다. 「제우스의 자살」「중생」「풍파」 등의 소설이 대표적이다. 이 중에서 제일 먼저 발표된 「제우스의 자살」이 가장 성공적인 작품으로 꼽힌다. 작가는 개구리들과 독수리를 비롯한 여러 종류의 새들, 사자, 황새 등의 인물로 이야기를 만들고 모종의 메시지를 전한다. 개구리들이 지도자를 중심으로 일사불란하게 움직이는 독수리와 사자들의 생활을 목격하고 자기들도 지도자를 옹립하고 조직을 건설해야 한다는 생각을 가지면서 일어나는 개구리들 사이의 갖가지 의견 충돌과 해프닝이 흥미롭게 전개된다. 또 '지도자'와 '신'의 존재를 둘러싼 개구리와 신과의 대화가 진지하게 서술되기도 한다. 작가는 동물들의 이야기를 통해 인간 사회에 존재하는 정치의 가치, 정치와 자유의 길항 관계, 그리고 인간의 본능적 욕망, 호가호위 근성, 노예근성 등을 들춰내며, 신의 존재와 본질에 질문을 던진다.

그의 또 다른 성공작인 「바비도」는 1410년도 영국이 배경이고, 영국인 재봉 직공, 당시 왕인 헨리 4세의 태자, 종교재판정의 사교(주교)가 등장인물이다. 서양의 중세를 한국 단편소설의 배경으로 삼은 것은 전에 볼 수 없던 혁신적인 기획이다. 작가는 영국인 재봉 직공과 사교/태자와의 대립을 통해 억압적이고 타락한 교회와 그에 결탁한 왕권을 고발하고 개인의 자유로운 종교 향유를 강조한다. 하지만, 이 소설은 종교 문제만을 겨냥한 작품이 아니다. 이 소설의 배경은 15세기 초 영국이지만, 그런 역사적 배경이 이 소설의 캐릭터와 주제 전달에 의미 있는 역할을 하지 않는다. 이 소설에서 시대적 배경과 인물들은 어디까지나 주제 전달을 위한 '형식적 장치'일 뿐이다. 작가는 특정한 상황 설정을 통해 권력의 타락과 부패, 도그마가 된 정치적 이념, 국민의 행복과 자유로부터 멀어진 정치를 고발한 것이다. 이 소설은 일종의 '변형된 우화소설'이라고 할 수 있다. 동물이나 사물이 아니라 '외국의 과거 인물'을 통해 현실 세계를 풍자하고 있다는 점에 이 소설의 참신함이 놓여 있다.

김성한 소설이 추구하는 형식의 새로움은 「오분간」에서 절정을 이룬다. 이 소설은 프로메테우스, 천사, 신 셋이 주요 등장인물이다. 프로메테우스는 2,000년간 묶여 있던 쇠사슬을 끊고 나오고, 이에 신의 전령사인 천사가 하늘로 돌아오라는 신의 지시를 전달하는데 프로메테우스는 이를 거부한다. 이들은 천상도 지상도 아닌 구름 위라는 제3지대에서 만나 서로 자기 입장을 주장하는 토론을 벌이지만 협상은 결렬되고 신과 인간이 아닌 제3존재의 출현을 꿈꾸는 것으로 소설이 끝난다. 프로메테우스와 신과의 협상 중간중간 지상에 있는 인간 군상들의 타락한 모습이 서술되는데, 그것은 프로메테우스와 신과의 협상 필연성을 부각하고 협상 진행에 긴박감을 조성한다. 인간 삶의 세계와 신의 세계가 하나의 소설 공간 안에서 긴밀하게 움직이는 이 작품의 형식은 매우 특이하다. 이 소설은 리얼리즘의 세계를 벗어나 있지만, 그렇다고 '공상소설'로 보기도 어려우며, '우화소설' 안에 넣기도 애매하다. 이 소설의 형식은 작품 안의 발언을 빌리면 기존의 소설 형식으론 분류되지 않는 '제3 존재의 소설'이다.

그의 새로운 소설 형식은 모두 관념적인 상상으로 이루어져 있다. 동물이나 역사적 인물이나 신화적 인물을 내세우고 지상과 천상을 마음대로 오가며 전개되는 이야기들은 구체적인 현실 세계를 넘어서 있는 것이다. 주목되는 것은 그렇게 관념적이고 추상적인 것들이 문학적, 문화적 상상과 연동되어 있다는 점이다. 개구리가 중심인물인 「제우스의 자살」은 기본적으로 '

우물 안 개구리'라는 우리의 속담과 연계되어 있다. 이 소설은 다음과 같은 문장으로 시작된다.

> 개구리들은 제멋대로 살았다.
>
> 아늑한 골짜기 잔잔한 연못에 자리 잡은 그들은 아름다운 화초가 우거진 물가에서 노래 부르고, 피곤하면 푸른 하늘 바윗등에서 마음 놓고 낮잠을 잤다…… 아득한 옛날 그들의 조상이 땅 위에 삶을 시작한 이래 이 연못가에는 일찍이 이렇다 할 풍파조차 일어난 일이 없었다.

아무리 깊숙한 골짜기에 있는 연못이라도 아득한 옛날부터 지금까지 아무런 풍파가 일어나지 않을 수는 없는 일이다. 이 소설은 처음부터 작위적이다. 하지만 우리는 이 장면을 수긍하게 되는데 그것은 이 상황이 '우물 안 개구리'라는 속담에 접맥되어 있기 때문이다. 우리는 '우물 안 개구리'가 외부와 차단된 채 자족하며 외부 사정에 눈이 어두운 상황을 가리키는 말이라는 것을 속담을 통해 알고 있고, 그래서 이 장면을 거부감 없이 수용하게 된다. 이 소설의 뒷부분에 가면 개구리가 하늘로 올라가 신과 대화를 나누는 극단적인 관념의 세계가 펼쳐지는데, 그것이 거부감을 일으키지 않는 것도 이 소설이 속담이라는 '구비문학'과의 연동에서 시작되어 초반부터 독자와의 거리감을 좁혀 놓았기 때문이다. 「오분간」은 서양의 고전인 '그리스 신화'와 한국의 고전인 「구운몽」의 세계에 닿아 있어 그토록 특이한 관념의 세계가 소설적 정당성을 확보하고 독자에게 친근하게 다가오며, 「바비도」는 중세의 교회 사회라는 문화적 배경을 토대로 한 것이어서 작위적 설정에도 불구하고 문학적 흥미를 유발한다.

관념적 사유와 고전 문화의 연동으로 짜인 그의 소설은 학문의 탐구처럼 지적 작업의 특성을 드러낸다. 소설은 발로 쓰는 것이라고 하지만, 그의 소설은 머리를 통해 나온다. 그는 기존의 소설과 역사와 문화를 빌려 새로운 형식을 창조하고, 정해진 주제를 논리적으로 펼쳐 나가기 위해 소설의 인물을 동원한다. 그래서 그의 소설에서 인물의 대화는 토론으로 전개되는 경우가 많다. 소설적 주제도 거시 담론이 많다. 정치, 권력, 국가 질서, 신의 존재, 양심, 자유, 정의 등이 그의 소설의 주제들이다. 그는 자잘한 일상에서 일어나는 인간 내면의 미묘한 감정 변화보다 거시적인 정치, 사회구조와 그러한 제도적 질서 안에 직면해 있는 인간 내면의 문제를 다룬다. 그리고 그는 이에 대해 작품 속에서 분명하게 답을 제시하고 있다. 그의 소설의 결말은 대체로 주어진 주제를 논리적으로 전개한 후에 작가가 내린 결론으로 채워져 있다. 선명한 주제의 설정, 논리적인 전개, 결론의 제시 등 논설의 영역에 속한 것들을 문학의 질서 안에 용해함으로써 그는 전후 50년대에 우리 소설의 새로운 돌파구를 제시하였으며, 그중 「오분간」(1955)이나 「제우스의 자살(개구리)」(1955) 같은 단편소설들은 우리 문학사에 지울 수 없는 자취를 남겼다.

1955년 《조선일보》 신춘문예에 당선되어 문학 활동을 펼친 전광용은 김성한과 대척점에 놓여 있다. 그는 관념적인 사유를 멀리하고 구체적인 삶의 현장을 좇는다. 그는 스스로 술회한 것처럼 발품을 팔아 생활 현장의 구석구석을 찾아다니며 땀 냄새 나는 삶의 정글 속에서 맞부딪히며 살아가는 사람들의 애환을 이야기로 풀어 낸다. 소설의 형식도 단편소설의 규범적인 문법을 충실하게 따른다. 그의 소설은 인물, 사건, 배경이 잘 맞물려 있고, 이야기 전개가 언제나 인과적이다. 그는 현진건에서 이태준으로 이어진 한국 단편소설의 전통적인 불씨를 살려 나갔다.

그는 다양한 직종의 사람들을 소설 속에 등장시켰는데 주로 다룬 인물들은 하층민과 낙오자들이다. 특히 50년대에 발표한 소설에서 이러한 특징이 두드러진다. 소설 「지층」의 인물은 탄광촌의 광부들이고, 「G.M.C」의 인물은 청소차로 분뇨를 푸면서 생계를 유지하는 사람이며, 「해도초」의 인물은 울릉도에 사는 품팔이 어부고, 「크라운 장」의 인물은 비어홀 밴드의 악사고, 「바닷가」의 인물은 막벌이 노인(울진 노인), 가난한 해녀(제주 모녀), 허름한 바닷가 가설 주막의 주인(원산댁), 실업자 청년 등이다.

이들의 가난과 직업적 몰락은 해방 직후의 혼란한 정국에서 분단과 전쟁으로 이어진 우리의 어두운 현대사와 연관되어 있다. 「지층」의 '권노인'은 함경도 서호진에서 딸과 함께 '마지막 철수선'을 타고 월남하여 거제도에 짐짝처럼 내려져 별다른 일거리를 구하지 못하다 호구지책으로 탄광 일을 시작하였고, 「크라운 장」의 '문호'는 촉망받는 명지휘자였지만 정치적 이념의 강요로 인한 월남과 전쟁의 소용돌이 속에서 비어홀 밴드의 악사로 전락하였으며, 「해도초」의 어부들은 미군의 독도 폭파 연습에 희생당하고 있다. 「바닷가에서」의 '울진 노인'은 아들이 군에 가서 절름발이가 되어 돌아왔고, '제주 해녀'는 제주 4 · 3 사건으로 남편과 아들을 잃었고 딸은 허벅다리에 총알 상처가 있으며, '원산댁'은 해안선을 타고 3 · 8선을 넘어왔으나 남편이 품팔이 고역에 시달리다 세상을 떠났다. 실업자 청년은 남만주 여순에 있는 공업학교에 재학 중 해방을 맞아 도보로 내려온 서울에서 장사를 시작하여 돈을 좀 벌게 되었으나 6 · 25가 터져서 후퇴하게 된다. 그 과정에서 방위군에 끌려가 전투를 치르다가 부상을 당해 아직도 배 속에 파편이 박힌 채 살아가고 있다.

전광용은 당대의 사회, 정치, 역사적 파행으로 삶이 파탄 나고, 변방으로 내몰린 사람들을 소설의 인물로 다루고 있는데 그들의 삶의 모습을 사회, 정치적 상상력으로 풀어 내지 않는다. 소설 속에서 그들은 짐짝처럼 던져지고 나락으로 떨어져 있지만, 그런 사회에 분노하거나 맞서 싸우지 않는다. 그들은 삶의 막장 속에서도 동료들과 함께 삶을 꾸려 나간다. 가난한 보통 사람들에게 정치는 멀리 떨어져 있으며, 그런 복잡한 문제를 분석하기엔 하루하루의 삶이 너무 빠듯하고 빡빡하다. 그들은 당장 입에 풀칠하는 것이 시급하며 그러기 위해선 일을 해야 한다. 누추하고 처량한 일터라 하더라도 삶의 보람과 환희는 있으며, 따뜻한 동료애가 오가기 마련이다. 자신의 불우한 신세를 한탄하며 화를 내기도 하지만, 그들을 정말로 분노케 하는 건 사회제도나 정치 이념이 아니라 제때 월급을 주지 않는 작업장 사장이고, 자기 일을 모욕하는 친구이며, 자기 몫을 가로채는 옛 동료이다. 작가는 인물의 직업적 환경, 그들의 동료들, 일과 후의 휴식처 등 그들 일상의 동선을 따라가며 누추한 곳에서 땀 흘리며 일하고, 술 마시며 풀고, 웃고, 울고, 싸우며, 또 위하고, 사랑하면서 지내는 끈적끈적한 삶의 체취와 속살을 투명하게 그려 낸다. 전광용은 밥벌이하며 살아가는 불우한 이들의 생의 현장 속으로 걸어 들어가 눈을 크게 뜨고 고단하나 인정 어린 삶의 디테일을 생생히 떠내고 있다. 그의 소설의 결말들은 대체로 온갖 역경 속에서도 자기 생업을 꿋꿋이 지켜 나가는 것으로 끝난다. 그는 50년대의 일그러지고 먹먹한 삶 속에서도 육신을 이끌며 생을 꾸려 나가는 인간의 구체적인 생존 현장을 애정 어린 시선으로 바라보며, 억척스러운 그들 삶의 미래에 건강한 믿음을 보내고 있다.

한편 「사수」와 「꺼삐딴 리」는 언뜻 보아 전광용 소설의 이단처럼 느껴진다. 전자는 특정되지 않은 인물이, 후자는 출세한 의사가 주인공이어서 불우한 계층을 다룬 그의 일반 소설과 다르게 보인다. 또 두 작품 모두 구체적인 삶의 디테일 묘사에 치중하지 않아 그의 소설 중 예외적인 것으로 보인다. 하지만, 두 작품 모두 거친 삶의 정글에 '던져진 존재'로 생을 꾸려 나가는 인간의 내면을 다루고 있다는 점에서 그의 작가적 태도에서 벗어나지 않는다. 두 작품에 특별한 점이 있다면, 그것은 인간의 보편적인 내면 심리를 천착하는 데 집중한 점이다.

먼저 「사수」를 보자. '나'와 'B'는 초등학교 수업 시간에 선생님의 벌로 상대 뺨을 번갈아 때리는 대결을 하고, 중학교에 올라가선 더 좋은 성적을 받으려고 경쟁하고, '경희'라는 여자 친구를 차지하려고 참새잡이 시합을 하고, 상대를 나무에 세워 두고 그 옆의 나무통을 총으로 맞히는 위험한 대결까지 벌인다. 군대에 가서 '나'는 이적 행위로 사형선고를 받은 'B'의 사형 집행에 사수로 지명되어 그를 죽이는 일을 함으로써 그와 마지막 대결을 한다. '나'와 'B'는 친한 친구이면서도 초등학교부터 군에 입대해서까지 대결을 벌인다. 대결은 시간이 지날수록 더 크고 위험해지다가 마침내 한 사람이 죽음으로써 결판이 난다. 초등학교에서 군 생활까지라면 한 아이가 성인으로 성장하기까지의 기간이다. 이 소설은 한 사람의 성장 과정 속에 숙명적으로 드리워져 있는 대결 국면을 상징적으로 보여 준다. 대결은 공부와 사랑처럼 자의적인 욕망으로 발생하지만, 때론 선생님의 벌이나 사수의 지명처럼 외부인에 의해 불가항력으로 닥치기도 하며, 친한 사이일수록 더 치열한 대결이 벌어지기 마련이라는 점을 이 소설은 함축한다.

이 소설은 대결 국면 속에서 촉발되는 인간의 내면 심리의 표출도 일품이다. 선생님의 강요로 인한 것이어서 처음엔 'B'의 뺨을 살살 때리려고 했지만, 'B'가 세게 때리는 바람에 화가 나서 더 세게 때리는 '나'의 행동이나, 분단의 와중에 'B'의 아내가 된 '경희'와 'B'를 놓고 '나'가 드러내는 증오심의 교차, 또 'B'의 사형집행의 사수로 차출되어 한순간 그와의 대결에서 이길 수 있다는 기쁨이 솟는 '나'의 마음의 표출 등은 끔찍할 정도로 사실적이다. 전광용은 인간 내면에 도사린 경쟁 심리의 무서운 본능을 예리하게 들춰낸다.

이러한 소설의 의미 전달은 잘 고안된 형식 덕택이다. 이 작품에서 '나'와 'B'의 대결은 '나'의 기억을 통해 하나의 장면으로 소환되어 서술된다. 그리하여 초등학교, 중학교, 군대 생활로 이어지는 한 아이의 긴 성장 과정 속에서 벌어진 대결의 역사가 압축적으로 제시된다. 또 '나'의 기억이 병상 속의 무의식 안에서 진행됨으로써 대결 심리가 '나'의 내면 깊숙이 드리워져 있음을 암시한다. 과거와 현재를 교차시키는 전광용 특유의 서사 진행 방식은 이 작품에서 가장 큰 성공을 거두고 있다. '사수'라는 작품 제목도 대결 심리를 드러내는 이 소설의 주제를 날카롭게 환기한다.

「사수」에서 시도한 서사 구조는 「꺼삐딴 리」에서 그대로 재현된다. 「사수」에서 초, 중, 군대로 이어진 주인공의 삶의 역정은 「꺼삐딴 리」에서 '왜정시대' '소련군 치하' '미국 영향 아래의 현재'로, '경쟁 심리'는 '처세술'로 대치되고, 회상을 통해 지난 삶을 한 장면씩 서술하는 방식은 똑같이 구사된다. 현재 상황에서 시작해 과거로부터 현재로 거슬러 와서 첫 장면과 마지막 장면이 일치하는 「사수」의 서사 전개 방식이 「꺼삐딴 리」에서도 약간의 장면이동만 있을 뿐 거의 그대로 시도된다. 다만, 대결과 경쟁이 심리적인 영역이라면 처세술은 세상살이의 방법에 해당하는 것이어서 「꺼삐딴 리」에 좀 더 사회적인 요소가 개입되어 있다는 점 정도가 차이점이다. 「꺼삐딴 리」에는 시대적 배경이 깔려 있고, 각각의 시대마다 주인공이 서로 다른 방식으로 처세하는 방법을 보여 준다.

주인공 이인국은 어느 시대를 막론하고 당시의 지배층만을 골라 치료함으로써 자신의 특기와 기술을 최대로 이용하여 그들의 환심을 사는데, '왜정' 때는 특별히 일어를 사용하고, 월남 후에는 한국의 국보급 청자를 미 대사관의 권력자에게 건네며 자신의 이득을 취한다. 주인공 이인국은 민족의 혼과 얼이 담긴 언어와 국보를 자신의 이익과 교환함으로써 탐욕과 처세의 극단적인 경지를 보여 준다.

이러한 주인공의 처세에서 좀 더 주목해야 할 점은 '언어'이다. 그가 소련 치하에서 소련군 장교를 치료하는 기회를 얻을 수 있었던 것은 당시 곤경에 처해서도 짧은 기간 안에 소련 말을 공부했기 때문이고, 월남 후 미국 대사관의 고위층과 교제할 수 있었던 것도 재빨리 영어를 배웠기 때문이다. 주인공 이인국에게 처세의 도구는 언어였다. 작가가 이 소설의 제목을 '꺼삐딴 리'라는 소련 치하의 러시아 말로 삼은 것은 이러한 작품의 주제를 반영한 것이다. 오늘날 영어가 출세와 계층 상승의 무기가 되고 있음을 생각할 때 이 소설은 지금까지도 강한 울림을 지니고 있다.

「사수」와 「꺼삐딴 리」는 50년대와 60년대 초 우리 문학사에 새겨 놓은 전광용의 뚜렷한 문학적 업적이다. 그가 오래 기억될 작품을 쓸 수 있었던 것은 데뷔서부터 삶의 구체적인 현장을 누비며 인물의 내면을 응시해 왔기 때문이다. 한국 단편소설의 전통을 계승하고 소설의 형식을 존중하는 그의 장인 정신이 두 편의 명작을 낳은 것이다.

4. 정완영, 정형定型의 뜰 안에 가꾼 모국어의 꽃

정완영은 42세 되던 해인 1960년 《국제신보》 신춘문예에 시조 「해바라기」

가, 이태 후인 1962년《조선일보》신춘문예에 시조「조국祖國」이 당선되면서 문단에 나왔다. 그는 비교적 늦은 나이에 시조 시인으로 등단하였는데, 시조 창작은 훨씬 이전부터 했었다. 연보에 의하면 그는 1941년에「북풍」이란 시조로 일경에 끌려가 고문을 받은 적이 있으며, 1946년 고향인 김천에서 〈시문학 구락부〉를 발족하였고, 1947년에는 동인지『오동』을 창간하였으며, 그 후 20여 년 동안 300여 편의 작품을 지었다고 전해진다.[7] 그는 젊은 시절부터 줄곧 시조 창작에 매진하여 문단에 나올 무렵에는 문학적 훈련이 상당히 이루어진 상태였다. 그의 데뷔작 중 하나인「조국祖國」은 신인의 풋풋한 첫 작품이라기보다는 문학의 정점에 도달하여 쓴 원숙한 경지의 시조라는 느낌을 준다. 시조「조국」에는 시조에 대한 그의 문학적 신념과 가치도 잘 담겨 있어 여러모로 그의 시조를 이해하는 데 중요한 작품이다.

행여나 다칠세라 너를 안고 줄 고르면
떨리는 열 손가락 마디마디 에인 사랑
손 닿자 애절히 우는 서러운 내 가얏고여

둥기둥 줄이 울면 초가삼간 달이 뜨고
흐느껴 목메이면 꽃잎도 떨리는데
푸른 물 흐르는 정에 눈물 비친 흰 옷자락

통곡도 다 못 하여 하늘은 멍들어도
피맺힌 열두 줄은 굽이굽이 애정인데
청산아 왜 말이 없이 학처럼만 여위느냐

—「조국祖國」전문

7 백수 정완영 선생 고희 기념 사화집 간행위원회,『백수 정완영 선생님 고희 기념 사화집』, 가람문화사, 1989.

시의 제목은 '조국'인데, 시에서 이야기하고 있는 것은 가야금이다. 1연은 가야금 연주를 위해 가야금 줄을 매만질 때의 느낌을, 2연은 가야금 연주에서 촉발되는 느낌을, 3연은 가야금 연주곡을 들은 후의 여운과 가야금 줄의 형상에 대한 모습을 나타낸다. 시인은 가야금 연주의 전 과정을 전하면서 가야금 줄과 곡조에 대한 느낌을 형상화하는데, 그 형상이 우리 강토와 우리 민족의 심성을 환기한다. '조국'이란 관념을 이미지로 빚어내는 감각과 솜씨가 '모더니즘 시'에 방불할 정도로 현대적이다. 그렇게 현대적인 시의 기법을 수용하면서 형식적으로는 시조의 규범을 착실하게 따르고 있는 것이 이 시조의 매력이다. 이 작품은 '3 · 4 · 3 · 4, 3 · 4 · 3 · 4, 3 · 5 · 4 · 3'을 기본으로 하는 시조의 운율 형식에서 거의 벗어나지 않는다. 특히 전통 시조에서 반드시 유지하는 종장의 음수율을 이 시조는 거의 지켜 내고 있다.

이렇게 엄격하게 형식을 유지하면서도 시적인 진술은 자유시처럼 막힘없이 편안하고 자연스럽게 진행되고 있으며, 그런 가운데서도 강약의 변화가 이루어져 중요한 시어들에 의미의 무게가 놓이고 있다. 이 시조는 매 연마다 구문이 다르고(1연은 ~라, ~면, 명사, ~여, 2연은 ~면, ~면, 명사, 3연은 ~도, ~인데, ~느냐), 시행 끝 시어의 품사들도 다르다. 그래서 한 행씩 넘어갈 때마다 다양하게 변화되는 어법의 매력을 발산한다. 어법 변화의 즐거움 속에는 운율 효과가 내장되어 있다. 명사와 형용사가 교대로 구사되고, 서술형 어미가 다양하게 변주되면서 말소리의 흐름과 막힘이 교차하여 강약과 고저와 장단의 운율이 발생한다. 이 작품에는 의성어와 의태어가 딱 하나씩 구사되는데, 시어의 위치가 절묘하다. '둥기둥'은 '가얏고여'라는 호명에 이어 2연 첫 구절에 등장함으로써 가야금 연주의 시작이 전해 주는 감격적인 소리 공명을 생동감 있게 전해 주고, '굽이굽이'는 끝 행의 바로 전 행에 놓여 있어 마지막 대목에 이르러 폭발적으로 터지는 조국에 대한 영탄을 자연스럽게 끌어내고 있다.

정완영은 "우리 모국어에는 흘림새(流)가 있고, 엮음새(曲)가 있고, 추임새(節)가 있고, 풀림새(解)가 따로 있으니 이 경계를 다 돌아 나와야 비로소 시조의 진경은 열리는 법”[8]이라고 말한다. 우리말의 어법과 품사에 배어 있는 은밀한 매력을 최대로 활용하여 시조의 언어로 풀어 내야만 시조의 묘미가 살아난다는 것을 지적한 것이다. 정완영은 시조 창작 내내 이러한 신념을 실천해 나갔다.

한편 이 시조는 제목이 명시하는 바와 같이 ‘조국’에 대한 강한 애정을 나타낸 작품이다. 시조는 원래 성리학을 받드는 조선 사대부들에 의해 성행되어 온 문학 양식이었다. 조선 전기까지 시조는 유학의 이념과 군주에 대한 애정과 사람의 도리와 자연 예찬을 읊은 것들이 많았다. 일제강점기에는 시조가 한국인의 심성을 가장 집약적으로 드러낸 문학 양식으로 재조명되어 민족의식의 실천으로 간주되었다. 정완영은 「조국」 이후 50년 동안 방대한 양의 시조를 썼는데, 그가 즐겨 다룬 것들은 역사, 유물, 유적, 자연, 고향, 가족 등이다.

그는 시조의 기본 율격을 최대한 존중하며 시조의 정형성을 견지해 나갔다. 그는 한 음보에 최대 6, 7음절까지 구사하기도 했는데 어디까지나 한두 구절 정도만 제한적으로 허용했고, 전체적인 시조 운율은 엄격하게 유지하였다. 그는 시조의 전통 형식과 주제의 범주 안에서 모국어의 아름다움을 최대치로 끌어올렸으며, 이를 통해 옛시조 양식을 현대시와 어깨를 나란히 하는 반열 위에 올려놓았다.

그는 동시조를 창작하여 시조의 향수 영역을 넓혔고, 시조의 내용도 크게 변화시켰다. 동심을 겨냥한 동시조는 특성상 고전의 색채가 옅어질 수밖에 없다. 동시조에선 역사, 유물, 유적 대신에 아이들의 일상을 노래하게 되고, 자연을 다루어도 동화적인 상상을 펼침으로써 새로운 감각의 시조를 낳게 된다.

> 아빠가 읍내에 가서 새로 사 온 새 자전거

---

8 정완영, 「모국어의 순도」, 『정완영 시조 전집』, 도서출판 토방, 2006, 816쪽.

학교 길 꽃길을 달리면 꽃 타래로 감겨 온다
햇살도 바퀴에 감기고 콧노래도 감겨 온다

—「자전거」 부분

자전거는 아이들이 가장 갖고 싶어 하는 물건 중의 하나이다. 이 시조는 자전거를 타며 달릴 때 주위의 모든 사물이 자전거 속으로 감겨 오는 느낌을 감각적으로 그리고 있다. 시조의 정형적인 율격은 자전거의 운행과 맞물려 시의 느낌을 생동감 있게 전해 주는데 큰 효과를 내고 있다.

「겨울 갯마을」이란 동시조에선 바닷가에 있는 시골 마을을 가리켜 밀물과 썰물이 버리고 간 것이라 말한다. 또 소라처럼 눈을 감고 있는 모양인데 파도 소리엔 귀를 연다고 말한다. 시인은 자연의 세계를 아이들의 순진무구한 상상을 통해 산뜻한 비유로 나타내고 있다. 여기서도 시조의 정형성을 견지하고 있는데, 일정하게 반복되는 리듬이 밀물과 썰물의 반복으로 밀려나는 갯마을의 모습을 생동감 있게 전해 준다.

정완영은 1960년 이후 작고할 때까지 줄곧 시조만 썼다. 그가 활동하기 시작한 1960년대는 현대시의 현대화가 강력하게 추진되기 시작한 때지만, 정완영은 시조의 고전적인 정형성을 완강하게 지키며 모국어의 세련을 통해 시조를 현대화시켜 나갔다. 그는 시조의 정형이 우리말의 묘미를 살리기에 적합한 틀이며, 우리말의 아름다움은 시조의 정형 안에서 더욱 광채를 띠게 된다는 것을 시조 창작으로 보여 주었다. 그는 시조가 우리의 옛 시가 중 유일하게 지금까지 이어져 오고 있는 이유를 분명하게 일깨워 주었고, 앞으로도 지울 수 없는 우리의 소중한 문학 양식임을 확인시켜 주었다.

5. 정태용, 시 품격의 발견과 '현대시인론'의 작성

1955년 「김유정론」을 필두로, 「민족문학론」(1956), 「순수문학론」(1957) 등을 발표하며 1950년대 비평계에 뚜렷한 목소리를 내기 시작한 정태용은 1960년대까지 많은 비평문을 발표하였다. 그는 주로 『현대문학』지에 비평문을 발표하였고 특정한 문학 이념이나 문학적 가치를 표방하는 그룹 안에 머물러 있지 않았다. 그는 어떤 경우에도 '문학의 진영' 안에서 비평 활동을 하지 않았다. 그는 기질적으로 타고난 외골수에다 자유로운 영혼을 가진 글쟁이로서 스스로 학습한 문학론과 작품에 대한 이해력을 바탕으로 자신의 문학관을 좌고우면하지 않고 거침없이 토로하였다.[9] 그의 비평문은 때론 거칠고 둔탁하지만, 한편으로 문학청년 같은 순박한 열정과 청신한 감성을 담고 있다.

정태용은 시, 소설, 비평, 문학 일반론 등 문학 장르 전반에 걸쳐 비평문을 썼는데, 그 가운데 비평 일반론을 정리하고 이를 바탕으로 비평을 실천한 '비평의 기능'이란 글이 먼저 눈길을 끈다. 그는 비평의 기능을 '감상적 기능' '입법적 기능' '지도적 기능'으로 유형화하였다. 그가 분류한 비평의 세 종류는 비평의 정점으로 가는 단계적인 설정에 해당한다. '감상적 기능'은 비평의 1단계이자 비평의 정체성을 좌우하는 첫째 요소이다. 그는 비평가의 전제 요건으로 예술에 대한 고도의 감수성을 꼽았다. '입법적 기능'은 비평의 2단계로서 시론, 문학사, 문예사조사 집필처럼 문학을 학문으로 체계화하는 것을 가리킨다. 그는 '비평'의 기능을 '학문'의 영역으로까지 밀고 나갔다. '지도적 기능'은 그가 추구하는 비평의 가장 높은 단계이다. 그는 "문학자는 누구나 그 시대 사회의 적극적 지도자"라고 말한다. 문학에는 예술성과 사상성이 있는데, 사상성이 문학자를 정신적 지도자로 만든다는 것이다. 그리하여 비평가는 작품에 대한 평론을 통해 자신이 올바르다고 생

9 김유중은 정태용이 타고난 성격상 문단 내에서 폭넓은 친분 관계를 형성하지 못하고 제한된 범위의 문우들과만 어울렸으며, 비교적 친했던 몇몇 문우들조차 그를 깊이 사귀기 어려운 인물로 기억한다고 적고 있다. 김유중 엮음, 『정태용 평론 선집』, 지식을 만드는 지식, 2015, 309쪽.

각하는 '문학 정신'을 만들어 내야 하고, 그것이 바로 생활 정신과 시대정신이 되어야 한다고 주장하였다.

그는 문학과 비평을 예술로 한정하지 않고 사회, 역사적 영역으로까지 넓혔으며, 비평가를 정신적 지도자로 치켜올려 비평가에게 과도한 권위를 부여했다. 당대가 요구하는 정의로운 시대정신의 모색을 비평가의 최고 역할로 규정한 그의 비평관에는 조선 시대 사대부로부터 춘원 이광수까지 이어진 문학과 정치의 미분리 의식이 잠재되어 있다. 그는 이광수의 「흙」에서 작가의 과도한 이상주의가 낳은 문학적 결함을 자주 지적하고 있지만 그 역시 이광수의 문학적 신념이었던 계몽주의 의식에서 완전히 벗어나지 못하였다. 그가 연약하고 섬세한 언어의 생명체인 시를 분석하며 갑자기 커다란 목소리로 나무라곤 하는 것은 이런 그의 문학 의식에서 비롯된 것이다. 애매하고 다층적인 비평의 정체성을 세 가지로 일목요연하게 잘 정리했음에도 불구하고, 그것을 '입법' '지도'와 같이 정치적인 용어로 규정한 것에서도 문학에 대한 그의 계몽주의 의식을 엿보게 된다.

하지만 그가 비평의 기능으로 '예술적 감수성'과 '문학 정신' 두 가지를 내세운 것은 그의 비평에 안정감을 부여하고 작품에 대한 실제 비평을 문학적으로 수행할 수 있는 길을 터놓는 바탕이 되었다. 그는 자기가 입론한 두 가지 비평의 원칙을 흐트러트리지 않고 비평 작업 내내 밀고 나가 적지 않은 문학적 성과를 냈다. 그중에 가장 눈에 띄는 것이 신석정의 첫 시집 『촛불』에 대한 비평이다. 그는 한국의 전원적 서정시 가운데 드물게 서구적 분위기가 감도는 이색적인 신석정의 시편들을 섬세한 감수성으로 명쾌하게 분석해 낸다. 그는 이 시편들에 밴 이국적이고 환상적인 정서의 비밀이 은밀하게 구사된 시적 언어에 있는 것임을 부드러운 비평 언어로 밝히고 있다. 그의 자상하고 감성적인 작품 분석으로 신석정의 일부 시편들은 실제 이상으로 거듭나고, 시보다 시를 분석한 비평이 더 문학적인 결과를 낳기도 했다.

이 글이 비평의 '감상적 기능'을 가장 잘 구현한 예라면, 「이육사론」은 문학 정신의 제시를 비평의 최고 단계로 본 그의 비평관이 낳은 의미 있는 결과물이라고 할 수 있다. 그는 육사의 시「광야」가 "우렁찬 목소리, 우주를 흔들 듯한 호협豪俠한 기개, 장대한 도량과 기품"을 가진 작품으로 이 정도의 품격을 가진 시를 우리 근대시에서 찾아보기 어렵다고 고평하고 있다. 현대시에서 시의 '품격'에 주목하며 육사 시를 호평한 것은 의미 있는 비평적 안목이다. 정태용이 지목한 시의 '품격品格'은 지용이 제기한 시의 '위의威儀'와 함께 시의 예술적 가치를 재는 주목되는 비평적 기준이다.

그는 시를 발표하며 문단에 나온 문인답게 시 분석에서 비평적 역량을 발휘하며 시인 연구에 큰 노력을 기울였다. 1957년 8회에 걸쳐「현대시인 연구」를 발표한 이후 작고하기 이태 전인 1970년까지 그가 작성한 수많은 시인론은 한국의 주요 시인들을 망라한 것으로 '한국 현대시인론'과 '한국 현대시사' 분야의 선구적 업적으로 꼽힌다. 그는 신문학 출발기부터 해방 이전까지 진행된 한국 현대시의 역사적 흐름과 미적 성과를 정리함으로써 전후 우리 시의 나아갈 방향을 가늠하게 해 주었다.

6. 권오순과 박홍근, 동시의 깊이와 동요의 선율

권오순은 일반인들에게 다소 생소한 이름이지만, 그가 쓴 동시「구슬비」를 모르는 한국인은 거의 없을 것이다. 이 동시는 시인이 1937년에 써서『아동문예』에 투고했다가 일제에 의한 잡지폐간으로 발표되지 못하였는데, 당시 잡지 편집자가 만주 용정에 가면서 그곳에서 발간되던『카톨릭소년』(1937년 5월)지에 발표해 줘 세상의 빛을 보게 된 작품이다. 권오순은 1933년『어린이』에「하늘과 바다」가 입선된 이후 동시, 동요, 소년소설 등을 발표하였으며, 해방 후 월남하여 고아원 보모와 재속 수녀 등을 지내며 작품 활동을 하였다. 3살 때 소아마비가 발병돼서 지체 장애를 갖게 되었다. 그녀는 1983년에 첫 시집인「구슬비」를 펴냈지만, 1940년대 중후반부터 꾸

준히 작품을 써 왔다.[10]

「구슬비」는 동요로 널리 애송되고 있지만,[11] 언어예술인 시로서 높은 예술성을 갖추고 있는 작품이다. 비 내리는 모습을 나타낸 소품이지만, 시적 묘사와 인식이 단아한 시 형식 안에 꽉 채워져 있어 단단하면서 예리한 광채를 뿜어내는 보석 같은 작품이다.

송알송알 싸리잎에 은구슬
조롱조롱 거미줄에 옥구슬
대롱대롱 풀잎마다 총총
방긋 웃는 꽃잎마다 송송송

고이고이 오색실에 꿰어서
달빛 새는 창문가에 두라고
포슬포슬 구슬비 종일
예쁜 구슬 맺히면서 솔솔솔

—「구슬비」 전문

자연의 작은 생명체에 맺혀 있는 빗방울이 '은구슬'과 '옥구슬'에 빗대 지고, 그것이 다시 맺히고(송알송알), 매달리고(조롱조롱), 흔들리는(대롱대롱) 모습의 의태어로 묘사됨으로써 지상의 자연물은 전신에 투명한 구슬이 걸친 아름다운 모습으로 거듭난다. 2연에선 창문가에 구슬이 걸쳐진 모습이

10 권오순의 작품 연보와 생애에 대해선 전병호, 『권오순 동시 선집』(지식을 만드는 지식, 2015) 참조. 이 시 선집엔 작품 일부에 발표 시기와 지면이 명기되어 있는데, 이를 통해 권오순이 40년대 이후 50년대를 빼곤 60년대와 70년대까지 꾸준히 작품을 발표했음을 알 수 있다.

11 이 시가 노래로 작곡된 것은 해방 후 작곡가 안병원에 의해서다. 그는 해방 후 〈봉선화 동요회〉를 조직하여 동요를 지도하고 권오순의 「구슬비」, 윤석중의 「푸른 바람」 등에 곡을 붙였다. 안병원, 『한국동요음악사』, 세광음악출판사, 1994, 102쪽.

그려지는데, 이 대목은 단순한 풍경 묘사를 넘어선다. 시인은 오색실에 꿰어서 창문가에 두라고 하늘이 그렇게 구슬을 보내 준 것이라고 말한다. 비구슬은 하늘이 지상의 인간들에게 내리는 선물이며, 그것을 목걸이 같은 장신구로 아름답게 만들어 간직하는 것이 인간에게 부여된 숙제이자 하늘에 대한 보답이라는 뜻이 함축되어 있다. 이 시는 자연과 모국어의 아름다움은 물론 자연의 아름다움에 대한 경이와 감사, 그리고 세상을 아름답게 보아야 하는 이유와 사명감까지 담고 있다.

아름다운 자연물 가운데 시인이 가장 많이 그린 것은 '꽃'이다. 시인은 월남한 이후 북녘에 두고 온 고향과 엄마에 대한 그리움, 그리고 통일에 대한 염원을 담은 시들을 많이 썼는데, 그 작품들 대부분이 꽃의 이미지로 채색되어 있다. 고향 집은 꽃 울타리로 둘러싸여 있고, 집으로 들어오는 길가엔 꽃이 만발해 있으며, 저녁노을은 샐비어꽃으로 물들어 있다. 시인은 어릴 적 민들레꽃으로 베개 속을 만든 꽃 베개를 베고 잠을 잤고, 엄마 품은 늘 꽃 내음으로 가득 차 있다. 꽃은 봄볕을 머금고 있어 포근하고 다정한 느낌을 주기 때문에 엄마와 고향 이미지를 불러일으킨다. 시인에게 꽃은 하늘이 지상에 내려 준 또 하나의 큰 선물이다. 시인은 그것들을 하나하나 자신의 시 안에 심어 놓는다. 그녀의 시집에는 '들국화, 돌배꽃, 장미꽃, 나리꽃, 민들레, 코스모스, 박꽃, 복숭아꽃, 찔레꽃, 유채꽃, 동백꽃, 샐비어, 과꽃, 봉숭아꽃, 개나리, 분꽃, 목련꽃, 진달래, 콩꽃, 원추리꽃, 달맞이꽃, 억새꽃, 다알리아, 백일홍, 맨드라미, 쪽도리꽃, 분꽃, 국화, 채송화, 용설란, 실란, 성인장, 나팔꽃, 무궁화, 해바라기' 등 온갖 꽃들이 만발해 있다. 그녀의 시집은 꽃들로 가득 찬 정원이다. 그런데 시인은 '구슬비'에서 그랬던 것처럼 여기서도 꽃을 보며 꽃의 아름다움에만 취해 있는 것이 아니라 그것이 피게 된 이치를 '발견'해 낸다.

> 파아란 봄 들판에
> 하얀 나비 노랑 나비

꽃방석일까?

밤새 풀숲에서
구슬치기하며 놀다 간
아기별이 떨군
비늘 조각일까?

아니야!

눈보라 이긴 푸른 가슴에
봄님이 달아 준
훈장일 거야

—「민들레」 전문

파란 봄의 들판을 수놓은 민들레는 나비들의 꽃방석이 아니고, 작은 별이 떨어트린 비늘 조각도 아니라고 시인은 말한다. 민들레는 아름다운 장식물이 아니며, 우연히 생긴 것이 아니라는 말이다. 봄의 개화에는 필연적인 이유가 있는데 그것은 겨울의 혹독한 추위와 싸워 이긴 민들레에게 봄이 달아 준 훈장이라는 것이다. 개화는 꽃나무가 스스로 겨울을 이긴 결과이지만, 외부의 비와 바람과 태양의 도움 없이는 불가능한 일이다. 그러니 봄은 훈장을 달아 줄 자격이 충분하다. 그러고 보면 민들레는 훈장과 모양이 비슷하다. 시인은 「목련꽃」이란 시에선 봄에 피는 목련을 가리켜 긴 겨울 얼어붙은 가지마다 눈을 내려 준 것에 대한 고마움을 못 잊어 봄 하늘에 그리움의 꽃잎 편지를 띄우는 것이라고 말한다. 봄의 목련에서 겨울의 눈과의 관계를 인식하며 목련의 개화를 고마움과 그리움의 꽃잎 편지로 보는 것은 아름답고도 날카로운 상상이다.

그녀의 시에는 아이들이 가지고 노는 물건과 그들의 기본 생활에 밀착된 시어들이 많이 등장한다. 구슬, 꽃씨, 풀각시, 색동옷, 베개, 편지, 조약

돌 등이 그러하다. 시인은 전 생애에 걸쳐 시종일관 아이들의 꿈과 웃음이 배어 있는 예쁜 말들로 투명한 동심의 세계를 그려 냈다. 그녀의 시들은 소풍 나온 아이들이 그려 놓은 수채화 같다. 그렇다고 시인이 세상 풍경에 맑고 고운 색깔만을 입혀 놓고 있는 것은 아니다. 시인은 아름다운 풍경의 진짜 아름다움을 발견하고, 그렇게 아름다운 모양을 갖추게 된 자연의 질서를 느끼고 생각해 냈다. 그것은 시인이 한시도 잊지 않고 진정으로 동심의 맑은 마음이 되어 세상을 투명하게 바라보았기 때문일 것이다.

박홍근은 1930년대에 고향인 함북의 성진에서 신문과 잡지에 시를 발표한 적이 있고, 해방되던 해인 1945년 『문화』에 「돌아온 길」을, 그 이듬해인 1946년 《새길신문》에 「고무총」이란 동시를 발표하여 문단에 나왔지만, 그가 본격적으로 작품 활동을 시작한 것은 월남한 이후부터이다.[12] 1960년에 간행된 그의 첫 동요, 동시집인 『날아라 빨간 풍선』(신교출판사, 1960)엔 수록 작품 밑에 발표 연대와 지면이 명기되어 있는데, 이를 참고해 볼 때 그는 1953년부터 1960년까지 열정적으로 동요와 동시를 써 나갔음을 확인할 수 있다.

박홍근은 개미, 쓰르라미, 귀뚜라미, 다람쥐, 논두렁의 개구리 등 당시 아이들에게 친근한 동물과 눈싸움, 고무총, 연 등 그들의 일상적 놀이를 주로 노래하였다. 여리고 예쁜 아이들의 놀잇감을 주로 다룬 권오순에 비하면 박홍근은 활동적인 아이들 놀이에 시선을 집중한 편이다. 그는 '구공탄'과 '청소차' 같은 대상들도 다룸으로써 1950년대의 생활 현장으로까지 동시의 공간을 넓혔다. 「바람개비」라는 시에선 부둣가에서 바람개비를 파는 소녀가 등장하여 고단한 생활 전선이 나타나기도 한다. 그런데 시인은 이 시에서 색색의 모양을 한 채 저마다 바람에 돌아가고 있는 바람개비의 아름다운 모습과 신나는 움직임을 드러내는 데 집중한다. 시인은 부둣가의 봄

12 박홍근의 작품 연보와 생애에 대해서는, 전병호 엮음, 『권오순 동시 선집』(지식을 만드는 지식, 2015), 김종훈, 「박홍근의 월남 동기와 월남 직후 동시의 주체 형성」, 『한국아동문학연구』(5-33)(한국아동문학학회, 2016) 참조.

별이 엄마처럼 다정하다고 노래하는데, 그것은 소녀의 생활이 반영된 것이 아니라 바람개비의 아름다움이 투영된 것이다. 시인은 아이의 생활 현장에서 생활 현실보다 아이들 마음속에 보편적으로 잠재된 투명한 아름다움을 보았다. 시인은 시집의 자서에서 "길거리에서나 골목 안에서 놀고 있는 어린이들에게서 때 묻지 않은 깨끗함과 웃음을 찾아보곤 한다"[13]고 술회한 바 있다. 그는 아이들의 천진한 마음에서 50년대의 척박한 현실을 넘어서는 희망의 빛을 찾아보려고 했던 것 같다.

그런데 시인이 그렇게 의도적으로 그려 낸 투명한 세계가 모두 작품으로 잘 구현되었다고 보기는 어렵다. 그것은 무엇보다도 원활한 리듬 운용의 부재에서 기인한다. 특히 그의 동시는 운율이 단속적으로 진행되는 경우가 많으며, 의미와 운율이 어긋나는 경우도 종종 발견된다. 그의 동시의 산문적 경향을 특징으로 꼽기도 하지만,[14] 그렇다고 그의 동시가 산문시는 아니며, 산문의 특성을 잘 살렸다고 보기도 어렵다. 일부 운율이 매끄러운 동시에서는 의미가 뒷받침되지 못한 아쉬움이 뒤따르기도 한다.

반면에 곡이 수반된 동시인 동요엔 전반적으로 운율이 살아 있고 투명한 동심이 잘 실려 있는 작품들이 많다. 박홍근은 '동시'보다 '동요'에서 의미 있는 문학적 성과를 내고 있다. 이 중에서 가장 성공적인 작품이 그의 대표작으로 한국인들에게 널리 애송되고 있는 「나뭇잎 배」[15]라는 동요이다.

낮에 놀다 두고 온
나뭇잎 배는
엄마 곁에 누워도

---

13 박홍근, 『날아라 빨간 풍선』, 신교출판사, 1960, 120쪽.

14 이재철, 「박홍근론」, 『한국아동문학작가론』, 개문사, 1995, 199쪽.

15 이 작품은 1955년경 중앙방송국(KBS)의 어린이 프로그램 〈이 주일의 동요〉의 방송을 위한 제작자의 요청으로 쓰인 동요이다. 이 작품은 박홍근이 최초로 창작한 동요이다. 동요의 곡은 작곡가 윤용하가 썼다. 박홍근, 『한 편의 동화를 위하여』, 배영사, 1982, 96~99쪽.

생각이 나요
푸른 달과 흰 구름
둥실 떠가는
연못에서 사알살
떠다니겠지

연못에다 띄어 논
나뭇잎 배는
엄마 곁에 누워도
생각이 나요
살랑살랑 바람에
소곤거리는
갈잎 새를 혼자서
떠다니겠지

—「나뭇잎 배」 전문

엄마 품에 안겨 있는 아이의 느낌이 연못가의 나뭇잎에 비유되어 있다. 이 나뭇잎은 가랑잎일 것이다. 그 이미지는 가볍고 연약하며 순수한 아이의 모습을 반영하며, 자연 속에서 자연의 일부가 된 아이의 모습을 연상시킨다. 나뭇잎은 연못가에서 살살 움직임으로써 마치 아이가 엄마 품에서 흔들리고 있는 것 같은 느낌을 불러일으킨다. 연못 안에 있는 나뭇잎 같은 아이는 엄마 배 속에 잠들어 있는 태아처럼 원초적인 안온함을 전해 준다. 엄마 품에서 느끼는 아이의 편안함과 푸근함은 일정하게 진행되는 소리마디의 반복에다 유성자음의 반복으로 조성된 부드러운 소릿결이 더해져 깊고 그윽하게 전해 진다. 이 동요가 잔잔하고 포근한 자장가로 들리는 것은 '엄마 품'이 연못처럼 아늑하게 느껴진 것도 있지만, 엄마 배 속 같은 안온함이 소릿결을 통해 은은하게 울려 퍼지기 때문이다.

이 시의 감성과 선율은 소월의 「엄마야 누나야」에 닿아 있으며, 음악적 효과만 놓고 보면 목월의 「나그네」에 연결되어 있다. 박홍근은 이 동요 외에 크게 성공한 작품이 잘 눈에 띄지 않는다. 하지만 그는 이 작품만으로도 동요의 문학적 아름다움을 선명하게 보여 주었으며, 50년대 우리 문학사를 풍요롭게 만들어 주었다.

7. 문학 형식의 존중과 휴머니즘 정신

올해 탄생 100주년을 맞는 8명의 문인들은 개인적인 삶의 이력과 역사의 파란으로 상대적으로 늦은 시기인 50~60년대 문단에서 본격적으로 문학 활동을 펼치게 되었고, 이에 따라 전후 신세대 작가의 운명을 짊어진 채 한국 문학사를 새롭게 개척해야 할 상황을 맞게 되었다. 1950년대는 우리 문학사에서 특별한 시기와 공간을 지닌 연대이다. 1920년대에 본격적으로 출발한 한국의 현대문학은 1930년대에 크게 발달해 나갔지만 40년대에 접어들어 발표 지면의 상실로 공백을 맞게 되었고, 일제 말에서 시작해 해방과 이념 대립, 그리고 6 · 25 전쟁과 분단을 겪으면서 문학의 혼란과 문인들의 상실까지 초래되었다. 그 단절과 폐허의 대지 위에서 8명의 신세대 문인들은 우리 문학을 재건하고 개척하였다. 문학의 형식을 소중하게 여기며 새로운 미학을 추구해 나갔고, 문학의 언어를 끊임없이 성찰하여 모국어의 활용 가능성을 크게 확장했다. 또 역사의 비극을 온몸으로 겪고도 휴머니즘 정신을 잃지 않으며 인간 삶의 내면을 탐색해 들어갔고 인간의 자유와 정의에 대한 본질적인 물음을 제기하였으며, 그것들을 문학적으로 형상화할 수 있는 최적의 방법을 모색하였다. 그들은 우리 문학의 잃어버린 십 년을 빠르게 회복시키고 한국문학의 중흥기인 60~70년대 문학으로 안전하게 건너갈 수 있는 튼튼한 다리를 놓아 주었다.